TASCABILI BOMPIANI 1323

Dello stesso autore presso Bompiani

TEMPESTA DI GHIACCIO
ROSSO AMERICANO
DEMONOLOGY. DUE STORIE
RACCONTI DI DEMONOLOGIA
IL VELO NERO
LE QUATTRO DITA DELLA MORTE
MUSICA CELESTIALE

RICK MOODY

DIVINERS. I RABDOMANTI

Traduzione di Licia Vighi

I GRANDI TASCABILI
BOMPIANI

Titolo originale
THE DIVINERS

ISBN 978-88-452-8064-1

First published in the USA by Little, Brown and Company,
Time Warner Book Group, New York, 2005

Via Angelo Rizzoli 8 - 20132 Milano

I edizione Bompiani 2005
I edizione Tascabili Bompiani ottobre 2015

Per Melanie Jackson

Titoli di testa e tema musicale del film

La luce che illumina il mondo ha inizio a Los Angeles. Ha inizio nell'oscurità, ha inizio nelle montagne, ha inizio nei paesaggi vuoti, nel dubbio e nel rimorso. San Antonio Peak getta ombre su una città di ombre. Ci sono tracce dell'umana insignificanza. Incubi. Ma proprio nell'istante in cui stanno per farsi insopportabili, ecco un'eruzione di onde luminose. È mattino! Il mattino è incoraggiante, privo di complicazioni, e si arrampica sulle montagne così come su ogni altra cosa. La luce proviene da un nulla insondabile, da una riserva a quanto pare eterna di emanazioni, di radioattività. Luce che lambisce le creste dei monti e attraversa i laghi sugli altipiani, luce che oltrepassa la Angeles National Forest, luce che sfreccia, solcando le matasse di smog, nei cieli della California. Luce su Redlands, luce sulle comunità organizzate, luce sul tizio che lancia il giornale del mattino da una Toyota gravata da migliaia di chilometri. Luce sul Santa Ana River, su un ubriaco che dorme placidamente accanto ai detriti trasportati dal fiume, luce sulle Santa Ana Mountains, sulle San Bernardino Mountains, luce sul Prado Basin, dove una donna che è stata accoltellata si rigira nel sangue delle proprie ferite. Luce su East Los Angeles, su gangster che non si sono ancora addormentati. Luce sulle distese desolate del centro di Los Angeles. Un autobus vuoto fermo a un semaforo rosso, il motore al minimo. Luce sui La Brea Tar Pits, sui cittadini del Pleistocene e dell'Olocene, luce sulla rete di viadotti che scendono dalle montagne, dal rivolo da cui nasce il Colorado River, luce sulle tracce incerte della Faglia di Sant'Andrea, luce sui marciapiedi deserti e crepati, luce che adesso corre più veloce, o forse è solo un'impressione. L'Ora Magica dell'alba sui volti lampadati che spuntano da feste senza fine iniziate la sera prima. Luce sulle autostrade, luce sui finestrini oscurati, luce sulle limousine. Persino i parcheggi sul retro risplendono. I tecnici delle luci si destano ovunque, come se fosse la luce a esortarli ad alzarsi. Luce che adesso avanza verso le spiagge, verso il grande e sonnolento oceano, luce sugli amanti, luce su Manhattan Beach, luce su Hermosa Beach, luce su due ragazzini punk-rock con i pantaloni di pelle che fumano erba sotto il molo a Redondo Beach, luce sulle onde, più veloce adesso, o così sembra, luce sugli amanti addormentati su una spiaggia, luce sui cani randagi e sulle lepri del Nordamerica, luce sui condor e sui moscerini della frutta del Mediterraneo accoccolati in mezzo all'erba delle valli, luce su tutta Los Angeles, e poi luce *oltre* Los Angeles, fino a quando la città non diventa che un ricordo che si perde nell'avanzare del mattino, solo uno strato di aria tinta di riflessi color rame e di musica vibrante che proviene da un sogno, luce sui surfisti che rimbalzano sulle onde, luce sulle isole dello stretto, e poi luce sull'immensità del mare che rinuncia al conforto della costa.

Luce sul Pacifico maestoso, sui vortici delle correnti oceaniche che da nord girano in senso orario attraverso la sua immensità, luce che illumina le profondità dell'abisso dalle isole Aleutine fino alla Corrente Circumpolare Antartica. Ciò che era avvolto in un'opprimente oscurità ora si colora di una tonalità verdognola con timide incursioni nel blu e nel grigio: indaco, ardesia, milori, zinco, Sèvres. Luce sull'acqua del mare, dunque, e sul suo potassio, sul manganese, sul calcio e sul cloruro, luce sulla rugosità della roccia erosa. Luce sull'invisibile fitoplancton e su tutta la materia organica. Luce sulla vegetazione marina, sulle barriere coralline, luce sulla balena grigia del Pacifico diretta verso i climi più miti del sud, e luce sugli altri cetacei, luce sulla piattaforma continentale e sull'intero tragitto verso la piattaforma continentale, luce su quell'anomalia del Pacifico nota come La Niña, poiché questo è di nuovo l'anno della Niña, con la sua personale furia climatica. Luce sulle diverse forme di vita marina del Pacifico, luce sugli squali, luce sui tonni e sugli altri pesci facili da catturare. Pesci che risalgono verso la superficie del Pacifico, eccitati all'idea di nutrirsi quando arriva la luce. Che magnifica testa di ponte crea la luce lungo l'estremità nordoccidentale delle isole hawaiane, Kauai, Nihau, e poi giù, fino all'atollo di Midway, quello della battaglia navale. Luce sui depositi di guano e sugli uccelli marini appollaiati sugli edifici che ospitano l'organico della Marina di Midway, organico che conta durante tutto l'anno ventitré persone. La luce non considera la linea internazionale del cambio di data, benché qualsiasi resoconto esauriente dello sbocciare del mattino debba includerla; luce che incalza sulla linea internazionale del cambio di data. Se un guardiamarina di Midway si spingesse in mare per qualche miglio, cancellerebbe così un giorno intero, conterebbe un giorno in meno nel suo giro del Pacifico. Da qualche parte, nello scompiglio di questo mattino, è già domani.

Luce sul Pacifico Occidentale, con le sue fosse sottomarine nelle quali i pesci stessi sono fonte di luce. Occhi attaccati a lunghi steli, occhi che irradiano luce dall'interno grazie al fosforo o al radium. Trasportati dalla corrente a diverse miglia in profondità, in uno stato di beatitudine, liberi dall'uomo, nell'eterogeneità dell'universo marino. Luce su tutte queste fosse sottomarine, e sulle crepe e le fenditure del fondo oceanico che indicano l'assestamento delle placche tettoniche, là dove lo strato fangoso della terra erutta e si rivela nella superficie blu dell'oceano. Nelle fosse sottomarine la luce è speranza. O illusione. Luce come possibilità e come rivelazione.

Luce sulle isole Volcano del Giappone, nel Pacifico Occidentale. Arcipelago non più lungo di otto chilometri, ma grande abbastanza da avere ospitato la battaglia più atroce dell'ultima guerra globale. Ventiseimila dispersi in tutto. Luce sui soldati giapponesi ancora là, nelle grotte, che recitano sommessamente i loro sutra e bevono gocce di condensa dalle pareti delle grotte mentre aspettano ordini dall'imperatore, ignari della deflazione giapponese e delle tre recessioni degli ultimi dieci anni. Luce sul monte Suribachi e sulla lacera bandiera americana che è stata issata una sola volta, prima che Iwo Jima ritornasse sotto il comando della prefettura di Tokyo; luce sull'oscura storia e sulla porosa roccia vulcanica di Iwo Jima, sulle sue miniere di zolfo e sulle raffinerie di zucchero. E ora è possibile ammirare anche il più fulmineo avvento di alba del mondo, sulle isole Bonin, un altro gruppo di estrusioni vulcaniche vicine al Tropico del Cancro, dove proprio oggi stanno per essere abbattuti dei palissandri, col loro legno screziato di vermiglio perfetto per armadi di qualità superiore. Luce sui mostri dell'insenatura di quest'isola, Godzilla, Baragon e altri, mostri che devono la propria esistenza alla storia nucleare della regione; luce sul lampo intenso dell'esplosione nucleare, dal momento che adesso il sole nascente del mattino, spandendosi a levante, è sull'isola di Kyushu, nella parte inferiore dell'arcipelago giapponese. Luce sulle infinite distese verdi di Kyushu, e ora alba su Nagasaki, dove la seconda esplosione è brillata con violenza, luce dell'alba che riflette quell'altra luce. Luce sull'isola di Kyushu, dove crescono piante di tabacco e foglie di tè, luce sull'estremità meridionale della Corea del Sud, luce che a poco a poco viene percepita in ogni parte della penisola della Corea, su Inchon e su Nampo, sul mar Giallo, relativamente poco profondo e illuminato di verde-azzurro, luce alla velocità della luce su un asse di rotazione, verso la costa cinese, verso Shanghai, dove proprio la settimana scorsa è passata la coda di un tifone.

Luce sulla Nanjing Road, in direzione ovest, sugli edifici in stile britannico, luce sulle palazzine francesi a quattro piani annesse al quartiere, luce sui palazzoni che risalgono a una decina d'anni fa, luce sulle scatole di vetro del capitalismo cinese, luce sulle aree suburbane che hanno ricoperto i terreni agricoli fuori Shanghai, luce sulle industrie, con i cittadini impegnati a fabbricare impianti fax e semiconduttori, luce sulle ferrovie dirette a ovest, luce sugli informatori politici, luce sui poeti sovversivi di Shanghai, luce sui fedeli della Cina, e luce sullo Yangtze, in senso contrario rispetto al suo corso, attraverso Huize, le province dello Yunnan e del Sichuan, attraverso le zone più popolate del più popolato dei paesi, attraverso le aree industriali e i campi senza fine, attraverso la povertà, attraverso migliaia di chilometri, attraverso gli affluenti dello Yangtze, su, in alto, poiché lo Yangtze discende dal tetto del mondo.

E ora luce agrodolce, color ambra, tra le colline ai piedi dell'Himalaya. Oggi le nuvole si sono diradate abbastanza da mostrare le vette cinesi in mezzo all'esuberanza dei propri cumuli. Da molto lontano, dagli aerei di linea che percorrono la rotta che da Calcutta va in Giappone, luce sulle vette, prima su quelle più basse, a ovest, sul confine cinese, e poi sul Namcha Barwa, sul Gurla Mandhata e sull'Everest; luce sulle valli, luce che ficca il naso dentro le valli, luce sulle foci del Mekong e del Gange, e luce sui monasteri non ancora saccheggiati dal governo cinese e non ancora violati dalla polizia segreta, luce su una costellazione di monaci che intonano i loro canti con voci acute e che invitano al raccoglimento soffiando nei corni. Luce sull'Himalaya, serena, imprevedibile, là dove gli scalatori si avventurano con l'attrezzatura da roccia accompagnati dagli sherpa, luce diretta a ponente, sul Karakorum, luce sulle due libbre di plutonio perse da qualcuno qui, sulle montagne, e non ancora ritrovate, luce sul territorio occupato dai cinesi, e luce sulle fazioni belligeranti, luce sullo Jammu e sul Kashmir, dove gli indù e i musulmani si puntano le armi addosso, luce su quella regione del Ladakh, la regione dello Jammu e del Kashmir, sopra la linea tracciata dagli alberi, luce sulla regione di Kargil, luce sui musulmani sciiti, luce sugli indù della regione di Kargil, luce su Srinagar, Badgam, Puilwama, Muzaffarabad, luce su Poonch, su Rajouri, luce sulle diverse lingue, luce sulle diverse etnie, luce sui bambini che vanno a zonzo per le strade delle città scagliando sassi contro gli eserciti occupanti, luce sui giovani militari di Bombay e di Calcutta che prestano servizio nell'esercito dello Jammu e del Kashmir. Luce sulle reclute che sperano soltanto di tornare a casa tutte intere, luce sugli abitanti del Kashmir in mezzo alla strada, sulle falangi dell'Islam, sui mujahideen musulmani, su Al Barq, sulle falangi di Al Jehad, su Harkat ul Mujahideen, su Hizbul Mujahideen. Luce sulla catena montuosa del Pir Panjal, dove i combattenti per la libertà, muniti di cospicue scorte di lanciarazzi e di mitra, si sono accampati.

Luce sulle madrasse a Peshawar, tante quante sono i petali dei fior di loto del mondo intero. Le madrasse hanno reclutato tutti i ragazzi, e dunque luce sul loro interesse per quel gioco noto come football, e luce sulla partita che stamattina stanno giocando su un campo in terra battuta vicino al passo Khyber. Luce sulle pareti a strapiombo del passo Khyber, luce sulle truppe comandate da un dittatore prostrato dallo sforzo di tenere al di là del passo quanti più profughi afgani possibili, e luce sui profughi afgani in fuga, luce sugli uomini dalla barba non abbastanza lunga. Luce sui barbieri fuggiaschi. Luce sulla Via della Seta, dove il nestorianesimo aveva cercato rifugio una volta espulso da Costantinopoli. Luce sugli squallidi stupratori afgani che a quanto pare sono impegnati a profanare i ragazzi del Dehi-i-Haji e del Juwain. Uomini asserviti al demone di tutte le depravazioni. Luce sugli uomini in fuga per le colline, luce sui tagichi e sugli uzbechi, sui curdi e sugli arabi, luce che illumina l'altopiano dell'Iran, luce sulle montagne e nel Dasht-e-Lut, dove le colline si levano in alto ripide, scoscese, azzurre e grigie. Non c'è anima viva all'orizzonte, eccetto questi cavalli e i loro cavalieri in fuga. Per quanto le ciminiere di un impianto per l'estrazione di gas naturale siano ben visibili in lontananza, mentre la luce si spande sul deserto, persino qui l'esplosione luminosa a est è accecante. Nell'aria aleggia il suono della poesia epica curda; immaginari alberi di pistacchio con le loro delizie. Più avanti, sulle rocce, un'oasi, perlomeno fino all'avvento di nuova luce, quando tutte le ricchezze della Persia sembrano piuttosto appartenere al ricordo. I dormienti nel deserto sono stanchi, non riescono a svegliarsi, e vengono sopraffatti dall'alba che si diffonde verso ovest, nella terra dove è nato Maometto. A perdita d'occhio, il profeta e la sua visione. L'alba è la sua metafora. Il profeta cerca rifugio nel Signore del giorno nascente. Il Signore è privo di caratteristiche distintive, e non esistono parole adatte a descriverlo. Alba per tutta la gente della terra in cui è nato Maometto: persiani, curdi, arabi, palestinesi; alba per Baghdad, alba per La Mecca o per Medina, per Damasco o per Gerusalemme. Ecco l'alba, ecco il cielo tempestato dai segni dello zodiaco. Ecco il muezzin. Luce sulla prima tazza di tè, luce sui fedeli inginocchiati per la preghiera, luce sui profughi nei bivacchi che si svegliano per pregare, fino a quando le ginocchia non gli cedono; luce sui credenti, luce sui coloni della Cisgiordania, luce su di loro, sulle loro armi e sulle loro certezze, luce sulle forze armate che si rifiutano di prestare servizio, luce su Gerusalemme, su Beirut e sul Cairo, luce sugli autori della Torah, luce sui talmudisti, su tutti coloro che versano lacrime sul Muro del Pianto, luce sui resti del tempio di Gerusalemme, luce sulle rovine egizie, luce su ciò che resta della Mesopotamia, luce sulle *Mille e una notte*, fiaba senza fine. L'alba è più affidabile delle sue rappresentazioni concettuali, e così tutto il suo splendore si diffonde nella nebbia lungo la costa del Mediterraneo. È stanco il mattino, dopo un viaggio così lungo, stanco per la grossa fatica. Non vede l'ora di immergersi in mare. Tutti i bagnanti, sulla sabbia rovente, ora la vedono, l'alba, mentre valica gli edifici, con le punte delle dita che passano oltre sfiorando il promontorio di Jaffa; promontorio sul quale i bagnanti si raccolgono da quattromila anni. Un milione e mezzo di albe documentate, ognuna con un corpo nudo che ne registra i colori.

Quasi a volere indicare una metamorfosi. Luce sulle due metà gemelle di Cipro, quella turca e quella greca, centro della massa d'acqua al centro del mondo, al centro di tutto. Omphalos. Rovine ovunque, rovine di Cipro, turche e greche. E poi rovine in Turchia e rovine in Grecia. Luce sulle rovine, luce sul fermento della Turchia, e poi luce sulle isole dell'Egeo, luce su Patmos, dove san Giovanni ha avuto la visione dell'Apocalisse, luce su queste allegorie e su questi enigmi; luce su Rodi, luce su Lesbo, luce sulle isole in cui si è aggirato Ulisse, solo ed esiliato, fino a spingersi a un passo dal Purgatorio. Luce su

Creta, luce su Cnosso. La conoscenza della luce, la conoscenza dell'alba. Luce là, sul passato neolitico, luce sugli archeologi coi loro pennelli sottili che lentamente si calano negli scavi, luce sulla dinastia di Minosse, luce sul Labirinto e sul Minotauro, al quale la via d'uscita viene indicata semplicemente dalla luce che si muove lungo il Labirinto. Luce sull'estremo confine occidentale di Creta, la città di Falassarna, luce sull'albanese che di tanto in tanto prova ancora ad attraversare l'Adriatico a bordo di una zattera di gomma, e luce sugli albanesi che abbandonano le zattere sulle coste della Puglia, luce sulle spiagge di Brindisi e attorno a Bari, luce sulle zattere arenate a Brindisi, sugli albanesi che fuggono verso l'interno come i gatti randagi di Lecce tra le rovine romane, luce sulla Puglia più volte soggiogata, e adesso luce sulla Sicilia, con la sua luce e con il suo buio, con la sua storia e con le sue faide, luce sui suoi colli, e luce sul Tirreno, e così luce su Roma, luce che inizia a inondare le vie della città e che diventa visibile ora, mentre inizia a splendere sul Pantheon, quell'enorme costruzione talmente solida che persino il McDonald's dall'altro lato della piazza non riesce a sminuirne la perfezione; luce su San Pietro, dove il papa sta tremando, luce sul Colosseo, luce sulle piazze e sui loro Bernini, luce che ora spalanca ancor di più le proprie lenti, luce che sfreccia sulle longitudini, luce sull'Europa occidentale e su una storia fondata sulla luce come strumento mitologico, luce sulla separazione dalla notte, luce su Milano, Firenze, Venezia, Nizza, Monaco e Barcellona, luce sulla Chiesa in ognuna delle sue incarnazioni, luce su tutte le città dell'Europa occidentale e sulle persone che in queste città si alzano presto, al mattino, per andare a lavorare, luce sulle persone che si svegliano per leggere il giornale, su un parigino seduto a un bistrot, luce su uno spagnolo a Pamplona mentre beve un caffè turco, luce su Madrid, città accerchiata dal fuoco, luce su Lisbona, e luce più a nord, a Londra, luce sui piccioni di Trafalgar, e luce sui borseggiatori di Piccadilly Circus, luce sui negozi tranquilli di Fulham Road, luce sui poliziotti, e luce sui camion e sui taxi neri, luce sulla disillusa famiglia reale. Luce su Belfast, luce sulle bobine di filo spinato, luce sui tizi che si sollevano dal selciato di fronte a un pub e che un po' si preoccupano, vedendo un furgone dall'aria minacciosa parcheggiato davanti alla banca. Alba che irrompe sul teatro dell'opera, dove si nutrono buone speranze di miglioramento.

Fredda e violenta, l'alba scende ancora una volta sull'oceano rimbalzando sul gioco delle onde; un altro oceano che si spande verso il basso, verso le Falkland, verso il Capo di Buona Speranza, l'oceano dei sottomarini nucleari che frusciano lungo i fondali, l'oceano dei vascelli imperiali, di Erik il Rosso, di Cristoforo Colombo, di Leif Eriksson. E, ancora, luce sul freddo artico del Nord Atlantico, luce sul perenne nord del Nord Atlantico, e dunque luce sull'Islanda, luce sul monte Hekla, vetta vulcanica dell'Islanda considerata per molti anni bocca dell'Inferno. In questo periodo dell'anno l'alba spunta tardi; in Islanda i pescatori sono già al lavoro. A Reykjavík gli irriducibili festaioli della piazza principale si stanno alzando dopo i bagordi, dirigendosi verso le terme per cercare di placare i conati di vomito; luce sulle distese di roccia vulcanica tra qui e Keflavík, luce sulle sorgenti d'acqua bollente, sui geyser, sulle spiagge nere della costa meridionale, e luce sulla bocca dell'Inferno.

Luce sul mare aperto, sul verde del Nord Atlantico dei dipinti di Winslow Homer, sulla balena azzurra, la balena per antonomasia, e sui canti delle balene del Nord Atlantico; luce sui pesci che risalgono in superficie, luce sulle correnti di questo mare solcato da tante navi, luce sui flussi della Corrente del Golfo e della Corrente Nordequatoriale che viaggiano in senso orario; ora illuminate, queste correnti; e luce sulla Groenlandia, la luce degli eschimesi, la luce dei molti nomi usati per la luce, luce sul territorio di Nunavut, su Baffin Island e su Baffin Bay, luce sull'arrivo dell'inverno nell'Artico, luce sulla fine della stagione degli uragani, luce sui pescherecci che fanno ritorno vuoti da Grand Banks, luce che ora cala sulla costa, là dove Leif Eriksson era sbarcato per poi tornare indietro, luce su Terranova, luce sugli alci raggelati dai fari delle automobili sulle autostrade di Terranova, luce su Cape Breton, luce sulla Nuova Scozia, dove le maree sono così violente che il litorale può avanzare e ritirarsi di oltre venti metri in un solo pomeriggio, luce su Campobello, e luce su Eastport, Stato del Maine, Stati Uniti d'America.

Forse coloro che si stanno svegliando non conoscono nulla al di là di Eastport; sono afflitti da mille pensieri, dalle rate dell'automobile, dai mutui ipotecari, dai servizi pubblici. È già arrivato il freddo, nel Maine. Gli avvenimenti internazionali possono anche attendere. Sul molo di Eastport, vicino all'acqua profonda, due ragazzini dentro a un pickup, dopo essersela spassata tutta la notte e aver dormito in macchina, mano nella mano, adesso stanno guardando l'alba impauriti. Verranno sgridati. Che aurora! Il sole rosso fuoco si appresta a precipitarsi sulle isole. Autunno sulle coste dello Stato del Maine, nel New England. La luce si trattiene qui solo per poco. Ci sono state delle bufere di neve. I colori più belli dell'autunno se ne sono già andati. La gente del posto trascina le navi, appoggiate sui pali, fuori dal porto, nelle baie di Casco e di Penobscot. Luce sui marinai del litorale orientale, luce sui marinai lungo tutta la costa, luce sui pescatori di Kittery, di Portsmouth e di Newburyport, e luce su Provincetown. Luce sui pini nani. Luce sulle città del Capo, da dove un tempo i marinai partivano per dare la caccia alla balena, luce sulle ville di Newport e su coloro che hanno progettato i pescherecci, e luce sul faro, per esempio, di Narragansett Bay, a Point Judith, quei fari isolati il cui compito un tempo era di predire l'alba, e luce sui surfisti di Point Judith, luce su Watch Hill, e poi luce sui casinò del Connecticut e sulla base sottomarina nucleare di Groton; e, da qui, la luce dell'alba si abbatte perpendicolarmente sulla costa, sulla strada interstatale intasata dai camionisti sotto anfetamina; luce spietata lungo tutto il tragitto verso New Haven e Bridgeport. Città morte, e la luce non fa altro che smascherarne le macerie. Luce che smaschera i politici corrotti, i sindaci pedofili, gli abitanti folli delle periferie; e tutti non cercano altro che di oltrepassare le città dei morti per dirigersi verso le porte di New York.

A quale velocità corre esattamente la luce oggi? A quale velocità la luce del sole sfreccia verso ovest screziando il mondo? La stima è di 1670 chilometri all'ora, o di circa 0,23 miglia al secondo, che è la velocità di rotazione del terzo pianeta a partire dal sole. Il giorno non lascia dietro di sé nessuna latitudine. Di conseguenza sono trascorse ventiquattro ore, oppure ventitré ore e cinquantasei minuti, stando alla teoria quantistica della luce descritta da Feynman. Improvvisamente l'alba si diffonde sulle onde, come la luce che si propaga sul Whitestone Bridge, dove i pendolari cercano di farsi strada nel traffico dell'ora di punta immettendosi sul Van Wyck, con gli aeroporti alle spalle e l'alba alla sinistra. Dal ponte puoi scorgere lo spuntare del giorno. Luce sull'Empire State Building, luce sul Chrysler Building, luce sul World Trade Center. Luce su quelle due dita arcigne e sbruffone. Luce sullo Shea Stadium, sede delle Subway Series. Luce sul LaGuardia, l'aeroporto più congestionato del paese, luce sull'autostrada Brooklyn-Queens, luce sul Floral Park, luce su Maspeth, luce su Inwood, luce sullo zoo del Bronx, luce su Riverdale, luce sullo Yankee Stadium, luce che sembra passare istantaneamente da qui all'isola di Manhattan, i cui palazzi di uffici sono ancora rischiarati dall'illuminazione notturna. Manhattan, New York City, l'inizio di un nuovo giorno.

New York City, famosa per i suoi insonni. Luce su tutti gli insonni, dunque, da un capo all'altro della città, metropoli degli insonni. Eccoli là, in preda alla disperazione di un'altra notte, sdraiati sul divano del salotto per non svegliare i mariti o le mogli, oppure nella vasca da bagno, gli insonni, a leggere, a riflettere o ad affliggersi nel momento in cui sorge il sole. Nessuno si domanda come passino il tempo gli insonni nel cuore della notte, a nessuno che non soffra d'insonnia interessa saperlo. Gli insonni sono i testimoni dell'alba, sdraiati nella vasca da bagno a guardare il pozzo di aerazione attraverso una finestrella sulla quale si affaccia un piccolo squarcio di cielo; oppure seduti al tavolo della prima colazione, mentre cercano di leggere qualcosa di abbastanza noioso da rispedirli dritti a letto. Ci sono insonni in ogni quartiere, ed ecco che vengono travolti dalle prime luci di un giorno di novembre. Una donna a cui verrà restituita l'automobile, un tizio che ha falsificato il suo curriculum vitae per ottenere un'altra cattedra, un artista che non riesce a pagare l'affitto, un programmatore informatico la cui società sta per raschiare il fondo dei finanziamenti. Gli insonni! Danno il benvenuto al giorno! Uno di loro sta per portare fuori il cane. Un altro sta ascoltando il notiziario per capire se i mercati giapponesi sono in rialzo. Quando la flessione si mostra in tutta la sua gravità, gli sfugge un lungo e sommesso sospiro. Chiunque sia, l'artefice dell'alba ha voluto fare un regalo agli insonni affinché non si sentano così soli, affinché abbiano qualcosa da fare durante il loro isolamento, vale a dire guardare il dispiegamento celeste delle prime luci dell'alba. Alcuni di loro lo fanno, alcuni di loro si arrampicano sui tetti per guardare la luce che schizza via dagli edifici di Jersey City. Persino l'insonne avvertirà un po' di speranza allo spuntare dell'alba, persino il senzatetto sulle inferriate di fronte all'Eye and Ear Hospital riesce a provare un po' di sollievo, persino il tizio che per anni non è uscito dal suo appartamento, persino le vittime della repressione razziale, persino i poveri, i disoccupati, provano un sentimento di gioia, per quanto fugace. Persino la donna al piano terra di una villetta di Park Slope che si strappa la mascherina dagli occhi perché non può continuare a rimandare l'ora di alzarsi. Barcollante, balza dal letto a due piazze e si precipita di là, in bagno. Un giorno di albe. Un giubileo. Mattino, subito dopo le elezioni, anno 2000.

1

Rosa Elisabetta Meandro, in una luce metafisica, con le viscere in fiamme. Rosa Elisabetta dal dito a martello, Rosa Elisabetta dai calli. Rosa Elisabetta dagli acciacchi. Ha raccontato i suoi dolori ad alcune persone del quartiere, ad alcune persone sull'Undicesima, a Brooklyn. A Emilia, per esempio, quella con il figlio che vende ravioli. Le ha accennato qualcosa a proposito della colite. Le ha descritto i problemi alla cistifellea. Calcoli. E anche i mal di testa. Mal di testa che cominciano con i castighi divini, con gli arcobaleni, con la luce celestiale, con un'incapacità di ricordare i numeri. Rosa Elisabetta sente l'odore pungente delle cipolline sottaceto, dopodiché sopraggiunge il vomito. Due o tre giorni a letto con la nausea, a pancia in giù, accucciata come neanche un cane. Se si mette a elencare i suoi disturbi a Emilia, ecco dunque la colite, e poi i calli, il pancreas, i mal di testa. Come minimo quattro. E il meteorismo, anche se non sta bene parlarne. Se l'aglio non viene fatto rosolare in padella, come insegna la cucina della terra d'origine dei suoi antenati, la Toscana, allora di notte ci si mette pure il meteorismo. Forse bisognerebbe includere anche questo nell'elenco dei disturbi elaborato alle 6,13 del mattino, mentre Rosa si rannicchia ancor di più sotto le coperte, negli anfratti del letto a baldacchino. Non sa per quanto ancora riuscirà a sopportare i crampi, l'evacuazione pressurizzata del suo ultimo pasto e di tutto quello che ha mangiato nelle ultime ventiquattro ore, o almeno di tutto quello che non è ancora stato evacuato. *Meglio far buon viso a cattivo gioco*; ecco cosa le aveva detto Emilia quando Rosa Elisabetta le aveva raccontato delle ferite. Ci sono queste ferite che non si rimarginano; quando si taglia, quando le capita di farsi male in cucina mentre sminuzza le verdure, la sua pelle ha problemi di cicatrizzazione. La ferita non si rimargina, non come dovrebbe. Ma di che cosa si tratta? Quel giorno stava per raccontare a Emilia anche dell'alitosi, che avverte se unisce le mani a coppa cercando di inspirare ed espirare velocemente, sdraiata sul letto a baldacchino. Non è più l'odore del soffritto d'aglio, né l'odore delle cipolline sottaceto o quello del porto, e neanche l'odore dei peperoni in umido. È qualcosa di leggermente diverso, ed è proprio questo che l'altro giorno Rosa stava cercando di dire a Emilia, non ci sono dubbi. Gli occhi di Emilia esprimevano compassione: quel genere di sguardo che, per quanto lei cerchi di essere gentile, fa innervosire Elisabetta, e la rabbia, persino nella prima luce del mattino che scivola dentro la villetta con giardino attraverso le finestre che si affacciano sulla strada, è per lei un forte stimolo, un incoraggiamento, mentre espira unendo le mani a forma di coppa.

Considerate la formidabile Rosa Elisabetta di un tempo. Considerate l'archeologia delle sue epoche storiche. Consigliera dei grandi capi nell'amministrazione di Fourth Ward, oppure mentre sfila insieme a diavoletti e vampiri il giorno di Halloween, o, ancora, volontaria nella cucina da campo. Rosa Elisabetta, un'istituzione.

Rispettabile madre di quartiere, custode delle aree di parcheggio per i vecchi residenti nell'isolato, patrocinatrice della comunità e delle parrocchie locali, funzionario elettorale. Un tempo era stata tutto questo, lei. Una sostenitrice delle famiglie. Tuttavia, mentre richiama alla memoria il proprio passato, Rosa Elisabetta sente il sudore inalvearsi nelle pieghe dell'addome; sente i crampi raccogliersi a sud del suo equatore. Che cosa intendeva veramente Emilia con quei commenti a proposito dell'alito cattivo? Forse nulla. Suo padre aveva l'alito cattivo. Fetido. Era per via dell'intestino. Si ricorda di una volta in cui si trovava in compagnia del prete, una persona così gentile, e l'alito del padre era una vera fogna. Non dirà più niente a Emilia. Come si fa a pensare una cosa simile? L'esperimento delle mani unite a forma di coppa non la porta a concludere nulla del genere. Niente a che vedere con l'odore di morte.

All'asilo si occupava dei bambini nelle ore in cui le madri erano al lavoro a Manhattan. Cantava loro alcune canzoni, brani di famosi cantanti americani dell'era delle Big Band. E non capitava mai che qualcuno le dicesse: *Il tuo alito puzza come se avessi qualcosa di morto in bocca.* Le piaceva regalare cioccolatini ai bimbi; le piaceva metterli in guardia dai pericoli del contatto fisico. Ecco cosa diceva ai bambini e alle bambine: "Tenete a freno l'eccitazione." Mai trovarsi da soli in una stanza con un uomo troppo magro. Mai avvicinarsi a un'automobile col motore al minimo se ha i finestrini coi vetri scuri. Dopodiché si metteva a parlare delle costellazioni e del modo in cui queste venivano classificate ai tempi dell'Impero Romano. Erano stati suo padre e il padre di suo padre a istruirla sull'Impero Romano, e poi i preti, nel cortile della scuola a Dyker Heights, dove viveva da ragazza. Una volta le era persino capitato di guardare una miniserie sull'Impero Romano. Gli imperatori si avvelenavano l'un l'altro. Gli imperatori erano esperti di veleni. Sollevava i bambini e li teneva in braccio, baciandone il collo sporco. Non è giusto che l'Emilia del negozio di ravioli possa anche solo pensare di dirle qualcosa della colite, del meteorismo, dei mal di testa, dei calli, delle ferite, dell'alito o dei capelli che le stanno cadendo. Oppure della cecità, della sordità incipiente, o anche del fatto che Rosa sia troppo magra. I vestiti le penzolano addosso, come lenzuola drappeggiate sui mobili di case disabitate.

Il gatto viene disturbato da un piede che dal suo angolino emigra verso un groviglio di coperte sul fondo del letto. Bianco e nero, fa venire in mente un'auto della polizia; ma non le piace il nome che gli ha dato la figlia, quindi non lo pronuncerà. Il gatto spicca un salto ardito e atterra sul pavimento, in attesa. Gli darà da mangiare, Rosa? Ora Rosa Elisabetta si sistema la logora camicia da notte stendendosela bene sulle gambe, tira fuori un vecchio maglione rosa da un cassettone cigolante e se lo mette sulle spalle. Si alza facendo forza sulle ginocchia gonfie e sulle anche. Ecco come si rassegna alla vecchiaia e alla spossatezza. Sa cosa seguirà ora, e quanto tempo ci vorrà. Attraversa il duro pavimento di legno con intarsi di ciliegio e di mogano e raggiunge il salotto, facendo attenzione a non urtare contro i mucchi di roba da leggere accanto alla poltrona, enormi mucchi di fronte alle portefinestre attraverso le quali si accede al giardino. Passando oltre, accende la televisione: 6,21. Uno schermo da ventiquattro pollici comprato di seconda mano dopo aver letto un'inserzione sul giornale. Le interferenze dell'immagine che a poco a poco si fissa. Ma Rosa non ha tempo di guardare, perché all'improvviso una fitta la fa piegare in due dal dolore, rilasciando sostanze tossiche in modo poco elegante; è sveglia e rimarrà sveglia, afferrandosi saldamente l'intestino. L'apparecchio, il vecchio televisore, si sente fino in bagno. Il volume è calibrato in modo tale da concederle questo piacere. La musica che si diffonde nel bagno, dove regna l'agonia, è dolce. Chiude la porta col catenaccio, lasciando il gatto fuori. Cominciano gli spasmi, e con questi le lacrime. Piange per l'umiliazione. Spera di non sanguinare. Teme che non si fermerà. Poteva conviverci per un po' di tempo, con la colite, purché non si mettesse a sanguinare. Si allunga per prendere una rivista dalla cassetta dello scarico. La carta da parati a fiori si sta staccando, e l'intonaco del soffitto si sta sfaldando. Cerca di far finta che gli articoli della rivista le interessino. Accuse al presidente uscente e alla moglie. La segreta omosessualità di lei. Una dieta formidabile ha fatto perdere trenta chili ad alcuni personaggi famosi. Un'attrice con qualche chilo di troppo si è fatta mettere un anello allo stomaco in diretta su Internet. Finirà per svenire, Rosa Elisabetta? Gocce di sudore le rigano la fronte. In passato le era capitato di svenire. Sarà terribilmente imbarazzante, quando la figlia o la donna delle pulizie polacca la troveranno riversa a terra. Un'altra attrice, quest'ultima invece troppo magra, ha bisogno di rimettere su qualche chilo, e così beve gli stessi milk shake che trangugiano i sollevatori di pesi. Proprio quello che ci vuole. Le sembra di sentirli mentre discutono dell'argomento in televisione. Perdita di peso. Rosa scaglia la rivista nella vasca da bagno coi piedi. Ha il viso lucido, imperlato di sudore. Il gatto sta miagolando fuori dalla porta, come per invitarla a uscire. D'un tratto avverte un dolore; tuttavia, si concentra sulle parole di conforto provenienti dalla televisione. Di mattina le piace ascoltare il tipo arzillo, quel tipo arzillo che tiene a bada la paura della morte, anche se Rosa ha come l'impressione di non essersi ricordata di sintonizzare il televisore sul suo programma, bensì su quello del tizio balbuziente. Le piace il tizio balbuziente, perché, nonostante tutto, riesce a esprimersi con chiarezza. Comunque sia, quello che preferisce è il tipo arzillo. Le voci che sente di sfuggita la rincuorano, specie se in una mattinata come questa. E, nella sua testa, si mescolano a discussioni del passato, agli scontri tra il nonno e il padre, per esempio; Rosa è nota per aver avuto una conversazione con il marito, con il quale non è più in buoni rapporti, mentre si liberava le viscere.

Avrà bisogno di un vicino di casa che sorvegli il suo posto auto. A prescindere dal fatto che non ha un'auto. Le persone che si stanno trasferendo lì, gente giovane, non ne hanno la minima idea. La vostra macchina è al sicuro per sei giorni su sette solo grazie alla gentilezza dei vicini. Ma questi giovani non lo capiranno finché non avranno vissuto lì quanto lei; quarantasei anni, appunto. Colite o meno, se becca uno di loro mentre cerca di rubarle il posto auto, sicuro che gli fa una bella ramanzina. Era già capitato che si mettesse la vestaglia e che aprisse la porta tuonando dalle scale nel buio pesto della notte. "Riportate la vostra macchina a Omaha! Non fatevi più vedere da queste parti!" Immaginate di rubare il posto auto a persone che hanno vissuto qui fin da prima che nascessero i vostri genitori. Si trasferiscono nel quartiere, questi giovani, e la ragazza non ha neanche la fede al dito. Sul serio. Quel 1° di settembre in cui sua figlia era andata all'università, lei aveva messo un annuncio sul giornale, "Affittasi appartamento", proprio come ai vecchi tempi, quando quella sgualdrina del bar aveva ammaliato il marito di Rosa. E proprio come allora, lei aveva messo una stanza in affitto. Senonché questa coppia telefona per venire a vedere l'appartamento. Niente fedi nuziali. Colori diversi: lui è nero e la ragazza è italiana. Lei li accompagna a fare il giro della casa, mostrando loro la balaustra originale con le decorazioni floreali in ferro battuto laccate di nero. Si sofferma a parlare della luce che arriva da sud, degli stucchi e delle intonacature originali; li intrattiene discorrendo dell'arenaria con cui è stata costruita la villetta, in stile romanico e finto italiano, tutte cose che ha sentito dire a un agente immobiliare della Settima delle cui prestazioni professionali Rosa ha smesso di usufruire. Alla coppia non dice assolutamente nulla che non direbbe a qualsiasi altra persona, tratta quei due come tratterebbe chiunque altro, e fa dei convenevoli persino quando l'uomo di colore esprime opinioni da so-tutto-io a proposito dell'impianto elettrico, chiedendo se sia mai stato rifatto da quando l'edificio è stato costruito e pretendendo di conoscerne l'epoca. "Dovresti vedere il giardino, cara," dice lei mentre cinge con un braccio la spalla della ragazza e la riaccompagna nel patio passando attraverso il proprio appartamento. Ci sono un po' di pomodori, basilico e prezzemolo, margherite colorate artificialmente e crisantemi. Fa caldo, più avanti tutto fiorirà. Nel patio screziato dalla luce del sole, dove prima stendeva il bucato, Rosa prende la ragazza in disparte e le dice: "Posso ben immaginare che tipo sia tua madre; le dirò che eri qui con quel tizio e farò in modo che ti faccia una bella lavata di capo. E adesso vai a raccattare il tuo fidanzato di colore, e poi tutti e due, così come siete entrati, vedete di andarvene di qui. Non fatevi più vedere da queste parti, è chiaro? E faresti bene ad augurarti che nessuno dei ragazzi del quartiere ti veda con quel tuo fidanzato, se hai intenzione di arrivare alla metropolitana tutta intera."

Ormai, nell'isolato se ne vedono di coppie del genere, di ogni genere, e i ragazzi del quartiere, che una volta avevano un certo senso del pudore, ora non ci fanno neanche più caso. Probabilmente tutti i vicini finiscono per lanciare loro una rapida occhiata di rimprovero mentre gli passano accanto, ma poi la cosa finisce lì. Una vergogna. La stessa Rosa Elisabetta non è più il tipo di persona che era solita vivere in questo quartiere. Rosa è uno spettro, un morto vivente che riappare da una Brooklyn del passato, un essere seppellito sotto strati di sedimenti, ed è questa la causa di quell'odore di morte.

Il pancreas, il problema al pancreas, i calcoli e gli altri disturbi. Non berrò più il *vin ordinaire*, sta ponderando lei, solo il vino bianco e il vino dell'eucaristia. Voci nella stanza accanto, riunite per discutere di terminologie quali *grossa incertezza*, *instabilità politica* e *intervento dei tribunali*, nessuna delle quali risulta particolarmente chiara a Rosa. I suoi principali interessi sono il comitato scolastico locale, il consiglio municipale e i circoli sociali: interessi che risalgono ai tempi in cui il padre e i suoi amici si occupavano di politica. Allora, ognuno era in grado di badare alle proprie faccende. Lei distribuiva volantini vicino alla metropolitana. Mentre ora non è nemmeno più sicura di chi sia il candidato per il comitato scolastico, o se anche solo ci sia un candidato.

È come cercare di evacuare frammenti di vetro. Sì, vetro, o piuttosto frammenti di cervello che escono da dietro, pezzetti di intestino, pezzetti di organi interni quali il pancreas, per esempio, o la cistifellea. Bile nera, bile verde, calcoli. Tutti gli umori possibili. Un tanfo terribile. Rosa sta gemendo, mentre quelle voci dibattono a proposito del discorso con cui il candidato sconfitto ha riconosciuto la vittoria dell'avversario, oppure a proposito della verifica dei voti; così, Rosa decide di non darsi per vinta e infila la mano dentro a un mobiletto sotto il lavandino – ammesso che riesca veramente a farlo, dal posto in cui si trova – nel quale custodisce qualcosa di speciale. Nello sforzo, le scappa un altro spruzzo. Di solito, dopo un'ora o due comincia a sentirsi meglio. Una volta che il dolore si attenua, non avrebbe neanche più bisogno della bottiglia, la bottiglia che compra da quei delinquenti messicani del chiosco. Non che voglia diventare loro cliente, perché mai che le chiedano come sta la sua famiglia. Nessun dubbio che vendano roba illegale agli studenti, eppure resta il fatto che sono a buon mercato. Anche l'odore di muffa è nauseante. Quando arriverà la donna polacca, dovrà dirglielo, di quell'odore. Rosa Elisabetta non sa se riuscirà a trattenere il liquore al malto nello stomaco. Qualche volta è costretta a vomitarlo. Qualche volta è costretta a vomitare il liquore al malto per placare lo stomaco. Nel lavandino, e ogni tanto nella vasca. Come nella miniserie televisiva sugli imperatori romani. C'era un tizio con l'acidità di stomaco, e la nonna gli dava da mangiare. Rosa svita il tappo del liquore al malto, e un brivido improvviso la fa trasalire; sente il brusio provenire dalla stanza accanto, sublime e calmo ora che lei sta stappando il liquore al malto. Le voci sembrano il canto degli uccelli. Gli stormi di Prospect Park in primavera, come quel gallo che la scorsa estate cantava, abbandonato da qualcuno nel parco, e che di mattina svolgeva il proprio lavoro in modo efficace. Decide di provare il liquore al malto. In una mattina come questa tutto è nauseante: le piastrelle del vecchio pavimento nel bagno della villetta, la muffa, il fetore, le coppie interrazziali che abitano nel quartiere, l'esodo dei suoi coetanei verso Long Island e Westchester, verso la Stato della Florida. Beve a grandi sorsi, ha i conati, beve ancora, ha di nuovo i conati. Beve ancora. Rosa Elisabetta, l'ultima persona del vicinato ad aver preso parte a una funzione religiosa in tenuta da stickball e ad aver portato le lasagne ai nuovi vicini di casa, l'ultima ad aver tracannato vino rosso dalle caraffe durante la festa dell'isolato, alla quale il prete aveva fatto una capatina raccontando barzellette sul baseball. Tutti loro bevevano vino, la sua famiglia beveva vino, persino da ragazza lei beveva vino, i suoi amici bevevano vino in chiesa di domenica, e nessuno si preoccupava del fatto che il prete potesse molestare qualcuno.

Rosa Elisabetta non si farà cacciare da lì, dal quartiere dove ha tirato su una figlia da sola e dove è invecchiata. Il quartiere dove ha imparato l'unica cosa che abbia mai imparato, e cioè che una figlia è un dono del Signore. La perfezione delle figlie, figlie che corrono nel parco, figlie che si divertono sulle altalene, figlie allo zoo, figlie che annusano il profumo dei giacinti al giardino botanico, che annusano il profumo dei gigli. Una volta aveva cucito un vestito alla figlia utilizzando uno scampolo di percalle, le aveva raccolto i capelli facendole delle treccine e l'aveva portata dai vicini chiedendo loro se non fosse la ragazza più graziosa dell'isolato. Ha tirato su una figlia e ha lavorato nell'ufficio del preside della scuola elementare, e nessuno può portarle via il suo posto auto.

Reintegrazione dei liquidi. Indispensabile per riprendersi. Lei sa come impiegare una Coca-Cola sgasata quando una bambina delle elementari è in preda al mal di stomaco. Sa come fermare il sangue che esce dal naso e come stringere un laccio emostatico. Rimarrà qui finché non avrà finito di reintegrare i liquidi. Metà del liquore al malto è sparito, e Rosa pensa che, dopotutto, potrebbe essere di nuovo in piedi prima di mezzogiorno. Comincia a sentirsi come una matriarca, una cattolica osservante. E così si volta, allunga una mano e tira lo sciacquone per spazzar via i rimasugli delle sue viscere che ha espulso tanto impetuosamente, e il gabinetto gorgoglia dopo aver eliminato solo una parte delle tracce. "Oh, non me ne parlare. Non ci provare neanche." Tuttavia, mentre la preoccupazione per il funzionamento del gabinetto – così come la preoccupazione per tutte le questioni legate alle faccende domestiche, e la preoccupazione per le questioni mediche, e la preoccupazione per le questioni automobilistiche, e la preoccupazione per le questioni politiche – la angoscia terribilmente, violente contrazioni muscolari la prendono alla sprovvista, e lei non può far nulla finché gli spasmi non si placano. Poi, ricoperta di sudore e con il tanfo del liquore al malto addosso, allunga una mano e apre il rubinetto, come se il rumore dell'acqua che scorre potesse esserle d'aiuto, forse più il rumore dell'acqua di quello delle voci che parlano dello Stato della Florida, e con le mani si getta dell'acqua in faccia. Si spruzza la scollatura della camicia da notte e il maglione. Detesta il colore degli asciugamani. Si serve ancora un po' di liquore al malto. Finirà la bottiglia.

Rosa dovrà rimettersi in sesto per riuscire a trovare lo sturalavandini in cucina; poi dovrà disintasare il gabinetto, perché non vuole che la cosa diventi di dominio pubblico, sebbene, anche nelle giornate in cui si sente in forma, riesca a malapena a percorrere l'isolato fino al chiosco dei messicani. Ci va solo per comprare qualche provvista quando la figlia è al lavoro, così nessuno la vede. Diversamente, si fa portare tutto a domicilio. Non farà entrare l'idraulico a causa del sangue, perché sa che c'è del sangue. Non lo farà. Si solleva lentamente, non viene su nulla, e poi l'ultimo sorso di liquore al malto scende giù. La prima sorsata sa di ambrosia, l'ultima di formaldeide.

Lascia cadere la bottiglia vuota nella vasca da bagno. Rotola avanti e indietro senza frantumarsi. La pattumiera che ha acquistato al discount sull'Atlantic è accanto alla porta, strapiena. Non le piace andare là, all'Atlantic Center. È frequentato da brutta gente. Una volta c'è andata per via di alcune offerte speciali. Allunga la mano per prendere una seconda bottiglia sotto il lavandino, solo per appurare che la seconda bottiglia esista, e avvicina un dito al tappo, ma poi la bottiglia vacilla e rotola dentro il mobiletto sotto il lavabo, rovesciando lo spazzolone del gabinetto e un fustino di detersivo. Nomina il nome del Re dei Cieli invano. Ormai avrà perso due chili e mezzo, forse di più, e la stanza è fetida, il gabinetto completamente intasato, e tutto ciò che lei chiede è un po' di tregua.

Le voci che protestano contro la contea di Palm Beach sono come le anime che protestano per entrare in Purgatorio, o come le api che si adoperano per costruire un alveare. In campagna. In un paese italiano. A Siena. *Il mio caro paese.*[1] Li vede, adesso, suo padre e il padre di suo padre. Divinatori dilettanti. Nella loro terra d'origine. Rosa è al corrente di tutte le storie. Vede i cipressi, gli agricoltori chini sui filari delle viti. Oliveti. Solleva il coperchio della cassetta dello scarico e immerge la mano nell'H_2O rugginoso, e il coperchio, che è davvero pesante, scivola di fianco, colpisce il bordo della vasca da bagno e si schianta per terra, dove alla fine si spacca in due parti uguali. Rosa Elisabetta inveisce contro quell'accidente di coperchio con una raffica di maledizioni davvero decorative. Fuori dalla porta, il gatto punta le zampe e schizza velocemente verso il rifugio più lontano. Sente che al piano di sopra anche la figlia si è svegliata per il baccano che sta facendo; le assi di legno duro scricchiolano sotto i suoi passi sgraziati. Dov'è la bottiglia piccola? Sa di averla messa nella cassetta dello scarico, dal momento che la figlia le stava facendo la solita filippica. La figlia era nel ripostiglio, intenta a disfarsi di un mucchio di cose, ricordini, oggetti di cui Rosa aveva bisogno, e quello era stato il momento in cui qualcuno doveva aver tolto quelle cose dal ripostiglio e, probabilmente, la bottiglia dalla cassetta dello scarico. Qualcuno le aveva buttato via tutto. Sua figlia è sempre lì che mette in ordine. Arriva e mette in ordine. Poi ha reclutato una polacca, e anche lei arriva e insieme mettono in ordine, ma Rosa Elisabetta sapeva di che cosa si trattava, sapeva cosa stavano per mettere in ordine.

[1] In italiano nel testo *(N.d.T.)*.

Voci che sbraitano a proposito delle condizioni atmosferiche. Rischio di acquazzoni. Piovischio in arrivo.

La peggiore delle ipotesi, e cioè sentire la porta di casa della figlia che si chiude. I suoi passi per le scale. L'andatura goffa. Ha addosso il pigiama e sta andando a fare un salto da Rosa. Ma com'era possibile che una pronipote di divinatori fosse un tale bisonte? Il nonno e il bisnonno erano uomini che godevano di grande stima al paese. Rendevano fertile la terra dei poveri e degli sventurati. Gli zingari li seguivano ovunque andassero.

I Viscusi erano arrivati nelle zone sterili della regione con degli attrezzi speciali, le bacchette da rabdomante. Attrezzi benedetti da un prete di larghe vedute. I Viscusi avevano pronunciato alcune formule magiche altisonanti e, quando avevano scavato in quel pezzo di terra, avevano trovato l'acqua. Acqua pulita, acqua pura. Tutti i pozzi della loro città erano stati individuati e scavati dai Viscusi, e così i Viscusi erano diventati il simbolo dell'acqua, di ciò che cresce, della coltivazione, dell'agricoltura. Il vino che si beveva in quella città, la città da cui lei proveniva, da cui il padre e il nonno provenivano, era il vino prodotto con l'uva coltivata grazie all'acqua dei pozzi scavati dai Viscusi.

L'errore di Rosa era stato quello di sposare Claudio Meandro, buono a fare una cosa sola, vale a dire scolarsi ciò che era stato prodotto. Be', diciamo che era buono a fare anche altre cose, come andare a puttane, non portare mai uno stipendio a casa e abbandonare moglie e figlia. Persino con la televisione accesa, Rosa sente il respiro affannoso della figlia. La difficoltà del suo respiro, il respiro strozzato delle donne grasse, il respiro di qualcuno che sta facendo un'immersione in fondo al mare. Ed era proprio lei che stava scendendo *al piano di sotto*.

"Hai dato da mangiare al gatto?" sbotta la figlia dalle scale.

"Non entrare qui dentro!" tuona Rosa dal bagno.

"Per quale motivo tieni la porta chiusa col catenaccio?"

Ora la mano grassoccia stringe il pomello da fuori.

"Per quale motivo è chiusa col catenaccio?"

"Sono in bagno!" grida Rosa, e lo sforzo provoca un altro fiotto intestinale. "Non entrare."

"Va tutto bene?"

"Se avessi avuto bisogno di te qui dentro, ti avrei fatto un fischio."

"Ho sentito un gran fracasso."

"Non è vero."

I vicini, nel palazzo accanto, sentiranno le urla attraverso il cemento, attraverso l'arenaria, attraverso gli strati di materiale isolante, attraverso l'intonacatura. Si alza dal gabinetto e si rannicchia a terra; le gambe e il sedere sono un vero macello, lei è un macello, e tenta di ripulirsi con l'acqua un'altra volta; vuole liberarsi di tutto questo, dell'umiliazione di questo momento, delle pubblicità sui problemi femminili, dei programmi televisivi che mostrano persone che, per sopravvivere su un'isola, mangiano topi affinché le loro fotografie possano apparire su riviste votate all'idea di perdere peso. Se sua figlia entrerà in bagno, Rosa le spaccherà la testa. Come ha fatto a mettere al mondo una grassona?

Suo nonno era stato convocato dal sindaco, un uomo d'armi e di potere. Il sindaco aveva detto: "Non riesco a far crescere una sola pianta qui, sui miei campi, quando invece lei ne fa crescere molte sui terreni che supervisiona. Il suo raccolto è abbondante, mentre io non riesco a vendere la mia uva, e ciò che voglio da lei è che porti i suoi incantesimi qui, sulla mia terra, e che la renda fertile. Altrimenti la caccerò dalla città, e ciò significherà la rovina per il suo vigneto. E i suoi figli e i figli dei suoi figli cadranno nell'oblio, diventeranno dei fuorilegge, e il nome dei Viscusi cadrà nell'oblio per sempre." Questo era accaduto dopo la guerra, intendiamoci, in un periodo in cui serpeggiava un grosso malumore. E poi c'era stata la questione del pozzo di Pienza, il quale doveva la propria fama a Pio II. Il sindaco si era sentito offeso, *completamente oltraggiato*,[2] dal fatto che nessuno fosse riuscito a progettare un pozzo migliore di quello di Pienza.

"Non posso stare a correrti dietro tutta la mattina, mamma."

"Lascia vivere il prossimo in santa pace, se è quello che vuole."

Ancora una volta Rosa tenta di lavar via le tracce. Un errore tattico da non trascurare. E ora accade la cosa peggiore che ci si possa aspettare, e cioè che la *merda* comincia a venir su, con l'acqua che gira vorticosamente, in modo inquietante, e tutto d'un tratto quello che non è sceso giù, lungo il tubo di scarico, verso l'impianto di trattamento dei liquami, risale in superficie, si accumula, e lei ha la percezione delle proprie grida di sgomento, ma è come se stesse succedendo a qualcun altro. Non sa cosa ci sia nelle sue viscere, quale verme o parassita sia all'origine di una tale infezione a una parte del suo pancreas e del suo

[2] In italiano nel testo *(N.d.T.)*.

intestino; c'è un attimo di esitazione, una pausa infinitesimale durante il processo di ebollizione, prima che tutto trabocchi dall'orlo del gabinetto...

"Stai ascoltando il programma sulle elezioni?"

... cominciando a riversarsi sul pavimento. Il suo intestino in fiamme si attorciglia. Ed è il momento in cui scoppia il mal di testa, ne sente le avvisaglie; anche il mal di testa le sta addosso ora, e il vomito. Inizia ad avere le visioni, fantasmi che precedono il prossimo accesso violento di dolore, visioni che riguardano il nonno e il padre del nonno, disperati perché non riescono a trovare l'acqua nei terreni del sindaco. Non riescono a trovare l'acqua. Dopo il crepuscolo, finita la funzione, hanno addosso i vestiti che si erano messi per andare in chiesa, e c'è la luce della terra d'origine, la luce che aveva ispirato quegli antichi maestri, la luce perfetta della campagna toscana, e si dirigono nei campi oltrepassando un corteo nuziale che si snoda per le strade, verso la piazza principale, e che avanza tortuosamente in direzione del pozzo, uno splendido pozzo antico da cui gli uomini e le loro mogli spruzzeranno l'acqua, e berranno vino e berranno acqua, faranno baldoria e danzeranno. Il padre di suo padre e il nonno non sono alla festa, stanno lavorando, e usano bacchette levigate, gli attrezzi del mestiere, i legni del rabdomante, legni che per generazioni hanno garantito buoni raccolti agli abitanti della città. E non devono far altro che trovare un pozzo all'interno della proprietà. Lo hanno fatto molte altre volte.

Rosa Elisabetta si toglie il maglione e si sfila la camicia da notte. Solo qualche vaga traccia di lei nello specchio sopra il lavandino, uno specchio solcato da piccole crepe: un gomito fosforescente, una protuberanza nella parte inferiore, le ciocche grigie dei riccioli intorno alle rughe profonde del mento e delle guance; la luce si muove al di sopra e da una parte all'altra della sua nudità, la luce è una tortura, e lei, sotto quella luce, si fa coraggio, perché anche da vecchia è una bella donna, e gli uomini faranno carte false per venire a letto con lei, e poi si issa faticosamente sul bordo della vasca da bagno appoggiando il viso rugoso contro la parete di porcellana. Conosce la sensazione che dà al tatto il legno levigato della bacchetta da rabdomante; è il legno della magnolia tripetala, levigato e messo a essicare fino a che non diventa simile a pelle di vacca; e sa che la creazione di questa bacchetta è controllata da emissari celesti. Una visione che aleggia nell'aria, e la bacchetta è il suo tramite.

Tutta la vita suo nonno aveva avuto schiere di donne che gli erano state appresso. E anche quella notte le donne avevano inseguito lui e suo padre. *Le amiche*[3] avevano abbandonato la festa nuziale e le berline nere, schizzando fuori dalle automobili in corsa, e si erano messe a seguire il nonno e il padre di lui mentre i due procedevano attraverso il podere del sindaco. Una processione di rabdomanti. Gli uomini si erano inoltrati nei campi, le bacchette tra le mani, ma non avevano trovato alcunché. Avevano cominciato a sudare. Avevano cominciato a preoccuparsi. I *ragazzi*[4] seguivano il nonno e il bisnonno in mezzo ai campi, i *ragazzi* che stavano già bevendo il vino. Nessuno sapeva dove avrebbe portato tutto questo bere vino, salvo che, terminate le bevute, gli uomini avrebbero trovato l'acqua, perché era sempre così che succedeva. E c'era un falò, e l'eremita che viveva in una capanna vicino alle rotaie della ferrovia saltava fuori con la sua concertina e il suo topolino. Era l'unico campo fra lì e la città dove non c'era acqua. Non avevano mai preso in considerazione l'ipotesi di un fallimento prima d'ora, i Viscusi, dato che conoscevano gli zingari. Ecco com'era andata la storia, pensava Rosa Elisabetta nella vasca da bagno, coi vestiti sporchi sul pavimento.

Il sindaco non avrebbe accettato un no come risposta.

Non potevano far altro che inventarsi un responso da parte delle bacchette. Non potevano far altro che falsificarlo. Era stato il suo bisnonno a suggerirlo. Il nonno era contrario. Era un uomo onesto, lui, e pensava che la cosa avrebbe compromesso la loro reputazione. *Tuttavia, ha detto troppo una bugia assurda.*[5]

Ecco qual era la sensazione che dava la bacchetta da rabdomante nel prenderla in mano. Liscia e difficile da maneggiare. La si manovrava come se si fosse potuta rompere da un momento all'altro, come se fosse stata un cimelio in ceramica del sedicesimo secolo, e poi veniva piantata nella terra, e quando sotto c'era l'acqua la bacchetta cominciava a tremare come in preda a un'estasi del Bernini. Proprio come tremava sua nonna, sua nonna che si era quasi fatta suora, o come tremava sua madre, che era una delle persone che quella notte avevano seguito gli uomini portando il vino. Dopo aver assistito al matri-

[3] In italiano nel testo *(N.d.T.)*.
[4] In italiano nel testo *(N.d.T.)*.
[5] In italiano nel testo *(N.d.T.)*.

monio erano balzate fuori dalle macchine e avevano seguito gli uomini nei campi, aspettando che trovassero l'acqua per poi accendere il falò. Di lì a poco avrebbero ballato al suono della concertina. Quella notte, i Viscusi avevano dovuto ingegnarsi, perché quella notte avevano dovuto aggiungere un nuovo stratagemma al loro repertorio: la menzogna.

Il sindaco e i suoi lacchè, armati, erano spuntati da una macchia e si erano messi a osservare i Viscusi che si avvicinavano dall'ettaro più distante della tenuta del sindaco. Si erano tenuti in disparte, lontani, e Marco Viscusi, suo nonno, reggeva la bacchetta, che nelle sue mani tremava: un tremito costante e imperscrutabile, come se fosse stata tutta una messinscena. Poi Claudio aveva detto: "Padre onnipotente", o forse aveva mormorato un altro giuramento solenne che facesse apparire la loro impresa come quella degli angeli seduti sull'orlo del proscenio di tutte le schiere celesti.

"Scavate qui, scavate qui," aveva detto Marco. Ma il sindaco aveva gettato a terra i badili. "No, scavate voi. Saremo di ritorno fra un'ora."

"Va bene, mamma, adesso entro. Okay? Sono decisa a togliere il catenaccio."

Rosa Elisabetta sentiva l'odore risalire direttamente dal passato, l'odore delle cipolline sottaceto, dell'alito del marito, Meandro, dei colletti fetidi delle sue camicie da lavoro. E poi la figlia, che da fuori batteva alla porta urlando di farla entrare. Sentiva le voci che blateravano nell'altra stanza: il problema del controllo della vescica, la verifica dei voti. Sentiva il gatto mugolare, affamato. Ma lei si trovava indietro di un secolo, al tempo in cui i Viscusi stavano attraversando i campi galoppando a gran velocità, mentre scariche di colpi scoppiettavano sopra le loro teste, e raccoglievano le proprie cose dirigendosi verso la costa e lasciando dietro di sé persino le bacchette, affinché quella notte il sindaco potesse bruciarle nel suo camino maledicendo il nome dei Viscusi. Che serva da lezione agli altri! Tutti in America, in compagnia di contadine dai facili costumi, di cui una già madre di un figlio. Sua madre, la despota di Dyker Heights.

2

Statuaria, taglia forte, i capelli giallo sporco nella luce caliginosa, di fronte all'ospedale, nascosta dietro occhiali scuri, come se volesse sventagliare proiettili sulla folla. Fa segno alla macchina di fermarsi, per quanto non ce ne sia alcun bisogno. La donna con l'impermeabile grigio e l'abito nero griffato si issa a fatica sulla vettura. Sbatte la portiera, che cigola rumorosamente ruotando sui cardini. Si sistema sul lussuoso sedile della Lincoln Town Car. L'autista di origine indiana la guarda perplesso nello specchietto retrovisore: *sbatterebbe a quel modo anche le portiere della sua macchina?* Ma lei non ci fa caso, essendo già intenta a dare disposizioni: "Rockefeller Center. Ecco come ci arriviamo: facciamo un'inversione a U e torniamo sulla Nona, dove procediamo in direzione ovest finché non raggiungiamo la Smith; una volta lì, giriamo a sinistra non appena possibile, poi dritti fino alla Hicks, attraversando l'Atlantic, *non* sull'autostrada Brooklyn-Queens, lungo la Hicks, ma usando l'entrata posteriore del ponte." Come se, solo perché è un immigrato, lui non fosse in grado di capire ciò che lei sta dicendo. Ha un figlio a casa, capite, un ragazzino, un ragazzino americano, cresciuto in America. Anche lui ha gridato quelle parole: *stai lontano dalla presa della corrente!* Ha studiato, e in una scuola migliore di quella americana, che è una merda. E non va a mangiare tutti i giorni in un ristorante con la facciata di plastica. Ma la donna non sa niente di tutto questo. Lui annuisce, impercettibilmente, ed eccoli in marcia, in quel frangente dell'ora di punta fatto solo di impiegati in ritardo.

Il donnone si attacca immediatamente al cellulare, o, meglio, al minuscolo auricolare. Come se stesse parlando da sola, come se fosse appena piombata dentro la macchina dopo un periodo di degenza nel reparto di psichiatria del Methodist Hospital. È difficile distinguere la voce che parla al telefono da quella che sbraita dando nuove disposizioni. "*Andiamocene* da Smith Street! Cosa crede, che la paghi per tener ferma la macchina?" Come per accertarsi che lui stia ascoltando tutta la conversazione.

Viene a sapere molte cose. Viene a sapere del suo lavoro: "Non arriverò in tempo per la riunione. Perfetto. Stanno trapanando di fronte a casa. Hanno bucato una tubatura. Ci sono due metri d'acqua per strada. Un tizio del sindacato è rimasto ferito. A quanto dicono il mio avvocato e il mio broker, l'assicurazione coprirà parte dei danni. È saltata anche l'elettricità. Non m'interessa cosa gli racconterai. È da un pezzo che siamo in trattativa con quel tizio, come si chiama, esatto, quello dello show televisivo. Vuole un ingaggio. Per il grande pubblico. Vedi di farglielo presente. Usa queste parole. Grande pubblico. Te lo ricordi? Sposterò i miei appuntamenti."

L'intersezione sull'Atlantic era in costruzione dai tempi della Guerra del Golfo Persico, esattamente dal periodo in cui lui era arrivato lì. Di notte è uno scavo archeologico. Sotto la superficie la città si espande a strati. Proprio in questo punto, sotto la stazione della metropolitana, stanno sotterrando un bunker militare, e sotto il bunker stanno nascondendo alcune antiche opere d'arte rubate ai paesi della valle del Tigri e dell'Eufrate. Gli uomini indossano le apposite tute di protezione, e le macchine per la saldatura sprigionano una pioggia di scintille. È sempre tutto intasato quando tenta di attraversare l'Atlantic, persino più giù, accanto all'altro ospedale. La passeggera è come uno di quei felini allo zoo. Quei gattoni che aspettano l'ora del pasto aggirandosi per la gabbia come se fossero sul punto di divorare anche le pareti. Suo figlio li adora. Suo figlio è un ragazzino pieno di allegria, e il disappunto delle fiere era una scoperta che ancora gli mancava. Suo figlio ha pochissima memoria, pertanto ogni giorno ha in serbo qualcosa di nuovo per lui. Una pagina di giornale che svolazza sopra un marciapiede è una rivelazione. Gli piacciono tutti gli odori. Quello dei rifiuti lo diverte molto.

"Dr. Weiss?" dice lei. "È un brutto momento?"

Trasuda affettazione.

"No, no, no. Naturalmente. Be', bisogna pur far qualcosa. Per garantire la stabilità dei mercati. Bisogna fare qualcosa. Ma non è per questo che l'ho chiamata. Ho dovuto telefonare ai paramedici per fargliela venire a prendere. Ormai la conoscono bene, sono venuti tante di quelle volte. La chiamano addirittura Rosa. Rosa qui, Rosa là. E intanto ridacchiano sotto i baffi. Ho sentito un gran frastuono. Come se nel seminterrato fosse entrata in azione una squadra di demolizione. E a dire il vero non è poi andata tanto diversamente, dal momento che si trattava di un autentico disastro. Aveva sprangato la porta dell'appartamento, mettendo anche il catenaccio. Si era chiusa in bagno. Dio solo sa da quanto. Il gatto stava morendo di fame. Non so ogni quanto gli dia da mangiare. Sembra anoressico. No, non riuscivo a entrare, e lei non voleva uscire dal bagno, e allora cos'altro potevo fare? La televisione era a tutto volume, tanto che riuscivo a sentire il notiziario anche dal mio bagno. Le ho chiesto ripetutamente di farmi entrare, con decisione ma senza *perdere le staffe*, e ho capito subito che c'era ricascata, mi segue? Quel tono di voce. Troppo pastoso. Appena lo senti, capisci."

Quando non è al volante, lui adora farsi portare in giro. Adora osservare le luci, l'orizzonte, il traffico scintillante al di sopra dell'acqua. Nel suo paese, durante gli ingorghi, finisci per conoscere un sacco di gente. Impari i nomi dei figli e dei nipoti. Discuti di politica. Passi molto tempo con questa gente. Prima fai a cazzotti e poi inviti il tuo avversario a cena, ammesso che tu riesca a riemergere dal traffico. Una volta aveva dato vita a un circolo di poesia insieme ad alcuni giovani conosciuti durante un ingorgo. Come molti altri autisti di taxi privati, anche lui ha una specializzazione postlaurea. In Letteratura Europea, all'Università di Delhi. Nutre un grande interesse per la fiction televisiva. Nel Punjab i canali satellitari trasmettevano i programmi americani doppiati. Era un grande estimatore di una serie televisiva che aveva come protagonisti i baroni texani del petrolio. Ovviamente il programma doveva molto al romanzo del diciannovesimo secolo, a quei polpettoni in tre tomi. A dire il vero, è convinto che Horatio Alger sia spazzatura, sebbene la sua opera vada approfondita in quanto fonte di massima ispirazione per i serial televisivi americani, che invece sono una meraviglia.

La voce del centralinista che si occupa di smistare le chiamate per i taxi ricorda quella del muezzin che richiama alla preghiera i musulmani. Alcune parole vengono ripetute. *Trentuno, trentuno, JFK, trentuno, duecentoventotto, accelerare, Settima Avenue, duecentoventotto.*

Lui, intanto, armeggia con il volume della radio per non dare l'impressione di ascoltare le conversazioni telefoniche in corso alle sue spalle.

"Ho dovuto rompere il catenaccio. Gli ho dato uno spintone come si deve. Mi sono appoggiata, facendo forza contro la porta, ho dato un bello spintone e il catenaccio è venuto via dal muro. Lo dovrò stuccare. A ogni modo, sono andata alla porta del bagno e ho detto: 'Lo so che non hai dato da mangiare al gatto. Lo so che mi stai mentendo. Lo capisco quando mi stai mentendo. Come credi che stia una persona a essere continuamente presa in giro? Pensi sia piacevole?' Ecco cosa le ho detto. Lei s'imbufalisce, come se si trattasse di un'invasione. Si mette a urlare dicendo che ha bisogno di stare un po' per conto suo e se per cortesia le faccio il piacere di andarmene. Il fatto è che c'è un *tanfo* talmente disgustoso. Persino dall'ingresso capisco che si tratta di una situazione di emergenza. E infatti le dico: 'Fanculo, mamma, adesso vengo dentro', mentre il tipo della televisione sta blaterando non so che cosa a proposito del discorso con cui il candidato sconfitto ha riconosciuto la vittoria del suo avversario, e il gatto miagola per la fame, e io forzo la porta del bagno. Ed è stato allora che ho visto il *sangue*."

C'è un percorso che gli piace in modo particolare: quello che conduce a Coney Island. Ha una storia da raccontare sulle montagne russe, quelle che chiamano il Ciclone. Sua moglie, con cui si era fidanzato e che aveva finito per sposare all'età di sedici anni, secondo il volere dei loro genitori, è sempre preoccupata per il figlio. È preoccupata senza averne motivo; lo segue dappertutto, togliendogli di mano quello che tocca, dato che lui mette le mani su ogni cosa per sapere com'è fatta. Se c'è un po' di budino di riso sul bancone, come ogni tanto capita, il figlio deve ficcarci le mani dentro, nel budino di riso. Gli piace la consistenza del budino di riso. Se sul tavolo ci sono un po' di curry, di *korma* o di *byriani*, suo figlio cercherà di mettere le dita *dentro* o *sul* cibo, anche con il rischio di scottarsi. Quando piove, ha l'abitudine di precipitarsi all'improvviso verso la porta e di uscire per strada con le mani in alto, come se volesse afferrare la pioggia. Sua moglie porta il figlio a una scuola frequentata da altri ragazzini che cercano di afferrare la pioggia, e questa scuola, proprio perché è gestita dalla città di New York, non serve a nulla, e nonostante un tempo il figlio sapesse padroneggiare qualche parola, adesso non le usa quasi più, e la moglie preferisce che stia a casa, tranne quando frequenta la scuola che non serve a nulla gestita dalla città di New York. Lui, invece, la pensa diversamente. Pensa che suo figlio abbia bisogno di conoscere molte cose. Suo figlio ha bisogno di vedere la Statua della Libertà; suo figlio ha bisogno di annusare l'odore delle erbe del giardino botanico e quello degli animali allo zoo. Quando può, lo porta di nascosto al cinema a vedere film d'azione, e magari un po' di Bollywood.

E poi c'è il parco dei divertimenti di Coney Island. Ci sono la passerella sull'acqua di Coney Island, le urla degli imbonitori della fiera, anch'esse simili alle invocazioni del muezzin, e ci sono i sapori e gli odori della fiera. È andato alla fiera dell'America. Dopodiché è tornato a casa dalla moglie, che stava seguendo un programma televisivo con qualcuno che avrebbe voluto essere milionario. "Intendo portare mio figlio a Coney Island," dice alla moglie. Lei ovviamente non è d'accordo. Gli risponde che loro figlio è un ragazzino con delle difficoltà di apprendimento, espressione che a lui non piace usare. Preferisce pensare che suo figlio sia un apprendista stregone, così avanti nell'apprendimento della propria arte da non avere tempo per le cose di questo mondo. La moglie protesta ancora, per poi tagliar corto con la conversazione mentre cerca di indovinare la risposta esatta del concorrente che vuole diventare milionario. Si prende gioco del concorrente. Poi protesta di nuovo.

Comunque sia, questa è una decisione che spetta a lui, visto che è lui a guidare la macchina dodici ore al giorno. E così è fatta. Andranno a Coney Island, sebbene la moglie dica che esistono delle regole che stabiliscono chi può salire sulle giostre. Ecco il tragitto: lungo l'autostrada Brooklyn-Queens, in direzione della Gowanus, poi prendono per la Belt Parkway e da lì per la Ocean Parkway; quindi parcheggiano la chevrolet per far scendere le donne con indosso i *salwar kameez*, la moglie e le cugine, in modo che possano passeggiare lungo la passerella sull'acqua. Che giornata. Sfavillante. Una cosa magnifica per tutte le persone che abitano da queste parti, qualunque sia il loro luogo di provenienza, che si tratti delle steppe dell'Asia centrale, del deserto del Medio Oriente, delle giungle dell'Africa o delle foreste pluviali del Sudamerica. I ponti, la Statua della Libertà e la vista del New Jersey, dove vivono le cugine, sono semplicemente magnifici. Con dei fucili di plastica sparano ad anatre di plastica, poi lui regala al figlio un portachiavi a catenella con disegnata sopra una tigre del

Bengala. Mangiano degli stuzzichini chiamati patatine fritte. Suo figlio sente il bisogno costante di mettere patatine fritte in bocca a ognuno dei presenti. Persino a qualcuno degli estranei.

Poi, quando arriva il momento giusto e il sole è allo zenit, cominciano a incamminarsi verso il Ciclone. Con sua moglie che dice: "No, ho detto di no! Voi non salite su quella roba!" Ma lui non dà ascolto alle sue imprecazioni. La biglietteria è proprio lì di fronte, e si sentono le grida dei passeggeri del Ciclone rombare nell'aria. Il tizio della biglietteria è talmente segnato da tutti quegli anni passati al Ciclone che assomiglia a uno dei gabbiani della passerella di Coney Island, così grigi e grassi e sporchi che non è possibile spiluccare qualcosa con delle pause in mezzo, perché, così facendo, può capitare che un gabbiano ti rubi il boccone. Suo figlio l'ha imparata di recente, questa dura lezione.

"Mi scusi, signore, posso portare mio figlio a fare un giro là sopra?" Indicando il figlio, la cui espressione beata è disturbata soltanto da qualche traccia di schiuma agli angoli della bocca e dai lineamenti schiacciati. Il tizio della biglietteria non ha tempo da perdere con le categorie semantiche dell'intelligenza. Di qualsiasi cosa si tratti, l'ha già vista prima. Ha visto passeggeri senza braccia. Ha visto passeggeri con le gambe paralizzate. Ha visto ciechi riporre i bastoni e togliersi gli occhiali scuri. Ha visto tutto questo, un viavai di tipologie fisiche. Da questa porta l'America entra e paga il biglietto, e da quest'altra l'America riemerge con le ginocchia tremanti – ammesso che le abbia ancora, le ginocchia. Il tizio della biglietteria fa un cenno con la mano come per dirgli di lasciar perdere, come per fargli intendere che le montagne russe non discriminano tra un tipo di intelligenza e l'altro. Conta solo la statura, soltanto quella, e suo figlio ha appena compiuto quindici anni e gli piacciono diverse porcherie che hanno a che fare con le secrezioni del suo corpo, ma nessuno mette in dubbio che non sia abbastanza grande per fare una corsa là sopra. "Senta, signore, volevo ringraziarla. È un giorno molto importante, sa, in cui mio figlio dovrebbe essere trattato con rispetto, dal momento che rappresenta la rinascita delle benedizioni in questo paese. Grazie per la sua attenzione." Il tizio della biglietteria sputa in un bicchiere di carta.

Ovviamente potrebbe continuare. Potrebbe parlare della civiltà dell'Indus River; potrebbe parlare dell'evoluzione millenaria delle civiltà vedico-ariane, dell'arte greco-battriana, mille anni prima che il falegname ebreo iniziasse la sua sfortunata attività nella città di Gerusalemme. Potrebbe parlare delle invasioni mongole, delle occupazioni britanniche, della guerra civile, di Jinnah, e di Nehru, e di Gandhi, e di suo padre, un bottegaio, in un periodo di gravi tumulti, e di quando il padre aveva portato via la famiglia da quel luogo che oggi è il Pakistan, dove si diceva che una famiglia sikh non fosse più al sicuro. Potrebbe parlare dell'emigrazione dei sikh, dei loro successivi insediamenti, del Punjab e del suo fermento, e della tendenza tipica dei sikh, o quantomeno della sua famiglia, a non darsi mai tregua. Potrebbe parlare del suo arrivo in questo paese, di come aveva sempre saputo che un giorno sarebbe finito da queste parti, per suo figlio, perché il ragazzo potesse fare una corsa sulle montagne russe, perché potesse conoscere tutte le cose che suo padre non conosceva quando era stato travolto dai tumulti per le strade di Delhi. Eppure non dice nulla. Sorride, e conduce il ragazzino e le donne verso il Ciclone percorrendo un dedalo di passaggi. Ecco la vettura delle montagne russe pullulante di adolescenti. Lui e il figlio prendono posto su quella in testa, mentre gli addetti alla giostra, affaticati, fissano la sbarra di sicurezza, e suo figlio parla quello strano linguaggio a scatti che tanto gli piace, simile a un'esotica lingua africana, e in quel momento si sente il cigolio delle catene che trascinano la vettura delle montagne russe verso la prima vetta, con le donne dietro di loro che cominciano a strillare e con suo figlio che scorge Shiva il distruttore.

Il monologo del donnone seduto nella sua automobile viene stranamente interrotto da una pausa di silenzio, dal momento che il suo enfatico resoconto di ciò che è accaduto ha raggiunto un punto critico. Ha gli occhi umidi, come ha modo di notare Ranjeet dallo specchietto retrovisore; tuttavia questa donna non si darà per vinta, non in una vettura che in questo preciso istante è bloccata in mezzo alla scia luminosa delle automobili davanti al ponte di Brooklyn, all'estremità di una zona disabitata dove sorgono dei depositi, vicino a un quartiere chiamato Dumbo, un quartiere popolato da giovani con indosso strani vestiti. Dopo la pausa di silenzio, riprende il racconto a partire dal momento clou.

"Be', naturalmente la prima cosa che dovevo fare era ripulire tutto quanto, dato che non avevo nessuna intenzione di lasciare quel macello sul pavimento e il cesso intasato a quel modo per quando fossero arrivati i paramedici. Beninteso, non metterò mai più piede in quella casa dopo ciò che è successo e dopo averla ripulita, e non lascerò tale incombenza alla donna delle pulizie. E così mi metto immediatamente carponi e comincio a pulire mentre lei brontola dalla vasca attaccando con la solita solfa. E, nella fattispecie, che sono una vergogna, bla bla bla bla, e poi perché non riesco a trovare marito, insomma, perché mai devo proprio essere così, una vergogna, perché la sua unica figlia è *quel* genere di donna, che forse una volta o l'altra finirà per mettere in cattiva luce anche lei. Be', non è che lei abbia avuto stuoli di fidanzati dopo che papà se n'è andato. Sempre la solita sfilza di lagne, inutile che gliele stia a raccontare. Una volta mi ha dato dei bigodini, ma lei lo sa già, e poi ha invitato alcuni ragazzi che erano per strada... No, d'accordo, capisco. Sì, finirò per..."

Nel secolo scorso avevano forse previsto che questo ponte avrebbe dato il benvenuto a uomini e donne provenienti dall'India, dal Pakistan e dal Bangladesh, a uomini e donne della Costa d'Avorio o del Ghana, della Malesia, dello Sri Lanka, e che li avrebbe accolti nella rete oscura dell'imprenditorialità di Manhattan, promettendo loro, ad esempio, che un uomo come Ranjeet avrebbe potuto iscrivere il figlio a una delle scuole di questo paese, in modo che non fosse costretto a rimanere dentro a una stanza vuota con il pavimento in cemento nel retro di un minuscolo appartamento di Delhi, dal momento che nessuna scuola privata lo accettava o gli impartiva alcun tipo di insegnamento, e così avrebbe dovuto fare l'elemosina, e nessuno l'avrebbe accolto, eccetto forse le chiese cristiane, nessuno avrebbe massaggiato le sue strane dita dei piedi, nessuno avrebbe baciato i suoi strani occhi mongoli? Il ponte, con le sue torri in pietra a est e a ovest, sembra rispondere di sì, forte e chiaro, quando a immaginarsi la risposta è l'autista di un taxi privato immerso nella monotonia del traffico, un autista che riesce a immettersi abilmente nella FDR Drive ancor prima che la donna abbia finito di illustrare nuovamente allo psichiatra il disturbo della madre, disturbo che Ranjeet non è ancora in grado di diagnosticare nonostante senta parlare di problemi al pancreas. Cosa che a lui appare piuttosto strana. Nella sua famiglia le donne non bevono alcolici; neanche gli uomini bevono alcolici, salvo ogni tanto, quando vanno al parco e bevono e si tolgono i turbanti, o almeno è quello che capita nella sua, di famiglia, sebbene ciò non influenzi in alcun modo la loro moralità.

"Stamattina mi aspettavano per una riunione. Per parlare del nuovo progetto. Ma tanto è andato tutto a monte, definitivamente. Come diavolo posso realizzare un film se ogni volta sono costretta a tornare a casa per convincerla a non ordinare gioielli ricoperti di zirconi da qualche annuncio pubblicitario perché io riesca a sedurre l'uomo giusto? O a non chiamare i programmi radio locali dicendo che gli immigrati non rispettano la nazione, per quanto anche lei possa essere considerata un'immigrata? O quando mi lascia dei biglietti chiedendomi in quale modo penso di dare alla luce un erede o qualcosa del genere?"

Ranjeet è rapito da un incantesimo. L'incantesimo di quella parola perfetta, quella sillaba capace di cambiare tutto. *Film*. Perfetta quanto le due etimologie americane da esportazione: *okay* e *Coca-Cola*. Può darsi che l'origine della parola *film* provenga dal sanscrito *movati*, che significa *spingere*, o *far avanzare*; e i film, da un punto di vista culturale, richiedono una buona dose di tutto ciò. È un'avventura universale, una parola che parla della promessa americana come nessun'altra, una parola che riunisce i premi sfolgoranti offerti da questa terra di grandi opportunità: la parola *film*. Lui se ne intende, di film. Se ne intende di film di culturisti, di commedie sexy per adolescenti. Se ne intende di telefilm a puntate. A suo figlio piacciono anche i cartoni animati in stile hard-boiled. La parola *film* rapisce Ranjeet Singh e lo spinge ad accendere il cellulare per chiamare suo cugino Hardeep a Jersey City. Deve urlare perché il telefono svolga la sua funzione. In questo momento ci sono due persone al cellulare dentro una Lincoln Town Car che sfreccia sotto il Williamsburg Bridge, accanto all'East River, a Manhattan. Guardala lì, un'insegna della Coca-Cola. Dice alla moglie di Hardeep che adesso non può parlarle: "Per favore, non attaccare con l'elenco degli acquisti che hai appena fatto, ma passami Hardeep, per cortesia." E così, in punjabi, dialetto noto per il vocabolario colorito, racconta al cugino Hardeep cosa sta succedendo. C'è questo donnone biondo nella sua macchina, e non lo sa per certo, ma crede che la donna in questione lavori nell'industria cinematografica. Non può darsi che lavori davvero nel cinema? Non può darsi che ci sia una persona famosa nella sua macchina? Una volta gli era capitato di portare un personaggio politico, il presidente del distretto amministrativo di Brooklyn, ma la cosa non lo aveva colpito granché. Almeno non come in questo caso. Grazie al tipo di studi universitari che ha fatto, lui se ne intende di film. Aspetta, fagli ascoltare ancora un po'. E così Ranjeet assume una posa concentrata.

"Certo, cose come questa mi fanno davvero venir voglia di dar sfogo a sentimenti covati a lungo. Voglio dire, la terminologia mi fa venir voglia di vomitare, ma non so come altro chiamarli, e così per oggi dirò semplicemente che ci sto pensando su. Okay? È contento adesso? Significa forse che non oppongo più resistenza? Questa mattina mi sono persa una riunione molto importante. Avevo una carriera una volta, sa? A dire il vero, tanto tempo fa mi è capitato di fare un paio di film. Adesso, invece, sto pulendo la merda dal bagno di quell'alcolizzata di mia madre, che ora è completamente zozza e se ne sta seduta nella vasca asciutta a bere, con la televisione sparata a tutto volume, e con me che sto pensando a dar sfogo a tutto ciò che mi si è accumulato dentro."

Nel suo paese, Hardeep aveva dato un contributo fondamentale alla nascita del fenomeno hacker. Sosteneva di aver creato un virus. Sui siti web compariva un messaggio che diceva all'utente che il corpo di una donna era il tempio sacro di Dio. Attualmente Hardeep elabora codici per delle grandi società, prodotti della rete telematica, applicazioni per le aziende. Lo stipendio è ottimo. Hardeep, la moglie e i figli vivono in un condominio a Jersey City, vicino al Newport Center. Ranjeet gli dice di rintracciare i dati personali di questa tizia del cinema nei database online, al che Hardeep gli chiede, con la sua tipica voce rauca che sembra burbera anche quando è romantico, se per caso non conosca il nome della tizia, al che Ranjeet è costretto ad ammettere che non lo sa, dal momento che la donna non gliel'ha detto. Non ha bisogno di dire il proprio nome per procurarsi un'automobile.

"Non faccia quello al di sopra delle parti, per cortesia," dice ora la voluminosa passeggera al microfono dell'auricolare. "Non ho bisogno di sentirmi fare un mucchio di domande su come la *penso io*. Ecco come la penso. Mi sento intrappolata. Mi sento come se fossi condannata a dedicare anima e corpo a questa pazza. E neanche che questa viva in soffitta, ma nell'appartamento più bello. Invece in soffitta ci sto io, ed è come se la situazione fosse ribaltata e fossi io quella che sta andando fuori di testa, anche se è più probabile che io finisca col morire di noia, perché non ce la faccio più a sopportare le sue lamentele e tutti quei discorsi sconnessi, le sue pretese e le emorragie spontanee."

Ranjeet si dirige velocemente verso l'uscita della Quarantaduesima. Il che significa che passerà accanto alle Nazioni Unite. Dice a

Hardeep che è assolutamente impossibile che questa donna sia un'attrice, visto che è troppo in carne e in questo paese non sarebbe mai potuta diventare una star del cinema, data la sua pinguedine. Esistono caratteristi famosi per la loro pinguedine, ma vengono presi in considerazione solo come zimbelli. Forse in India, dove gli uomini vanno pazzi per donne grasse come la moglie di Hardeep, potrebbe diventare un'attrice. Là metterebbe in imbarazzo persino la bellezza del cielo. "Forse è una produttrice," suggerisce Hardeep. E così Ranjeet valuta la possibilità di dirle qualcosa, mentre lei è là dietro sul sedile che strilla, con le sue urla che si sovrappongono ai canti ritmici del tizio della centrale dei taxi, *Quarantotto, ci sei?, Quarantotto.* "Mi scusi, signorina, dal momento che nel mio paese ho compiuto studi approfonditi di cinema, non ho potuto fare a meno di notare che lei lavora nell'industria cinematografica. Vorrei chiederle che lavoro fa di preciso. In quale settore del cinema lavora? È forse un'agente? O un direttore del casting?" Ma, prima che Ranjeet riesca a dire qualsiasi cosa, lei si mette a gridare così forte che è evidente che sta cercando di comunicare con lui: "Ah, senta, c'è stato un piccolo cambio di programma, e ora dobbiamo ritornare sulla Quattordicesima; mi rincresce molto."

Una svolta sulla Quarantaduesima! Questa poi! L'intera civiltà occidentale si ribella all'idea di una svolta sulla Quarantaduesima! Quando sei sulla Quarantaduesima, devi rimanerci, su questa arteria. Ma se è così, come fa la gente a entrare e a uscire dalla Quarantaduesima? La prendono accedendovi da un lato del fiume e la percorrono tutta fino all'altra sponda, oltrepassando la Grand Central Station, la New York Public Library e il Disney Store. Bivio, confine, limite, emblema: Quarantaduesima. Senza ombra di dubbio dev'esserci stata della gente in visita da altri paesi che è rimasta bloccata mentre andava su e giù per la Quarantaduesima per diversi decenni!

Al telefono, Hardeep protesta dicendo che la descrizione è inadeguata. Ci sono moltissimi produttori cinematografici coi capelli biondi, prevalentemente tinti. E ci sono molti personaggi famosi che tendono alla pinguedine. Può darsi che Ranjeet abbia nella sua macchina quella presentatrice di talk show bene in carne. Ma Ranjeet controbatte. Non si tratta di certo della presentatrice di talk show bene in carne, e la ragione è che suo figlio nutre una profonda avversione nei confronti della presentatrice di talk show bene in carne. Ogni volta che la vede in televisione, bisogna cercare di calmarlo. "Allora," suggerisce il cugino, "se non è la presentatrice di talk show bene in carne, potrebbe essere quella tizia della situation comedy, quella che si è fatta mettere l'anello allo stomaco." La conversazione continua su questo tono e Ranjeet perde la pazienza, dice al cugino che si sta arrampicando sugli specchi; poi guarda di nuovo nello specchietto retrovisore e scorge il donnone che estrae nervosamente degli oggetti dalla borsa. Nota che la borsa contiene un berretto da baseball, che lei intanto tira fuori, e per poco lui non finisce per tamponare un'automobile di lusso, forse una Jaguar, nei pressi del Flatiron Building, perché sta cercando di leggere la scritta sul berretto che nel frattempo è finito sul sedile posteriore, quel berretto con la scritta *Basso profilo su tacchi alti*. Hardeep gli urla che non può stare attaccato al telefono tutto il giorno, al che Ranjeet lo implora, supplicandolo di digitare sul computer quelle parole, *Basso profilo su tacchi alti*, per vedere se salta fuori qualcosa, e così Hardeep utilizza il motore di ricerca, dal momento che tutto è reperibile sul motore di ricerca, dato che viviamo davvero nell'era dell'informazione, e presto ci saranno motori di ricerca proprio qui, sulle automobili della Lincoln Town Car, grosso modo quello che ha detto il tizio che smista le chiamate dalla centrale dei taxi.

In effetti, esiste un film che ha esattamente questo titolo. *Un ritratto verosimile, anche se in qualche misura pretenzioso, di un personaggio minore della Factory di Andy Warhol, con pezzi inediti di Lou Reed.* Ecco ciò che legge Hardeep al cugino. E chi sono i nomi di riferimento? Il regista, lo sceneggiatore? Trattandosi di cose che possono essere scoperte grazie al motore di ricerca, secondo la spiegazione data da Hardeep, di lì a poco lui gli elenca i nomi in questione aggiungendo la propria interpretazione al commento del film: "Un tizio di Miami preferisce vestirsi con abiti da donna, come spesso si vede nei film americani. Sì, naturalmente esiste un produttore del film," dice Hardeep; "e proprio in questo istante sto guardando la foto di una donna con due guance pienotte, come imbottite di noccioline, e i capelli biondi. Non sembra bionda naturale, ma tinta, direi. Pensi ti possa bastare?"

"Sei il miglior cugino che io abbia mai avuto," replica Ranjeet.

Ora sono arrivati sulla Quattordicesima, dove file di costruzioni realizzate dagli speculatori edilizi si susseguono a perdita d'occhio.

Sono stati alcuni passeggeri a dirglielo. C'è un cantiere edile con davanti un topo di gomma. Ha l'aria soddisfatta, questo topo, e lì vicino ci sono degli uomini che parlano al megafono in tono arrabbiato. Sono appoggiati all'enorme, dilatata pancia del topo. Ranjeet si spinge velocemente oltre, attraversa la Broadway e in breve raggiunge il punto indicato dal donnone, ancora alle prese con i suoi effetti personali. L'avventura sta giungendo al termine. Lei gli chiede quanto gli deve. Lui fa la stessa domanda al tizio che smista le chiamate, le cui consonanti esplosive rimbombano attraverso la ricetrasmittente. Si scambiano le banconote. Ranjeet capisce che questo momento sta per andarsene per sempre e si rende conto che non può far altro che sollevare l'argomento; deve farlo, perché per lui significa strappare le promesse di una vita intera alle grinfie della sconfitta.

"Mi scusi, mi dispiace..."

"Non ho tempo," risponde la donna.

"Ma io..."

Lei armeggia con la borsa; fa scattare la chiusura.

Si trascina sul sedile posteriore per evitare di aprire la portiera che dà sulla strada trafficata.

"Credo di aver sentito di sfuggita che lei lavora nel mondo del cinema. Anni fa ero uno studente di cinema. Prima di diventare..."

"La mia assistente leggerà volentieri la sua sceneggiatura."

"Non ho nessuna sceneggiatura," replica lui rapido mentre lei appoggia un piede sull'asfalto, esattamente come in cinquantamila film già visti. "Solo qualche consiglio. Sulla televisione."

3

Non esistono regole nell'universo dell'autoaiuto. Normalmente, chi ha sviluppato una qualche dipendenza odia le regole. L'Associazione della Seconda Avenue, sulla Quattordicesima tra la Prima e la Seconda, si attiene pertanto a poche regole. Che fine hanno fatto, dunque, le dodici regole classiche di cui tutti parlano? L'Associazione non le osserva. L'Associazione mette il gruppo davanti al singolo, nega l'ingresso alle persone che non si lavano, fa circolare due volte la busta per le offerte e incassa una quota d'iscrizione annua. I malati alla guida dell'Associazione non vengono scelti in base a una votazione. Si rifiutano di abbandonare il proprio ruolo. Il potere che esercitano è assoluto. Ragion per cui, le proposte di innovazioni e sperimentazioni rispetto ai tradizionali incontri in dodici passi sono molto apprezzate. In fondo alla hall hanno luogo gli incontri degli Automutilati Anonimi, dei Borseggiatori Anonimi e degli Ossessionati dagli Incubi Anonimi, più un numero esiguo di riunioni per maniaci sessuali, inclusi i più anonimi dei Pedofili Anonimi. Incontri di meditazione a lume di candela per Adulti Sopravvissuti agli Incesti.

Vanessa Meandro sale le scale senza fiato, imperlata di sudore. Vanessa immagina di provare compassione nei confronti di chiunque sia vittima di un'ossessione, o almeno è quello che racconta di provare; il pedofilo che percorre l'isolato da solo e che passa accanto a una bambina bionda di nove anni su una bicicletta, i tizi che trascorrono le giornate a fottere altri tizi nei boschi della Vale of Cashmere. Eppure, Vanessa non prova compassione nei confronti di coloro che soffrono del suo stesso disturbo. In preda allo sconforto, attraversa a grandi passi l'atrio facendo il suo ingresso nell'Associazione, un appartamento con tre camere da letto nello stile di quegli edifici del dopoguerra che una volta erano considerati miseri e scomodi ma che oggi vengono affittati a prezzi esorbitanti. La moquette è solcata da strisce di sporcizia. Vanessa passa accanto alla bacheca dell'Associazione, sulla quale alcuni annunci pubblicizzano incontri che vedranno tre vincitori fra gli alcolisti colpiti da stress postraumatico, che lavorano da casa e che sono affetti da un disturbo compulsivo da gioco d'azzardo. Dove altro potrebbero andare? Specie se, oltre a questo, sono anche interessati al regime alimentare vegano, all'eliminazione delle tossine, all'interpretazione dei sogni, alla rinascita spirituale e ai corsi sui miracoli.

L'incontro è già iniziato. Vanessa trema al pensiero di aprire la porta che dà accesso a un gruppo qualsiasi di autoaiuto. In quell'istante di esitazione, pensa che una volta o l'altra le persone presenti all'incontro la riconosceranno. Erano usciti degli articoli che parlavano di lei, articoli apparsi su importanti riviste stampate su carta patinata. E lei stessa una volta aveva scritto un pezzo per un'antologia intitolata *Creative Control*, pubblicata da un piccolo editore indipendente e letta ed esaminata dagli studenti di cinema. Immagina che le altre persone che soffrono del suo stesso disturbo sappiano chi è lei, se non altro perché questo la farebbe stare anche peggio. Non le resta che varcare la soglia che la separa dall'incontro. Non le resta che ricambiare gli sguardi degli altri. Stanno leggendo i dodici passi, passi che lei ha completamente ignorato. All'incontro ci sono diverse persone molto grasse; donne grasse, uomini grassi. Capita spesso che la gente si lamenti della dimensione delle sedie. Una volta si era trovata per caso a una riunione di lavoro in cui le proteste contro le sedie pieghevoli erano l'unico argomento della riunione. Se l'incontro aveva il compito di rispondere ai bisogni di questo gruppo, allora bisognava provvedere a delle sedie più grandi!

Dovrà faro lo slalom tra un posto e l'altro, passando accanto a sei dei suoi compagni di sventura, per riuscire a raggiungere la sedia vuota nell'angolo. Non sa se ce la farà. Un debole raggio di sole illumina la polvere sulla finestra rivolta a sud. I volti dei suoi compagni di sventura sono rischiarati dal sole pallido. Ce la stanno mettendo tutta per rendere questo giorno migliore. Forse stamattina hanno già dato sfogo a sentimenti accumulatisi nel corso degli anni, forse si sono già lasciati andare ai loro sfrenati impulsi e ora cercano di comportarsi come se la cosa non dovesse ripetersi mai più. Se solo ci fosse una traccia di miglioramento. Solamente oggi. Sono eccitati dall'arrivo di quest'ora. Nell'angolo, in un bricco da caffè sta bollendo del catrame ristretto. Niente biscotti, da nessuna parte. Davanti a tutti, una ragazza talmente anoressica da assomigliare al simbolo di una campagna contro la fame nel mondo si presenta un'altra volta. Paisley, una bulimica compulsiva. Con aria allegra, Paisley chiede: "C'è qualche persona nuova oggi, o qualcuno che partecipa ai suoi primi incontri?"

La donna seduta vicino a Vanessa le rivolge un sorriso, invitandola a presentarsi. Vanessa si arruffa nervosamente i capelli per renderli più vaporosi. Si stira in modo brusco. "C'è qualcuno laggiù che ha alzato la mano?"

"Mi chiamo Vanessa."

Tutti salutano calorosamente la nuova arrivata. Paisley ribadisce il fatto che i nuovi arrivati non vengono identificati a uno a uno allo scopo di metterli sotto una lente d'ingrandimento, ma semplicemente per dar loro un cordiale benvenuto! Questo *è* un posto sicuro, li tranquillizza Paisley. Dopodiché segue qualche nuova fesseria a proposito dei passi, durante la quale Vanessa tira fuori il suo palmare e comincia a far scorrere sul video gli appuntamenti che sta perdendo. Gli incontri qui all'Associazione durano un'ora e un quarto, incluso un intervallo a metà seduta nel corso del quale non è consentito mangiare nulla. I compagni di sventura se ne stanno in piedi, nervosi, tormentandosi le mani. La scorsa settimana, nell'intervallo, Vanessa aveva sentito una tizia dare in escandescenze mentre iscriveva degli amici a una petizione contro l'apertura di nuove sale cinematografiche in centro. Troppi cinema in centro! Vanessa avrebbe voluto dirle di farle il piacere di tornarsene all'era delle caverne. Nessuno aveva dato ascolto alla donna, certo, ma non c'era stato neppure qualcuno che le avesse fatto segno di andarsene. Era rimasta là a farfugliare concitata durante i cinque minuti di pausa.

Dal momento che coloro che hanno sviluppato una qualche dipendenza non sono in grado di riassumere le proprie considerazioni per sommi capi, e dal momento che il lui o la lei di turno sono tenuti a parlare ininterrottamente finché non hanno finito di elencare tutti gli avvenimenti delle ultime ventiquattro ore, dettagli relativi all'irregolarità intestinale e alle eruzioni cutanee inclusi, nel corso degli incontri c'è un volontario che impugna un cronometro al fine di accertarsi che le persone non superino i quattro minuti concessi loro.

Vanessa si augura che siano anche meno. Sono i cantastorie più noiosi sulla faccia della terra. Peggio di quelli che puntualmente raccontano i propri sogni o degli agenti cinematografici che sciorinano le trame dei film. Vanessa vorrebbe creare una sorta di quarantena per gli uni e per gli altri. Con accanto un'ala destinata ai bulimici compulsivi.

Paisley dà ora il benvenuto a una sua amica intima, un soggetto davvero straordinario, Dean, che Vanessa si rende conto di riconoscere. Dean non è soltanto una normale donna obesa con problemi alle ginocchia, riflusso di acidità e diabete. Dean, in passato, era stata una modella superfamosa. Una cover girl di "Vogue", un'indossatrice di biancheria intima e, se le voci non erano infondate, un'impenitente eroinomane.

"Salve, mi chiamo Dean, e soffro di disturbi alimentari. Per prima cosa devo parlarvi delle ulcere esofagee, perché in questo periodo sono un vero problema per me." A quel punto Dean attacca con il racconto, parlando della prima volta in cui, da ragazza, smilza e senza nessuno che le volesse bene, sfottuta dagli altri per via delle gambe cavalline e del naso bulboso che non si era fatta mettere a posto fino a diversi anni dopo, si era ficcata le dita in gola in seguito alle attenzioni indesiderate da parte di un ubriacone amico del padre. Sta tracannando qualcosa a base di kahlua mentre un amico, un prete del quartiere, la intrattiene parlandole della gloria di Dio con uno sguardo che esprime un misto di terrore e di libidine; lei, tredicenne, va di sopra, entra in bagno e s'infila una mano in gola, in un bagno che ricorda una di quelle piscine antigravitazionali in cui si addestrano gli astronauti. È una cosa piacevole sbarazzarsi del kahlua, dei drink bevuti di nascosto e dell'ambigua gloria di Dio, sbarazzarsi di quell'uomo di mezz'età con la barba sale e pepe, e così lei continua a spingere le dita giù, nella gola, ed è bello. È bello osservare dottrine che predicano la purezza, perché hanno a che fare con la gloria di Dio. È bello rifiutare il cibo o banchettare solo nei giorni di festa, come facevano i santi, ma ogni tanto poteva anche capitare che lei mangiasse quasi due chili di gelato e che poi si mettesse due dita in gola cercando di toglierle in tempo, prima che venisse su tutto; erano cominciate a piacerle quelle tracce sul viso, tracce di vomito, dal momento che tutti adoravano il suo viso, un viso che era stato ritoccato da interventi di chirurgia plastica e che emanava un pathos che qualche atto di violenza carnale aveva reso più intenso. Tutte le donne subiscono violenze carnali e tutti gli uomini sono degli stupratori, ecco il succo della storia, commenta Dean. Ogni tanto, di notte, le piaceva osservare i residui di gelato depositatisi dalla sera prima sul suo mento, quel mento che tanto risaltava sulla copertina di questa o quella rivista; le sembrava bello, il vomito sul mento; per non so quale motivo, le faceva venire in mente i tizi che coloravano di nero i denti delle attrici sui poster in metropolitana. Per un po' questa cosa aveva funzionato bene; fumava, faceva la pulizia dei denti per renderli bianchissimi, poi se li faceva incapsulare; non aveva un solo dente non devitalizzato nel retro della bocca, e la maggior parte delle volte non riusciva a mangiare più di un piatto di minestra per via dei danni che si era procurata; così, di mattina aveva lo stomaco vuoto. Le piacevano i giorni in cui il parco su cui si affacciava casa sua era illuminato da un misto di sole e di nebbia, e lei aveva lo stomaco vuoto, e una musica barocca riempiva l'aria, ed era tutto magnifico. Finché non erano cominciate le emorragie. Ma a chi importava? Suo padre aveva un'ulcera, e anche suo fratello; tutti soffrivano di ulcere, una delle caratteristiche tipiche dell'essere americani, e cioè sanguinare all'interno, vessare altri paesi, e dall'esterno ostentare un aspetto formidabile. Ma quando l'esofago aveva iniziato a sanguinare, lei aveva cominciato a preoccuparsi; il sangue l'aveva fatta preoccupare, come quella notte in cui aveva trangugiato trecentosessantacinque caramelle – le era sembrato veramente un bel numero – ed era al telefono con un tipo che aveva appena effettuato un'acquisizione ostile ai danni di una società che aveva aperto da poco, e aveva venduto ferri chirurgici e attrezzature mediche su Internet, aveva ventotto anni, e la borsa era salita del centotredici per cento il primo giorno. Questo tipo le aveva attaccato la clamidia, sebbene lei non glielo avesse mai detto, e lei era lì che chiacchierava con lui e si faceva raccontare dell'acquisizione ostile, si faceva consigliare sul capitale azionario da investire, ed era davvero divertente, anche se piuttosto deprimente. Poi era andata in bagno, e c'era tutto quel sangue; un colore sconvolgente, il colore del vomito; alcune caramelle erano venute su tutte intere, era orribile, un po' come le forme di un quadro cubista, così erano queste caramelle vomitate; ma il sangue era più rosso del rosso, era come il cadmio appena estratto dalla terra: limature di cadmio di una miniera di un qualche luogo esotico, la completa disintegrazione di lei. Le uniche alternative erano il gelato e il kahlua, oppure le poteva capitare di seguire una dieta a base di liquirizia o a base di Twizzler, che poi era quello che le aveva ordinato il dottore, il dottore dei suoi monologhi interiori che le aveva detto di mangiare solo Twizzler, e al diavolo ciò che pensavano gli altri. Lei era andata a pranzo con il suo agente, il quale cercava sempre di tenerle le persone alla larga, fatta eccezione per gente rispettabile come il tipo dell'acquisizione ostile che le aveva attaccato la clamidia, aveva ordinato un'insalata e l'aveva sparpagliata sul piatto con grande sfacciataggine, come quando da ragazzina sua madre cercava di darle dei lassativi; era bello per una ragazza prendere dei lassativi. I suoi pasti avevano a che fare più con l'aratura che con il consumo di cibo. Alla fine, però, arriva un giorno in cui lei non riesce più a mangiare nulla. Di tanto in tanto prova a ingoiare un Twizzler, solo per il fatto che c'è una bellezza oscena nei Twizzler; sono un tipico prodotto americano e le fanno venire in mente l'epoca in cui l'arrivo dei dolciumi costituiva per lei ancora una sorpresa. Questi tizi telefonano ancora, operatori di borsa che rilevano società con capitale di prestito; telefonano i dirigenti dell'industria cinematografica, anche se non sono esattamente le persone che ti piacerebbe sentire. È imbarazzata, e tuttavia non sa come fare a non parlarne; questi tizi telefonano, e fondamentalmente pensa che possa trattarsi di gente che lavora nel settore dei film porno, o almeno è questa l'impressione che danno, sempre con delle catene d'oro addosso. E così non riesce a far passare neanche un giorno senza ficcarsi le dita in gola; capita ogni giorno, e qualche volta anche di notte, qualche volta è l'ultima cosa che accade dopo che lei ha ammirato la pioggia di meteore sopra il suo bungalow di Long Island; va in bagno, appunto, viola il suo corpo con la mano destra, toglie la mano non appena il cibo viene su, si guarda allo specchio, il suo orgoglio, il sudore sulla fronte, e utilizza un collutorio di lusso. Adesso non sorride, perché il sorriso tradisce la menzogna; si tiene lontana dagli uomini, eccetto quando questi la costringono ad accettare la loro compagnia, ma non li bacia mai, ci va solo a letto, finché un giorno non si reca da un otorinolaringoiatra di prim'ordine, e lui le guarda la gola spiegandole per filo e per segno, con tanto di grafici, cosa seguirà di lì a poco: fleboclisi endovenosa, ospedale psichiatrico, clinica per il reinserimento nella società, o anche tutti e tre. Qualche tempo dopo va a una festa di Natale col padre – la madre è morta, lasciando di sé un cadavere sottile – e, guarda caso, eccoti lì il prete in persona. L'amico del padre. Dall'ultima volta che si sono visti, lei è diventata il prototipo della modella *heroin chic*. Sebbene non sia mai stata un'eroinomane, ha un aspetto da morta, e un bagliore medievale le aleggia intorno. Non è in grado di fare acquisti da sola, non riesce a far quadrare i conti, anche se ha letto e memorizzato alcuni brani dell'*Imitatio Christi*. E così consola l'amico del padre fino a notte fonda, spiegandogli che ha perduto la retta via, poi sale di sopra e, tossendo, sputa abbastanza sangue da riempire due tazzine da caffè.

Vanessa bisbiglia qualcosa alla donna obesa che ha vicino. Si è appena ricordata di un importante impegno di lavoro, le dispiace, sul serio, ma sta già scavalcando a fatica le gambe tese della donna, il cui sguardo esprime una sofferenza tale che lei non riesce nemmeno a incrociarlo, le dispiace davvero, e poi si sente un fastidioso scricchiolio di sedie in fondo alla stanza, mentre Vanessa cerca di raggiungere il corridoio in mezzo alle file di sedie il più rapidamente possibile. Dean non alza nemmeno una volta gli occhi verso il punto da cui proviene quel trambusto. La sua voce è una benedizione. E ora, commossa, descrive il momento epifanico, il momento in cui aveva deciso di dare un taglio a tutto quanto e aveva partecipato al suo primo incontro, il momento in cui si era resa conto dell'esistenza di un altro modo, di un'altra vita.

Ma Vanessa è già fuori dalla porta. Si dirige velocemente verso le scale. Non potrà mai accadere nulla di buono finché non avrà raggiunto la strada. Oh no, il tizio del taxi privato, il sikh, è ancora là. Oh no. Ha parcheggiato ed è stato lì ad aspettarla. Ci sono tutte queste persone, migliaia di vite e di storie che deviano sulla Quattordicesima, e questo tizio deve proprio stare lì ad aspettare *lei*. Dal posto del guidatore, sta cercando di dirle qualcosa muovendo le labbra. Si agita nervosamente sul sedile anteriore, come se stesse per uscire dalla macchina. Lei sente la portiera aprirsi. E poi un taxi, una di quelle nuove megajeep, con il segnale acceso, scarica un'altra donna obesa. La tizia, con un bastone da passeggio, sta senz'altro andando all'incontro, e Vanessa la oltrepassa e si tuffa nel taxi.

"World Trade Center, per favore. E lo vede quel tizio? Quello dentro alla Lincoln Town Car? Proprio lui. Se inizia a seguirci, faccia in modo di seminarlo. Veda lei. Faccia una sterzata come si deve. Gli stia alla larga il più possibile. Qualsiasi cosa."

L'autista, un ispanico sulla cinquantina, guarda scettico nello specchietto retrovisore.

"Prenda la FDR."

L'autista attraversa la Quattordicesima in direzione della centrale elettrica. Svolta, immettendosi sulla FDR Drive. Vanessa ha appena preso fiato quando la vettura fa una brusca inversione attorno all'estremità meridionale dell'isola per poi risalire su, lungo la West Side Highway, sotto l'autostrada soprelevata nei pressi del World Financial Center. Jersey City appare in lontananza dall'altra parte dell'Hudson, come una gemella rancorosa. L'odore di canapa umida del fiume. Il taxi si accosta all'altezza di Vesey and Church. "Non fermi il tassametro," dice lei.

Ma chi, veramente, guarda le Torri? Tutti le ignorano. Sono un pugno nell'occhio. Come i pali del telefono dell'elettrificazione rurale che tagliano in due la campagna incontaminata, le Torri si levano in alto dal nulla e ti sovrastano completamente. Importa qualcosa a qualcuno? La Port Authority ha impiegato dieci anni a costruirle, importa qualcosa a qualcuno? Importa qualcosa a qualcuno se sono così alte? Importa qualcosa a qualcuno se fanno sembrare basso l'Empire State Building? Importa qualcosa a qualcuno? L'unico elemento degno di nota, mentre lei attraversa la piazza, è la gravità che le lega. Sono inclinate l'una verso l'altra, dal lato opposto della piazza, come due persone sole con un disperato bisogno di compagnia. Sono talmente inclinate che è impossibile distogliere lo sguardo. Un terrier sprovvisto di guinzaglio ballonzola qua e là per la piazza, nella penombra delle Torri, con aria quasi subatomica. Le Torri non ti fanno venir voglia di scrivere sonetti. Non ti fanno venir voglia di ballare. Ti fanno venir voglia di stilare un'analisi dei costi e dei profitti.

Oppure ti fanno venir fame. A Vanessa fanno venire una gran fame, e così scende nell'androne sotterraneo, una città d'ombra resa possibile dalle dimensioni dello sviluppo della parte superiore. Esistono diverse tipologie di cibi che Vanessa non dovrebbe mangiare. E queste la chiamano. C'è un Nathan's Hot Dogs, e ci sono dei chioschi che vendono hamburger. Riuscirebbe senza alcuno sforzo a mangiare un bel po' di queste torte di mele. Ma non ha voglia di McDonald's. È venuta qui per una cosa sola, per una cura sola. E la sua cura si chiama *donut.*

Verso di te, Krispy Kreme, noi nuotiamo, come nelle acque del Gange. Krispy Kreme, boa luminosa per gli abbandonati e gli oppressi. Krispy Kreme, con le tue generose offerte. Chi altro ama così incondizionatamente, dandosi in modo così totale, senza riserve? Chi altro privilegia il prossimo in maniera così misericordiosa e umile? Tu, Krispy Kreme, madre degli orfani. Simbolo di tutti gli abbracci. Sei come il lume di candela, o come la cresta dell'onda che si avverte di sfuggita. Sei come una cascata tra i boschi. Krispy Kreme. Dalle tue umili origini a Winston-Salem, quando la ricetta segreta dei *donut* ben lievitati di Vernon Rudolph ha fatto breccia per la prima volta nel cuore dei consumatori, con il tuo macchinario nuovo di zecca per l'impasto e la tua rete di distribuzione negli anni Quaranta e Cinquanta, fino alla tua diffusione per tutto il sud-est durante il periodo della lotta per i diritti civili, per non parlare della tragica fine del tuo fondatore. Dalla tua cessione al Beatrice Foods Group fino alla tua prima apertura al pubblico, soltanto sette mesi fa. Sante sillabe, santo Krispy Kreme, santo impianto tecnologico che impasta i *donut*, santo impero del franchising.

Qui non c'è che un piccolo chiosco, di fianco alla farmacia Rite Aid, ed è verso questo chiosco che Vanessa si affretta, con passo talmente deciso che i pendolari che stanno salendo sulle scale mobili del treno rapido New Jersey-New York City si scansano dalla sua traiettoria. Non importa se il Krispy Kreme al piano dell'androne non è né lussuoso né elegante. Lei non si farà distrarre perdendo di vista la propria missione, la missione *donut*. La spia è illuminata? C'è bisogno di chiederlo? La spia che indica che i *donut* sono freschi. Sì, da Krispy Kreme c'è *una spia luminosa* che segnala che i classici *donut* originali glassati sono appena usciti dalla catena di montaggio. Lei cerca il lampeggiante; cerca quella luce complice nello sguardo dei suoi compagni e delle sue compagne di sventura. Sì, la spia è ancora illuminata! Ma com'è possibile? Come fanno ad avere ancora dei *donut* a quest'ora tarda del mattino? È per via di qualche particolare sincronia? È forse un segno ulteriore dell'esistenza del dio del posto macchina, del dio del sedile della metropolitana, del dio degli Anonimi Bulimici, che a quanto pare arride ai bisogni di Vanessa Meandro? Vanessa è destinata a mangiare un *donut* che le si scioglie in bocca, un *donut* che ha il sapore del lieto fine di una commedia romantica prodotta da una multinazionale dello spettacolo a integrazione verticale di proprietà tedesca.

La coda non è lunga. Vanessa ha le guance infiammate. Sa che le ragazze alla cassa di Krispy Kreme non saranno delle top-model. Sa che non le rivolgeranno quello sguardo di compassione che di solito nota quando compra cinque o sei confezioni di biscotti Entenmann con scaglie di cioccolato da D'Agostino. Non vedrà quello sguardo. È bello tornare. Non era più tornata qui da quella volta della riunione al Windows on the World con i tizi della società che produceva DVD.

"Quattro originali glassati."

Impaziente, caccia la banconota da venti dollari in mano all'impiegata di Krispy Kreme, Rosie. Non si dà nemmeno il tempo di uscire all'aperto che ne ha già ingoiato uno. Ed ecco la lezione. Il grande beneficio spirituale del *donut* glassato di Krispy Kreme si traduce in un senso di sospensione. Il *satori* elargito da Krispy Kreme è l'annullamento del sé, la riduzione al silenzio delle voci connesse alle sofferenze della vita. Non appena ingoia un *donut* glassato, Vanessa è pervasa da una sensazione di enorme sollievo. Se solo le gioie dei *donut* glassati di Krispy Kreme potessero distribuirsi equamente per un'intera ora, anziché durare non più di quel minuto o due che ci vogliono per ingoiare il loro delizioso impasto lievitato. Per quale motivo la gioia del *donut* glassato è così breve? Per quale motivo subito dopo lei avverte un senso di insoddisfazione? Non ha neppure finito di togliersi la glassa dalle dita con un tovagliolo di Krispy Kreme che è già pronta per ingollare il prossimo. Una volta risalita sul taxi, Vanessa comunica all'autista una nuova destinazione: l'angolo tra l'Ottava e la Ventitreesima. Sulle prime il taxista non riesce a decifrare le sue parole, dal momento che Vanessa ha la bocca piena. Glielo dice di nuovo e poi precisa: "Mio padre se n'è andato quando ero una bambina."

È merito della *canna da zucchero*, intendiamoci. Lo zucchero raffinato. La gomma ossidiana di quella canna divina. Un succo nero fatto bollire in un tino, viscoso, difficile da lavorare con le mani. Gomma nera, migliore del frutto del papavero quando per la prima volta questo aveva fatto la propria comparsa nel mondo. La canna da zucchero. La canna da zucchero ci parla degli schiavi alla fine della fustigazione, la canna da zucchero ci parla dell'avventura coloniale nei Caraibi, ci parla dei monopoli e di chi li ha smantellati, ci parla dell'esclusiva commerciale, ci parla del profitto, ci parla delle cose nuove, ci parla dell'ebbrezza, ci parla delle menti ottuse della plebaglia, ci parla delle catene dei negozi di dolciumi e dei chioschi a conduzione famigliare, ci parla di Hershey, Pennsylvania, ci parla della gente di Catbury, ci dice di non ascoltare nessuna voce se non quella del flusso sanguigno, con l'inno esultante alla prosperità dell'istante in cui la canna da zucchero colpisce nel segno, ci dice di dar retta a quell'inno e, quando siamo paghi, di lasciarci andare un'altra volta. Pertanto Vanessa dirà qualunque cosa. La canna da zucchero ha allentato la tensione; la canna da zucchero ha fatto diventare tutti gli uomini suoi amici. Forse il taxista non parla inglese? O forse parla un inglese stentato? Non si rende conto che si tratta di una storia che non è mai stata raccontata a una rivista del settore? Deglutisce l'ultimo boccone del *donut* glassato con una certa difficoltà. La canna da zucchero vuole sentirla parlare. La canna da zucchero vuole sentirla celebrare il suo regno. E lei non riesce a fermarsi, nemmeno quando le capita di guardare fuori dal finestrino e di scorgere il tipo del servizio di taxi privati di Brooklyn. Che si affianca. E sorride salutandola con la mano.

"Mia madre era una bisbetica. Mia madre non ascoltava nessuno e assillava continuamente gli altri con le sue richieste. Forse questo spiega il motivo per cui lui se n'è andato. Mio padre. Mia madre fa sì che le persone le girino alla larga. Non so. Era il compleanno di mio padre, che, coincidenza, cadeva proprio in questo periodo dell'anno. La mamma, sa, mi aveva appena spiegato che dovevo comprare dei regali alle persone che compivano gli anni, oppure quando arrivava il periodo delle feste. E così ho comprato a mio padre un papillon che si allacciava con una clip. Ero davvero emozionata. Un papillon. Credo di averlo acquistato in Orchard Street. E l'ho avvolto in una carta velina viola. Avevamo già sistemato un albero finto per le feste di Natale, anche se piuttosto in anticipo. Mia madre si era impuntata per avere un albero ignifugo. Io busso alla porta e dico: 'Papi, ti ho preso un regalo.'"

Vanessa ha addentato il suo terzo *donut*. A un certo punto sono entrati in gioco dei riflessi incondizionati, è scesa in campo la pulsione dell'ingordigia, cosicché Vanessa ha infilato la mano nel sacchetto e il *donut* è stato introdotto nella sua bocca, finendo per incasinare la delicata coordinazione muscolare indispensabile alla sillabazione di alcune parole. Un vuoto di una certa durata nel racconto. Passano il Westworld Club, sulla West Side Highway, dove una volta Vanessa era stata con un'amica omosessuale. Giunti sulla Quattordicesima, superano una serie di semafori verdi sincronizzati in direzione della Ventitreesima.

"Busso alla porta e sulle prime non sento nulla. So che lui è là dentro ma non sento nulla. Allora provo con il pomello e sbircio dalla fessura, al che lui dice: 'Vanessa, sto ancora dormendo; mi alzerò tra poco.' Così mi metto ad aspettare nel soggiorno e passa un'ora, o almeno a me sembra un'ora. Lui non si è ancora presentato. Ed è il momento in cui, sa, comincio irrazionalmente a temere che papà sia morto o qualcosa del genere. Non so perché mi venga questo pensiero, ma è così. Anche se lui è là dentro, anche se sento la sua voce, comincio a pensare che forse papà è morto, capisce quello che voglio dire? Ho cominciato a pensare alla morte prima di quanto normalmente dovrebbe fare qualsiasi bambino, e mi sono messa a mangiare delle porcherie. E così ho cominciato a mangiare alcuni di quei cereali. Se li ricorda? C'erano i Quake e i Quisp. Bisognava schierarsi da una parte o dall'altra. Io mangiavo i Quisp. Potevo anche passare un'intera mattinata così, a mangiare i Quisp pensando alla televisione o a cose del genere, ma avevo deciso, ed è stato un errore, avevo deciso che la cosa giusta da fare era mettermi io stessa il papillon. Mettitelo, mi dico, così papà lo vedrà e ne resterà colpito. I bambini seminano nuovo amore per tentare di recuperare quello perduto. Così apro la carta velina e tiro fuori il papillon. Indossavo una camicetta che mi aveva fatto mia madre e che io odiavo, dato che mi piaceva vestirmi come i maschietti; così mi metto il papillon, che era dorato o argentato, qualcosa di sintetico, busso di nuovo alla porta, poi giro il pomello, entro lì dentro e, ovviamente, be', ha capito quello che stavano combinando i miei genitori, giusto? Ricordo solo vagamente la posizione."

La macchina accosta davanti al negozio sulla Ventitreesima. Vanessa lascia l'impermeabile in macchina, e un attimo prima di sbattere la portiera chiede al taxista se vuole qualcosa. Quello con la glassa all'acero? Lui non risponde. Il tassametro continua a galoppare. Vanessa entra. Krispy Kreme è deserto, a parte le due attrici nel retro intente a parlare al cellulare. Bevono qualcosa circondate dall'atmosfera di Krispy Kreme, ma in realtà non stanno mangiando nessun dolce. Stanno chiamando i loro agenti. Vanessa va dritta al bancone del negozio ed esige *donut* caldi. Ma la giovane donna dietro al bancone, che indossa un fermacapelli intonato alla divisa, le dice che le scorte sono esaurite.

"In che senso non avete più *donut* caldi? Ho appena preso dei *donut* caldi giù al vostro, al, li ho appena mangiati. Dovete avere..."

"Temo di no." Parla con un'inflessione caraibica. Forse i suoi antenati hanno lavorato la canna da zucchero nei campi. Tuttavia, questo non cambia la situazione. "Ho solo quello che vede."

"Ecco quelli che voglio. Ne avete ancora di quelli speziati alla zucca? Prendo un paio di questi e un paio di quelli glassati con la panna acida. E due treccine alla cannella. Devo portarli alla festa di compleanno della mia assistente. Subito. Le ho promesso *donut* caldi. Rimarrà molto delusa."

L'addetta alle vendite ha già sentito questa storia. Ha sentito le montature dei poliziotti esausti tornati per il loro quarto sacchetto, sfiancati dai manigoldi della città. Ha sentito le bugie dei tizi con un principio di calvizie della concessionaria sulla Decima. I *donut* sono per l'ufficio assistenza clienti! Vanessa sa bene che le impiegate di Krispy Kreme hanno molte storie da raccontare, storie di gente che fa abuso di *donut*. Sforzandosi di non intristirsi lei stessa, mentre sta uscendo si ferma accanto al tavolo delle due attrici intente a parlare al cellulare.

"Ragazze, avete un aspetto formidabile," dice Vanessa. "Siete bellissime. Porto questi *donut* a una riunione per un casting. Questo film sarà fantastico, una commedia in costume, sapete, di portata epica. Dovreste assolutamente venire per farvi assegnare un ruolo."

Una delle due bionde al tavolo rimane di sasso. Il suo viso esprime un misto di scetticismo e di inebriante speranza. Ma chi è quest'angelo del mondo del cinema che le ha omaggiate da Krispy Kreme?

"Davvero," dice Vanessa. "Il film s'intitola, sì, s'intitola *La tempesta del Sahara*, ecco, e dovreste contattare Stan Gneiss, il direttore del casting. Lo conoscete? Ditegli che vi ha mandato Naomi. Naomi Power."

Si avvia verso la porta di Krispy Kreme ed esce con in bocca un *donut* speziato alla zucca, il *donut* vecchio stile preparato come una tortina. E ora un altro intervallo pervaso dal senso di sospensione. Passano alcuni secondi prima che le venga in mente qualcosa. E quel qualcosa è: carenza di cibo. Che poi è il momento in cui il sikh col turbante, parcheggiato in doppia fila di fianco al taxi, grida: "Signorina Meandro, la prego, mi conceda solo un minuto del suo tempo!"

Lei si lancia verso il taxi, facendo quasi cadere il sacchetto con i *donut* lungo il tragitto. Dice al taxista ispanico che devono assolutamente distanziare il sikh, devono seminarlo. Gli dice di imboccare una statale impossibile, con mille inversioni di marcia, in direzione della Pennsylvania Station. In modo da seminarlo da Macy's, all'altezza di quel grande raccordo di Broadway.

"I miei genitori stavano facendo l'amore e io li ho interrotti con indosso il mio papillon argentato. Cerchi di afferrare la situazione. Mia madre aveva trovato il modo di mettersi fra me e mio padre. Capisce? Ecco cosa mi dice sempre il mio psicoterapeuta. Non ho alcun tipo di rapporto amoroso perché dovrebbe essere di natura triangolare. Penso sempre a strutture triangolari. E, comunque, mia madre rotola giù da papà e mi dice di sparire di lì, di andarmi a preparare la colazione. E così faccio. Esco dalla camera, mi preparo *un'altra* colazione e la porto fuori nel patio, altri Quisp. E poi sento delle grida. Non che le grida siano una novità. Ma, quando ritorno dentro, mio padre non c'è. Anche questa non è una novità, se non fosse che è stata l'ultima volta in cui ho visto mio padre. Un momento come questo, sa, viene quasi del tutto rimosso. È una piccolissima parte quella che emerge in superficie. Affiora solamente la punta, per la verità."

La panna acida glassata è incredibilmente buona. Tuttavia, quando si avventa sul secondo, Vanessa capisce che ne ha già mangiati a sufficienza. Eppure, quanto può durare quella sensazione? Ne vuole un altro, sebbene il solo pensiero la nausei. Se soltanto il taxista potesse deviare a destra, qui nel Flower District, e prendere in pieno la facciata di un negozio, vetro e piante tropicali sparsi ovunque. Allora sì che la smetterebbe di mangiare *donut*.

"Non mi ricordo granché. So che lui c'era e che poi a un certo punto non c'era più, dopodiché mia madre ha raccontato la sua personale versione dei fatti. E cioè che l'ho fatto andare via io. Ma io non ho fatto andare via nessuno, perché avevo una cosa come sette anni."

Si accosta vicino al punto con i fori del divisorio antiproiettile.

"Cosa ne pensa? Mia madre sostiene che sia stato per via del papillon. Ecco la sua opinione. Compro un papillon per il compleanno di papà, e mia madre imputa questo gesto al fatto che io non fossi femminile. Per quale motivo non potevo vestirmi da ragazza? Per quale motivo non volevo indossare jeans griffati alla fine degli anni Settanta? Lei aveva diverse opinioni in merito. Mai indossare collant neri. Indossare sempre calze di nylon. Mettersi i bigodini. Usare sempre una tonalità scura di smalto per le unghie. Ricordo che una volta è venuta a una partita di hockey su prato. Stavo giocando al parco, e lei era seduta su una panchina a lavorare coi ferri un maglione visibilmente da femmina, e ha cominciato ad attaccare bottone con la gente lì presente solo per poter dire che stava facendo quel maglione per me. Sentivo tutto quello che stava dicendo."

Non appena il taxi si ferma davanti all'ingresso posteriore della Penn Station, Vanessa scende. La sede sulla Settantaduesima nel West Side offre le stesse cose di quella nell'Upper East Side: *donut* glassati al cioccolato; *donut* ripieni di crema al limone; *donut* ripieni di gelatina al lampone spolverati con montagne di zucchero a velo, che le ricorda per non so quale motivo le parrucche degli aristocratici francesi subito prima della Rivoluzione; *donut* ripieni di crema pasticciera, il dessert dei libertini, quindici grammi di grassi ognuno. Vorrebbe vedere una fila di persone affette da obesità patologica che fanno la coda da Krispy Kreme e che ordinano quattro o cinque *donut* a testa. Conosce l'ubicazione di tutti i punti vendita, e arranca andando da una parte all'altra di Central Park mentre l'indicatore del tassametro rasenta minaccioso i cinquanta dollari. E così, finalmente, si dirige verso la Centoventicinquesima. Ai tempi in cui frequentava la scuola di cinema della Columbia University, Vanessa andava abitualmente da Twin Donut, sulla Broadway, proprio sotto la ferrovia soprelevata, ma adesso Twin Donut è acqua passata. È Krispy Kreme ora ad averla conquistata. Non solo per il fatto che la Centoventicinquesima è distante e scomoda per farsi una scorpacciata di *donut*, non solo per il fatto che sarà l'unico viso pallido del Krispy Kreme sulla Centoventicinquesima, ma per il fatto che lei sta pensando al *donut* più decadente della storia. Sarà il quattordicesimo della mattina, e la contemplazione di questo dolce è tale che lei non l'ha nemmeno spiegata al taxista. Sì, la più perfetta rappresentazione del suo isolamento e della sua frenesia è *l'esemplare con tre diversi tipi di cioccolato*: uno strato di mousse al cioccolato, uno di glassa al cioccolato e uno di scaglie di cioccolato. Bisogna davvero lasciare il *donut* al cioccolato per ultimo, perché, se si inizia con quello, si rischia di entrare in coma prima di aver raggiunto la Centoventicinquesima, e così non si avrà modo di fare una capatina a ognuno dei chioschi di Krispy Kreme della città di New York, e così non si avrà modo di bigiare il lavoro una mattina, e così non si avrà modo di spingersi oltre i limiti umani delle manifestazioni d'affetto. La luce è elegiaca. C'è bisogno di un filtro blu per attenuarne il romanticismo. Sacchetti di polietilene vuoti su cui risaltano i colori brillanti dei nomi dei drugstore che si trovano nell'edificio svolazzano nell'ampio ingresso. Vanessa si mette in fila.

Il commesso, uno che lavora a ore, continua per un po' a mangiucchiarsi un'unghia incredibilmente lunga prima di servire Vanessa. Lei fissa un alone lasciato sulla superficie del bancone dalla tazza di caffè di qualcuno. Per un attimo, nella frenesia delle ordinazioni e delle abbuffate, i clienti abituali di Krispy Kreme si acquietano. E proprio in quel momento qualcuno le dà un colpetto sulla spalla.

Il tizio indiano.

4

Annabel Duffy chiama la sua capa *Monovolume* per via della stazza. La stazza di una monovolume. Nella sua mente, comincia o finisce tutte le conversazioni di lavoro così: "Monovolume, posso portarti un po' di caffè?" E pensa: "Accidenti, quel vestito griffato ti rende proprio provocante, Monovolume." *Monovolume*, *Monovolume*, *Monovolume*. Poiché, vedete, si tratta dell'unico modo per far fronte alle vessazioni cui Vanessa la sottopone. Come il giorno in cui Annabel era arrivata al numero 610 della Quinta Avenue per sostenere il colloquio. Evidentemente, Monovolume aveva deciso di tartassare Annabel fino a ridurla a un tremulo grumo protoplasmatico. Durante il colloquio preliminare, Monovolume le aveva fatto notare che per tre giorni consecutivi non aveva visionato altro che "omosessuali ossessionati dalla penetrazione anale", puntualizzando sul fatto che non le era possibile lavorare con uomini di quel tipo perché erano delle "prime donne". Ciò di cui Monovolume aveva bisogno – e glielo aveva fatto capire in maniera molto chiara, alzandosi in piedi e mettendosi in posa con aria tronfia – era qualcuno in grado di chinare il capo in segno di ubbidienza, qualcuno in grado di dormire su un letto di chiodi, qualcuno in grado di subire torture per un'ora e di pretenderne ancora; un intoccabile, nel senso indù del termine, che non si lamentasse e che le fosse persino grato per il trattamento. Annabel riteneva di corrispondere a un simile profilo? Col cazzo! Annabel non aveva la benché minima idea di che cosa fosse la sottomissione! Annabel non sapeva ancora cos'era tenuta a fare perché non era ancora stata forgiata nella fornace infernale di Monovolume. Annabel era certa che, mentre faceva quest'osservazione, Monovolume stesse valutando se lei fosse o meno presentabile, era certa che stesse ispezionando il colore della sua pelle, di una sfumatura più scura rispetto a quella di una qualsiasi altra impiegata dell'ufficio. Eppure quello sguardo fisso tradiva anche un guizzo carnivoro; Vanessa stava ispezionando le tette e il culo di Annabel, ragion per cui Annabel aveva fatto una prima radicale supposizione sul conto di Monovolume: *che razza di lesbicona!*

Tuttavia, nessuna delle ipotesi avanzate sulla vita privata di Monovolume è stata mai avvalorata da prove concrete e inconfutabili. Pare che Monovolume non abbia mai avuto una vita privata. Nessun uomo, nessuna donna. E Annabel, in qualità di sua assistente, è stata costretta ad avere a che fare con ogni aspetto del carattere di Monovolume. Annabel fissa gli appuntamenti di Monovolume presso il centro termale per bulimici in Arizona. Annabel licenzia regolarmente lo psicoterapeuta di turno di Monovolume e si procura nuovi nomi. Annabel si è fatta una cultura in tema di Klonopin, Ambien, Paxil, Wellbutrin e Halcion; si è fatta una cultura in tema di cocktail stabilizzatori dell'umore, antidepressivi e ansiolitici; ha sostituito il litio al Depakote, il Serzone al Lamictal o al Lexapro o allo Zoloft, che ha sostituito al Prozac; le ha somministrato gli ansiolitici con le proprie mani, dato che Monovolume, dando prova di avere un grande intuito per quanto concerne il proprio carattere, ha capito che non ci si deve fidare del fatto che Annabel tenga le prescrizioni mediche sulla scrivania. Dal momento che ha provveduto a tutte queste cose per conto di Monovolume, Annabel ritiene che sarebbe venuta a conoscenza dell'eventuale esistenza di una fidanzata.

Per di più, Annabel sa che tecnicamente Monovolume vive ancora in casa dei genitori, sebbene la questione sia tenuta in gran segreto, specialmente oggi, dopo che Annabel ha contattato il reparto di disintossicazione dell'ospedale di Brooklyn dove la madre di Monovolume è stata rinchiusa un'ora o due prima. Solitamente, a quest'ora del mattino sua madre avrebbe chiamato per dibattere di qualche strano, inquietante avvenimento, come l'incidente del giorno prima, quello in cui un tipo era finito con la macchina su un marciapiede a Midtown stendendo due o tre pedoni. Dopodiché, con ogni probabilità, la madre di Monovolume, che in ufficio viene chiamata Rosa anche da Monovolume, si sarebbe messa a parlare di un'appassionante sottomateria sociopolitica che avrebbe incluso la stessa Rosa, il sindaco di New York, l'Ufficio Investigativo Federale, l'inquinamento nel Gowanus Canal, la trasformazione in quartiere residenziale di Red Hook, il nuovo passaggio pedonale dalle parti del Radio City Music Hall, la riforma dei finanziamenti ai partiti per la campagna elettorale e oscuri enti pubblici e federali ancora sconosciuti al grande pubblico. Mentre Annabel è intenta ad ascoltare questi monologhi, si sentono immancabilmente urla assillanti provenire dall'ufficio nell'angolo: "Ti stai facendo le unghie o cosa? Ti pago forse per farti le unghie?"

Il nome della società potrebbe essere Mezzi di Produzione nel senso che il fine giustifica i mezzi, senza alcuna pietà. Tuttavia, Monovolume non si pronuncerà in merito a questa interpretazione, dal momento che Monovolume non si pronuncia mai in merito a nessuna interpretazione. Monovolume è tutta presa dal pragmatismo, dalla realtà dei fatti. Ogni sua lamentela riguardo alle prestazioni professionali di Annabel Duffy finisce sempre per tirare in ballo il peso di Annabel, poiché Annabel è esile, slanciata, sottile come un giunco. "Lo sai, no, che le ossa del gomito non dovrebbero vedersi? Pertanto, se tu riesci a vedertele, significa che c'è qualcosa che non va. Rifletti sopra." Oppure: "C'è forse una ragione politica? Parlo del fatto di non mangiare. È un atto di solidarietà verso i contadini dei paesi in via di sviluppo che vivono di ciò che producono?" Oppure: "Mi fai sembrare brutta, Duffy. Non ti ho assunto perché tu assomigliassi a una modella. Sei qui con addosso una minigonna solo per farmi sembrare una balena. Giusto? Mettiti un sacco dell'immondizia o una cosa del genere. Mettiti una tuta da ginnastica. Vai giù da Old Navy a comprare una dannata tuta da ginnastica di quattro taglie più grande e mettiti quelle fasciature Ace o qualcosa di simile. In queste condizioni non riesco assolutamente a lavorare. Vai a mangiarti un gelato con la panna montata. Anzi, comprane due. Uno per me."

A questo punto Monovolume insisterà perché Annabel lo faccia davvero, perché vada a comprare il gelato con la panna montata, così come le è stato detto. Tanto per restare in tema, Annabel ha portato via dall'ufficio di Monovolume intere confezioni famiglia di barrette al cioccolato, come da sue istruzioni, sostituendole con un più raffinato distributore di gelatine alla frutta. Ha ordinato pizza alle dieci di sera, diversi tipi di pizza. Una serie infinita di pranzi per Monovolume. Seguiti da drink, seguiti da cene, seguiti da appuntamenti per il dessert con qualche altro agente. Annabel ha ordinato in francese quattro contorni a base di bacon da un menù per il servizio in camera perché Monovolume, distesa sul bordo di una piscina nel sud della Francia, riteneva che il suo francese non fosse all'altezza.

Il classico prezzo da pagare per arrivare a Hollywood. Come in tutti quegli aneddoti da macchinetta del caffè, alcuni dei quali raccontati con piacere dalla stessa Monovolume. Come quello del produttore che per prima cosa, al mattino, aveva l'abitudine di passeggiare nel parcheggio dello studio ispezionando il cofano delle automobili dei suoi dipendenti per capire quanto calore sprigionassero. Quello con il cofano più caldo non era abbastanza ambizioso. Avidità, egoismo, megalomania, dipendenza da cioccolato, tendenza patologica alla menzogna, promiscuità, disturbi ossessivo-compulsivi. Il mondo del cinema. Eppure, esistono due motivi per i quali Annabel continua a lavorare per Vanessa Meandro. Il primo è una profonda, per quanto azzardata, fiducia nel momento di tenerezza. Stando a come la pensa Annabel, il momento di tenerezza non è solo un'ipotesi astratta, bensì un'autentica probabilità, come la democrazia in Cina o un accordo di pace in Medio Oriente. Il momento di tenerezza rappresenta un'eventualità all'interno di ogni rapporto. È il neutrino degli eventi umani. Statisticamente, il momento di tenerezza diventa sempre più probabile quanto più la situazione peggiora. La sfortuna è il reagente che catalizza la tenerezza. Non si può respingere il momento di tenerezza per sempre. Un giorno, Monovolume dovrà pur dar sfogo alla propria gentilezza, anche solo per caso. Non c'è altro modo in cui pensare il mondo. Quanto più a lungo Annabel lavorerà lì, tanto più aumenteranno le probabilità del momento di tenerezza, e tanto più Annabel vorrà essere presente nell'attimo in cui accadrà l'impensabile, nell'attimo in cui la luce sboccerà dentro Monovolume come un fiore. Nel mondo del cinema, il colpo di scena si verifica nei momenti più impensabili. Quando la prevedibile invasione di film horror per adolescenti avrà fatto straripare le fogne e i canali di scolo, sommergendo gli angoli di tutti i marciapiedi, allora la pioggia cesserà, il sole sorgerà, e solo Annabel continuerà a crederci, nel momento di tenerezza.

Tuttavia, l'esistenza del momento di tenerezza è messa in discussione dalle altre persone che lavorano presso Mezzi di Produzione. Questo zoccolo duro di empiristi conta in tutto quattro elementi. Un'altra assistente personale, Jeanine, responsabile dei viaggi e delle telefonate di Monovolume. Un'addetta allo sviluppo progetti, Madison, che una volta svolgeva il lavoro di Annabel e i cui occhi color nocciola sono impenetrabili. Una famosa star di film d'azione, Thaddeus Griffin, che divide le spese dell'ufficio con Monovolume mentre cerca di far guadagnare ai propri film la dignità delle produzioni indipendenti. E la contabile, una donna di mezz'età che si chiama Lois DiNunzio, la quale è riuscita con successo a eliminare da sé ogni traccia di emozione umana. Questi quattro elementi (con in più la sporadica presenza dello stagista eroinomane della Tisch School of the Arts), pur convivendo a fatica all'interno del regno di Monovolume, si trovano d'accordo su una cosa: la totale inammissibilità di un qualsiasi momento di tenerezza. Puntualmente, riversano su Annabel un mucchio di cattiverie per il solo fatto che lei ancora creda in questo momento di tenerezza. Ognuno di loro le ha spifferato della tirata che Monovolume aveva fatto durante quella sera di Natale in cui tutti si erano sentiti dare degli egoisti, dei senza cervello, degli idioti e dei deficienti. Oppure, passando dagli aggettivi ai sostantivi, delle sgualdrine cocainomani, delle indossatrici, delle puttane industriali. Per questi e per altri motivi, i colleghi di Annabel hanno decretato che il momento di tenerezza non può esistere né mai esisterà.

Forse, se fosse stato *soltanto* per via del momento di tenerezza, Annabel non avrebbe resistito per cinque anni, una volta ottenuto quell'impiego dopo essere uscita dall'università del Massachusetts occidentale dove aveva frequentato un corso di studi sperimentale. L'altro motivo per cui resiste è la sua sceneggiatura. Durante la giornata lavorativa, Annabel recita la parte dell'ingenua Juliette o Justine, mentre di notte ha cominciato a lavorare a una sceneggiatura sulla moglie del Marchese de Sade, intitolata *Mangiatore di fuoco*. Nonostante l'assenza di finanziamenti facili per i progetti che solitamente Monovolume appoggia, Monovolume ha continuato a produrre grandi film. E alla fine Annabel sa che – anche nel caso in cui fosse costretta a sottomettersi allo stesso tipo di tortura usato dal Marchese per punire la moglie, tortura che nella sua sceneggiatura include: la sperimentazione dell'asfissia erotica, la penetrazione della moglie per mezzo di strani aggeggi, con in più l'invito esteso ad altre persone perché facciano lo stesso, la sodomizzazione di ragazzini in presenza della moglie, con la pretesa che gli stessi sodomizzino *lui* in presenza della moglie, l'abuso sessuale ai danni di bambini della zona e l'obbligo per la moglie di sodomizzarlo – alla fine Annabel sa che Monovolume aprirà gli occhi su *Mangiatore di fuoco* e che il suo progetto si andrà a inserire perfettamente nel ciclo delle programmazioni di Mezzi di Produzione, ciclo che in passato ha contemplato la presenza di un intero film sulle ultime riflessioni di Charles Manson prima della condanna; di un film sugli ultimi anni di vita di Mark Rothko; di un film sull'arresto dei Weather Underground; di un biopic sulla vita di George Jones; e del celebre polpettone rosa di Mezzi di Produzione, *I trasgressori*, su un'insegnante, Mary Kay Letourneau, protagonista di un'avventura sentimentale con un suo studente. Ne *I trasgressori* c'era una parte davvero commovente, in cui l'insegnante e il suo amante tredicenne andavano a fare paracadutismo acrobatico insieme poco prima che i vicini li denunciassero. E qui arriva il punto che tanto è piaciuto ai critici, se non altro stando a quanto si legge nelle recensioni dei settimanali anticonformisti, e cioè il punto del trailer in cui l'amante tredicenne di Mary Kay si prepara a lanciarsi dall'aeroplano seguendo gli ordini dell'istruttore. Il ragazzo non ha paura, e il cielo azzurro fuori dall'aeroplano sembra quasi colorizzato, una nuvola di carta velina qua e là. Il ragazzo è fissato al cavo che garantisce la corretta apertura del paracadute e volge lo sguardo indietro, verso Mary Kay, con una smorfia ebete sul viso, dal momento che lui non ha paura di nulla. Crede che il mondo intero sia una puntata di wrestling. Tuttavia, Mary Kay sa che cosa significhi questo lancio nel vuoto. Improvvisamente allunga il braccio per afferrarlo, ma lui se n'è già andato, le loro mani non si toccano, e così finisce per saltare anche lei, con l'aeroplano che vira verso sinistra e i loro paracaduti che si aprono: le aride pianure del Nordovest sono sotto di loro, e una donna sposata ha appena gettato al vento la propria vita per una storia d'amore proibita. I gemiti del vento non sono mai stati così tristi. Con un'assenza di musica che rende il tutto ancor più convincente. Un film che ha indubbiamente segnato l'apice del successo di Lili Taylor.

Annabel sa che un esiguo numero di cinefili è uscito dalla proiezione di ogni singolo film prodotto da Monovolume con la ferma intenzione di rovesciare un despota, di lavorare per un'associazione non governativa o, semplicemente, di fare un film. Tutti quelli che frequentavano la sua stessa scuola nel Massachusetts occidentale, quelli che seguivano un corso di studi sperimentale, avevano provato la medesima sensazione. A quanto pare, la metà di loro aveva marciato verso l'ufficio di Mezzi di Produzione cercando di convincere Monovolume a finanziare un documentario sulla realizzazione di *Bitches Brew* di Miles Davis. No? Che ne dice allora di un film sulle nuove tendenze orgiastiche dell'East Village?

La combinazione della possibilità del momento di tenerezza con questa serie di film, nessuno dei quali ha un budget superiore ai dieci milioni di dollari, film che hanno salvato le vite di cinquantamila studenti universitari del Nordest, è abbastanza per Annabel. Che oggi si presenta al lavoro piena di entusiasmo solo per sentirsi dire che sembra una profuga eritrea dalla sua capa. La quale poi passa accanto alla sua scrivania, e in seguito accanto a quella di Jeanine, tallonata per motivi imperscrutabili da un sikh col turbante. Monovolume appoggia un sacchetto di *donut* di Krispy Kreme sulla scrivania di Annabel.

"Vuoi che te li conservi?" chiede Annabel, con in mano l'ignobile sacchetto.

"Dalli a DiNunzio. Riordina l'ufficio libero. Dai una ripassata ai vetri."

Annabel mormora tra sé e sé l'espressione *ripassata*, come se si trattasse di una parola del tutto nuova. Nel frattempo, l'inspiegabile sikh sfodera il sorriso più magnanimo che lei abbia mai visto, come se quel sorriso potesse porre fine a insormontabili problemi diplomatici. È in piedi all'ingresso, vicino alla sequenza di ritratti di grandi femministe contemporanee scattati da Miranda Grossinger, la collezione fotografica di Monovolume. Anche Miranda vorrebbe fare un film; pertanto, si è mostrata più che felice di migliorare l'arredamento dell'ufficio di Mezzi di Produzione. Il sikh si avvicina pericolosamente al ritratto di Avital Ronell. Non riuscendo a trattenere gioia e meraviglia, rischia di far cadere la fotografia dalla parete.

"Duffy, hai letto il trattamento? Hai le schede di lettura?"

Quale trattamento? Quali schede? La testa di Monovolume spunta dalla porta. Annabel annuisce con aria assente. Sa che le conviene dire di sì piuttosto che negare di aver letto una qualsiasi cosa. Nel suo giorno libero, il Giorno delle Elezioni, che in realtà non è stato un vero e proprio giorno libero, Annabel è riuscita a procurare un nuovo orologio da polso per Monovolume, a licenziare un altro stagista, a lavorare in ufficio alla propria sceneggiatura e, solo in seguito, ad andare a mettersi in fila sulla Settima, dove le vecchie messicane che presidiavano le cabine elettorali stavano ricoprendo gli elettori di insulti.

Una volta finito di votare, erano le nove passate. E a quel punto era arrivato Thaddeus. Sua moglie, l'attrice di spot pubblicitari, era andata a San Diego per non so quale lavoro; e così, Thaddeus era lì ad aspettarla sulla veranda di casa quando lei vi aveva fatto ritorno. Come al solito, si era lamentato per tutto il tempo che gli ci era voluto per arrivare in cima alla quarta rampa di scale. "Hai mai sentito parlare di ascensori? Li trovi ovunque. Rispondono alla legge sugli americani portatori di handicap. Ho un'invalidità da tabacco, io. Preferirei avere una relazione sentimentale a pianterreno, se non ti dispiace."

Thaddeus Griffin. Lo aveva visto impugnare un mitra tante di quelle volte che era come se dovesse sempre portarsene appresso uno, un ArmaLite o un kalashnikov. Thaddeus Griffin in *Meglio una sola pallottola*; Thaddeus Griffin in *Meglio una sola pallottola II*, mentre recita insieme a un tizio afroamericano messo lì per dimostrare le pari opportunità dei neri. Thaddeus Griffin, il protagonista di *Full Magazine*, film che parla del disperato direttore di una rivista corrotta coinvolto in un complotto per far fuoco sul presidente, anche qui accanto a un afroamericano messo lì per dimostrare le pari opportunità dei neri. Praticamente, Thaddeus non ha mai recitato in un film di qualità, sebbene sia cresciuto a New York e abbia frequentato l'Union College di Schenectady, dove per poco non ha preso una laurea in Biologia Marina. Thaddeus Griffin, il tizio che arriva a casa di Annabel, piange per via del suo matrimonio, dopodiché simula con improvvisa freddezza quella finta allegria che in televisione passa per charme. È tutto un trucco! Riesce a imitare chiunque! Imita il suo agente! Imita i pezzi grossi degli studi e le celebrità televisive! Fa l'imitazione di Monovolume a seconda dell'umore della giornata! E riesce anche a infilarsi un intero involtino di sushi in bocca, come quella volta in quel locale sulla Nona, quando aveva cominciato a parlare di Michel Foucault e di come la conoscenza *fosse* potere, il tutto con la bocca piena di sushi. Pur avendo preso un ufficio in affitto in condivisione con Monovolume da un anno e mezzo, Thaddeus sta ancora aspettando che gli venga assegnato qualcosa, nonostante abbia dato a Monovolume delle consulenze gratuite sulle sceneggiature e l'abbia portata a cena da Balthazar con uno dei capi della DreamWorks, oltre ad aver presentato agli studi una sceneggiatura sulla morte di Trotzkij per conto della stessa Monovolume. La banca dei favori ha lavorato in una direzione sola.

L'operazione intrapresa da Thaddeus per conoscere Annabel più da vicino coincide con il graduale venir meno delle sue speranze di far fortuna all'interno di Mezzi di Produzione. L'operazione si era svolta nel seguente modo. All'inizio, ovviamente, Thaddeus si era offerto di leggere la prima stesura della sceneggiatura di *Mangiatore di fuoco*, che, stando a quanto diceva, gli piaceva parecchio. Dopodiché aveva invitato Annabel a bere un paio di drink alla mitica Cedar Tavern per parlare della sceneggiatura. La gente lo aveva fermato tre volte per dirgli: "Ehi, tu sei il tipo che ha ammazzato il terrorista con una balestra", la qual cosa, naturalmente, costituiva la scena clou di *Meglio una sola pallottola I*. Scena durante la quale Thaddeus, con grande pathos, aveva esclamato: "Gesù ha pianto, figlio di puttana", con una convinzione che raramente si era vista nel cinema contemporaneo. Andava visto in quel contesto, sul serio. Ed ecco come aveva firmato un tovagliolino per una fan, nell'alone lasciato dal suo bicchiere di scotch liscio: *Meglio a un solo malto, Thad Griffin 2000.*

"La sceneggiatura è molto bella," aveva buttato lì Thad mentre erano soli. "Davvero originale. Mi piace. Sono sbalordito dalla quantità di cose che sai." Con un'enfasi tale che era palese che in realtà pensasse esattamente il contrario. A quanto pareva, era questo il vero problema dei personaggi famosi, e cioè il fatto che il lui o la lei di turno non fossero in grado di svincolarsi dagli onori e dagli oneri della fama. L'osservazione cauta e conciliante che il personaggio famoso imparava a elargire rappresentava il suo unico rifugio. Con Thaddeus, lei non poteva camminare indisturbata per strada. Lui le diceva: "Non fermiamoci." Forse Thaddeus aveva scelto la sua professione proprio per questo motivo, per aver sempre una scusa per non fermarsi. Allo stesso tempo, forse, non era famoso quanto pensava; probabilmente non c'era nessuno a cui importasse dei suoi film, di solito giudicati pressoché inutili. Annabel riteneva che, a ogni modo, nei film d'azione fosse ben radicata una tendenza conservatrice, e che questi esistessero unicamente allo scopo di sostenere le posizioni libertarie del Secondo Emendamento. Guardando le cose da questo punto di vista, finisci per provare compassione nei confronti di Thaddeus e dei suoi sporadici tentativi di essere una persona qualunque. Era chiaro che Thaddeus aveva da tempo perso una capacità che altre persone invece possedevano: la capacità di startene seduto in una stanza senza cercare di attirare l'attenzione di tutti, la capacità di alzare lo sguardo verso il cielo caliginoso della notte con la consapevolezza che esso esiste senza il benché minimo input da parte tua e senza l'appoggio delle riviste di gossip.

"Il punto, riguardo al fatto di leggere il Marchese," aveva detto lui, "è che il Marchese cambia davvero il tuo modo di pensare. Voglio dire, tu puoi farti gli affari tuoi, e poi ti capita di aprire, sì, com'è che si chiama? *La filosofia nel boudoir*, e senti coso, il personaggio del filosofo, che dice: 'Saccriddio, sborro', o una cosa del genere, e allora ti rendi conto di esser stato portato in un luogo dove normalmente non vai, un luogo del tuo corpo, un luogo della tua vita emotiva. Tutte quelle donne legate con le cinghie, quelle ragazze innocenti. Ti ritrovi in un regno inferiore della natura, capisci? Ti ritrovi in una di quelle videocassette che mostrano i leoni del Serengeti mentre abbattono le gazzelle e le azzannano. Ti ritrovi là, e a questo punto sai parecchie cose sulla sete di sangue, sul potere e sulla vita segreta degli uomini."

Luci basse e chiacchiere vuote da bar. Lui ce la stava mettendo tutta.

"E allora spiegami perché intendi continuare a occuparti di questo materiale. Cioè, perché non scrivi una sceneggiatura su una bionda che vuole dare lezioni di galateo ai suoi compagni di classe svantaggiati e su un tizio che nel frattempo diventa presidente degli Stati Uniti?"

La cameriera, che prima aveva un'aria imbronciata, ora invece sembrava contenta e cortese. Si era appena resa conto che stava servendo una *star del cinema.* Ronzava intorno al tavolo.

"La vita della Marchesa è stata come la vita delle donne di colore."

"Come te la immagini? Usa al massimo dieci parole."

"La sua vita ruotava intorno alla schiavitù intellettuale e sessuale."

"E allora perché non scrivi qualcosa sulla schiavitù?"

"Chissà."

Thaddeus aveva seccato l'ultimo goccio del suo secondo scotch e ne aveva attaccato un terzo. Nello schermo sopra il bancone, in un poliziesco senza audio veniva eseguito il balletto di routine. Lui fissava l'immagine con sguardo assente mentre formulava la sua rentrée.

"Il punto è che, mentre leggevo la sceneggiatura, ho avuto la netta sensazione che avrei potuto addentare una fetta di carne cruda dalla scodella di un cane, e che, per non so quale motivo, si sarebbe trattato di un gesto liberatorio. Sentivo il bisogno di pensarci. In altre parole, per tutto il tempo non sono riuscito a smettere di pensare a un'unica cosa. Pensavo: 'Questa donna sa comunicare con grande forza espressiva, questa donna ha ricevuto un'ottima istruzione, questa donna sa cose che altri ignorano del tutto.' Ma c'era anche un'altra cosa a cui stavo pensando..."

"Fammi indovinare," aveva detto lei.

Thaddeus aveva riprodotto sul proprio volto una finta espressione di sorpresa.

"Okay, sentiamo. Indovina."

"Stavi pensando che non avevi mai scopato con una donna di colore prima."

"Non posso credere che tu parli in questo modo, Annabel," aveva detto lui ostentando un finto raccapriccio. "Mi fai rabbrividire. Aspetta. Fammi riordinare le idee. A dire il vero, che tu ci creda o no, mi è già capitato di *avere* rapporti con donne di colore, non essendo nato ieri. E avendo lavorato con quella tizia che interpretava la segretaria di colore in *Giuramento dei cittadini*. Nella scala delle cose originali, direi che quella del colore della pelle non occupa una delle prime posizioni. Di fatto, la scala delle cose originali non è poi questa gran cosa. Tuttavia, è vero che non ho mai *inchiappettato* una donna di colore prima."

Il che significava che per Annabel era giunto il momento di mollare il colpo. Con uno così, testardo come un mulo, arrivava sempre il momento di mollare il colpo. Un momento decisivo. Erano in molti ad aver mollato il colpo alla Cedar Tavern. Nel corso di un secolo di attività come osteria di quartiere, molti avevano mollato il colpo proprio lì: con dei piantagrane, con degli ubriaconi, con dei degenerati, con dei problemi di droga, con delle angosce grandi come case, con delle insicurezze ataviche, o anche solo con delle mogli di cui non si ricordavano più nemmeno il nome. Che cosa avevano da offrire uomini come Thaddeus? Si offrivano di portarti nella tua stanza per poi abbandonarti all'improvviso, senza alcuna spiegazione. Ora c'erano e l'attimo dopo non c'erano più, e non era facile prevedere quando sarebbe arrivato quell'attimo; dopodiché tornavano a strisciare ai tuoi piedi.

"Aspetta, *mi sforzo* di parlare della sceneggiatura, te lo giuro."

"Tu hai dodici anni più di me. Ho conosciuto tua moglie. Lei ci ha dato quei... quei cosi all'acero lo scorso Natale."

"Annabel! Siediti!"

E così si era messo a sedere. Le aveva detto che la Marchesa avrebbe dovuto manifestare la propria devozione e il proprio desiderio di andarsene a partire da pagina 16, che la Chiesa avrebbe dovuto scovare de Sade, con l'intento di ucciderlo, a partire dall'inizio della seconda scena, che la Marchesa avrebbe dovuto innamorarsi perdutamente di un prete, che Annabel avrebbe dovuto vedere quel film con Glenda Jackson su Marat e avrebbe dovuto togliere le parti con le voci fuoricampo, dato che i responsabili dello sviluppo progetti trovavano inconcepibili lunghe parti di voci fuoricampo. Mentre parlava, si era fatto un altro paio di drink e, ridendo e scherzando, si erano ritrovati a Tompkins Square Park, e Thaddeus Griffin, eroe di film d'azione, capelli biondi perfettamente tinti e tirati indietro come se fossero stati ricoperti di vernice spray, si era seduto su una panchina a singhiozzare, dicendo che il suo era un lavoro inutile e che lui era un pagliaccio, un fottuto pagliaccio. Aveva affermato di essere l'individuo peggiore che ci si potesse mai immaginare, un pagliaccio, appunto, e poi aveva aggiunto: "Portami a casa con te. Ti prego, portami a casa con te; sono troppo ubriaco per riuscire a combinare alcunché e, in ogni caso, cercare di rimediare alla solitudine ubriacandosi come un coglione è la cosa più stupida al mondo. Ti prego, portami a casa con te, mostrami i prodotti che usi per i capelli, fammi sapere se la tua vestaglia è scozzese o bianca, o se è uno di quei kimoni giapponesi. Non so immaginare le nostre vite che prendono due strade diverse, perché, se tornassi a casa mia, la nostra storia non diventerebbe altro che un film girato con la tecnica dello schermo diviso in due, e questo proprio non riuscirei a sopportarlo."

Lei gli aveva chiesto di sua moglie. Si trovava a San Diego sul set di uno spot pubblicitario, come sempre. Lei era sempre sul set di uno spot pubblicitario. Interpretava un qualche personaggio ricorrente, sempre uguale a se stesso. Ripetizione che la rendeva un'eccellente caratterista. Il prodotto aveva a che fare con i pruriti femminili, con i gonfiori o con le garze sterilizzate. "Ti ho mai raccontato che mia moglie ha un occhio finto, Annabel? Sì, mia moglie ha un occhio finto. Guardandola negli occhi, si vede che l'occhio sinistro è finto perché la luce ci si riflette in maniera strana. Ti ho mai raccontato che compra i vestiti soltanto online o direttamente dagli stilisti perché ha la fobia di essere vista mentre fa shopping? Ti ho mai raccontato che io e mia moglie avevamo un fotografo che ci faceva degli scatti mentre passeggiavamo, scatti che periodicamente davamo alle riviste di gossip solo per assicurarci di avere il pieno controllo della nostra immagine pubblica? Portami a casa con te, Duffy. Recitami i canti della tua vita."

Lei lo aveva fatto. E lui aveva immediatamente perso i sensi.

Quindi, nonostante lei stesse uscendo con altri due tizi, un assistente presso la Michael Cohen Agency e un preside di facoltà dell'università con corsi sperimentali del Massachusetts occidentale, Thaddeus di tanto in tanto si faceva vivo senza preavviso, dato che le cose dovevano essere flessibili, e chiamava dalla macchina, mentre scendeva lungo il West Side, domandandole se quello fosse il momento giusto, senza mai chiederle esplicitamente se c'era qualcuno con lei, ma comunque informandosi, poiché non aveva mai preteso che tra loro ci fosse qualcosa di più di una di quelle relazioni superficiali da mondo del cinema. Quanto più la loro storia tirava avanti, e *tira* era una parola oltremodo appropriata, tanto più il suo fulcro diventava l'uccello di Thaddeus, che, nonostante la propria educazione e la propria formazione intellettuale, Annabel aveva finito con l'amare. Perché le donne riuscivano a essere intelligenti, determinate e acute, e poi, per chissà quale motivo, tentennavano alla vista di un uccello? Era uno dei tristi segreti della vita adulta. Annabel amava l'uccello di Thaddeus perché lei era la Marchesa, perché lei era diventata la Marchesa, perché era così che doveva andare, perché, diventando la Marchesa, lei era riuscita a dominarla, a conoscerla, a scrivere di lei, perché la Marchesa aveva la pelle di un'algerina, la Marchesa era una saracena, e lei era la Marchesa, e s'infilava l'uccello del divo del cinema Thaddeus Griffin in bocca, e s'infilava l'uccello del divo del cinema Thaddeus Griffin in mezzo alle gambe, e aveva lasciato che l'uccello di Thaddeus Griffin eiaculasse sulla sua pelle scura perché lui era il divo del cinema Thaddeus Griffin e voleva farlo in quel modo. Le aveva comprato un anello da portare al naso, le aveva pagato il tatuaggio alla base della schiena, appena sopra le chiappe, aveva reclutato il miglior specialista in tatuaggi dell'East Village e aveva partecipato alla seduta, implorandola perché si facesse il piercing ai capezzoli, e quando aveva detto: "Voglio di più", lei si era sentita più forte e, in cambio, gli aveva dato di più. Lei era l'assistente che dava di più, perché era di colore e si sentiva più forte quando si accollava pesi sempre più insopportabili. La gente voleva che lei desse di più solo per cercare di restare in partita, e così lei finiva per relegare i propri sogni nel dimenticatoio, sperando, come chi non perde mai la speranza di trovare una soluzione, nel momento di tenerezza. Ciononostante, non aveva mai fatto la cosa che lui desiderava di più al mondo, e cioè non gli aveva mai concesso il piacere di diventare colui che inchiappettava una donna di colore, dato che lui doveva continuare ad avere un disperato bisogno di qualcosa.

Un giorno Rosa, la madre di Monovolume, aveva chiamato in ufficio, e nel bel mezzo della telefonata aveva preso a farfugliare in modo confuso qualcosa a proposito dell'arte magica della *rabdomanzia*, che il nonno o il bisnonno avevano esercitato in modo fraudolento. A ciò si era aggiunta un'ossessione nei confronti dell'ospite di un talk show. Non riusciva a smettere di parlare di questo ospite del talk show. In un modo o nell'altro, commentando l'episodio, Annabel e Thaddeus si erano appropriati di quella parola, che era diventata il nome in codice del loro amore: *rabdomanzia*. Thaddeus l'aveva lasciata cadere nel discorso: "Abbiamo in programma la rabdomanzia oggi?" Be', è così che vanno le cose. È così che la menzogna prende vita e comincia a farsi strada. Annabel Duffy, l'intellettuale di colore, resta imprigionata in una relazione che non desidera realmente con un divo bianco di film d'azione, il quale è intento a sfogliare delle carte alla sua scrivania mentre un indiano col turbante fissa Annabel sorridendo, con la sua capa che, dalla stanza accanto, inveisce contro di lei per via dell'elenco delle telefonate e le chiede del trattamento.

"Ti ho chiesto se hai letto il..."

Thaddeus Griffin si avvicina di soppiatto al campo di battaglia. Anche lui nota che c'è un sikh in ufficio, e probabilmente immagina che si trovi lì per consegnare qualcosa.

Il sikh dice: "Signor Griffin, lei è un attore eccellente, e a mio avviso poco sfruttato. Sono onorato di conoscerla."

"Ma... grazie," replica Thaddeus. "Lei è un nuovo impiegato?"

"Sì, signore. Sono il nuovo impiegato per ciò che concerne la televisione."

Monovolume sbraita di nuovo: "Girano delle voci. C'è grande interesse intorno a questo trattamento. Ho sentito delle cose. Pertanto, voglio sapere di che cosa parla e se vale qualcosa. Jeanine, dov'è l'elenco delle telefonate? E, Annabel, voglio trasferire l'ufficio lontano da questo quartiere. Non voglio più rimanere qui. Non voglio vedere un altro dannato albero di Natale fuori dalla finestra. Non voglio dover sentire ogni anno quella musica che ascoltano i pattinatori mentre pattinano. Voglio trasferirmi a Downtown. E poi voglio sapere di che cosa parla quel trattamento."

Quale trattamento? Annabel fruga tra le carte. Non trova niente, non trova le schede di lettura, non trova nessun trattamento. Alza lo sguardo verso Thaddeus. Ancora una volta, la menzogna si prepara a diventare l'unica ancora di salvezza. Il sikh sorride. Non sa neanche a quale trattamento lei si riferisca, a quale sceneggiatura, a quale libro, a quale commedia, cos'era che lei avrebbe dovuto vedere la sera prima, quale commediografo giovane. Come può riuscire a precedere Madison, visto che tutto quel materiale è anche di sua competenza? Madison, che si aggira all'estremità del campo di battaglia dopo essere spuntata dal suo cubicolo. Il sikh sta sorridendo, Thaddeus è impegnato nel suo frenetico balletto, la Sindrome delle Gambe senza Riposo, Madison aggrotta le ciglia, e Lois DiNunzio invita il sikh ad accomodarsi alla sua scrivania per firmare i moduli per la dichiarazione dei redditi...

"Credo di averla rispedita indietro, la, sì, credo che la sceneggiatura a cui ti riferisci potrebbe esser stata rispedita indietro."

"Mi stai prendendo in giro?"

Segue una raffica di insulti. Monovolume, paragonabile, che so, a una monovolume che va a sbattere contro un marciapiede stendendo qualche pedone, attacca con la solita solfa. È una cosa talmente prevedibile che è come se stesse leggendo il gobbo ad alta voce. La tua stupidità *non può* significare la fine della mia carriera, e via dicendo. Come un monologo. Tuttavia, alla fine c'è un attimo di tensione, poiché ogni tanto può anche capitare che qualcuno venga licenziato. Dunque, Annabel verrà licenziata? E, quantomeno, il trattamento in questione esiste veramente? O si tratta solo di un altro test per sondare la capacità di resistenza dell'assistente di colore?

Fino al momento in cui Thaddeus, con un sorrisetto compiaciuto, dice: "Vanessa, falla finita. Non essere sciocca. È sulla *mia* scrivania. L'ho letta. È divertente. È quella sulla *rabdomanzia*."

5

Michael David Griffin, meglio noto come Thaddeus, durante la sua prima serie Ashtanga. Presso l'Ashram del Finto Guru. Alla settima sequenza del saluto al sole, le masse muscolari di Michael David Griffin cominciano dolcemente a sciogliersi. È appollaiato su un angolo del soffitto, in qualche elaborata incarnazione yogica di sé, ed è in grado di vedere un altro se stesso là sotto. Thaddeus Griffin, nel silenzio dello sforzo, Thaddeus Griffin e l'oscillazione del respiro.

È un principiante, intendiamoci, ma è giunto il momento della serie Ashtanga. Il Finto Guru ha preso Thaddeus Griffin in disparte, mentre stava entrando, per parlargli dei grandiosi progetti in corso, quali l'installazione di una fontana interna o l'iniziativa volta a mettere a disposizione tenute yoga sintetiche per le ragazze che hanno intenzione di iscriversi alla Ford e alla Elite. Sono anche stati acquistati alcuni armonium per gli istruttori. Non è che Thaddeus vorrebbe impegnarsi ancor più a fondo con l'Ashram? Non è che vorrebbe comparire nell'opuscolo del Finto Guru, in cui viene illustrato l'unico vero cammino verso la serenità e la ricchezza terrene? La sua risposta in merito è stata piuttosto blanda ed evasiva. Ha replicato: "Lo terrò senz'altro presente", cosa che solitamente dice quando cerca in ogni modo di dimenticarsi ciò che gli è appena stato detto. Thaddeus ha la barba incolta, i capelli ritti. E si trova nella posizione dello scorpione mentre sua moglie è a San Diego, con ogni probabilità a scoparsi il regista degli spot pubblicitari. Thaddeus lavora tre mesi l'anno, dopodiché rilascia diverse interviste per programmi televisivi in prima serata. I suoi film danno ai ragazzini la possibilità di occupare del tempo. Le modelle intorno a lui, qui all'Ashram, sciolgono le loro complicate posture a ponte per poi assumere una posizione eretta; quindi, si mettono di nuovo a testa in giù facendo una verticale sulle mani, come se fossero fatte di fil di ferro. Lui se le vorrebbe scopare, queste modelle. Se le vorrebbe scopare tutte quante. Vorrebbe che, nella loro posizione inarcata, fungessero da tavolini da caffè per il suo appartamento. Lui è il ministro della coscienza sporca. Per quale motivo pensa sempre a queste cose? Per quale motivo sente crescere dentro di sé un rinnovamento spirituale solo quando si ritrova davanti a due chiappe perfette? Si flette inarcando la schiena verso il soffitto, poi va giù, torna su, va giù, torna su. Ancora tre volte, dice l'istruttore. Qualcosa in Thaddeus Griffin sta andando a pezzi. Non letteralmente, come quando alla sua amica Jorie era uscita l'anca nel corso della serie Ashtanga, qui all'Ashram del Finto Guru. Lo stesso suono del tappo che schizza via da una bottiglia di champagne. (Jorie era stata portata fuori urlante.) No, è come se Griffin si trovasse nell'orbita rotatoria delle anime umane. La sua mediocre carriera di attore sta entrando in collisione con la realtà della moglie, la quale si sta scopando un regista di spot pubblicitari, la qual cosa a sua volta sta entrando in collisione con il fatto che lui non sta lavorando, la qual cosa a sua volta sta entrando in collisione anche con il fatto che lui non sta producendo film, la qual cosa originariamente coincideva con il suo piano per evadere dal trambusto della sua stupida vita da attore, la qual cosa a sua volta sta entrando in collisione con il fatto che persino la sua giovane amante finirà per non sopportarlo più. Quel genio mulatto di ventotto anni non vorrà più venire a letto con lui. E adesso la posizione del cane. Sente le tossine liberarsi dal tessuto muscolare, diossine, PCB, i veleni che ha dentro, presenti in grande quantità. L'istruttore sta facendo una citazione dal sanscrito. I ricchi e i privilegiati si cimentano nella serie Ashtanga per poter imparare la giustizia, sembra voler dire l'istruttore; questo è il luogo in cui la New York ricca, che coincide perlopiù con la New York bianca, viene per imparare a provare compassione nei confronti della New York marrone, nera, rossa e gialla. Questa grotta, questo Ashram all'interno del quale il Finto Guru sistema la sua fontana e la chiama serenità. È l'istruttore che sta dicendo queste cose? O è forse Thaddeus che sta impazzendo? E questi attacchi di pazzia non lo assalgono forse due o tre volte alla settimana? Ora l'istruttore li introduce alla nenia del progressista bianco afflitto dai sensi di colpa. I lunghi, bassi bordoni dell'armonium, con quei muggiti che ricordano le inflessioni cacofoniche di uno stupido attore. Michael David Griffin ricomincia a singhiozzare. Singhiozzare è una cosa positiva per gli attori; richiede un'abilità notevole. *Noi tutti potremmo fare di meglio / Noi tutti potremmo fare di meglio / Ma siamo vicini alla fine / Siamo vicini alla fine / Noi tutti potremmo fare di meglio / Noi tutti potremmo fare di meglio / Faremo qualcosa per i poveri e gli sventurati quando saremo di ritorno / Ma proviamo compassione, davvero.* L'armonium, e il sanscrito, e un altro giro di ruota, e una modella che s'infila la testa tra le gambe con le caviglie che le penzolano giù dalle spalle.

I suoi fallimenti sono davvero numerosi, e durante la serie Ashtanga trasudano copiosi dal suo corpo. Come quella volta in cui aveva sedotto l'addetta allo sviluppo progetti, Madison McDowell. Prima l'aveva sedotta e poi, un weekend, l'aveva portata a vedere le corse dei cavalli a Saratoga Springs; aveva scommesso ventimila dollari su una puledra e, neanche a dirlo, in men che non si dica quei soldi erano spariti. Avevano fatto colazione lì, lui aveva messo del Tabasco sulle uova, aveva mangiato un gambo di prezzemolo e aveva detto a Madison che i suoi occhi erano di un azzurro mai visto prima, dopodiché aveva scommesso ventimila dollari su una puledra e aveva perso. Anche se, per dirla tutta, i suoi occhi erano più vicini al nocciola. A quel punto Madison aveva ricevuto una telefonata da parte di quell'arpia di Vanessa Meandro e si era inventata una scusa per prendere un treno che costeggiasse l'Hudson in direzione della città. Lui aveva affittato la casa su Union Avenue per tutta la settimana. Poi era stata la volta di Jeanine Stampfel, l'assistente personale di Vanessa. Poche assistenti si erano rivelate degne di compassione quanto Jeanine. Jeanine, colei che si autoimmola. Da qualche parte, negli anfratti del suo appartamento, che a dire il vero era l'appartamento dei suoi genitori quando venivano in città da Scottsdale, Jeanine aveva afferrato un accendino e se lo era accostato alla pelle color avorio. Eccola, Jeanine, con la sua salopette e i calzini bianchi. Jeanine su un divano sfondato, accanto a un mappamondo in pelle su cui compariva ancora il nome di Ceylon; stava estraendo dal cassetto della scrivania un vecchio Zippo per darsi fuoco. Il modo secco e improvviso in cui aveva inspirato era stato come il tentativo di uno stupido attore di fare una spaccata da fermo. Il suo avambraccio era ustionato. Lui aveva visto le cicatrici.

"Mi scusi," una voce gli bisbiglia accanto. Una giovane donna con un body nero e gli scaldamuscoli. Sempre quelle con gli scaldamuscoli. "Mi scusi." Lui alza lo sguardo per controllare dove si trova il personal trainer. Dal lato opposto della stanza, vicino alla fila di finestre che danno sul cinema dall'altro lato della strada. Il personal trainer si sta occupando delle spalle inarcate di qualcuno.

"Mi scusi."

Michael David Griffin dice: "Sto cercando di portare a termine la mia serie Ashtanga. Possiamo parlare più tardi?"

Lei tira fuori un fazzoletto. Piegato perfettamente, come se contenesse un messaggio segreto. Il suo culo è un tempio. Le città-stato greche erano state fondate su molto meno. Michael David Griffin non dice nulla e si asciuga gli occhi, e ora i liquidi espulsi dal suo corpo sono finiti sul fazzoletto della donna. Con un certo nervosismo le restituisce il fazzoletto, sorride, e poi le dice di chiamarsi Thaddeus.

"So come ti chiami," replica lei.

"E allora sono in svantaggio." Cade inavvertitamente sul tappetino di gomma. Gli odori emanati dal suo corpo non sono contemplati dal protocollo di Kyoto.

"Nora". Esegue una spaccata perfetta. "Non vuoi il mio numero?"

Più tardi, quando esce dagli spogliatoi zoppicante, Nora è lì. Gli porge la mano. Gli dice che ammira il suo lavoro, il che non può essere vero. Può essere che apprezzi *Meglio una sola pallottola*? Con il suo numero di vittime a tre cifre? Porta uno di quei berretti da pescatore greco. Zigomi delicati. Il gorgoglio della fontana interna dice: *I vostri scopi superficiali vanno bene, e li potete perseguire nel tempo libero*. Ecco l'istante di umanità. È sempre qui. È la serie Ashtanga a risvegliarglielo. Non pensare a lei come a una distesa di pelle che potrebbe sfregarsi contro la tua, non pensare a lei come a un bonbon. Pensa a lei come a una persona ricca di complessità da rispettare, una persona tartassata durante l'allenamento di hockey su prato, l'unica bambina ebrea a un raduno cristiano all'aperto, la ragazza che ogni giorno vomitava all'università.

Mentre tutti questi pensieri gli affollano la mente, Griffin viene allontanato da lì dal genio mulatto. Abbandona il campo gravitazionale di Nora. Il genio mulatto lo sta aspettando. E lui è in ritardo. Mentre apre la porta del bar sull'altro lato della strada, sente la gratitudine che si srotola; metri e metri di gratitudine dentro di lui. Ha espulso i veleni; ha avuto un'onesta interazione umana. Nel bar, seduto su uno sgabello, il genio mulatto si tiene in equilibrio, una gamba smilza completamente tesa verso il pavimento nel tentativo di raggiungere una posizione stabile. È come un coltello a serramanico. Ci sono diverse zone oscure sul conto del genio mulatto, e lui deve smetterla di chiamarla in quel modo. Indossa pantaloni in pelle neri e un maglione a V di Agnès B. Né sorridente né corrucciata. Se stessero recitando la scena di un copione, allora ci sarebbe scritto: *Si danno un bacio frettoloso*, e lui avrebbe in mente un centinaio di domande: qual è il sapore della sua bocca? E lei, li tiene chiusi gli occhi? E di cosa profuma? Ed è un bacio travolgente o è come il dolce fluire delle maree su una palude salmastra?

Sul palchetto sistemato dalla parte opposta della stanza, un fonico con addosso dei pantaloni con le tasche e una felpa col cappuccio collega un cavo all'amplificatore.

Griffin dice ad Annabel: "Mi è venuta in mente durante la serie Ashtanga. Sono andato nel bagno degli uomini, ho vomitato, sono ritornato dentro, ho respinto un paio di ammiratori petulanti, ho pianto sulle condizioni in cui versa la mia vita, mi sono scusato con l'istruttore, e poi mi è venuta in mente."

"Che cosa?"

"L'idea."

"Quale idea?"

"Sul trattamento disperso."

Dalla sagoma avvolta nella felpa esce un *Prova* urlato al microfono. Il barista si sofferma di fronte a loro.

"Buttiamo giù la scheda della sceneggiatura."

"Buttarla giù?"

"Sì, subito." Si appassiona all'idea. "Le ho già detto che ha a che fare con la rabdomanzia, con i rabdomanti. Buttiamola giù stanotte, come se dovessimo tirare per le lunghe una storia d'amore. Buttiamola giù come quando si raccontano le storie intorno a un fuoco." Ce l'aveva una penna, lei? Ce l'aveva un foglio? C'e l'avevano un tovagliolino lì? Poteva un trattamento essere scritto sul tovagliolino di uno dei bar della città? Succedeva ogni notte. Potevano le schede delle sceneggiature essere scritte con la vernice spray sui muri di New York, come se *appartenessero* alla città?

"Pensi che Vanessa lo verrà a sapere? Non lo saprà mai. A Vanessa importa di questa sceneggiatura soltanto per dimostrare che è lei quella che comanda. Se *tu* perdi una sceneggiatura, allora *tu* sei fottuta. Se lei perde una sceneggiatura, chi se ne frega, ne troviamo un'altra copia."

E così Thaddeus si mette di nuovo a improvvisare il suo monologo sulla scrittura, e si tratta davvero di un monologo sulla natura dell'autoperfezionamento. Il monologo che gli ha fatto ottenere un posto nell'ufficio di Vanessa e che ha dato il via a un migliaio di incarichi a tempo determinato nel campo della produzione. Il monologo sul fatto di essere fuori dall'impero, fuori dall'establishment, su come la creatività finisca per andare a scapito delle opinioni comunemente accettate, a scapito delle convenzioni, a scapito di valori astratti quali la tradizione e l'amore. Il monologo sulla creatività come rivolta, come insurrezione cruenta.

"Il problema è che tutti i film andrebbero scritti di getto. Andrebbero scritti dalla tua *fica*. Ciò che intendo dire è che, al giorno d'oggi, i film andrebbero scritti dagli uccelli e dalle fiche. Il problema dei film d'azione, per esempio, sta nel fatto che non ci sono né abbastanza fica né abbastanza uccello. Le persone dovrebbero riuscire a liberare nell'aria parole come *uccello* e come *fica*, dovrebbero dire *uccello* diverse volte, così come dicono *alba*, così come dicono *doloroso rimpianto*, dovrebbero capire che *fica* è la parola più bella al mondo e che tutte le sceneggiature andrebbero scritte con una fica e con un uccello al loro interno, andrebbero scritte *da* una fica e *da* un uccello. Non ci sono altri motivi per cui valga la pena scrivere. Siamo portati a pensare che tutto abbia a che fare con l'aspetto artistico o con quello economico, pensiamo che tutto abbia a che fare con questi registi vestiti di nero e con la sigaretta in bocca, oppure con i produttori che si fanno fare le spagnole e che esibiscono tintarelle artificiali ottenute con l'autoabbronzante, ma non è di questo che si tratta. Si tratta di fiche e di uccelli, e se la tua fica *non* fosse bagnata, tesoro, mentre stai scrivendo della vita della Marchesa, allora potresti anche lasciar perdere. Quando scrivi una storia dovresti grondare, e alla fine della storia il tuo stomaco dovrebbe torcersi per l'insostenibile orgasmo, l'orgasmo *che ti fa venire*. Quello in cui tutte le differenze del mondo, come la differenza tra una fica e un uccello, vengono annullate nel leitmotiv della sborrata della creazione, la grande, magnifica e unica sborrata, quella che ha creato i presupposti perché esistessimo tu, io, l'arte, i soldi e la religione. Fottitene dell'aspetto artistico e di quello economico. Lascia perdere il Marchese e la Marchesa. Vieni via con me, ti porterò in luoghi che non hai mai visto prima, poiché sarà lì che scriveremo questa sceneggiatura, stanotte, e io ti mostrerò come si scrive una storia, di modo che domani, al sorgere del sole, potrai mettere i fogli sulla scrivania di Vanessa, e quando lei esprimerà il suo apprezzamento, e andrà così, allora potrai dire che sei stata tu a scriverla, e saprai che l'hai scritta con la *fica.* Saprai che è stata la tua fica a realizzare questo capolavoro."

Il barista continua a riempire i bicchieri. Bicchieri che tintinnano nello scolapiatti quando il cameriere li riporta indietro.

"Non hai mai scritto nulla. Cosa ne sai?"

"Abbastanza da avere il titolo."

"Come fai ad avere il titolo?"

"*I rabdomanti.*"

"Non so. Forse."

"Ma stai scherzando? È fantastico. Cosa può esserci di meglio? Farà un figurone. Ha l'accento sulla terza sillaba. Solo l'idea me l'ha fatto venire duro nello spogliatoio dell'Ashram. Premeva contro i pantaloni della tuta da ginnastica. È tutto quello che dobbiamo sapere. Forza, prova a dirlo!"

Arrivati a questo punto, c'è un cambio di scena, dato che Thaddeus ha impiegato le proprie tecniche di seduzione, un dono di natura, un dono divino, e il bar si dissolve. Ora, queste sono le sfumature grigie dell'interno di una limousine. Non c'è alcun anello di congiunzione che colleghi una scena all'altra, se non il mistero del cantastorie. Gli addetti alle location hanno già portato a termine il loro lavoro, uomini e donne in avanscoperta, e improvvisamente Thaddeus Griffin e Annabel Duffy si ritrovano a Washington Mews, con le file di case abitate dai professori della vicina università, ogni casetta piccola come una camera singola ma incantevole come una villa. Fanno metà strada a piedi, attraversando il quartiere in direzione della Quinta. Camminano sui ciottoli, e lui trova la porta che sta cercando. Una volta lì, lui con il braccio attorno alla vita di lei, Thaddeus alza la mano guantata per bussare, dopodiché si ferma.

"Ti starai chiedendo *perché.* Ti starai chiedendo perché uno che non ha nemmeno finito l'università ti abbia portato qui, in un quartiere di professori. E la ragione è che un tale con cui giocavo a scacchi al liceo, Charles Ng, lavora qui in attesa di passare di ruolo. Nel dipartimento di Studi Orientali. È uno studioso incredibilmente promettente, uno che di tanto in tanto è stato contattato dal ministero degli Esteri per dei casi di spionaggio e roba del genere. E il motivo per cui siamo qui è che Charles sta per avvalorare la mia storia, la storia che mi accingo a raccontarti e che inizia, naturalmente, con le orde mongole."

"Le orde mongole."

Più su, nell'isolato, la moglie di un professore distratto si chiude la porta d'ingresso alle spalle. Un corgi le fa strada. S'incamminano verso Washington Square Park.

"Mandati via dalle pianure erbose per quale motivo? Cacciati da quella che era stata la loro patria per millenni per quale motivo? Era tutto talmente perfetto laggiù; se erano riusciti a trovare una religione là, nel paese dell'abbondanza, una cultura illuminata che era sopravvissuta fino a oggi, perché andarsene? Te lo dirà Charles Ng. Siccità. A quei tempi, in Oriente si era registrato un periodo di grave siccità. I fiumi si erano prosciugati. Le tecniche rudimentali impiegate per l'irrigazione avevano prodotto depositi salini e croste di sale nella steppa sconfinata. Non c'era neve sulle montagne, e così il flusso d'acqua proveniente dalle vette innevate che in primavera e in estate abbeverava le distese erbose non c'era stato. I laghi erano stagni fangosi, e le tigri orientali se ne stavano distese sull'erba alta in attesa di un qualsiasi essere vivente. Il modo di vivere dei nomadi mongoli implicava seri rischi. Queste praterie avevano mantenuto in vita il bue tibetano, l'agnello, la capra e l'antilope asiatica, oltre che le coraggiose tribù che li dominavano. Queste praterie ospitavano enormi quantità di selvaggina e di animali selvatici. E ora stavano bruciando, avvolte dalle fiamme gigantesche della leggenda mongola. Non c'era formaggio, né cagliata, né yogurt, cibi con i quali si erano nutrite le famiglie mongole attorno al fuoco del bivacco. Non c'era la carne degli animali addomesticati che un tempo aveva fatto crescere i bambini sani e forti. E le pelli che li riscaldavano durante l'inverno rigido della Mongolia? Charlie Ng ha scritto un bel po' di libri a proposito di quei decenni di siccità in Mongolia, oltre che a proposito del mago della pioggia mongolo, Zoltan..."

"Dici sul serio? Zoltan?"

"Possiamo lavorare sui nomi in un secondo momento. Vedrai. Comunque sia, da un lato la siccità delle distese della Mongolia, dall'altro l'Impero Romano. La culla della civiltà che si espande verso nord con le sue tasse, i suoi tributi, le sue lingue straniere. È una polveriera, questo periodo storico. E Zoltan, fautore della pace, uomo delle divinità sciamaniche, è colui che rovescia i piani del suo cugino di secondo grado, Attila. Attila, che ha assassinato il padre di Zoltan per assumere il controllo delle tribù nomadi – le stesse tribù che ora chiamano a raccolta gli arcieri mongoli sui loro stalloni –, mette a ferro e fuoco le valli della Mongolia. Un incendio di dimensioni tali che, al confronto, le fiamme che divampano nel nostro Sudovest sembrano un barbecue in giardino. Gli uomini a cavallo, che piombano giù dalle montagne spingendosi oltre i confini dell'impero, si salvano solo perché accettano di mettersi agli ordini di Attila. E quelli che si rifiutano? Saranno consumati dalle fiamme. Capito? Una valle di fiamme, duemila anni fa, e Attila violenta le donne dell'Impero Romano, dà fuoco ai villaggi. Il mondo intero è in fiamme, ma Zoltan compare con il muro di fiamme alle spalle e attraversa una valle infuocata, in, in, non so, in Uzbekistan, e sradica questo ramo biforcato, che sarà la sua stampella – ho dimenticato questa parte – dal momento che Zoltan ha una gamba malconcia, quindi si rivolge al suo scudiero, lo schiavo saraceno, Kiko: 'Questo ramo biforcato ci indica le due strade che possiamo intraprendere, la strada del bene e la strada del male, e io, Zoltan, con una famiglia fatta a pezzi dall'unno, scelgo di percorrerle entrambe, come se fossero una strada sola. Queste due strade – il bene e il male – hanno un unico scopo, forgiare la nostra storia, e da questa storia sgorgherà l'acqua, l'acqua da cui tutte le cose viventi hanno origine. Il mio nome sarà scritto nell'acqua, e in ogni epoca ci sarà sempre dell'acqua per i discendenti di Zoltan, finché la storia non si riposerà dalle sue fatiche e i miei successori saranno eternamente consapevoli del fatto che la strada della pace e della magnanimità è la strada dell'acqua.' E da lì Zoltan inizia il proprio viaggio, solo, con il ramo biforcato, verso le rovine di quella che adesso è l'Europa."

È da un po' che Thaddeus ha infilato la sua mano guantata nella tasca del soprabito nero di pelle, per quanto l'immagine del guanto appeso al batacchio della porta di Washington Mews fosse magnifica. Fa una pausa a effetto. Poi s'incammina.

"Quindi, non c'è nessun Charles Ng?" chiede Annabel. "Non esiste?"

"Comunque, è davvero un gran bel nome. Non trovi?"

Le generazioni che si sono susseguite dopo Zoltan, fino ad arrivare al suo importante erede, Babu, sono trenta, e i loro nomi sono impossibili da pronunciare; tuttavia, Thaddeus si mette a elencarli, mentre i due si dirigono verso l'università. Ed ecco, ora, una saga multigenerazionale di portata epica. Ogni vent'anni, se non prima, un uccello trova il suo posto in una fica, e un'altra infame generazione è messa al mondo, e le stirpi di Zoltan si muovono su e giù lungo i confini, sono espulse da una parte e ricompaiono da un'altra, e nel loro dolore, nella loro precarietà, sistemano le proprie tende e cullano i propri figli, poiché non esistono uomini e donne più fertili dei profughi. Thaddeus estrae la fiaschetta dal cappotto, beve una lunga sorsata e la allunga ad Annabel parlando con grande trasporto. Eccoli, dunque, davanti al CBGB's, dove un tempo orde di musicisti rock si radunavano con le loro giacche di pelle e i loro jeans strappati, i boa di struzzo e gli abiti di rete, dove un tempo regnavano i Mohawks, i piercing e i tatuaggi. Sono lì davanti, tra la Bowery e Bleecker, mentre alcuni ragazzini si riversano dentro e fuori dalla porta. Un ragazzo coi capelli blu elettrico osserva: "Ehi, tu sei, tu sei, tu sei..."

Thaddeus alza le mani per porre fine all'interruzione.

"Ascolta attentamente." Fa una pausa a effetto. "I due popoli più odiati di tutta Europa sono stati gli zingari e gli ebrei. Gli zingari e gli ebrei sono stati perseguitati in ogni dove. Dall'India gli zingari si sono spostati continuamente, attraversando un intero continente con la loro lingua imperscrutabile, e quando sono incappati nei magiari, ebbene, è stato nel paese dei nomadi. E lì i discendenti di Zoltan, il primo rabdomante mai esistito, si sono mescolati agli zingari dando vita a una grandiosa, ininterrotta stirpe di rabdomanti zingari. Gente in grado di trovare una sorgente a poco meno di un centinaio di metri di profondità. Ed è stato grazie a loro che le famiglie zingare dell'Ungheria hanno prosperato. Si introducevano nelle città e si avventavano sui sassoni e sugli slavi, che gli zingari reputavano i commercianti per eccellenza. Un coltello alla gola. Privare i sassoni dei loro averi era la cosa che sapevano fare meglio. Gli zingari si arricchiscono e il loro capo, Andrós, decreta che non potrà più venir praticato pubblicamente alcun tipo di stregoneria da parte degli zingari dell'Ungheria. Che si limitino a saccheggiare le botteghe degli ebrei."

Un gruppo sparuto uscito dal locale si raduna intorno a loro con aria scettica, ma Thaddeus, come sempre, ci dà dentro col racconto. Ci si abbandona completamente per far colpo su chi lo sta ascoltando. Poi sorride. E, quando sorride, le cose accadono realmente, che siano convincenti o meno.

"A questo punto Babu, figlio di Andrós, giovane tirato su secondo sani e onesti principi, nota Nurit, la figlia di un gioielliere, creando così un contatto tra le due razze rivali. Lei aveva capelli nerissimi, una pelle d'avorio, ed era timida, con enormi occhi marroni. Babu ne rimane talmente stregato che si trattiene all'interno del negozio a lungo, dopo che i suoi compagni se la sono data a gambe con un paio di collane. E così Babu, zingaro in trappola, viene assalito da una banda di negozianti ebrei. Che lo legano e lo portano nel loro quartiere. Poi minacciano di tagliargli le dita a una a una, a meno che lui non sia disposto a confessare dove si trovano gli altri ladri.

E sai cos'è successo dopo, vero? Quello che succede sempre in Europa, dopo. Sulla scena fa il suo ingresso un drappello di uomini, muniti di bastoni e torce, che allontanano gli ebrei dalla città portandoli nelle campagne. Non c'è tempo da perdere con le dita di Babu, e il fatto che lui dichiari di essere uno zingaro e non un ebreo non sortisce alcun effetto sui magiari, i quali si stanno dedicando alla cacciata degli ebrei. Se nel mucchio c'è anche uno zingaro, la cosa non ha per loro nessuna importanza. E, così come le dita di Babu non sono ancora state estirpate da lui, non lo è neanche Nurit, l'ammaliatrice, l'oggetto del suo desiderio; e durante la marcia che dalla città li conduce verso i campi aridi, i due riescono a scambiarsi avidamente alcuni baci, e Babu le sfiora il seno. Per il momento, e fino a quando non raggiungeranno la steppa ai confini del paese, la terra di nessuno, non può fare di più, e già gli sembra incredibile la morbidezza del seno di lei. Gli ebrei più anziani – occhi asciutti e rassegnati – si riuniscono e decretano che è stato Babu a condurre i magiari a loro. Stabiliscono che non hanno altra scelta se non quella di ucciderlo. Non c'è alternativa, persino quando Nurit li supplica: 'I suoi occhi vi dicono che il suo cuore è sincero! Non ha rubato nulla dal negozio!' Suo padre le dice che lei non è in grado di capire, di capire le cose del mondo. Gli ebrei non hanno che nemici, e vengono trascinati da un posto all'altro, sempre spodestati. Ma lei risponde: 'No! Babu mi ama.' Ed è allora che Babu cerca di cavarsi dal guaio in cui si è cacciato. Afferma di essere in grado di trovare l'acqua per le famiglie coinvolte in questa diaspora. Dice: 'Non hanno forse bisogno di acqua, le vostre famiglie? Non hanno bisogno di bere? La mia gente si è occupata di procurare l'acqua da tempo immemore. Un po' di oro non è nulla. La vera ricchezza del regno è l'acqua. Io sono un rabdomante, e posso darvi ciò di cui avete bisogno.'"

Un'auto della polizia rallenta a uno stop davanti al CBGB's. Alcuni ragazzini si allontanano o fanno dietrofront rientrando nel locale, dove un gruppo hard-core continua a eseguire lo stesso pezzo. Tra i ragazzi rimasti, c'è n'è uno che dice: "Ma lui non sa come trovarla, l'acqua!" Come se fosse un suggeritore.

"Proprio così!" esclama Thaddeus. Sorride ad Annabel, che adesso si tiene stretta al suo braccio. "Proprio così. Lui non ne ha idea, dal momento che il padre, Andrós, ha deciso che nessun tipo di stregoneria potrà mai essere praticato tra gli zingari. Babu ha solo sentito parlare di queste cose. Tuttavia ne ha sentito parlare. E, nella sua mente, ce la sta mettendo tutta per capire ciò che ha bisogno di sapere. Un ramo biforcato. Una qualche preghiera o una formula magica. Esiste una frase magica o qualcosa del genere? Non ne ha idea.

Uno degli anziani sussurra a un altro: 'Gli lasciamo trovare l'acqua, e *poi* lo uccidiamo.' Annuiscono biecamente. Babu architetta una gran messinscena durante la ricerca del ramo. Va a cercarlo nelle profondità della foresta. Tra i carpini bianchi, gli ontani, i sicomori, i tassi, gli abeti rossi della Serbia. In lontananza, l'ululato dei lupi, perché, non dimentichiamocelo, siamo nell'Europa Centrale. Ci sono molti lupi. Ululati sul Danubio. Fa parte della commedia. Vaga nella boscaglia, finalmente trova un ramo biforcato, di betulla, e s'incammina verso le persone riunite intorno al fuoco. Ci sono dei neonati che piangono, e le donne sono preoccupate. Sulla via del ritorno inciampa in qualcosa, o c'è qualcosa che lo fa cadere, e finisce con la faccia a terra, capisci, su un mucchio di rovi. È come se fosse stato travolto da una forza sconosciuta che sovrintende alla rabdomanzia nel mondo e, quando si alza in piedi, sente il ramo tremare, come le membra di una donna che sta per partorire! Il ramo lo porta non si sa dove! Lui lo segue, e capisce. Capisce all'istante. 'Scava qui! Scava qui! Qui c'è l'acqua per la tua gente! Qui!' E alcuni ebrei scavatori di fosse, molto esperti, scavano in quel punto, e vanno giù, a quasi due metri di profondità, e trovano una sorgente che gorgoglia impetuosa. Nurit bacia Babu, e tutte le famiglie spodestate lo applaudono e lo accolgono tra di loro, purché prometta di convertirsi, e gli tagliano solamente due dita, una per aver rubato le collane e l'altra per aver sedotto una donna ebrea."

Qua e là degli applausi, non molti, dopodiché la limousine si accosta di nuovo al marciapiede e la portiera si apre per Thaddeus e Annabel, come se questo fosse il loro destino. L'autista dice: "Signore, una telefonata per lei."

Merda. Sua moglie. Sabrina. Come se anche lei fosse una sorta di rabdomante. Come se riuscisse a sentire odore di guai al di là del tempo e dello spazio. Ogni volta che lui si trova dove non dovrebbe, ecco che arriva la telefonata. Lei non ha bisogno di dire nulla. La telefonata è una busta antica, profumata, con un sigillo di ceralacca. Annabel monta in macchina con lui, ma una volta entrata comincia ad agitarsi, e dal finestrino fissa la Bobst Library, il luogo prediletto da chi vuole spiccare un lancio nel vuoto. Lì vicino, alcuni ragazzi entrano nel parco con le loro chitarre acustiche. Due poliziotti a cavallo.

La moglie dice che lo spot pubblicitario sta andando molto bene. Dice che deve trattenersi due giorni in più. Sabrina dice che il tempo nella California del Sud è meraviglioso. Decisamente mite. L'obiettivo di un matrimonio è un obiettivo profondo, molto intimo, stando a quello che in genere si dice; tuttavia, Thaddeus ha come l'impressione che il matrimonio risulti ancora più profondo quando racchiude dentro di sé l'inganno. Quando sua moglie dice: "Il tempo nella California del Sud è meraviglioso", potrebbe voler dire un'infinità di cose. Ci sono molti più strati nell'inganno che nella verità. La verità è una capanna di tronchi con un pavimento sporco. L'inganno è una casa con scale nascoste, soffitti sfondati e maggiordomi circospetti. Quando Sabrina dice che il tempo è meraviglioso, intende dire: "Il tempo mi piace di più quando tu non ci sei." Intende dire: "Tu rendi il tempo odioso." Intende dire che la sua vita, fuori dal matrimonio, soffia indisturbata, come lo scirocco. Intende dire che il tempo include il corpo seminudo o completamente nudo di un qualche dirigente di uno studio con il petto rasato. Probabilmente in questo preciso istante gli sta spalmando un unguento sulle spalle. Quando parla in questo modo, intende dire: "So che lo stai facendo anche tu, perché sei un attore di cinema fallito che gira film per adolescenti a Kansas City. Non mi aspetto altro. Tuttavia, mi aspetto che tu non mi faccia passare per una stronza." Aveva conosciuto sua moglie nella California del Sud. Qualche tempo dopo, lei aveva avuto un aborto spontaneo nella California del Sud, e da allora erano stati sempre troppo impegnati per pensare a una gravidanza. Particolare che non va mai ricordato ma nemmeno dimenticato. Lei ora si trova nella California del Sud, dove lui ha in ballo degli affari, mentre Thaddeus è su una limousine con un'assistente dell'ufficio di ventotto anni, e racconta un sacco di fandonie da ubriaco che hanno a che fare con degli zingari. Rimangono imbottigliati nel traffico all'altezza del raccordo tra la Sesta Avenue e la Quarta.

"C'è bisogno d'altro," dice lei.

"Pensaci un po' anche tu." Lui s'infila il cellulare in tasca.

"Ci sto ragionando, tra me e me. Con calma," risponde lei. "Il deserto del Gobi sarebbe perfetto. È enorme, è disabitato, e poi è intriso di mitologia cinese. Che ne diresti di un episodio sulle arti marziali?"

Lui stappa di nuovo la fiaschetta: "Non si può piombare all'improvviso in mezzo al deserto. Va organizzato un tragitto. La prima tappa dovrebbe essere il Marocco, dove Babu e Nurit mettono al mondo dei figli sefarditi, dalla pelle scura; poi, da lì, vanno in esilio, attraversano il Mediterraneo..."

"Hai un'idea davvero vaga della geografia."

"Credi che importi a qualcuno della geografia? A ogni modo, il Mediterraneo ti dà la possibilità di dire un mucchio di cose sui greci. Poseidone, roba del genere. Poi si arriva nel deserto, e il deserto è il Sahara. E, seguimi, siamo nel bel mezzo delle Crociate. Hanno un nipote ebreo, nato durante le Crociate in Terra Santa, il quale viene portato nel deserto, dove entra a far parte di una setta etiope. E dopo c'è un bambino, della generazione successiva o di quella dopo o di quella dopo ancora, che viene rapito nell'Africa Occidentale."

"Non vorrai mica che finisca con l'assomigliare a..."

"C'è bisogno di un ampio respiro narrativo. Si tratta di una saga multigenerazionale. Dev'esserci il deserto; devono esserci i mercanti di schiavi. Ti ho mai parlato di Peter O'Toole e della mia matrigna? Stavamo andando a vedere *Lawrence d'Arabia* in un teatro di repertorio, ai tempi in cui esistevano ancora. E la mia matrigna si prende il disturbo di dire, sai, che forse Peter O'Toole era uno di *quelli*. Forse era uno di *quelli*, e lo si capiva dal suo..."

"Non sapevo che avessi una matrigna."

La limousine sta risalendo lungo la West Side Highway. Lo sbocco del sistema di aerazione dell'Holland Tunnel è lì davanti a loro. Jersey City sembra un tumore maligno sulla sponda opposta dell'Hudson.

"E poi ci sono gli schiavi del Sudamerica. Ci sono i discendenti di Zoltan e di Babu e di Kwane, quello che oggi è il Senegal, e questi discendenti ora sono in Sudamerica, e alcuni di loro si trovano sulla Underground Railroad, nel bel mezzo della guerra civile, e scavano in cerca d'acqua nelle Cumberland Mountains ricoperte di ghiaccio, mentre le nobili truppe della Confederazione marciano verso la loro fine. Una causa persa! Ciononostante, gli uomini continuano a combattere!"

Sono quasi le undici quando si fermano sulla Riverside Drive. Non hanno mangiato che qualche stuzzichino. Thaddeus Griffin è ubriaco. L'autista si dirige verso la portiera e la apre. Annabel è la prima a scendere, dopodiché prende la mano di Griffin e lo aiuta a smontare dall'automobile. Lui è il divo americano ubriaco, dissoluto e con un'alta stima di sé. Ha accanto una bella assistente e, essendo ubriaco, è convinto che lei farà per lui più o meno qualsiasi cosa. L'autista, sull'attenti, chiude la portiera della limousine. Il portiere è lì, sull'attenti, mentre il contagio della celebrità si appresta a diffondersi di nuovo nel mondo.

"Il finale te lo immagini," dice lui di fronte alla porta del suo appartamento.

"No. Dimmi."

La sua voce, sul pianerottolo: "La storia si sofferma brevemente sulla carestia in Irlanda, poi dall'Irlanda si sposta in Islanda. E da lì si passa alla... sì, alla Rivoluzione russa. I rabdomanti sono sempre dalla parte degli oppressi e dei tiranneggiati. La Polonia durante la seconda guerra mondiale. L'Olocausto. Il genocidio armeno. La fondazione di Las Vegas. Molto importante. L'intero episodio finale riguarda la fondazione di Las Vegas. La discendente di Zoltan è la bella figlia di un gangster che tiene nascosto il fatto di essere in parte di colore. Be', voglio dire, tecnicamente si tratta di un mongolo, di uno zingaro, un ebreo, un tamil, un meticcio, un khmer, un maori, fa lo stesso. Lei se la squaglia con un sassofonista per un weekend romantico, rimane incinta e muore di overdose. Sua figlia viene allevata perché diventi una ballerina di Las Vegas, rifiutata dalla sua, sì, dalla sua illustre famiglia di criminali. E la figlia di questa ballerina viene data in adozione durante l'amministrazione Nixon."

Annabel, che conformemente alla tipica educazione del New England non tradisce mai forti emozioni, si appoggia alla parete accanto alla porta, il corpo leggermente curvo, come un punto di domanda. Comincia col dirgli quanto sia difficile per lei questa situazione, ma poi lascia perdere. Comincia col dirgli che giornata terribile sia stata. E comincia col dirgli che cosa significhi per lei stare con lui. Lui non è in grado di fermarsi. Tuttavia si costringe al silenzio. Sempre le due cose insieme: il peggio di lui e anche il meglio. Com'è bella lei, e infervorata, e piena di speranze. Lui l'ha svuotata, ha disatteso le sue speranze, si è nutrito di speranze che non sono più le sue, ha tenuto lontano da altri pretendenti le speranze di Annabel, le ha tenute lontano da persone che sarebbero state in grado di riconoscerle, ha tenuto le speranze di lei sotto i soffitti a volta delle camere d'albergo, dentro i corridoi vuoti, sulle scale, le ha tenute tra le sue braccia. E così, ancora una volta, le racconta il finale della storia, perché il sapere è afrodisiaco per l'attore un tempo famoso e ora dimenticato. O almeno è questa l'impressione che lui fa lì, in un corridoio vuoto, davanti alla porta di casa.

Perché *è lei* la bambina nata a Las Vegas. Nel 1972.

6

Un tempo, il corriere in bicicletta era il centauro dell'impero. Durante l'era dei titoli spazzatura. Il corriere in bicicletta era Mercurio in persona, Mercurio che attraversava la città in pantaloncini di lycra, occhiali da sole e canottiera. Ci si poteva guadagnare da vivere, con quell'attività; si potevano guadagnare cinquantamila dollari all'anno, se solo si aveva l'animo del guerriero. Questi nomadi sfrecciavano ai lati dello sciame di automobili sui viali che da Midtown andavano fino al Financial District. Dopodiché tornavano indietro. Si chiamavano con dei fischi, insultandosi a vicenda. Una professione nobile. Come se la bicicletta fosse stata in qualche modo saldata al corriere. Come se il corriere fosse stato incollato all'intelaiatura. Non c'era bisogno che di pedalare. E magari di un po' di anfetamina e di marijuana. Il corriere era il centauro. Nessun messaggio era impossibile da recapitare. Parole come il vento tra gli alberi. Parole alla velocità del suono. Il corriere faceva sì che questo fosse possibile. Faceva sì che fosse possibile la rilevazione di una società con capitale di prestito, un'acquisizione ostile, con le forme di vita a essa connesse: avvocati, contabili, consulenti.

Tutto ciò, stando alla storia ufficiosa compilata nei giorni di fiacca dal proprietario della Omni Delivery, New York, NY: Ivan Polanski.

Con l'andare del tempo, i venditori di titoli spazzatura erano andati a finire dentro i carceri di minima sicurezza, a esercitarsi a squash o a costruire targhe per le loro automobili implorando perdono. A quel punto era sorta una nuova era, l'era della cosiddetta posta elettronica. L'era dei messaggi di posta elettronica computerizzati, l'era delle infinite banalità comunicate attraverso il sistema numerico binario. Polanski ci aveva messo un po' per arrivare a comprendere l'oscuro significato del messaggio di posta elettronica. Con rammarico. Non c'era neanche un computer nella sua casa di Glen Cove, e ai suoi figli non interessava, a sua moglie non interessava, e nessuno cercava di mandargli messaggi di posta elettronica su come farsi crescere il pene, oppure a proposito di adolescenti che avevano a malapena raggiunto la maggiore età. Tuttavia, la differenza rispetto a prima nel suo bilancio complessivo si faceva sentire. Aveva già sfidato l'avvento del fax. Che aveva messo a repentaglio la sua attività. Ma, alla fine, era stato lui a spuntarla. Poteva superare anche questo. Personalmente, lui non faxava nulla, e non faceva neppure entrare nessuno nel suo ufficio. Che i clienti andassero a farsi fottere! Si serviva del telefono e della sua squadra di messaggeri altamente preparati e professionali. Aveva sfidato il fax, e ora avrebbe sfidato anche questa assurdità della posta elettronica. Aspettavano accanto al raffreddatore dell'acqua potabile, quelli della sua squadra; leggevano qualche rivista, fumavano. A lui non importava ciò che facevano, purché raggiungessero Downtown più in fretta dei loro rivali. Polanski credeva nella competizione. La competizione era stata la sua fortuna. Era stata alla base del suo successo in questo paese, la prima generazione di Polanski benestante. Suo padre non sapeva una parola d'inglese. E Polanski capiva il minimo indispensabile. La sua famiglia era fuggita dai comunisti. Eppure ora Ivan Polanski, coi nervi a fior di pelle, selezionava i propri dipendenti a partire da una rosa di falliti. Nel suo organico avevano iniziato a fare la loro comparsa i pensionati. Prendevano la metropolitana o l'autobus. Durante il lavoro fischiettavano. Non erano scattanti. Tutto fuorché battaglieri. Erano dei simpatici vecchietti.

E poi c'era lo scheletro nell'armadio della sua attività. Le persone con disturbi mentali. A dire il vero, gli schizofrenici si erano dimostrati degli ottimi corrieri. Erano privi di compassione, ossessionati dall'eventualità di commettere un errore. Finché non smettevano di prendere le medicine, funzionavano alla grande. E quando erano in movimento, i sintomi della malattia diminuivano. Solo di tanto in tanto si verificava qualche piccolo problema. Polanski era intervenuto di persona quella volta in cui uno dei suoi corrieri si era convinto che un gruppo di mormoni potenziati geneticamente lo stesse inseguendo. Il dipendente in questione aveva percorso il tratto da Central Park West fino al New York Plaza, all'estremità meridionale dell'isola, in meno di dieci minuti. Nessuna automobile era in grado di farlo; nessun treno. Soltanto questo corriere terrorizzato.

Polanski aveva fatto quello che doveva fare. Aveva scritto un annuncio. Ecco cosa diceva: "Si assumono persone con disturbi mentali. Hanno bisogno di lavorare. Le loro famiglie vogliono che acquistino fiducia in se stessi. Non dovete socializzare con loro. Nessun altro del mestiere correrebbe questo rischio. Venite a me, voi che soffrite di allucinazioni. Venite a me, teorici del complotto. A tutti voi che siete nella fase iniziale della discinesia tardiva e del gonfiore connesso all'uso del litio, Ivan Polanski, discendente dei Polanski di Cracovia, dà il benvenuto nel mondo dei corrieri. Per vincere, bisogna pur correre qualche rischio."

Due anni prima, nel corso di questa iniziativa volta alla ricerca di personale, Polanski aveva assunto il corriere noto come Tyrone. Quello non era il suo vero nome. Il suo era un nome da ricco: William Russell Wellington Duffy. Era il nome che compariva sugli assegni delle buste paga. Ma William Russell Wellington Duffy insisteva per farsi chiamare Tyrone. Quando parlava, Tyrone aveva proprio il tono di voce di un William Russell Wellington Duffy. Era colto. C'era in lui un non so che dell'aristocratico bostoniano. Tuttavia, durante l'intero colloquio, Tyrone non aveva aperto bocca. Nel corso del test preliminare a cui veniva sottoposto ogni dipendente della Omni, Tyrone aveva identificato la data e l'ora senza problemi, aveva individuato tre punti di riferimento nel centro di Manhattan e aveva fatto la somma di una serie di numeri a due cifre. Polanski era ormai in grado di riconoscere a occhi chiusi i sintomi del disturbo psichico. Volto inespressivo. Sindrome delle Gambe senza Riposo. Scarsa affettività. Religiosità. Forte ansia. E Tyrone Duffy ce li aveva tutti.

Non aveva contato sul fatto che Tyrone sarebbe durato. Ma chi era che durava? Prima o poi, i corrieri finivano col togliersi piattole immaginarie dal pube, e a quel punto erano arrivati al capolinea. Nessuno durava. Lo stesso Polanski non ce l'avrebbe fatta. E nessuno avrebbe scommesso sul fatto che Tyrone sarebbe durato. La sua bici era in pessimo stato. E di tanto in tanto lui spariva, per poi ricomparire con storie inventate a proposito di cene con star del cinema. Roba assurda. Difficile dire di cosa parlasse, dato che c'erano sempre un mucchio di digressioni a infarcire i suoi monologhi. Questo, nelle rare occasioni in cui Tyrone parlava. Una volta aveva accennato al fatto che nei suoi dreadlock dimorassero delle farfalle, e aveva anche affermato che il formaggio americano conteneva pericolosi ingredienti radioattivi. Molto spesso Polanski lo doveva redarguire per via della sua indolenza: "Vai fuori, sposta qualche dannato imballaggio." Dopodiché Tyrone, dimostrando un minimo di buona volontà, per qualche giorno si rimboccava le maniche. Fino a quando non si perdeva di nuovo all'interno di una biblioteca pubblica, dove sosteneva di essere impegnato a svolgere una ricerca sulle particelle alfa e sulla foglia d'oro. Un giorno era stata recapitata una lettera della biblioteca in cui si chiedeva alla Omni Delivery di fungere da garante per un tale William Russell Wellington Duffy, il quale sperava di ottenere il permesso di consultare un manoscritto del diciassettesimo secolo sulle proprietà terapeutiche dei fiori inglesi.

Tyrone aveva una barba stile Malcolm X e grandi occhiali dalle lenti spesse. Era talmente magro che con ogni probabilità *doveva* aver avuto problemi di denutrizione. Ma ogni volta che Polanski ipotizzava che Tyrone sarebbe andato a finire, così come gli altri corrieri, nella rete dei ricoveri, nella baraccopoli dei senzatetto di Manhattan Bridge, ecco un colpo di scena. Per esempio, alcuni clienti preferivano che fosse Tyrone a recapitare i loro messaggi. Per chissà quale ragione, Tyrone aveva buoni rapporti con il mondo del cinema. Tutti chiedevano di lui.

E così Tyrone si trovava da parecchio tempo presso la Omni Delivery.

Ma cos'era che gli passava veramente per la testa? A cosa pensava con quell'aria preoccupata? Polanski se lo chiedeva. Gli altri corrieri, per esempio Edwin (Sanchez) di Delancey Street, prendevano in giro Tyrone. Gli davano un'affettuosa scoppola sulla testa. Tyrone quasi non ci faceva caso. "Alla velocità della luce, bello!" Sempre e comunque, Tyrone rispondeva con la calma del disubbidiente civile. Edwin (Sanchez) di Delancey Street, il veterano dei dipendenti di Polanski, sosteneva che Tyrone preferisse essere chiamato così perché quello era un nome "più nero", aggiungendo che in un'occasione Tyrone aveva dichiarato di sottoscrivere i programmi politici dei separatisti neri, e in particolare quelli illustrati nelle canzoni di un certo collettivo hip-hop. Edwin affermava che Tyrone non apprezzasse il gergo usato da questo collettivo hip-hop, e che non ne condividesse nemmeno lo slang, basato su espressioni sgrammaticate, ma che, nonostante questo, capisse gli intenti degli artisti hip-hop e degli altri movimenti separatisti locali, appoggiando il loro lavoro in qualità di educatori e di attivisti sociali. Edwin (Sanchez) di Delancey Street aveva poi rivelato che Tyrone aveva studiato i "grandi filosofi" in un'università da qualche parte al centro del paese, pur non essendo riuscito a portare a termine il dottorato, e che aveva persino realizzato dei quadri di valore non meglio identificati.

Ivan Polanski non si era accorto di nulla. A ogni modo, la storia di Tyrone fa semplicemente parte di una più ampia indagine svolta da Polanski a proposito della storia dei centauri dell'impero. Ha ben presente i personaggi principali della storia, il loro passato, le loro bici, i tubi saldati col gas tungsteno, le intelaiature di alluminio, i cerchi da corsa, ed è consapevole di essere il testimone di uno stile di vita che sta scomparendo. È a questo che sta pensando mentre prende la prima telefonata del giovedì mattina. A occhio, nulla di più semplice. Worldwide Plaza, Ottava, indietro fino al Rock Plaza, poi ci si immette sulla Quinta. International Talent and Media. Roba di cinema. Vedete, essendo lui il capo, ha bisogno di verificare che Tyrone svolga correttamente il suo lavoro. Ha bisogno di sapere in quanto tempo riuscirà a sbrigarlo. Ha bisogno di sapere se il centauro è ancora in grado di trionfare.

"Tyrone," sbraita, "ITM, Worldwide Plaza. Poi indietro fino al Rock Plaza. Qui ci sono le bolle di accompagnamento."

Tyrone indossa dei pantaloncini neri di nylon e una felpa col cappuccio. Ha una bandana sulla fronte. Più avanti, questi dettagli si riveleranno importanti. Tyrone ha con sé un libro, che prontamente nasconde. Sussurra qualcosa per dimostrare di aver capito.

"E da lì, in centro, vai al 21 di Wall Street. Ci sei?"

Tyrone annuisce, e poco dopo, come se stesse lottando contro dei fantasmi, con gli occhi socchiusi e iniettati di sangue, abbandona la sede della società, ubicata sopra un bar irlandese sulla Quarantasettesima. Ma tutto questo non basta a Polanski. Non gli basta assegnare il lavoro a Tyrone. Non gli basta farsi delle domande su come sia il mondo segreto di Tyrone. Non gli basta essere il testimone della consunzione delle schiere dei centauri. Polanski deve mettere alla prova i suoi dipendenti. E allora, ecco cosa fa: chiama Spicer al telefono. Il signor Spicer è il tizio con un accenno di morbo di Parkinson. Quello che ama sedersi di fronte all'edificio del McGraw-Hill a guardare le belle ragazze. Polanski fa il numero di Spicer. C'è il solito armeggiare con la cornetta.

"Sono Polanski. Alzi il telefono. International Talent and Media, Worldwide Plaza, ventottesimo piano, poi indietro fino al Rock Center, quarto piano, edificio sud."

Spicer ripete tutto dalla prima parola all'ultima.

"Voglio essere sicuro di aver capito bene, la prego."

"No, abbia pietà."

"Me lo ripeta ancora una volta," dice il signor Spicer. "Ho settantaquattro anni, che diamine!"

Una traversata della città da cima a fondo. Dieci o undici isolati in tutto, se si considerano come doppi quelli sui viali. Come se, al giorno d'oggi, una qualsiasi traversata della città fosse uno scherzo. Per prima cosa, c'è il regolamento relativo ai pedoni che attraversano fuori dalle strisce. Regolamento promulgato dall'alto, in quest'epoca di tolleranza zero. Tolleranza zero per i vetri rotti, tolleranza zero per l'accattonaggio, tolleranza zero per quell'arnese che usano per lavarti i vetri ai semafori, tolleranza zero per la musica dal vivo, tolleranza zero per il topless, tolleranza zero per i pedoni che attraversano fuori dalle strisce, tolleranza zero per i dissidenti. Sui viali li si vedono ancora, quei pedoni, che guardano da una parte e dall'altra prima di spiccare il balzo verso il lato opposto della strada. Anche con lo spartitraffico che è appena stato sistemato di fronte al Radio City. I camion, le cui fiancate reclamizzano StartUp della new economy destinate a far fiasco di lì a poco, sono ammassati nelle strade laterali e vanno avanti a passo d'uomo. La gente bestemmia. I gioiellieri si riversano in strada. Il cielo è coperto, plumbeo. Ed è là, verso una Midtown di questo tipo, che ora si stanno dirigendo i contendenti per dare inizio alla loro gara.

Polanski dice a Edwin (Sanchez) di Delancey Street: "Venti bigliettoni su Spicer."

Edwin replica: "Il fratello ha la testa tra le nuvole. Ma è veloce. Spicer ha i calli. Farà una sosta al Rite Aid dell'edificio del McGraw-Hill e si lamenterà. Si metterà a chiacchierare con una cassiera haitiana."

"Dici davvero?"

"I giochi sono fatti."

Polanski chiede a Daryl Standler, fumatore di marijuana, se gli va di scommettere. Standler ci rimugina su a lungo. Anche lui sta dalla parte di Tyrone. Tuttavia, le scommesse vengono fatte senza tener conto degli effetti dell'incidente: le vetrine di Diamond Universe, al 1200 della Sesta Avenue, all'angolo con la Quarantasettesima, ancora chiuse e circondate dal cordone di protezione srotolato dalla polizia. I cavalletti fanno deviare il flusso dei pedoni davanti all'ingresso della metropolitana. Tutta la merce è stata tolta dalle vetrine foderate di feltro. La strada di fronte pullula di guardie giurate e di ebrei di orientamento chassidico che vigilano sui negozi delle loro famiglie. In effetti, la macchina è ancora là. Ma Ramon Martinez, che ha percorso a ritmo sostenuto la Sesta Avenue per poi effettuare una svolta contromano rispetto al traffico che proveniva da ovest, a una velocità di crociera di quasi settantacinque chilometri orari, Ramon Martinez, con i suoi insulti antisemiti, dov'è esattamente? Dopo la chiamata in giudizio, verrà sicuramente spostato dal suo comodo posticino alle Tombs e trasportato nel carcere di massima sicurezza di Rikers Island, dove i suoi vicini di cella gli lanceranno grida di incitamento e di offesa. Il suo aspetto gradevole sarà oggetto di scrupolosa analisi. Ha già fatto la sua prima doccia? Tre persone sono morte, di cui due ebrei chassidici. Le famiglie piangono, mentre i fotografi delle riviste di gossip se ne stanno accampati a Williamsburg, di fronte alle loro abitazioni, nella speranza di scattare la fotografia perfetta. E poi, ai notiziari trasmessi in televisione, ecco Ramon Martinez che svolta con la macchina. Ramon Martinez che svolta con la macchina in un grafico che ne illustra il tragitto. Ramon Martinez che mette in moto la sua LeSabre, che ha già fatto duecentosessantamila chilometri, e sbaglia direzione, mancando la tromba delle scale della metropolitana e il lampione con sopra quell'enorme faro a forma di diamante. Ramon Martinez che ribalta un bidone dell'immondizia. E, alla fine, tre pedoni che si trovano vicini al lato del conducente vengono sbalzati dall'altra parte. Uno, un ex campione di basket del campionato universitario, ha riportato una lesione alla schiena, mentre gli altri due sono stati scaraventati sul cordone del marciapiede e per poco non sono stati investiti da un taxi diretto a ovest sulla Quarantasettesima. Nelle immediate vicinanze: un tizio con in mano un sandwich al falafel che scherza con un altro tizio che sta controllando l'ora sul suo orologio; e, per caso, un ragazzino arabo. Tutti quanti schizzano per aria e vanno a finire contro le vetrine. A questo punto, riguardiamo il filmato girato da Schappell, il quale conferma la nostra versione dei fatti. La scena è stata ripresa da un tizio coi riflessi pronti, un passante che viene da St. Louis, Norm Schappell, il tizio con la telecamera digitale e la mano malferma. Adesso l'automobile scavalca il cordone del marciapiede e, dalle immagini a bassa risoluzione che si vedono nel piccolo schermo della videocamera, sembra che Martinez stia agitando il pugno, come se in quel preciso istante, nel quale non potrebbe essere più lontano da Dio, stesse immaginando di essere l'angelo della vendetta inviato dal Signore. Va a sbattere contro la vetrina antisfondamento del negozio. In quel momento scatta l'allarme, e il taxi si muove come una trottola, va da una parte all'altra e urta contro una macchina parcheggiata sulla Sesta. Poi le grida. Al telegiornale scorrono le immagini, quelle riprese da Schappell, e alla conferenza stampa il sindaco dichiara che, fino a prova contraria, si tratta di un crimine dettato dall'odio. "Nella nostra città non c'è spazio per l'odio e per l'ignoranza, per l'ostilità e per il pregiudizio. Il mondo vive a New York." Quella sera, Martinez fa la sua passeggiata in catene, costretto a camminare con i piedi a papera. Come osserva il corrispondente della rete affiliata alla UBC, spifferando un segreto ben custodito nell'ambiente, ogni tanto la polizia mette i ceppi nel congelatore, quando riporta i detenuti al commissariato. Perché i ceppi congelati fanno un male bestiale.

Questo è il racconto che il signor Spicer sente dalle guardie giurate. Si trova all'angolo, intento a osservare la scena in modo da farsi un'idea della portata della tragedia. È una scena troppo allettante. A tre minuti dall'inizio della competizione, il signor Spicer è pronto per partire. A chiunque stia lì ad ascoltarlo dice: "Che cos'avrà mai fatto la nostra città a questo giovanotto? Noi non gli abbiamo fatto nulla! Qualcuno gli ha forse negato la possibilità di lavorare? Io no! Voglio solo riuscire a recapitare dei messaggi in santa pace. Gli ho mai fatto qualcosa di male, io?"

Nel frattempo, Tyrone scorre liberamente nel flusso. Tyrone ha una teoria. Una teoria che riguarda i corpi dotati di inerzia, corpi che perseverano nel loro stato di moto rettilineo uniforme, a meno che non siano costretti a cambiare tale stato da forze agenti su di essi. La sua teoria del flusso è innanzitutto una teoria dell'orbita. Tyrone percepisce l'orbita sulla sua bicicletta. Vale a dire che la sua bicicletta è la *Mysterium Cosmographicum* e la missione di Tyrone non consiste nel recapitare messaggi, la qual cosa in realtà non è che un intralcio alla sua vera professione. La sua missione consiste infatti nel mantenere costante il proprio flusso, nel mantenere con i corpi vasti una relazione tale da confutare le origini dell'astronomia. Monta in sella con un'agile mossa della gamba smilza. È partito. Su una Surly Steamroller a rapporto fisso, color marrone intenso, senza freni, come si addice a una bicicletta con un nome così illustre, *Mysterium Cosmographicum*. Sin dai tempi d'oro dei corrieri i freni non si usano più, e in verità questo, nell'ambito delle speculazioni sulla fisica di Tyrone Duffy, filosofo dei sistemi elementari, pittore dei fenomeni newtoniani, è un particolare imprescindibile, dal momento che i freni ostacolano il flusso. Tyrone ha bisogno del flusso, e il flusso non ha bisogno di alcun freno.

L'arco tracciato dal pendolo rimane sempre inalterato, non importa quanto sia ampio. Newton era stato un uomo inguaribilmente collerico. E a Tycho Brahe mancava il naso. Lo aveva perso in duello. Gli era stata fabbricata una protesi in un metallo resistente. Comunque sia, Tycho aveva avuto un matrimonio felice. Tyrone, ovviamente, necessita di una forza frenante che agisca sulla propria massa inerziale rallentando il movimento suo e della *Mysterium Cosmographicum*, e questa forza è l'attrazione gravitazionale dei pedoni. Ed ecco quindi l'importanza dei pedoni nello scorrere del flusso. Fungono da morbida superficie d'impatto. Tyrone si rifiuta di mangiare, dato che un corpo leggero aumenta la velocità del flusso, e il cibo che lui si rifiuta di mangiare va a incrementare le risorse di cibo disponibili, in modo che i pedoni possano diventare ancor più grassi e soffici per impatti morbidi.

A Tyrone non capita spesso di correre sui marciapiedi. Tuttavia, ora vi è costretto. A causa della presenza della polizia sulla scena dell'incidente causato da Martinez, infatti, la Quarantasettesima è pressoché bloccata. Correre sui marciapiedi significa incontrare la resistenza dell'aria al flusso. L'obesità è resistenza, e la variazione della quantità di moto è proporzionale alla forza motrice impressa. Tyrone smonta dalla bicicletta e inizia a spingerla in avanti attraverso la scena dell'incidente. La macchina, che sta per essere sollevata da una piccola gru, sembra un addobbo natalizio. Materiale promozionale. I diamanti baluginano come ologrammi, e parte del loro luccichio deriva da un rapporto tra forze. La forza esercitata sul carbonio, che è grafite, che diventa il diamante, che diventa una leggenda attorno alla quale orbitano gli schiavi africani, la cui forza lavoro è impiegata per estrarre dalle miniere i diamanti, i quali servono per finanziare e sostenere le attività dei rivoltosi, le quali sono destinate a ridistribuire le risorse del continente fra gli Stati nazionali privati dei loro diritti e i regimi dittatoriali. Tyrone scorge Spicer sulla scena dell'incidente; lo saluta educatamente con un cenno del capo. Spicer dice: "Non è incredibile? Non ti sembra incredibile?" Non è chiaro se abbia riconosciuto Duffy o meno. Ciò significa che, a tre minuti e mezzo dalla partenza, i duellanti si ritrovano per un istante in una situazione di parità; dopodiché Tyrone scivola silenziosamente attraverso l'incrocio con la Sesta, come se quell'incrocio fosse un vuoto e lui un corpo in caduta libera in uno scenario di corpi in caduta libera.

L'interesse di Spicer per i dettagli dell'incidente causato da Martinez è tale che i poliziotti, come spesso accade, lo prendono in simpatia, e così ha inizio una conversazione in cui Spicer racconta agli sbirri che sua moglie è morta tre anni prima di cancro, per poi proseguire dicendo che gli piacciono le partite dei Mets, i quali non riusciranno mai a rimontare nel corso del campionato, e che quel lanciatore degli Yankees è un criminale, e che avrebbero dovuto sbatterlo in prigione, e i poliziotti lo applaudono, poiché tutti loro tifano per i Mets, e poi gli chiedono dove sia diretto, e lui risponde che sta andando in direzione ovest, ma che è un vecchio affetto dal morbo di Parkinson allo stadio iniziale, e così gli sbirri violano tutte le norme delle procedure di polizia nell'epoca della tolleranza zero e lo fanno salire su un'automobile della polizia, portandolo fino al negozio della catena multinazionale che vende caffè sovrapprezzo, tra la Settima e la Quarantanovesima, dove Spicer ripete a un cassiere le stesse cose a proposito della moglie, dei Mets, i quali non ce la faranno mai a rimontare nel corso del campionato, e di che cosa c'era che non andava in Martinez, di che cosa lo aveva convinto a compiere un gesto simile, un gesto violento, mentre Spicer mescola tre cucchiaini di zucchero nel suo caffè nero.

Per la *Mysterium Cosmographicum* esiste il problema della portiera. Certo, dalla *portiera* ci entri, ed è un sostantivo assolutamente meraviglioso. Ma, e qui è il verbo che intendiamo, è anche possibile *portierare*. Tanto per intenderci: mettiamo che tu stia cavalcando la tua *Mysterium Cosmographicum* quando vai a sbattere contro una portiera o, prima ancora, contro una morbida superficie d'impatto, quale, poniamo, il sedere di una persona che sta cercando di scaricare qualcosa dal sedile posteriore, così che all'improvviso tu ti trasformi in un oggetto in movimento, separato però dalla tua piattaforma di lancio; sei quell'oggetto il cui flusso è stato ostacolato e che adesso vola per aria, scagliato in alto dalla tua piattaforma di lancio. Oppure, non c'è alcuna morbida superficie d'impatto a ostacolarti e tu vieni *portierato*, se usiamo il verbo al participio. Ma dove sono quelle morbide, soffici, candide chiappe? Spiacente, al momento non sono disponibili, non c'è che la portiera, e tutto succede in modo così precipitoso – l'urto della *Mysterium Cosmographicum* contro la portiera, che pertanto funge da ultimo dispositivo frenante –, e tu ti muovi in base alle leggi della fisica, stando alle quali si presume che i proiettili seguano un percorso curvilineo, dato che la tua traiettoria parabolica, una volta separato dalla bicicletta, rasenta la portiera e si innalza al di sopra di essa, con tanto di mezzo salto mortale all'indietro e tuffo carpiato. Forza inerziale unita a forza gravitazionale. Nello specifico, all'angolo con la Settima, e la portiera aperta è quella di un furgone della Skyline Duplication. Schizzi verso l'alto, e poi ricadi a terra.

E così, Tyrone cerca di rimettersi in piedi proprio mentre Spicer sta emergendo dal negozio della catena multinazionale che vende caffè. A quattro minuti e quindici secondi dalla partenza, i duellanti si ritrovano ancora in condizione di parità. Di nuovo, si salutano educatamente con un cenno del capo. Spicer gira l'angolo, arrancando sotto la luce accecante dei neon che si accanisce su di lui e con davanti a sé i canyon che si diramano verso Downtown. Perché, l'avrete capito, ci troviamo a Times Square. E Tyrone, che sta controllando la pressione delle gomme della sua bicicletta, alza lo sguardo per un attimo verso i neon, i quali proiettano i propri fasci di luce in maniera assurda pubblicizzando un'infinità di cose – sottovesti, elettrodomestici. Dopodiché Tyrone rimonta sul suo cavallo, la *Mysterium Cosmographicum*, supera Spicer, un vecchio suonato, e svolta a destra sulla Broadway.

Le orbite dei pianeti in realtà non sono che ellissi, dal momento che i pianeti esercitano i propri influssi l'uno sull'altro. Ivan Polanski, il capo di Tyrone, non ha mai compreso i passaggi di questa semplice dimostrazione, della quale invece si potrebbe venire a capo persino con qualche rudimentale nozione di geometria; angoli uguali qui e qui. Mentre Polanski non è nemmeno venuto a capo dei rapporti che intercorrono fra il corpo celeste noto con il nome di Tyrone Duffy e il corpo celeste impiegato presso la società Mezzi di Produzione del Rock Center, cliente abituale della Omni Delivery, noto con il nome di Annabel Duffy; non è mai venuto a capo del fatto che loro due siano fratello e sorella, che siano alleati, e che Mezzi di Produzione si affidi alla Omni Delivery proprio in virtù del fatto che Tyrone Duffy è fratello della suddetta. Entrambi, Tyrone e Annabel, sono corpi celesti che ruotano attorno a un certo reverendo Russell Hunt Duffy, di Newton, Massachusetts, pastore della Prima Chiesa Congregazionalista. Ed esistono altri corpi celesti che ruotano attorno alla stessa Stella Nana Bianca, poco luminosa e dalla temperatura elevata. Esiste un corpo noto come il fratello naturale di Tyrone e Annabel, il fratello non adottivo, Maximillian Rivers Duffy, il figlio bianco della Stella Nana Bianca, e poi esiste la moglie della Stella Nana Bianca, nota anche come Mamma, le cui intenzioni, durante un periodo di rivolte sociali, erano state quelle di adottare prima uno e poi un altro bambino cresciuti in un ambiente difficile, intendendo con questo dei bambini che avessero la pelle di un colore diverso dal suo, intendendo con questo dei bambini afroamericani, e di crescerli come se fossero delle stelle nane bianche, e non dei buchi neri all'interno del sistema della scuola pubblica di Newton, Massachusetts. Tyrone e Annabel, appunto, alleati fin dai loro primi anni di età. Formavano una squadra. Le cui variazioni uniformi della velocità erano sempre dirette verso la Stella Nana Bianca, la quale in ogni momento esercitava il proprio influsso su di loro.

Tyrone oltrepassa il Brill Building. In questi giorni molti dei messaggi finiscono nel campo gravitazionale del Brill Building; il Brill Building è di fatto l'epicentro dei messaggi. Ci sono diversi CD da recapitare a diversi indirizzi. E i tizi del mondo della musica leggera, o almeno quelli che sono sopravvissuti, dirottano sempre i corrieri verso l'ascensore per il carico merci sul retro. Tyrone è in grado di canticchiare un sacco di canzoncine scritte all'interno del Brill Building, è in grado di canticchiarle al contrario facendo salire o scendere la tonalità di un semitono, ma, dal momento che indossa una divisa da corriere e ha delle farfalle nei dreadlock, ovunque vada viene fermato e invitato a recarsi all'ascensore per il carico merci sul retro. Sa molte cose del Brill Building, dell'Armony Show, della Factory, degli AbExes, sa molte cose della scena artistica dell'East Village, del postmodernismo, del nuovo storicismo, dei Giovani Artisti Inglesi. Sa, ascolta, e detesta il linguaggio dell'attualità, linguaggio che lo ammorba. Sa molte cose degli ostacoli che interrompono il flusso. *Potenziale enorme*, lo dice persino sua sorella. La Stella Nana Bianca lo ha sempre detto, e ha anche detto che Tyrone, che non chiama mai con quel nome, ha bisogno di andare in terapia. Ma Tyrone non andrà in terapia, poiché pensa che i suoi problemi dipendano dall'aver orbitato troppo a lungo intorno alla Stella Nana Bianca.

Sono passati sei minuti e diciotto secondi, e Spicer è tornato all'ingresso del treno R, sulla Quarantanovesima, per chiedere delle informazioni. Domanda a una donna che tipo di bagel stia mangiando. Lui preferisce quelli con il sale sopra. Sempre e solo quelli con il sale sopra. Be', anche quelli alla cipolla, e ogni tanto anche quelli completi, ma, di qualsiasi bagel si tratti, deve essere ricoperto di salmone affumicato. Fresco. Spicer non ha nessuna speranza di vincere, non ha alcuna possibilità di farcela.

Tyrone Duffy sta cantando *Up on the Roof*, come se fosse un'allegoria delle orbite ellittiche, quando viene nuovamente sbalzato dalla sua bicicletta, questa volta a causa di un pedone corpulento e, a quanto pare, di proposito. Vale a dire che una forza viene applicata alla massa inerte di Tyrone Duffy, nel punto P, lungo la tangente della velocità F^1. Ecco Tyrone, sul punto di svoltare sulla Quarantottesima, in fondo alla quale inizia a fare capolino il Worldwide Plaza, che viene costretto a una battuta d'arresto da un pedone mosso da cattive intenzioni. È un uomo ben piantato, con ogni probabilità di origini mediterranee, e ha l'aria di non gradire l'istituzione dei corrieri in bicicletta, ammesso che i corrieri, in quanto minoranza emarginata, possano essere considerati un'istituzione. Un messaggio viene recapitato nel momento in cui la forza viene applicata al corpo di Tyrone: causa ed effetto, figlio di puttana, causa ed effetto. Il fatto che Tyrone stia imboccando contromano la Broadway risulta chiaramente inopportuno, contrario all'etichetta e passibile di aspre critiche agli occhi di questo pedone di origini mediterranee.

"La Broadway va verso Downtown, ignorante pezzo di merda."

Tyrone fa finta di niente, minimizza, alla Buster Keaton. L'uomo si appresta ad assumere una posa da boxeur. La posizione di partenza che precede ogni incontro di pugilato. I pianeti sono complicati. Non sono tutti uguali.

"Whoa!" Tyrone borbotta una replica, raccogliendo gli occhiali e la bandana sparpagliati sul marciapiede. Intorno ai due comincia a formarsi un capannello di gente.

Un altro pedone dice: "Stavi andando contromano!"

E così un terzo e un quarto.

"Prima della fine del mese pioverà," dice Tyrone, consapevole dell'enigmaticità delle proprie parole. La bici è capovolta, l'uomo di origini mediterranee sta per avventarsi su di lui, e Tyrone scorge l'anello sul mignolo della mano dell'uomo, un ricordo da quattro soldi del diploma, e sa perfettamente che quell'anello lascerà un bel segno sulla sua guancia, e si rende conto che gli spettatori che li circondano sono come il plasma dell'universo primigenio, dei catalizzatori di energie. Tutto ciò a cui Tyrone riesce a pensare è il concetto di "forza interiore", e cioè la nozione in base alla quale un corpo fa quello che sta facendo grazie alla propria forza interiore, ed è questa precisa forza che sospinge Tyrone lungo il flusso e lo fa muovere da est a ovest e da nord a sud; e, se il flusso è buono, allora anche la giornata lo sarà. Ecco la sua forza interiore. Ma, qualora il flusso non dovesse essere buono, allora sarà una brutta giornata, e tutto resterà avvolto nell'oscurità. Ora il pugno dell'uomo di origini mediterranee punta su di lui, come il gancio di un boxeur, e questo colpo gli arriva dritto in faccia, e ancora una volta gli volano via gli occhiali, e gli astanti, tutti bianchi, immobilizzano Tyrone tenendogli ferme le braccia, poiché tutti loro in passato hanno avuto scambi di opinioni imbarazzanti con i centauri dell'impero. Tutti loro sono stati spinti dai centauri contro altri pedoni, vittime di centauri che andavano contromano su una strada a senso unico, di centauri che li apostrofavano con degli insulti, di centauri che fischiavano in quel loro modo, e adesso Tyrone dovrà farne le spese. Un tizio gli domanda: "Non hai niente da dire?" Al che Tyrone, dopo averci riflettuto su profondamente e a lungo, risponde: "$\Delta v \sim (1/R^2) \times R^2 = 1$." E lo dice con una chiarezza tale da smentire tutto ciò che ha fatto o detto nel corso delle ultime settimane. Sogghigna. La forza di opposizione dell'uomo di origini mediterranee, con un accento da sobborgo di Brooklyn, fa sì che Tyrone si senta vivo come non gli capitava da settimane. È pur vero che, se ti rimanessero solo quindici minuti da vivere, la cosa che ti darebbe più soddisfazione in assoluto sarebbe stringere il collo di un bianco, o, per esser più precisi, di un grasso, detestabile uomo bianco di mezz'età. Poi è la volta di un altro colpo, con Tyrone che cerca di assestare un pugno all'altezza dello stomaco dell'uomo di origini mediterranee; ma, in quel momento, un'automobile della polizia accosta non lontano da lì, gli sbirri smontano dalla macchina, e Tyrone viene lasciato libero come se non fosse mai stato immobilizzato. All'improvviso, gli spettatori sono risucchiati dagli ingressi dei palazzi limitrofi. "Qual è il problema?" e via dicendo.

Il drappello degli spettatori rimasti, visibilmente ridotto, manifesta l'unanime opinione secondo la quale Tyrone stava pedalando contromano sulla Broadway. Tutte queste persone sono ignare del fatto che Tyrone stesse risolvendo teoremi elementari di astrofisica. Gli sbirri gli appioppano una multa ridicola. L'uomo di origini mediterranee se la dà a gambe levate.

"Quel tizio mi ha dato un pugno in faccia," mormora Tyrone con la sua voce roca. "Senza alcun motivo. Poi mi ha buttato giù dalla bicicletta, e può anche darsi che nell'urto i cerchi siano rimasti danneggiati. Non avete intenzione di far nulla in proposito?"

I poliziotti lo guardano come se avesse appena detto "$\Delta \nu \sim (1/R^2) \times R^2 = 1$." Dopodiché gli riconsegnano la sua *Mysterium Cosmographicum*, del peso di una piuma, e lui percorre zoppicante l'ultimo isolato, incatenando il suo destriero davanti al Worldwide Plaza, dal quale emerge Jack Spicer, pensionato affetto dal morbo di Parkinson, con in mano una busta in carta di manilla. Si salutano con un cenno.

Un attimo dopo Tyrone Duffy si presenta alla segreteria dell'International Talent and Media, dove naturalmente si sente dire che è inutile, dato che il pacco è già stato ritirato da un vecchietto. Sulla ferita gli viene applicato del sale. Si ritrova sul marciapiede e telefona alla sorella. Le snocciola la sua nuova litania di sofferenze. Gli è quasi impossibile, dice, scendere dal letto. Il suo letto è attraversato da una sorta di incredibile convezione elettromagnetica e lui non riesce a uscirne, e da tre settimane non mangia altro che Special K, dato che preferirebbe leggere Spinoza o gli opuscoli di propaganda dei lavoratori socialisti piuttosto che far bollire un uovo, ed è sempre la stessa storia, le brutte notizie si accumulano e gli rotolano giù dalla schiena, proprio così, e si è appena comprato una Harley-Davidson che smonterà e rimonterà sulla parete del suo monolocale.

"Ehi, ehm, dovevo portare un pacchetto lì dalle vostre parti, ma temo di non essere arrivato in tempo. C'era un incidente."

Annabel pronuncia la parola *dolcezza* come se fosse il primo essere umano al mondo ad averla mai pronunciata, come se la dolcezza del miele fosse appena stata scoperta da un animale selvatico. Poi sussurra. Per spiegargli il proprio dilemma. Per raccontargli de *I rabdomanti*, l'abbozzo di sceneggiatura che ha battuto a macchina la sera prima, fino a notte fonda, e di come un suo amico che lavora in un'agenzia abbia accettato di mandarla a Mezzi di Produzione come se si trattasse di una normale proposta.

"Aspetta un secondo," biascica Tyrone. "Tu..."

"Me la sono inventata. Con quel tipo. Thaddeus."

No comment. Va da sé che Thaddeus è il classico dongiovanni affetto da svariate malattie veneree e da uno spiccato desiderio di morte, con alle calcagna una schiera di giornalisti di cronaca rosa che spiano ogni sua singola mossa e che si ubriacano mettendo il conto in nota spese.

"Stiamo a vedere se abbocca."

Tyrone le chiede il nome dell'autore del materiale originale. Perché deve pur esserci un'origine, per quanto immaginaria, o forse è proprio perché il materiale è immaginario che dev'esserci un'origine. Lei conviene sul fatto che si tratti di un'ottima domanda. Il nome dell'autore. Hanno vagliato una miriade di nomi di autori defunti di romanzi d'amore. Quanto più stupido è il nome, tanto più funziona il film, dice Annabel. Quello che ci vuole è un romanzo la cui prosa sia talmente atroce da rappresentare l'equivalente di un piatto di maccheroni al formaggio surgelati. È il prezzo da pagare. Poi ci aggiungi un difetto mostruoso, di qualunque genere. Gli autori di romanzi sentimentali, i tizi che scrivono quella roba, hanno tre nomi. A tarda notte, lei e Thaddeus Griffin si sono spremuti più su questi tre nomi che sul trattamento. Ne hanno scelto uno a testa tra quelli di tre scrittori defunti.

"Shelley Ralston Havemeyer."

"Mi sembra di averle stuccato il soggiorno," biascica Tyrone. "Era l'estate prima che, prima che abbandonassi la scuola."

Deve avviarsi in direzione di Wall Street. Lei gli chiede se ha preso le medicine.

Di ritorno alla Omni Delivery, dopo aver preso l'ascensore, Spicer ricompare tutto trafelato, e Ivan Polanski esulta pensando ai quaranta dollari che sta per riscuotere. Spicer non ha il benché minimo sospetto. Tyrone non ha il benché minimo sospetto. Polanski ha puntato sul cavallo giusto, un vecchio chiacchierone coi tremori, uno che lavora perché non può fare a meno di tenersi impegnato. Polanski gli dice di prendersi tutto il tempo che vuole per pranzare. Nel giro di un anno il loro mestiere sarà solo un ricordo, indi per cui dovrebbero tutti prendersela con calma. Investire oculatamente. Comprare titoli in ribasso. Ed è allora che Polanski dà un'occhiata alla ricevuta del corriere.

"Aspetti un attimo, signor Spicer. Perché diavolo qui c'è scritto Michael Cohen?"

"Credevo mi avesse detto di portarlo alla Michael Cohen. Mi manda sempre alla Michael Cohen."

"Non le ho mica detto Michael Cohen. Le ho detto di consegnarlo a Mezzi di Produzione."

"Cosa cavolo è Mezzi di Produzione?"

"Cosa intende dire con cosa cavolo è Mezzi di Produzione? È l'indirizzo che le ho dato. Gliel'ho ripetuto due volte."

"Non me l'ha ripetuto due volte. Io le ho *chiesto* di ripetermelo due volte. Ma lei non l'ha fatto."

Polanski alza le mani in segno di resa. Con Edwin (Sanchez) di Delancey Street che si prepara a ricevere le banconote americane aventi corso legale.

7

Vic Freese si trova alla reception nel momento in cui entra il vecchio. Il tipico corriere. Per quale motivo i corrieri di una certa età sono così impediti quando si tratta di farsi la barba? Questo sembra che abbia cercato di farsela con una raspa. Graffi rossastri nei punti in cui alcuni follicoli sono stati strappati, e poi zone ignorate, soprattutto sul collo, dove prospera una barba di tre giorni. Anche dalle narici spuntano ciuffi di peli che penzolano come stalattiti, come se nel cervello del vecchio germogliassero spighe di grano. Il tizio indossa pantaloni sportivi di lana pesante tirati su all'altezza dell'ombelico, mettendo così in bella vista i rombi sgargianti dei suoi calzettoni scozzesi. Emana un cattivo odore. Non c'è dopobarba che possa nasconderlo, per quanto il vecchio non abbia badato a spese.

Vic nutre un misto di ammirazione e di compassione nei confronti di questi corrieri, poiché un tempo, da ragazzino, anche lui, come la maggior parte dei dipendenti della Michael Cohen Agency, aveva lavorato all'ufficio postale. È un bene mantenersi impegnati. È un bene, con l'avanzare degli anni, conoscere la città tanto da poter lavorare come corriere. È un bene avere qualcuno con cui parlare, un posto dove andare. Tuttavia, dal momento che Vic si trova in piedi accanto al bancone della reception, il vecchio punta dritto su di lui, e la compassione che Vic provava svanisce nell'esatto istante in cui il vecchio gli si avvicina. Sandra Konig è seduta proprio lì, alla scrivania, con la spia del centralino che non ha ancora cominciato a lampeggiare. È presto. Vic, senza dire nulla, indica Sandra, e il vecchio, e con lui il tanfo che lo accompagna, si spostano di lato.

"Non è la prima volta, sa," dice il vecchio. "È già successo che a decidere l'esito delle elezioni non fosse il voto popolare."

Con un gesto inequivocabile, Vic gli lascia intendere che la politica non gli interessa minimamente. La Michael Cohen Agency si occupa di spettacolo. Tutti vanno pazzi per lo spettacolo. Tanto più che Vic, a braccia conserte e con indosso un abito classico ma alla moda di uno stilista inglese classico ma alla moda, sta aspettando il suo nuovo cliente. Atteso per le dieci, e con già quindici minuti di ritardo, il nuovo cliente è *tutto* per lui; il nuovo cliente è l'aria che respira, il cibo che mangia, l'acqua che placa la sua sete. Vic fa stare la sua assistente incollata al telefono, in modo tale che lo avverta non appena dall'atrio al piano di sotto arriverà la telefonata, non appena la limousine si fermerà lì davanti. Vic ha addobbato l'ufficio con festoni e palloncini per dare al nuovo cliente il benvenuto nella squadra della Michael Cohen. Il nuovo cliente non è stato accalappiato da Vic, è vero, non è stato lui a metterlo sotto contratto, eppure il nuovo cliente è passato sotto la sua ala protettrice grazie alla generosità del dipartimento di musica dell'ufficio di Los Angeles. Le sue non sono che le briciole, dato che la percentuale alla firma del contratto è l'unica cosa che conta alla Michael Cohen alla fine dell'anno, quando si distribuiscono i bonus, e non è stato Vic a mettere il nuovo cliente sotto contratto. Il tizio del dipartimento di musica che lo ha fatto si prenderà così la sua fetta dell'operazione condotta da Vic, e Vic si prenderà la percentuale sugli ingaggi anziché quella alla firma del contratto, il che equivale alla percentuale di una percentuale. Tuttavia, giusto la scorsa settimana, Vic era a Century City a stringere la mano al manager del nuovo cliente. Il jet lag è ancora lì a dimostrare tutta la sua buona volontà.

Ed ecco la storia. Il nuovo cliente incide per quell'etichetta belga che promuove cantanti con un nome solo. Pertanto, il nuovo cliente ha un nome solo, anche se Vic si blocca ogni volta che lo deve pronunciare, quel nome, poiché sa, in seguito a indagini di routine, che il nuovo cliente in realtà si chiama Tammy Gleick e che era cresciuta a Springfield, Illinois, fino a quando, ancora adolescente, non aveva deciso di trasferirsi a Los Angeles in cerca di fortuna. Sua madre è proprietaria di una catena di saloni di parrucchiere. Il nuovo cliente con un nome solo aveva sognato fin da bambina di diventare una star. Il nuovo cliente adesso ha ventidue anni, beve parecchio, e non è da escludere che abbia anche qualche problemuccio con la coca. Sono cose risapute. Persino i bambini di Vic ne sono al corrente.

Vic ha bisogno del nuovo cliente. Dunque, ecco spiegato il motivo dei festoni nel suo ufficio. Oltre che quello della borsa di Hermès nuova di pacca. Un regalo. La ragione per cui Vic Freese ha bisogno del nuovo cliente è che Vic Freese non è un granché nel suo lavoro; non lo è mai stato. Vic Freese è l'agente con le minori probabilità di riuscita di tutta l'agenzia. Non lo sa neanche lui il perché. Quando lavorava per la Mercury Agency, non aveva mai spinto gli altri agenti a dare le dimissioni allo scopo di accaparrarsi le loro scoperte. Non aveva mai fatto sesso con le segretarie o con le direttrici dei dipartimenti. Non aveva mai procurato droga ai suoi clienti. Vic ha moglie e figli nella sua casa di Larchmont, e praticamente non esce mai. Vic mangia hamburger e guarda il golf in televisione. In questi giorni, dopo le cene o i drink che gli toccano ogni sera, cerca di tornare a casa sul treno per New Haven il più presto possibile. Cerca di vedere il figlio e la figlia prima che vadano a letto e di leggere loro qualche storiella.

Gli agenti della California con più anni di servizio alle spalle hanno dichiarato senza mezzi termini che Vic Freese ha i giorni contati. Vic è stato chiamato a rapporto da Mitch Adelstein, il direttore del dipartimento televisivo, uno abituato a fare la voce grossa, il quale lo ha giudicato non all'altezza sotto tutti i punti di vista. E ora non gli rimangono che pochi mesi prima di essere trasferito in quella che sarà la sua terza agenzia nel giro di sei anni. Vic è il tipo di agente che i colleghi provano gusto nel vedere al tappeto. E ora il dipartimento di musica gli ha servito su un piatto d'argento questa patata bollente, questa svitata le cui probabilità di sfondare in televisione sono praticamente nulle. Un disastro di un metro e sessantacinque centimetri di altezza. Un disastro col piercing all'ombelico. Un disastro con pantaloni da cowboy inguinali. Nessun altro si era mai filato questo nuovo cliente dal passato burrascoso, nemmeno prima che cominciasse a farsi di coca nei bar del centro. Fortunatamente, il nuovo cliente ha un manager, un addetto stampa e un agente al dipartimento di musica di Los Angeles. Fortunatamente, il nuovo cliente può contare sull'etichetta belga nelle occasioni in cui le capita di esagerare con la coca. O quando fa scenate da diva sugli aerei. Ed è a questi altri membri della squadra che spetta il compito di diramare comunicati ufficiali sull'incostanza del nuovo cliente in fatto di fidanzati.

Comunque sia, il nuovo cliente ha dimostrato di non avere la stoffa per fare l'attrice. Non ha mai preso una lezione. Quando, due anni prima, aveva recitato in uno spot pubblicitario per la Coca-Cola, c'erano voluti ben trentasei ciak prima che riuscisse a dire l'unica battuta che le toccava. Dopodiché avevano preso un'attrice per la voce fuoricampo. In verità, non si ha nemmeno la certezza del fatto che il nuovo cliente sappia leggere. Su un'importante rivista di gossip era apparso un pezzo che parlava del suo brano intitolato *La mia battaglia contro le difficoltà di apprendimento*. E, sempre stando a questa rivista, il suo recente singolo *Per favore, non spedirmi quella lettera*, in cui lei chiede a un suo fidanzato di non darle un due di picche via lettera, in realtà non sarebbe altro che un appello strappalacrime a favore dei dislessici di tutto il mondo. I copioni vengono sempre spediti ai suoi manager, i quali, verosimilmente, leggono e danno una risposta al posto suo.

Il nuovo cliente è il motivo per cui Vic non può intrattenere una lunga conversazione con il vecchio in tema di elezioni. Il nuovo cliente avrebbe dovuto essere qui già da venti minuti, accompagnato dal suo entourage. E il vecchio è ancora lì, con in mano la busta in carta di manilla, che guarda Vic con quel suo ottimismo cameratesco. Se sarà necessario, verrà portato via dalla sicurezza.

"Segue il baseball?"

Vic non dice nulla.

"Vede, quando ero più giovane andavo a vedere gli allenamenti durante il ritiro primaverile. Non sopporto i mesi dell'anno in cui non ci sono le partite di baseball. E l'inverno, per me, significa un bel po' di settimane durante le quali corro il rischio di scivolare e di rompermi qualcosa. Davvero un bel pericolo. E allora, perché non andare in Florida?"

"Sono certo che Sandra sarà lieta di..."

Tuttavia sembra che Sandra, con addosso cuffie e microfono, stia prendendo una serie ininterrotta di appuntamenti per la pulizia dei denti.

"Lei ha seguito il campionato. Dico bene?"

Vic fa qualche passo in là, in direzione delle porte di vetro opaco attraverso le quali passa ogni cliente dopo esser stato espulso dalle fauci scintillanti dell'ascensore. Biascica parole a caso a proposito del golf.

"A me piace la squadra del Queens. Credo nelle squadre sfavorite dai pronostici."

Vic Freese, di taglia piccola, come tutti gli agenti della Michael Cohen, nessuno dei quali supera il metro e settantacinque di altezza, non aveva mai ricoperto un ruolo fondamentale in nessuna delle squadre in cui aveva giocato da ragazzo, anche se deve ammettere di aver vissuto un periodo non proprio esaltante durante gli anni del campionato juniores.

"Non ero un granché," commenta.

Cosa che non fa che invogliare il corriere a incalzarlo con una nuova domanda. "Mi faccia vedere come batte. La prego, conceda a un vecchio diavolo come me di dirle qualcosa sulla sua battuta."

"Consegni la sua sceneggiatura all'addetta alla reception," replica Vic.

La gente va su di giri quando entra in un'agenzia di queste dimensioni, con alle spalle una tradizione centenaria al servizio delle celebrità. W.C. Fields, Don Ameche e William Shatner sono passati di qui. E, da un momento all'altro, potrebbe fare il suo ingresso un grande talento. Una diva formato tascabile con il sangue che le cola dal naso e un orsacchiotto di peluche della stazza di un lottatore di sumo. Che pretenderà una tazza di cioccolata e un contratto per una sitcom per la quale si aspetta mezzo milione di dollari a puntata.

"Sto solo facendo una consegna. Il che non significa che un tipo come me non possa avere delle storie da raccontare. Tutti ce le abbiamo. Tutti hanno delle storie. Il mio nome è Spicer. Vuole che le racconti di come ho conosciuto mia moglie?"

"Io..."

"Mia moglie è morta di cancro alle ovaie qualche anno fa. Suonava il clavicembalo. Sul serio! Il clavicembalo. Le è mai capitato di sentire qui dentro storie sul clavicembalo? Nessuno suona il clavicembalo. Sa che cos'è un clavicembalo? Un piano, col quale però non si riesce a suonare ad alto volume. Ero un giovanotto di città; i miei genitori venivano dall'Europa. Come quelli di mia moglie. Quando lei è arrivata qui, sapeva a malapena l'inglese; però suonava il clavicembalo. Il motivo per cui abbia scelto proprio il clavicembalo, be', questo non lo saprò mai. Comunque sia, quella volta in cui sono andato in un grande magazzino del centro, credo si trattasse di Gimbels, in atrio sento dire che è in corso un concerto di clavicembalo e che il musicista sta suonando Bach o qualcosa del genere. Era una promozione. Camicie botton-down. Così, con tutta calma, mi dirigo verso il luogo da cui proviene la musica. Era l'inizio di, oh, come si chiama quel brano, sa, le..."

"Le *Variazioni Goldberg*?"

"Esatto!"

"Senta, signor Spicer, sul serio, sto aspettando un..."

L'ascensore emette un gemito, come se non ne potesse più di depositare un carico dietro l'altro. Il cuore di Vic Freese ritorna al proprio posto. Ma non appena i cardini delle porte a vetro che danno accesso alla Michael Cohen Agency si mettono a cigolare, la burbera assistente di uno degli altri agenti gli si para davanti mangiando un muffin. Briciole sparse sul suo viso, come una malattia della pelle. Joelle, l'assistente in questione, nota per la sua discrezione, fa un cenno a Sandra, per poi trascinarsi a fatica su per le scale a chiocciola in cima alle quali gli uffici degli agenti si dispiegano come cromosomi difettosi.

"Da allora, ogni volta che mi capitava di sentire le note del clavicembalo, note davvero deliziose, mi immaginavo i capelli biondo rame di questa musicista, con le sue unghie cremisi perfettamente laccate, e pensavo a quella musica come alla cosa più magica che avessi mai sentito prima, e credevo che tutti i clavicembali fossero in grado di produrre una musica così magica. In seguito ho assistito a tutte le esibizioni al clavicembalo non solo dello Stato di New York, ma anche del New Jersey e del Connecticut. Non m'importava chi fosse il musicista, ci andavo e basta. Ho imparato a conoscere tutte le note di quello strumento, poiché quella per me era la musica dell'amore. E sapevo che un giorno, soltanto lasciandomi trasportare dal suono di quella musica, avrei rivisto mia moglie. A quei tempi c'era la guerra. Gliel'ho detto? Le ho detto che stavo per essere chiamato alle armi? Certo. Sa cosa significa, vero? Significa la distruzione di intere città, come Dresda, dove vivevano alcuni dei miei cugini prima di emigrare. Mi trovavo con le truppe di guarnigione in Germania, il paese da cui la mia famiglia era fuggita. Alla fine della guerra, durante le operazioni di rastrellamento, ero ancora là. E laggiù, tutto quello a cui riuscivo a pensare era la musica del clavicembalo. Quel suono che avevo sentito prima di essere chiamato alle armi. Quel suono mi faceva diventare romantico, è questa la verità. Una volta tornato in città, mi sono messo di nuovo sulle tracce del clavicembalo, cercandone la musica ovunque; ogni volta che davano un concerto, io ero là, con l'idea che un giorno avrei ritrovato la mia ragazza. Ma i mesi passavano e io non la incontravo, e sono stato sul punto di rinunciarci. Sono finito a lavorare nel quartiere dei negozi di abbigliamento."

Freese detesta doverlo ammettere, ma in un modo o nell'altro desidera conoscere la fine della storia, anche se questo significa che dovrà sorbirsi il tanfo di Spicer per un altro paio di minuti almeno. Prospettiva che si fa via via sempre più allarmante dal momento che, ogni secondo che passa, crescono le probabilità che il nuovo cliente arrivi e che lo becchi mentre sta chiacchierando con un settuagenario con addosso un odore sgradevole e un paio di calzettoni a rombi. E che questa sia la sua prima impressione dell'ufficio di New York. Si gira verso Sandra, rimarcando il fatto che farebbe meglio a prendere il pacco di Spicer, il corriere, dato che il signore avrà altre consegne da fare, ma la ragazza si sta allontanando dalla propria postazione per la pausa sigaretta. Lui sa, avendola vista là fuori, che fa parte della deplorevole combriccola dei fumatori. E poi, dov'è la persona che dovrebbe momentaneamente sostituirla?

"Nel frattempo frequentavo anche il campo da baseball, che, come lei potrebbe giustamente farmi notare, non era un posto dove si suonasse poi della gran musica. Niente musica classica al campo da baseball, tranne le volte in cui un tenore famoso in tutto il mondo arrivava in città. Ma io ero là per guardare i Brooklyn Dodgers. Quelli erano i miei ragazzi. Eddie Stanky, 'il Monellaccio', Pee Wee Reese, Cookie Lavagetto e via dicendo. Che squadra! Erano dei veri eroi, per quanto quell'anno non fossero arrivati ai play-off. Quello è stato l'anno di Jackie Robinson, se non ricordo male. E così, un giorno ero lì che mi guardavo i miei Brooklyn Dodgers, la più formidabile squadra mai esistita nella storia della città di New York. E, caso vuole, quello era anche il giorno di una promozione. A dire il vero, stavano distribuendo calze di nylon. Erano ancora una novità a quell'epoca. L'altoparlante ha annunciato l'inno nazionale. E tutti erano in piedi, orgogliosi. A proposito, le ho detto che ho undici nipoti?"

Domanda a Vic se ha dei figli. La sola idea di scucire informazioni private a un tizio che è ipoteticamente in grado di memorizzare statistiche sul baseball lo fa inorridire. Ma poi, sì, confessa di avere due figli. Nella sua mente se li raffigura come due piccoli diavoletti che zampettano qua e là. Persino durante importanti incontri di lavoro, Vic sente la voce dei suoi bambini che si impuntano con lui per continuare a ballare al ritmo di deprimenti canzoni *british pop* anni Ottanta. Ma dov'è la sua vocina interiore? Quella che dovrebbe suggerirgli di anteporre a qualsiasi altra cosa i bisogni del nuovo cliente? Per quale motivo non ha coltivato quella vocina? Se ora potesse metterli sul piatto della bilancia, il nuovo cliente raggiungerebbe circa cinquanta grammi, mentre i suoi figli peserebbero rispettivamente poco più di diciassette e di ventidue chilogrammi. Se suo figlio fosse lì, continuerebbe a ripetere le parole *canzone da boyscout*, all'infinito; le ha ripetute per tre giorni interi, dopo che Vic gli aveva raccontato una storiella che aveva a che fare con le canzoni che da bambino doveva cantare durante i ritrovi dei boyscout, come *Charlie on the MTA*, tanto per dirne una. E se sua figlia fosse lì, anche lei ripeterebbe quelle parole, *canzone da boyscout*, dato che ripete qualsiasi cosa dica il fratello. *Canzone da boyscout*, *canzone da boyscout*. Fino a quando quelle parole non si fossero trasformate in beni preziosi. Il suono delle voci dei bambini, così adorabili e facili da rievocare, costituisce un vero trionfo del processo evolutivo.

"E chi, secondo lei, stava suonando al clavicembalo l'inno nazionale là, sul campo da baseball? Ha un'idea di chi potesse essere? Come le dicevo, allo stadio era in corso una promozione per incentivare la presenza di pubblico femminile, motivo per il quale avevano chiamato una bella donna a suonare l'inno nazionale sull'Ebbets Field. Laggiù, in mezzo al campo, sembrava un puntino microscopico. In seguito mi ha raccontato che quella mattina, per prima cosa, avevano dovuto trasportare il clavicembalo là fuori per accordarlo, sistemandolo provvisoriamente nella casa base. Stavano usando un sistema di amplificazione del suono nuovo di zecca; e infatti l'inno nazionale non era mai risultato così meraviglioso. Forse sembrava talmente stupendo soltanto perché il giorno prima c'era stata quella rissa in cui Stanky aveva cominciato a mollare pugni a Len Merullo. O forse perché la guerra era finita. Io so solo che era magnifico, e che a suonarlo era la donna che io avrei sposato. Avevo la sensazione che si sarebbe fermata per la partita. Davvero una gran partita. Poi c'è stata un'altra rissa; dopodiché Pete Reiser, pur essendo ferito, ha rubato la casa base. Quella stagione ne ha rubate sette. E i ragazzi alla fine ce l'hanno fatta. Due a uno. Anche se io mi sono perso gran parte dell'incontro perché me ne sono stato fuori ad aspettare nel parcheggio. Avrei scommesso sul fatto che la mia futura moglie si trovasse insieme al suo clavicembalo. E difatti era là fuori, accanto al camion. Trasmettevano la partita alla radio."

Nel frattempo Sandra è rientrata, distogliendo l'attenzione di Vic dall'appassionato monologo di Spicer, monologo che verosimilmente aveva già recitato nove volte nell'arco della mattinata. C'è l'assistente di Vic al telefono. Sandra schiaccia i pulsanti e si mette le cuffie e il microfono. Vic abbandona Spicer nel bel mezzo del racconto di quando, una volta morta la moglie, aveva deciso di vendere il clavicembalo, e di quanto aveva speso per l'accordatura e la manutenzione dello strumento. Vic presta in parte attenzione a Spicer e in parte all'emergenza in corso. Sulle prime teme che sia sua moglie, dato che, quando sei padre, è impossibile non avere questo tipo di preoccupazioni. Uno dei tuoi figli si è fatto male. Tuttavia non è sua moglie, bensì il manager del nuovo cliente.

Gli ci vuole un attimo per fare due più due. L'attimo prima che il manager attacchi a dire: "... da un punto di vista legale si rivelerà una cosa oltremodo sconveniente, per non parlare, sa, dell'aspetto pubblicitario. Comunque sia, lei è in partenza per l'Europa, dove resterà per qualche settimana a rilassarsi e probabilmente a registrare alcuni pezzi nuovi, lontano dai riflettori. A dire il vero, in questo momento si trova già all'aeroporto. Mi dispiace non averla chiamata prima."

"Non riesco a credere alle mie orecchie," sbotta Vic. Intendendo con questo che non stava ascoltando quello che sentiva. Il microfono, ancora caldo, odora di un qualche spray per profumare l'alito. Il manager continua a ripetere "Ramon Martinez".

"Ramon Martinez? Ma chi diavolo è questo Ramon Martinez?"

Spicer, il corriere, sta ascoltando lo scambio telefonico e si intromette nella conversazione. Così, di lì a poco, tutti si mettono a ripetere quel nome, "Ramon Martinez", come se si trattasse dell'equivalente del mondo degli adulti della preziosa formula magica contenuta nelle parole *canzone da boyscout*. Con Vic che, mettendo insieme tutti i pezzi, è arrivato a capire che il nuovo cliente, ora in viaggio per Parigi, è la fidanzata di un tale di nome Ramon Martinez, e che questo tizio ha commesso qualcosa di veramente orribile. A quel punto Spicer dice: "Diamond District, nel Diamond District", e anche Sandra lo ripete, al che, nella mente di Vic, cominciano a materializzarsi in maniera sempre più nitida i titoloni delle riviste di gossip, con tanto di foto scioccanti in prima pagina. Comincia col vedere Ramon Martinez alla guida della sua macchina, mentre sfonda la vetrina della gioielleria sulla Sesta inveendo contro gli ebrei. Un crimine assurdo, in un'epoca assurda, perpetrato da un tizio assurdo. Il nuovo cliente è la sua fidanzata, la fidanzata di Ramon Martinez. O, quantomeno, il nuovo cliente è stato fotografato con lui, il nuovo cliente ha avuto un tête-à-tête con lui per sette notti consecutive, trascorse a *scambiarsi effusioni*, come scriverebbero le riviste di gossip. Pertanto il nuovo cliente, è ormai palese, ha una relazione con questo tizio che ha perpetrato un delitto dettato dall'odio. Vic Freese dovrebbe considerare la giornata di oggi come un giorno triste per l'agenzia, dovrebbe considerare l'accaduto come un insormontabile ostacolo all'espletamento dei propri doveri, i quali consistono nell'occuparsi del debutto televisivo del nuovo cliente. Invece tutto ciò che prova è una sorta di sollievo. E ora i festoni che addobbano il suo ufficio sono lì per festeggiare proprio lui, per festeggiare il fatto che sia riuscito a smontare alle cinque e mezzo del pomeriggio per andare a casa a lanciarsi in una serie interminabile di danze sulle note dei New Order insieme ai suoi figli. Invece di stare lì a implorare produttori e addetti al casting perché prendano in considerazione Lacey, Lacey, Lacey, Lacey. Lacey col suo piercing all'ombelico, Lacey coi suoi pantaloni aderenti a vita bassissima, Lacey col suo perizoma, Lacey col suo fedele portaborse, meglio noto come Neil il parrucchiere. Lacey, amica degli assassini. Vic posa le cuffie e il microfono sul bancone.

Spicer dice: "E ora vediamo un po' come batte."

Vic, rinfrancato da un rinnovato ottimismo, replica: "Ho sempre avuto qualche problema a staccare con la gamba dietro. Da ragazzino avevo i piedi piatti."

"Sa, quello può anche essere un vantaggio. Più forza nel busto. Mi faccia dare un occhiata."

E così Vic Freese, che di lì a poco sarebbe diventato un ex agente televisivo, si ritrova alla reception a provare lo stacco con la gamba destra assieme a un corriere che puzza come se avesse fatto un bagno nella formaldeide. Spicer sistema la busta in carta di manilla sul tavolino della sala d'attesa, sul quale sono ammonticchiate una sull'altra, in perfette pile oblique, copie di "Variety" e di "Premiere". C'è anche qualche bella fotografia appesa ai muri della stanza. Fermi immagine di film, scattati dalla donna che compare anche in tutte le fotografie. In bianco e nero. E poi, un vaso con dei lilium. Un attimo prima di muovere il braccio per colpire la seconda palla immaginaria, un oggetto non meglio identificato che passa al rallentatore attraverso l'angolo interno, a Vic cade l'occhio sulla busta. E scorge il nome che c'è stampato sopra. Che non è il suo. E nemmeno quello di un qualsiasi altro dipendente della Michael Cohen Agency. A dire il vero, il nome sulla busta è quello di un produttore di sua conoscenza che lavora presso Mezzi di Produzione.

Spicer ha molte osservazioni da fare a Vic. Innanzitutto, ruota i polsi troppo presto e manda indietro la spalla. Spicer gli spiega le ragioni per cui dovrebbe alzare un po' di più la gamba davanti, piantandola poi bene a terra. Poi gli rivela che, se solo lui lo avesse voluto, avrebbe potuto lavorare come osservatore delle squadre avversarie; molti ragazzi delle *minor leagues* gliel'avevano detto. Ha occhio. Conosce l'importanza dell'attacco. E allora Vic gli dà il permesso di disegnare uno schema, con tanto di triangoli rettangoli, al quale Spicer aggiunge una breve descrizione del perché incrociare la palla sia una tattica sbagliata. E, per dirla tutta, Spicer disegna lo schema proprio sulla busta in carta di manilla che, adesso è ufficiale, è stata spedita all'indirizzo sbagliato. Tuttavia, Vic non lo ferma.

Perché, vedete, Vic ha un'idea. Non che metta a segno poi tutti questi gran colpi, però un'ideuzza gli è venuta. Di questi tempi, neanche fosse un matematico di mezz'età, è meglio che non butti via niente di quello che gli passa per la testa. L'idea in questione è formulata sotto forma di domanda: e se la busta in carta di manilla contenesse qualcosa di bello? E se là dentro ci fosse qualcosa da sapere? Una notizia piccante, un'informazione riservata sigillata in una busta in carta di manilla? Non viviamo forse in un mondo di informazioni riservate? In effetti, la busta arriva dalla concorrenza, dall'International Talent and Media. Così c'è scritto sul modulo di spedizione. Si tratta forse di una busta preclusa a degli agenti che prendono il loro lavoro seriamente, che assolvono ai propri doveri? Si tratta forse di una busta preclusa alle sette virtù degli agenti ad alto rendimento: ambiguità, impazienza, disonestà, esagerazione, manipolazione, spietatezza e amore per il prossimo? La sua è un'idea che emerge da un passato ormai lontano, dai giorni in cui Vic muoveva i primi passi nel settore, quando aprire una lettera con il vapore e mettersi a leggerla era considerato un gesto degno di ammirazione. Una volta, mentre si trovava nel bagno degli uomini intento ad aprire una lettera, era trasalito alla vista di un altro agente con una busta in mano, il quale stava tentando di fare la stessa cosa. E, anche se pensava di essersi lasciato alle spalle quest'abitudine di aprire le lettere, ora eccolo che ci riprova di nuovo. La ragione è che Vanessa Meandro non ha risposto alle sue chiamate per ben tre volte. E poi, è una che suda troppo. Ed ecco quindi Vic che riceve una busta della ITM indirizzata a Vanessa Meandro, una busta che riguarda un progetto di cui lui non sa nulla, e Vic pensa che non farà altro che darle un'occhiata. Una sbirciatina veloce. Per vedere ciò che c'è da vedere.

Vic ringrazia Spicer per la lezione, troncando una pallosa digressione a proposito dei pezzi delle Big Band del dopoguerra, e lo accompagna attraverso i vetri opachi della porta d'ingresso.

"Torni presto!" Lo saluta con un cenno della mano. "E quando ricaverà una sceneggiatura da quella sua storia sul clavicembalo, non si scordi di noi, mi raccomando."

"Ci può scommettere!"

Una volta che ha optato per quella virtù degli agenti ad alto rendimento che va sotto il nome di disonestà, rispetto alla quale l'avidità non è che una sottostrategia, Vic Freese si rende conto che tutto è più semplice di quanto non si fosse immaginato. Anche se, in un angolo remoto del suo cervello, sente rimbombare l'eco di parole di biasimo: una voce che dice *troppo facile*, una voce che dice *troppo da rammolliti*, una voce che dice *troppo passivo*, una voce che dice *troppo fiacco*. Ognuna delle quali risuona decisa, come se a parlare fossero i vari capidivisione della Michael Cohen Agency. Che però, in questo momento, sono in pausa sigaretta assieme alla combriccola dei fumatori al gran completo. Ed eccolo, quindi, seduto sul divano mentre apre la busta, immerso in un silenzio innaturale nel quale non si avverte che il diffondersi dell'ossigeno pompato dal sistema di areazione all'interno della quiete della reception. Sandra inoltra le telefonate con un bisbiglio.

Gli piace il titolo, *I rabdomanti*, e gli piace il fatto che la sceneggiatura preveda non uno, bensì tre diversi film. Tre film da girare contemporaneamente, con location sparse in tutto il mondo. Con una certa probabilità di realizzarne un seguito. Più la possibilità di venderne i diritti. E la possibilità di dar vita a un marchio. Gli piace. Gli piace il tocco ambizioso della vendita dei diritti. Gli piace il fatto che ci siano un mucchio di protagonisti. Gli piace il fatto che ogni razza, religione ed etnia possibili e immaginabili siano presenti all'interno del progetto. Gli piace il fatto che la storia sia ambientata anche in Ungheria, visto che lui ha in parte origini ungheresi (la madre di sua nonna). Gli piace l'idea del deserto del Gobi. Gli piace l'idea delle location esotiche. C'è anche un breve episodio sul conflitto delle Falkland. Gli piace.

In realtà, il copione de *I rabdomanti* sembra fatto su misura per Vic Freese, tenuto conto dei suoi gusti antiquati e ormai fuori moda. Di recente, ha tentato di guardare quel programma televisivo in cui alcuni giovani vengono riuniti in una casa a Boston, o forse ad Austin, con questi che si mettono a parlare in diretta davanti alla telecamera a proposito di uno che non vuole lavare i piatti, e con una parola su due che viene coperta da un bip. Non tollera questo genere di cose. Ha anche tentato di seguire quel gioco a premi i cui concorrenti sognano di diventare milionari. Non riesce proprio ad appassionarsi a questi programmi. È convinto che Regis Philbin sia un esperimento di clonazione malriuscito e che l'introduzione di Regis Philbin e dei suoi capelli in un più vasto pool genetico potrebbe causare disastri di portata globale. Infine, dopo il lavoro, ha tentato di frequentare alcuni cinema d'essai, pur odiando i film indipendenti. È convinto che le persone che gravitano attorno ai film indipendenti fumino troppa erba. E, in ogni caso, il cinema indipendente non esiste più, dato che in realtà non si tratta che di una squadra di impresari che si fanno una concorrenza spietata, che poi è il motivo per il quale lui non può soffrire Vanessa Meandro, oltre al fatto che suda troppo. Lei pensa di essere meglio di lui.

Le prime esperienze formative di Vic al cinema avevano avuto un sapore epico. Roba da Cinemascope. Deserti, guerre mondiali, viaggi nello spazio cosmico, storie bibliche, draghi, eserciti con schiere di alabardieri, cartoni animati tridimensionali. Ecco le storie che piacciono a Vic Freese: quelle che ci vuole un anno intero a girare e in cui incendi apocalittici e catastrofi artiche si susseguono senza soluzione di continuità. Quelle in cui le comparse perdono qualche arto e interi villaggi vengono ridotti in cenere. Come ne *I rabdomanti*.

Basato su un romanzo di Margaret Howe Hinckley Firestone. È talmente orribile che deve per forza trattarsi di un nome vero. Sul serio, sembra il nome di una tizia che ha sterminato una mezza dozzina di mariti con zuppe corrette all'arsenico e che poi si è tenuta tutti i loro cognomi. Ehi, aspetta un attimo. Ma non sarà mica quella che ha scritto il quarto seguito di *Via col vento*?

È davvero una cannonata. È davvero una super, super, super cannonata. È nuovo. È fantastico. È il miglior trattamento che lui abbia letto nell'ultimo anno. È grandioso. È acuto. Vi farà ridere. Vi farà piangere. Uscirete dal cinema alzando le braccia al cielo per la gioia e baciando la moglie del vostro miglior amico. Dopodiché vi fermerete a pensarci su per un'ora. E chiamerete un'amica per raccontarle la storia. È un film per un pubblico femminile: è pieno di amore. È un film per un pubblico maschile: è pieno di guerre. È un film che affronta il tema dell'uomo contro la natura, argomento di massima importanza, stando a un suo ex insegnante. È un film con un potenziale tale che a Vic Freese non può che venire un'altra idea – e non si può certo dire che stamattina non stia collezionando una sfilza di idee vincenti. E l'idea in questione è persino meglio di quella che lo ha spinto a leggere il contenuto della busta in carta di manilla: il ruolo di Nurit è fatto su misura per il nuovo cliente. Nurit è un personaggio de *I rabdomanti*, la figlia di un bottegaio ebreo di Budapest che si innamora di uno zingaro, Babu. La classica storia d'amore contrastata. E cosa potrebbe esserci di meglio? Se la vede già, con la parrucca scura e una camicia lacera e, appena visibile sotto di essa, la curva della sua quarta di reggiseno gonfia di silicone. Anche il piercing all'ombelico si rivelerà in un certo senso utile. Insieme al suo amante e alla sua famiglia, Nurit fuggirà dall'altra parte del mar Caspio a bordo di una zattera. La sua pancia è perfetta. Nurit, la pura e devota figlia di bottegai. Nurit laverà via dalla sua immagine le macchie di sangue di Ramon Martinez.

Vic Freese si alza dal divano con la calma serafica di chi ha ottenuto una sospensione dell'esecuzione. Sale al piano di sopra per andare a trovare i ragazzi delle fotocopie.

8

Quel pomeriggio, Jeanine riceve l'ordine che per tutto il giorno ha avuto il terrore di ricevere: "Vatti a occupare dell'indiano." Che è nell'ufficio vuoto. E nessuno ci vuole andare.

Vanessa senz'altro non ci andrà, perché Vanessa è il capo. Madison non ci andrà, dato che già per due anni si è sobbarcata incombenze del genere. E una volta che ti sei levato dai piedi certe grane, ce la metti tutta per non ricascarci. Annabel non ci andrà per via di un generale timore a chiederle di svolgere lavori non esattamente di concetto. Thaddeus non ci andrà perché lui è un divo del cinema. Il suo modo di fare il galante non va più in là del tentativo di convincerti ad andare al posto suo alla scuola di suo nipote e di giocarci insieme. E la signorina DiNunzio non ci andrà perché lei è la contabile. La sua scrivania è uno specchio.

Quindi non resta che Jeanine. L'indiano se n'è stato chiuso là dentro tutto il santo giorno. Lo si sente cantare. E a giudicare dal modo in cui canta, Shiva deve per forza essere il dio della malinconia. Thaddeus fa il simpatico, con l'aria di uno che sta provando a portarsi a letto Jeanine per l'ennesima volta. Tuttavia lei non ci andrà. Ogni volta che sono stati a letto insieme, infatti, lei è ritornata nell'appartamento che condivide con una sua amica dei tempi dell'università e si è messa a fare il bucato. Il passaggio dall'amore alla candeggina è troppo violento. Thaddeus non risponde mai alle sue telefonate, limitandosi a sfiorarle la guancia con un bacio e a indottrinarla a proposito di Shiva il distruttore, convinto che tutto ciò sia sufficiente.

Gli individui privi di potere mandano su di giri i boss del mondo dello spettacolo. Basta sfogliare un qualsiasi manuale. L'ultima arrivata eccita i sensi di chiunque. La tenerezza elargita a un'assistente nobilita il donatore. Non importa se ti capita di maltrattarla per settimane, non importa se la obblighi a usare lo sturalavandini per disintasare la toilette delle signore in fondo al corridoio. Se ti mostri gentile con lei per tre minuti il giorno del suo compleanno, allora sei a posto.

Vanessa esce dalla sua tana e ruba un *donut* da un sacchetto intatto. Sculetta dirigendosi in fondo al corridoio. "Alza le chiappe e va là dentro a vedere se Ranjeet sta bene e se ha bisogno di qualcosa."

È per via del fatto che è più giovane di lei. È per via del fatto che è del Sudovest. È per via della cicatrice. Provano compassione nei suoi confronti per via di quella cicatrice, e così la trattano anche peggio. Ecco il loro modo di provare compassione.

Una porta di compensato da quattro soldi con uno spioncino nel mezzo. Tutto ciò che separa gli inni a Shiva dal resto di Mezzi di Produzione. Bussa, titubante. *Siva sì, Siva sì, Siva, Siva, Siva sì.* O qualcosa del genere. Bussa di nuovo. Sente i suoi passi. Poi, finalmente, Ranjeet apre la porta. Ma solo quel tanto che gli basta per sporgere il viso dalla fessura.

"Mi è stato detto di venire a vedere se posso esserle d'aiuto. C'è per caso qualcosa di cui ha bisogno?"

"Lei. Di che cosa ha bisogno lei?"

"Io? Di nulla," dice Jeanine. "È a me che è stato chiesto di aiutarla."

"Non ho tempo di aiutare nessuno."

"No, sono io che dovrei aiutare *lei*," risponde Jeanine. Lancia un'occhiata in fondo al corridoio, dove Annabel sta scrivendo al computer. Ma Annabel non incrocerà il suo sguardo. Annabel finge di non origliare la loro conversazione, dato che tutto ciò che le interessa è il suo film ed escogitare un modo per finanziarlo. Normalmente, quando un qualsiasi tizio di origine indiana capita a Mezzi di Produzione, anche se è da cinque giorni che non si fa una doccia e ha dei segni di siringa sul braccio, Annabel gli fa milioni di feste, lo riempie di pacche sulle spalle e finisce col dargli un mucchio di suggerimenti su come presentare il suo lavoro. Dopodiché gli chiede se può portargli un caffè. Chiami in qualsiasi momento, mi raccomando.

Ranjeet si scompiscia dalle risate. "Stavo scherzando. Ovviamente. Entri pure." Ci sono solo una scrivania e una sedia. È buio. Prima che lei entrasse, Ranjeet si era affacciato alla finestra sul lato nord della stanza. Aveva osservato i pattinatori scivolare tutt'attorno alla pista.

Era persino riuscito a scorgere la statua di Prometeo, il portatore del fuoco. E, fra un paio di settimane, sarebbe riuscito a vedere anche l'albero di Natale. C'è un tizio il cui lavoro consiste nel perlustrare il paese a bordo di un'utilitaria alla ricerca dell'albero giusto. Si ferma nelle bettole lungo le strade di campagna. Prende confidenza con il posto. Ci dev'essere qualcosa di magico, di intuitivo, in un lavoro come questo. Salve, signora, che ne dice se abbattiamo l'albero che ha in giardino? Previa una lauta ricompensa.

Schede di lettura sparse su tutto il pavimento. Pagine e pagine. Disseminate dappertutto, come se fossero state investite da una folata di vento. Jeanine raccoglie un foglio spiegazzato. Sopra c'è scritto MM, il che significa che si tratta di Madison. L'adattamento di un romanzo di Marie Callahan che parla dell'esilio di Napoleone a Sant'Elena e del suo rapporto con una bellezza dell'isola. La ragazza è ossessionata dai prismi e dalle lenti. Convince Napoleone del fatto che i prismi possono essere utilizzati in campo militare. Ecco il commento finale di Madison:

> Sebbene non sia ben chiaro cosa c'entrino i prismi con Napoleone, a ogni modo essi costituiscono uno stratagemma filmico che, nelle mani giuste, potrebbe risultare piacevole da un punto di vista estetico. Il secondo atto, durante il quale Elsa tradisce Napoleone trasmettendo a una fregata britannica (mediante alcuni specchi) un messaggio a proposito del suo progetto di fare ritorno in Francia, è straziante e ricco di colpi di scena, soprattutto tenendo conto del fatto che lei aspetta un figlio da lui. Tuttavia, dopo quest'episodio la storia registra un crollo clamoroso.

Ranjeet, alle sue spalle, sta leggendo.

"Non so cosa si aspettino che io faccia con questa roba," dice lui.

"Talvolta capita di trovare qualcosa di interessante."

Jeanine raccoglie alcuni fogli dal pavimento. Genere: fantascienza/schiavismo. Budget: cento milioni. Ambientazione: Alpha Centauri. Lettore: TG.

"Talvolta le sceneggiature vengono sottoposte all'attenzione di qualcuno. Specialmente a quella di Thaddeus. Ci piace leggere i suoi commenti."

Teste di robot staccate dai propri corpi combattono l'una contro l'altra, dal momento che ogni fazione sospetta che l'altra abbia trasmesso dei segreti agli umani ridotti in schiavitù. La tecnologia ha fatto sì che i robot abbiano acquisito i vizi tipici della gente di paese. Come l'invidia e la grettezza. Disgraziatamente, il dialogo ha tutta l'aria di essere un'intervista a un lanciatore del peso della Germania dell'Est. Piuttosto, preferirei lavorare a una commedia romantica sui tizi che portano a spasso i cani.

"I tizi che portano a spasso i cani?"

"Sì, le persone il cui lavoro consiste nel portare a spasso il cane di qualcun altro. Ha presente?"

L'indiano la guarda fisso negli occhi, come se avesse letto di questa strategia in un manuale di comportamento aziendale. Lei è stanca. Ha parecchio lavoro da sbrigare. Ha ben altro da fare. Che poi è il motivo per il quale non è ancora stata licenziata. C'è sempre qualcos'altro da fare, e c'è sempre qualcosa che lei non ha fatto come avrebbe dovuto. Per esempio, Vanessa è incazzata perché Jeanine non ha voluto mangiare neanche un *donut*. E poi, perché ha mandato a monte quel progetto con la Kinesthesia Productions, a cui avrebbe dovuto consegnare una sceneggiatura alle cinque in punto, poiché, se fosse stata recapitata prima di quell'ora, una delle assistenti inacidite della Kinesthesia avrebbe iniziato a spettegolarci sopra. Spettegolano su tutto, quelle. Invece, se fosse arrivata alle *cinque in punto*, la sceneggiatura sarebbe finita dritta a Rhinebeck, nella casa di campagna di Biedermeier, insieme a lui. E le ventiquattrenni inacidite non avrebbero avuto il tempo di ricamarci sopra. Questa settimana Vanessa ha minacciato di licenziarla ben tre volte. E l'indiano le rivolge uno sguardo del tipo: "mi-dispiace-molto-per-tutto-questo-però-non-mi-dispiacerebbe metterti-una-mano-sul-culo".

Le dice: "Vorrebbe farmi la cortesia di mettersi a sedere sulla scrivania?"

"Sulla scrivania?"

"Le spiegherò alcune cose della televisione. È il motivo per cui sono qui. Sono molto competente in merito a questo mezzo d'informazione. L'ho studiato nel mio paese. Sono colui che illustra il significato della televisione nel mondo occidentale. O, in altre parole, sono il guru della televisione. E ora intendo dare inizio alla mia spiegazione."

La luce del pomeriggio danza sulla parete. Là fuori, nel mondo, la gente è in fibrillazione a causa dei *coriandoli delle schede elettorali.* Staccati ma non del tutto. Punzonati.[6] L'indiano non ha idea di che cosa sia un coriandolo; non gli interessa. L'indiano non ha diritto di voto. Jeanine non ha votato perché non ne ha avuto il tempo. Ha trascorso la giornata di ieri a casa, a raschiare via le incrostazioni di sapone dagli angoli della doccia, dal momento che la cosa la faceva sentire meglio. Vive nell'appartamento dei suoi genitori, i quali sporadicamente vengono a farsi un giro a New York; pertanto, la casa deve brillare. La sua coinquilina continua a invitarla a uscire con lei. Jeanine non riuscirà a conoscere nessuno se non la smetterà di passare il proprio tempo in ufficio, oppure a pulire il bagno dalle incrostazioni di sapone. Comunque sia, Jeanine non ha bisogno di conoscere nessuno, quando c'è un divo dei film d'azione che le dice che ha un paio di tette da urlo e che la supplica di far sesso con lui senza preservativo.

Ranjeet le prende la mano. Le tiene il polso come se fosse fatto di vetro soffiato. L'accompagna alla scrivania. L'aiuta a issarsi sul bordo. Poi, con la sua cadenza dalle sillabe melliflue tipica di un'istruzione subcontinentale di alto livello, inizia a dire che, all'origine di tutto, c'erano state le raffigurazioni paleolitiche. Per essere precisi, si trattava di petroglifi, i quali avevano il compito di indicare agli uomini che altri prima di loro erano passati di lì. Ed ecco che cosa vedevano quegli uomini. Vedevano animali, tigri, mammut, iene. Petroglifi lasciati lì allo scopo di eternare i trionfi ottenuti nella caccia. E la storia si è presa a cuore il petroglifo al punto tale che questo non è mai scomparso dall'immaginario collettivo: come catturare una iena, come acchiappare un mammut, come abbattere selvaggina di grossa taglia nella prateria. Poi, subito dopo, sono venuti i geroglifici, dei quali sappiamo che si tratta di immagini di uomini in lotta gli uni contro gli altri. Sappiamo che le tribù del Nord hanno combattuto contro quelle del Sud e che entrambe, a loro volta, hanno combattuto contro le

[6] In Florida, durante le elezioni presidenziali del 2000, la maggior parte dei voti a favore del candidato sconfitto non venne conteggiata, trattandosi di schede che non erano state punzonate in maniera corretta o di schede punzonate più di una volta *(N.d.T.)*.

tribù dell'Est e dell'Ovest. Inoltre, sappiamo in che modo questi uomini ballavano e si amavano. E tutto ciò che sappiamo lo sappiamo grazie a queste immagini: i geroglifici, appunto. E oggi, dice Ranjeet, conosciamo il significato dei petroglifi e dei geroglifici. Ogni bambino che viene alla luce in questo mondo conosce il significato immortale di queste immagini. Contemporaneamente a tutto ciò, però, si era verificato un problema generato dall'alfabeto – in questo caso non si trattava di immagini, bensì di simboli che avevano il compito di rappresentare i brontolii e i lamenti prodotti dagli esseri umani. Tutto era stato sconvolto dall'avvento dell'alfabeto. Tutto era stato messo a soqquadro. I manoscritti del Corano e gli idiomi arabi sono caratterizzati da grafie e da suoni di estrema bellezza; quasi delle immagini da rimirare. Di una bellezza talmente eclatante che siamo portati ad associarli ai pittogrammi delle lingue asiatiche. I pittogrammi erano splendidi, e gli scrittori che li utilizzavano narravano di gru e di orsi nella foresta, e di arcieri che cacciavano e abbattevano gli orsi. La bellezza di questi pittogrammi ha ispirato una serie ininterrotta di storie ai cinesi, ai giapponesi e ai coreani, i quali hanno lasciato dietro di sé il racconto illustrato di questa ispirazione. Tale sapere è stato poi trasmesso agli uomini e alle donne che sono venuti dopo di loro e che ne hanno tramandato le immagini: i petroglifi, i geroglifici, e i disegni erotici dipinti sulle urne greche. E tutto ciò è stato successivamente immortalato dalle immagini realizzate dai pittori; pittori che avevano introdotto la prospettiva nel mondo dei disegni bidimensionali, pittori che avevano affrescato i soffitti delle cattedrali con le loro lenti e i loro prismi. In seguito, quando i tempi erano stati maturi, i pittori avevano concepito la fotografia; dato che, deve sapere, la fotografia è nata a partire dalle ossessioni di questi pittori; autori di fotografie notevoli realizzate con le medesime tecniche predilette dagli autori dei petroglifi. Fotografie di paria allineati lungo le strade della città, fotografie scattate dagli imperialisti, fotografie che sono lì per dirci che oggi tutto è possibile, e che qualsiasi uomo o qualsiasi donna ha la possibilità di produrre un'immagine, e che chiunque è in grado di rievocare la storia della propria città, della propria cultura, della propria nazione. E lo stesso accade oggi con la magia del cinema, questa speciale caverna di Platone all'interno della quale le immagini, la musica, le storie e i dipinti sono diventati una cosa sola; quanto più il pubblico sarà numeroso, tanto più le storie avranno la possibilità di essere ricordate, persino meglio che nelle fotografie o nei dipinti sui soffitti delle cattedrali. Nel frattempo in un altro luogo, molto lontano ma al tempo stesso molto vicino, si racconta un'altra storia: la storia delle parole scritte, le parole scritte sulle pagine con le lettere degli alfabeti. È una storia di malattia. Una malattia meravigliosa, un sistema fatto di significati precisi interpretati dai monaci dentro le loro minuscole cellette con le sbarre alle finestre; monaci che discutono di ogni cosa interrogandosi a proposito del significato delle parole: ad esempio, questa parola significa che non bisogna mangiare pollo di domenica, mentre quest'altra significa che, se nessuno ne ha sentito il tonfo, l'albero non è caduto. Una malattia meravigliosa, un voler spaccare il capello in quattro, e milioni e milioni di persone, nelle fredde regioni del Nord, finiscono per ammalarsi di questa malattia, proprio come se si trattasse di peste bubbonica. Tuttavia, non è questa la strada da percorrere, dal momento che nelle storie dell'alfabeto non c'è luce. Sono storie create sottoterra, dentro stanze umide, stanze in cui un'enorme macchina dall'aspetto minaccioso rulla senza sosta, e spalma una sostanza untuosa su tavole di cellulosa sorvegliate dagli occhi deboli e stanchi dei monaci. No, come può ben vedere anche lei adesso, non è questa la strada da percorrere. La strada da percorrere è un'altra, e consiste nel portare la luce a tutti gli esseri umani. E non c'è che un modo per riuscirci: far sì che il cinema elargisca a tutti gli esseri umani un dono, il dono di tutte le culture e di tutte le dottrine, di tutte le bellezze e di tutte le verità di questo mondo: la storia salvata dell'umanità. Non esiste un'altra strada da percorrere. Ed è la stessa strada percorsa dalla radio, la radio che entra nelle vostre case, nella sala d'attesa dell'aeroporto, nella vostra camera d'ospedale. E dalla televisione, sola e unica luce: luce dentro casa, luce nel buio, luce dell'antenna parabolica, luce degli antennisti indiani, luce che emerge dal buio delle campagne; luce della televisione, che illumina uomini e donne con indosso costumi da bagno rossi riuniti su una spiaggia; luce di un cavallo che parla; luce di una donna dai capelli rossi e di suo marito, il leader di un gruppo musicale, nel momento in cui stanno litigando e quando lei, a un certo punto, guarda da un'altra parte; luce di un ospedale militare e dei suoi chirurghi in tempo di guerra; luce di una squadra speciale di donne poliziotto che assomigliano alle tre Parche ammaliatrici; luce di poliziotti non rasati in una città della Florida; luce di una famiglia di baroni del petrolio; luce di quattro donne che vanno a letto con molti uomini e che poi finiscono per raccontarsi le proprie avventure sedute al tavolo di un bar; luce di tutti coloro che desiderano diventare milionari. Ecco la vera storia degli uomini e delle donne, oggi. Ecco il luogo in cui vanno seminate le leggende e le storie da preservare per il futuro. Ecco il luogo in cui tutto ciò che vale la pena di essere raccontato riguarda l'eroismo di combattenti muscolosi e la bellezza di donne belle. Ecco il luogo in cui si raccontano storie che parlano dei ricchi nelle loro case, e di esseri umani tramutati in divinità dalla chirurgia plastica. Non si tratta delle storie raccontate da una letteratura malata che lentamente consuma le persone; storie raccontate dalle parole di una pagina; storie adatte ai moribondi, ai malati, a gente in preda alla nausea, gente che vomita tutto l'odio che ha in corpo. Gente che vedi morire a poco a poco; omosessuali che fanno sesso usando strani aggeggi; il che può anche essere piacevole, e non è niente male come passatempo, ma di certo non è il genere di cosa che incontra il favore degli dei. Il film che lei ora sta per realizzare, vede, deve andare in direzione della luce e della visione estetica, dev'essere un film per la televisione, con le sue sirene dai vestiti succinti, e non deve finire in un cinema che vende cappuccini al posto delle caramelle e dei popcorn. Ed è questo che sono venuto qui a raccontarle, recita Ranjeet con voce cantilenante.

"E ora," dice Ranjeet, "è arrivato il momento di parlarle di *Radici.*"

"Aspetti," gli dice Jeanine, intravedendo finalmente la possibilità di infilare una parola e, di conseguenza, la porta. "Ma come fa a sapere tutte queste cose?"

"Ci ho pensato mentre ero alla guida del mio taxi privato."

"Il suo..."

"Il mio taxi è qui fuori. Posteggiato in un parcheggio vietato."

"Ciò che sta dicendo è davvero estremamente interessante. Tuttavia io..."

In quel momento Jeanine avverte del trambusto fuori dalla stanza, e così ne approfitta per aprire la porta. Vanessa è lì, in piedi davanti alla scrivania di Annabel, e la sta coprendo di insulti. Mentre gli altri, come al solito, fingono di essere immersi nel proprio lavoro. "Dunque, mi stai dicendo che il trattamento è finito *per caso*, Dio solo sa come, sulla scrivania di Vic Freese. Il quale mi chiama e mi dice che ha per le mani un trattamento che s'intitola *I rabdomanti*, ed è davvero straordinario, e non è che l'ho visto anch'io, questo trattamento? È sulla bocca di tutti. E si dà il caso che io non solo non l'abbia visto, ma che non ce l'abbia neanche. E da quanto tempo è che mi è stato promesso? Tre giorni? Può essere? Ma io ti pago per far cosa? Per startene lì seduta a parlare al telefono con i tuoi amici e a dirgli quanto ti trattano male in ufficio, dove la tua capa pretende addirittura che tu riesca a ottenere il materiale prima degli altri agenti, dato che è così che si conclude un affare? Un affare lo si conclude *prima* delle altre società, e non dopo. Se si arriva *dopo* le altre società, allora non si vede il becco di un quattrino e non si conclude un bel niente. Certo che ti trattano male, dal momento che ti tocca perder tempo a parlare tutto il giorno con gli undici manager e con gli agenti di chissà quale attore che stasera ti vorrà portare in un locale frequentato da top-model. Orribile. A dire il vero, la tua capa pretende semplicemente che tu faccia il tuo *lavoro*, guarda un po', dato che questo è l'unico modo grazie al quale la tua capa riesce a far quadrare il bilancio, in modo che tu ti possa pagare l'affitto e le tasse e che io possa continuare a fare il mio lavoro..."

Non sarebbe stata una normale giornata lavorativa, a Mezzi di Produzione, se una delle donne dell'ufficio non fosse scoppiata in lacrime. Con Vanessa che, sventolando un *donut* stantio, guarda distrattamente Jeanine, la quale è in piedi davanti alla porta dell'ufficio vuoto che adesso è diventato la sede delle lezioni di teoria e di pratica della televisione presso Mezzi di Produzione. Vanessa, che sembra intravedere nella penombra della stanza gli studenti che discutono accalorati di teoria e di pratica della televisione, della storia dei mezzi d'informazione; e che poi torna a guardare Jeanine. Ma Ranjeet le si avvicina e chiude la porta. Si sente il sibilo delle sirene sulla Quinta. Un convoglio di autobus nell'ora di punta.

"Pensi alla nascita di Kunta Kinte nella serie intitolata *Radici*. Quando mai sul mezzo d'informazione che noi tutti conosciamo come televisione si è assistito alla nascita di un uomo di colore, per di più presentata in maniera tanto rispettosa? Il padre solleva il bambino verso il cielo, e c'è qualcosa in tutto ciò che richiama alla memoria le coreografie sfavillanti di Gene Kelly o di Fred Astaire. Certo, è una messinscena, ma ci racconta una verità mai raccontata prima sulla storia della vostra nazione; ci racconta la verità su un bambino nato in Africa, e non in questo paese; un bambino che non ha scelto di venire in questo paese, ma che tuttavia è stato costretto a farlo. La nascita del piccolo Kunta Kinte, sebbene si tratti di un personaggio immaginario, potrebbe essere la nascita più importante della storia della nazione! Di certo la più importante mai trasmessa in televisione! Una donna che urla per il dolore e che spinge, spinge. Dopodiché il piccolo viene sollevato verso il cielo dal padre. E poi c'è la giovinezza di Kunta Kinte, con le immagini degli animali selvaggi prese chissà dove; un ghepardo che corre in un prato che, è evidente, non corrisponde al prato in cui più tardi vedremo correre Kunta Kinte. Oppure una scimmia, appollaiata su un grosso ramo nel momento in cui il giovane Kunta Kinte sta per essere catturato da un mercante di schiavi. Tutte queste sviste, questi errori nel montaggio del materiale, e la comicità involontaria di *Radici*! Ma, nonostante tutto, ciò che emerge è la tratta degli schiavi; ciò che emerge è l'istante in cui Kunta Kinte viene venduto come schiavo. Perché, al di là dell'estetica del momento, tutte le storie americane ambiscono a questa dimensione, la dimensione della saga, appunto. Tutte le storie ambiscono ad andare in questa direzione, e tutte le società di produzione ambiscono alla vendita e alla diffusione di questa saga. Niente potrebbe essere più americano di tutto ciò, e niente potrebbe essere più internazionale di ciò che è americano, e niente potrebbe essere più umano. Non esiste nessuna nazionalità; solo etnie e società, solo l'esercito con i suoi danni collaterali; e la terra del guadagno, e i cowboy, e la tratta degli schiavi."

Mentre snocciola i vari aspetti della faccenda, Ranjeet s'infervora al punto tale che inizia ad andare avanti e indietro per la stanza, calpestando i fogli sparsi sul pavimento con le sue scarpe da ginnastica nuove di zecca, imitazioni a buon mercato comprate da un grossista. Sotto quella barba, è difficile intuire che età possa avere. Jeanine immagina che abbia trentaquattro anni, anche se, a giudicare dal portamento, sembra che ne abbia almeno trenta di più. C'*è* qualcosa di sexy in lui. Mentre le racconta di LeVar Burton, le afferra nuovamente il polso. Sì, il LeVar Burton che interpreta il ruolo di Kunta Kinte. E, mentre le afferra il polso, si accorge della cicatrice. Lei sa che lui sa. Ha le maniche tirate giù, ovviamente. Come sempre. Persino d'estate.

Vanessa fa il suo ingresso nella stanza. Alla fine è stata costretta a farlo. Vanessa irrompe lì dentro tutta agitata, e improvvisamente si accendono le luci. Ranjeet si mette a raccogliere i fogli sparsi in ogni angolo del pavimento.

"Avanti, che novità ci sono, ragazzi?"

Borse sotto gli occhi. È una di quelle giornate in cui non puoi fare a meno di provare compassione per lei; quel tipo di compassione che crea dipendenza in chi ne abusa. Borse sotto gli occhi, capelli arruffati, la camicia infilata malamente dentro la gonna, un orecchino che manca all'appello.

"Mi sta dando una lezione sulle miniserie televisive," dice Jeanine.

"Ehi, fermi un attimo. Voglio che ascoltino *tutti quanti.*"

Le riunioni di gruppo di Vanessa Meandro per mettere a punto nuove strategie. Non c'è nessuno che non si senta venir meno all'idea. Idea che assale Vanessa da un momento all'altro, come un'emicrania. Per quanto si possa dire che le difficoltà di concentrazione di Vanessa funzionino come antidoto contro gli incontri di lunga durata e contro qualsiasi altra perdita di tempo all'interno dell'ufficio. Euforica, Vanessa accompagna Ranjeet in corridoio, e da lì nella sala riunioni con il tavolo di vetro superfico che la stessa Jeanine ha ordinato da un catalogo. Gli altri si raccolgono in corridoio.

"Madison. Duffy. A rapporto."

"Come se non avessimo niente di più importante da fare."

"Chiudi il becco, Madison."

Annabel, asciugandosi i rimasugli di lacrime, si mette in coda alla processione. Thaddeus Griffin, al telefono, fa segno dalla sua postazione indicando la cornetta. Vanessa gli fa cenno di raggiungerli, ma non c'è nulla da fare. Thaddeus non si farà vedere in un gruppo di donne, pensa Jeanine. Troppi rischi di dover dare spiegazioni. Quando le donne e il tipo col turbante si sono sistemati nella sala riunioni, con gli occhi fissi sulla coppa di vetro piena di caramelle al cioccolato, ognuna nel suo involucro, Vanessa comincia.

"Ci siamo formati all'accademia americana. Siamo i migliori e i più brillanti. Ma la cosa, adesso, finisce qui. D'ora in avanti, via via che prenderemo confidenza con questo mezzo di cui ancora non sappiamo nulla, agiremo come infiltrati dei servizi segreti. Se mi seguite, fate di sì con la testa. Conosceremo il mezzo della *spudoratezza.* Ecco il motivo per cui Ranjeet è qui. Agiremo come degli infiltrati. Sputeremo nel piatto in cui mangiamo. Voglio sapere chi trasmette *Entertainment Tonight*, e poi voglio sapere chi sono gli inviati di *Inside Edition.* Voglio conoscere gli indici di ascolto di ogni apparizione televisiva di Elizabeth Taylor degli ultimi cinque anni. Lo speciale sul raduno di *Gilligan's Island.* O qualsiasi cosa che abbia a che fare con Michael

Jackson. Gli indici di ascolto di ogni sua apparizione televisiva. Il personaggio di Larry Hagman. Chi lo ha inventato? Chi lo ha filmato? Se esiste la possibilità di mandare in video delle tizie con le tette siliconate in costume da bagno, bene, facciamolo. Se esiste la possibilità di mandare in video donne sposate che s'infilano nei letti di altri uomini per soldi, perfetto. Prendete nota di qualsiasi cosa dica Ranjeet. Dall'inizio alla fine del suo intervento. Pensate a come possiamo piazzare il nostro prodotto su canali diversi. Proprio stamattina, parlavo con i miei avvocati di questa operazione e delle ipotesi di guadagno a essa connesse. Insomma, ciò che intendo dire è che è giunto il momento di far fare alla società un importante passo avanti. Portandola a un livello in cui circolano parecchi quattrini. Ci ho dato dentro per realizzare tutto questo, e anche voi avete fatto lo stesso. Abbiamo tramato e sognato, e che cos'abbiamo in mano adesso? Abbiamo l'attenzione incondizionata di ragazzini coi capelli tinti di blu. Ecco qual è il nostro pubblico: un pubblico fatto di dilettanti, di marmocchi con la bocca che puzza ancora di latte, di poeti stempiati con mogli che insegnano storia dell'arte e borse di tela con il logo di un'associazione no-profit, di studenti delle scuole di cinema. Certo, non ci possiamo lamentare; non avrei mai immaginato che saremmo stati in grado di arrivare fin qui. Tuttavia, la società ha bisogno di crescere, ha bisogno di bruciare le tappe e di risalire verso la luce..."

Jeanine avverte degli spasmi contorcerle l'addome, come se là dentro ci fosse una larva mostruosa pronta a squarciarle le viscere e a risalire verso la luce. Passando in rassegna il tavolo, butta l'occhio su Madison, intenta a ispezionarsi le unghie in modo critico, e poi su Annabel, assorta nella contemplazione della finestra; e capisce che Vanessa è uscita definitivamente dal seminato.

"Adesso devo schizzare in ospedale a Brooklyn. Insomma, sapete che mia madre è di nuovo in ospedale, no? Sto cercando di mandare avanti la baracca senza l'aiuto di nessuno stagista. A proposito, qualcuno sa spiegarmi perché continuiamo a perdere i nostri stagisti? E poi, perché stiamo in un ufficio così disgustosamente orrendo? Perché non ci trasferiamo a Downtown? Comunque sia, come stavo dicendo, sto cercando di mandare avanti la baracca, e ora ci si mette anche questa... questa cosa di mia madre. Quindi, ecco il risultato di tutto il mio lavoro. Devo guardare al futuro; devo valutare l'eventualità di avvalermi di un sistema che mi garantisca introiti più sicuri. Che è la ragione per cui ho fatto carte false per accaparrarmi Ranjeet, che arriva dall'Università di Delhi con ottime referenze. È un importante teorico internazionale di cinema e di televisione, proveniente da una delle più ramificate e rigogliose industrie cinematografiche del mondo. Conosce di persona Umberto Eco ed Edward Said. E quindi, ecco a voi Ranjeet Singh, nel caso non l'abbiate ancora conosciuto. Ci aiuterà a pianificare il nostro ingresso a sorpresa nell'universo della televisione."

Sebbene ognuno di loro non veda l'ora di tornare alla propria scrivania, e sia talmente disperato da far finta di non notare che Vanessa sta ingoiando una terza gomma da masticare, Jeanine si sente di dover fare una domanda. Sa perfettamente che si tratta di una pessima domanda, ma la fa lo stesso.

"E che cosa ci dice dei reality? Per esempio, quello su... quello in cui un gruppo di persone si trasferisce su un'isola per poi sbarazzarsi via via dei vari concorrenti? Perché non riescono a sopravvivere sull'isola, come..."

"Ranjeet?"

Tutti gli sguardi sono rivolti all'esperto.

"Il reality," attacca Ranjeet, le mani congiunte a mo' di preghiera, "è un tipo di programma che ha origine in Europa. È la risposta degli europei alle fiction americane. I concorrenti arrivano a fare cose pazzesche. Può anche capitare che mangino un topo. Lavorano tutti insieme alla realizzazione di piatti a base di topi, ricette a base di topi; scelgono quali spezie usare. Potrebbe tranquillamente esistere un programma con concorrenti che fanno cose di questo genere. O, anche, un programma con delle persone riunite in una casa in cui sono nascosti un bel po' di soldi, e il gioco consiste nell'indovinare chi per primo riesce a trovarli, questi soldi, e la casa è piena di topi. Oppure, si potrebbero rinchiudere delle persone in una casa, con una di loro che finisce per fare sesso con un'altra. Ciò che manca a questi programmi è la dimensione mitologica. Tutto si riduce alla presenza di persone, di soldi e di rapporti sessuali, senza alcuna dimensione mitologica. Prendiamo per esempio *Radici*, nel momento in cui il capitano della nave che trasporta gli schiavi, interpretato casualmente dal boss di Mary Tyler Moore, realizza di non sentirsi a proprio agio nei panni del capitano di una nave che trasporta schiavi. Di fatto, scopre di non credere nella missione che ha intrapreso, pur essendosi impegnato a portare la nave a destinazione. A quel punto, il perfido primo ufficiale gli offre una *sgualdrina*, che è la parola che lui usa per designare una ragazza africana con il seno scoperto, e dice: 'Capitano, forse lei ha bisogno di qualcosa che la riscaldi', o una frase del genere, e il capitano deve cercar di capire se è il caso che lui quella notte ospiti nella sua cabina questa donna africana nuda. E così, se da una parte il capitano si fa degli scrupoli morali riguardo al comportamento che dovrebbe tenere con gli schiavi, dall'altra, quando nella sua cabina c'è la donna africana col seno scoperto, e quando lui è il dominatore incontrastato del mare in tempesta, non riesce a tirarsi indietro. È questa la dimensione mitologica. Una storia identica a centinaia di altre storie. Il mito delle origini di una nazione ha una ricchezza e un'intensità che i reality show non avranno mai."

"La gente si rimbambisce di fronte alla telecamera," commenta Vanessa. "Comincia a strisciare. Comincia a mentire. Comincia ad assecondare le debolezze altrui in modo da trarne vantaggio. È lo squallore. Il grande paradosso alla base dei reality."

Per un attimo Madison si rianima. "Il reality. Be', credo sia proprio il tipo di programma adatto alle sgualdrine. Se ci fate caso, tutte le ragazze che partecipano a quei programmi sono delle sgualdrine. E scommetto che gli autori delle varie reti televisive non fanno altro che guardarsi attorno alla ricerca di sgualdrine da inserire nei loro programmi. E qui da noi non mi sembra che ci siano delle sgualdrine, giusto? E allora immagino che non ci sia nessuno, qui, in grado di capire questi show per sgualdrine. Quindi mi domando: non possiamo evitare di occuparci di questi programmi? Non ho intenzione di guardarmi allo specchio e di pensare che avrei potuto dedicarmi alla ricerca di un distributore per quel nuovo film iraniano, e che invece ho lavorato a uno show sulla primatista mondiale di caccia al maschio."

"Grazie per esserti svegliata, Madison."

Dopodiché, quando tutti si sono messi in fila per uscire dalla sala riunioni, con l'aria di chi non può farcela a lavorare neanche un giorno di più per Mezzi di Produzione, Ranjeet blocca Jeanine sulla porta della stanza vuota. Sul volto, lo sguardo di un uomo dal futuro complicato. "Ho un figlio. È il ragazzino più straordinario che esista, e vorrei tanto che lei lo conoscesse. Non è che le andrebbe di venire a cena con la mia famiglia?"

9

I primi accertamenti, stando agli investigatori, indicano che la vittima è impiegata presso una galleria d'arte del quartiere di Chelsea, Manhattan. Più precisamente, la vittima lavora presso la Galleria 905 sulla Ventiquattresima, nota per trattare principalmente opere d'arte a tecnica mista. Gli investigatori hanno contattato la galleria e hanno avuto una conversazione con il proprietario. Quest'ultimo ha notato che giovedì la vittima si era assentata presto dal posto di lavoro per recarsi a una visita medica, e che dopo le quattro del pomeriggio non era più stata vista in ufficio. La vittima, stando alle dichiarazioni del suo datore di lavoro e di altre persone, è di origini asiatiche. Corporatura snella, bell'aspetto, capelli castani. Pare che al momento dell'aggressione la vittima indossasse abiti di colore scuro: collant neri, una gonna nera sopra il ginocchio, giacca nera di pelle. Età: ventisei. La vittima ha compiuto i propri studi in un'università privata della Pennsylvania. Il datore di lavoro della vittima ha inoltre fatto sapere che per alcuni mesi la donna ha lavorato alla raccolta di materiale per una mostra di arte afroamericana contemporanea a tecnica mista. Stando a quanto dichiarato dalle persone interrogate, la vittima gode di un'ottima reputazione. È molto apprezzata sia in ufficio che, più in generale, in tutto il settore.

I genitori della vittima sono stati informati non appena possibile, una volta che si è stati in grado di risalire ai nominativi delle persone da contattare tramite l'analisi degli effetti personali della vittima. Le telefonate sono state effettuate dagli investigatori in seguito alla denuncia sporta dal personale ospedaliero. Al momento, i genitori si trovano in un hotel di Midtown e fanno visita alla figlia durante gli orari consentiti. Hanno dato agli investigatori il permesso di prendere visione dell'agenda e degli altri effetti personali della vittima, rinvenuti in una borsa a tracolla sulla scena del delitto. L'agenda contiene i numeri di sette medici. I genitori hanno fatto sapere che la figlia è stata recentemente in cura presso uno psichiatra fornito dall'assistenza sociale. Le telefonate allo psichiatra non hanno condotto ad alcuna conclusione. Tuttavia, una telefonata all'ortopedico della vittima ha a quanto pare confermato una visita avvenuta il giorno stesso dell'aggressione, poco prima del fatto. L'ufficio dell'ortopedico si trova nel quartiere di Murray Hill, Manhattan, sulla Trentatreesima fra la Seconda e la Terza. La vittima soffre di un disturbo alle mani di origine nervosa e indossava una polsiera.

Gli investigatori ritengono che la vittima si stesse dirigendo verso la biblioteca. I registri indicano che, nel corso degli ultimi mesi, la vittima ha consultato a più riprese il materiale messo a disposizione dalla sede distaccata della biblioteca di Mid-Manhattan. È probabile che la vittima stesse svolgendo, in qualità di curatrice, ricerche relative al progetto sopraccitato. Stando agli investigatori, il punto di partenza del tragitto in direzione della biblioteca è da localizzare presso lo studio dell'ortopedico di Murray Hill. L'accettazione della vittima al Bellevue Hospital risale alle 6,13 di giovedì pomeriggio; l'orario in cui è avvenuta l'aggressione sarebbe quindi da collocare tra le 5,00 e le 5,30 del pomeriggio, orario durante il quale Midtown pullula di pedoni e di veicoli in transito. Il che spiega l'abbondanza di testimonianze oculari.

Il cantiere edile dove l'incidente ha avuto luogo si trova all'angolo tra la Terza e la Quarantesima. In circostanze normali, si tratta di un posto sicuro. I permessi erano in regola. Tuttavia corre voce che, all'inizio dei lavori, il cantiere sulla Terza non avesse rispettato gli accordi sindacali, al punto che sul posto è stato sistemato un grosso roditore in gomma, a indicare una manifestazione sindacale in atto. A quanto pare, nel corso delle ultime settimane le divergenze con i sindacati erano state risolte in via amichevole. Ne deriva che il cantiere non potesse essere facilmente scassinato allo scopo di ottenere un'arma; eppure, stando alle testimonianze oculari, è esattamente ciò che è accaduto.

I testimoni oculari descrivono l'aggressore come un maschio, afroamericano, in sella a una bicicletta. La maggior parte dei testimoni ritiene che si tratti di un corriere in bicicletta, dal momento che, a quanto pare, l'indiziato indossava il tipico abbigliamento da ciclista, consistente in pantaloncini di nylon. Gli indumenti, affermano i testimoni, erano di colore scuro, fatta eccezione per una bandana rossa legata al collo. Anche la bicicletta presentava segni distintivi. Può darsi che si tratti di una bicicletta rubata. Il corriere stava procedendo in sella alla bicicletta a una velocità sostenuta, attorno ai cinquanta chilometri orari, quando si è imbattuto nella vittima e ha utilizzato l'arma in suo possesso, un mattone o un blocco di calcestruzzo, scagliandola sulla nuca della vittima mentre la superava, e facendola così cadere a terra. Il mattone, o il blocco di calcestruzzo, è stato rimosso dalla scena dell'incidente. L'aggressione è pertanto da definirsi come trauma da corpo contundente, probabilmente un mattone di misura standard. I testimoni riferiscono che l'indiziato si è poi diretto contromano verso est, sulla Quarantunesima, allontanandosi così dal luogo dell'incidente. La vittima è rotolata su un fianco, con la polsiera in posizione parallela rispetto al cordone del marciapiede, come si può vedere dal disegno. Sanguinava copiosamente. In nessuno dei racconti viene riferito di uno scambio verbale tra l'indiziato e la vittima. Quest'ultima, che ha perso conoscenza quasi subito, non ha avuto il tempo di manifestare alcun tipo di sorpresa.

I pedoni hanno denunciato l'accaduto al 911, che ha inviato un'ambulanza sul posto. I paramedici provenienti dal Bellevue Hospital sono arrivati nel giro di tre minuti. Nessuno di loro ricorda di aver superato una bicicletta lungo il tragitto verso la scena dell'incidente. Nessun altro riferisce di aver visto un uomo in bicicletta con un mattone in quella o in altre zone. Con ogni probabilità l'indiziato ha abbandonato la zona dell'aggressione, dirigendosi all'interno dell'East River Park o forse in metropolitana.

All'arrivo dei paramedici, la vittima non era cosciente. A partire da venerdì mattina, le condizioni della vittima si sono stabilizzate. La prognosi, stando alle dichiarazioni dei medici, resta riservata ma ottimistica. Ora come ora, il pieno recupero della memoria e delle funzioni cerebrali è possibile, anche se non certo. Attualmente la vittima, nei rari momenti in cui è cosciente, soffre di vuoti di memoria a lungo e a breve termine.

Non è stato riscontrato alcun segno di stupro o di trauma a carattere sessuale al momento dell'aggressione. In realtà, fermo restando che i racconti dei testimoni siano attendibili, non avrebbe nemmeno potuto esserci il tempo utile per un'aggressione a carattere sessuale. I genitori riferiscono di essere al corrente del fatto che la vittima frequentasse alcuni individui di sesso maschile, per quanto attualmente, sulla base delle notizie in possesso degli inquirenti, non fosse coinvolta in nessun rapporto sentimentale o sessuale. La sua ultima relazione sentimentale di un certo rilievo è stata con un maschio trentanovenne, ma i due si sono separati sei mesi circa prima dell'aggressione. Il soggetto in questione passa per essere un pittore, bianco, domiciliato a Greenpoint, Brooklyn. Gli investigatori stanno svolgendo delle indagini sulla figura del pittore, allo scopo di escludere un suo eventuale coinvolgimento; pertanto, hanno preso contatti con il suddetto. Il soggetto in questione lavora per alcune gallerie di Manhattan (inclusa la Galleria 905) con mansioni relative al trasporto e all'allestimento delle opere d'arte nei periodi che precedono inaugurazioni e mostre presso le gallerie della zona; sembra quindi improbabile che si trovasse nei paraggi al momento dell'aggressione. Lavora di pomeriggio e di sera. I genitori della vittima la descrivono fondamentalmente come una "normale giovane donna" in fatto di rapporti sentimentali. Aveva avuto alcuni fidanzati ai tempi dell'università e, poco più che ventenne, aveva intrattenuto una serie di relazioni con uomini diversi. In alcuni di questi casi, raccontano i genitori, aveva sperato che i rapporti durassero "più a lungo". Sono comunque in corso altre indagini sulla vita privata della vittima. La possibilità di un'aggressione per mano di un amante deluso non è da escludere, anche se al momento pare improbabile.

Gli agenti di polizia e gli investigatori hanno chiesto ai genitori se la vittima fosse solita frequentare luoghi in cui circolava droga, o se facesse uso di stupefacenti. La madre della vittima, con grande disappunto da parte del marito, ha rivelato che la vittima aveva sporadicamente fatto uso di marijuana ai tempi dell'università, aggiungendo che, almeno in un'occasione, aveva sofferto di attacchi d'ansia dovuti all'uso di erba, con conseguenti sensazioni di spersonalizzazione e di alienazione. Tuttavia, tali esperienze hanno avuto una durata limitata nel tempo. Per il resto, non si è a conoscenza di nessun altro tipo di droga di cui la vittima potesse fare uso. Le persone che la vittima frequenta sul posto di lavoro hanno anch'esse confermato di non essere a conoscenza di alcun problema connesso all'utilizzo di droghe. Allo stesso modo, non si è a conoscenza del fatto che la vittima si fosse procurata illegalmente farmaci vendibili solo dietro prescrizione medica, quali l'OxyContin e il Vicodin. Di conseguenza, è possibile escludere che l'aggressione sia collegata a questioni di droga o che sia stata commessa da uno spacciatore di qualsiasi tipo. Infatti, il comportamento generale e il profilo della vittima non fanno supporre alcun rapporto con spacciatori, associazioni criminali o personaggi noti nel mondo della delinquenza.

Tuttavia, va detto che tra i nomi dei medici elencati nell'agenda della vittima compare quello di uno specialista in psicofarmacologia. Gli investigatori che si occupano del caso riferiscono che alla vittima era stato prescritto un "cocktail" di farmaci, inclusi un antidepressivo, un sonnifero e un ansiolitico, il BuSpar. Alcune di queste sostanze sono state rinvenute nella borsa della vittima. Tutti farmaci acquistati con regolari ricette mediche. Da un primo esame è stato possibile desumere che la vittima sia e sia sempre stata "molto magra", con un peso che supera di poco i quarantacinque chili. Non c'è però motivo di supporre che questo dato abbia una qualche relazione con l'aggressione.

Stando alle informazioni sopraelencate, risulta quindi improbabile che si tratti di un'aggressione a opera delle categorie di norma maggiormente sospettabili – amanti, spacciatori di sostanze illegali, esponenti del mondo del crimine organizzato e via dicendo. La teoria più accreditata, pertanto, resterebbe quella dell'aggressione priva di alcun motivo apparente. L'aggressore, secondo quest'ultima ipotesi, non conosceva la vittima al momento dell'aggressione. Le aggressioni prive di motivo apparente, a esclusione di quelle a carattere sessuale, nei luoghi in cui si sono verificate in passato (come quelle sull'Ottantottesima o le più recenti aggressioni di Fort Green), sono solitamente da collegarsi alla popolazione dei senzatetto o ad altri soggetti disoccupati.

Gli investigatori si sono altresì dedicati all'analisi di un'importante prova rinvenuta tra gli effetti personali della vittima, vale a dire il diario personale degli ultimi mesi, descritto come un taccuino composto da fogli bianchi e rilegato in pelle nera, del tipo facilmente reperibile in una qualsiasi cartoleria di qualità del centro. Ovviamente, il fatto di ottenere informazioni a proposito di una persona che con ogni probabilità subirà un parziale o totale recupero delle proprie facoltà rappresenta una questione delicata. Ciononostante, dietro suggerimento del padre, il quale si dice estremamente ansioso di consegnare il colpevole alla giustizia, il diario è stato reso disponibile al fine di arrivare a una soluzione del caso.

La calligrafia della vittima è minuta e precisa, in corsivo, con la tendenza a inclinare leggermente verso destra. Alcune lettere sono lunghe e sottili, come scaraventate sulla pagina da una folata di vento che soffia dal margine.

Alcune delle annotazioni della vittima riguardano le condizioni del tempo e la mitezza delle temperature, ancora attorno ai quindici gradi nella prima settimana di novembre. Altre, invece, riguardano i film in programmazione nelle sale cinematografiche, come nel caso di un appunto consistente in una lunga disamina, in termini negativi, del film noto con il titolo di *Un sogno per domani*. Il film, va fatto notare, gode di una certa considerazione da parte degli investigatori. A quanto pare, la vittima è rimasta delusa dalle scelte professionali dell'attore protagonista. Inoltre, la vittima non riesce a capacitarsi del fatto di aver accettato di assistere al film in questione, intitolato *Un sogno per domani*. Coloro che lo hanno realizzato "dovrebbero essere trascinati in mare aperto a bordo di una chiatta", citando testualmente il diario. La vittima esprime il suo giudizio positivo a proposito di altre pellicole.

Va aggiunto che, nel diario, compare una sezione che gli investigatori hanno letto con particolare interesse. Nella fattispecie, essa riguarda la morte prematura di un conoscente della vittima. Il conoscente in questione, nonostante gli sforzi compiuti da diverse persone facenti parte del gruppo di amici della vittima, era scivolato nel "sottobosco" della tossicodipendenza, entrando a far parte dei giri più dissoluti e più pericolosi di Manhattan, per poi avventurarsi in locali di periferia deputati allo spaccio di crack, locali in cui è molto probabile che un giovane omosessuale finisca per invischiarsi in guai seri. La vittima descrive il giovane tossicomane in modo affettuoso. Ciononostante, risulta esasperata dalle sue ricadute e dal fatto che il soggetto, a dispetto dei ripetuti incitamenti da parte degli amici, non riesca a presentarsi a una galleria della concorrenza in cerca di lavoro.

Stando all'autrice del diario, si tratta del "ragazzo più bello mai visto prima", con una predilezione per negozi di abbigliamento a buon mercato in grado di imitare in maniera impeccabile i capi più alla moda. Tuttavia, "è volato via a poco a poco come un palloncino", come suggerisce uno dei passi migliori del diario. Chi può arrivare a comprendere il perché della sua disastrosa ricaduta? si chiede l'autrice del diario. Chi può arrivare a comprenderne l'autodistruzione? Per un certo periodo si ha come l'impressione che il tossicomane in questione possa ancora riuscire a riprendere in mano la propria vita; poi, inspiegabilmente, proprio quando le cose sembrano andare per il meglio, proprio quando "il suo fidanzato comincia a desiderarlo di nuovo, ecco il *disastro*": il tossicomane ha una ricaduta. Una situazione con cui gli stessi investigatori hanno avuto a che fare parecchie volte. Ordinaria amministrazione per loro, che si sono fatti il callo contro delusioni e processi autodistruttivi come quelli sopraccitati. L'inspiegabile natura della ricaduta si manifesta agli occhi dell'autrice del diario nel momento in cui il corpo dell'amico viene rinvenuto nel Bronx e i genitori di lui partono da Durham, North Carolina, per presenziare al funerale del figlio; si tratta di due persone descritte nel diario come individui che "non accetterebbero mai il figlio per quello che è". Stando ai medici legali, stranamente anche il cadavere del ragazzo presentava un trauma da corpo contundente, oltre che segni che portavano a ipotizzare una violenza sessuale. La qual cosa non deve "servire da lezione", scrive l'autrice del diario. Al contrario, va "accettata così come si accetta l'arrivo dell'inverno".

Nel corso dell'analisi del diario, volta alla ricerca di indizi relativi all'aggressione della vittima, ha destato l'interesse degli investigatori il fatto che il decesso dell'amico nel Bronx non fosse recente. Risale infatti a otto mesi fa.

Altri elementi presenti all'interno del diario riguardano annotazioni di contenuto artistico che la vittima stava prendendo in vista della mostra collettiva di artisti afroamericani contemporanei che stava organizzando. È probabile che alcune di queste annotazioni siano state scritte il giorno stesso dell'aggressione, quando la vittima si trovava in biblioteca. La vittima prova nei confronti delle persone di colore un sentimento di profonda solidarietà, forse dovuto al fatto che i suoi stessi genitori sono cinoamericani di seconda generazione. La vittima osserva che il proprio interesse per l'arte afroamericana non deriva da un "gusto per l'esotico e per l'emarginato", come nel caso degli autori di graffiti, il cui coinvolgimento nell'establishment artistico normalmente avviene all'insegna di un'accettazione di tipo paternalistico. A proposito degli artisti afroamericani che tentano di lavorare all'interno dei binari tradizionali del mondo dell'arte, l'autrice del diario scrive che "non esiste quasi nessuno al quale importi qualcosa di loro o dei loro lavori, a meno che nei dipinti non figurino immagini di schiavi o altri cliché capaci di rassicurare un pubblico di bianchi snob". Per la mostra, l'autrice del diario ha raccolto opere di pittori, scultori e artisti che impiegano la tecnica mista e che "casualmente sono afroamericani" – artisti che non rifuggono dalla "simbologia legata all'esperienza afroamericana", ma che si occupano anche di "trattamento del colore, della sua consistenza e della sua luminosità". Lei li ha presi in considerazione per la mostra, commenta, "perché sono bravi, perché sono appassionanti, perché sono importanti, perché sono vitali, energici, belli, immortali".

Segue un elenco dei pittori, dei fotografi e degli artisti dediti alla tecnica mista in questione, i cui nomi non dicono assolutamente nulla agli investigatori, i quali, comunque sia, stanno leggendo il diario da cima a fondo mangiando contemporaneamente *donut* e discutendo della trattativa che si è conclusa con il passaggio di Patrick Ewing alla squadra di Seattle.

Tuttavia, il nome di uno di questi artisti ha attirato la loro attenzione. L'artista in questione si chiama Tyrone Duffy. Stando alle informazioni contenute nel curriculum vitae accluso al diario, Duffy è noto, per quanto noto non sia forse il termine più adatto, grazie ad alcune mostre e a lavori databili a partire dai primi anni Ottanta. Mostre da ricondurre a quello che la vittima descrive come il movimento artistico dell'East Village. Dopo un breve periodo di successo nell'ambiente dell'East Village, un successo che l'artista non è riuscito a sfruttare al fine di ottenere riconoscimenti di più ampia portata, Tyrone Duffy, si legge nelle pagine del diario, ha deciso di provare a frequentare un corso di specializzazione in Filosofia presso l'Università del Minnesota, corso che non è però mai riuscito a portare a termine e che ha di fatto abbandonato nel 1987, trasferendosi poi a Hoboken. Citando il diario, nel 1993 Tyrone Duffy "si stacca dai confini del mondo".

Ciò che la vittima apprezza delle prime opere di Duffy, che aveva visto inizialmente esposte a casa di amici, è il fatto che mostrino quell'"energia da autodidatta" tipica dei lavori dei primi anni Ottanta: la violenza, l'acume e la spontaneità proprie di quel periodo. Ciò che ammira è la disperazione di queste opere, la loro brutalità. Ciò che le piace, a quanto pare, è l'idea stessa di Tyrone Duffy, un artista di modesto successo che sparisce nel nulla, un artista che conosceva le leggende del mondo dell'arte di un certo periodo e che si era poi completamente dileguato. Un'idea che prende forma solo quando la vittima rintraccia un amico comune ancora in contatto con Duffy. Il quale le riferisce che a Duffy è stato diagnosticato un disturbo bipolare o una malattia analoga. Una volta è stato persino ricoverato in un istituto psichiatrico. Non è in rapporti stretti con la famiglia, che a quanto pare vive nel New England.

Alla fine di settembre, dopo aver saputo che lavorava come corriere in bicicletta a Midtown, l'autrice del diario aveva tentato di contattare Duffy. Gli investigatori prendono nota dell'improvvisa comparsa nel diario della vera o presunta professione dell'attentatore della vittima; tuttavia, decidono di continuare la lettura del diario prima di ipotizzare che i due corrieri siano la stessa persona.

Ciò che gli investigatori apprendono successivamente riguarda la cosiddetta "ousider art", molto famosa in certi ambienti. E ciò che l'outsider art *non* è, afferma l'autrice del diario, "è arte". Niente a che vedere con i vari Michelangelo e Tiziano, coi loro assistenti e le loro committenze papali. Poiché l'arte è una "scelta discrezionale", in cui "la capacità di imitazione della realtà e le manipolazioni di tale capacità" servono a raggiungere un intento più nobile, ossia la visione artistica. Mentre l'outsider art, realizzata principalmente da persone rinchiuse in istituti psichiatrici e da internati con tendenze parafiliache, non è caratterizzata da alcuna "scelta discrezionale"; in primo luogo, perché gli artisti in questione non possiedono tale "capacità di imitazione della realtà", il che deriva dal fatto che spesso essi hanno una percezione distorta della realtà di cui sopra.

Gran parte del materiale contenuto in queste pagine sembra provenire da un libro che studia le immagini presenti nei disegni di adolescenti affetti da disturbi mentali; libro scritto da Deborah Weller come tesi di dottorato e che in diverse occasioni è stato consultato dalla vittima nelle biblioteche di zona.

"I dipinti dei pazienti affetti da disturbi bipolari ricoverati negli istituti psichiatrici", stando a quanto scrive la Weller e come riportato nel diario dalla vittima:

> si distinguono per le tinte violente, sgargianti. Allo stesso tempo, essi denotano una condizione di inquietudine e riflettono uno stato di disordine mentale maggiori rispetto ai lavori di altri adolescenti. E, in quanto tali, presentano un aspetto compensativo, un disturbo tendente alla reificazione e allo schematismo, tanto che risulta difficile, in ognuno di questi casi, considerare i lavori in questione come semplice arte, come un prodotto estetico di consumo. Pertanto, essi sono privi di un intento estetico. Le strategie estetiche insite in questi lavori sono, al contrario, *riflessive*. Dunque, può l'arte realizzata in modo riflessivo appartenere alla stessa categoria dell'arte che rientra nella sfera della scelta discrezionale?

La Weller prosegue poi esprimendo le proprie opinioni a proposito dell'arte degli elefanti e dei gorilla in cattività. Cosa sappiamo dell'intenzionalità di questi artisti? L'intenzionalità è forse una prerogativa delle funzioni della corteccia prefrontale, chiede la Weller, non ostacolata da disturbi di alcun tipo? Se così fosse, allora il concetto di arte risulterebbe alquanto limitato in termini di rapporti causa-effetto e di strategie. L'arte prodotta da persone che soffrono di disturbi bipolari è dunque piuttosto significativa, se si considerano le connessioni che vengono stabilite fra organismi ed entità di diverso tipo; connessioni che fanno pensare a un procedimento schematico. Per esempio, i membri della famiglia sono considerati come rappresentanti di forze aliene. Mentre gli insegnanti o gli ecclesiastici sono visti come membri segreti di confraternite, dotati di conoscenze di derivazione massonica che consentono loro di penetrare i meccanismi del mondo. Secondo la Weller, per gli adolescenti affetti da disturbi bipolari la scoperta di tali connessioni può addirittura costituire un evento positivo, come nel caso di un giovane pittore che, nel giro di alcune settimane, aveva realizzato diversi schemi, dipinti su tele molto grandi, illustrando dettagliatamente le connessioni esistenti tra società multinazionali e regimi dittatoriali del ventesimo secolo, quali quelli di Pol Pot e Idi Amin. Durante il periodo creativo, il pittore aveva vissuto in una sorta di rapimento estatico, dormendo poco. Come afferma la Weller:

> La percezione del *groviglio*, parola che uso per designare una serie di sintomi specifici che compaiono di frequente nei dipinti degli adolescenti affetti da disturbi bipolari, precede il formularsi della strategia estetica; e, dal momento che il *groviglio* non è che una rappresentazione iperbolica e simbolica del fatto che il paziente è connesso ad altre persone, e che in questa connessione egli avverte una gamma di emozioni amplificate, è corretto interpretare le tele che mostrano il *groviglio* come tipologie di scelta discrezionale? Al contrario, invece, esse non possono venire lette come schemi in grado di offrire ai pazienti la possibilità di comprendere se stessi o persino di guarire? Forse, così facendo, come nei processi automatici propri del movimento surrealista, la cosiddetta arte spontanea, l'arte nel senso più alto del termine, comincia a diventare più significativa nel momento in cui rifugge dalla strategia estetica per avvicinarsi ai lavori terapeutici e compensativi degli adolescenti affetti da disturbi mentali.

Nel diario, la vittima utilizza questi e altri brani estrapolati dai volumi della Weller per arrivare a parlare di una particolare serie di dipinti di Tyrone Duffy, realizzati evidentemente verso la fine della sua attività artistica. Questi lavori, stando alla vittima, sono conosciuti in alcuni ambienti, o perlomeno in quello dei collezionisti, con il nome di Dipinti della Sete, sebbene tale definizione non sia stata coniata dall'artista stesso. In questo caso la Sete fa riferimento a un tema trattato nel libro della Weller, al quale la vittima rivolge la propria attenzione:

> La sete è un sintomo causato con una certa frequenza da alcuni dei farmaci utilizzati per curare questi adolescenti, sia nelle cliniche psichiatriche che negli ospedali. Gli antidepressivi quali il litio, usato nella terapia volta a curare il disturbo bipolare, hanno come effetto collaterale quello di prosciugare la salivazione. I centri che hanno in cura tali pazienti devono perciò accertarsi costantemente che i degenti dispongano di abbondante acqua.

Ma, continua la Weller, come è citato nel diario:

Questa sete non indica forse qualcos'altro? Non indica forse un aspetto che accomuna tutti gli adolescenti? Il desiderio di religiosità e di un'esperienza spirituale? Il desiderio di far parte della vita adulta? Il desiderio di possedere l'autodeterminazione propria degli adulti? Infatti, è proprio quando vengono rinchiusi in ospedale, quando cioè l'autodeterminazione è al minimo, che gli adolescenti si sentono assetati, e così non sorprende affatto che questa particolare condizione di arsura faccia spesso parte dei loro dialoghi e della loro produzione artistica.

I Dipinti della Sete di Duffy, stando alla vittima, che qui riporta anche storie raccontate da altri, comprendono alcuni fogli strappati da volumi di scrittori contemporanei; fogli in cui alcune delle parole evidenziate sembrano voler indicare schemi nascosti noti soltanto a Duffy. E, per quanto non ci sia alcun indizio che Duffy intendesse fare della sete l'unico tema del suo lavoro, la parola *sete* è evidenziata ogniqualvolta essa compare. Ciascuno di questi dipinti è realizzato con uno strato di pittura applicato in base a un'"energia casuale" su fogli di libri verniciati, smaltati, o altrimenti fissati su tela. Pertanto, lo strato di pittura nasconde e al tempo stesso rivela i testi segreti, secondo le regole della tecnica del palinsesto, così che, ancora una volta, "il *groviglio* diventa il segreto rivelato, una recondita ragnatela di cose, persone, temi, luoghi, vite", citando il diario.

A quanto pare, la vittima aveva stabilito un contatto con Tyrone Duffy a metà ottobre. L'incontro aveva avuto luogo in un caffè polacco dell'East Village noto per essere aperto ventiquattro ore su ventiquattro. La sua prima impressione, dice lei, era stata che Duffy fosse "davvero sexy". In seguito aveva continuato col domandarsi, mettendo a fuoco la sua stessa pulsione, se fosse la disperazione a risultare attraente o se invece si trattasse di una qualche innata capacità di seduzione.

I suoi occhi sono veramente lontani, per quanto nemmeno io sia sicura di che cosa intenda con questo. Non riesce a incrociare il mio sguardo. Sembra che non mi guardi mai dritto negli occhi. Non ci sono mai quegli sguardi intermittenti tipici degli uomini che stanno corteggiando una donna. Non mi capita mai di distogliere per un attimo lo sguardo per poi sorprenderlo subito dopo che mi sta guardando. Ma, soprattutto, se dico qualcosa a proposito dei suoi lavori, sul fatto che ho visto qualcosa di suo, non sembra volermi ascoltare. La sua voce è molto vicina a un sussurro, e il più delle volte si rifiuta semplicemente di parlare di qualsiasi cosa. Dice: "Be', è accaduto tanto tempo fa, e ultimamente non ho fatto più nulla del genere." Dice che ora legge e basta. Dice che ha cominciato a leggere i libri contenuti in quei dipinti, invece che dipingere su di essi, e che gli rincresce il fatto di aver deturpato alcuni di quei volumi. Dice che pensava di poter frequentare la scuola di specializzazione, dove avrebbe potuto leggere di più, ma che poi ha smesso di frequentare i corsi. Gli ho chiesto cosa stesse leggendo, tanto per tener viva la conversazione, e lui ha risposto Frantz Fanon e Michel Foucault ed Edward Said. Non sono certa che abbia smesso di dipingere. Penso che non sia vero, che lo dica soltanto.

La conversazione tra la vittima e Duffy non va per le lunghe, dato che lui sostiene di dover tornare al lavoro. Quando gli viene chiesto della sua attuale professione, Duffy guarda la vittima con aria scettica, come se fosse lei a doverne parlare. La vittima confessa di essere rimasta allibita la prima volta in cui è venuta a sapere che Duffy lavorava come corriere in bicicletta, dal momento che deve trattarsi di un lavoro veramente duro. A suo avviso, i vantaggi economici del periodo di notorietà, seppur fugace e appartenente ormai al passato, avrebbero dovuto vaccinarlo contro le occupazioni precarie della classe proletaria. Dunque, spera semplicemente che ciò non sia vero. Quando invece lo è. A quel punto la vittima fa a Tyrone Duffy l'unica domanda che per tutto il tempo si era proposta di fargli, e cioè: "Hai conservato qualche vecchio dipinto?" Al che Duffy risponde: "Ho una scatola piena di quella roba in un piccolo magazzino. Non che ci sia andato di recente." Dopodiché se ne va, "come un cavaliere sul suo cavallo". La vittima riferisce che le sue sensazioni dopo quell'incontro erano simili a "sentimenti d'amore del tutto confusi, come se lui fosse stato sul punto di influire negativamente sul mio appetito. Credo però che sia solo per via del lavoro, o per via della sua attinenza al mio lavoro. Forse parlare con Tyrone significa prendere seriamente il mio lavoro, che lui prenda seriamente il suo o meno."

A questo punto, gli investigatori sarebbero portati a osservare che il fatto che la vittima sia una scrittrice così dotata costituisce un elemento di grande utilità nell'ambito delle indagini. Se l'aggressore fosse stato al corrente dell'esistenza del diario, si sarebbe sicuramente dato da fare affinché questo non cadesse nelle mani della polizia. Tuttavia l'aggressore non aveva privato la vittima del suo diario, non aveva preso soldi e non aveva nemmeno abusato sessualmente di lei. L'aggressore, che con ogni probabilità si trovava in sella a una bicicletta, aveva semplicemente un mattone in mano; fino a che, per una ragione non meglio identificata, non aveva visto avvicinarsi la nuca della vittima, la quale stava camminando su un marciapiede lungo la Terza Avenue. Quindi aveva sollevato il braccio e aveva colpito la testa della vittima. La donna era caduta in avanti e aveva perso i sensi.

Una volta che le informazioni relative alla possibilità che Tyrone Duffy, in virtù della sua professione di corriere in bicicletta, sia la persona sospetta sono state trasmesse tramite posta elettronica alle forze di polizia, arriva il rapporto di un vigile urbano, il quale aveva interrotto un litigio tra un corriere in bicicletta e alcuni passanti avvenuto giovedì mattina a Midtown. *Quel* corriere in bicicletta sembra proprio *questo* corriere in bicicletta. E il nome di quel corriere in bicicletta è Tyrone Duffy. Subito dopo, la notizia arriva alle orecchie della stampa. Cominciano a presentarsi i testimoni oculari. Nel generale isterismo che ha scombussolato la città nel corso degli ultimi giorni – l'incidente d'auto nel Diamond District, eccetera – gli investigatori ammettono che la lettura del diario è stata un modo piacevole di trascorrere qualche ora. Nonostante il diario sia triste, e nonostante sia la testimonianza intima di una donna che attualmente sembra avere pochissima memoria a breve termine, se pure ne ha. Gli investigatori passano buona parte delle loro giornate a cerchiare col gesso il punto in cui i corpi di persone morte hanno trovato il loro ultimo luogo di riposo; ritengono perciò gratificante leggere della vita e degli amori di una giovane donna, una donna che ha buone possibilità di ristabilirsi; e, così facendo, si accorgono di amare la vittima. La vittima denota coraggio ed entusiasmo nei confronti del mondo, e sembra apprezzare cose che una giovane newyorchese dovrebbe senz'altro apprezzare, quali lavorare sodo e usufruire spesso dei servizi della biblioteca pubblica.

Inoltre pensano che, se fossero più giovani e non fossero sposati, potrebbero innamorarsi di lei, o almeno è ciò che ognuno di loro pensa nel profondo del proprio cuore. Ed è a questo punto che decidono di fare una capatina all'ospedale per vedere se Samantha Lee è lucida e in grado di ricevere visite.

10

Madison, nel bagno della madre, all'860 di Park Avenue, si allontana dall'armadietto dei prodotti di bellezza. Si allontana dalle pomate astringenti dai poteri miracolosi all'acero e al miele, dalle lozioni alla verbena per purificare i pori, dai trattamenti d'emergenza a base di essenza al plasma e DNA. Si immerge nella doccia, con la testa posizionata sotto il getto dell'idromassaggio, cercando di ignorare l'immagine del motivo floreale sulla tendina, che però la perseguita anche quando ha gli occhi chiusi. Durante i dieci minuti che seguono, quando praticamente è ripiombata nel sonno – finché non si accorge che ha messo sul fuoco la moka per il caffè espresso e che ne sta versando il contenuto in una tazzina con un po' di latte caldo –, si ficca in bocca distrattamente delle cucchiaiate di pompelmo, mezzo pompelmo, che, si sa, non fa ingrassare, mentre sua madre si lamenta di come il riciclaggio della spazzatura non faccia in realtà che generarne di *nuova*. A quel punto, Madison si deve vestire, incombenza che indubbiamente rappresenta per lei uno dei momenti più stressanti della giornata: troppe combinazioni possibili. È andata da Agnès B., è andata da Betsey Johnson, è andata da Prada, è andata da Dolce, è andata persino da Bergdorf's, dove si è comprata dei completi di Michael Kors e di Marc Jacobs. E non può far altro che indossarli. Se ci si compra un completo, poi lo si deve indossare. È la regola. Irritante. Stressante. Tutti questi completi, un po' come gli sconosciuti che incontri a un cocktail party e ai quali dovresti rivolgere delle domande, almeno stando a quanto dice sua madre – educata a sua volta dai genitori all'abitudine di rivolgere domande agli sconosciuti che incontri ai cocktail party –, sua madre, che un tempo raccoglieva fondi per la

City Opera e che adesso non fa che lamentarsi tutto il tempo ciondolando per casa. Madison entra nella cabina armadio e si prova la longuette nera, poi i jeans di velluto rosa a coste, poi la maxigonna di pizzo, poi la microminigonna, poi i pantaloni superaderenti a vita bassa. Si prova una gonna di pelle color porpora e valuta come le cade addosso quello straccetto da due soldi. Cerca di indovinare i gusti e le preferenze del maschio tipo, girando su se stessa un paio di volte davanti allo specchio. Il passo successivo consiste nel trovare il top giusto: forse qualcosa di meno trasparente sotto qualcosa di più trasparente, o forse, semplicemente, qualcosa di nero. Dopodiché è il momento della crema idratante ad azione rapida, del correttore color ambra, della matita nera per gli occhi, della lacca al disolfuro a fissaggio extraforte. Non che il maschio tipo riservi a Madison McDowell poi tutta questa attenzione incondizionata. E, le volte in cui capita, lei fa in modo di trovare una buona ragione per resistergli. Questo si controlla troppo spesso la lunghezza delle unghie. Quello è fissato con lo squash. Quest'altro usa la parola *portfolio* un milione di volte. E quello guida con una mano sola.

Il che spiega perché, a ventotto anni, lei viva ancora qui. Non c'è alcun motivo di andare a vivere da un'altra parte. Oltre al fatto che non può permetterselo. D'estate ha tutta per sé la dépendance degli Hamptons, dove può lasciarsi cullare languidamente dai flutti della piscina. E, lavorando a Mezzi di Produzione, riesce a risparmiare quel che le basta per comprarsi due o tre capi d'abbigliamento (i pantaloni di pelliccia di Sean John) indispensabili per mantenere alto il livello dell'immagine di Mezzi di Produzione. Madison McDowell *è* l'immagine di Mezzi di Produzione. Ed è una cosa che Vanessa Meandro riconosce e accetta, una cosa di cui Vanessa ha bisogno: Madison McDowell coi tacchi alti, una rubrica fitta di indirizzi e una nota spese. Madison McDowell nelle pagine di cronaca mondana. Madison è capace di chiamare i suoi amici sul cellulare e di esprimere la propria partecipazione per qualsiasi cosa richieda una qualche partecipazione. È capace di pontificare ad alta voce a proposito dei temi più svariati: dalla dominazione del mondo alla sua posizione di primo piano in qualità di direttrice di uno studio, fino ad arrivare al suo marito immaginario, di trentotto anni più vecchio di lei e destinato a morire presto lasciandole mezzo miliardo di dollari in opzioni di compravendita.

Entra in ascensore, sbraitando infuriata alla madre e ricordando alla gran dama di andare da Fendi per le svendite; e, dopo aver premuto il pulsante che la porterà al piano dell'atrio, estrae il cellulare per attivare una conversazione multipla con le ragazze della Vanderbilt Publicity. Con queste che attaccano subito col dirle chi avevano visto la sera prima; cioè, dicono, da non *credere*, erano con quel tizio hip-hop, Mercurio. Ogni settimana praticamente la stessa cosa: hanno visto Mercurio di qui, Mercurio di là, e l'hanno portato all'inaugurazione di un'istallazione presso una galleria di Chelsea dove si potevano somministrare scosse elettriche a un modello, veramente da non *credere*. E c'era chiunque. Vuoi l'elenco delle persone presenti? Eccotelo. Perché, anche se in realtà le ragazze non avevano partecipato a nessun evento mondano, nemmeno una delle persone dell'elenco avrebbe mai negato di esserci stata. Ed è quello che ripetono sempre le ragazze: ogni volta che dai una festa, puoi sempre andare in giro a raccontare che alla tua festa quelli c'erano, anche se poi non c'erano. Più lo dici, più aumentano le probabilità che ci vengano: Lou Reed e Laurie Anderson, Rod Stewart, John Leguizamo, Donald Trump, Matt Dillon, Isaac Mizrahi, Al Roker, Lacey, Jay McInerney, più qualche star delle riviste di gossip – fai un nome qualsiasi di una star delle riviste di gossip, perché loro ci adorano, adorano tutto ciò che facciamo e verranno ovunque le invitiamo. E cosa ne dici di una modella per taglie forti? Ce n'è sempre qualcuna in giro, e si può sempre dire che una di queste modelle, com'è che si chiama, è venuta alla festa, o anche uno qualsiasi di quei tizi dell'etichetta hip-hop di Staten Island, e si può sempre dire che alla festa è venuto uno dei Giovani Repubblicani. Come no? I Giovani Repubblicani faranno qualsiasi cosa tu gli chieda di fare. Quelli del Partito Liberale adorano essere legati. Lasciane uno a casa tua a guardare il canale delle televendite incatenato al letto. Le rampolle miliardarie di quella dinastia dei cosmetici erano senza ombra di dubbio alla festa, e la figlia del tizio che ha ordito la truffa nel campo delle assicurazioni, quella in cui la Chiesa metodista ha perso milioni di dollari, e il figlio perbene di un trafficante d'armi ricercato, e i venti cugini della famiglia reale saudita, e due ex capi della polizia di New York. E poi, ogni volta che dai una festa, puoi sempre fare affidamento sui giornalisti di quel settimanale rosa che prima o poi, nel corso della serata, finiranno per vomitare, soprattutto quello che si occupa delle recensioni dei film. Per non parlare della cantante eroinomane di quella band, i Corinthians, o di

Derek Jeter, o, perché no, di Fred Durst. Lui ci verrà sicuramente, e anche lo staff di "Jet Set" al gran completo. Tutti loro verranno.

Le ragazze vanno avanti a chiacchierare, unite nell'etere delle telecomunicazioni, mentre Madison ringrazia il portiere e sale sul taxi. Si mettono a parlare del menu di Slab, che non fa per niente ingrassare, e del fatto che prima erano state alla festa di beneficenza per il museo e si erano ubriacate di brutto, da non *credere*, e lì avevano visto un operatore immobiliare, e uno di quella banca di investimenti, e poi uno di quei tizi che proponevano non so quale StartUp della new economy che alla fine si era conclusa con una bancarotta. Non prima, però, che le sue azioni avessero registrato una plusvalenza del centoventi per cento durante il primo giorno di negoziazione. Un tipo superdolce, il più carino del pianeta, un vero fico, dicono. Ha i capelli biondo grano, un po' arruffati, e dice di volersi mettere a produrre film indipendenti! Ha detto proprio così. Le ragazze stanno servendo quest'uomo a Madison su un piatto d'argento, come se si trattasse di un grosso pesce che si dimena sul ponte di una nave. E tutto ciò nonostante Madison abbia i capelli scuri; niente a che vedere con quelli delle ragazze della Vanderbilt. Loro sono assolutamente a favore del biondo, cioè, della filosofia del biondo. Se sei bionda, anche bionda finta, sei okay. L'importante è che tu sia bionda. Comunque sia, hanno deciso di tentare questo esperimento con Madison; vogliono vedere se una mora naturale è in grado di farsi strada nel mondo. A condizione, però, che faccia tutto quello che loro le diranno di fare. Senza sgarrare. E poi, a un certo punto, Madison dovrà fissare un appuntamento con Mercurio. Mercurio ci tiene davvero un sacco a lavorare nel mondo del cinema, e Mercurio è incredibilmente sveglio, sai, capisce tutto al volo. Non vuole girare uno di quei film d'azione in cui lui è il classico losco figuro che fa da spalla a un bianco, come nei film alla Thaddeus Griffin, dal momento che si tratta di una cosa umiliante; per quanto, invece, sarebbe disposto a prendere in considerazione l'idea di un film in cui fosse lui a essere affiancato da un losco figuro bianco, del tipo di Thaddeus Griffin, diciamo, uno che a mezz'ora dalla fine venga fatto a pezzi; a ogni modo, parlando seriamente, ciò che Mercurio veramente vuole è riuscire a ottenere una particina in un film che non sia il peggior film dell'anno.

"Neanche a Thaddeus andrebbe di interpretare un ruolo in un film alla Thaddeus Griffin," dice Madison.

Mercurio, osservano le ragazze, fa solo finta di girare con una pistola carica addosso e di avere un team di killer spietati al suo servizio, dato che è fondamentale acquisire credibilità agli occhi dello zoccolo duro dei fan; e questo zoccolo duro, dicono le ragazze, è fatto di studenti delle scuole private maschili delle grandi città. Mercurio non può permettersi di alienarsi la simpatia degli studenti delle scuole private maschili delle grandi città, e così ha bisogno di una pistola, dicono le ragazze, affinché gli studenti delle scuole private credano in lui. Le addette stampa della Vanderbilt, invece, non avendo problemi di credibilità, non hanno alcun bisogno di andare in giro armate di pistola. Anche se, all'occorrenza, potrebbero sempre prenderne in prestito una. Comunque sia, capiscono perfettamente che la credibilità sia un elemento di vitale importanza per ognuna delle persone che rappresentano, e faranno tutto ciò che è in loro potere perché la credibilità di Mercurio esca indenne dai continui battage pubblicitari, dalle promozioni televisive, dai matrimoni sbagliati, dalla casa in periferia, dalle avventure omosessuali, dagli scandali legati all'insider trading, dagli atteggiamenti da divo, dalle insabbiature nel corso dei processi giudiziari; insomma, da tutto quanto. Mercurio è così dolce e ha avuto una vita talmente dura, dovuta in parte al fatto d aver perso un cugino in un disastro aereo. Fatto sta che bisogna trovare qualcosa per Mercurio. Lui ci tiene da morire a lavorare in un film indipendente, un film in cui abbia la possibilità di scrollarsi di dosso il personaggio che gli è stato cucito addosso. Cioè, non so se mi spiego.

"Che ne dici di una versione del *Libro tibetano dei morti* ad animazione digitale?"

"Ci sono tipo un centinaio di posizioni spinte lì dentro, no?"

Le ragazze non colgono il feroce sarcasmo di Madison non perché non siano bene informate, ma perché parlano troppo in fretta. Madison è così intelligente! Le more sono davvero intelligenti! Ogni tanto le capita di metterle in attesa entrambe, Barclay e Sophie, le ragazze della Vanderbilt, su due linee diverse, rimbalzando da una linea all'altra, e ogni tanto sono loro a mettersi in attesa l'una con l'altra contemporaneamente, e ogni tanto chiamano Madison col servizio di conversazione multipla. Ricapitolando, Mercurio vorrebbe fissare un appuntamento con Madison, dopodiché vorrebbe fissare un appuntamento con Vanessa, mentre Madison dovrebbe assolutamente telefonare al tizio della StartUp, quello coi capelli biondo grano, e portarlo fuori a pranzo. Le ragazze le confidano che è uno molto serio, e che gli interessa un sacco il cinema, ed è superfico, davvero, da non *credere*.

E, ovviamente, il taxi rimane imbottigliato nel traffico, con il conducente che ha uno di quegli alberelli profumati al pino che penzola dallo specchietto retrovisore e che finirà con l'intossicare Madison, la quale probabilmente sentirà il bisogno di vomitare. Transitano a passo d'uomo accanto al St. Bart's. Madison è scettica, come sempre, a proposito del tizio della StartUp; tuttavia tira fuori il palmare e dà un'occhiata alla lista dei progetti di cui si sta occupando. C'è qualcosa che potrebbe valer la pena di sottoporre al tizio della StartUp? E qualcosa per Mercurio? E poi, è il caso che parli a Vanessa di Mercurio? A quel punto dice alle ragazze di aver scoperto un'estetista che fa una ceretta da urlo; gliene ha parlato una sua amica che lavora a "Jet Set". Al che le ragazze le chiedono chi sia. Cioè, del tipo, forse sono un po' seccate perché non la conoscevano già, questa estetista. Ma Madison si tiene il nome per sé, dato che talvolta bisogna tenersele per sé certe informazioni, che poi è il modo migliore per diventare il personaggio del mese per le ragazze della Vanderbilt; e così dice che si sta facendo fare la depilazione brasiliana, e che è semplicemente formidabile, anche se di fatto non è per niente vero, fa un male porco, al che le ragazze le fanno, oh, be', ritornando a noi, ti abbiamo detto che il tipo della StartUp è mormone?

"Mormone?"

"Hai capito bene: mormone."

"Davvero?"

Arriva dallo Utah, di qua e di là, e loro non sanno se tutto ciò voglia dire che ha diverse mogli sotto i diciott'anni, ma senz'altro vuol dire che non beve un granché, ammesso che beva, e che proviene dalle lande desolate dell'Ovest, e che forse i suoi bisnonni, la sua famiglia, si sono inerpicati in cima a una collina a bordo di una carrozza di pionieri dopo aver patito persecuzioni e angherie e atrocità da una parte all'altra degli Stati Uniti. Sì, insomma, lo sa anche Madison chi è un mormone. Un mormone è uno con addosso strani indumenti intimi che, raggiunti i quindici anni d'età, ha l'obbligo di andare in Africa per cercare di convertire gli africani alla propria religione, e che, contemporaneamente, fa una serie di esperienze sessuali di cui però non parla mai. Uno che usa strane lenzuola. Madison dice che le deve mettere in attesa; quindi telefona al tizio della StartUp, il cui capitale azionario sta crollando, e parla con la sua assistente, alla quale dice di essere Madison McDowell di Mezzi di Produzione e che sta chiamando per fissare un appuntamento a pranzo per quel giorno stesso, venerdì. Viene fuori che il tizio della StartUp ha un nome, e che quel nome è Zimri. È il nome più incredibile che lei abbia mai sentito, Zimri: sembra il nome di un danzatore sufi. Madison non stenta a credere che una mezza dozzina di sedicenni mormone farebbe carte false per sposare uno che si chiama Zimri. Poi, per qualche minuto, viene messa in attesa dall'assistente del tizio della StartUp, e la musica che sente mentre resta in attesa non ha niente a che vedere con l'hip-hop di Mercurio, e Madison si chiede se non può darsi che si tratti della musica di quel famoso coro, anche se forse, sai com'è, sarebbe un filo banale per un mormone usufruire di un servizio di posta vocale che abbia come sottofondo il Coro del Tabernacolo Mormone. Forse è il caso che lei opzioni la storia dei bisnonni di questo tizio, in viaggio sulle loro carrozze, che resistono alle persecuzioni mentre respingono i leoni di montagna e celebrano i propri santi cantando in coro.

Tra i progetti che Madison sta seguendo c'è n'è uno su Otis Redding. Può essere che a Zimri interessi. È una storia romanzata su Otis Redding, intitolata *Try a Little Tenderness*, all'interno della quale si dipana un thriller imperniato sulla vita di Otis Redding, thriller secondo il quale Otis Redding in realtà non avrebbe mai intrattenuto legami con la mafia, sebbene taluni sostengano il contrario. Cioè, stando alla sceneggiatura, non si trattava di legami con la mafia, bensì di legami con l'Islam. Il che suona un po' ironico, dato che Otis è stato uno dei primi cantanti soul ad avere una band perfettamente integrata. Be', vedete, qui siamo agli esordi della sua carriera, quando Otis ritorna in Georgia e si accinge a tagliare i ponti con la band di Little Richard con cui aveva mosso i primi passi alla fine degli anni Cinquanta. Ed è in questo frangente che Otis cade sotto l'influsso dell'Islam, dal momento che ha bisogno di credere che un qualche messaggio di speranza possa influire sul conflitto afroamericano. Ciò che poi accade, nella sceneggiatura, è che Otis Redding arriva a ripudiare sia l'Islam che la politica riformista dei bianchi. Tutto questo durante il suo ultimo tour, sapete, prima che l'aereo precipiti, proprio com'era accaduto al cugino di Mercurio. Durante il suo ultimo tour, Otis vive una cupa notte intellettuale dell'anima. Passa dal culmine dell'estasi a livelli di depressione inarrivabili; riesce a penetrare nell'anima tormentata dell'America, ed è questo che gli consente di scrivere, durante un soggiorno presso un amico a Marin County, *(Sitting on the) Dock of the Bay*. Ci sono anche una parte che riguarda Herbert Hoover, sebbene non sia stata ancora del tutto sviluppata, una sui grandi musicisti soul della sua band, e infine non so che cosa sulle sue fidanzate bianche, inclusa una tizia sposata con un importante senatore della Stato della Virginia; ma su questo devono andarci con i piedi di piombo, dato che Otis è rimasto sposato per tutta la sua vita e, visto che la famiglia ha dato l'autorizzazione alla realizzazione del film, se ai famigliari non va a genio la storia delle fidanzate bianche, allora verrà revocata l'autorizzazione a utilizzare come titolo *Try a Little Tenderness* e non si potranno più nemmeno usare le musiche originali. Il terzo atto, infine, risponderà alla famosa domanda: chi ha fatto fuori Otis Redding? E la risposta è che nessuno ha ancora ben capito chi sia stato, dato che Vanessa, per chissà quale motivo, opta per i terroristi, mentre Madison e l'autore della sceneggiatura propendono per i cubani, i quali avrebbero voluto vendicarsi della Baia dei Porci.

Essendo stata lasciata in attesa troppo a lungo, Madison, a sua volta, mette in attesa Zimri, il tizio della StartUp, ripristina la comunicazione con Barclay, una delle due socie della Vanderbilt, e dice: "Forse Mercurio potrebbe interpretare Otis Redding."

All'improvviso entrambe le ragazze si ritrovano sulla stessa linea e le dicono che prenderanno in considerazione la sua proposta. Avranno un rapido scambio di opinioni telefonico, mentre lei resterà in attesa di parlare con Zimri, il tizio della StartUp, e pondereranno anche la questione relativa alla depilazione brasiliana, dopodiché, probabilmente, cercheranno di contattare Mercurio. E così, Madison torna a sintonizzarsi su quella musica che assomiglia al Coro del Tabernacolo Mormone; all'altro capo del telefono, però, non c'è nessuno. A breve riceve un'altra chiamata, ma non si tratta che di Barclay, la quale ha richiamato su un'altra linea per fare prima. Ora parlano su due linee diverse.

"A proposito, chi *è* Otis Redding?"

"Non sai chi è Otis Redding?"

"Non farmi passare per un'idiota, brutta stronza."

Barclay gracchia. Madison dice che sta solo scherzando. Ma, a dire il vero, non sta scherzando affatto, anche se farà in modo che nessuno lo venga mai a sapere. Nel frattempo, nel profondo del suo cuore insospettabilmente tenero, Madison McDowell farà tutto ciò che è in suo potere perché nessuno venga mai a sapere che lei è un'eccellente violinista, che suonava come primo violino nella All-City Orchestra e che all'età di sedici anni aveva avuto l'opportunità di suonare con l'Orchestra Filarmonica. Non ha mai fatto cenno di questa cosa del violino alle ragazze della Vanderbilt, e tantomeno a Vanessa Meandro. Ha riposto il violino sotto il letto e negli ultimi tempi non l'ha neanche mai accordato, perché, se lo avesse fatto con sua madre in casa, quest'ultima si sarebbe messa a frignare farfugliando qualcosa a proposito del talento di Madison. Le avrebbe ribadito il fatto che qualsiasi uomo si sarebbe innamorato di una ragazza in grado di suonare il violino come Madison McDowell. Ogni tanto, Madison aspetta che sua madre esca e che suo padre sia via per affari per estrarre lo strumento dalla custodia; quindi se lo posiziona sotto il mento e tende l'archetto pizzicando le corde un paio di volte. A quel punto sistema l'archetto sulle corde, ed ecco che segue la lunga, lieve vibrazione delle corde del sol e del re, e poi il vibrato, non appena sposta la mano in prima posizione. È la prima melodia che esegue quando si sente fuori esercizio, sola e desiderosa di essere la violinista che nessuno conosce. Vuole fare soltanto qualche esercizio, eseguire alcune scale e suonare un po' di Bach. È impossibile immaginarla senza il suo violino, dato che Madison è sublime solo mentre lo suona, con la sua postura perfetta e il suo orecchio perfetto. Ascolta il contrappunto serrato dei quartetti d'archi del suo futuro, un futuro che non arriverà mai. Ed è la ragione per cui l'altro grande progetto a cui Madison si sta dedicando anima e corpo è la storia di Stradivari, il liutaio, un uomo che, nonostante abbia realizzato i più spettacolari violini della storia, è stato a tutti gli effetti un libertino e un dissoluto, almeno negli anni della sua giovinezza; e, in questa storia, vediamo Stradivari che si porta a letto delle prostitute francesi, suona brani licenziosi con i suoi strumenti sublimi e arriva ad appoggiare i piani di un generale prussiano ai danni degli stranieri. Anche se poi, dovete sapere, Stradivari sperimenta su di sé il potere nobilitante del vero amore, nella persona della figlia di un visconte che non gli riesce di conquistare. O una cosa simile. E, neanche a dirlo, è proprio allora che realizza i più spettacolari violini della storia, al fine di catturare il suono della voce dell'amata. Poiché il valore dell'amore è proporzionale alla difficoltà del suo conseguimento. L'autore della sceneggiatura, un tale che Madison aveva incontrato alla Settimana della Moda e che aveva cercato di farsi dare il suo numero, sta ancora lavorando al terzo atto. Vanessa non ha idea del motivo per cui a Madison piacciano tanto tutte queste trame di ambientazione storica, del perché le piacciano Napoleone e Stradivari, e pensa che forse Madison si identifichi con gli amori romantici vissuti dalle donne dei film in costume. Oltre al fatto che le ragazzine vanno pazze per questo genere di film ed entrano nei cinema a frotte; tanto più se si riuscisse a convincere Lacey, l'idolo delle teenager, a interpretare la casta Elsa nel film su Stradivari: le ragazze occuperebbero in massa le sale cinematografiche.

D'altra parte, Barclay non se ne intende di Otis Redding, e men che meno di violini, ed è stata espulsa da diversi licei privati della città. Fatta eccezione per le macchine svedesi di importazione o per gli champagne dai nomi altisonanti che costano cinquecento dollari la bottiglia, Barclay non ha la minima idea di niente, mentre Sophie, l'altra ragazza della Vanderbilt Publicity, ci capisce un po' di più solo perché il padre gestisce un intero dipartimento di arti sceniche alla New York University, che tra l'altro si chiama come lui. Ecco come funziona il duo della Vanderbilt. Barclay Weltz si occupa della parte contabile e non le interessa tingersi le sopracciglia. Va alle feste con addosso jeans griffati e camicie sbottonate che lasciano intravedere il reggiseno, dopodiché piazza degli articoli sulle riviste di gossip per mettere nei pasticci le persone che non le vanno a genio. Mentre Sophie Fiegelman conclude gli affari e fa la parte dello sbirro buono. È stata Sophie a dire a Madison che è stata eletta loro personaggio del mese, il che significa che Madison è *fantastica* e che deve andare fiera di tutto ciò. Una ragione in più per rimanere basiti quando si sente lo squillo della voce di Sophie irrompere nel rumore bianco interstellare del segnale di attesa di Barclay, allo stesso modo in cui irrompe nel segnale di attesa di Zimri, il tizio della StartUp, proprio nell'istante in cui Madison arranca fuori dal taxi di fronte all'entrata laterale del Rockefeller Plaza.

Sophie ha un tono sconvolto. "Oh, mio Dio, ragazze, che notizia terrificante! Veramente da non credere!"

Al che Barclay dice: "Cosa? Cosa?"

È quasi mezzogiorno, i pattinatori sono già in azione e i colori sono accesi. È autunno. E non esiste stagione migliore dell'autunno, anche se sei una ragazza che si occupa dello sviluppo progetti e sei al telefono con un'addetta stampa da strapazzo e sei in ritardo. Madison ascolta distratta mentre si dirige verso l'estremità della balaustra che dà sulla pista di pattinaggio. Le vacanze sembrano una minaccia di febbre incombente: Madison non si scorderà mai, neanche dopo, che era questo quello a cui stava pensando quando Sophie le aveva comunicato che quella ragazza di sua conoscenza, Samantha Lee, impiegata presso una galleria – una bella ragazza, una con un sacco di contatti – il giorno prima stava passeggiando a Midtown quando un tizio le era arrivato da dietro e le aveva scagliato un mattone in testa. Sì, hai capito bene: ha afferrato un mattone e gliel'ha tirato in testa, e lei è crollata in mezzo alla strada, cioè, totalmente priva di sensi, svenuta per terra, con il cranio fracassato tutto sanguinante e così via.

"Oh, mio Dio," esclama Barclay. "È davvero terribile. Atroce. Triste da morire. È morta?"

"È all'ospedale. La notizia è su tutti i giornali."

Madison dice: "È andata al Lenox Hill? Dovrebbe assolutamente andare al Lenox Hill."

"Che giri frequentava?" chiede Barclay.

"Milioni," risponde Sophie. "È una faccia nota. Usciva con quel tipo, coso, il pittore."

Ecco cosa si ritrova a dover sopportare Madison, insieme all'impazienza e al nervosismo, proprio quando sta per entrare in ufficio. Si ritrova a dover sopportare il macigno del nome di questa ragazza a cui un tizio ha fracassato il cranio per strada. Troppo per una come lei, davvero. La prospettiva di vedere Vanessa è troppo. E così, quasi immediatamente, fa dietrofront ed esce dall'ufficio per andare a pranzo con Zimri, il tizio della StartUp, in un nuovo ristorante indiano sulla Quarantottesima. E perché no? A Madison piacciono quelli che non devono scartabellare cento pagine dell'agenda prima di riuscire a fissare un appuntamento per il pranzo o, quantomeno, quelli che possono contare su una segretaria efficiente; ma, più di tutto, le piace da matti il tipo che è in piedi all'ingresso quando lei arriva. Provate a rivedere questa scena al rallentatore: che ve ne pare? Perché la parte più importante della giornata è quella del pranzo, e lei, dal taxi, ha fatto una serie di telefonate di vitale importanza per poi andare dritta a pranzo, in quanto il pranzo rientra a pieno titolo nello svolgimento delle sue mansioni lavorative.

Zimri Enderby è lieto di fare la sua conoscenza, e Zimri è carino, e Zimri ha uno sguardo sfuggente che è dolce e allo stesso tempo impossibile da decifrare; cioè, qualunque cosa tu gli dica, non riuscirai mai a capire che cos'è che gli sta passando per la testa. La accompagna al tavolo e le sfiora delicatamente i bicipiti accarezzandoli con la punta delle dita, come se lui fosse l'archeologo e lei il vaso intatto nella grotta, dopodiché si siede. C'è qualcosa di austero in Zimri Enderby. Madison la pensa così: anche se indossa una camicia casual, quello è un ragazzo perfettamente educato. E così, esistono anche i mormoni perfettamente educati? Lui si mette a ordinare dal menu con estrema disinvoltura, assolutamente a proprio agio. Fantastico, un mormone esperto di cucina indiana. Poi seguono i convenevoli, conformemente alle regole del galateo. Zimri accenna brevemente a come s'immagina finiranno le elezioni, al che Madison è tentata di dire qualcosa; anche se le ragazze della Vanderbilt, quando l'hanno scelta come personaggio del mese, si sono impuntate sul fatto che, qualunque cosa fosse successo, lei non avrebbe dovuto parlare di politica per tutto il mese, visto che l'argomento non interessa a nessuno e visto che, per giunta, nessuno ha mai concluso un affare parlando di politica. L'unica cosa da sapere a questo riguardo è che un assegno di una certa entità vi aiuterà a entrare in contatto con i politici di qualsiasi partito in qualsiasi momento. Diecimila bigliettoni sono in grado di assicurarvi tutti i contatti di cui avete bisogno. E Zimri è il tipo di persona capace di compilare un assegno di una certa entità.

Un cameriere indiano libera il tavolo dai sottopiatti.

"Conosco alcuni dei film che avete prodotto," dice Zimri, "e, devo dire, si tratta di film ammiccanti e interessanti. Perché non mi racconti cosa bolle in pentola al momento?" Ammiccanti e interessanti? Non sono aggettivi che starebbero meglio nel catalogo di una ditta che vende mobili da giardino? Madison fa una pausa studiata, calcolando bene la mossa successiva. Esamina con attenzione l'ambiente circostante. I ristoranti indiani di Midtown hanno sempre le pareti laccate di rosso, come se ci si trovasse in una cavità orale. Qui c'è il palato morbido e qui l'ugola. Butta l'occhio sulle nappe e sulle frange delle tende.

"Be', abbiamo per le mani un paio di progetti ai quali è già stata garantita la distribuzione, e, be', pensiamo che riceveranno parecchia attenzione da parte delle giurie dei festival. Le parti principali sono già state assegnate." Madison cerca di pensare a un film che possa piacere a un mormone. Forse sarebbe il caso che finanziasse un cartone animato con principesse di tribù indiane con dei vitini da vespa. O qualcosa del genere. Mezzi di Produzione non lascia mai indifferente lo spettatore. È ciò che lei gli sta dicendo, usando frasi estrapolate da quella brochure che Annabel ha stampato proprio ieri e che lei si è dimenticata di portare con sé. Gli dice che la politica di Mezzi di Produzione consiste nel "non lasciare indifferente lo spettatore", nell'"evitare di adeguarsi pedissequamente al cinema di livello medio", nel sostenere la "freschezza e l'energia" del cinema indipendente, il che comporta l'impiego di uno stuolo di registi e di attori "smaniosi di esprimersi". Madison osserva il volto di lui mentre gli ripete queste cose, proprio come se fosse una cameriera intenta a snocciolare le specialità del giorno, raccomandando salse di cui non ha mai sentito parlare prima e sbagliando la pronuncia dei nomi di alcuni funghi esotici; e, nel frattempo, aspetta di intravedere quell'ombra di pregiudizio o di sdegno che si immagina si celi nei volti delle persone molto religiose. Madison associa qualsiasi aspetto connesso con la religione al ritardo mentale. Tuttavia, quando non vede affiorare alcun tipo di pregiudizio, si fa coraggio e attacca a parlare del progetto che le sta a cuore, il film su Stradivari, che comunque sia non include scene con gente legata a un letto che fa sesso con dei travestiti, non fa nessun tipo di riferimento a Foucault e non esalta i movimenti sindacali. Parlando del progetto, Madison inizia a infervorarsi, pur essendo decisa a non far trapelare il fatto che anche lei suona il violino. Gli chiede: "Ti è mai capitato di tenere in mano un violino? Lo Stradivari è veramente incredibile. Talvolta le persone si mettono a piangere soltanto tenendolo in mano, e noi vogliamo realizzare film capaci di suscitare questa stessa sensazione." Dopodiché gli racconta di Otis Redding e del remake di *Quarto potere* girato dal punto di vista del personaggio di Marion Davies. Lui se ne sta lì a braccia conserte con l'aria pensierosa, ma poi si ricorda del cibo, e così, quando non è intento a guardarla in attesa che lei gli riveli il suo segreto, pilucca qua e là il *chicken tikka masala* che ha nel piatto.

"Non ho ancora ben chiaro come muovermi nell'industria cinematografica. Mi sto facendo una cultura in materia. E solitamente quello che faccio quando muovo i primi passi in un ambiente nuovo è cercare di assimilarne ogni particolare. Sto studiando l'industria del cinema cercando di valutare che cosa potrei fare che ancora nessuno abbia fatto."

Madison gli domanda di che cosa si occupi. Dato che, stando ai precetti impartiteli da sua madre, fare domande è importante.

"A dire il vero, sto procedendo su due fronti." Il primo, dice, è una società chiamata Rural Electrification, Inc., il cui obiettivo consiste nel far arrivare i servizi wireless a banda larga a coloro che vivono nelle campagne. La maggior parte di queste persone, dice, è costretta a recarsi in biblioteca per poter accedere a Internet; tuttavia questi servizi sono a portata di mano, e permetterebbero agli agricoltori di avere libero accesso alle informazioni mentre lavorano nei campi. Per esempio, mettiamo che abbiano un dubbio sul pH del terreno, o sulla falda freatica, oppure sugli eventuali effetti prodotti dalle dighe. I servizi wireless a banda larga farebbero sì che la cultura rurale dell'Ovest non rimanesse indietro, rispetto ai centri costieri, in termini di gestione delle informazioni. Darebbero alle zone rurali dell'Ovest la possibilità di giocare alla pari. Questo è uno dei due progetti di cui lui le parla, mentre l'altro riguarda la privacy, con tutti i suoi annessi e connessi. In pratica, ha a che fare con un sito web che potrebbe essere utilizzato come portale per accedere ad altri siti web allo scopo di proteggere la privacy dell'utente, e che in più metterebbe a disposizione dell'utente un software con delle informazioni sulla privacy; tutto questo, in un'epoca in cui ciò che accade su Internet viene sempre più di frequente archiviato, salvato e venduto sul web da qualche grossa azienda di merchandising. "Pensa se noi stessimo facendo questa stessa conversazione all'interno di una chatroom, okay? Be', non è una cosa poi così difficile da monitorare oggigiorno. Mettiamo che io abbia detto di conoscere certi radicali dell'Ovest, attivisti che perorano i diritti per l'utilizzo dell'acqua, e che io abbia saputo che il governo si serve di un computer per monitorare gli utenti ogniqualvolta le parole *attivista che perora i diritti per l'utilizzo dell'acqua* saltano fuori su Internet. Ebbene, noi contiamo di creare dei servizi e delle condizioni in grado di mettere in guardia gli utenti da queste pericolose invasioni della loro privacy. E l'insieme di questi due progetti, la Rural Electrification, Inc. e il Privacy Project, migliorerà la qualità della vita di coloro che provengono da quella zona del paese in cui io stesso sono nato e cresciuto, una zona che alla libertà ci tiene. Per quanto comunque questa non sia per me che un'attività secondaria. Mio padre possiede un ranch. È l'azienda di famiglia. E io non faccio altro che starmene qui a seguire i progetti che mi sono preso a cuore e a cercare dei finanziamenti per farli decollare."

"Finanziatori, ecco chi inseguo io da mattina a sera," dice Madison. "Sempre a caccia di finanziatori."

"La parte triste di questa faccenda," incalza Zimri ringalluzzito, "è che sta per scomparire un'epoca. Un'epoca in cui nei mercati è venuto via via a mancare lo spazio per l'innovazione. Quattro o cinque anni fa si aveva la sensazione che, se solo avevi un'idea e sapevi come usarla, molto presto avresti finito anche col monetizzarla. Immagino che sia la stessa identica cosa che sta accadendo all'industria cinematografica, senza alcuna differenza rispetto all'agricoltura. Hai bisogno di seminare soldi e di prenderti cura dei raccolti per garantiti una crescita rigogliosa. La maggior parte delle persone non fa altro che obbedire agli imperativi del marketing, dato che il genio delle idee pure li terrorizza. La gente che partorisce queste idee ha una strana luce negli occhi."

Le piace guardargli la bocca. Non c'è niente di più sexy delle sue metafore sull'agricoltura, davvero. Sono così virili. Tuttavia, Madison trova un filo irritante non riuscire a individuare subito che cosa c'è che non va in Zimri Enderby, dal momento che ci deve pur essere un difetto sotto quel colletto botton-down e quel pezzetto di *chana saag* appiccicato al suo incisivo – glielo deve dire? – e Madison avrebbe voglia di chiedergli delle sue strane camicie da mormone e degli anni dell'adolescenza come missionario. Poiché là dentro, da una parte o dall'altra, si cela una storia di omosessualità, o un episodio di violenza sessuale, o i bagordi in qualche nightclub indiano. Il segreto si cela là dentro, e Dio solo sa di che cosa si tratta. Forse è costretto a portare una fede diversa per ognuna delle sue sette mogli minorenni?

"Le speculazioni capitalistiche più ardite richiedevano un animo poetico. I capitalisti erano dei sognatori, dei ribelli. Mentre ora si comincia ad avere come l'impressione che quelle porte rimarranno chiuse per parecchio tempo. E questo è il motivo per cui io vorrei, sai, puntare sui contenuti, perché i contenuti sono per sempre. Ammiro l'enfasi sui contenuti che ha caratterizzato la storia di Internet. Il mondo avrà sempre bisogno di artisti e di sognatori. Sai, un tempo, nell'Ovest, quando uno possedeva un ranch o lavorava nei campi, c'erano le stelle a indicargli il cammino. Gli uomini se ne stavano nei campi con le loro bestie e con gli occhi rivolti alle stelle. E quello era il loro unico svago. Le stelle e i fuochi che crepitavano nel deserto. Ma non ci sono più stelle nelle città ora, eccetto che per i poeti, per i sognatori, per gli attori e per i registi: i fabbricanti di magia. Ed è a questo che io mi voglio dedicare."

Poco dopo si scambiano i biglietti da visita; e a quel punto lei, avviandosi verso l'ufficio, va a fare rapporto alle ragazze della Vanderbilt, dichiarando che, sì, è vero, i suoi capelli sono color grano, e, no, pare che non ci sia nessuna fede al suo anulare, e, sì, lui ora è in possesso del suo numero di telefono, e, sì, è troppo perfetto per essere vero. E non è che le ha dato un R.S.V.P., cioè, tipo quelli che si danno alle feste, per farle sapere cosa farà? Cioè, del tipo, a quali feste andrà nelle prossime sere? Madison morirebbe dalla voglia di saperlo, in modo da far piazza pulita degli appuntamenti che ha, anche se lo dice perché lo sanno tutti che un cinico è uno che ha smesso di sperare. Quanto ci mette uno che ha smesso di sperare a ricominciare a farlo? La speranza è blu come l'uovo di un pettirosso, infilata nelle pagine di un libro come un fiore vittoriano. La speranza è una busta profumata, e Madison avverte un non so che di brioso nel proprio passo. La odia. Odia la speranza che c'è in lei. Si accorge di essersi involontariamente ravviata i capelli mentre lo salutava; un sacco di ragazze fanno questa cosa di ravviarsi i capelli, le bionde soprattutto, chissà poi perché; non sarà una specie di tic nervoso? Dovrebbe comparire nel catalogo dei disturbi neurologici accanto a quello di Tourette. E forse farebbe meglio a spegnere il cellulare e a tornare in ufficio a dar retta agli ordini di Vanessa, la quale vuole sapere tutto sul conto del mormone: è un mormone coi soldi? Il che, a quanto pare, significa che si tratta di un mormone che non è un vero mormone. E infatti le chiede: "Eri attratta da lui? Dimmi che non hai accettato di uscire con lui o qualcosa del genere, perché non puoi buttare all'aria dei rapporti di lavoro con tipi come questo accettando i loro inviti. È chiaro? E di quali progetti gli hai parlato?"

Madison, di fronte a una ciotolina piena di caramelle gommose a forma di pesce, fa il nome di Otis Redding. E di Stradivari.

"E non gli hai parlato de *I rabdomanti*?

"Che cosa sono *I rabdomanti*?

"La miniserie."

"Quale miniserie? Da quando è diventata una miniserie?

"Da questa mattina, e lo sapresti se ti fossi presa il disturbo di venire in ufficio. Bene, adesso voglio che tu telefoni all'autore del trattamento per dirgli di aggiungere qualcosa a proposito dei diritti per l'utilizzo dell'acqua negli Stati dell'Ovest. E magari anche qualcosa sui turchesi degli indiani d'America. Gli abitanti degli Stati dell'Ovest vanno pazzi per i turchesi."

"Chi è l'autore?"

"Il trattamento è basato su un romanzo di Marjorie Howell Finkelstein; mi sembra che scriva per delle riviste femminili. Credo che abbia scritto anche il trattamento, ma noi ci dobbiamo procurare un altro autore per questo progetto. Non c'è modo di lavorare con lei. Stamattina ho chiamato Vic Freese, il quale sostiene di aver messo le mani sul trattamento, ma io gli ho risposto che noi avevano già opzionato la storia e che avremmo dato l'anima per questo progetto. L'avremmo fatto diventare un *nostro* progetto."

Vanessa si alza sfregandosi distrattamente il naso, come se si trattasse di una lanterna magica in grado di alimentare serbatoi di menzogne sempre più profondi.

"Davvero l'avete opzionato?"

"Dobbiamo trovare Marjorie Howell Finkelstein e dobbiamo opzionare il trattamento prima che tu vada a casa stasera. Dobbiamo scoprire chi è il suo agente, dobbiamo scovarla. Datti da fare. Fai in modo che nella sceneggiatura venga aggiunta la storia dei diritti per l'utilizzo dell'acqua. E i turchesi. E gli indiani. E assicurati che domattina ce ne sia una copia sulla scrivania del mormone, accompagnata da un'ipotesi di budget. E, già che ci sei, fatti pure un pesciolino."

A questo punto Vanessa fa una cosa che non fa mai. Si prepara a uscire in anticipo. Dice di avere in ballo un aperitivo, anche se sono solo le tre del pomeriggio. L'impermeabile nero sgualcito le svolazza intorno, come se fosse un vampiro, e un attimo dopo è già fuori dalla porta. Madison rimane al di qua della soglia, appoggiata contro la sottile parete divisoria del cubicolo di Annabel.

"Hai idea di dove diavolo possa trovare Marjorie Howell Finkelstein?"

"Credo si chiami Melanie Horace Fahnstock," replica Annabel. "È questo il nome dell'autrice."

"Qualche idea su come contattarla?"

"Forse riesco a farmi venire in mente qualcosa."

“Fa lo stesso. Ci penserò io.”

Thaddeus esce dal suo buco con un foglio di carta appallottolato in mano; quindi, di fronte al gruppetto che si è formato (Jeanine spunta in lontananza, simile alla brochure di un ortopedico che illustra le posture sbagliate), cerca di fargli fare un doppio rimbalzo prima di centrare il cestino.

“Sai qualcosa su una tale di nome Finkelstein?” chiede Madison, per quanto cerchi di evitare qualsiasi dialogo con lui. “La tizia che ha scritto quella storia de *I rabdomanti*. Credi davvero che questa faccenda vada presa sul serio?”

“Va presa assolutamente sul serio, e credo che, a dire il vero, il nome dell'autrice sia Fedderman. Più un secondo nome, perché, sai come sono gli autori di genere: hanno sempre un secondo nome o più di uno. Fra parentesi, la storia pare promettere molto bene.”

“Al giorno d'oggi, non gliene frega un cazzo a nessuno delle miniserie. Dovremmo fare un programma in cui alcune belle ragazze, come dire, mostrino la cervice a dei pubblicitari. Questo sì che sarebbe un bel colpo.”

“Butterò giù una proposta,” dice Annabel.

“Il mio agente conosce il suo agente. Vuoi che gli faccia una telefonata?” domanda Thaddeus.

“Si dà il caso che io debba fare un'offerta.”

La signorina DiNunzio passa di lì frusciando con un paio di raccoglitori in mano. Il poltergeist dell'ufficio.

11

Sta per arrivare l'ora del pasto, e i degenti, in vestaglia e pantofole, si preparano a uscire dagli interstizi bui delle corsie dell'ospedale per dirigersi verso il bancone dietro al quale stanno gli infermieri. Rosa Elisabetta, un alberello spoglio avvolto in un accappatoio di spugna al ginocchio e con le pantofole ai piedi, è in testa alla processione, in testa agli uomini che stanno per scendere dai loro letti. Uomini con ferite purulente, uremici, non rasati. Non ha fatto la loro conoscenza e non intende farla. Tremano come fiammelle di candele che stanno per arrivare alla fine dello stoppino. Una robusta folata di vento basterà a spegnerli. Tuttavia, all'avvicinarsi dell'ora del pasto sfoderano energie vitali inutilizzate, barzellette lugubri, umorismo macabro, sorrisi sdentati.

"Vada ad ascoltare la lezione," le dice l'infermiera, indicandole con la mano l'area comune che trabocca di rigogliose ma squallide piante da appartamento. "Non stia qui a bighellonare."

"So già quello che diranno."

"Se lo sapesse, non sarebbe qui."

Il tono dell'infermiera è palesemente offensivo, così come il gesto della mano che le fa cenno di muoversi. Ma Rosa è debilitata, così come gli altri, e quando allunga la mano per prendere qualcosa, quando appoggia il palmo della mano sul bancone degli infermieri, il risultato è macchinoso. Mentre si avventa in picchiata sulla superficie del bancone, il palmo è disteso, come se volesse sfidare la geometria piana. Il palmo della sua mano è un uccello. Sembra che trascorra qualche istante, ma poi Rosa sente sulla pelle la superficie levigata del bancone. Punta lo sguardo sull'infermiera, della quale non ricorda il nome.

A dire il vero, Rosa non è nemmeno così sicura di averla già vista prima, questa infermiera senza nome. Gli occhi della donna sono grandi e marroni e iniettati di sangue, quasi che durante il turno avesse pianto. L'infermiera la sta fulminando con lo sguardo e la respinge con la mano, come se Rosa fosse un insetto, e l'attenzione di Rosa si sofferma in particolar modo sulle mani di lei.

"Ripetizione di concetti chiave," continua l'infermiera senza nome.

I corpi ciondolano lungo il corridoio, storditi dalla terapia di disintossicazione. Battute scherzose tra i penitenti. Rosa impiega un'infinità di tempo per voltarsi a guardare ciò che l'infermiera senza nome le sta indicando, e cioè la marcia funebre della popolazione dei tossicomani. "Mi dia retta. Vada a sentire la lezione."

Rosa Elisabetta annuisce, attenendosi ai limiti imposti dall'angusto vocabolario della dignità che vige lì dentro. Dopodiché si allontana dal bancone e fa del suo meglio per raggiungere gli appigli situati nelle vicinanze. Lungo il tragitto verso l'area comune all'interno della quale si svolge la lezione, ecco il pomello di una porta, indubbiamente un appiglio. C'è anche una fontana. Ed ecco un altro punto d'appoggio, accanto alle scale antincendio. Ormai manca poco. È giunta sulla soglia, e quel che vede è un oratore coperto di tatuaggi. Nota che è afroamericano e che sta sorridendo. Le sembra di sentire una ripetizione di concetti chiave, con le parole che si sovrappongono in un flusso inarrestabile. Arrendetevi per farcela, sfiniti e stanchi di essere sfiniti e stanchi, un giorno per volta, abbandonatevi al vostro io, abbandonatevi a Dio. L'oratore fa un uso strategico della ripetizione. Imbriglia l'ascoltatore in un viluppo di frasi ridondanti che rimbombano come colpi di martello. Meglio conosciuta come ecolalia, si tratta di una ripetizione terapeutica di concetti chiave utilizzata nel momento in cui l'effetto delle medicine comincia a svanire. Rosa teme il momento in cui l'effetto delle medicine comincia a svanire, perché è allora che si affaccia la possibilità di una crisi. Di nuovo.

E poi ci sono le voci. Qualche ora prima ha sentito delle cose, ha sentito delle provocazioni, ha sentito delle suppliche, e la scorsa notte ha sentito certe cose espresse nella lingua del desiderio, come se l'urgenza non fosse mai stata espressa prima in lingua americana, come se fosse stata espressa soltanto nelle sue parti malate, là dove il desiderio e la rabbia insorgono in segno di rivolta. Forse queste voci nelle sue parti malate si animano per via della ripetizione strategica, e forse lei è stata redenta grazie alle medicine, poiché sa, o crede di sapere, che l'uomo addormentato sulla sedia di fronte all'oratore, una delle quattro persone presenti, non si alza da quella sedia da diverse ore, nemmeno per voltarsi verso lo schermo della televisione sintonizzata per buona parte del pomeriggio sui talk show. Anche i programmi sono appigli. Un appiglio è qualcosa a cui bisogna assolutamente aggrapparsi prima di essere dimessi. Solo in seguito bisognerà liberarsene.

L'oratore le dice qualcosa a proposito di quanto sia contento di vederla lì, ma lei non risponde. C'è un davanzale, e c'è il piacere evanescente di avvicinarsi al davanzale e di scorgere qualcosa fuori dalla finestra. Rosa percepisce la finestra come un'apertura sulla strada, su una strada che si apre su una città, e su una città che si apre su una nazione, e prende in considerazione tali aperture dimenticandosi però della relazione specifica che esiste fra queste: la finestra, l'esterno, l'inferriata, la nazione, il corpo celeste. La sua mano, incerta, si accosta tentennando alla finestra, perché vuole toccarla e sentire il freddo della sua superficie. Che sorpresa. Come se una colomba avesse fatto il suo improvviso ingresso sulla scena.

L'oratore ripete alcune nuove serie di parole chiave; si rivolge ai posti in prima fila, occupati da quattro corpi stravaccati sulle sedie in maniera così scomposta da avere l'aria di essere atterrati lì con il paracadute. E osserva con attenzione Rosa Elisabetta che sta toccando la finestra. Per poi riattaccare con le lodi a Dio e alla sobrietà. Il tragitto dalla finestra verso un posto libero richiede una combinazione di contrazioni muscolari. La spalla di un uomo esanime costituisce un appiglio. È come se lei fosse parte di un qualche massaggio peristaltico, dal momento che ha voluto reprimersi nel tentativo di ripulire il proprio corpo. Ingerire ed espellere. Si ha come la sensazione che le logiche del movimento avvengano all'interno, sebbene con ogni probabilità avvengano all'esterno. Ora, eccola seduta in uno dei posti di fronte all'oratore, cosa che le è costata tanto di quel tempo che le sembra che a questo punto l'oratore abbia già portato a termine la sua presentazione. Adesso sta dando il suo numero di telefono a un uomo seduto in prima fila, uno dei pochi sufficientemente svegli da aver seguito la lezione. Dopodiché le si para davanti.

"Quanti giorni? Posso chiederglielo?"

Rosa Elisabetta alza per un istante la mano indicando il numero con le dita.

"Tre giorni, tre giorni. Non è affatto male. Tre giorni sono meglio di zero giorni." E qui, per un attimo, le afferra la mano. Bisogna prendere in considerazione i diversi rischi cui si va incontro in un reparto d'ospedale, come quello di venire incarcerati insieme a bugiardi, tossicomani, ladruncoli e fornicatori, e si tratta di rischi talmente seri che lei non è riuscita a schivarne i germi. In altre circostanze, Rosa Elisabetta non avrebbe permesso a un afroamericano ricoperto di tatuaggi di prenderla per mano; tuttavia ora è troppo tardi, dato che si è dimenticata di pensarci, e questo non è che un istante all'interno di una più vasta congiura che le riesce difficile arginare, pur nella consapevolezza di tali contingenze, e così, ora la sua mano finisce nell'enorme palmo dell'oratore, e poiché non c'è tempo per arrestare gli eventi che la incalzano da ogni dove, non c'è nemmeno tempo per opporsi all'affettuosa stretta di mano di un oratore afroamericano.

Se si rappresentasse lo scorrere del tempo come un susseguirsi di mani, allora potremmo affermare che il tempo, per Rosa Elisabetta, si è pressoché fermato, dal momento che è passata un'eternità, un'era, da quando una delle sue mani è stata catturata da quella di un'altra persona. Sua figlia non è esattamente il tipo a cui piace farsi tenere per mano, non è una sentimentale. È un pensiero che le si insinua nella mente con una certa evidenza. C'è questo pensiero, e poi c'è la mano dell'oratore, che si adatta alla sua come lo schienale reclinabile di una sedia in pelle. La pelle del palmo è chiara, mentre le altre zone sono scure, ed è massiccia e carnosa là dove altre sono ossute. Nella mano di lui, la sua si raggrinzisce, ricamandosi di vene e di arterie. Nello stato d'animo in cui si trova, Rosa è portata a calcolare ogni singolo respiro dell'eroinomane mezza morta seduta lì vicino a lei, respiro che si frammenta in una serie infinita di decisioni e di promesse non mantenute, come se si trattasse di ere geologiche. Ecco per quanto tempo la sua mano rimane chiusa in quella dell'oratore, ecco per quanto tempo Rosa prova un senso di gratitudine. Prima che lui dica: "Pregherò per te." E, subito dopo, Rosa viene di nuovo travolta da un vortice di cose che la incalzano alla velocità della luce: ripetizione di concetti chiave, infermiere che li esortano ad attraversare il salone in direzione della sala da pranzo. Passano i carrelli con sopra i vassoi, le ruote di gomma che cigolano sul linoleum. I tossicomani li seguono barcollando, dato che andrebbero dietro a qualsiasi odore, pur trattandosi degli stessi odori della sera prima: l'odore dei contenitori dei succhi di frutta, di tre cime di broccoli bollite fin quasi a sciogliersi, di una carcassa di pollo liofilizzata e di una mezza dozzina di patatine fritte ancora congelate all'interno.

Nella sala da pranzo, mentre è intenta a reggere il suo vassoio, in un modo o nell'altro Rosa trova un punto d'appoggio; e, nel sedersi, cerca con uno sbuffo di scostarsi dal viso un ciuffo di capelli arruffati, allontanandolo così dalle sue parti malate. Con ferma determinazione apre il succo di frutta ed estrae le posate di plastica dal loro involucro di plastica. Le donne sono una rarità da queste parti; tuttavia ce n'è una giovane, non più vecchia di sua figlia, seduta di fronte a lei. La giovane donna aggredisce il suo finto pollo come se quello fosse il suo primo pasto in ospedale. Rosa Elisabetta rimane colpita dallo spettacolo. Intorno a lei, i sonnambuli tentano di mangiare nel minor tempo possibile, minore rispetto al tempo che impiega il mare per ridurre una roccia in granelli di sabbia. Non sempre con successo.

La ragazza dice: "Ehi, sai rispondere a una domanda?"

Rosa inarca un sopracciglio.

"Credi che dovrei dirglielo che perdo sangue? Sono dieci giorni che perdo sangue. Non ho mai perso tanto sangue in vita mia. Vivevo in una casa occupata. Non mangiavo abbastanza. Capisci cosa intendo dire? E adesso perdo sangue. Accidenti, è da non credere. È come se dentro di me ci fosse un topo che fa le capriole. Capisci cosa intendo dire?"

"Io non..." dice Rosa. Poi, come se quella domanda fosse un miracolo: "Come ti chiami?"

Si chiama Dee. Rosa, dopo averlo sentito pronunciare, sussurra quel nome. Così semplice che forse riuscirebbe persino a imprimerselo nella mente, almeno per un po'. Rosa annuisce, come se annuendo potesse recapitarle tutta una serie di consigli. Datti una mossa, quando c'è di mezzo il sangue. Le sembra che la ragazza stia dicendo qualcosa. Non è che ci siano molte donne con cui parlare. La ragazza accenna al resto della stanza, come per dare fondamento al suo pensiero. È vero, ci sono Rosa e la sua compagna di stanza, un'obesa che non si è ancora alzata dal letto. La quale si è fatta iniettare qualcosa e poi si è addormentata. E ancora dorme. E poi c'è questa ragazza, Dee, che a quanto pare non ha una compagna di stanza ma che probabilmente l'avrà, forse stanotte. La gente va e viene. I commenti, originati da attente riflessioni, si riassumono in gesti essenziali espressi dalle sue parti malate.

Rosa si accinge a prendere in considerazione le cose da un certo punto di vista, e a quel punto passa a considerarle da un secondo punto di vista. Ha l'aria di non essere in grado di dire granché.

"Ti va di giocare a carte dopo?"

Non è chiaro. Quante transazioni comporterà, in questo mercato di idee disintossicate, giocare a carte? L'idea del *dopo* è di una complessità quasi inconcepibile, e Rosa non è in grado di assumersi una responsabilità di questo tipo. Infatti, mentre ci sta ancora rimuginando sopra, la cena è finita.

"Rosa, provi almeno a mangiare i broccoli."

Le infermiere la trattano come se lei non avesse mai sentito parlare di cibo, come se in lei il cibo non avesse mai varcato i confini tra l'esterno e l'interno, come se la digestione non le avesse mai provocato sonnolenza, come se non avesse mai affrontato un pranzo di sette portate con un primo di pasta e un secondo di carne. Quando contesta ordini di questo genere, si sente tornare un po' in sé; comunque sia, i broccoli li mangia, anche se non sanno di niente. Poi, servendosi della sedia come appiglio, si alza per ultima e rimette il vassoio sul carrello.

La televisione viene accesa di nuovo, e quelli che sono in grado di camminare si avviano verso l'area comune, dove a Rosa sembra di sentire la sigla di uno di quei programmi che non fanno altro che riprendere scene in cui la polizia è impegnata in una sequenza di arresti. Nella mano di Rosa c'è un brownie. Com'è riuscita a procurarselo? Rosa se lo caccia tutto quanto in bocca. Poi, dal nulla, spunta la figlia, con in mano alcuni vestiti che le ha portato da casa. La figlia rappresenta un pericolo che si avvicina lungo una corsia d'ospedale, e poi la figlia rappresenta un fiume di parole. Una corsia di pericoli. La figlia si ferma, come se lei, Rosa Elisabetta Meandro, l'avesse immobilizzata in un punto non lontano dalla porta della sua stanza, la camera che divide con la signora obesa che dorme e che un giorno o l'altro si sveglierà.

"Come ti senti?" le chiede Vanessa.

Per il momento, opta per una tattica che consiste nel non far fuoriuscire argomentazioni lacrimevoli dai suoi dotti lacrimali; tuttavia non si trova nella condizione di fare scelte tattiche; e così, il meglio che Rosa può fare di fronte ai ricordi ambulanti rappresentati nello specifico da un impermeabile nero e da ciò che esso contiene è evitare ogni commento relativo ad argomentazioni lacrimevoli, nella speranza che queste si plachino di lì a poco. O, forse, può anche provare a sviare le argomentazioni lacrimevoli attaccando a lamentarsi dell'ambiente. Troppi giorni lì al chiuso, una quasi totale assenza di stimoli e nessun esercizio. Ma a quel punto, di fronte a una possibile manifestazione di gentilezza, le argomentazioni lacrimevoli entrano involontariamente in azione. Si sforza di accogliere la figlia con un rictus, un semplice irrigidimento dei muscoli del viso, ma non è sicura dell'esito della smorfia. Vanessa sembra infastidita, come se non riuscisse a credere ai propri occhi, e forse, in un modo o nell'altro, Rosa Elisabetta è preparata al fatto che sua figlia non riesca ad aver fiducia in questo posto.

"È buono il cibo?" chiede Vanessa, e intanto allunga la mano verso una macchiolina sul viso di Rosa, una briciola di brownie sul suo viso che Vanessa le toglie. Vanessa ride. Rosa presume che quel riso derivi dal fatto arcinoto che il cibo degli ospedali non è buono. Trattasi peraltro di domanda retorica.

"C'è un posto dove possiamo sederci?" E, senza aspettare di sapere se esista o meno un posto con un potenziale di comodità accettabile, Vanessa la prende a braccetto e le due fanno dietrofront dirigendosi verso la sala da pranzo, sebbene qua e là si avvertano ancora residui di odori. Con il passare del tempo, le pareti della sala da pranzo si sono tinte di chiazze prodotte dal cibo scadente dell'ospedale. Persino durante le ore lontane dai pasti si avverte l'odore di ciò che si è mangiato, come se facesse parte della storia del luogo, una storia di odori. La conversazione è già in corso quando Rosa si accorge che è in corso, il che avviene dopo che è iniziata. Vanessa parla spedita, mettendo in campo diverse questioni pratiche e una sfilza di ripetizioni di concetti chiave; anche se Rosa non riesce bene ad afferrare i concetti esposti, e nel momento in cui ne afferra uno Vanessa si è già avventata su quello successivo; per esempio, sente qualcosa che ha a che fare con il concetto di *assistenza postoperatoria* e qualcos'altro a proposito della *riabilitazione a lungo termine*, e tutte queste cose insieme le fanno venir voglia di vomitare, e il suo stomaco si sta ancora contorcendo quando Vanessa le riferisce ciò che le ha detto il dottore: una serie di parole che alludono a periodi di internamento che lei ora come ora non riesce a cogliere fino in fondo, e poi arriva il momento in cui si perde la parte che riguarda la visita medica, con Vanessa che dice che la visita è qualcosa... qualcosa... qualcosa come una canzone che Rosa non ricorda, e la colite è una conseguenza dell'abuso di alcolici, e Rosa fa una smorfia di dolore, piegandosi per il dolore a ogni smorfia.

"Devi rimanere qui ancora qualche giorno, pensano loro, e poi dobbiamo trovare un altro posto dove metterti. Dato che non posso continuare a portarti qui. Non ti vogliono più, qui, a meno che tu non sia disposta ad andare da un'altra parte. Capisci quello che sto dicendo? E così, dovremo trovare un altro centro di riabilitazione."

Con un oratore, in un modo o nell'altro, si può sempre contare su un'esposizione stratificata di concetti chiave, che poi, gradualmente, cominciano ad acquisire un significato; mentre con sua figlia ciò non avviene, il che vuol dire che i concetti critici esposti sono privi di fondamento, o forse importati da una zona franca, e che implicano ulteriori argomentazioni lacrimevoli, seguite a loro volta da un rilassamento involontario delle mucose, la qual cosa induce Vanessa a pronunciare il nome di Dio invano e a frugare nel borsone a più comparti.

"Cosa ti aspetti da me? Sei una persona malata. Cosa ti aspetti che faccia? Se ti lascio a casa, poi ti barrichi dentro e non mangi. E per poco non uccidi il gatto. E si dà il caso che io abbia anche un lavoro, e non è un gioco da ragazzi, per me, lavorare e guadagnare abbastanza per poter estinguere l'ipoteca sulla casa, e poi tornare a casa con il terrore di trovarti morta. Perché, anche se ti riesce difficile crederci, mamma, io ti voglio bene lo stesso. Non mi sono forse presa cura di te per tutto questo tempo? Certo. L'ho fatto. E se ho intenzione di continuare a occuparmi di te e di assicurarmi che tu abbia un posto decente in cui vivere, è perché ti voglio bene. Ma tu mi devi rendere le cose più facili. E non me le stai rendendo facili affatto. Non so nemmeno se attacchi a bere alle nove del mattino o se cominci di sera; nessuno lo sa. E poi esci di casa ubriaca, e i vicini vengono da me per dirmi che ti hanno vista in giro ubriaca fradicia. Mi lasciano dei biglietti: 'Vanessa, telefonaci, è importante', e così io li chiamo e loro mi dicono che li hai ricoperti di insulti irripetibili, mamma, e non è che io non voglia lasciarti andare per la tua strada, dato che l'hai sempre fatto, e io ti amo anche per questo, ma se poi così facendo rischi di ammazzarti, allora non va più bene. O sbaglio? Vuoi farlo sul serio? Ho parlato col dottore. Mamma, mi stai ascoltando? E mi ha detto che hai il fegato molto ingrossato e che non puoi andare avanti così ancora a lungo. Potresti beccarti la cirrosi. O un'insufficienza epatica. Che, sai, si dà il caso sia il primo passo verso il delirium tremens. La qual cosa con ogni probabilità ha a che fare con la tua perdita di equilibrio. E poi, pur avendo la pancreatite, continui a bere: ecco a cosa è dovuto tutto quel sangue. È il decorso della malattia, mamma. Tu sei malata, hai una malattia. E ci sono persone che mi chiamano dicendomi che ti vedono vagare per il quartiere frastornata e in stato confusionale, e il dottore dice che si tratta di disturbi al fegato, ma nessuno ti darà un fegato nuovo finché tu continuerai a bere. Dimmi allora cosa dovrei fare. Mi vedi forse frequentare ogni notte un club diverso? Non li frequento io, i club. Mi vedi forse andare a qualche appuntamento? Non vado a nessun appuntamento. E, anche se qualcuno mi chiedesse di uscire, io rifiuterei, a meno che non si trattasse di lavoro. Non faccio niente di tutto ciò. La sola cosa che faccio è tornarmene a casa per accertarmi che tu sia ancora viva. Ecco a cosa penso quando sono in ufficio. Mi domando: quando rientrerò a casa, la mamma sarà ancora viva? Non si tratta nemmeno di: oh, mi domando che cosa di orribile ha da dirmi oggi. Ecco come stanno le cose. E così, adesso hai ancora qualche giorno a disposizione qui dentro per riposarti, dopodiché vedremo come si può fare per trovare un centro di riabilitazione; e, una volta che uscirai di qui, voglio sentirti dire che sei disposta ad andare in un centro di riabilitazione, okay? Non voglio sentir uscire altre parole da quella bocca. Voglio solo sentirti dire che capisci la situazione e che andrai in un centro di riabilitazione. Chiaro?"

Il cranio di Rosa Elisabetta ha scoperto che il tavolo è un'ottima area di sosta. Un lungo silenzio non basta a mitigare il suo bisogno di riposo, né tantomeno quello di piangere.

"Ascolta, ti va se ti racconto cos'altro mi è successo? Non crederai alle tue orecchie quando ti racconterò che cos'è capitato in ufficio. Non ci crederai. Lo vuoi sentire? Ci è stata recapitato questo trattamento."

Persino in condizioni fisiche precarie, persino con i farmaci che le scorrono nel sangue, Rosa è comunque in grado di azzardare una qualche ipotesi circa la natura di quella storia, dal momento che non esiste un solo film, tra quelli prodotti da sua figlia, la cui trama non abbia a che fare con droghe, prostituzione, *travestiti*, famiglie rovinate, personaggi storici che si ammazzano l'un l'altro e giovani che non rispettano i propri genitori. Dunque, il trattamento deve per forza ruotare attorno a uno di questo temi: probabilmente si tratta di una storia con dei giovani che non rispettano i propri genitori. È impossibile che Rosa riesca a esprimere tutto quello che le sta passando per la testa, specialmente ora che la sua testa è adagiata sul tavolo; tuttavia, la riduzione della memoria non è arrivata al punto da farle dimenticare quello che pensa dei film di sua figlia, e cioè che non parteciperà a nessun'altra prima di uno di quei film, a meno che sua figlia a un certo punto non si alzi in piedi di fronte al pubblico per ringraziarla di persona. Ma, proprio nel momento in cui Rosa sta formulando questo pensiero, abbastanza lineare e inesatto, le accade qualcosa di magico. All'improvviso diventa un piccolo ruscello che confluisce in un torrente più vasto, e in questo continuum acquatico lei intuisce la risposta a quella domanda, come se ci fosse stata immersa dentro, e sa la risposta, e la sussurra: "Rabdomanti."

Vanessa resta di sasso. Vanessa, seduta nella sala da pranzo e intenta a mescolare un mazzo di carte facendole frusciare, si interrompe per fissare sua madre. Con aria assai perplessa.

"Te l'ha detto Annabel? Hai parlato con Annabel?"

"Rabdomanti."

"Come fai a saperlo?"

Ed è allora che Rosa Elisabetta tenta per la prima volta di raccontarle quel che le è successo dopo l'attacco. Non sa se sia il caso di dirglielo, dato che esiste la possibilità che il fatto di raccontarlo a qualcuno provochi un aumento del dosaggio dei farmaci. Durante l'orario di visita c'è sempre qualcuno che si aggira lì intorno per origliare le conversazioni. Non si sa mai. Per esempio adesso, sul lato opposto della stanza, ci sono due uomini che giocano a domino, benché non sia chiaro se stiano giocando davvero o se stiano semplicemente impiegando le tessere in operazioni edili che impediscono alle loro mani di stringersi a pugno. Uno dei due sta dicendo: "Già, dopo tredici volte hanno finito per stufarsi di vederlo; non riuscivano a trovargli un letto *neanche a morire.*" Questi due uomini potrebbero tranquillamente stare ascoltando.

"Ho sentito certe cose."

"Cosa?"

"Ho sentito certe cose."

"Stai dritta."

"Ho sentito alcune conversazioni."

"Cosa intendi dire?"

La prima cosa che avevano fatto era stata negarle l'utilizzo del telefono, dal momento che, dopo che le erano stati consegnati gli esiti dell'esame e lei era stata rispedita nella sua corsia, Rosa era andata dritta al telefono e non aveva permesso a nessun altro di usarlo. Lei aveva minimizzato, perché le era parsa la cosa migliore da fare, ma poi aveva cominciato ad avere la sensazione che lì intorno fosse pieno di pidocchi, un brutto segno. Si era alzata dal letto e aveva preteso che venisse fatto qualcosa contro quei pidocchi. Se questo era davvero un ospedale rispettabile di un quartiere rispettabile di Brooklyn, allora si sarebbero dovuti quantomeno accertare che nella sua stanza non ci fossero centinaia di scarafaggi. E questo, senza alcun dubbio, era stato uno dei motivi dell'aumento del dosaggio dei farmaci. A quel punto, nei suoi ricordi c'è un vuoto. È distesa sul pavimento della sua stanza, si sta svegliando, e si sente dire che ha avuto un attacco, e ha come la sensazione che abbiano aperto uno stabilimento aeronautico nel suo vocabolario, con le idee come velivoli che lei non può far altro che guardare volteggiare. Le prescrivono qualcos'altro, qualche altro farmaco, un antispasmodico; e, quando le somministrano l'antispasmodico, è evidente che si sono occupati della disinfestazione dei pidocchi. Ma ci sono altri momenti a proposito dei quali ha le idee confuse. Quand'è esattamente che nella sua stanza è arrivata la donna obesa? Nessuno le vuole parlare della donna obesa.

Poi, nel cuore della notte, ha cominciato a captare delle conversazioni, e ora viene fuori che è in grado di riconoscere alcune delle voci presenti in queste conversazioni, e si tratta sempre di voci di persone che lavorano nell'ufficio di sua figlia. All'inizio riconosce la voce della ragazza di colore, una voce che le è sempre piaciuta, e le viene in mente che forse sente solo le voci che le piacciono e che una voce è qualcosa di confortante. Come quando stai scivolando nel sonno, rimuginando su qualcosa. Non le parole esatte pronunciate da una voce, ma il suo suono, come la melodia di una canzone. E Annabel le è sempre piaciuta; a volte chiamava in ufficio soltanto per parlare con lei, perché le ricordava i bambini del suo quartiere. Tuttavia, quella che sente è una conversazione in particolare, e poi sente Annabel che parla con un'altra persona, questa volta un uomo. E, a dir la verità, si tratta di una conversazione *ambigua*, non una bella conversazione. Sta succedendo non so che cosa con quest'uomo, che è, pensa Rosa, l'uomo dell'ufficio, l'uomo di quegli sciocchi film d'azione, e tra loro c'è qualcosa. Anche se lui è sposato. Nel suo letto, nello strascico della disintossicazione, le viene il sospetto che tra Annabel e l'uomo sposato ci sia qualcosa, ed è da qui che scaturisce quest'idea, e cioè che...

"Ho sentito parlare di rabdomanti."

"Ma dove l'hai sentito?"

"L'ho sentito e basta."

"Mamma, sei imbottita di farmaci."

Rosa non se la sente di mettere in dubbio certe congetture; troppa fatica. L'inserviente passa di lì dicendole di tirarsi su.

"La storia è semplicemente incredibile, è una storia immensa che si snoda nel corso di migliaia di anni." A quel punto Vanessa, ignorando ciò che Rosa ha detto, si lancia nel racconto della trama, e Rosa non riesce a seguirla, esattamente come non era più riuscita a capire le voci in seguito all'attacco. Aveva raccontato di quelle voci al dottore, e lui le aveva chiesto a quali voci si riferiva, al che lei gli aveva risposto che pensava si trattasse di voci di persone di sua conoscenza, aggiungendo però che non erano voci qualsiasi, al che il dottore le aveva domandato quali voci in particolare avesse sentito, al che lei gli aveva risposto che si trattava di voci al telefono. Allora il dottore le aveva chiesto come faceva a sapere che si trattava di voci al telefono, e Rosa aveva ribadito che lo si capiva dalle interferenze sulla linea telefonica. E così, le aveva chiesto lui, lei riceve telefonate sul cellulare? Ma Rosa non aveva mai pensato che potesse trattarsi di traffico telefonico via cellulare, dato che non ne aveva neanche mai usato uno, di cellulare, e a dire il vero sa dell'esistenza dei cellulari solo perché una volta le era capitato di andare a uno spettacolo pomeridiano con un'amica e un cellulare si era messo a trillare; be', anche sua figlia Vanessa ne ha uno, e un giorno gliel'ha persino fatto provare, ma poi, a chi potrebbe telefonare lei? Non ha nessuno da chiamare all'infuori di sua figlia. Ciononostante, è una teoria realistica quella secondo la quale le telefonate attecchiscono nelle parti malate, con le parti malate che si mettono a funzionare in modo tale che le informazioni fluiscano una via l'altra. E, a questo punto, Rosa formula un'ipotesi: lei ha iniziato a intercettare *nella sua testa* il traffico telefonico via cellulare della città di New York. Dunque, ora lei è nelle condizioni di ricevere e selezionare alcune telefonate, essenzialmente telefonate angoscianti. Dato che le riesce di captare solo le telefonate angoscianti, come per esempio quella di un uomo che si è appena accorto che alcune azioni che ha acquistato sono in ribasso. O come quella dalla quale traspare il tormento di Annabel. Non che Annabel tradisca la propria angoscia, dal momento che è una brava ragazza e non permetterebbe mai e poi mai a un essere insignificante come un uomo sposato di scatenare un pandemonio. Tuttavia Rosa riesce a percepire la solitudine, dato che tutte queste telefonate hanno a che fare con la solitudine; per esempio, in seguito c'è stata una telefonata di Annabel ai genitori, e questa telefonata ai genitori...

"E così sono certa che diventerà una straordinaria serie televisiva. Credo che cercheremo di rifilarla a una di quelle emittenti via cavo, e forse ci sarà la possibilità di girarne una parte in Italia, sai? Tipo, nel caso lo facessero, io potrei assicurarmi che una parte venga girata in Italia, e così potremmo avere l'opportunità di ritornarci."

E l'altra ragazza, le pare sia una stagista, quella con le ustioni? A notte fonda, Rosa stava pensando a quelle ustioni. A notte fonda, la donna obesa nel letto accanto al suo era come una sorta di oppressione. Presto la donna obesa si sarebbe svegliata. E Rosa aveva paura, e la parte di lei che aveva paura stava contemporaneamente intercettando la conversazione della ragazza con le ustioni. E in questo momento Rosa, seduta nella sala da pranzo con la figlia, sta riascoltando tutto quanto un'altra volta. Nella sua testa, sta ascoltando la voce della ragazza con le ustioni.

"Hai letto questa cosa sui giornali? Del fratello di Annabel? Mamma, mi stai seguendo?"

È quasi l'ora delle medicine, che poi è il motivo per il quale le voci, le telefonate, si ripresentano, perché è l'ora delle medicine, l'ora in cui la disintossicazione si mostra per quello che è, e cioè un problema di tipo medico, e forse le argomentazioni lacrimevoli hanno a che fare con la consapevolezza di dover battere in ritirata allontanandosi da Vanessa, dal vicinato, per immergersi nella logica delle telefonate.

"È scritto sui giornali. Domani la notizia sarà in prima pagina. Facci caso, se qualcuno vi porta il giornale. Ieri a Midtown una donna è stata colpita alla testa con un mattone mentre tornava a casa. Stava passeggiando, quando qualcuno l'ha colpita alla testa con un mattone. Solo perché passava di lì in quel momento. Voglio dire, di che cosa ci si stupisce? Ma il fatto è che la donna è stata colpita alla testa da un corriere in bicicletta. E questo pomeriggio si è saputo dell'esistenza di un sospetto, e si dà il caso che questa persona che la polizia sta cercando sia il fratello di Annabel. A quanto pare, ieri lui è stato coinvolto in una rissa. Così, se ti capita di parlare con Annabel, sii carina con lei, mi raccomando. Suo fratello non si trova. Se l'è svignata da qualche parte. Non si è presentato al lavoro."

L'inserviente annuncia che l'orario delle visite è terminato. Vanessa aiuta Rosa a rimettersi in piedi, dicendole con tono distaccato che le vuole bene; dopodiché percorrono insieme il corridoio e, ora come ora, l'unica possibilità di appiglio consiste nell'aggrapparsi al braccio della figlia. Rosa Elisabetta è preoccupata all'idea di ciò che la notte porterà con sé, all'idea delle nuove informazioni della notte, che sono addirittura peggio della voce gracchiante della televisione nella sala della ricreazione. L'unica cosa buona di questo disturbo legato all'intercettazione delle voci è il fatto che non abbia niente a che vedere con le voci dei programmi televisivi. Una volta raggiunto il bancone degli infermieri, la figlia si mette a parlare con qualcuno, al quale senza ombra di dubbio sta raccontando della loro conversazione, delle parti malate, e degli strani fenomeni che si sono verificati in quelle parti malate; e tutto ciò non promette nulla di buono, dato che prelude a un aumento del dosaggio dei farmaci e a un'ulteriore riduzione dei già ridotti servizi offerti dall'infrastruttura. Ma non c'è tempo per questo, dal momento che i tossicomani si stanno già mettendo in fila.

12

La mamma! La mamma! Sta entrando nella stanza! La mamma è bella. Lui si dimentica che la mamma sta per entrare nella stanza, e allora che sorpresa è per lui vederla entrare. Eccola qui, e lui sì che la adora. Non si ricorda di quanto è bella, ma poi all'improvviso lei entra nella stanza per portarlo a casa, e allora lui si ricorda di quanto è bella, perché i suoi capelli sono scuri, e anche gli occhi sono scuri, e lei è bella e paffutella. E lei è la sua mamma. E poi ha quel neo proprio in mezzo agli occhi, davvero un bel neo, nessun'altra mamma al mondo ha un neo come il suo. E quando la mamma sorride è un bel sorriso, e quando non sorride significa che ci manca poco prima che sorrida, ed è davvero un bel momento, perché di lì a poco ci sarà un sorriso. E poi sua mamma ha un bel modo di parlare, che è diverso dal modo di parlare di tutte le altre mamme. Dice le cose in un modo bello, che suona diverso, perché lei è di un altro paese, anche se lui non riesce a ricordarsi che paese sia. Lui sa di vivere nel Queens, e che adesso si trova nel Queens, o almeno è ciò che lui crede, e sua mamma è lì nella stanza, e sta parlando con la signora gentile, e lei e la mamma stanno sorridendo e gesticolando. Lui è bravo, forse il più bravo di tutti i bambini. E la signora gentile va in giro per la stanza e mostra alla mamma tutto quello che hanno fatto durante il giorno: per esempio, Eddie ha fatto un aeroplano, e poi ha passato un bel po' di tempo in un angolo con questo coso a imitare il rombo di un aeroplano. È rimasto là quasi tutto il giorno, e allora la signora gentile gli ha dovuto dire che doveva fare qualcos'altro oltre a imitare il rombo dell'aeroplano, ma lui non le ha dato retta, e così più tardi un altro bambino gli si è avvicinato e lo ha scaraventato a terra, e gli ha detto di chiudere la bocca, e poi gli ha preso l'aeroplano, lo ha calpestato e tutti si sono messi a piangere. La signora gentile ha tentato di spiegargli che non c'era alcun bisogno di piangere e che era un problema che andava risolto, ma Jaspreet non aveva capito che cosa lei stesse dicendo, e nemmeno Eddie o l'altro ragazzino, quello che aveva spappolato l'aeroplano, avevano capito, e comunque Jaspreet voleva soltanto usare la colla ed essere lasciato in pace. È tutto eccitato mentre cerca di incollare gli angoli dei ritagli che si è procurato. Se ci metti troppa colla, la figura non si appiccica. Se però la metti giusta, la colla, allora la figura sta su, ed è una cosa che lo rende felice quanto vedere la mamma entrare nella stanza. E poi c'è una ragazzina che si chiama Denise, e anche lei lo rende felice, non sa neanche lui il perché. Quando Denise si arrabbia, butta tutto sul pavimento e si mette a piangere, e un giorno non la smetteva più di mordere gli altri bambini e di punzecchiare la pelle sul braccio di Jaspreet. Ma, anche le volte in cui piange, lui ha sempre voglia di metterle una mano sulla testa. Ogni tanto capita che, durante la lezione, lui si alzi per avvicinarsi a lei e le metta una mano sulla testa. Qualunque cosa lei stia facendo, si può stare certi che lui le metterà una mano sulla testa. Di solito c'è una treccina, o anche un nastro per tenere i capelli legati, ma ogni tanto può pure capitare che i capelli siano tutti tirati su, in alto, in cima alla testa, e che ci sia un coso che li fa stare su, e le volte in cui c'è questo coso che li tiene tutti su, se lui prova a metterle una mano sulla testa, allora lei si mette a strillare o a piangere, e la signora gentile dice: "Jaspreet, togli la mano dalla testa di Denise." Oppure la signora gentile gli dice di toglierle la mano dall'orecchio. Perché un'altra cosa che a lui piace fare è toccare l'orecchio di Denise, la parte piccola in fondo all'orecchio con infilato dentro un anello d'oro, e a lui piace toccare proprio quel pezzettino lì. Se è di buonumore, se non ha buttato le cose sul pavimento e se non ha picchiato nessuno, allora lei sorride nel sentirsi la mano di lui sulla testa, e se ne stanno lì così.

La mamma si mette a guardare tutti i lavoretti che loro hanno fatto con la carta, e dice a Eddie che il suo aeroplano è bello, e a Denise che il suo disegno del cavallo è bello, e poi dice a Maurice che la sua barca è bella, anche se è tutta incrostata di colla, e a Mohammed che la sua macchina da corsa è molto bella; dopodiché passa al disegno che ha fatto Jaspreet, un disegno del sole. Il sole sta sorridendo alla terra di sotto. E la mamma gli si avvicina per chiedergli a quale terra sta sorridendo il sole, ma lui non le risponde, perché non ne ha voglia. Però le sorride, perché la mamma è bella, e anche la signora gentile è bella. Poi la signora gentile gli chiede: "Jaspreet, questa volta mi fai il piacere di dire alla mamma di che disegno si tratta?" E indica il sole che sorride. "Cos'è che sta sorridendo qui? Sappiamo che lo sai come si chiama. E allora dì a tua mamma come fai a saperlo. Faresti questo per me?" Jaspreet sorride alla mamma e alla signora gentile, anche se ha come l'impressione di non avere voglia di dir loro come si chiama il sole. Se avesse disegnato un albero, allora forse avrebbe detto loro che si chiamava *albero*, anche se forse non avrebbe detto loro nemmeno quello, perché è così e basta. Se ne avesse voglia, forse lo direbbe. Ma oggi non ha voglia di dire che il sole ha un nome, perché non ne ha voglia, ed è così e basta, anche se sua mamma è bella. Ciò che importa adesso è tornare a casa, dato che la giornata è finita, o almeno è ciò che lui crede, e una volta che sua mamma lo tirerà su, allora non sarà più costretto ad andare nel salone con gli altri bambini, perché quando è insieme a loro nel salone succede sempre qualcosa di terribile. Una volta gli è capitato di vomitare.

"Suvvia, Jaspreet, solo una parola e avremo finito la giornata in bellezza. Se ci dirai una parola soltanto, avremo la sensazione di aver trascorso una giornata particolarmente bella."

Lui non dice nulla. Si accorge che ora la mamma non sorride più, e a dire il vero non è che stia facendo una gran bella faccia, e lo afferra per il polso e gli dice che è ora di andare, ma lui non ha ancora messo via la colla e il disegno, e allora si mette a urlare qualcosa a proposito della colla, ma non è esattamente per la colla che sta urlando, perché preferirebbe non dover usare alcuna parola, e quelle non sono altro che grida finte, un suono finto che gli esce dalla bocca, grida che escono da una bocca spalancata, e allora anche Maurice si mette a urlare, e con lui anche qualcun altro, e in men che non si dica tutti iniziano a battere i pugni sul tavolo, e la signora gentile ha l'aria spaventata, perché c'è da aver paura quando tutti loro perdono il controllo, e potrebbero mettersi a rovesciare la vernice per terra. Jaspreet vuole solo mettere a posto la colla, metterci sopra il coperchio e riporla nell'apposito armadietto adibito alla cancelleria, alle colle, alle penne e ai pastelli da disegno, ma sua mamma gli afferra il polso e gli dice che è ora di smetterla di discutere con lei, e di farle il piacere di muoversi, perché deve fare la spesa per la cena e non ha tempo da perdere. Ma lui le vuole dire un'altra cosa a proposito della colla, le vuole dire quanto è meravigliosa, e a un certo punto, finalmente, ci riesce; riesce a spiccicare la parola "colla", e tutti la sentono, e la signora gentile la sente, e tutti applaudono, perché sanno che, se Jaspreet alla fine riesce a dire qualcosa, allora quella è una bella giornata.

Più tardi è al supermercato, dentro il carrello. Per quanto sia un po' troppo grande per stare dentro al carrello del supermercato. In effetti, nota che nessun altro ragazzino della sua altezza si fa portare lì dentro, solo quelli alti la metà di lui, ma intanto lui ha già sventrato la confezione dei cereali coi denti e si è riempito la bocca, un cereale dietro l'altro. E la mamma spinge il carrello con dentro lui lungo la corsia, e lui si lascia dietro una scia di cereali. Di solito la mamma cerca di impedirgli di mangiare i cereali mentre spinge il carrello lungo la corsia, ma questa volta lo lascia fare. Potrebbe impedirgli di alimentare la scia, ma per ora non ci ha ancora fatto caso. Un giorno, un uomo l'aveva spaventato a morte dicendogli di non mangiare i cereali. Gli era capitato di rivedere quell'uomo un'altra volta, ma il tizio non gli aveva più detto nulla. I cereali sono il piatto preferito di Jaspreet. Ogni tanto, di mattina, capita che alla televisione diano dei programmi durante i quali si vedono un sacco di pubblicità di cereali. E lui chiede se può guardare i programmi con i cereali. E aspetta tranquillo che la televisione venga accesa. Guarda qualsiasi cosa diano in televisione. Ma, se durante un programma scorrono le pubblicità dei cereali, allora tanto meglio.

Quali sono i cereali migliori? I cereali migliori sono quelli che sta mangiando lui, di qualsiasi cereali si tratti. Gli può anche capitare di mangiare cereali a colazione, a pranzo e a cena. Nella corsia, la mamma gli dice che per cena ci saranno lenticchie, *chapati* e *aloo gobi*, e ci saranno gli anacardi e il *naan*, un tipo di pane che a lui piace. Ci saranno gli *achar*. Lui preferisce i cereali. Poco dopo si mettono in coda a un gruppo di persone già in fila, e la mamma gli allunga un giornale pieno di figure di donne. Le donne lo distraggono fino a quando la mamma non passa accanto all'uomo con l'apparecchio per leggere il codice a barre. L'uomo domanda a Jaspreet se gli va di far scorrere un prodotto sull'apparecchio, e lui alza lo sguardo verso la mamma, e lei sospira. Ma ciò che lui desidera più di ogni altra cosa è salire sul nastro trasportatore accanto all'uomo; tuttavia oggi non lo farà, perché ci sono molte persone in coda dietro di loro. Allora posizionerà la confezione sull'apparecchio per leggere il codice a barre. Fa il giro e si va a sistemare nella postazione dell'uomo col grembiule, poi prende la confezione di cereali di cui ha mangiato gran parte del contenuto e la passa sull'apparecchio, fino a quando non si sente il beep. Vuole farlo di nuovo.

L'uomo dice: "Una volta sola, altrimenti dovrai pagarla due volte." E, rivolgendosi alla mamma di Jaspreet: "Sembra nato per questo lavoro."

Lui intuisce che l'uomo sta facendo una specie di battuta, anche se Jaspreet non riesce a capire che cosa ci sia di tanto divertente. E la mamma, che in teoria dovrebbe aver capito la battuta, non sembra divertirsi più di tanto neanche lei. Ha l'aria arrabbiata. Forse oggi sono successe altre cose divertenti, ma lui non riesce a ricordarsele bene. Finito lo scambio di banconote, i due si incamminano sul marciapiede e lui porta le borse della spesa, dal momento che si tratta di una cosa che solo lui sa fare. Però si annoia. Probabilmente sua mamma, tornando verso casa con le borse della spesa, si metterà a canticchiare qualcosa con la sua voce di velluto.

Qualche volta, quando arrivano a casa, suo padre è lì che li aspetta dentro la macchina, di fronte al palazzo, mentre altre volte non è lì che li aspetta, perché rimane al lavoro fino a tarda notte. Quelle sere, Jaspreet è costretto ad andare a dormire senza che il padre gli abbia raccontato una storia. La morale della storia è sempre *sii forte*. Sii forte, devi essere forte, ma se non c'è il padre a raccontargli quella storia, allora lui non è forte, è debole, perché alla fine della giornata arriva un momento in cui lui sa che sta per succedere qualcosa, un momento in cui qualcuno farà una battuta, salvo che lui non capisce che cosa ci sia di tanto divertente e vuole esserne reso partecipe, anche se non capita mai, e allora rimane in disparte, in qualsiasi momento ciò accada, e se succede durante il giorno, allora alcuni dei suoi compagni si uniscono a lui con l'aria di chi si è dimenticato di qualcosa di importante, mentre altri si raggruppano nel corridoio bisbigliando. A letto, di notte, gli ritornano alla mente tutti questi ricordi, e non importa se la mamma è bella e se il padre è forte e guida una macchina di lusso; importa solo il fatto che lui non capisce le battute. La sensazione è più o meno quella di quando si ha voglia di rompersi qualcosa sulla testa.

Quando arrivano a casa, non c'è suo padre ad aspettarli, e sua mamma è nervosa, e sta aprendo la porta in un modo che non gli piace, e Jaspreet non riesce a parlarle. Allora entra nella stanza della televisione e osserva la boccia con il pesce che saetta avanti e indietro. Presto qualcuno dovrà dargli da mangiare. Ciò che fa il pesce è risalire a tutta velocità su, fino all'orlo dell'acqua, e questo sì che è bello.

La mamma lo chiama e lui entra in cucina. Sua mamma! Gli chiede di aiutarla con il matterello, un compito davvero speciale. A lui piace aiutarla a stendere la sfoglia, poi ne mangia un pezzetto e gli viene subito una gran fame, e a questo punto non sa se riuscirà ad aspettare l'ora di cena, perché è affamato, e così sua mamma gli dà un colpetto sulla mano ammonendolo di non mangiarla tutta. Ma poi lui vede un piatto di lenticchie e ne assaggia qualcuna. Il *chapati* sarà meglio dell'impasto crudo.

Poco dopo si sente bussare alla porta.

Al di là della porta c'è qualcuno! Jaspreet va a nascondersi nella stanza della televisione, dietro il divano. Non sa perché corre a nascondersi. Lo fa sempre. Ogni tanto c'è un gatto che vive in casa con loro, il gatto dei vicini, perché quando i vicini vanno via il padre di Jaspreet lo fa entrare. E quando il gatto è lì con loro, Jaspreet gli tira la coda e il gatto corre a nascondersi dietro il divano.

È suo padre che sta bussando alla porta: ora sta mettendo la chiave nella toppa, ora sta aprendo la porta, ora sta entrando. Suo padre è forte! Suo padre indossa dei guanti speciali. Suo padre ha sulla testa un bel turbante, che qualche volta si toglie, e così Jaspreet riesce a vedergli i capelli. Un giorno anche lui indosserà il turbante. A Jaspreet piace tirare i capelli a suo padre, e gli piace tirare la coda al gatto, e gli piace annusare i capelli a suo padre, e lui lo lascia fare, almeno fino a quando non li tira troppo forte. Sbuca da dietro il divano e raggiunge il padre di corsa, e inciampa nel bulldozer giallo in mezzo al pavimento, e sua mamma gli dice di raccoglierlo, e così lui lo raccoglie e lo rimette a posto, ma poi ci inciampa di nuovo. Mentre si toglie la polvere di dosso, si accorge che suo padre non è solo.

La signora pallida ha i capelli gialli, dello stesso colore del sole del suo disegno. E la donna è sottile come un attaccapanni a muro. Indossa un lungo cappotto rosso. Un impermeabile. Suo padre lo abbraccia scompigliandogli i capelli, anche se Jaspreet non sa perché. Jaspreet fissa a lungo la signora pallida, fino a quando il padre non gli dice che non sta bene fissare le persone, dopodiché gli dice come si chiama la signora pallida. E a lei dice il nome di Jaspreet, al che lei gli porge la mano e Jaspreet osserva la mano sottile. Allora sua mamma esce dalla cucina, pulendosi le mani con uno straccio, e si accorge della signora pallida, e sia lei che Jaspreet si mettono a fissare la signora pallida, e la signora pallida a sua volta si mette a fissare loro due. La signora pallida tenta di attirare l'attenzione della mamma sulla sua mano, ma lei continua a strofinarsi le mani, finché, dopo un attimo, le porge la mano. Jaspreet emette dalla gola un gemito che non è una parola. È come se avesse dell'acqua in fondo alla gola, e continua a fare quel rumore fino a quando non si avvicina e non tocca l'impermeabile della signora pallida infilandole una mano nella tasca.

"Gli piace vedere cosa c'è nelle tasche delle persone," le spiega il padre.

Lei annuisce e tira fuori un pezzo di stoffa. È tutta colorata, questa stoffa, e lei gliel'allunga, e lui se l'avvolge attorno alla testa.

"Jeanine è venuta qui per conoscere Jaspreet." Suo padre sta dicendo anche qualcos'altro, ma Jaspreet ha la stoffa colorata e torna nella stanza della televisione, al che la signora pallida lo segue. Ha con sé la stoffa colorata e se la tiene avvolta intorno alla testa come se fosse un turbante. Indica col dito il pesce rosso, e la signora pallida, sgranando gli occhi, dice la parola *pesce rosso*, e quando dà un colpetto alla boccia di vetro, il pesce sobbalza spaventato, e lui lo indica di nuovo col dito.

"Gli dai da mangiare, al pesce?" Continua a parlare molto lentamente, come se lui non riuscisse a capire, mentre invece lui capisce benissimo. Jaspreet va in cucina a prendere il barattolo con il cibo per il pesce, e quando è là dentro vede sua mamma con le mani sui fianchi, e suo padre che si sta tirando i peli della barba. Sua mamma sta bisbigliando.

"Ma ti pagano per questo, chiamiamolo lavoro, che ti sei messo in testa di seguire? Ti pagano per questo? E adesso portare a casa delle americane sexy il venerdì sera fa parte del tuo lavoro? Di quel lavoro per il quale, diciamolo pure, non guadagni nemmeno un soldo? Quello per cui hai lasciato il lavoro che te li faceva guadagnare invece, i soldi? Cosa credi, di lavorare in un film? Credi che quella bianca di là in soggiorno si metterà a cantare una canzoncina che tu potrai utilizzare nel tuo film americano? Credi veramente che vogliano farti lavorare in quella società? Non sei più uno studente, hai una famiglia di cui occuparti. E si dà il caso che si tratti di una tua responsabilità, e invece non fai altro che perdere tempo, come un bambino, e il tuo capo della compagnia dei taxi telefona qui a casa per sapere il motivo per cui non ti sei presentato. Gli hai detto almeno che non lavori più per loro? Non sono arrivata fin qui per crescere mio figlio in questo paese con un marito scansafatiche."

C'è dell'altro, ma Jaspreet non riesce a capire. Non ci riesce perché le urla sono l'esatto opposto rispetto al modo in cui i genitori normalmente si parlano, e ogni tanto anche i suoi cugini parlano in quell'altro modo, e lui alcune cose le capisce, altre no. Il padre guarda la mamma, ma quando si accorgono di Jaspreet si mettono a fare altre cose, poi suo padre si avvicina al mobiletto che contiene le bottiglie speciali e inizia a versare qualcosa da quelle bottiglie speciali. E Jaspreet si viene a trovare lì in mezzo, mentre cerca di raggiungere il cassetto in cui è nascosto il barattolo con il cibo per il pesce, e così la mamma lo allontana con una spintarella, ma lui torna indietro. Lei gli dice di levarsi dai piedi, ma quando alza lo sguardo vede la signora pallida all'ingresso. Tutti si ricordano che lei è lì, e allora la mamma lascia che lui vada a prendere il cibo per il pesce, e lui lo tiene sollevato come se si trattasse di un trofeo.

"Le andrebbe un drink?" le chiede il padre. La signora annuisce, e il padre torna a versare qualcosa dalle bottiglie speciali. Jaspreet riaccompagna la signora pallida nella stanza dove si trova la boccia del pesce, ed ecco che ha inizio il momento magico del nutrimento del pesce, e la minuscola bocca del pesciolino rosso fa increspare la superficie dell'acqua. E i due rimangono lì a osservare il pesce fino a quando non è ora di cena.

La tavola è apparecchiata per quattro, e le quattro persone, in fretta, si siedono. A Jaspreet non piace sedersi a tavola, e allora porta la sedia in cucina, e torna indietro, e si mette in piedi davanti al suo posto. La mamma si alza per accendere la televisione, perché a quell'ora c'è il programma dei milionari. A Jaspreet non piace il programma dei milionari, perché il conduttore ha l'aria di uno che sta per prendere fuoco. Jaspreet cerca di non guardare la televisione con dentro l'uomo; tuttavia continua a tenere lo sguardo fisso in quella direzione. Ogni volta che la televisione è accesa, lui deve tenere lo sguardo fisso sul video, che lo voglia o meno, e così continua a guardare quell'uomo che ripete le stesse cose mille volte. Allora il padre di Jaspreet chiede se sia indispensabile tenere la televisione accesa proprio in quel momento, e la signora pallida si guarda in giro per la stanza come se avesse dimenticato qualcosa.

"Abbiamo un'ospite," dice il padre.

La mamma aggrotta la fronte.

La stanza odora di spezie, proprio come la cucina, e a Jaspreet piace l'aroma delle spezie, sebbene gli piacciano di più i cereali. La signora pallida cerca di mangiare. Non dice nulla. Il padre chiede a Jaspreet com'è andata a scuola, e lui non dice nulla, sorride soltanto. È andata bene? domanda il padre, e Jaspreet sorride. Hai fatto qualcosa? domanda il padre, e Jaspreet sorride. E come sono stati gli altri bambini? Jaspreet sorride.

"Puoi almeno abbassare il volume del programma, per cortesia?" chiede il padre alla mamma. Lei fa finta di non sentirlo, mentre l'uomo sul video sta rivolgendo le domande ai concorrenti. È sicuro? sta chiedendo.

Poco dopo, la mamma dice una cosa molto difficile da seguire. Qualcosa riguardo a come lei aveva conosciuto il padre di Jaspreet quando era solo una bambina, e di come i rispettivi genitori si conoscevano, ed era stato così che loro due si erano conosciuti, lei e suo padre, perché le cose andavano in quel modo, ed è per questo motivo, dice la mamma alla signora pallida, che lei è tenuta a prestare attenzione alle osservazioni del padre di Jaspreet, anche quando non varrebbe la pena di ascoltarle. Ed è tenuta a ingoiare rospi e a sopportarlo, anche se lui decide di mollare il lavoro senza alcuna ragione valida, affermando con convinzione di essere uno dei massimi esperti di programmi televisivi in circolazione. Jaspreet capisce solo una parte del discorso ma, ogni volta che tenta di afferrarne il senso, il suo sguardo viene distratto dallo schermo della televisione, e lui torna a rivolgersi all'uomo che sta prendendo fuoco.

"Forse è meglio che me ne vada," dice la signora pallida.

Jaspreet si lascia sfuggire uno strillo. Non sa perché.

"No, no!" sbotta il padre.

La mamma, tranquilla, fissa il piatto che ha davanti. Anche la signora pallida fissa il piatto che ha davanti. Jaspreet spinge il suo *chapati* attraverso la salsa, come se si trattasse di una barca. Tutti hanno lo sguardo fisso sui propri piatti, cosa che fa venir voglia a Jaspreet di allungare la mano per toccare il cibo. Ecco cosa pensa che dovrebbe fare. Potrebbe gettare l'*aloo gobi* sul pavimento, oppure potrebbe semplicemente andare in cucina a mangiare i cereali; potrebbe portarli nel seminterrato, visto che qui sono tutti tranquilli. La signora pallida sembra prepararsi a dire qualcosa, poi inizia.

"Be', è vero che, con rispetto parlando, il modo in cui si realizzano dei guadagni nel nostro lavoro passa per la maggior parte delle volte attraverso gli studi. È fondamentale avere un progetto adeguato, ma poi ci si fa finanziare dagli studi, i quali coprono le spese di produzione. Più o meno quello che accade in una transazione. E questo, sa, è il motivo per cui bisogna tenere i costi bassi durante i periodi in cui ci sono pochi progetti in produzione. E il punto è che suo marito ha un'idea che ci piace, un'idea fantastica, e speriamo veramente di riuscire a trovare il modo di sviluppare il suo progetto, e una volta che saremo riusciti a farlo, allora saremo anche in grado di ricavarci un po' di soldi. La possibilità di realizzare dei guadagni costituisce un incentivo per lui e anche per noi. Mi segue? Fino a quel momento, fino a quando non inizieremo a farci finanziare dagli studi, è probabile che, quanto a stipendio, bisognerà tirare un po' la cinghia, questo sì! Ma credo che lei dovrebbe sapere che l'idea di Ranjeet è davvero strepitosa, e in ufficio ne sono tutti convinti. Vanessa, per esempio, la fondatrice della nostra società, crede che sia un'idea strepitosa. E così la stiamo portando avanti. Ed è proprio questo il motivo per cui sono venuta qui stasera, per dirvi che Ranjeet è entrato a far parte della famiglia di Mezzi di Produzione. È molto apprezzato in ufficio, ed è un vero innovatore, e noi gli siamo grati per averci fatto dono del suo talento e della sua competenza. Naturalmente, volevo anche conoscere Jaspreet."

La signora si volta per guardare Jaspreet e sorride; tuttavia, lui nota che non è contenta di quel sorriso né di quelle parole. E il suo non è un sorriso felice. Ed è allora che lui decide che, dopotutto, getterà l'*aloo gobi* sul pavimento. A dire il vero, non si tratta di una decisione. Sente affiorare qualcosa dentro di sé; e, o lascia che succeda, oppure gli passa, ma in ogni caso non sta a pensare se deve farlo o meno, dal momento che ha l'abitudine di dimenticarsi le cose. Si dimentica di ciò che è successo prima, e così non sa cosa fare, e allora, o la cosa succede o non succede, e se succede è già deciso, ma si tratta di una decisione presa nelle ossa e nei muscoli. Talvolta, quando viene sopraffatto da questi momenti di attività, è come se dentro di lui si scatenasse una tempesta, e allora si mette a fare una marea di cose, il più delle volte brutte. È ciò che gli dicono i suoi genitori, di non fare cose brutte, e che, se continuerà a farle, loro non sapranno come comportarsi con lui. Potrebbe colpire il cane di qualcuno con un bastone, o dipingere le finestre con lo smalto per le unghie, oppure gettare delle cose fuori dalla finestra, e adesso la cosa che sta facendo è gridare, non una parola in particolare, sta solamente gridando, e sta gettando l'*aloo gobi* sul pavimento, e poi sta scaraventando giù dal tavolo degli oggetti, come il piatto con gli anacardi e il piatto con il *naan*, che ora è sul pavimento, e di lì a poco ci sono molte cose sul pavimento, e le grida si levano in alto come un palloncino nel cielo, e gli oggetti devono essere sul pavimento, e le cose dovrebbero essersi rotte, alcuni piatti devono essersi rotti, e lui sta gridando, e agitando i pugni, e assestando colpi sui mobili, come un piccolo giudice, e tutto questo succede molto rapidamente, tanto che suo padre e la mamma non riescono a fermarlo prima che lui abbia già combinato un gran macello. La mamma attacca a gridare: "Oh, mio Dio, cosa gli sta succedendo?", mentre il padre è costretto ad alzarsi dall'altro lato del tavolo per cercare di tenerlo fermo, ma Jaspreet, dimenandosi, riesce a liberarsi e a correre nella stanza della televisione, poi afferra la boccia del pesce e la scaraventa a terra, cosa che a dire il vero ha già fatto diverse altre volte, poi sputa addosso all'uomo in fiamme che è in televisione. Non sa perché fa queste cose, però sa che la signora pallida c'entra qualcosa col suo scatto di nervi.

"Dobbiamo portarlo di sopra," dice la mamma.

"La colpa è tua," replica il padre. Ora non si curano più della signora pallida, la quale si è alzata da tavola dirigendosi verso l'armadio a muro dove sono appesi i cappotti.

"Cosa intendi dire? È colpa mia se ora non disponiamo più delle entrate di cui disponevamo prima, a causa del fatto che tu ti sei messo in testa di essere un artista? Non è colpa mia. E, per giunta, non sono stata io a portare qui a cena una tipa strana. Io sono andata al negozio, come sempre, e ho portato a casa mio figlio, come sempre."

"Tu non sai niente."

Il pesciolino rosso si sta dimenando sul pavimento, come una virgola che tenta di scivolare tra due frasi. Il padre fa un gesto di stizza in direzione della mamma; poi va a raccogliere la boccia. Jaspreet prende il pesciolino in mano e lo fa dondolare, prima di venire a sua volta immobilizzato dalla stretta del padre. Si libera da sotto il braccio del padre, il quale gli dice: "Dammi il pesce."

Jaspreet scuote la testa.

"Dammi il pesce."

Jaspreet scuote la testa.

"Il pesce morirà. Lo capisci? Se non mi dai il pesce, il pesce morirà. Vuoi che muoia?" Jaspreet sta scalciando, contorcendosi come un forsennato, ma non aprirà il pugno con dentro il pesce. Le donne, la mamma e la signora pallida, si stringono attorno al padre ammonendolo di non far del male a Jaspreet; poi la mamma lo afferra per la mano, riuscendo ad aprirgli il pugno con l'aiuto di una forchetta, dal momento che non c'è altro modo per farglielo aprire, e il pesciolino ruzzola dalla sua mano sul pavimento, al che lui, mollando la presa, attacca a strillare, e la mamma urla: "Ha ucciso il pesce, vedi? Ha ucciso il pesce per colpa tua. Gli hai fatto uccidere il pesce, e adesso ci toccherà comprarne un altro."

"Costa novantanove centesimi! Ecco quello che t'importa!"

La mamma afferra le gambe di Jaspreet, che stanno ancora scalciando, e lei e il padre lo portano di sopra tenendolo per le braccia e per le gambe, e il padre dice che lo metteranno nella stanza, come se Jaspreet non sapesse che stanza è, quella di cui stanno parlando, e invece lo sa eccome, e così si mette a scalciare e a urlare ancor più forte, perché è la stanza con dentro nulla, nemmeno una cosa, è una stanza completamente vuota. Quella stanza lo spaventa da morire, e non perché non ci siano le luci. Be', a dire il vero una luce c'è, anche se lui non la riesce a raggiungere, ma il fatto è che non c'è la televisione, non c'è il pesce e non ci sono i genitori; è inquietante e silenziosa, appunto, e non c'è niente da fare lì dentro, e lui non ci vuole stare. Ogni tanto viene messo lì dentro per diverse ore, quando non riesce a calmarsi, e ora è proprio lì che lo stanno portando. Il padre si lamenta del fatto che ora che Jaspreet sta crescendo loro sono costretti a chiuderlo in quella stanza molto più spesso di prima, e per quale motivo si comporta così più spesso, forse perché è in America? Lo farebbe anche se fossero in India? La mamma di Jaspreet non gli risponde e di lì a poco lo hanno sistemato nella stanza, che in realtà non è che un ripostiglio. Il padre gli sta dicendo: "Jaspreet, non puoi rovinare la cena. Non è giusto nei confronti di tua mamma che ha faticato tanto per prepararla, e non è giusto nei miei confronti, dato che ho portato qui un'ospite a cui tu hai rovinato la cena, e che ha attraversato la città per conoscerti e che adesso per colpa tua non avrà più voglia di tornare a casa nostra. E poi, ogni volta che combini queste cose ci fai preoccupare. E noi non vogliamo doverci preoccupare per te. Devi cercare di aiutarci, invece di metterci i bastoni tra le ruote. Capisci quello che ti stiamo dicendo?"

Lui è rintanato nell'angolo, e il tono del padre lo indispone, e non ha voglia di rispondere né di dire nient'altro.

"Ti comporti così perché io e tua mamma litighiamo? Perché, vedi, noi non vogliamo che i nostri litigi ti turbino. Ogni tanto ci capita di discutere, perché ci conosciamo da molti anni, ma è una cosa che fanno tutte le persone che si conoscono da molti anni. Non c'è nulla di personale in questo, e io amo tua mamma, e lei è in assoluto la mia migliore amica e la mia fedele compagna. Mi capisci?"

E qui c'è un tentativo di abbraccio tra i genitori di Jaspreet, a riprova di ciò che gli stanno dicendo. Ma lui è intento a guardare le assi di legno del pavimento della stanza con dentro nulla, che a dire il vero non è altro che un ripostiglio, e a percorrere con un dito la sagoma della sua mano, a palmo in giù, sulle assi del pavimento della stanza con dentro nulla.

"Ci sono molte belle cose che stanno per succedere. Sono fiducioso. E compreremo un altro pesce. È la mia promessa solenne. Succederanno molte belle cose e compreremo un altro pesce, e quando farà più caldo andremo in cima agli edifici alti a goderci il panorama, e andremo sulle montagne russe, e andremo a guardare i cavalli che corrono all'ippodromo, e poi ti porterò al Gurdwara, dove imparerai a essere un figlio devoto e un sikh devoto. E adesso chiuderemo la porta della stanza, ma non a chiave. Intesi? Chiuderemo la porta della stanza, ma non a chiave, e poi, dall'altra parte di questa porta, io cercherò di far la pace con tua madre. Capisci quello che ti sto dicendo?"

E così la porta si chiude, e il silenzio è grande e inquietante. Jaspreet cerca di spingere il silenzio sul lato opposto della stanza, ma è come se il silenzio stillasse lentamente da una piccola fessura. Il silenzio gocciola nella stanza: prima passa sotto la porta, poi forma una pozza sul pavimento proprio lì, davanti alla porta, quindi striscia lungo il pavimento fino a raggiungere l'angolo in cui lui è seduto e dove si è arrotolato i pantaloni fino al ginocchio in modo che la fuga di silenzio non glieli bagni. È come la perdita nel seminterrato quando piove forte, e presto si spanderà su tutto il pavimento. E inizierà a crescere sempre di più. Gli piace il seminterrato, e se lo dice nel silenzio, che gli piace il seminterrato, gli piace il seminterrato, gli piace il seminterrato, e ci sono molte cose nel seminterrato che gli sono amiche. Gli piace il rumore della caldaia, e gli piace quando ci sono i panni stesi nel seminterrato. E gli piacciono anche il bidone pieno di vecchi giornali e le pile di vecchie riviste su cui ci sono le foto da guardare. Confida nel fatto che questi panni stesi rispecchino l'altro luogo di cui parlano i suoi genitori, la loro patria, che lui si immagina come un posto con tanti colori stesi sui fili e con le case piene di cereali. Ecco ciò che pensa, poiché sta cercando di pensare. Sebbene non gli piaccia farlo, cerca di pronunciare il nome delle cose, dal momento che nella stanza c'è troppo silenzio, e così dice *colla* alcune volte. Ci sta solo provando, sta solo provando a ripetere *colla* all'infinito, come se fosse una domanda. Ci dev'essere qualcuno che ascolta da dietro la porta. Altrimenti ci sarebbe davvero troppo silenzio. Avvicina l'orecchio al pavimento, dato che ha intenzione di sentire cosa si stanno dicendo di sotto. Anche se non è sicuro che stiano dicendo qualcosa. Lui dirà delle cose, cercherà di dirle, non rimarrà in silenzio, e non farà diventare il mondo più silenzioso. Dirà delle cose. A nessuno piace il silenzio. Cercherà di migliorare, perché suo padre e sua madre gli vogliono bene, e così cercherà di migliorare.

Alla fine apre la porta, e non c'è nessuno lì a far la guardia. Ed è notte! La notte è bella! E ogni cosa, in casa, è al suo posto! C'è la camera dei suoi genitori, e lui cammina sul tappeto, perché gli piace la sensazione che dà alle piante dei piedi il tappeto della camera dei suoi genitori. E poi attraversa il corridoio ed entra in camera sua, dove ci sono un letto e alcuni gagliardetti delle squadre di baseball, perché anche i suoi compagni di scuola hanno i gagliardetti delle squadre di baseball. E lui vuole essere come loro, e fare le stesse cose che fanno loro. Riesce a sentire un orologio da qualche parte. Sente il rubinetto di sotto. Sente il suono distante della televisione, che è il suono della sua famiglia; il suono intermittente della televisione è il suono di casa sua e, quando è assente, allora c'è qualcosa che non va. La mamma sta pulendo qualcosa da qualche parte. Lui si avvicina alla finestra per guardare fuori, perché ciò che vede quando si avvicina alla finestra sono altre persone che guardano fuori, e allora anche lui entra a far parte di quel gruppo di persone che stanno guardando. Che è una bella cosa, perché la strada è stupenda, e il cielo di notte si colora di un rosa scuro, fino a che non sorge il sole, e tutte le persone stanno guardando altre persone che a loro volta stanno guardando, salvo che là fuori lui scorge il padre che cammina per strada al fianco della signora pallida, vicino alle scale che portano alla ferrovia soprelevata. Sul primo gradino delle scale il padre si china e abbraccia la signora pallida, e poi mette le sue labbra su quelle di lei, e c'è il suono della televisione di sotto che si sente in lontananza, e poi c'è suo padre, in fondo all'isolato, che bacia una signora pallida.

13

L'indagine dialettica condotta sul soggetto che da qui in poi identificheremo come il "caso umano" (CU) è stata effettuata in un giorno del mese di maggio, in un sobborgo americano, da un gruppo di esperti del modello dialettico, sulla base di analoghe indagini demografiche socioeconomiche e in conformità con la metodologia dell'osservatore partecipante. Stando agli esperti, gli abitanti del sobborgo nordorientale di cui sopra stavano subendo un processo di rotazione vocalica, noto con il nome di "rotazione vocalica connessa con l'anomia" (ARVS),[7] facilmente rintracciabile nella trasformazione di *nah* [a/ä], così come formulata nelle risposte a determinate richieste; per esempio: "Tesoro, potresti per cortesia andare a prendere un paio di confezioni di pollo al negozio qui sotto?" *Nah* (vedere, per esempio, Stinson, et al., 1985). Il CU, stando al gruppo degli esperti del modello dialettico derivato dall'ambiente circostante, non era affetto da ARVS, pur avendo la stessa età dei soggetti che invece ne erano affetti e pur avendo, all'epoca dell'indagine, ricevuto soltanto un'istruzione primaria sotto l'occhio vigile degli esperti. Non essendo stati riscontrati nel soggetto in questione fenomeni legati all'ARVS e all'uso degli intercalari identificati dagli esperti del modello dialettico, intercalari quali *cazzo/cazzone/cazzata/cazzuto* – là dove l'intercalare ha la tendenza a sostituire altre parti del discorso (per non parlare del marker continuativo *cioè*, in relazione al quale, senza tener conto della grammatica, una parola viene aggiunta a una frase ovunque sia indicata una pausa) – è possibile ricondurre l'assenza di tali fenomeni a una condi-

[7] Anomie-Related Vowel Shift (*N.d.T.*).

zione di emarginazione e di isolamento vissuta dal CU all'interno della sua stessa comunità linguistica; ragion per cui il comitato degli esperti del metodo dialettico aveva stabilito che un incontro con il CU, finalizzato a uno studio e a uno scambio di teorie sociolinguistiche, andasse fissato con la massima urgenza. Il CU, stando al comitato, viene descritto come un soggetto di corporatura assai esile e con una spiccata propensione per l'abbigliamento generalmente adottato dalla sua comunità di provenienza, vale a dire pantaloni in denim blu o neri, tagliati in modo da non mettere in evidenza le forme della parte inferiore del corpo, e felpe con cappuccio larghe e grigie, dotate di tasche cucite davanti nelle quali il CU infila di continuo le mani. Faccia pulita, dolce, su cui tuttavia traspare una certa tristezza, almeno stando a uno dei membri del comitato (caratteristica che, dobbiamo ammetterlo, è stata contestata dagli altri membri, i quali ritengono che il CU sia semplicemente un "caso umano"), e un'acconciatura arruffata tipica della comunità analizzata dagli esperti del modello dialettico e che viene da loro definita come "ricciuta, spiraleggiante", ecc. Labbra spesso all'ingiù, particolare che, sempre stando agli esperti, potrebbe costituire il punto di partenza biologico per le vocali velari, le quali, nel caso del CU, hanno subito un leggero slittamento in avanti, andando quasi a collidere con la sua media complessiva: uno slittamento piuttosto comune nella struttura anatomica degli abitanti del profondo Sud, riscontrabile anche nelle registrazioni audio dei rapper dei sobborghi, ma che tuttavia non è tipico della zona qui considerata e che non viene pertanto ritenuto dagli esperti compatibile con il presente studio. L'intervista al CU da parte dei membri del comitato degli esperti (COE) ha avuto luogo a Fort Point Avenue, una strada tranquilla, dopo che i membri erano stati espulsi da un tipico scuolabus americano, il quale, a prescindere dall'aspetto obsoleto, si è rivelato un vero crogiuolo di tendenze e di stili linguistici. Una volta scesi dal tipico scuolabus americano, i membri del COE si sono avvicinati al CU e, nel corso di un'analisi preliminare relativa allo slittamento vocalico di cui sopra, gli hanno chiesto dei suoi scarponi, i pesanti scarponi neri che aveva indosso. La sua replica, "Toglietevi di mezzo", non è stata ritenuta tale da fornire una soluzione adeguata al quesito relativo agli scarponi, né tantomento a quello relativo al rapporto del CU con la Dominanza delle Vocali alla Moda, o DVM. In base alla DVM e all'ARVS, infatti, alcune vocali, specialmente la ü, la œ e la ÿ, sono da ritenersi marker distintivi indispensabili alla Formazione di una Comunità Omogenea, e il fatto che il CU si sia rifiutato sia di rispondere usando la parola "scarpone" sia di fornire spiegazioni circa i sopraccitati "scarponi", che successive ricerche hanno poi dimostrato essere un paio di anfibi militari, ha rappresentato il primo indizio della necessità di un'analisi molto più approfondita. Nel corso del tragitto da Fort Point Avenue in direzione di Hillcrest Place, il CU è stato descritto come riservato e refrattario, specialmente alla luce dei test implementati dal COE, quale per esempio il test in cui il CU è stato invitato a sedersi per parlare sul muretto di pietra di fronte alla proprietà di Dan G. e Audrey L. Harrison del Newton Center, Massachusetts. La frase citata dal COE come spunto consisteva in un tentativo di produrre l'inversione *sit/set*; tuttavia tale esperimento non ha condotto ad alcun risultato, né è emerso alcun marker linguistico tipico del VAA (Vernacolo Afroamericano), quale per esempio la fusione *pin/pen*,[8] ecc. L'assenza di marker ha forse dimostrato una convergenza fra il COE e il baricentro filosofico, emozionale e linguistico del CU? E, se così fosse, per quale motivo il CU ha continuato, nel corso di tutto il periodo di interazione con il COE, a manifestare un atteggiamento tanto refrattario? Quando ha chiesto al CU: "Ti siamo, cioè, antipatici?", il COE stava ovviamente tentando un attacco a sorpresa mediante il marker linguistico *cioè*; e, nel resoconto che qui stiamo facendo, andrebbe fatto notare che la mancanza di citazioni estrapolate dal dialogo intercorso non è intesa a negare la presenza del marker continuativo *duh*, così come della sua derivazione *d'oh*, meglio nota con il nome di marker contemporaneo del disappunto. "No, mi siete tutti antipatici,"[9] ha risposto il CU, evitando però di usare la contrazione *y'all* tipica del Vernacolo del Sud, contrazione che il COE ha affermato di avergli sentito usare in più di un'occasione. In questo caso la risposta "No, mi siete tutti antipatici" è stata considerata dal COE come un esempio di non conformità allo studio. Tuttavia la non conformità nei confronti di figure acquisite, specialmente per quanto concerne l'ARVS e il Monosillabismo Narcisistico Adolescenziale (MNA), come notato da Davidoff a proposito dell'intercalare *eh*, indica nel CU una sorta di ri-

[8] Fusione fonemica tipica dell'inglese vernacolare afroamericano, così definita perché le parole "pin" e "pen" risultano omofone (*N.d.T.*).

[9] "No, I don't like you all", in lingua originale (*N.d.T.*).

duzione della mobilità, esemplificata in maniera particolarmente efficace dalla doppia affermazione *sì sì*. Comunque sia, tale non conformità, stando al COE, risponde in molti casi a una strategia politica di sopravvivenza carica di significato. A questo punto, come si spiegano l'accerchiamento e le pesanti minacce di cui il CU è stato fatto via via oggetto? Sono, i comportamenti messi in atto dal COE, da considerarsi quali legittimi metodi di ricerca accademica? "Cosa stanno combinando i tuoi amichetti?" ha chiesto il COE in tono canzonatorio. "E chi è la tua mammina?" Dando così prova di conoscere le molteplici terminologie tipiche del lessico dell'insulto razziale, e tuttavia senza chiedersi, va notato, se queste unità linguistiche fossero a) offensive, o b) semplicemente critiche. A ogni modo, tali unità linguistiche sono state spesso impiegate nella storia degli scambi verbali intercorsi tra i membri del COE e i vari CU del passato. Storia zeppa di fraintendimenti. Può darsi che le persone sentano la necessità di utilizzare termini quali "fratello" e "sorella" allo scopo di creare forme di solidarietà in grado di abbassare il livello di stress prodotto dagli avversari durante gli scontri. Naturalmente, il trasferimento delle indagini in un posto nuovo è stato ritenuto dal COE auspicabile; un posto nuovo che, idealmente, ci si immagina non infestato da assistenti, da laureati o da spettatori ficcanaso; un posto, insomma, come una foresta o un parcheggio vuoto sul retro di un grande magazzino, un posto che, in un pomeriggio luminoso come questo, non sia frequentato da un numero così elevato di passanti; il posto ideale, insomma, al fine di tracciare un quadro esaustivo in relazione allo slittamento delle vocali lunghe, o VL. Nella speranza che l'isolamento del CU sia dovuto all'impiego da parte sua di espressioni diffamatorie che hanno a che fare con l'essere bianchi, espressioni che includono anche neologismi e parole nuove da lei coniate per descrivere i diversi membri del COE, come ad esempio *secchionazzi*, *citrulloni*, *mezzefichette*. Dato che questo era il segreto timore del COE, e cioè che il CU, nonostante la malinconia e l'atteggiamento distaccato, finisse col rientrare piuttosto nel settore relativo alla ricerca e allo sviluppo del linguaggio americano, essendo il CU a conoscenza di cose che non rientravano e non sarebbero mai potute rientrare nell'ambito delle competenze del COE. Il CU proveniva dunque da un luogo esotico, da un altrove linguistico? Quando invece il COE proveniva dalla terra dei linguisti moribondi. Se solo il CU avesse avuto intenzione di intraprendere una collaborazione continuativa con il COE, allora forse le differenze tra le due parti si sarebbero potute in qualche modo appianare. Questo, dunque, era lo scopo accademico connesso all'indagine, lo scopo sostenuto dal COE. Tuttavia, a questo punto va detto che la creazione di una monolitica prima persona plurale da parte del COE non è stata che un'invenzione accademica. Infatti, quando uno degli accademici di fama nazionale aveva suggerito, come detto sopra, di cambiare la sede dell'indagine, alcuni membri del COE, facendo leva sui differenti gradi delle rispettive gerarchie accademiche, avevano cominciato a tirare in ballo l'ora tarda usandola come pretesto. I sociolinguisti in questione avevano cominciato ad accampare impegni presi precedentemente con altre riviste quadrimestrali, quali la "Lawn-Mowing Today" e la "Review of Contemporary Newspaper Delivery". Comunque sia, una volta espletata la parte principale del programma a Hillcrest Place, parte che era consistita in ripetuti attacchi verbali, il COE aveva subito una decimazione e i suoi componenti avevano levato le tende per andarsi a esercitare alla chitarra, lasciando sul posto solo un membro del COE, quello con la pelle più rovinata, quello con i capelli più sudici, quello con la situazione famigliare più atroce, situazione sulla bocca di tutte le donne del vicinato, le quali l'avevano commentata sfregandosi le mani. Il solitario membro del COE vagava per le strade, allo sbando, accidentalmente libero. Che fare? Era sovrappeso e presentava gravi malformazioni al palato, le quali, va da sé, pregiudicavano il suo quadro sociolinguistico. Eccolo, dunque, l'unico membro superstite del COE, deciso a delegittimare l'indagine. Se non fosse stato per l'improvvisa comparsa di un secondo oggetto di analisi, vale a dire il fratello maggiore del CU, non più chiamato così ma a cui invece da quel momento in poi ci si è rivolti usando il suo pseudonimo ai fini della ricerca, e cioè "Annabel", si sarebbe infatti potuto procedere con la delegittimazione dell'indagine. Tuttavia, secondo un qualche codice segreto inerente alla deformazione linguistica e a una condizione di bisogno, "Annabel" aveva convocato questo secondo oggetto di ricerca, noto semplicemente come "fratello". Alto e allampanato, quasi un gigante buono, il cosiddetto "fratello" si era presentato al colloquio tra il membro solitario del COE e "Annabel" a Hillcrest Place. A quanto pare, stava tornando da quella che è stata descritta come una "lunga passeggiata". Sulle prime non aveva minimamente dato peso al fatto di essersi ritrovato "Annabel" davanti, con quell'espressione corrucciata stampata ininterrottamente sul volto tipica delle interazioni che hanno luogo nell'ambito della scuola pubblica, né aveva fatto minimamente caso al rappresentante del COE sovrappeso e dai capelli sudici, il quale, per dirla tutta, sembrava uscito dalla pubblicità di un raduno di stupratori. Il "fratello", che si chiamava William, sebbene preferisse lo pseudonimo di "Tyrone", era estraneo agli eventi che quotidianamente avevano luogo a Hillcrest Place. A detta di tutti, stava camminando su una qualche superficie astrale ed era impegnato nello studio della dimensione dei buchi neri, dei quali stava valutando la capacità o meno di emettere radiazioni, ecc. Era tornato a casa durante le vacanze del corso di specializzazione postlaurea, ecc., ed era evidente che parlasse una lingua tonale o, meglio, che si esprimesse con le pause tipiche delle pianure africane, ecc., o che parlasse un dialetto congo-nigeriano, oppure un dialetto creolo, o il *gullah*; e il membro del COE non sarebbe stato in grado di capirlo, in nessun modo, e così a quel punto il membro del COE, che precedentemente era riuscito a esercitare un autocontrollo accademico davvero ammirevole, si era spaventato a morte, avendo percepito dentro di sé l'ansia prodotta dal VAA e, nella fattispecie, dalla variante impiegata dai parlanti adulti di sesso maschile. Cosa che aveva tagliato fuori il membro del COE, decretandone la sconfitta. D'ora innanzi, a causa del VAA, il suo valore non sarebbe stato riconosciuto, la sua immensità non sarebbe stata riconosciuta. Non avrebbe ricevuto alcun fondo da parte delle agenzie governative, il che significava, ora era chiaro, che il membro del COE avrebbe dovuto portare il suo "fottuto" "culo" lontano dalla loro strada, il che significava che il membro del COE avrebbe dovuto sgattaiolare via da Hillcrest per ritornare nel caos di casa sua; dopodiché lo studio è stato interrotto e l'oggetto di ricerca chiamato "Annabel" si è stretto in un abbraccio con "Tyrone", fornendo così un ulteriore campione di comportamento normativo suburbano.

Il "fratello" sogna. Sull'Amtrak.[10] Diretto a nordest. Fuori: le paludi del Connecticut. Uno Stato famoso sia per le paludi che per la suddivisione frattale dei fiumi che sfociano nel Sound. Ora: tardo pomerig-

[10] L'Amtrak è la più estesa rete ferroviaria degli Stati Uniti, che collega tra di loro le maggiori città e i luoghi di attrazione turistica del Nordest del paese (*N.d.T.*).

gio. Giorno: venerdì. Gli effetti luminosi sono quelli della luce del tardo pomeriggio nel Connecticut, che è la luce tremolante delle cose che stanno per morire, la luce delle cose che giungono al termine. Escatologia. I passeggeri dell'Amtrak sanno che il lato del treno vicino all'acqua è il lato della luce tremolante. La fine delle cose. E dunque cos'altro fare qui, se non ricordare? Tyrone ricorda; sempre meglio che pensare al presente. Tyrone, con il berretto di lana calato sugli occhi. Tyrone, che questa mattina si è rasato i capelli e il pizzetto, che ha sacrificato i suoi dreadlock. Tyrone, che sfoggia pantaloni kaki di cotone e una camicia che gli ha comprato sua madre e che non era mai stata tirata fuori dalla sua confezione prima d'ora. Sembra "la persona di colore modello", qui, lungo il Corridoio del Nordest. Conta sette persone che stanno leggendo quotidiani diversi. Sette lettori che, con ogni probabilità, sono al corrente dei titoli dei giornali, e che sono abbastanza svegli da riuscire a stabilire delle connessioni tra le fotografie dei sospetti che vedono sui giornali e le facce dei passanti. Luce tremolante, alberi spogli. La luce degli estuari del Connecticut. Tyrone non ci riesce, non riesce ad affrontare l'enormità della propria sventura. Una delle sue passioni consiste nell'origliare le conversazioni altrui, e ha captato delle conversazioni al cellulare, frammenti di racconti, schegge di consapevolezza, liste della spesa, auguri di compleanno, perlomeno fino alla fermata di Old Saybrook, la fermata a cui scendono i viaggiatori della domenica. A quel punto si convince che è arrivato il momento di fare un giretto. Tyrone, con indosso i suoi pantaloni kaki di cotone e l'elegante camicia italiana, si sta dirigendo verso il bar quando, lungo il tragitto, una distinta signora di una certa età che di recente si è stabilita a Old Saybrook, una donna dagli "incredibili colori pastello" e dai capelli fosforescenti, gli chiede se la può aiutare a sollevare la sua valigia con le rotelle e a sistemarla nel portabagagli. Lì per lì, Tyrone pensa di risponderle di "andare a farsi fottere", ma poi si dedica con impegno a sollevare il baule con le rotelle del peso di un quintale. Dopodiché lei gli allunga il suo biglietto. Certo, perché lui è il bel ragazzo di colore del vagone. A dire il vero, l'unico motivo per cui Tyrone non "fa paura" alla signora dai capelli fosforescenti è da ricercare nel fatto che è completamente rasato e "in fuga". Quando invece, stando alle notizie riportate sui giornali, la signora dovrebbe aver paura di lui. E quando, stando almeno a uno dei giornali, lui è un individuo decisamente crudele. Tyrone sta per dire alla "signora dai colori pastello" che "il bidialettalismo è un talento naturale", e nel frattempo sta prendendo il suo biglietto e se lo sta cacciando in bocca, o forse lo sta solo afferrando per poterlo poi incassare da qualche parte, magari in un casinò. Ma non fa nulla di tutto ciò e a bassa voce dice: "Sono un passeggero anch'io", al che la donna impallidisce riconoscendo di aver commesso un grave errore politico. Le sue guance imbellettate s'infiammano e lei ammutolisce, e lui sa che la signora non lo identificherà mai davanti alle autorità interstatali, dal momento che farlo significherebbe ammettere di aver pensato che si trattasse di un conducente o di un dipendente delle ferrovie solo per il fatto che è nero. Non lo dirà in nessuna sede. Nessun procuratore potrà costringerla a farlo. È umiliata, e lui torna a sedersi al suo posto. Dorme. Il treno accumula ritardo, come se fosse il santo patrono del ritardo; fende in due la palude e poi taglia le aride pinete di Bay State. Persone che starnazzano ai cellulari a proposito del ristorante in cui andranno a cena quella sera stessa. Su per il Corridoio del Nordest, in fuga, all'interno del treno dell'Amtrak vibrante e raramente silente.

"Ciao, mamma," bisbiglia il "fratello" a Hillcrest Place, dopo essere passato dal treno interstatale a quello per pendolari, e da questo al taxi, e da questo al praticello all'inglese della casa dei Duffy, che ha davvero bisogno di una bella rastrellata. C'è un rastrello che nessuno usa appoggiato a un albero di betulla nel prato di fronte a casa, al crepuscolo.

Ora che la porta è aperta, sente tutto il peso dei suoi segreti.

"Billy? Che ci fai qui?"

Non senza un certo impaccio, Tyrone dice: "Sorpresa! Volevo solo, be', rivedere i vicini di un tempo..."

Sono nella condizione di non sapere come comportarsi, lì in piedi, sulla porta di casa, come se le lezioni circa il comportamento da tenere nell'eventualità di trovarsi in piedi uno di fronte all'altro non avessero ancora avuto luogo. La madre chiama qualcuno al piano di sopra. "Tesoro? Tesoro?" Ma non risponde nessuno, e allora sale le scale, un gradino alla volta, e Tyrone, in piedi all'ingresso con la sua borsa, esamina l'interno della casa. Il soggiorno, dove i mobili in stato di abbandono sono, come sempre, a malapena presentabili. Mobili sporchi di caffè, coperti di muffa, malmessi; tappeti pieni di lanugine e sbiaditi dal sole. La casa dei Duffy è pronta a dire addio all'ultimo figlio, il figlio naturale, Max, che rimarrà lì solo un altro anno prima di andare all'università, a Yale probabilmente, la stessa università della Stella Nana Bianca. Quando Max, il figlio naturale, se ne andrà, la Stella Nana e la moglie si ritireranno ognuno nel suo studio; forse, però, in una casa più piccola, una casa adatta a un vecchio pastore rimbambito. Con perfetto tempismo, scendono di sotto con passi pesanti, in fila indiana.

"Ma guarda un po' chi si vede!" osserva la Stella Nana.

"Hai un aspetto magnifico, Billy. Bel taglio di capelli, per quel che ne è rimasto. A cosa dobbiamo il piacere?"

"Avevo bisogno di una pausa."

Non avrebbero fatto domande. Avevano smesso di fare domande. La sua risposta, qualunque fosse stata, avrebbe implicato cattive notizie e mancanza di responsabilità. Non vogliono più sapere niente, né avere l'impressione di esser stati la causa di tutto ciò, di qualunque cosa si tratti, né rimanere imprigionati nel suo strano modo di pensare. Se gli verrà rivolta una domanda nella maniera sbagliata, allora lui si metterà a urlare come un pazzo, prendendosela con loro per chissà quale motivo e facendo domande impegnative che non andrebbero fatte, e usando un tono sprezzante, vendicativo, con tanto di imprecazioni prese in prestito dal linguaggio del "ghetto".

"Quanto ti fermerai?"

Qualche giorno, risponde lui cercando di cambiare argomento. A ogni modo, suo padre sta probabilmente tentando di raccogliere le idee per poi attaccare con il consueto sermone. È quello che fa di solito. Non distraete la Stella Nana Bianca dai suoi sermoni. E non distraete sua moglie, che avrà voglia della sua solita poltiglia a base di fiocchi di latte rancidi e insalata, mentre esamina attentamente un manuale di cinquecento pagine sulla depressione giovanile. Ha scandagliato minuziosamente la materia per dieci anni, in vista di uno studio che includerà, in quanto parte del materiale originale, la sua esperienza personale di madre che ha avuto in adozione due bambini di colore. Chissà se i bambini di colore sono stati adottati ai fini dello studio o se lo studio è stato adottato al fine di fornire un aiuto ai bambini di colore. Ma la cosa non ha più importanza.

Il padre, in piedi su un gradino rivestito di moquette, si sporge per abbracciarlo. Nonostante Tyrone rimanga lì impalato, la Stella Nana Bianca stringe le braccia attorno al figlio allampanato dicendogli quanto sia contento di vederlo, e Tyrone quasi ci crede.

"Forza, non restare all'ingresso. Accomodati."

Preso da un momentaneo rigurgito di senso del dovere, li segue, i suoi genitori, mentre i due si affrettano in direzione della cucina. Lì dentro, la solita accozzaglia di porcellane di scarto provenienti dalle case di altre persone, bicchieri con i nomi dei country club della zona, cose trovate alle aste parrocchiali. Si siedono attorno al tavolo. Al centro, delle ortensie essicate, azzurre, color crema e grigie. Nel tentativo di ovviare alle pause di silenzio, Tyrone fa lo spiritoso e racconta concitato che, sì, il lavoro va bene, davvero, e che sta realizzando dei dipinti, sì sì, e che ha appena parlato con Annabel, e che si sta vedendo con una tizia, una curatrice di mostre asiatica, e che sta bene, alla grande, e che voleva solo prendersi una pausa, e così ha staccato per qualche giorno. Loro sembrano contenti, o forse hanno solo rinunciato a esserlo. Chi può dirlo? Non sarebbe mai disposto a render conto della propria vita nei minimi particolari, poiché ha un suo concetto di dignità, concetto che non contempla alcun controllo da parte dei genitori. Loro ne sono consapevoli. Tra di loro vige un accordo di parziale confidenza. Subito dopo, i genitori escono dalla stanza.

Una pianta ragno abbandonata a se stessa sul ripiano della dispensa che avrebbe bisogno di essere innaffiata. Un articolo ritagliato dal "Globe", i rischi delle cure a base di erbe, delle decorazioni sul bancone. Da un mangianastri echeggiano in lontananza le suite per violoncello, con Pablo Casals che fa vibrare l'archetto. È rimasto lì per un quarto d'ora, in cucina, un quarto d'ora passato a fissare distrattamente il piatto stracolmo di confezioni di aspartame. Un quarto d'ora a rigirarsi degli oggetti tra le mani. A sentire il peso di un mestolo lasciato fuori ad asciugare. Una zuppiera in ceramica. Sua madre passa attraverso la stanza diverse volte, comparendo, scomparendo, portando altri giornali. Lui borbotta ancora qualcosa – perché mai non riesce a trattenersi? – a proposito di Annabel, oh sì, a proposito della sceneggiatura a cui sta lavorando, condendo via via il tutto con dettagli inventati e infiorettando il racconto: "Una roba multigenerazionale, persone nel deserto con asticelle biforcate, serpenti a sonagli, scorpioni, poi cominciano a scavare nel terreno, con i mormoni che attraversano le pianure, le origini di Las Vegas, le guerre per accaparrarsi l'acqua, una storia sulla rabdomanzia." Sua madre lo guarda in quel modo, quel modo che lascia intendere che è ancora sua madre, quel modo in cui lo guarda sempre. Madri, con gli occhi bene aperti per vederci di notte. Finge di interessarsi alle macchie di vernice giallastra sulla parete accanto alla scala di servizio. Sua madre, con il viso rugoso e la sua pila di monografie non rilegate, tutta compassione e spossatezza, lo guarda, trasmettendogli involontariamente il seguente messaggio: *Va' avanti, raccontami.*

Per caso gli va un boccone? Perché qualcosa da mangiare c'è, qualche avanzo. Ci sono dei contenitori di plastica, il cibo degli intellettuali del Nordest che disdegnano gli sfoggi gastronomici, ai quali preferiscono invece le tradizioni culinarie dei propri antenati, come gli avanzi quasi privi di sapore e il vino versato dai vasetti della marmellata. In un contenitore di plastica c'è il pasticcio di tonno, la cui consistenza, così come la sensazione che lascia in bocca, è simile a quella dell'insalata di pollo, anch'essa chiusa in un contenitore di plastica, che a sua volta assomiglia all'insalata di pasta; tutto della stessa gradazione di colore, sissignore, stipato nel frigorifero alla rinfusa. Dovesse decidere di mangiare, potrà sempre rimpinzarsi di cibi beige. C'è un'ampia gamma di cibi beige. Chiude il frigorifero all'istante, s'incammina verso la dispensa, e anche qui l'enorme assortimento lo lascia esterrefatto. Quanti tipi di cereali possono esserci in una casa? Ci saranno tredici marche di cereali, tutti tipi diversi di cornflakes; ci sono cornflakes integrali, cornflakes d'avena, cornflakes normali e, aspetta un attimo, ci sono quelli di riso. Tutti dello stesso colore. Cornflakes beige. Stesso discorso per i cracker. Con forse un tocco di arancio o di ocra. Preleva un cracker per ogni scatola, sistemandoli sul bancone della dispensa. Da quelli di grano sottili a quelli salati, fino ai *digestive* tradizionali; tutti della stessa tonalità. Ha bisogno di svolgere un'indagine. Confronta la sfumatura di questi cracker per vedere se ce ne sono alcuni diversi dagli altri, facendo attenzione a scartare tutti quelli che non appartengono alla gamma dei beige; esige la consistenza e la perfezione del beige.

"Oggi Max torna un po' più tardi da scuola. Per via di alcune prove. Dovrebbe essere qui da un momento all'altro."

Immediata, segue la conferma. Mentre sale di sopra, Tyrone capta sotto di sé il rumore del dispositivo di apertura della porta del garage. È la Grande Speranza Bianca. La "riproduzione genetica". Sente la Stella Nana Bianca spostarsi nella sua cella, come se la Stella Nana avesse il potere magico di percepire i movimenti della "riproduzione genetica". La Stella Nana Bianca sta dicendo qualcosa alla moglie a proposito della festa di Ognissanti, che a quanto pare era stata il tema del sermone della scorsa settimana, dopodiché la "riproduzione genetica" dice qualcosa, dato che adesso ha fatto la sua comparsa sulla scena. Di lì a poco si sentono dei passi sulle scale.

La prima cosa che va detta è che Max ha un piercing sul labbro inferiore. Una novità che in un modo o nell'altro è sfuggita a Tyrone. Inoltre, Max ha la testa rasata. Naturalmente, ci sono due, tre, quattro orecchini. Alcuni tatuaggi maori sulle braccia. Jeans neri e camicia di flanella sgualcita. Maximillian Rivers Duffy, conduttore televisivo sulle reti pubbliche, sostenitore del suicidio assistito e dell'antiglobalizzazione. Riproduzione genetica. Giovane radicale.

Tyrone annuisce impercettibilmente dal letto della stanza che ora è la camera degli ospiti. Un piatto con dei petali di fiori essiccati dentro a qualche millimetro soltanto da lui, sul comodino, emana le fragranze tipiche dei bed-and-breakfast.

Max dice: "Ehi, fratello."

Tyrone sgrana gli occhi.

"C'è qualcuno che voglio farti conoscere."

Tyrone sgrana gli occhi.

"Hai parlato con la sorellina?"

Tyrone dice: "In alcune regioni è possibile notare una tendenza in base alla quale i dittonghi sono portati a trasformarsi sempre più frequentemente in trittonghi. Se tale processo continuerà, non sarà più possibile comprendere la lingua di alcune regioni, specialmente quelle caratterizzate da una condizione di emarginazione culturale o razziale."

La "riproduzione genetica" ricambia lo sguardo sgranando gli occhi.

"C'è davvero qualcuno che voglio farti conoscere."

"In alcune contee del North Carolina la parola *dead* ha tre sillabe."

A quanto pare, non gli resta altra scelta che superare a grandi passi il fratello, la "riproduzione genetica". Tornato nel soggiorno, come l'animale in gabbia che è sempre stato in questa casa, Tyrone sente crescere dentro di sé un'ansia dettata dalla paura del ricovero in manicomio, dalla possibilità di un imminente ricovero forzato. Dà una scorsa veloce agli LP allineati su una mensola a parete, buttando l'occhio su alcuni dischi jazz degli anni Cinquanta le cui copertine richiamano alla memoria un periodo pieno di vita del passato dei suoi genitori. Fumare la pipa era un'abitudine ampiamente diffusa. I basettoni denotavano una certa smaliziata familiarità con il Nuovo Criticismo.

Ed è esattamente in questo momento, mentre sogna a occhi aperti tutte le cose che disprezza, che sente il trillo antiquato di un Apparecchio Telefonico Americano. Il loro telefono con tastiera girevole.

Ne è immediatamente consapevole.

Sente la madre urlare il nome della sorella: "Ciao, tesoro!" A lunghe falcate ha già superato lo studio della madre e ha raggiunto, passando attraverso la cucina, la dispensa, da dove sale di nuovo per le scale di servizio, le scale della servitù, con tutte le ramificazioni politiche che esse comportano – mai la scala principale –, ed entra nella camera da letto dei bambini, la camera che si attiene in tutto e per tutto ai dettami estetici congregazionalisti, una stanza spoglia, disadorna, senza moquette e con al centro nient'altro che un tappetino orientale. Max è intento a spazzare la sua camera disadorna, e Tyrone, che ha completamente cambiato idea, dice: "Okay, andiamo."

"Andiamo dove?"

"A trovare il tuo amico."

La conversazione non interferisce minimamente con la manutenzione della camera. Come se spazzare mettesse nella condizione di ragionare.

"Il tipo di cui stavi parlando poco fa. Andiamo."

"Hai fatto in fretta a cambiare idea."

"Non farmi perdere tempo."

Max va alla finestra e la apre; nessuna zanzariera, retaggio di una birichinata giovanile, con Tyrone che dice: "Lasciami fare." Si riferisce all'aracnide che sta volando sopra le matasse di polvere. Come l'aracnide di Jonathan Edwards. Tyrone è a conoscenza della perfezione delle ragnatele; ha trattato l'argomento in modo esauriente nel diario personale che teneva da adolescente, un diario di quasi sedicimila pagine. Afferra l'aracnide e allunga un piede infilato in un mocassino fuori dalla finestra.

"Non è che tu debba... " dice Max.

Tyrone è sul tetto, e da lassù sente sua madre chiamare la Stella Nana Bianca con insistenza, sua madre che ora è in possesso delle informazioni indispensabili. La descrizione sommaria dei fatti, le dichiarazioni. Scorge le tapparelle abbassate a metà nello studio di suo padre. Scorge la gestualità della preoccupazione. Scorge la mimica della preoccupazione. La semiotica della preoccupazione, riconoscibile a prima vista, senza possibilità di errore, quando la scorgi dalla finestra di casa. Dal tetto. Attraverso tende trasparenti che senza ombra di dubbio hanno un gran bisogno di essere lavate. Questo è l'inizio della fine di un luogo sicuro. È quello che Tyrone Duffy pensa ora a proposito della brutta situazione in cui si trova: e cioè che, ovunque lui andrà, sarà il male che viene per nuocere. Adesso i lineamenti dei volti si contraggono in una smorfia di diffidenza, poiché Tyrone Duffy è qui, con la sua triste storia.

"Forza, fratello. Portami dal tuo eroe."

La "riproduzione genetica" non ha bisogno di farselo chiedere due volte. Sono sul tetto, e il tetto è come un santuario, un rifugio con libero accesso all'inquinamento luminoso del cielo notturno. Eppure, il cielo notturno si affaccia sull'infinito. E, in questo cielo notturno, il gas interstellare, i residui del chiarore antelucano, le quattro forze fondamentali, il processo con la partecipazione della giuria, la segregazione. Si soffermano, i due fratelli male assortiti. Lì vicino l'aracnide, liberato, sgambetta in direzione di una grondaia.

Tyrone osserva il fratello, la "riproduzione genetica" col suo piercing, mentre si lancia giù dal tetto sopra il soggiorno andando a finire tra i rami amorevoli di un acero norvegese che sfiora i muri di casa. Un acero che mantiene i suoi segreti. Grazie alla sua solidità. Si dirigono verso il prato e lo attraversano sotto un lampo interstellare, sotto la malinconia benevola dei salici piangenti di fianco al torrente, sulla strada. L'acero racchiude dentro di sé tutte queste cose, questo strascico di errori.

14

Lois DiNunzio, la contabile di Mezzi di Produzione, ha incontrato per la prima volta Arnie Lovitz nell'unico posto in cui al giorno d'oggi è possibile incontrare maschi appetibili: il ghetto dei fumatori. La promulgazione della legge contro il fumo era stata radicale e di ampia portata, o almeno questo è quello che avevano detto i membri del consiglio comunale quando avevano varato la legge nel 1995. Tuttavia, la sua radicalità e l'ampiezza della sua portata non erano emerse con chiarezza fino al momento in cui non avevano iniziato a fare la loro comparsa queste piccole comunità di fumatori sul ciglio della strada. Espulsi dai loro uffici. L'onda dell'opinione pubblica si stava sollevando contro questi delinquenti tutta in una volta. Un tempo erano stati uomini di mondo, erano stati scrittori di gialli o politici che tramavano dietro le quinte. Erano stati agenti di vendita che rimanevano fuori fino a tarda notte abbandonandosi ai piaceri del whiskey, delle donne e dei sigari. Il padre di Lois, Louis DiNunzio, era stato un tipo del genere: fuori casa trenta settimane all'anno, dormiva in squallidi motel insieme ai suoi campioni di prodotti chimici industriali. Vai a sapere in che cosa si era cacciato. E adesso, invece, eccoli là, di fronte all'edificio.

Improvvisamente i tuoi colleghi iniziano a disprezzarti. Come se la legge avesse fatto sgorgare un odio accumulatosi nel corso del tempo. Madison McDowell, per esempio, quella povera ragazzetta ricca, non lesinava pesanti osservazioni circa il fatto che Lois fumasse. Se Lois chiudeva la porta dell'ufficio, allora erano solo fatti suoi se dai suoi bronchi germogliavano tumori maligni. Quando Lois spuntava dal suo ufficio con in mano stampe del budget o buste paga, o quando spuntava con una qualsiasi altra pila di buste ammonticchiate in un raccoglitore, le donne di Mezzi di Produzione erano sempre lì, pronte a squadrarla. Oh, eccola di nuovo, la fumatrice. E così, Lois aveva cominciato a uscire.

Per un po' era andata a fumare sulla Quinta. Con il sole e con la pioggia. Dato che le piaceva guardare la Cattedrale. Ogni tanto, dopo il lavoro, si avventurava nei meandri della Cattedrale e accendeva dei ceri per le ragazze dell'ufficio. Non che le importasse granché delle sue colleghe. Ma le piacevano i lunghi fiammiferi di legno, le coppe rosso porpora in cui guizzavano le fiamme delle candele. In lontananza, sacerdoti con indosso paramenti sacri sgambettavano di qua e di là. Lois era cresciuta a Long Island e si era trasferita a Pace senza l'intenzione di frequentare una scuola prestigiosa. Il che non significava che non nutrisse alcun tipo di interesse. Faceva il suo lavoro e, se era il compleanno di qualcuno, preparava una torta al cioccolato usando una miscela istantanea. Aveva preparato una torta per il compleanno di Annabel. Solo due mesi prima. Aveva preparato una torta a più strati con farcitura al cioccolato. Lois non capiva perché nessuno si aspettasse un gesto gentile da parte sua. Lei era una persona beneducata e piena di buoni sentimenti. Annabel era una brava ragazza, e Lois voleva essere carina con lei.

Un giorno Lois è fuori a fumare, e accanto a lei c'è questo tizio che sta fumando una sigaretta d'importazione. Nera e con un filo dorato attorno al filtro. C'è qualcosa di sensuale nel suo modo di fumare. Tipico dei fumatori di una volta. È un omone; Lois sarebbe tentata di definirlo un armadio. Ha baffi e capelli radi. Occhiali da sole a specchio. E sigarette d'importazione. Non le dà fastidio ammetterlo: da giovane era una che perdeva completamente la testa per i ragazzi. E così, Lois s'incammina in direzione dell'omone con le sigarette d'importazione e gli domanda: "Che sigarette fuma?" Non aveva mai abbordato un uomo prima d'ora, anche se era stata una che perdeva la testa per i ragazzi, ma probabilmente ora lo sta per fare, dato che c'è sempre una prima volta. Arnie, così si chiama il tizio, le risponde comunicandole la marca delle sigarette, un nome che lei non si ricorda. Gliene offre una. Vi ricordate quel periodo, d'estate, in cui non faceva che piovere? Ecco, lei si era fumata quella sigaretta nera sotto il piovischio, e la cosa le aveva procurato una sensazione di stordimento.

O forse era stato Arnie a procurargliela, la sensazione di stordimento. Quelle erano sigarette particolarmente forti – iniezioni di nicotina, per dirla come i politici –, e così Lois si era sentita intontita, anche se non ci si deve dimenticare che lì con lei c'era l'omone, Arnie, appunto. Si ricorda che una ragazzina era passata di lì con due palloncini, al che Lois aveva pensato: rivedrò quest'uomo. Lo dicono i palloncini. E così, il giorno dopo, aveva programmato di fare pausa esattamente alla stessa ora, e cioè alle 11,14. Ma il giorno dopo Arnie, con le sue sigarette d'importazione, non c'era; invece, il giorno dopo ancora era lì, e si erano subito messi a parlare di diverse cose.

Arnie era cresciuto a Forest Hills. Lois era cresciuta a Great Neck. Provenivano dalla stessa parte del mondo e avevano interessi in comune. Film horror, per esempio. Certo, Lois lavorava per questa società di produzione, ma era certa di non aver visto più di un film o due tra quelli prodotti dalla società per cui lavorava. I film di Mezzi di Produzione erano davvero delle fesserie. Erano in inglese, ma per quanto riguardava Lois avrebbero anche potuto venire da Timbuktu. Ad Arnie piaceva *Nightmare*: *dal profondo della notte*, quel genere di cose. Quando si metteva a parlare di adolescenti che venivano fatti a pezzi al cinema, si infervorava in modo commovente, come se pensasse che nessun altro potesse sentirsi come lui, e tuttavia non riusciva a fermarsi.

Di lì a breve là fuori si era creato un folto gruppo, una compagnia dalle dimensioni variabili, una comunità di fumatori prospiciente la passeggiata e la pista di pattinaggio su ghiaccio. Perlopiù segretarie, sebbene di tanto in tanto facessero la loro comparsa anche il quadro intermedio di un'azienda, con il suo papillon, o la direttrice compassata e perbene di uno studio, con indosso una gonna a metà polpaccio e décolleté dal tacco quadrato. Tutti là fuori, a rappresentare la comunità di coloro che non sarebbero mai stati coperti dall'assicurazione medica. A ridere e a spettegolare e a lamentarsi. Parlavano di andare a giocare a bowling nel weekend. Un giorno, tutti loro sarebbero andati a giocare a bowling sulle piste al capolinea degli autobus. Comunque sia, bastava guardare Arnie anche solo un istante per capire che erano anni che non giocava a bowling. Se avesse provato a giocare a bowling o a falciare l'erba del prato davanti a casa gli sarebbe venuto un aneurisma, dal momento che tutto ciò che faceva era fumare ed escogitare nuovi progetti per il suo lavoro. Era un fumatore, e partoriva le sue idee migliori mentre sventolava una Gitane o una Dunhill.

Nonostante i fumatori fossero persone affabili e solidali, e sebbene il loro fosse un ambiente piacevole, erano trascorsi mesi prima che Lois realizzasse che un tempo anche Arnie aveva lavorato come contabile. Davvero incredibile! Si ricorda ancora di come la cosa era venuta fuori, il giorno in cui Arnie stava spegnendo la sigaretta affondando il mozzicone nell'apposito raffinato contenitore di metallo. "Cosa fai nella vita, Lois?" Lois pensava che lui non gliel'avrebbe mai chiesto, ma ora glielo stava chiedendo, e lei glielo stava dicendo, dato che le piaceva che le persone le rivolgessero domande personali. Lui aveva detto: "Anch'io sono un contabile. Svolgo anche qualche altra attività parallela. Sono un *innovatore*. Credo sia proprio il nome con cui mi chiameresti tu."

Aveva lavorato come consulente presso una delle Cinque Grandi Società. Era stato assunto in uno di quei team che lavorano per le aziende ad alto rendimento dando consulenze circa le quotazioni in borsa, l'analisi del capitale finanziario, le acquisizioni – qualsiasi cosa, insomma; e le spiegava i vantaggi connessi a una posizione così privilegiata, la posizione, cioè, di un ragazzo con un curriculum di tutto rispetto che lavora presso una delle Cinque Grandi Società. Ciò che Arnie intendeva dire era che non c'era nulla che lui non avrebbe fatto per il suo cliente; il cliente veniva prima di qualsiasi altra cosa: "Tutto entro i limiti fissati dalla legge, più qualcosa fuori." Ecco ciò che intendeva dire Arnie, e poi aveva guardato Lois in quel suo modo.

Erano andati a vedere uno di quei film horror che mettono in ridicolo altri film horror. Il bambino bruttino sa che sta per essere ucciso per primo, dato che lo ha già visto in altri film horror. Prima dei trailer, Arnie le stava spiegando che aveva fatto tutto entro i limiti fissati dalla legge, più qualcosa fuori, dicendole di non farne parola con nessuno perché, se qualcuno l'avesse scoperto, aveva detto Arnie: "Dovrei ucciderti." Dopo il film le aveva chiesto: "Pensi che i serial killer uccidano veramente gli animali domestici?" C'era qualcosa di inquietante in lui, aveva pensato Lois, ma allo stesso tempo di dolce. "Si sente sempre dire questo genere di cose. I serial killer, da bambini, uccidono gli animali domestici di altre persone. E non provano alcun rimorso." Aveva riso nervoso.

Lei aveva detto: "E così, sei un serial killer?"

Non era affatto ciò che intendeva! aveva detto Arnie. "Ma, se qualcuno volesse farmi interpretare quel ruolo in un film, credo che me la caverei piuttosto bene."

Le persone credevano che lei sarebbe stata in grado di procurare loro delle parti nei film. Ogni giorno della settimana sfoggiavano le loro movenze da attori drammatici, le esperienze di recitazione dei tempi del liceo; tuttavia, lei non li degnava di alcuna attenzione, tanto più dopo che Arnie le aveva detto quelle cose. Forse si sentiva stordita per il fatto di avere iniziato a fumare quelle sue sigarette d'importazione. Al lavoro trascurava diverse faccende, oppure si limitava a mandarle avanti, anche se in maniera non molto soddisfacente. Fumava sigarette d'importazione e andava a bere kahlua col latte da Hank's Franks in compagnia di Arnie da Forest Hills. Lui conosceva la contabile dei Ramones. Quell'estate aveva preso una casa in affitto al mare. Un weekend ad Atlantic City non era niente male. Da Hank's Franks, Arnie le aveva detto che un uomo poteva sicuramente scoprire di essere diventato fedele a una donna. Ecco che cosa le aveva detto. E lei aveva replicato: "Non fare lo splendido con me, Arnie. Mi conosco, so chi sono." Era una normalissima donna di mezza età senza marito, una donna che non si aspettava di venire corteggiata, poiché, se lo avesse fatto, già da molto tempo sarebbe diventata una frustrata. "Vivo una vita tranquilla e me ne sto a casa nel mio quartiere senza aspettare nessuno." Era seria come non lo era mai stata prima, dal momento che, anche se la comunità dei fumatori, col suo inventario di amenità e di pettegolezzi, non era mai seria, questo non significava che Lois non lo potesse essere.

Arnie aveva detto: "Non costringermi a dovertelo spiegare."

"Non costringerti a spiegare cosa?"

Lui le aveva detto che con ogni probabilità si stava prendendo una bella cotta. Avrebbe dovuto succedere in un posto più carino di Hank's Franks. Perché Hank's Franks era esattamente come sembrava, e cioè un posto in cui gli antipasti erano avvolti nella carta stagnola, un posto in cui al bar c'erano sempre giovanotti i cui volti non avrebbero dovuto essere così paonazzi. Imprenditori di brutto aspetto che si erano fatti dal nulla e che, ubriachi, tentavano di trascinarsi dall'altro lato della strada per raggiungere il capolinea, ma che poi finivano per svenire a faccia in giù davanti a un idrante. Un miracolo che i taxi non li mettessero sotto. Quando si svegliavano, i loro portafogli erano spariti. Ecco il genere di posto in cui Lois aveva sentito quelle parole romantiche uscire per la prima volta dalla bocca di Arnie Lovitz. Da ragazzina, nessuno le aveva mai detto che le voleva bene, e persino quando aveva perso la verginità con il fratello maggiore di una sua amica, una che giocava nella squadra femminile di pallacanestro, il tizio in questione non solo non le aveva detto che le voleva bene, ma era sembrato piuttosto a disagio quando, dopo il fattaccio, l'aveva incrociata per strada senza fermarsi. Lei non si era arrabbiata; le era piaciuto quello che era successo tra di loro e non si era preoccupata del fatto che quel ragazzo, Carl, l'amasse, dato che ciò che lei desiderava dalla vita era fare esperienze, inclusa quella di spogliarsi. Tuttavia, sarebbe stato più carino sentirsi dire parole d'amore in un museo, di fronte a un bel quadro con una principessa con indosso una veste da camera trasparente, incinta e seduta accanto al futuro principe del regno. Quello sì che sarebbe stato un posto carino in cui sentirsi dire parole d'amore. Invece si trovavano da Hank's Franks. Lei doveva darsi una mossa.

Cambio di scena: un hotel fuorimano vicino all'aeroporto del Queens, il massimo che si potevano permettere, stando alle loro dichiarazioni dei redditi. Lois doveva ammettere che Arnie stava vivendo un momento magico. Era orgoglioso del proprio amore. I fumatori sulla passeggiata, intenti a guardare i pattinatori che giravano ininterrottamente attorno alla pista, ci avrebbero presto ricamato sopra. Ci si sarebbero gettati come api sul miele. Avrebbero riveduto e corretto il testo della storia di Arnie e Lois per ricavarne un breve film a uso e consumo dei fumatori futuri: la cravatta di Arnie, ancora annodata, sfilata dalla testa e scaraventata sulla moquette zozza, la giacca e i pantaloni del completo gessato sul pavimento, come il corpo della vittima di un assassinio. E cosa ne dite di questo? Loro due nella doccia, i due contabili, nessuno dei due esattamente magro e nessuno dei due esattamente bello, e poi ecco il capezzolo di lei, esibito come se si trattasse di un articolo di lusso, ed ecco le labbra di lui sopra. Ma, anche se non erano gli esseri umani più belli che Dio avesse fatto scendere sulla terra, e nemmeno i più belli della passeggiata che dava sulla pista di pattinaggio su ghiaccio, se non altro erano due persone in un motel senza pretese che riuscivano a credere in questo momento d'amore, né più né meno di chiunque abbia mai creduto in un momento d'amore nel corso della propria vita. Le immagini riflesse nello specchio del bagno denotavano un certo imbarazzo, ma di lì a poco il vapore sullo specchio le aveva rese indistinte, come le immagini degli amanti sugli schermi dei cinema. Lei aveva voglia di ridere; mentre lui la cingeva, tutto le dava le vertigini, perché lui aveva queste braccia gigantesche e la stava stritolando, ed erano nudi nella doccia, e lei non aveva mai sospettato che un uomo potesse cingerla con le sue braccia. La faceva sentire una ragazzina. Subito dopo, le luci avevano illuminato i loro corpi sdraiati sul divano, e lei gli aveva detto che avrebbe fatto qualsiasi cosa lui avesse voluto, bastava che lui glielo chiedesse, bastava che pronunciasse quelle parole e lei si sarebbe trasformata nell'amante dei suoi sogni, gliel'aveva giurato, ed era convita di poter davvero essere quell'amante, ne era convinta senza alcuna riserva, lì, nel motel vicino all'Aeroporto LaGuardia, ed era convinta che nessun'altra amante sarebbe stata meglio di lei. Arnie stava balbettando, stava fremendo per l'eccitazione, stava dicendo che desiderava l'unica cosa che tutti gli uomini sembravano desiderare, o perlomeno era ciò che lei aveva sentito una volta. Era stato tanto tempo prima. Era passato un sacco di tempo dall'ultima volta in cui lei si era messa quella parte del corpo di un uomo in bocca, e non sapeva se sarebbe stata capace di farlo godere, dato che era abbastanza inesperta, sebbene fosse convinta di potercela fare. Pensava che l'unica cosa che contasse davvero fosse la dolcezza. Se questa parte sgraziata del corpo umano venisse trattata come un delizioso piccolo animaletto, a qualsiasi persona essa appartenga, allora quella persona e quel corpo toccherebbero il cielo con un dito lì, davanti ai tuoi occhi, come minuscoli, impalpabili angoli di Paradiso. E Lois aveva trattato quella parte del corpo di Arnie, che a dire il vero era abbastanza piccola, proprio in questo modo, come se la venerazione fosse stata inventata espressamente per lei. C'era un'enorme quantità di tristezza in quella venerazione, ma il bello stava proprio lì, nel fatto che non fosse per niente facile. L'atto era stato consumato attorno a mezzanotte, con la consapevolezza che al mondo la perfezione non esiste. Quel giorno erano già successe molte cose, e Arnie aveva iniziato a dimenarsi, e quel dimenarsi la diceva lunga sul fatto che la sua vita non sarebbe più stata quella di prima, e lei stava per assaporare una dignità agrodolce, quel poco di dignità che per la prima volta stava sgorgando da Arnie, ed era salata come le lacrime, e sapeva anche un po' di candeggina, di candeggina e di lacrime. Arnie stava diventando un uomo vero, con Lois che, allo stesso tempo, stava diventando una sgualdrina dal cuore d'oro. Ecco come si sentiva lei; sentiva di non essere sicura. Tutto ciò che sapeva era che nei film il sesso era sempre meraviglioso, e si udiva la voce di Dio. Oppure poteva anche essere peccaminoso, e quando il predatore compariva al margine dell'inquadratura, allora ti beccavi un punteruolo da ghiaccio nella tempia. Ma loro non erano che due esseri umani sul divanetto di un motel. Dopo essere venuto, Arnie aveva cominciato a piangere.

Aveva detto: "Lois, ti devo dire una cosa. So che non ci conosciamo bene, ma voglia dirtela lo stesso."

Lei, asciugandosi il mento, aveva risposto: "Ti prego di non darmi nessuna brutta notizia, adesso. Non faccio questo genere di cose molto spesso, e non è giusto che tu mia dia brutte notizie proprio ora che ho appena recitato la parte della pornostar. Quindi, non darmi nessuna brutta notizia."

Lui le aveva detto che era un malversatore. Ci erano voluti ben trenta secondi prima che l'informazione venisse recepita.

"Tu sei cosa?"

"Sono un malversatore," aveva detto Arnie. "O lo sono stato. Sono stato un malversatore. Un ladro. E che Dio mi aiuti."

Se lei avesse dovuto trarre una prima conclusione, un giudizio affrettato, avrebbe pensato che tutto ciò che c'è di buono al mondo ha in sé anche il suo opposto. Il lato negativo è mescolato a quello positivo, sono vicini di casa, e ogni volta che trascorri un bel pomeriggio, puoi pure scommetterci: una disgrazia è lì dietro l'angolo che ti aspetta. Provi affetto per una persona, ed è proprio dietro quell'affetto che si nasconde un'impresa difficile.

A quanto pareva, ciò che Arnie aveva fatto era stato mettere in piedi società fittizie ai Caraibi. Tutto era cominciato con un semplice raggiro, una società fiduciaria fittizia a favore di una holding, senonché nessuno sapeva che la fiduciaria in questione era interamente gestita dalla holding, oltre al fatto che neppure esisteva. Nessuno lo sapeva. Non c'era nessun ufficio alle isole Cayman, con un ventilatore a soffitto che ruotava lentamente, una stanza dei computer e una bellissima vista sul mare color smeraldo. La fiduciaria interamente gestita dalla holding era una creazione di Arnie, esisteva solo su carta e si era rivelata un successo tale che ben presto lui ne aveva messa in piedi un'altra. In questo secondo caso, aveva venduto parti della società madre a un'altra fiduciaria, registrando la vendita come utile e impiegando il ricavato per metterne su un'altra, sempre ai Caraibi, e precisamente su un'isola che si chiamava St. Jude, un nome davvero appropriato, un'isola che non esisteva. A quel punto si era messo a inventare la geografia, oltre che gli uffici. E questa fiduciaria aveva iniziato a speculare in borsa, mettendo in atto transazioni fiscali sconosciute a Lois, la quale aveva sempre lavorato per piccole strutture connesse al mondo dello spettacolo.

Arnie si era chiamato fuori dall'affare delle consulenze quando, all'interno di quest'ultima società, i topi avevano iniziato ad abbandonare la nave, e quando la società in questione aveva iniziato a diventare oggetto di una serie di indagini per aver gonfiato gli utili di una delle sue transazioni; il che significava che presto le indagini avrebbero cominciato a sviscerare il caso nei minimi dettagli; e Arnie non aveva intenzione di farsi trovare lì quando questo fosse accaduto. Ma, quando aveva messo su una società tutta sua, si era servito dei contatti di una volta, e per un motivo o per l'altro era incappato di nuovo in quel genere di clienti che sarebbero stati allettati da transazioni di un certo tipo: un'attività fittizia con uffici fittizi e operazioni fittizie, o una società che non realizza un prodotto, ma che semplicemente compra e vende idee che hanno a che fare con questo prodotto. Tutte attività nelle quali i topi prima o poi avrebbero abbandonato la nave. Questa società, stando ad Arnie, era gestita da gente di Salt Lake City, tutti mormoni, e aveva rapporti con l'FBI, per quanto ciò non significasse che non c'era del marcio. Arnie se ne era chiamato fuori. Anche se non completamente, perché cos'altro avrebbe potuto fare? Tutto d'un tratto i clienti erano spariti e il telefono aveva smesso di squillare, e le volte in cui squillava lui non rispondeva, dato che temeva fosse l'FBI, e così quello che si era messo a fare, visto che aveva tempo da perdere, era stato prendere una parte dei soldi, quella grossa somma di denaro con cui aveva avviato la sua attività di consulenza, cominciando a effettuare dei movimenti bancari. Day-trading. Lo chiamavano così.

Quando aveva perso anche quei soldi, per mantenere in vita l'attività era stato costretto a scrivere alcune cose sui libri contabili di questo cliente, la società di capitale di rischio di Salt Lake City. Gli aveva appioppato alcune operazioni finanziarie illegali. E aveva occultato il tutto nei loro libri contabili, facendo figurare tali operazioni come spese della società.

Ora, ciò che lui voleva era che Lois gli perdonasse tutta questa storia, dal momento che era conscio di ciò che aveva commesso. Secondo Arnie, le donne avevano questa straordinaria capacità di perdonare un uomo, cosa che, anche se non avrebbe cambiato la situazione, lo avrebbe quantomeno fatto sentire un po' meglio per qualche ora. Voleva scusarsi, aveva detto lui nell'hotel vicino al LaGuardia, e voleva che lei capisse che era un uomo che non aveva avuto altra scelta se non quella di fare ciò che aveva fatto, ovvero attribuire cinquantamila titoli di azioni biotech poco raccomandabili ai conti di una società di capitale di rischio gestita da mormoni. Prima o poi i mormoni avrebbero scoperto tutto. La sua storia era confusa; la sua disperazione era feroce. Sdraiato sul letto del motel, il suo stato d'animo aleggiava dappertutto.

Quando era riuscito a calmarsi un po', erano andati a dormire.

Al mattino Lois DiNunzio era uscita dal motel di buon'ora, dato che aveva avuto un sonno intermittente; aveva pagato il conto e aveva lasciato lì Arnie Lovitz tranquillo, almeno per il momento. Aveva fatto ritorno ad Astoria, dove si era cambiata d'abito per andare al lavoro. Se al suo posto un'altra donna in quello stato avrebbe finito per piangere, per via dell'intensità delle emozioni provate la notte prima, Lois non aveva pianto; non era il tipo di donna che piangeva su cose che, come dire, non erano andate a buon fine. Avrebbe rischiato di piangere troppo spesso.

Mezzi di Produzione era in uno dei suoi periodi di splendore. "Il mercato azionario è al top." Ecco cosa diceva Arnie. Sembrava girassero più soldi attorno ai loro film, o comunque era questo che Vanessa diceva ogni volta che chiamava Lois a rapporto nel suo ufficio. Mezzi di Produzione si godeva la pacchia insieme a una società olandese, a un tizio che aveva contribuito a introdurre un nuovo linguaggio di programmazione per i server, e ai produttori francesi di un film su alcuni preti cattolici che molestavano i bambini nelle periferie. Si chiamava *Calderone della fede*. Secondo Lois, il tema del film era terrificante. Riteneva che restituisse una brutta immagine della Chiesa di cui lei faceva parte, in quanto affermava che le alte gerarchie proteggevano sempre i loro sottoposti e non si interessavano a ciò che questi facevano.

Era il giorno successivo alla confessione di Arnie. Quel giorno, Lois non sfoggiava il tipico atteggiamento distaccato alla DiNunzio, quell'atteggiamento che le derivava dall'aver perso la madre a causa di uno scompenso cardiaco congestizio e dall'essersi presa cura dei fratelli più piccoli, dei marmocchi viziati. E così, aveva commesso l'errore di dire a Vanessa che non pensava che i preti cattolici facessero davvero quelle cose. Aveva rammentato a Vanessa che la Chiesa aveva donato molti soldi ai poveri, e che si trattava di un luogo che accoglieva nullatenenti e miserabili, e che, in ogni caso, la Chiesa andava giudicata nella sua totalità, anziché essere demonizzata solo in base al fatto che un paio di preti depravati non riuscissero a tenere le proprie parti intime nascoste sotto l'abito talare.

"Lascia che sia io a occuparmi delle faccende relative allo sviluppo progetti," aveva detto Vanessa.

"Era solo per parlare."

"Hai letto la sceneggiatura?"

"Non ho bisogno di leggerla," aveva replicato Lois. Un grave errore.

"Quando comincerò a lavorare a una sceneggiatura sui contabili, ti farò senz'altro un fischio."

Ovviamente stava mangiando. Vanessa mangiava sempre quando era in vena di lavate di capo. Quel giorno si trattava di gelatine alla frutta. Vanessa aveva voltato le spalle a Lois, rivolgendo lo sguardo alla finestra e al diluvio.

Lois aveva detto: "Gli insulti con me non attaccano. È sempre la solita storia. Puoi dirmi quello che ti pare, ma sappi che la tua cafonaggine non mi tocca minimamente. Lavoro per te da due anni. Ho fatto di tutto per mandare avanti la baracca. Ho fatto stare in riga le ragazze. E ogni giorno che passa mi assicuro che non reagiscano male ai tuoi comportamenti infantili. Quindi, bada a ciò che mi dici."

Vanessa aveva avuto bisogno di fare un paio di respiri profondi per ricaricarsi, dopodiché si era trasformata in una specie di supereroe e si era prodotta in una straordinaria dimostrazione di forza generata da rancore allo stato puro.

"Tu sei la *contabile*. Tu sei come il retrobottega del set, il ripostiglio delle cose inutili. Sei la classica persona a cui è sempre mancato e a cui sempre mancherà il lato creativo, la qual cosa potrebbe funzionare nei grossi studi, dove non sanno neanche che cos'è il lato creativo, ma qui da noi, in questo ufficio, ciò significa che ti dobbiamo sopportare. E ti sopportiamo solo perché ci serve qualcuno che tenga la contabilità. E che non ti salti mai in mente che la tua opinione sia gradita o che importi a qualcuno, perché a malapena ci accorgiamo che esisti. Sei stata assunta per fare i conti e per stare zitta. E poi, per la cronaca, anch'io sono cattolica, in caso non te ne fossi ancora accorta, e ogni giorno in cui ho evitato di inginocchiarmi sui banchi della Chiesa cattolica sono diventata una persona migliore. Potrei mostrarti alcune zone del mio corpo segnate a vita dai preti e dalle suore che ho conosciuto, ma non lo farò, dato che non sei abbastanza intelligente per afferrare il concetto che io intendo esprimere, il quale ha a che fare con la capacità di reagire e di superare tutto ciò grazie alla forza del *disgusto*. Sono io che sto lavorando alla sceneggiatura di *Calderone della fede*. Sono io che ho curato il testo di una storia su un prete del Wisconsin che abusa di un gruppo di ragazzini e che poi tenta di passarla liscia, okay? E a mano a mano che le riprese del film vanno avanti, io mi sento meglio; per una questione di principio, ma anche perché a mano a mano che le riprese del film vanno avanti io *incasso dei soldi*. E anche tu. E anche le persone là fuori, è chiaro? Incassano dei soldi in virtù del fatto che questo film viene girato, in virtù del fatto che esistono dei francesi che odiano la Chiesa tanto quanto me. E allora, forza, incassiamoli questi assegni, e depositiamoli, e fatturiamo questa conversazione come se si trattasse di un normale costo di gestione, d'accordo? E ora sparisci dal mio cazzo di ufficio."

Ciò che era accaduto dopo non aveva incluso sbattere di porte e lacrime amare. Lois DiNunzio era semplicemente uscita dall'ufficio di Vanessa ed era entrata nel suo, passando accanto ad Annabel e a Jeanine. Che erano diventate rosse in volto dopo aver origliato di nascosto la lite. Tuttavia Lois non ci aveva fatto caso, poiché aveva già preso la sua decisione. Non erano trascorsi nemmeno quindici minuti da quando si era seduta alla sua scrivania che aveva già strappato un assegno da mille dollari intestato alla Cattedrale di San Patrizio, assegno che, in quanto contabile della società, era autorizzata a firmare in assenza di Vanessa Meandro, quel pomeriggio in partenza per la West Coast per assistere al montaggio di *Calderone della fede*. L'assegno era retrodatato di un giorno. Pagabile in banconote aventi corso legale in ognuno dei cinquanta Stati. Poi aveva preso un pacchetto di sigarette d'importazione dalla borsa, era scesa con l'ascensore fino alla passeggiata e aveva fumato per qualche minuto; dopodiché, a passo spedito, aveva attraversato la strada con l'assegno in mano e, davanti alla Cattedrale di San Patrizio, l'aveva infilato in una di quelle cassette in cui la gente getta le monetine in cambio di una candela accesa. Lois aveva recitato una preghierina, il cui succo aveva a che fare con la richiesta che Vanessa Meandro venisse colpita dalla grazia divina, come se la grazia potesse piombarle addosso dal cielo, e che, nello stato confusionale prodotto dalla violenza dell'impatto, patisse pene d'amore a causa di tutti gli uomini e di tutte le donne che esistevano sulla faccia della terra, in maniera così travolgente da non essere più in grado di vivere. E poi, Signore, fai che il suo senso degli affari vada in tilt e che venga assalita da un fortissimo desiderio non corrisposto nei confronti di una persona orrenda e disgustosa. Ecco la mia preghiera, amen.

Tutto ciò era accaduto circa due settimane prima. E in quelle settimane, durante le quali Vanessa era rimasta coinvolta in un feroce litigio con il regista e il montatore di *Calderone della fede*, e durante le quali il mercato aveva iniziato a subire un'inconfondibile flessione verso il basso, Lois si era sentita come un tordo che becca i vermi sul prato della vita. Era felice, e persino i suoi vicini ad Astoria avevano notato che aveva un'aria davvero felice. All'inizio era stata una bella sensazione, dato che ora Lois riusciva a capire Arnie, essendo anche lei una malversatrice, e così avrebbe cercato di confortarlo, e lo avrebbe portato a vedere i play-off allo Shea Stadium, sul campo del quale giocava il suo adorato Al Leiter, e in questo modo Arnie avrebbe potuto convincersi del fatto che degli uomini con l'impermeabile addosso non lo stessero pedinando quotidianamente. Lois si sentiva felice. Caricava una serie di spese di gestione sul conto dei francesi, spese che in realtà andavano a finire due volte al mese tra le offerte fatte alla Cattedrale di San Patrizio. Per la bellezza, soldo più soldo meno, di circa seimila dollari.

Era stato un buon trimestre per Mezzi di Produzione. O quantomeno lo era stato per Lois. Era andato tutto bene fino a quando, alla fine di ottobre, non era arrivata la telefonata di Arnie. Una delle società di brokeraggio online a cui Arnie si appoggiava stava vendendo dei titoli con l'intenzione di riacquistarli successivamente, quando le quotazioni fossero state inferiori. Un bel modo di vedere il mondo. Amava andare in cerca di aziende in bancarotta fraudolenta. Era il truffatore che c'era in lui. Amava avere a che fare con tutti i suoi compagni di truffa. Lei lo raggiungeva nel suo appartamento a Yonkers, e lui era lì che telefonava ai suoi corrispondenti dicendogli che un'azienda di nome Primadon o qualcosa del genere stava minacciando i suoi fornitori. Fumava e rideva dell'intera faccenda. Fino a quando non era arrivata la telefonata in questione. Doveva coprire questa vendita di titoli dei Servizi di Onoranze Funebri Interstatali, un'enorme azienda pubblica di onoranze funebri che offriva tumulazioni famigliari a prezzi stracciati e spedizioni da una parte all'altra del paese, ma che non si era nemmeno preoccupata di controllare gli statuti federali relativi alle spedizioni interstatali di bare e di cadaveri. La società ideale per Arnie. Ma, a quanto pare, stava per essere rilevata nell'ambito di un affare di grossa portata.

"Lois," aveva detto lui, "non voglio che tu ci vada di mezzo."

Vivere con Arnie era come chiudere le dighe della verità. Tappi una serie di buchi, ma riesci comunque a scorgere il mare burrascoso che avanza e che va a infrangersi altrove. Tuttavia, adesso Lois e Arnie erano una coppia, e Lois non avrebbe mollato il colpo con falicità. Esattamente ciò che avevano fatto le donne del clan allargato dei DiNunzio. Ragazze che non abbandonavano il campo di battaglia. Fedeli alla linea. Lois aveva raccolto un asciugamano dal pavimento del bagno ricoperto di muffa. Lo aveva messo nel cesto della biancheria sporca all'interno del ripostiglio ed era andata a prendere la candeggina spray.

"Non essere ridicolo."

"Ti sto dicendo la verità."

"Non è la prima volta che la sento."

Arnie aveva detto: "Perlomeno guardami." Poi aveva fatto un gesto indicando il MSNBC, il canale via cavo con le quotazioni in borsa che scorrevano sullo schermo, come se lo scorrere sullo schermo delle quotazioni in borsa e lui fossero la stessa cosa.

Per un attimo lei si era spazientita: "Arnie, dimostrami che sai come cavarti dai guai in cui ti sei cacciato. Vai là fuori e cerca di procacciarti cinquantamila dollari, in un modo o nell'altro, e fai vedere a me e al resto del mondo come ci riesci. La gente ha superato difficoltà peggiori delle tue. Gente che la sa meno lunga di te. Sii te stesso e fai quello che sai fare. Crea ricchezza!"

Mentre parlava, Lois si rendeva conto che le sue erano parole prive di significato. Se si va in cerca di imbrogli e di tradimenti, si finisce per trovarli nascosti ovunque. La fraudolenza si nascondeva in ogni armadio, accanto alla biancheria intima di pizzo. La fraudolenza era in quella casa. Il tradimento era in quella casa. E, laddove l'onestà piantava le tende, la fraudolenza la scalzava. Arnie era del suo stesso avviso. Arnie conveniva sul fatto che ci avrebbe *provato*, come diceva sempre; avrebbe provato a trovare quei soldi agendo in modo pulito, tipo vendendo macchine o una cosa del genere, una cosa che, sfoderando il suo grandissimo fascino, gli sarebbe potuta riuscire.

E da qui passiamo ai fatti più recenti. Le brutte notizie ci portano al venerdì dopo le elezioni, venerdì 10, il giorno in cui Lois DiNunzio, il Robin Hood della Cattedrale di San Patrizio, decide di saccheggiare la società per cui lavora, una società di produzione di film indipendenti nota con il nome di Mezzi di Produzione, rubando sessantatremila dollari allo scopo di coprire gli ammanchi del suo fidanzato, che si fa passare per un *day trader* sotto falso nome – il nome di un fratello deceduto – in modo da non attirare l'attenzione del Federal Bureau of Investigation, e nemmeno quella della Securities Exchange Commission, le quali adesso potrebbero mettersi a svolgere delle indagini sulla fiduciaria fittizia di una holding la cui maggioranza appartiene a diversi investitori di primo piano di Salt Lake City, e il cui ex contabile e consulente è un tale Arnie Lovitz. Lois non ha detto ad Arnie che sta rubando sessantatremila dollari, e tantomeno lo ha detto ad altri. Sta effettuando dei falsi versamenti a certe addette stampa realmente esistenti, conosciute per l'appunto come le ragazze della Vanderbilt, le quali si stanno dando da fare per far comparire sul giornale il nome di un film, *Calderone della fede*, e sta fatturando questi sessantatremila dollari facendoli figurare come se si trattasse di spese di pubblicità, e sta emettendo una serie di fatture che presenterà al distributore americano del film ancora in lavorazione, e una volta che avrà presentato le fatture e intestato l'assegno alla società di consulenze di Arnie, pressoché liquidata, allora uscirà dagli uffici di Mezzi di Produzione e monterà su una Honda Civic usata che ha già fatto duecentoventiquattromila chilometri, e dirà al suo fidanzato che sono diretti in Arizona, e poi, stando ai suoi calcoli, inizieranno a guidare, e poi trascorreranno la prima notte nella zona di Toledo, dove lei si è già informata su dove potranno andare a cena, e cioè in un ristorante a gestione famigliare. Dopodiché faranno una sosta al primo centro commerciale che incontreranno, dove è in programmazione uno di quei film dell'orrore pieni di gente smaciullata.

15

Le coppie felici, coi loro gigli appena recisi, al Flower District; i calciatori che non passano mai la palla a bordo dei loro pickup; i fanatici del barbecue del weekend, con i loro utensili firmati George Foreman, il loro ketchup nelle bottiglie di plastica, i loro copricapi da chef; le coppie di innamorati al parco, sulle panchine, con le labbra screpolate premute le une contro le altre; quelli che danno da mangiare alle carpe negli orti botanici, con le anatre selvatiche che fanno grappolo in attesa del pane raffermo; tutte persone per le quali Vanessa nutre disprezzo. I cittadini del sabato che amano la vita e i wurstel arrostiti. Tutti uguali: tutti lì che ostentano immancabilmente le proprie opinioni a proposito del coriandolo.[11] Il plurale della parola *chad*, a dire il vero, è *chad*. Occorre che sia forato in almeno due angoli? Due, tre o quattro angoli? O forse è un angolo solo? E, perché il coriandolo convalidi la scelta dell'elettore, è necessario che venga forato in modo che la luce passi attraverso il foro? È sabato, e in una giornata umida, da qualche parte nel sud del paese, vicino al Golfo del Messico, i membri del consiglio elettorale della contea stanno lavorando ininterrottamente da martedì scorso. Ed ecco tre membri del consiglio elettorale nella palestra di una scuola, con le mascotte delle squadre dipinte sulle pareti. Ogni loro gesto viene minuziosamente analizzato dagli avvoltoi mandati sul posto dai singoli partiti, così come dagli avvoltoi della stampa. Gli informatori inviati dai partiti stanno prote-

[11] "Chad" è il coriandolo di carta prodotto dalla punzonatura delle schede elettorali. Per legge, il voto è valido solo se il coriandolo resta attaccato a uno o al massimo a due angoli della scheda (*N.d.T.*).

stando di nuovo. È giusto che la luce passi attraverso il foro? E questo coriandolo è rimasto attaccato a tutti e quattro gli angoli? O è stato forato ma non si è staccato? In entrambi i casi, comunque, le schede non sono valide, dato che le schede elettorali con i coriandoli attaccati a tutti e quattro gli angoli e con i coriandoli forati ma che non si sono staccati non rappresentano un voto valido. È come se si trattasse di un non voto, oppure di una scheda bianca, una scheda nella quale non è stata espressa alcuna preferenza, a seconda del punto di vista degli informatori dei partiti che hanno il compito di valutare la situazione. Queste sono le notizie del sabato. Attorno al coriandolo dubbio, il coriandolo forato ma che non si è staccato, riusciamo a intuire la luce delle stazioni balneari là, sulla spiaggia, la luce color pastello della Florida, scolorita e intrisa di sale. Ovviamente, il coriandolo rappresenta un'intenzione, è gravido di intenzione. E così, i membri del consiglio elettorale di questa contea vicino al Golfo del Messico, al termine della stagione degli uragani, stanno lavorando come forsennati; gli occhi rossi, esausti. Vanessa non andrà al mercato a scherzare con le donne delle bancarelle dei formaggi, quelle che vendono gli avanzi della giornata in mezzo alla strada; e non andrà neanche alla lavanderia, a parlare con la bella ragazza coreana che nel giro di tre settimane ha cambiato quattro volte colore dei capelli.

Vanessa ha intenzione di lavorare.

Per prima cosa, bisogna dar da mangiare al gatto. Che si avvicina mugolando al letto su cui Vanessa è ancora sdraiata e su cui sta tramando qualcosa. Sulle prime lo ignora. Sta mettendo a punto dei piani, sta ascoltando i notiziari, e sta vagliando diverse opzioni riguardanti, per la precisione, la miniserie intitolata *I rabdomanti*. Chissà se questo mito dei rabdomanti ha un qualche fondamento storico, si chiede Vanessa sdraiata sul letto, mentre Dade County si esibisce nelle sue contorsioni. Il gatto mugola. Le donne del suo ufficio, le sue conoscenze nel settore della produzione di film indipendenti, non potrebbero mai sospettare che Vanessa Meandro è una persona apprensiva; e, comunque sia, ci sono cose che non c'è bisogno che sappiano; per esempio, non sanno della conversazione telefonica che Vanessa ha avuto con sua madre la sera scorsa, né dei suoi mormorii deliranti. "Ero seduta... nel salone a pensare, e ho sentito... delle cose... a proposito di un qualche... non so... un musicista... un afroamericano, che stava cercando di ottenere una parte... in quel film... ho sentito tutto quanto. Ho sentito tutto di quell'uomo che stava parlando con... cosa, lei, là nell'ufficio... e questa tizia gli stava promettendo che, se lui fosse riuscito a provvedere ai finanziamenti... be', non sono riuscita a capire tutto... doveva avere a che fare con una roba di soldi, di finanziamenti... lei lo avrebbe tenuto presente per una parte..."

Vanessa aveva detto: "Stai scherzando? Ti riferisci a quel tipo, come si chiama? Mercurio? Giusto? Il tizio hip-hop? Quello che ha una sua linea di prodotti di bellezza."

"Non so nulla dei prodotti di bellezza... può darsi che abbia detto qualcosa... qualcosa su dei completi da jogging da uomo."

"Be', cos'altro ha detto?"

"Che voleva... che si sentiva che... sarebbe riuscito a cavarsela brillantemente... che aveva bisogno di farsi strada nel mondo del cinema... di entrare in contatto con quella parte di sé che voleva recitare... e che poteva senz'altro procurare a Madison dei contatti; non so... mi ha fatto venire il mal di testa."

"E poi?" Vanessa si stava informando a proposito della telefonata che sua madre credeva di aver captato all'interno del reparto psichiatrico per adulti dell'ospedale di Park Slope, mentre gli altri pazienti stavano guardando le repliche di alcune sitcom.

"*Donut*."

"Che genere di *donut*?"

"Credo stessero parlando dei *donut* di Krispy Kreme."

"Sei sicura? Sei sicura che questa telefonata avesse a che fare con i *donut* di Krispy Kreme? Mamma, ho bisogno di saperlo."

"Ti sto dicendo quello che ho sentito... e che mi ha fatto venire un terribile mal di testa... e se non vuoi starmi a sentire... be', è tipico di te credere che... Crederai ciò che ti andrà di credere, dato che non hai mai avuto un briciolo di rispetto. Quelli stavano guardando la televisione nel salone quando io ho captato una telefonata tra... tra Madison, la ragazza dell'ufficio, e un uomo di colore... stavano parlando di finanziamenti... e poi hanno parlato di *donut*."

"Stavano forse parlando di quando l'altro giorno io ho portato i *donut* in ufficio, mamma? Era questo che stavano dicendo?"

"Stavano parlando di soldi... stavano parlando di come ottenere dei soldi attraverso la ditta che produce i *donut*. Per non so quale motivo, il futuro dipendeva dai *donut*."

"Mamma, tu mi stai prendendo in giro."

La conversazione si era arenata. Dopo aver ricordato alla madre quanto bene le volesse, Vanessa aveva preteso che Rosa Elisabetta la mettesse in contatto con uno qualsiasi dei sorveglianti in servizio a quell'ora. Era ancora di guardia il dottore? No, il dottore se n'era andato e non sarebbe tornato fino a lunedì, dal momento che persino i dottori avevano bisogno di prendersi una tregua dai deliri mentali dei loro pazienti; il che significava che non c'era alcun responsabile con cui Vanessa potesse parlare. Ciononostante, Vanessa aveva chiesto a sua madre di farla parlare con la caposala. Tuttavia la madre le aveva fatto notare che, sfortunatamente, le infermiere non potevano parlare al telefono a gettoni del reparto. Era contro il regolamento. Dopotutto, come facevano a sapere che lei era davvero la figlia di Rosa Elisabetta Meandro? Avrebbe tranquillamente potuto essere una spacciatrice di droga o un'altra tossica come lei. Vanessa Meandro si era accomiatata dalla madre affettuosamente, dopodiché aveva cercato il numero dell'ufficio informazioni dell'ospedale sulla guida telefonica.

E così, la prima cosa che Vanessa fa questo sabato, direttamente dal suo letto, è prendere a male parole vari centralinisti dell'ospedale, con tanto di minacce, di insulti e di allusioni al fatto che i pazienti vengono curati con delle terapie sbagliate. Finché, alla fine, questi non la mettono in contatto con il numero del reparto in cui è ricoverata sua madre. Le risponde l'infermiera di guardia. Vanessa ha a malapena finito di elencare le proprie generalità che ha già attaccato con la ramanzina.

"Vi rendete conto che mia madre crede di ricevere delle telefonate dentro il suo cervello?"

Nella camera di Vanessa le tapparelle sono abbassate, e il gatto la sta solleticando con la zampa per chiederle chissà cosa. In sottofondo, un'inquietante musica elettronica fuoriesce dalla radiosveglia, sintonizzata sulla stazione della Columbia University. Il suono è smorzato dalle pile di sceneggiature ancora da leggere che torreggiano lì intorno.

"Non sono autorizzata a dare informazioni telefoniche circa i nostri pazienti."

"Fareste meglio a rivedere il vostro regolamento, poiché si dà il caso che ieri sera io abbia avuto una conversazione con mia madre, della durata di quasi dieci minuti, nel corso della quale lei mi è sembrata lucida, tranne quando mi ha parlato delle telefonate che riceve *nella sua testa*. O nelle sue otturazioni. O da qualsiasi altro posto esse provengano. Se lei non intende discutere della cosa con me, dovrebbe quantomeno parlarne con uno dei medici che lavorano lì da voi. Voglio che venga messo per iscritto che mia madre necessita di terapie più mirate perché guarisca dai suoi *deliri*. Non presentava disturbi psicotici così accentuati mercoledì, quando si è presentata all'accettazione."

"Talvolta i pazienti..."

"Ha avuto problemi di *alcolismo*. Non mi metterò a discutere con lei di questo. Comunque sia, non sentiva nessuna voce. E invece ora sente le voci dei miei dipendenti che le parlano. Deve pur esistere una cura per questo genere di cose. O mi sbaglio? Voglio dire, non si sono forse registrati dei progressi per quanto riguarda queste terapie? È possibile curare disturbi come questi? Lunedì, per prima cosa, io esigo una risposta..."

L'infermiera dice qualcosa di vago a proposito del fatto che trasmetterà il suo messaggio. Quando il dottore arriverà, lunedì, il suo messaggio verrà trasmesso. Il tono dell'infermiera è diventato dolce come quello del campione in carica di un gioco a premi intento a mettere ko uno sfidante. Le richieste di informazioni devono passare attraverso una retorica della dilazione. Le richieste di informazioni non sono responsabilità del soggetto in questione, un'allieva infermiera con due bambini parcheggiati a casa della sorella per tutto il giorno. Eccetera.

Vanessa si alza. Con passo felpato si dirige in cucina con addosso la vestaglia e dà da mangiare al gatto. E a quel punto chiama Madison, poiché sa che non è rientrata a casa prima delle quattro. È giusto che lei svegli Madison per rammentarle l'importanza della catena gerarchica. Madison dovrebbe cercare di prevedere le necessità di Vanessa, ogni sua necessità. Madison dovrebbe svegliarsi di soprassalto con il pensiero fisso di Vanessa. Madison dovrebbe essere in grado di superare ostacoli insormontabili. Madison dovrebbe essere in grado di rispondere alle sue telefonate anche di sabato, all'alba, malgrado le tre o quattro ore di sonno. E così, Vanessa compone il numero. Risponde la segreteria telefonica e Vanessa dice: "Ho sentito che hai offerto a Mercurio una parte ne *I rabdomanti* senza prima aver sottoposto la cosa alla mia attenzione. Il che è del tutto inaccettabile, cazzo. E poi vengo a sapere che sei in contatto con Krispy Kreme per la questione dei finanziamenti. E neanche questo va bene. Sei tenuta a informarmi di queste cose. Chiamami non appena ti svegli."

Dopo aver tartassato Madison, Vanessa comincia a sentirsi un po' meglio. Si sente come se ora fosse finalmente in grado di alzare le tapparelle, di esaminarsi allo specchio i capelli color paglia, esito disastroso di una tinta che si è fatta da sola, e le borse sotto gli occhi. Tuttavia, dopo esser giunta a questa conclusione, ritorna in camera da letto per cercare il palmare, che si trova sul lato opposto del suo gigantesco materasso, come se tra lei e il palmare ci fosse una relazione che va avanti da tempo. Con il pennino parte dalla A, per poi scorrere tutto l'alfabeto in cerca di nominativi da contattare per questioni di lavoro. Quando arriva ad Annabel Duffy, prende in mano il telefono un'altra volta e le lascia un messaggio, visto che Annabel non risponde mai. "Ciao, mi chiedo come mai non abbiamo ancora risolto la faccenda dello stagista. A partire da venerdì prossimo ne voglio uno, dato che stiamo accumulando troppo lavoro arretrato. Abbiamo bisogno di qualcuno che sbrighi questi lavoretti. Tira fuori dei nomi. Non m'interessa dove li trovi. Recluta qualcuno e basta. Se inizieremo la produzione della miniserie, avremo bisogno di alcune persone in più. Cominceremo a fare avanti e indietro da qui alla California, staremo sul set, e non mi fido a lasciare che Madison si occupi della cosa, quindi datti una mossa."

Massimo attrito fra i soggetti coinvolti. Instabilità fra i vari concorrenti. Mezzi di Produzione ha bisogno che le persone competano per gli stessi incarichi. Antagonismi fraterni. Liti. I concorrenti devono essere sospettosi, guardarsi alle spalle, che poi è il motivo per cui ha senso tenersi stretto Thaddeus Griffin, un buco nero che assorbe l'energia irradiata da queste donne di talento. Devono essere capaci di schivarlo; e, per farlo, hanno bisogno di competenza, di potere. Stesso discorso per Ranjeet, sebbene ciò che Ranjeet rappresenta per Mezzi di Produzione sia allo stesso tempo una critica, dice lui, dei sistemi significanti dell'Occidente. Il sistema significante dell'Occidente guarda alle equazioni, vedete, come se l'equazione fosse un'unità semantica perfetta per le grandi strutture, e questo vale sia per il cinema che per le attività aziendali di una società come Mezzi di Produzione. D'altro canto, forse, Ranjeet rappresenta un sistema significante asiatico, più simile alla geometria non euclidea, una geometria all'interno della quale le linee parallele in realtà sono dei cerchi; questa è la teoria di Ranjeet, questa è la modalità attraverso la quale Ranjeet cambierà la loro attitudine, per far sì che tutti loro riescano ad affrontare *I rabdomanti* attraverso una serie variabile di approcci; e cioè, non solo attraverso degli approcci rivolti specificamente a un contesto occidentale, ma, al contrario, attraverso differenti approcci storici e strutturali. Per dirla con parole sue: in questo modo ci sono maggiori probabilità che la cosa dia dei frutti.

E ora è arrivato il momento preferito di Vanessa, il momento della persuasione. La cosa per la quale è nata. Avverte la stessa sensazione che altri avvertono quando si accingono ad andare a letto con qualcuno. Altre persone avvertono lo stimolo del desiderio ed escono, e si immergono nella luce del sole che filtra screziata nel parco, e compongono sestine usando parole difficili da mettere in rima, come *argenteo*, e provano amore, che è la sensazione che si ha quando ci sta più a cuore il bene di una persona che la luce del sole. Forse Vanessa ha provato questa sensazione, o forse, sdraiata a letto con le tapparelle abbassate, crede di averla provata nei confronti di sua madre, le volte in cui dal soggiorno l'ha portata di peso a letto, priva di sensi. Forse, in momenti come quelli, ha provato qualcosa di molto vicino all'amore epico della poesia. Caritas. Per esempio, c'era stata quella volta in cui sua madre doveva mostrare a una coppia l'appartamento dell'ultimo piano. Se lo ricorda come se fosse ieri. Aprile, probabilmente, due o tre anni prima, un sabato, come oggi. Vanessa stava cercando di ammortizzare la spesa della macchina per lo step appena ordinata in televisione, fermamente decisa a usarla mezz'ora al giorno. È issata su quest'aggeggio, inzuppata di sudore, e finge di sciare. Qualcuno, di sotto, suona il campanello, e lei spera che non si tratti di una coppia mista, dato che tempo prima c'era stata questa coppia con cui sua madre si era comportata così male da non poterci credere. Una volta aveva provato a parlargliene, ma la madre l'aveva zittita. Il campanello suona, risuona, e poi suona ancora una terza volta. La terza scampanellata non è un buon segno, e così lei va di sotto con addosso la tuta da ginnastica elasticizzata. Ha già perso più di tre chili e mezzo, anche se ha continuato a lamentarsi dell'improbabilità di dimagrire. Poi va di sotto, ed ecco questa deliziosa coppia mista.

La ragazza ha la pelle chiara; forse è mezza ispanica o qualcosa del genere. Bella, alta, magra. Il ragazzo, invece, deve essere ebreo. Ha il fascino del pubblicitario. Se ne stanno lì, in piedi sulla piccola veranda, con Vanessa che dice: "Andiamo a dare un'occhiata." Si comporta meglio che può. Li accompagna all'ultimo piano, e loro rimangono estasiati dallo spettacolo di cui si gode da lassù. Gli piacciono da morire i mattoni a vista, gli piacciono i pavimenti, gli piace la vecchia lampada a gas sulla facciata della casa. Ma ciò che con ogni probabilità gli piace davvero un sacco è il fatto che Vanessa se ne fotte del colore della loro pelle, a patto che non facciano troppo casino e che siano puntuali nel pagare l'affitto. Ma, mentre stanno scendendo le scale, Vanessa dice: "Diamo solo una rapida occhiata per vedere se mia madre è in casa; sapete, ci tiene a essere coinvolta in queste cose."

Non è sicura del perché l'abbia fatto. Non era stato un buon segno che il campanello avesse suonato a vuoto per ben tre volte. L'appuntamento era stato concordato. Come molte persone con dei problemi, la madre di Vanessa si agitava tremendamente in occasione dei pochi appuntamenti che aveva. Cominciava a preoccuparsi diversi giorni prima. Non era stato un buon segno il fatto che Rosa Elisabetta non avesse reagito al suono del campanello. Tuttavia, dopo aver spiegato a quei due che potevano sentirsi liberi di usare il giardino sul retro, Vanessa aveva girato la chiave nella porta al pianterreno; poi, quando la porta si era aperta del tutto, aveva trovato sua madre svenuta sul pavimento del soggiorno: le braccia completamente spalancate, come pronte per un abbraccio caloroso, e una gamba dei pantaloni di maglia di Kmart arrotolata quanto bastava per mettere in mostra una calza rosa. Il gatto era seduto sulla pancia della madre.

"Forse faremmo meglio a uscire," aveva detto Vanessa ridacchiando senza ritegno.

"Sta bene?" aveva chiesto la donna.

"Certo," aveva risposto Vanessa. "L'unico problema qui sono le calze."

A seguire, una risatina ancor più nervosa. Dopodiché le battute sarcastiche fra la padrona di casa e gli affittuari sulle scale avevano subito una battuta d'arresto. A quel punto il pubblicitario aveva detto: "L'appartamento ci interessa ancora molto. Vorremmo firmare il contratto."

Lei gli aveva subito consegnato il contratto d'affitto. Molto probabilmente, nell'ambito del difficile mondo immobiliare avevano visto case di gran lunga peggiori. Il contratto giaceva sul tavolo della cucina della madre in cima a una pila di carte, insieme a tutti gli altri documenti di cui lei aveva avuto bisogno nel corso della sua vita, inclusi il testamento, l'accordo di divorzio e una petizione mossa contro la città di New York a causa dei requisiti elettorali restrittivi posti ai candidati del terzo partito nelle elezioni locali. Si trovavano tutti e tre in cucina a esaminare il contratto d'affitto, con la madre che russava nel bel mezzo del pavimento del soggiorno. Gli affittuari erano riusciti a ottenere il contratto autenticato e a restituirlo, con tanto di assegno, prima che Rosa si svegliasse.

Quello, a modo suo, era stato amore. C'è l'amore, e poi c'è la persuasione, e sono due dei colori dell'universo. E c'è l'orientalismo postmoderno della strategia di Vanessa, mutuata da Ranjeet, una strategia in base alla quale bisogna procedere contemporaneamente su diversi fronti. Il diagramma di flusso. Vanessa sta scorrendo le voci in ordine alfabetico sul suo palmare, addentrandosi nella miniera di nomi – Katzenberg e Meyer e Case e Bronfman e Brokaw –, numeri di telefono con i quali lei si è liberamente trastullata nel corso degli anni, come se si trattasse di codici segreti. Li usa raramente; li stuzzica soltanto, tenendoli in serbo. Eppure, su questa landa desolata, di sabato, sente che forse il momento è finalmente arrivato. Riesce ad avvertirlo; è una funzione automatica, un riflesso; e cosa c'è di più vero del manifestarsi di un riflesso?

Compone il numero di telefono di Jeffrey Maiser, vicepresidente senior, nonché responsabile del palinsesto della UBC, un'emittente alle prime armi composta da società periferiche affiliate. La UBC, la rete dei ragazzini, una rete che vanta un milione di programmi per adolescenti zeppi di lupi mannari e di bambini invisibili – lupi mannari che non sono esenti da problemi quali la reintegrazione dei liquidi e la tipica calvizie maschile – oltre che, negli ultimi tempi, un'esplosione di reality di qualità sopraffina, tipo *American Spy*, reality che ha registrato un grande successo. Jeffrey Maiser, tanto per citare le riviste di gossip, ha una relazione con una puttanella fuori di testa nota con un nome solo, Lacey. Una cantante, anche se "cantante" forse è una parola grossa. Nei confronti della quale, al momento, lui è impegnato nel ruolo di Pigmalione, sempre per citare le riviste di gossip di cui sopra. Jeffrey Maiser sta lavorando alla messa a punto di un reality di qualità della durata di mezz'ora, nel quale la puttanella con un nome solo non deve far altro che starsene a oziare, seduta su squallidi pezzi di mobilio, tipo poltrone imbottite di polistirolo e materassi ad acqua, in compagnia dei suoi amichetti, ad ascoltare canzoni e a guardare video. Inoltre, daranno i voti a un bel po' di ragazzi: ospiti di programmi televisivi, membri di numerose band e così via. Stando alle riviste di gossip, Jeffrey Maiser sta portando a termine questo progetto e, contemporaneamente, sta anche tentando di ottenere delle parti per Lacey. Il che sarà il fulcro della lunga tirata che già da ora sta covando dentro Vanessa, come un foruncolo. Vanessa avverte in sé una tale necessità di raccontare a qualcuno la storia de *I rabdomanti* che il trattenersi dal farlo la sta infastidendo. Tuttavia, l'attesa migliorerà la messa a fuoco. Entra in cucina, dove ci sono gli ingredienti per un tramezzino alle uova particolarmente buono.

Le piace l'arredamento della sua casa, che ha l'aria di essere arrivato direttamente dalla Toscana, pietra dopo pietra. Sia in bagno che in cucina ci sono delle vere piastrelle, e banconi in finto marmo, ed elettrodomestici modernissimi per la cucina di dimensioni industriali. Seltzer effettua consegne a domicilio. Il gatto, che ha già mangiato, la sta seguendo in cucina facendole un otto attorno alle caviglie, caso mai accanto alle bottiglie, nella dispensa, saltasse fuori un piattino di latte per lui. Il telefono è ancora bloccato tra la spalla e l'orecchio di Vanessa. Ma prima che lei riesca a connettersi con il numero di Maiser, viene interrotta dall'alfabeto Morse di una chiamata in attesa.

"Oh, ciao." È decisamente scontenta di sentire la voce di Vic Freese. "Vattene. Non a te. Al gatto. Mi sto preparando un tramezzino con le uova. Col basilico fresco. No, Vic, non ho fatto nulla. Mi dispiace che la faccenda ti sia capitata tra le mani in questa maniera. Alle parti in causa è stato rescisso il contratto. No. Vic. No. Non ho fatto un granché per il casting. Aspetta un secondo, devo sbattere le uova."

Tanto per prendersi una pausa. Guarda fuori dalla finestra. È una giornata piena di sole; se ne accorge solo ora. Ombre fluttuanti coprono il viottolo di pietra sul retro della casa.

"Certo, anch'io ho pensato a lei. Dici che potrebbe essere interessata a...? Ma lei non è forse... Esatto, proprio quello che ho sentito dire. Il tizio del Diamond District? E così, ha intenzione di rientrare in scena con una parte importante? Davvero interessante! No, no, sono contenta di occuparmi personalmente di intortarlo. Non voglio delegare a te la cosa. Non voglio delegarti nulla, no, e ti sarei davvero grata se la cosa rimanesse tra noi. Stiamo lavorando sugli autori. Sì, ovvio. Solo nomi grossi, dal primo all'ultimo. Solo nomi grossi. Certamente. Credi che saremmo impegnati in questa conversazione se non me ne fossi già occupata? Sì, abbiamo contattato l'autrice del romanzo. Okay, okay. Come sta la tua famiglia? Bene, sì. Fantastico. Mi fa piacere saperlo. Sì. Ciao."

Vic Freese e il suo nervosismo l'hanno contagiata. Non riuscirà a tenerlo a bada ancora per molto. Non importa se il tramezzino con le uova non è ancora pronto. Non importa se sulla West Coast non sono ancora le otto; niente ha più importanza, salvo l'urgenza del linguaggio, l'urgenza di usare il linguaggio per dare significato a qualcosa che prima ne era privo. Ecco qui una cosa priva di significato e di potenzialità che verrà colmata grazie a una creazione artistica di valore. In quanto produttrice, Vanessa Meandro è nata per questo. Tutto il resto del suo lavoro, le responsabilità legate alla produzione, le consulenze per i casting, la ricerca degli esterni, non ha alcun interesse per lei. Vedere il film durante le fasi del montaggio e del lancio. Tutte mansioni che può svolgere senza alcun problema, ma anche senza alcun entusiasmo. Ha del tuorlo d'uovo tiepido in bocca e sul mento, e ha in mano un tovagliolo di stoffa blu scuro, ed è pronta per il monologo. Ciò che fa è trangugiare un grosso boccone di sandwich, dopodiché torna a comporre il numero del cellulare di Jeffrey Maiser, e si sente soffocare dal sandwich con le uova, e il telefono si connette, e non è mai esistito silenzio più lungo di quello che segue il manifestarsi della voce di Jeffrey Maiser, e durante questa pausa, così come durante ogni pausa, Vanessa si pente frettolosamente del cattivo carattere che ha dimostrato di avere in compagnia dei suoi amici e della sua famiglia, e pensa che, se l'affare andrà in porto, cercherà di darsi una calmata, cercherà di comportarsi meglio, e inizierà a mangiare soltanto cibi vegani, e andrà a trovare sua madre più spesso, e inviterà i suoi amici a cena, e avrà più cura dei propri soldi; se l'affare andrà in porto, farà tutte queste cose, lo giura...

"Il signor Maiser?"

Si sente un sì ingrugnito.

"Sono Vanessa Meandro. Con Mezzi di Produzione? Stiamo girando il biopic su Otis Redding con Wonderment? Che quello, ah, quello studio sta...? Esatto, proprio quello. Ma, a dire il vero, signor Maiser, oggi la chiamo per qualcosa di completamente diverso. La chiamo per parlarle della *sete.* Esattamente. Sete. So che si tratta di un argomento di ampia portata, ma è anche un argomento della massima importanza, che lei lo sappia o no, un argomento che oggi è al centro dell'industria americana dello spettacolo. Sono una collezionista, signor Maiser, questa è la prima cosa che mi preme dirle, e ciò che colleziono, signor Maiser, sono anfore marocchine. Esatto. Qui a Mezzi di Produzione siamo molto esigenti in fatto di anfore marocchine. Anfore realizzate con un particolare tipo di argilla, di terracotta, che contiene elevate quantità di ossido di ferro, molto più elevate rispetto a quelle presenti in qualsiasi altra terracotta; un'argilla che cuoce meglio a temperature basse. E, stranamente, questo tipo di argilla si trova solo a Casablanca, signor Maiser. Nel corso dell'undicesimo secolo, a Casablanca e a Tangeri, in un'epoca in cui le influenze cristiane, islamiche ed ebree in quell'area erano al loro apice, la tecnica impiegata nella realizzazione delle anfore ha raggiunto livelli di estrema perfezione. Tutte queste confessioni di fede, signor Maiser, coesistevano sotto il regno di un tale di nome Ibn Tachafine, il fondatore di Marrakech.

Ciò che intendo dire è che al centro di questo antico territorio esisteva il concetto di sete, signor Maiser; e, di conseguenza, al centro dell'intreccio delle confessioni alle quali ho accennato prima c'è il concetto di sete. Lo si può ravvisare nei testi mistici dell'undicesimo secolo di Alp Aslan, il conquistatore di Bisanzio, il quale aveva riunito sotto di sé i sultanati dell'Islam, signor Maiser. E aveva intuito la centralità dell'anfora, e dell'argilla marocchina nella storia dell'anfora. Ci rifletta su. Ci sono queste tre religioni nel deserto, in mezzo alle distese di sabbia piatte e desolate, signor Maiser, ognuna delle quali è nata dal patto tra Abramo e il suo dio. Abramo nel deserto, disperato e assetato, mentre tenta di apparire innocente agli occhi del suo dio. Abramo mentre conduce il figlio sul luogo dove morirà, disposto a morire di sete, disposto a sacrificare suo figlio. Ognuna di queste popolazioni, signor Maiser, quella cristiana, quella ebrea e quella musulmana, proviene da un deserto, da un luogo selvaggio. La qual cosa mi ricorda, naturalmente, il verso di una canzone di Bob Dylan: *Dove vuoi che commetta l'omicidio?* Conosce le canzoni di Bob Dylan, signor Maiser?"

Un sospiro evasivo, al quale però Vanessa non riconoscerà alcun ruolo all'interno della discussione...

"Se lei conosce le canzoni di Bob Dylan, allora conosce anche la fede di Abramo e conosce le anfore marocchine, poiché nella profondità dello spazio di quella fotografia grandangolare di Bob Dylan accanto al camino, e mi riferisco naturalmente a *Bringing It All Back Home*, lei vedrà una di quelle anfore marocchine di cui parlo, dipinta di bianco. Sulle prime non è facile riconoscerla, quell'anfora in cui si sono riversati molti giorni di pioggia a dirotto. L'anfora è il leitmotiv del progetto che le sto per proporre, signor Maiser, e la cosa che ci terrei a puntualizzare è che essa costituisce *la* rappresentazione perfetta della sete del pubblico televisivo di massa. E quando parlo di sete e di pubblico televisivo di massa, signor Maiser, intendo davvero un pubblico televisivo di massa; intendo centinaia di milioni di telespettatori, intendo un tipo di pubblico che non sa quanto sia assetato finché l'anfora colma di significato non gli viene offerta. Pensi solo a quanti tipi diversi di sete ci sono in America al giorno d'oggi, signor Maiser. C'è la sete dei fondamentalisti, nel sud del paese. Stanchi di avere l'impressione che il governo e le élite dei mass media del Nordest e della West Coast impongano loro i parametri della propria cultura. Ci sono voci che si sollevano da questa parte del mondo, le voci dei radiocronisti e dei loro apologisti, assetate di significato. Vogliono una specie di visione millenarista, vogliono che Gesù torni sulla terra e che vada a spasso sulla Quinta Avenue, e che faccia strage dei lettori del "New York Times". E il progetto che le sto illustrando, signor Maiser, *non* li deluderà, dal momento che questo progetto riguarda l'antichità e l'eventualità di un'apocalisse. E che dire dei telespettatori mormoni, i seguaci della Chiesa di Gesù Cristo dei Santi degli Ultimi Giorni? Sono là fuori, nel Grande Lago Salato, in mezzo alle distese di sale; hanno percorso migliaia di chilometri e hanno dato vita a una mitologia sugli indiani d'America, sulle dodici tribù degli indiani d'America; e sono assetati, a livello regionale, topografico, e desiderano una voce squillante, profetica, una casta e onesta voce profetica; ed è esattamente questo che fa il progetto in questione, signor Maiser, quando descrive l'esodo dei mormoni e, più avanti, la fondazione di Las Vegas. Il progetto offre una storia che la Convenzione Battista del Sud non potrà non appoggiare, poiché in questa storia non compaiono né omosessuali né fautori dell'aborto; e offre una storia che i pastori mormoni non potranno non appoggiare, così come i maestri di yoga e i buddisti della California. E che cosa ci potrebbe essere di più appropriato alla loro sete, signor Maiser, di una storia che parla di rabdomanti?

Esatto, signor Maiser, ciò di cui oggi stiamo parlando è una saga multigenerazionale, la quale però non si limita a una particolare popolazione privata dei propri diritti, come nel caso di *Radici* o di *Olocausto*, nel lontano 1978; questa è una storia che abbraccia tutte le popolazioni e conferisce loro lo status onorario di popolazioni private dei propri diritti, lo status di assetati, signor Maiser. Ogni gruppo vuole essere "il" gruppo *privo* di potere, in modo da poterlo riottenere, questo potere, grazie alla capacità, insita nell'anfora marocchina, di saziare la sua sete metaforica, ma legittimamente e a furor di popolo, signor Maiser. Gli ebrei, un popolo oltraggiato in Europa, sono stati cacciati dal Marocco, non ricordo esattamente quando, ma so che a un certo punto sono stati cacciati; e questa è storia, giusto? E l'unica cosa che i sefarditi hanno portato con sé, oltre ai loro testi sacri, è stata l'arte della lavorazione di queste anfore. Ma in realtà, signor Maiser, hanno portato con sé anche la dottrina cabalistica della rabdomanzia, signor Maiser. Non lo sapeva? La rabdomanzia è una disciplina difficile da penetrare, una disciplina che in alcune sette ultraortodosse si insegna ancora, signor Maiser. Rabdomanzia. Risale all'epoca del dominio degli unni, signor Maiser, e il progetto che io le invierò immediatamente via e-mail, in modo che lunedì mattina possa essere sulle scrivanie dei suoi collaboratori, signor Maiser, riguarda il primo episodio di una miniserie di tredici puntate sui tempi antichi, signor Maiser, i tempi in cui gli unni hanno iniziato a calare dagli altipiani e hanno cominciato a sbaragliare le civiltà dell'Occidente. Gli unni hanno portato distruzione e rovina sul confine occidentale dell'Impero Romano, gli unni hanno portato violenze carnali, gli unni hanno portato razzie, signor Maiser, ma gli unni, così come i predoni, hanno portato anche la magia, nella persona del rabdomante. E così, quando la terra è stata messa a ferro e fuoco e i romani sono stati cacciati dal loro impero, ciò che hanno ricevuto in cambio è stato il rabdomante, il quale li ha condotti al di là della collina, verso il luogo da cui scaturiva l'acqua."

"Uhm..."

"Di conseguenza, si tratta di un progetto che affronta il tema della sete su una base storica, ma, allo stesso tempo, è un progetto che finisce con l'appagarla, questa sete. Non appena inizierà a esaminare il progetto, signor Maiser, ciò che le salterà all'occhio saranno le coincidenze sempre più evidenti con la sua stessa vita. I pezzi cominceranno a combaciare. Ad esempio io so che, quando ho cominciato a pensare alla sete e al fatto che dovevo immediatamente mettermi in contatto con lei, signor Maiser, quando ho cominciato a capire che con lei e solo con lei io mi dovevo mettere in contatto, e che lei e solo lei doveva avere questa magnifica opportunità di finanziare una miniserie in grado di cambiare la storia della televisione, in grado di cambiare il sistema di distribuzione, in grado di dare al cinema indipendente il posto che si merita nella storia del cinema, allora non ho potuto fare a meno di notare che, signor Maiser, c'era una giovane attrice che sembrava nata per interpretare la parte di Nurit, figlia di un commerciante ebreo nonché fulcro sentimentale della storia. Che cos'è la sete, signor Maiser, se non un modo come un altro di chiamare la brama erotica? Dico bene, signor Maiser? Quando sentiamo un prurito, dobbiamo grattarci. Perché mai altrimenti, signor Maiser, anche noi, in questa terra ricca di acqua, abbiamo tutta questa sete? Da dove scaturisce tutta questa sete? Perché tutti questi abbracci? Perché ci lasciano con la voglia di farci una bella nuotata e di berci una bibita ghiacciata? Io so che lei lo sa, signor Maiser, e so che lei sa che una certa giovane attrice di nostra conoscenza potrebbe riuscire ad attrarre il pubblico degli adolescenti, un pubblico che ha un bisogno estremo di appagare questo particolare tipo di sete. Noi vogliamo attori giovani e carismatici, abbiamo bisogno di loro, della curva perfetta di un seno, di quel tocco effimero che dura solo pochi anni, dei muscoli scolpiti di un giovane indiano americano che percorre in lungo e in largo uno schermo ad alta definizione; e questa è la storia che può davvero portare alla sua emittente un pubblico di adolescenti, poiché ogni generazione ha il suo bell'adolescente assetato che trova la verità con una bacchetta biforcata. Mi segue, signor Maiser?"

"Ascolti, io..."

"Il pezzo sull'idrofobia in, come si chiamava quel film, con il... *Il buio oltre la siepe*, giusto? Il cane è impazzito? Esatto, è un pezzo sull'idrofobia che funge da metafora per l'esilio, per la condizione di esilio che gli afroamericani avvertono rispetto alla società dei bianchi. L'odio per l'acqua? Il rifuggire completamente dall'acqua, al punto che l'acqua dà vita a una tale pazzia, negli uomini e negli animali, che li fa uscire di sé, che li spinge a cercare di trasmettere la malattia, dopodiché loro stessi finiscono per morire. Lo sapeva che si manifesta in due fasi, signor Maiser? L'idrofobia? La fase del mutismo e quella della rabbia, le quali coincidono perfettamente con le due fasi della sconfitta politica? Bene, *I rabdomanti*, signor Maiser, fa l'esatto contrario. Costruisce una metafora dell'inclusione, una metafora del, be', immagino che lei lo chiamerebbe rinnovamento spirituale; un po' come nuotare di notte, signor Maiser, un rinnovamento spirituale che riconosce pienamente l'importanza dell'appetito carnale. Ci procureremo uno sceneggiatore, un grosso nome, uno in grado di portare sullo schermo i tredici episodi di due ore che proporremo per questa miniserie, signor Maiser, e sappiamo, poiché abbiamo apprezzato i suoi risultati alla UBC, che lei è l'uomo giusto per questa storia, un uomo in grado di ravvisare nella sete un tema importante da un punto di vista storico, un uomo che saprà come rendere questa storia attraverso una musica moderna, una colonna sonora azzeccata, magari dei gadget a forma di bacchetta da rabdomante da commercializzare nelle catene di fast-food; che ne so, ad esempio una promozione da McDonald's che abbini le bacchette da rabdomante agli hamburger, signor Maiser, oppure, perché no, una bacchetta da rabdomante Krispy Kreme, una piccola bacchetta di plastica con qualche nodo inciso sopra, in modo da assomigliare a un ramo di betulla o di acero o a una roba del genere. Cosa ne pensa, signor Maiser? Si rende conto di quale opportunità sarebbe per la sua società? Soprattutto in virtù del fatto che la cosa la avvicinerebbe al mondo del cinema indipendente, il quale ha dalla sua critici e guru superintellettuali? Non desiderate forse, lei e i suoi collaboratori, lasciarvi coinvolgere in un progetto che vi dia la credibilità di una piccola casa cinematografica indipendente *e* che, allo stesso tempo, vi assicuri un pubblico televisivo di massa? Ma non riesce già a vedere la locandina, signor Maiser? Non si sta forse materializzando dentro la sua testa proprio in questo momento? Un poster da affiggere sui treni affollati della metropolitana di New York e sugli autobus di tutto il paese. Non riesce a vedere tutte le iniziative che si svilupperanno attorno alla serie? Gli adattamenti cinematografici, le riduzioni in forma di romanzo? Non riesce a vedere le grafiche delle riviste, le copertine dei periodici, signor Maiser? Non riesce a vedere i film del Terzo Mondo? Non riesce a vedere *I rabdomanti* svilupparsi in un megaprogetto cinematografico di tredici puntate nelle sale di tutti i paesi che compaiono nelle riprese, come l'Ungheria, o anche in paesi quali la Bulgaria, che non riescono a coprire i costi necessari per distribuire i film hollywoodiani più recenti? E cosa ne dice di un lungometraggio, di un adattamento cinematografico de *I rabdomanti*? Con il commento sonoro per la versione in DVD? Cosa ne dice di un DVD con tutte le scene tagliate, per un totale di nove ore extra di girato? Non pensa, signor Maiser, che questa sia un'opportunità che la sua società non può permettersi di perdere? Non riesce a capire che, se lei la rifiuta, qualche altra emittente televisiva ci si avventerà sopra all'istante, e che i suoi rapporti con il presidente della UBC risulterebbero così compromessi, e che le sue quotazioni crollerebbero, e che lei finirebbe in miseria, con la fama di essere l'uomo che ha rifiutato di firmare il contratto per *I rabdomanti* quando invece avrebbe potuto farlo, signor Maiser? Non vuole semplicemente dir di sì adesso, signor Maiser? Non vuole dir di sì adesso a questa saga televisiva?"

"Basta!" urla Maiser. C'è qualcosa di simile al silenzio: l'elettricità statica del cellulare che sostituisce il silenzio, un silenzio stregato, quasi sublime. "Ho un sacco di faccende da sbrigare. Mi mandi questa dannata bozza, Cristo santo. Mi farò risentire lunedì."

A quel punto, Vanessa si rimette a letto.

16

A Santa Monica è mezzogiorno, di lunedì, e a Melody Howell Forvath, autrice di romanzi di intrighi internazionali, non gliene importa un accidente di quello che pensano gli altri. Si sta occupando della festa. Sono diversi anni che a Melody Howell Forvath non gliene importa un fottuto accidente di niente, se non dello stato della sua piscina, dell'ultimo ristorante aperto nel suo quartiere e delle migliori spiagge raggiungibili con la macchina. E ciò in virtù del fatto che si è assicurata la pensione scrivendo romanzi di intrighi internazionali. Ne ha pubblicati ventisette, di cui i primi dodici scritti di suo pugno, fino a *Doppio olandese* (1973), quello con le due spie gemelle che si fingono prostitute di un bordello di Amsterdam. E che aprono una valigia piena di eroina, ecc. Dopodiché, a partire da *Inviato del desiderio* (1975), aveva reclutato una serie di laureati della Smith and Wellesley, istruiti e di bella presenza, perché scrivessero i libri al posto suo e secondo le sue istruzioni. Ecco come lavora. Melody passa dall'edicola e strappa da una copia sgualcita di "Travel & Leisure" alcune pagine con delle ambientazioni interessanti. A quel punto si mette a sedere con il ghostwriter di turno, chiunque esso sia, e insieme iniziano a elaborare nei minimi dettagli un'appassionante storia con al centro un adulterio, dello champagne, una grandine di pallottole e una donna sessualmente indipendente. C'è l'ha da contratto, l'obbligo di includere nei romanzi donne sessualmente indipendenti. Di certo non scrive questi libri per gli uomini, ai quali importa solo della grandezza delle armi da fuoco.

In realtà, il vero lavoro di Melody Forvath consiste nell'essere la donna immagine di una società chiamata Melody Howell Forvath. Una volta che ha finito di rivedere attentamente le bozze, l'unica sua vera responsabilità consiste infatti nell'intraprendere il tour promozionale del libro, cosa che non le dispiace affatto. Dorme in splendidi hotel: il Ritz di Boston, il Carlyle Hotel di Manhattan. Saluta i titolari e i dipendenti delle librerie, dei quali si è trascritta i nomi su un taccuino in pelle che si porta appresso. E alla fine di ogni presentazione, sull'aereo di ritorno, scrive delle cartoline nelle quali ringrazia tutti i benefattori locali.

Dopo un esordio mediocre a Kansas City, Melody Forvath era diventata una scrittrice che qualsiasi editore avrebbe voluto includere nel proprio catalogo, nonché una padrona di casa famosa per le sue feste in tutta Los Angeles. Ha molti amici, e ci sono molti altri che lo vorrebbero diventare, e questo è il motivo per cui lei è la persona perfetta per organizzare il ricevimento di oggi in onore di Iveshka Maevka, dottore in Medicina, la cui frequentazione è stata motivo di grande sollievo per Melody, ora che il suo profilo non è più lo strumento promozionale di un tempo. Come potete ben immaginare, è dura per una donna di una certa età. Melody Forvath aveva conosciuto Iveshka Maevka, dottore in Medicina, tramite sua figlia Ellie, impiegata presso una sciccosa boutique del centro in qualità di direttrice dell'ufficio acquisti. Iveshka Maevka è un pallone gonfiato che indossa abiti a doppiopetto e guanti da chirurgo, che è aggiornato sui più recenti ritrovati in campo medico, e che è smanioso di vivere una vita ricca di opportunità qui, nella sua terra d'adozione. Melody Forvath vuole essere sicura che il Dr. Maevka, con la sua nuova attività, venga bene accolto in società. A tal fine, ha scritto alcune parole su uno di quei foglietti adesivi rosa:

> Il Dr. Maevka ha seguito lo sviluppo di questa pratica medica per conto della Food and Drug Administration. Sostiene fermamente che una sostanza che è fondamentalmente una tossina può tuttavia risultare vantaggiosa nell'ambito della medicina moderna, pur riconoscendo che tale trattamento, così come la sua materia prima, può ancora causare qualche problema di salute, nel caso in cui gli alimenti non siano correttamente conservati o qualora i cibi in scatola siano scaduti, o cose del genere.

Per come la vede Melody Forvath, i tic agli occhi, l'eccessiva sudorazione e lo spasticismo sono fra i primi disturbi da curare con questo trattamento. (E prima che vi mettiate a prendere in giro le persone affette da tic agli occhi, va detto che Melody Forvath ha avuto un amico o due con problemi di questo tipo, e non è affatto una cosa piacevole). Da qui all'utilizzo del trattamento in campo cosmetico, il passo è stato breve. E lei non vede l'ora di inserire questa fase della storia della medicina nel suo nuovo libro, sempre che sia possibile. Forse un detective che è anche uno straordinario dermatologo. Un dermatologo pieno di fascino.

> Dopo esser stata impiegata nel trattamento volto ad attenuare l'eccessiva sudorazione, la cura è stata in seguito prescritta anche per ridurre i primi scoraggianti sintomi dell'avanzare degli anni; nella fattispecie, la comparsa di rughe attorno agli occhi o sulla fronte.

Questo è ciò che le ha detto il Dr. Maevka in occasione delle loro sedute private. Il Dr. Maevka era diventato famoso già da diversi anni grazie alle sue operazioni chirurgiche, operazioni in grado di tendere la pelle del viso e di risollevare natiche cascanti, oltre che di rimuovere indesiderate macchie marroni tramite l'utilizzo del laser. In effetti, Melody Forvath in passato era stata oggetto delle attenzioni del suo bisturi. Ma ora non più. Non vuole che suo marito la veda con addosso bende e felpe col cappuccio. Il Dr. Maevka è il primo a riconoscere che il trattamento in questione è meno invasivo, e ci sono già molte attrici, alcune delle quali non più che trentenni, preoccupate per le rughe sulla fronte. E tutte stanno seguendo la cura. Ormai non si tratta più di un dramma; è un passo che molte donne si accingono a compiere. Le donne anticipano sempre gli uomini in questo genere di cose. Col passare degli anni, poi, anche agli uomini verrà questa mania, e lo faranno di nascosto, in modo che nessun compagno di golf possa mai scoprirli.

Gli antipasti consistono in minuscoli e squisiti panini per persone che hanno la tendenza a mangiare quando sono nervose, e poi ci sarà del tè freddo, alla frutta e alla menta, con foglioline fresche che ondeggiano pigramente dentro caraffe Steuben. Il Dr. Maevka è disposto a prescrivere tranquillanti agli indecisi, sebbene si auguri che non ci bevano sopra molto, dato che non si tratta di una pratica auspicabile dal punto di vista medico. Quando a una festa si beve parecchio, la gente si lascia andare ad atteggiamenti inconsulti. E lui preferirebbe diffondere informazioni riguardanti la medicina tra persone sobrie e vigili, poiché, quando c'è di mezzo qualcosa che provoca la paralisi, può anche capitare di essere fraintesi.

Non vi piacerebbe sapere i nomi degli ospiti? Melody non è così indiscreta da spifferare informazioni del genere. Le persone di questo quartiere fanno affidamento sul proprio anonimato. Tuttavia vi confesserà che, fra i presenti, ci sarà la moglie di uno dei direttori degli studi più importanti della città, così come le mogli di diversi avvocati di successo specializzati nel campo dello spettacolo e di alcuni sceneggiatori.

Melody dà queste feste poiché pensa sia un buon modo di farsi un'idea della società che la circonda. Difatti, esprime questo pensiero a una delle cameriere del catering, una ragazza attraente che con ogni probabilità è un'attrice. Le dice: "Mi piace moltissimo, di tanto in tanto, dare delle feste come questa, dato che penso sia un buon modo di farmi un'idea della società che mi circonda." Chiede alla cameriera di mostrarle la mano e nota che le sue unghie sono laccate di rosso scuro, una sfumatura che piace moltissimo anche a Melody. Bordeaux, o forse California Bing. La ragazza sistema un piatto di Tiffany colmo di tartine su un tavolo lì vicino e sfila dal viso di Melody il gadget in omaggio, e cioè una mascherina per gli occhi al profumo di lillà. Proprio come quelle che verranno regalate alla festa che si terrà nel pomeriggio.

Melody le chiede: "Credi sia eccessiva?"

La cameriera dai denti distanziati, che Dio la benedica, sa perfettamente a cosa serve una mascherina per gli occhi. Si flette all'indietro e si sistema la mascherina sul suo bel nasino, dopodiché si mette in posa. Il fermento all'interno di una casa è una cosa rassicurante, l'essenza stessa dell'ospitalità: gli addetti al catering che dispongono i salamini nei micropanini, le erbe aromatiche che increspano il tè freddo, la preparazione di eleganti borsette con dentro i gadget in omaggio, incluse le lozioni detergenti distillate dal Dr. Maevka in persona, nonché le mascherine per gli occhi al profumo di lillà scelte dalla padrona di casa. La cameriera del catering si sofferma al centro della stanza con la mascherina appoggiata sul naso leggermente lentigginoso.

Dice: "Ho la netta sensazione che mi stia arrivando una botta di sonno."

"Allora tientela, tesoro. Per quando la festa sarà finita." La cameriera sorride facendo un inchino, con aria seria e allo stesso tempo giocosa. Ma non c'è tempo per la commedia, poiché in questo preciso istante il campanello della porta di casa comincia a suonare. Dunque, che la festa abbia inizio! Melody Howell Forvath, in vena di chiacchiere, andrebbe avanti all'infinito con le sue riflessioni sul botulino e sulla storia della chirurgia estetica in California, o sulle feste in generale, ma riesce a malapena a terminare una frase, dato che i suoi amici più cari stanno facendo il loro ingresso uno dopo l'altro. Ecco Darlene, per esempio, con la quale gioca a tennis; Darlene che, immancabilmente, almeno una o due volte chiama la palla fuori quando non lo è, ma che, nonostante questo, esegue delle ribattute perfette. Ed ecco l'ex cognata di Lois Maiser, che avanza come un treno merci e che, prima che Melody abbia il tempo di chiederle di suo figlio, il campione di skateboard, ha già cominciato a esprimere una serie di dubbi. "Il botulino non causa forse distonia?" Ma Melody finge di non sentire. Si allontana maestosamente dall'atrio, agguanta la cameriera del catering e le indica l'ufficio: "Vai a controllarmi una cosa: *distonia.*" In tempo record la cameriera, che senza ombra di dubbio assomiglia alla celebre Donna di Bath, quella con i denti distanziati, si precipita fuori dall'ufficio e ritorna da lei, leggermente rossa in viso. Le sono passati accanto meno di una mezza dozzina di ospiti quando arriva la risposta: "Contrazioni involontarie della muscolatura." Lei lo dice all'ex cognata di Lois, quella di cui non si ricorda mai il nome. Che cosa orribile dimenticarsi il nome di qualcuno che si conosce così bene. Poi, all'improvviso, le ritorna in mente. "A dire il vero, Janet, la distonia solitamente è il sintomo che viene *curato*, ma potrai fare queste domande al Dr. Maevka, una persona che ti piacerà senz'altro, cara. È un fico."

Eccole qui, le donne di Santa Monica, alla festa a casa Forvath. Melody le saluta a una a una, con in mano una rosa a gambo lungo bianca e dal profumo delicato. Sorride amabilmente e dà di persona il benvenuto a tutti coloro che si trovano nel suo salotto. Scorge di nuovo la cameriera dai denti distanziati, che con un ampio gesto del braccio sta indicando la strada agli ospiti che via via si presentano, fino a quando il salone di casa Forvath non assomiglia a un'esibizione di belve feroci – uno di quegli zoo safari – con in mostra le donne più potenti di tutta Los Angeles. Diana Collins, l'avvocato; Kennedy McCord, la scrittrice di libri per bambini; Sherry Horst, la psicanalista; Ellen Evans, l'addetta stampa. Quell'arredatrice, Leni Jankovich. Più altre dozzine. L'unica che manca all'appello è proprio Lois Maiser, disperata dopo che il marito l'ha scaricata per mettersi con una ragazzina. In realtà, Lois ha cominciato a frequentare assiduamente il Dr. Maevka già da un po'. È un'iniziata. Eppure, Melody Forvath non è sicura del fatto che l'assenza di Lois alla festa sia una cosa positiva. Lois rischia di venire a sapere della festa tramite altri canali. Tramite qualche pettegolezzo. Si sa com'è la gente. La depressione di Lois rasenta il morboso, e Melody ha sentito dire che sono un sacco di giorni che non si alza dal letto e che si sta disfando di tutti i suoi beni. Melody non sa ancora come affrontare la situazione, ma qualcosa farà. Porterà Lois in una stazione termale deserta, a Scottsdale o a Taos. Oppure a una degustazione con quel favoloso esperto di vini, com'è che si chiama? Comunque sia, nel frattempo Melody Howell Forvath si è messa a seguire uno dei suoi ospiti all'interno del salotto, e ora sta facendo scivolare la sua rosa ornamentale nel vaso accanto al leggio in plexiglas. Tira fuori i suoi appunti, scritti su quei foglietti rosa adesivi, e alzando la mano li mostra alle ragazze, come se custodissero un segreto.

"Ho preso tutti questi appunti che ora vi leggerò, dato che, come sapete, sono una scrittrice. Pertanto, può anche darsi che sia un po' troppo innamorata del suono della mia stessa voce! A ogni modo, parlando seriamente, credo vada detto che tutti voi non siete qui per me, bensì per l'uomo del momento. E allora perché non lo invitiamo qui proprio adesso, ragazze?"

Lui è il Dr. Iveshka Maevka, di San Diego via San Pietroburgo. È elegante e alla moda, in gessato grigio fumo ma con uno di quei dettagli frivoli che i giovani stilisti amano aggiungere: una cravatta blu come l'uovo di un pettirosso decorata con delle racchette da tennis scarlatte. I capelli, sebbene radi nella parte alta della testa, danno un'impressione di virilità più che di vulnerabilità; pettinati all'indietro, sono impomatati con chissà quale olio francese. Qualche ricciolo dietro le orecchie. Indossa occhiali con la montatura di tartaruga, che in un modo o nell'altro gli conferiscono un'aria austera alla Omar Sharif. Se il Dr. Živago fosse un dermatologo o un chirurgo estetico, ecco che aspetto avrebbe, e il suo accento sarebbe in grado di sedurre interi quartieri di mogli di Santa Monica.

Afferra bruscamente il microfono e lo regola. L'amplificatore si accende gracchiando. "Immagino che desideriate conoscere i benefici di questo trattamento. Pertanto, ora ve li vorrei enumerare. Per prima cosa, vi garantisco che perderete, se non tutte, molte delle rughe che avete attorno agli occhi e nella zona della fronte. Questa è la mia prima promessa." Dopodiché si allontana dal leggio. E si sposta verso il bordo del divano su cui è seduta Kennedy McCord. Immediatamente, come un'onda del mare che s'infrange sulla spiaggia, si mette ad accarezzarle con estrema cura la sommità della fronte, dove persino i suoi amici più intimi concorderebbero nell'affermare che ci sono delle grinze, dovute al continuo storcere la bocca e all'impazienza contro la quale Kennedy deve combattere ogni giorno. "Sono in grado di garantirle, agendo su questi muscoli, una riduzione dei tic causati dallo stress. Sono in grado di garantirle che, nel giro di tre mesi dall'inizio del trattamento, le rughe spariranno del tutto. Sono in grado di garantirle che la tensione muscolare in questa zona sparirà completamente. In questo punto, la sua pelle sarà uguale alla pelle liscia e senza rughe di una giovane donna nel fiore degli anni. O, forse, addirittura meglio della pelle di una giovane donna nel fiore degli anni. È probabile che la sua pelle sarà uguale a quella di un bambino." Prende la mano di Kennedy, per poi lasciargliela ricadere quasi subito in grembo; quindi, prima di dirigersi verso Sherry Horst, la quale non ha mai conosciuto un venditore o un politico che le piacesse, si ferma un attimo a sistemarsi il gemello di un polsino.

"Immagino che vorrà conoscere il prezzo da pagare per una cura così magica. Ed eccolo, il prezzo da pagare. Oltre all'investimento monetario, naturalmente. Sono in grado di garantirle, in totale sincerità, che perderà leggermente la sensibilità nella zona sulla quale verrà applicato il trattamento. Dopotutto, paralizziamo le masse muscolari. Certe espressioni facciali risulteranno difficili, se non impossibili, per tutto il periodo durante il quale il trattamento darà i suoi effetti, e questo per via della paralisi. Un'espressione interrogativa, per esempio, è da escludere. Il risultato è un aspetto che gli scettici forse chiamerebbero mancanza di espressione, ma che altri considererebbero semplicemente bello."

Ora il Dr. Maevka sta usando le più scaltre tecniche di persuasione di cui dispone, le quali, per come la vede Melody Howell Forvath, assomigliano più che altro a uno spettacolo di Las Vegas. Dalla sua cartella, il Dr. Maevka estrae un tubo che contiene una riproduzione del quadro di Leonardo da Vinci conosciuto come la Mona Lisa.

La srotola.

"Le chiederei di prendere in esame la definizione di bellezza di Leonardo; una bellezza imperscrutabile, dignitosa, non una bellezza conciliante, e nemmeno una bellezza immatura, ma piuttosto la bellezza della saggezza e della comprensione. Tale bellezza sarà sua per tutta la durata della terapia.

Naturalmente, ci sono degli effetti collaterali minori. Come potrebbe essere altrimenti? Gli effetti collaterali in questione vanno imputati perlopiù all'iniezione e alle sostanze inerti in essa contenute. Questi implicheranno, per alcune di voi, infezioni respiratorie, febbre, mal di testa. Effetti transitori, credo ne convenga anche lei, e, comunque sia, nulla di paragonabile al ripristino del suo splendore. Lei sarà bella, e giocherà bene a poker, e sorriderà come un capolavoro del Rinascimento."

Un sospiro di vivo apprezzamento si sprigiona nel salotto di casa Forvath. Melody è convinta di scorgerlo persino sul viso della Donna di Bath dai denti distanziati, immobile come una statua accanto alla porta. Il Dr. Maevka tiene il suo pubblico in palmo di mano, ragion per cui decide di estrarre dalla borsa i guanti da lavoro in lattice e di srotolarseli sui polsi, come se si trattasse di un rituale del giuramento ippocratico; dopodiché mostra l'ultimo ostacolo della giornata, e cioè l'ago necessario per applicare il botulino. "Come sapete, l'ago usato per questi trattamenti è leggermente più spesso rispetto a quelli utilizzati per le iniezioni che probabilmente vi hanno fatto in passato, e ritengo sia importante darvi la possibilità di vedere l'attrezzo che verrà impiegato. Ora rimuoverò il tappo. Niente di cui aver paura, naturalmente. Se doveste contrarre la rabbia, per esempio, vi trovereste in una situazione decisamente peggiore. Difatti, in quel caso saremmo obbligati a iniettarvelo nell'addome."

Kennedy gli domanda se l'iniezione comporterà dolore.

"Certo, con l'iniezione avvertirete un leggerissimo pizzicore, e poi, dato che utilizziamo una soluzione salina distillata per mantenere intatte le proprietà del botulino, sentirete una lieve puntura; ma, al di là di questo, durante l'iniezione non avvertirete un vero e proprio dolore. Altre domande?"

"Si può correre il rischio di infezione iniettando il botulino?"

"Bella domanda. Molte di voi sapranno che normalmente il botulino si trova in... credo che negli Stati Uniti sia vivo il pregiudizio secondo cui esso è presente nella crema di funghi. Ma, dal momento che quelle che noi pratichiamo sono iniezioni particolarmente accurate in zone circoscritte, non andiamo a diffondere il botulino in tutto il corpo, come invece avverrebbe nel caso della crema di funghi, se ingerita. Esso resterà perciò all'interno dell'area in cui è stato iniettato, sprigionando così i suoi poteri miracolosi solo in quel punto. Pertanto, la risposta è che, nonostante la pericolosità del botulino, stiamo parlando di iniezioni attentamente focalizzate in zone precise, e che quindi non bisogna temere che il botulino possa entrare in circolo in tutto il corpo causando problemi seri. Non esiste davvero nulla di cui preoccuparsi. Se le domande sono finite, immagino di poter chiedere se c'è un volontario, giusto?"

Be', è la sua festa. È la festa di Melody, a cui lei ha invitato tutti i suoi amici, e per la quale sta mettendo in gioco la propria credibilità, la propria fama letteraria, e non c'è davvero nessuna possibilità che non sia lei la prima, la prima a sottoporsi a una o a più iniezioni. La prima a trovarsi tra le mani forti e mascoline del Dr. Maevka, nel momento in cui lui si accinge a compiere un passo decisivo per la sua carriera, il primo "botox party" di Santa Monica. L'occasione è importantissima per svariati motivi. Melody alza la mano e nella stanza si diffondono risa nervose, poiché i suoi amici si rendono conto di quanto sia stata coraggiosa e carina ad averli riuniti tutti lì in quel modo.

"Lo userò come materiale per il mio prossimo libro," dice lei, "quindi non preoccupatevi!" Risata generale. "Grazie al quale finirò persino di pagare le spese del catering!"

Il Dr. Maevka indica il lettino situato strategicamente accanto all'enorme felce in vaso. Da lì, oltre le portefinestre, Melody scorge l'acqua della piscina che si increspa leggermente. Sente gli uccelli cinguettare sulle palme. È mai esistito un pomeriggio così meraviglioso? Si mette a sedere con la schiena eretta, dal momento che la sua postura è sempre ineccepibile, poi alza lo sguardo verso il Dr. Maevka, come se in quell'istante lui le stesse offrendo la possibilità di convertirsi, e, prima che lei faccia in tempo ad accorgersene, l'iniezione è già stata praticata. Una leggera puntura. Ha coscienza del fatto di non sentire assolutamente nulla nella zona in cui è stata effettuata la punzecchiatura. La pressione si allenta a mano a mano che l'ago viene rimosso. Niente di più. A conti fatti, non capita spesso che la promessa di non farti provare più nulla venga mantenuta. Quanti piaceri edonistici hanno a che fare con l'acutezza della percezione – le montagne russe, e la discesa delle rapide sui gommoni, e i casinò – ma, al contrario, quanto sono preziosi e rari i veri momenti di conforto, come quando si è a letto, e la luce è spenta, e i sogni in arrivo si confondono con gli appuntamenti del pomeriggio. Poi, ecco il dolore acuto di un'altra iniezione, quindi altre due, esattamente sopra le sopracciglia, come se le stessero prosciugando il terzo occhio, con la fitta di dolore che si concentra in un punto solo, si intensifica, e Melody inghiotte quel dolore, il retrogusto chimico, e la luce le si spalanca davanti, e contiene delle persone, e silenzio, e deboli esalazioni di cloro.

Sherry Horst. Quello è l'anello di Sherry, quella pietra da sballo dalle mille sfaccettature che luccica sulle teste delle altre donne. La sua mano alzata. La cosa ha dell'incredibile, dato che Sherry non prende mai l'iniziativa per prima. Va pazza per le cause legali, poiché è così che suo marito, quel balordo vestito come un barbone e coi denti più orribili di Los Angeles, si guadagna la pagnotta. Il Dr. Maevka sa vendere molto bene il suo prodotto – grazie a un'allegria contagiosa che rende la sua attività così lucrosa – se è riuscito a fregare Sherry Horst. Melody fa mente locale per accertarsi di avere il numero della carta di credito di Sherry.

"Ti fa male?" chiede Sherry a Melody mentre il dottore le si avvicina col suo enorme ago, seguito fedelmente da un'avvenente infermiera.

"No, naturalmente." Benché Melody si senta un po' come se fosse stata assalita da uno sciame di vespe. Spera non sia niente di grave.

Il dottore ripete le sue benedizioni cliniche. Una dopo l'altra, quattro o cinque donne stagionate che non parlano d'altro che di saldi nelle boutique del centro, di film che hanno sbancato il botteghino e di chi ha tradito chi sulle riviste di gossip, mentre gli aghi affondano nei loro visi. Sono assetate di buone notizie, queste amiche di Melody. Ma perché? Che cos'ha detto loro questa nazione oggi, nel nuovo millennio? Questa nazione ha detto loro di togliersi dai piedi. Ha detto loro che, se non indossano i jeans e se non li infilano dentro a quei,

quei cosi, quegli stivaletti, allora non sono delle vere donne. Ha detto loro che se non hanno un anello che spunta dall'ombelico, non sono delle donne. Ha detto loro che sono degli avanzi della vita domestica, sono dei rifiuti, che sono i prodotti di scarto che l'infanzia, allontanandosi, si è lasciata alle spalle, che sono i detriti che gli anni Sessanta e Settanta hanno abbandonato a riva. Sono decenni di sconsiderata indulgenza. Sono l'ultimo stadio della promiscuità, e dei viaggi in aereo ai Caraibi, e delle sperimentazioni a base di droga e di superalcolici, e delle sigarette a basso contenuto di catrame. Sono ciò che l'America un tempo aveva detto di volere. E così, il minimo che ora il capitalismo possa fare per loro è dare a queste donne la possibilità di riappropriarsi di un po' di dignità, mentre le baldracche a bordo delle loro automobili da adolescenti vengono a compromessi e finiscono per cavarsela: assistenza agli anziani, bambinaie, scuole private. Considerando la cosa da questo punto di vista, non c'è da stupirsi se proprio adesso, a causa di tutto questo dolore e di tutti questi paradossi, si avverte un trambusto provenire dalla porta di casa, un trambusto che in qualche modo giunge attutito. Sulle prime sembra quasi un bel rumore, un trambusto sopra un costoso pavimento di piastrelle, o forse sono solo gli effetti collaterali del trattamento, le vespe che vanno a sbattere contro le pareti della stanza; forse sono le vespe che generano un'eco amplificata. A Melody basta un minuto per capire che, nel trambusto generale, il suo nome è sulla bocca di tutti. Si alza pigramente dal lettino e volge lo sguardo verso l'atrio.

Ommiodio. È Lois Maiser. Crisi. Crisi totale! E lei lo sa! Lois sa di non esser stata invitata! Non era stata invitata alla festa, e invece tutti i suoi amici *sì*, e adesso Lois è qui, e tutte queste altre persone sono qui, e ognuna di loro ha accettato prontamente l'invito confermando la propria presenza! Come ha potuto Melody essere così cafona? Come ha potuto ignorare volontariamente che l'eventualità di un momento simile era lì dietro l'angolo che l'aspettava? Nella stanza, la sensazione che si sia verificata una caduta di stile è palpabile, ed è tangibile quanto il frusciare delle tende e la luce del sole e il tè alla menta e il vapore al cloruro. Le donne fissano le costose piastrelle italiane sotto i propri piedi, quasi che, fissando le piastrelle, riuscissero perlomeno a non peggiorare la situazione. È proprio come in uno di quei film, uno di quegli anonimi film per la televisione in cui un tizio che non dovrebbe assolutamente trovarsi lì all'improvviso si fa vivo per il drammatico faccia a faccia finale! Mio Dio. A dire il vero, la scena ricorda *Il regno delle rane*, un suo vecchio romanzo che parlava di un'agente di controspionaggio rinchiusa in un ospedale psichiatrico cinese e curata contro la propria volontà, la quale finisce con lo scoprire che il marito è confinato nello stesso reparto. Che combinazione!

"Lois, io... Entra, tesoro. Unisciti a noi."

In verità, in questo esatto istante il volto di Lois assomiglia come non mai a una maschera africana. Be', una maschera africana con la permanente e i colpi di sole, ma pur sempre una maschera: quel genere di maschera che si può trovare sulla mensola dell'ufficio di uno psichiatra ipercostoso, che, neanche a dirlo, è il posto in cui di recente Lois ha passato molto del suo tempo. I suoi livelli di serotonina sembrano le montagne russe sul molo di Santa Monica, prima su e poi giù, giù, giù. E, tra gli effetti collaterali, dev'esserci una fame da lupi, visto che Lois ha messo su ben nove chili, senza per questo rifarsi il guardaroba.

"Melody," attacca Lois con dolcezza, senza quell'isteria a cui è dovuta ricorrere per entrare dalla porta di casa, "mi dispiace piombare qui in questo modo..."

"Oh, non fa nulla, cara. Vieni a sederti."

"Non sono venuta qui per interrompere la festa. Non è il motivo per cui sono qui. Sembra una festa carina, e spero di essere invitata anch'io la prossima volta, e di essere ancora in tempo per prendermi una di queste graziose mascherine per gli occhi..."

Melody Howell Forvath potrebbe anche farsi una risata, se non fosse che nella sua mente si sta facendo strada il pensiero che Lois non è qui per lamentarsi della padrona di casa, né del fatto che non è stata invitata. No, c'è qualcosa di gran lunga più terrificante che sta per succedere, qualcosa di gran lunga più in disaccordo con l'allegria della festa. Lois intende querelare il Dr. Maevka. Melody si accorge che a poco a poco il Dr. Maevka comincia a mettere a fuoco e a riconosce Lois. Lois, come l'accanimento della cattiva sorte. La mascella affilata del Dr. Maevka si contrae con uno sforzo enorme, come se fosse un *tight end* che cerca di forzare lo schieramento dei *linebacker*.

"Aprite tutti bene le orecchie," dice Lois, con una mascherina per gli occhi alla lavanda stretta in pugno. "Immagino che molti di voi mi conoscano, pertanto ritengo di essere credibile. Dunque, sappiate che la persona che vi sta per dire quello che io vi sto per dire sono io, una del vostro stesso ambiente. E ciò che sto per dirvi è che la terapia a cui oggi voi vi state sottoponendo...”

È veramente un filo di saliva quello che sta ciondolando come uno yo-yo dalla bocca di Lois, e che ora si sta staccando andando a cadere sul pavimento di marmo in una bizzarra sequenza al rallentatore? Non c'è dubbio: ha l'aria di trattarsi di un qualche fluido schiumoso. Saliva, con ogni probabilità. Che si distacca dalle labbra. E che si prende un po' di sole della California prima di andarsi a spiaccicare sulle piastrelle con un delicato plop. Melody ne è certa. Sussurra persino a se stessa: “Non starà mica sbavando?”, e si accorge che Diana Collins sta annuendo. Anche Diana l'ha vista. È bava quella che cola in un rivolo incessante dalla bocca di Lois, la bocca collocata in quel volto da maschera africana. E allora Melody comincia a capire. Non è vero che Lois è depressa per via di suo marito! Non è vero che si è eclissata a causa della troietta con cui lui è scappato, anche se sarebbe una ragione più che legittima per non farsi più vedere in giro. In realtà, Lois si è rinchiusa nella sua villa a Laguna Beach a causa di un trattamento estetico disastroso!

“Il botulino è pericoloso, ragazzi, ecco quello che vi sto dicendo, e se ne fate un uso continuato qualcosa può andare storto. Non volevo interrompere la festa, non volevo rovinarla, ma pensavo che, prima di farvi abbindolare dalle storie miracolose che qualcuno vi sta raccontando, avreste dovuto vedere quello che vi potrebbe capitare.”

Ormai è innegabile. Lois sta *sbavando*. L'occhio all'ingiù è un segno rivelatore. È il sinistro, a forma di lacrima e all'ingiù, e anche l'estremità della bocca sta sbavando, quasi come se avesse avuto un ictus. Un intero lato della sua faccia, in un modo o nell'altro, è stato, be', *schiacciato*. Lois ha avuto una qualche reazione sul lato sinistro della faccia e ora assomiglia a quell'attore, coso, quello che non rinuncia ad apparire in pubblico nonostante non riesca più a parlare. Melody è la prima a dover riconoscere che le rughe, su quel viso paralizzato e sbavante, sono sparite, questo è vero. Il viso paralizzato di Lois non ha rughe e, se non fosse per la saliva che penzola, sarebbe anche piuttosto carino. Melody si domanda se gli uomini non impegnati della California si creerebbero degli scrupoli a far teneramente l'amore con una donna sessualmente indipendente che sbava.

“Sarei un'incosciente se non vi dicessi che mi sono sottoposta alle iniezioni della stessa persona che è qui oggi a tenere le sue dimostrazioni in questa casa. Pensavo che avreste dovuto saperlo."

"Aspetti un momento! Signora Maiser, non sono d'accordo!" urla il Dr. Maevka. Dopodiché si scatena un vero putiferio. Maevka si sfila un guanto chirurgico dalla mano, un segno di interpunzione, lo sbatte sul pavimento e lo calpesta, come se volesse sfidare Lois a duello con le pistole russe del diciottesimo secolo. "Signora Maiser! Non me ne starò qui a guardare mentre lei denigra la mia attività professionale!"

Nella luce sensuale del sole e dei suoi riflessi, e del ritiro della luce a occidente, oltre la piscina, le donne cominciano a sgattaiolare fuori dalla casa di Melody Howell Forvath senza nemmeno fare un cenno di saluto. All'inizio di nascosto, poi in un fuggi fuggi generale. Con Melody un po' stordita – come se le vespe avessero avuto la meglio – che non sa cosa pensare. Gli amici le stringono nervosamente la mano prima di precipitarsi verso la porta. Diane Collins prende la mano di Melody tra le sue, al che Melody non dice nulla, poiché adesso ha quelle sostanze *dentro di sé*, come se fossero il suo segreto, il suo feto nato dopo la menopausa, le tossine del botulino, l'assassino di coloro che mangiano la crema di funghi. Non sa con chi arrabbiarsi per primo, così per il momento mette da parte l'ira e va verso la Donna di Bath che, col capo chino, è ferma davanti alla scultura di una naiade. La Donna di Bath sta rimuovendo un avanzo di insalata di aragosta che qualcuno ha gettato là.

"C'è una telefonata per lei," dice la Donna di Bath. "In cucina."

Rimuove l'avanzo incriminato impiastricciando un tovagliolino da cocktail color lavanda. Lì vicino, Lois e Maevka stanno accennando ai rispettivi avvocati con dei bisbigli furibondi.

Melody si lascia alle spalle la sua festa, come se non fosse mai iniziata. Non è possibile trarre nessun'altra conclusione, se non che la festa si è rivelata un disastro, una macchia sull'onore di Melody Forvath. Non ha alcuna intenzione di tirarla per le lunghe. Forse anche lei dovrebbe far causa a Maevka, quel ciarlatano che sostiene di avere una licenza per esercitare in California che invece quasi sicuramente non ha. Melody si lascia tutto alle spalle e si dirige in cucina, dove le viene allungato il telefono portatile, come se si trattasse di un testimone. Il suo ufficio è più avanti, e sono diversi giorni che non ci entra; tuttavia, ora s'incammina lenta verso quel punto remoto. La voce di Vic Freese riecheggia nella sua testa intossicata. È una voce debole, la voce di un perdente, la voce di uno che non ha mai imparato a respirare correttamente. Lui è l'agente televisivo, o almeno è ciò che lei crede, e gli agenti televisivi condividono molto del loro bagaglio genetico con gli scarafaggi, quelle sottospecie cingalesi capaci di sibili così acuti da far spaventare i cani. Melody preferisce di gran lunga il suo agente letterario americano, sebbene ogni tanto anche il suo agente letterario inglese non sia niente male, e anche l'agente italiano che lavora con lui, davvero molto sexy, e poi c'è l'agente francese, con quel suo magnifico accento. Tutti loro le spediscono regali per Natale.

"Melody, non hai forse scritto, tempo fa, un enorme tomo intitolato *I rabdomanti*?" le domanda Vic Freese.

"Ti ricordi di cosa parla?"

17

Stando ai rapporti archiviati successivamente, i due investigatori trascorrono la prima ora di appostamento a discutere di *donut*. Prendono in esame i diversi aspetti della faccenda; per esempio, che Krispy Kreme vende un miliardo di *donut* all'anno, e che pertanto non può essere considerato inferiore ai marchi più celebri; che Krispy Kreme riesce a produrre, lì sul posto, fino a dodicimila *donut* all'ora. Immaginatevi dodicimila *donut* originali glassati che, da un momento all'altro, sono lì, a portata di mano, presso una filiale di Krispy Kreme ubicata, che so, al World Trade Center. Mica male per la polizia di New York! Gli investigatori sono convinti che le tipologie di *donut* più complesse, come quelle ripiene di gelato al cioccolato o di glassa al limone, siano squisite, eppure non reputano che siano quelli i prodotti di punta della casa. I prodotti di punta della casa sono i *donut* originali glassati. Gli investigatori parlano della diffusione, da un punto di vista culturale, dei *donut* originali glassati, di come essi abbiano guadagnato tra i consumatori una stima che rasenta il feticismo. Provate a pensare, per esempio, alle torte nuziali a più strati a base di *donut*. Cerchi concentrici di *donut* originali glassati, all'interno di una struttura frattale, con in cima delle insignificanti statuine a forma di sposa e di sposo. Al momento, il business delle torte nuziali sta decollando, a dimostrazione del fatto che, con gli originali glassati, non si può che avere successo. Originali glassati a non più di centocinquanta metri di distanza da ogni casa americana. Originali glassati in ogni isolato di tutte le maggiori città. Originali glassati disponibili anche presso altre catene di fast-food. Originali glassati nelle scuole pubbliche. Originali glassati presso i seggi elettorali.

Gli investigatori stanno prendendo in esame la possibilità di investire nelle azioni Krispy Kreme, azioni ordinarie quotate al NYSE[12] che stanno andando piuttosto bene, come notano compiaciuti gli investigatori, i quali, ora come ora, se la stanno prendendo nel culo con altri titoli, come per esempio quelli di QualComm.[13] Krispy Kreme ha la propria "mitodologia", fondata sulle teorie del critico Joseph Campbell. Krispy Kreme vanta un marchio di fabbrica assai apprezzato, una crescita confermatasi negli anni, nonché la strategia del Donut Theater, che è più di quanto si possa dire di QualComm. La strategia del Donut Theater consiste nel dare ai consumatori la possibilità di assistere alle fasi di produzione di Krispy Kreme. Addirittura meglio della catena di montaggio della Ford. Lo spettacolo del Donut Theater ha inizio quando si accende la luce rossa, la spia che indica la comparsa sulla scena del prodotto simbolo della casa, e cioè l'originale glassato. Lo spettacolo del Donut Theater ha inizio quando gli investigatori si appostano per osservare il momento in cui gli originali glassati escono dalla catena di montaggio, forte di dodicimila pezzi che precipitano su vassoi refrigeranti come lemming in caduta libera dentro a un burrone. Certo, grazie allo spettacolo messo in atto dal Donut Theater gli investigatori riescono a farsi un'idea del tipo di attività in cui stanno per investire, e, per di più, riescono a vigilare sul prodotto simbolo della casa; pratica, questa, che si addice allo stile e alle abitudini dell'investigatore metropolitano tipo, il quale non ha tempo di fermarsi a riflettere su quali parti del suo cellulare si avvalgono della tecnologia QualComm.

L'appostamento procede in questo modo finché uno degli investigatori, quello dei due che non sta leggendo le riviste di gossip, lo informa che la sorella dell'indiziato si è messa in movimento. Usa il linguaggio in codice che avevano concordato precedentemente: "La situazione è cambiata." In questo momento la sorella dell'indiziato sta lasciando il proprio domicilio all'East Village, sbattendo dietro di sé la porta d'ingresso dell'edificio senza ascensore e dirigendosi a ovest; e a quel punto gli investigatori cominciano ad agitarsi come corvi su un albero rinsecchito. Vale a dire che gli investigatori scendono dall'automobi-

[12] NYSE: New York Stock Exchange (*N.d.T.*).

[13] QualComm è una società di ricerca e sviluppo nel campo delle telecomunicazioni senza fili (*N.d.T.*).

le, ciascuno con un *donut* in mano. È domenica, solitamente un giorno di riposo per loro; tuttavia temono che l'indiziato, il fratello maggiore della giovane donna che stanno tenendo sotto sorveglianza, possa avere abbandonato l'area metropolitana per dirigersi verso destinazioni sconosciute. E la sorella potrebbe essere l'unico anello di congiunzione attendibile tra loro e l'indiziato.

I due sorveglieranno gli spostamenti della sorella dell'indiziato, nella speranza che la donna li conduca al nascondiglio dell'indiziato.

Va fatto notare che, stando ai rapporti, la sorella dell'indiziato è "molto attraente", e che, nel giorno in questione, indossa "pantaloni in pelle". È un'altra giornata di pioggerellina insistente. Malgrado ciò, gli investigatori si incamminano a passo spedito in direzione ovest, seguendo la sorella dell'indiziato a una certa distanza. Ecco le informazioni in loro possesso: la sorella dell'indiziato lavora presso una piccola casa di produzione cinematografica, e la casa di produzione in questione ha realizzato dei film che gli investigatori non hanno visto. La casa di produzione si avvale dei servizi offerti dalla ditta di spedizioni presso cui precedentemente lavorava la persona ritenuta colpevole dell'aggressione. Pertanto, è stata confermata una connessione tra la sorella e l'indiziato, connessione confermata in primo luogo dai cognomi identici dei due individui. Successivamente, tale connessione è stata ribadita nel corso di una rapida ricerca dati effettuata spulciando cartelle cliniche e pagelle scolastiche, ricerca che ha dimostrato che l'indiziato non si è laureato e che è stato in cura presso vari esperti di malattie mentali. A dire il vero, si tratta di un "bipolare", o maniaco-depressivo, quale che sia la terminologia invalsa. Stando agli investigatori, è comprovato che l'indiziato abbia alle spalle un passato da malato di mente, informazione della quale si terrà probabilmente conto in fase processuale, soprattutto se si considera il fatto che l'aggressione è stata messa in atto senza alcun movente.

Gli investigatori hanno scucito alla stampa la seguente informazione.

Sono convinti, ed è una convinzione agrodolce, che sia l'indiziato che la sorella, la donna attualmente sotto sorveglianza, siano stati adottati. Sono convinti che i bambini siano stati adottati, a qualche anno di distanza l'uno dall'altro, da genitori bianchi, sebbene sia l'indiziato che la sorella siano afroamericani; e, per gli investigatori, questo è il tasto dolente dell'indagine, in quanto uno dei due investigatori, pur avendo studiato all'interno della struttura universitaria cittadina, proviene da un quartiere popolare. Un quartiere che parla attraverso di lui, che è con lui, e non esiste alcuna possibilità che lui se lo scrolli di dosso, poiché esso costituisce l'elemento trainante dell'identità afroamericana di questa città. Lui lo sa: quando un bambino di colore viene allontanato dal quartiere in cui è nato per essere inserito in un quartiere di bianchi, questo bambino sarà come un'anatra che cresce in una famiglia di oche. E, nel caso specifico, i genitori adottivi sono gente di Chiesa. Il padre è un pastore di non si sa quale confessione, e la madre è una psicologa. L'indiziato e sua sorella sono stati adottati e sono cresciuti nel New England. Gli investigatori sono tra l'altro venuti casualmente in possesso dei nomi dei loro genitori naturali, e sono venuti a sapere che uno dei due bambini è nato a Chicago mentre l'altro a Las Vegas. Immaginano che i due siano legati come fratelli naturali, poiché si tratta di bambini che compiono atti supererogatori. In un secondo tempo la madre, inizialmente sterile, aveva partorito un figlio bianco. Questa è la ragione per cui i due investigatori ritengono che l'indiziato contatterà la sorella. Non può fare altrimenti. E, quando succederà, loro vogliono esserci.

La sorella dell'indiziato avanza a passo svelto lungo Avenue A passando accanto a un locale messicano d'infimo ordine. Il cibo messicano a New York è quasi sempre una delusione. Ciononostante, gli investigatori fanno una breve incursione all'interno del locale, gettano via le loro riviste di gossip, si riempiono i polmoni di *cilantro* e *tomatillos*, aspettano un momento opportuno, dopodiché escono e continuano il pedinamento. Proseguono in direzione ovest, verso l'Ottava, oltrepassando esemplari del genere umano che sembrano esistere solo qui, in questo quartiere: uomini e donne con indosso giacche di pelle nere, tutti con i capelli tinti di nero, tutti con una serie di piercing, tutti diretti dalle parti di St. Mark's Place. La sorella dell'indiziato, accelerando ancor di più il passo, svolta a destra all'altezza di una scultura a forma di cubo, un famoso ritrovo di squatter e di sbandati, non lontano dal franchising di Kmart, il primo in città, la cui presenza risulta ancora indigesta. Dove potrebbe essere diretta la sorella "molto attraente" dell'indiziato? Forse da uno di quei parrucchieri a buon mercato sulla Quattordicesima? Oppure a uno di quegli enormi magazzini lì nei dintorni che vendono CD e DVD? Ha per caso intenzione di ammazzare del tempo leggendosi un libro al parco? O forse è diretta al mercato? Impossibile. Di domenica il mercato non c'è.

Gli investigatori non potevano desiderare niente di meglio. Da quando è iniziato il pedinamento, infatti, non hanno quasi toccato cibo, fatta eccezione per un paio di *donut*. E non avrebbero mai potuto sperare in *una cosa simile*, e cioè che la sorella dell'indiziato varcasse la soglia di un ristorante nei pressi di Union Square, un posto per il quale gli investigatori vanno pazzi, un ristorante che è, udite udite, "gestito da modelle". In realtà il ristorante, un tempo un fatiscente coffee-shop grecoamericano, ha la facciata dipinta di un orrendo color pavone, ed è un locale famoso per attirare soltanto gli esemplari femminili più deliziosi, ognuno dei quali alto più di un metro e ottanta e dotato di gambe di sconfinata maestosità. Gli investigatori non frequentano posti come questo. Sono gente con le palle, loro. Quando ce n'è bisogno, pattugliano il Fulton Fish Market, pattugliano gli obitori di periferia. Tuttavia, se il dovere li porta all'ex coffee-shop, allora si concederanno un attimo di sospensione, mentre la caposala li accompagna al tavolo, un tavolo dal quale il loro registratore portatile nascosto potrà captare qualche frammento della conversazione in corso nel séparé lì accanto, séparé che al momento ospita la sorella dell'indiziato e una sua collega della casa di produzione cinematografica nota con il nome di Mezzi di Produzione, ossia Jeanine Stampfel. Luogo e data di nascita: Scottsdale, Arizona, 15 luglio 1976. Studi: Università dell'Arizona, Laurea in Lettere. Trasferimento a New York: 1988. Residenza: Upper West Side.

Gli investigatori scelgono gli antipasti: *media noche* e paillard di pollo. Entrambi ordinano un mocaccino. Dopodiché iniziano a mangiare e ad ascoltare. Le lucine di Natale adornano le pareti. Hit di musica sintetica anni Ottanta pulsano sull'impianto stereo.

"È... Ho... solo pensato, sai. Io, sì," risponde Annabel Duffy. Gli investigatori si sono persi l'inizio del dialogo. Comunque sia, ecco la trascrizione fedele del resto della conversazione: "Cioè, è assurdo che non siamo mai uscite assieme. Noi, voglio dire, lavoriamo nello stesso ufficio, eccetera eccetera. Dovremmo essere... specialmente ora, con tutta la pressione che questo..."

"Lavoro nel settore televisivo..."

"Infatti," replica Annabel Duffy. Una cameriera passa di lì, e gli investigatori si dicono convinti del fatto che esistano dei rapporti massonici tra queste donne che non mangiano abbastanza. È come se si riconoscessero o qualcosa del genere. Sono imparentate da un punto di vista morfologico. Sono come levrieri. E si scambiano segnali segreti a proposito di cosa possono mangiare senza incorrere in un eccesso di calorie.

"Non so cosa pensare. Odio la televisione, sai cosa intendo? E non voglio nemmeno lavorarci, lì, se l'unica cosa che ci tocca fare è ideare programmi televisivi."

"Io neanche ce l'ho. Una televisione. Cioè, una ce l'ho, più o meno, ma non l'accendo quasi mai. Nessuna antenna o roba simile. Guardo quel programma, com'è che si chiama..."

La Stampfel pronuncia il nome di un programma, anche se il nome in questione non viene captato nel modo sperato; tuttavia, grazie ai più moderni strumenti di editing in digitale, gli investigatori saranno in grado di ritenere che la Stampfel abbia menzionato un noto programma televisivo incentrato su un branco di lupi mannari e intitolato *I lupi mannari di Fairfield County*. Di notte, gli abitanti dei sobborghi si trasformano in licantropi solitari e ululanti e via dicendo. Un programma che gli investigatori non hanno mai visto, sebbene abbiano sentito dire che, da ormai quasi quattro anni, ha un grosso seguito tra i giovani. In quattro anni possono succedere un sacco di cose a un licantropo. Pioggia di meteoriti, periodi di siccità, inondazioni, incendi non dolosi che radono al suolo le foreste, lo sviluppo incontrollato delle aree suburbane, la totale distruzione del suo habitat naturale, un amore folle. Tutte cose che incrementano gli indici di ascolto, i quali, a loro volta, incrementano la vendita del programma ad altre emittenti.

"Ho visto un pezzo di una partita del campionato di baseball," dice Jeanine. "Con un uomo."

"Già. Con..."

"Come facciamo a inventarci dei programmi televisivi se nessuna di noi due la guarda, la televisione? E se Madison ogni sera va a una festa?" Poi, alla cameriera: "Me ne porta un altro quando ha un attimo?"

"Monovolume si comporta come una matta."

"Totalmente."

"È totalmente fuori di testa, anche quando è in buona."

"Torno a casa e scoppio a piangere," dice la Stampfel. "Non riesco a farci niente. I miei genitori sono preoccupati. Mi dicono che dovrei ritornare in Arizona e piantarla con questa storia. Cos'ha poi di tanto meraviglioso il mondo del cinema? Perché mai devi vivere lontano da casa? L'Arizona non sarà certo così affascinante, però è... è..."

"Dovremmo lavorare *là*," dice la Duffy. "Voglio dire, l'Arizona sarebbe meravigliosa. Potremmo alloggiare in hotel fantastici, non ti pare? Potremmo farci fare dei massaggi."

"Hai letto la scheda della sceneggiatura?"

"Come no!"

"Personalmente, credevo si trattasse di autentica *spazzatura*. Penso che Madison non l'abbia nemmeno letta. L'ha solo fatta circolare."

"Non credo sia così male," sostiene la Duffy. Gli investigatori si voltano, come per chiedere dell'altra salsa piccante. Fa parte della loro strategia per non dare nell'occhio. Ma l'espediente in questione, impiegato per prendere visione dell'imbarazzante conversazione in corso tra Annabel Duffy e la sua amica, non dura più di qualche istante. I due sono intenti a infilzare le rispettive insalate come se volessero infliggere loro il colpo di grazia. "Mi piacciono le epopee, i grandi temi, la politica. E può anche darsi che escogitare storie che piacciano a chiunque sia piuttosto divertente."

"Che cinismo! Non m'interessa, sai, di passare per la perbenista del gruppo, così che tutti gli altri si possano sentire superiori, e, be', sì, immagino che m'importi *davvero* di questa cosa; in un modo o nell'altro, ferisce i miei sentimenti; ma non ti aspettare che io finga che stia filando tutto liscio. La storia sembra scritta da un'autrice di romanzi rosa o roba del genere. In realtà, Madison mi stava appunto dicendo che questa tizia *è* un'autrice di romanzi rosa."

"Dai, Jeanine, sai che io..."

"Mi dispiace... sono..."

"Forse, come ti dicevo, sono solo preoccupata del fatto che, se lavoriamo per la televisione, finiremo tutti per diventare..."

La sorella dell'indiziato fa un altro cenno alla cameriera, finendo così col rovesciare sul tavolo un grosso portachiavi, un anello con infilate dentro talmente tante chiavi da far sì che la sorella dell'indiziato sembri la guardia carceraria di una prigione di contea.

La Stampfel dice: "Una volta mi è capitato di uscire con questo tizio di Harvard, e adesso lui sta scrivendo un reality show nel quale i concorrenti cercano di ottenere delle informazioni a proposito dei loro colleghi."

"Non starai mica..."

"No, tu... tu..."

"Senti," osserva Annabel, "Monovolume vuole che noi ci odiamo;

e, sai com'è, non è per niente difficile finire con l'odiarsi. Cioè, è esattamente quello che fanno le donne in carriera. Come dire, sono tenute a odiarsi e ad azzuffarsi per lo stesso uomo, cose così, insomma," argomenta la Duffy. "Io sono tenuta a odiare i tuoi progetti e tu sei tenuta a odiare i miei. E sia tu che io siamo tenute a odiare i progetti di Madison, e siamo tenute a parlare di quanto sia troia."

"Un po' troia lo è, in effetti."

"E non siamo tenute a parlare di Thaddeus."

Per un attimo gli investigatori si sentono soffocare dal cibo brasiliano esageratamente piccante, dato che, stando a un'informazione in loro possesso della quale con ogni probabilità le due impiegate di Mezzi di Produzione sedute nel séparé lì accanto non sono a conoscenza, un Casanova di nome Thaddeus Griffin ha avuto una relazione sentimentale con *entrambe* le donne. Ma questo è il meno. In tempi recentissimi, uno dei due investigatori ha pedinato per sfizio il signor Thaddeus Griffin, entrando così insieme a lui in un nightclub dove, sempre per sfizio, ha chiesto al signor Thaddeus Griffin un autografo. Richiesta che, va da sé, era contro le regole del pedinamento, in quanto rischiava di mettere a repentaglio la sicurezza dell'indagine, ma che l'investigatore in questione considerava un'informazione come un'altra. Griffin avrebbe reagito con una fuga nel caso in cui fosse stato riconosciuto da un fan di film d'azione in uno strip-club gestito da malavitosi? O, al contrario, sarebbe tornato dalla ballerina asiatica di lap-dance, quella che assomiglia un casino alla vittima del crimine sul quale gli investigatori stanno indagando? Griffin aveva snobbato la richiesta dell'investigatore, allontanando da sé senza alcun commento il pennarello nero indelebile. Più tardi, quella stessa notte, Griffin era stato avvistato fuori dal palazzo di Annabel Duffy.

"Non starai mica..." balbetta la Stampfel senza riuscire a spiccicare altro. "Stai forse per dire quello che io penso che tu stia per dire?"

"Sai che roba! E così ci siamo state a letto tutte e due," conclude la Duffy. "Mi ha attaccato la clamidia. Un bel problemino, per quanto mi riguarda."

"Pensi che sia andato a letto anche con Madison? È davvero imbarazzante. Mi vengono in mente un paio di cose imbarazzanti che mi sono capitate in vita mia, ma non ho mai conosciuto nessuno che sia andato a letto con lo stesso ragazzo che è stato a letto con me. Sai, è proprio... sì..."

In questo momento la cameriera sta portando al tavolo una torta di carote con le forchette per il dessert, e le due donne sembrano aver raggiunto un totale accordo in fatto di dessert, e non c'è niente di meglio per cercare di superare l'imbarazzo generato dalle loro confessioni. Seguono nuovi commenti su Griffin, alcuni dei quali piuttosto imbarazzanti, come nella parte della registrazione in cui la Duffy chiede alla Stampfel se Thaddeus Griffin abbia mai iniziato a parlarle della possibilità di "portare la storia al livello successivo". Il ricordo fa ridere sguaiatamente la Duffy. No, la Stampfel non ha avuto alcuna conversazione con lui a proposito del livello successivo; perciò, in tutta tranquillità, le chiede: "Cos'è il livello successivo?"

"Il livello successivo è quello del *dolore.*" E cioè? Secondo la Duffy, così come è stato esposto per sommi capi nel rapporto stilato dagli investigatori, il livello del dolore corrisponde essenzialmente al livello delle mollette da bucato. E non è la donna che si mette le mollette; la donna le applica, le mollette. Il che significa, in base a una deduzione logica, che il destinatario delle mollette è Griffin. A quanto pare, i bersagli delle mollette sono i capezzoli di Griffin. Questo all'inizio; poi, quando i capezzoli arrivano a essere bersagli scontati, il nuovo bersaglio delle mollette diventa la zona dello scroto. Stando alla Duffy, applicare le mollette nella zona dello scroto di Griffin "è un vero spasso". Forse è il ricordo dell'applicazione delle mollette nella zona dello scroto di un'importante star del cinema d'azione hollywoodiano che induce Annabel Duffy a far tintinnare le chiavi – cosa che si sente in maniera distinta nella registrazione. Comunque sia, gli investigatori si chiedono come faccia la Duffy, sorella della persona sospettata di essere l'esecutore di una pesante aggressione foriera di gravi conseguenze, a starsene lì seduta a pranzare con aria indifferente e a discorrere dell'applicazione di mollette da bucato nella zona dello scroto. E, ciononostante, rimangono abbastanza sconcertati al pensiero dell'applicazione scrotale e della collocazione delle mollette da bucato nell'interno coscia, così come a quello della parola *graffetta*, che in questo preciso contesto viene ad assumere un significato estremamente doloroso, e il pensiero è tale che gli investigatori finiscono col perdersi gli sviluppi decisamente strani della conversazione.

"Non mi ha mai chiesto di fare questo genere di cose," afferma Jeanine mentre divora l'ultimo pezzetto di torta. "Credo che la cosa non sia mai arrivata fino a questo punto. E poi, io ho cominciato a sentirmi in colpa per via di sua moglie."

"Ecco ciò che mi ha *spinto* ad applicargli le mollette. Il fatto che le mollette gli facessero così male non era che un modo per fargli provare il dolore che avrebbe dovuto provare pensando a sua moglie. Lui attaccava a sudare e a gemere, dicendo 'ahi' un'infinità di volte. Era una cosa piuttosto divertente. Ma la parte peggiore, sai, arriva quando le si tolgono, le mollette. Quello è il momento in cui fa davvero male. Quando ce le hai addosso, ti ci abitui; cioè, non è che io lo sappia in base a un'esperienza personale, ma è quello che mi ha detto lui. Poi, però, lui se le toglieva, e mentre lo faceva gridava per il dolore. Ho messo tutto nella mia sceneggiatura. Sai, aveva promesso di aiutarmi a scriverla, quel bugiardo, e immagino che alla fine ci sia pure riuscito, visto che, almeno, adesso so che le mollette da bucato fanno più male quando le togli."

"Se i miei genitori lo venissero a sapere, mi farebbero salire immediatamente su un aereo. Se dicessi loro che la vita a New York consiste nello stare con un uomo che non riesce ad avere un'erezione e che pretende che tu gli applichi delle mollette da bucato."

"Non è riuscito a..."

"Ha cercato di recuperare in altri modi."

"Cioè, non è che io sia una fanatica delle dimensioni. Però ha un bell'aggeggino."

Sulla scena compare un'altra fetta di torta di carote, come se la cosa fosse stata concordata in precedenza tramite il codice segreto della coalizione delle anoressiche. Se prima la conversazione sembrava imbarazzata e a tratti inquieta, ora invece si è venuto a creare un punto d'incontro tra la sorella dell'indiziato e la sua collega, e gli investigatori cominciano a prendere atto del fatto che forse sono rimasti seduti al tavolo più a lungo del dovuto. Si stanno chiedendo se non sia forse il caso di spostarsi a Union Square Park in attesa della prossima mossa della Duffy. Uno dei due investigatori si alza in piedi, si stiracchia pigramente e si dirige verso il bagno degli uomini. Ed ecco cosa scorge mentre procede a grandi passi in direzione del bagno: scorge l'istante in cui Annabel Duffy prende la mano di Jeanine Stampfel nella sua per esaminare la "linea della vita" della Stampfel, come se fossero delle tredicenni che si comportano nell'insondabile modo tipico delle adolescenti. Ma cos'hanno i giovani di oggi? L'adolescenza dura forse decenni? Senza soffermarsi sulla questione, l'investigatore si concede una pisciata in grande stile. Ne aveva davvero bisogno, dopo esser stato seduto in macchina per tutto quel tempo. Mentre s'insapona le mani, si chiede se, quando farà ritorno a casa, sua moglie starà guardando la partita di football. E ci saranno le patatine?

Quando fa ritorno al séparé, il collega è pronto per uscire. Ha con sé il registratore, nascosto. Dopo aver saldato il conto, uno dei due investigatori dice all'altro che hanno diverso lavoro da sbrigare in ufficio. L'altro replica che farebbero meglio a fregarsene. Ci penseranno domani. Tutto ciò mentre passano accanto alle due donne, come se tra loro e le due donne non ci fosse alcuna relazione, come se la città non fosse una rete caotica di incontri persi e di colpi mancati per un soffio. Solo dopo aver superato la caposala, uno dei due investigatori si volta per lanciare un ultimo sguardo indagatore in direzione della Duffy, la quale ora ha arrotolato la manica dell'altra, la Stampfel, scoprendo così sul braccio della Stampfel delle terribili ustioni di terzo grado.

Ustioni? È davvero quello che ha visto? Ha davvero visto ciò che ha creduto di vedere? si domanda l'investigatore. Un uomo votato allo scrupoloso accertamento dei fatti, il nostro investigatore, un uomo attentissimo a ogni dettaglio, un uomo che non ammette alcun tipo d'incertezza. Un uomo che ora ha davanti a sé una bella bionda con delle ustioni di terzo grado sulla maggior parte del braccio, o forse di entrambe le braccia. E cosa dire della blusa accollata? È per via delle ustioni? Dove ci si procura quel tipo di ustioni? E qual è la sensazione che danno al tatto? E quante settimane bisogna rimanere nel reparto ustioni a causa di bruciature simili? Ogni tanto gli capita di sentirsi soffocare dalla ombre del suo lavoro. Pensa ardentemente alla purezza del *donut* originale glassato.

La porta a battente gira verso l'interno, con una formazione d'attacco di europei con ancora addosso i postumi della sbornia, i quali, in fila indiana, ostruiscono il passaggio all'ingresso, impedendo così l'avanzamento dei due investigatori. Determinati a raggiungere i loro Bloody Mary e le loro partite di football su televisori senza audio. Se fossero attenti come i due investigatori, questi ubriaconi aguzzerebbero le orecchie mentre la Duffy chiede alla Stampfel come se le è procurate, queste bolle fuse sulla superficie dell'avambraccio.

"Perché, vedi, le ho notate, insomma, in ufficio; credo di averle notate tipo il primo o il secondo giorno; impossibile non accorgersene."

Con calma. "È stato in un incendio." Dopodiché, inspiegabilmente, la Stampfel le chiede: "Se ne sono andati?"

Al che la Duffy risponde: "Mi pare di sì." A voce bassissima, le cicatrici alla luce del sole, il dramma delle ustioni: "Lo capisci sempre *dall'aspetto* che sono poliziotti, non credi? Non che avessi dei dubbi. Scarpe da ginnastica troppo nuove."

"Dov'è lui?"

"In Massachusetts. Direi. O forse c'era venerdì. Probabilmente si sta ancora spostando da un posto all'altro. Sa che non deve chiamarmi adesso. Cosa che mi fa preoccupare ancor di più."

"Ma è stato lui? Di qualsiasi cosa si tratti."

"Hai idea di quanti corrieri in bicicletta di colore ci siano a New York?" dice Annabel. "Okay, senti, ciò che voglio che tu faccia, cioè, se pensi di *essere in grado* di farlo, è prendere la chiave del suo studio, vedere se ci puoi entrare dentro, e prendere il suo computer e il suo cellulare. Perché, vedi, lui sostiene che al momento della, diciamo, aggressione, si trovava nel suo studio. E poi, vedi se domani riesci a portare tutto in ufficio. Il computer e il cellulare. Portali semplicemente con te al lavoro. Sul computer dovrebbero esserci alcune cose capaci di provare..."

Il sodalizio del momento si fa ancora più urgente.

"Lui archivia tutto sul computer: gran parte del suo lavoro, gli elenchi dei cibi che mangia, le presentazioni dei nuovi progetti; e, da una parte o dall'altra, ci sarà anche un alibi, e la bolletta del telefono includerà i dettagli delle telefonate. Devo portare il computer e il telefono a un avvocato di Midtown. So di chiederti molto, e non voglio, sai, non ho intenzione di fartene una colpa, se non riuscirai a farlo. Ma se invece la cosa dovesse andare in porto, allora sarà la cosa più meravigliosa che qualcuno abbia mai fatto per me."

"È stato... molto bello aver cominciato a parlare."

"Cosa? Oh. Dovremmo, vediamo... Okay, io uscirò per prima, e porterò quei tizi, i poliziotti, in giro per negozi, alla ricerca della lingerie più cara del Village. Ehi, mi hai sentito?"

La Stampfel è in piedi, una mano sul rivestimento in vinile del séparé.

"Shelley Ralston Havemeyer."

"Chi?" chiede Jeanine.

"Ha scritto *I rabdomanti*. L'abbiamo trovata."

"Credevo si chiamasse Marjorie o qualcosa del genere."
"Non credere a quello che senti. Due studi se la stanno litigando."
Dopo aver consumato l'unico pasto della giornata, Annabel si dirige verso la porta, con il tatuaggio celtico che fa capolino dai pantaloni di pelle, in quella zona sacrale tra la cintura e l'orlo della camicia. Se ne va sotto la pioggia. I bevitori di Bloody Mary, schierati lungo il bancone del bar, persi in un oblio profondo, non vedono. Le modelle da passerella, sempre seccate per il fatto di essere costrette a lavorare come cameriere o come caposala, quando invece dovrebbero ormai esser diventate delle supermodelle, non vedono. Persino gli investigatori, passando dalla stazione di polizia, dove riferiscono che per oggi hanno quasi finito, non vedono. La persona in possesso dello scoop sul collegamento esistente tra i fatti in questione è la donna vestita in modo classico e sobrio, quella con le ustioni e la chiave della serratura di sicurezza.

18

“Con quello,” dice, intendendo il nastro adesivo protettivo sulla scrivania del Finto Guru, nell’ufficio del Finto Guru, nell’Ashram del Finto Guru, dove lui si trova insieme a una donna di nome... già, com’è che si chiama? Si chiama Nora. Ha tolto un sacco di roba dalla scrivania, caso mai servisse una superficie libera. La sua fortuna sta nel fatto di aver accettato di partecipare al prossimo gala di beneficenza organizzato dal Finto Guru per la Fondazione della Vera Pratica, un ente che mira a diffondere i rimasugli della saggezza orientale tra le masse occidentali assetate. Il Finto Guru si avvale della collaborazione di numerosi individui dalla pelle perfetta e dalle immense fortune, e ora anche Thaddeus Griffin, così come questi individui dalle immense fortune, ha accettato di prestare il proprio nome. Ed è il motivo per cui, in quattro e quattr’otto, l’ufficio del Finto Guru è stato predisposto per ospitare una speciale lezione privata tenuta da una tale Nora Richards, una che, fino a un attimo fa, Thaddeus riteneva non fosse altro che l’ennesima allieva del Finto Guru. E invece no. Non è un’allieva qualsiasi, bensì un’istruttrice di yoga in forma smagliante, la quale ha dato la propria disponibilità a tenere questa lezione privata nell’ufficio del Finto Guru, una lezione che ha inizio con una posizione da seduto sul tappetino orientale. Un tappetino davvero carino e costoso, se ci si sofferma a pensare che, un tempo, il Finto Guru era stato contemporaneamente un cultore delle belle arti e uno che scroccava vino dai bicchieri di plastica alle inaugurazioni delle mostre d’arte in città. Dopodiché, il Finto Guru era andato in India per imparare i *bandha*. E lì aveva messo in atto una serie di rinunce, esercitandosi in diverse pratiche volte a incrementare l’attività che ora sta promuovendo qui, ai confini di Noho.

C'è il tappetino, e ci sono le matasse di lanugine sul tappetino. Thaddeus lascia che lei lo corregga con delicatezza mentre lui esegue la posizione richiesta, la *bhadra-asana*, portando le piante dei piedi unite sotto lo scroto e l'incavo delle mani sopra i piedi, nella posizione della tartaruga. Lascia che Nora eserciti una forte pressione sulle sue spalle, dato che il suo problema sta nel tenere le spalle sempre su, all'altezza delle orecchie, in maniera non corretta. Thaddeus esegue la posizione della tartaruga, dimostrando di aver capito. Si avverte il suono di una sirena diffondersi nell'Ashram del Finto Guru, e da qualche parte si avverte il debole scroscio della fontana la cui costruzione è costata un occhio della testa, e si avverte lo squittio delle belle praticanti di yoga, con indosso le loro costose tenute sportive. È la poesia dei suoni, la respirazione, la sirena, la fontana, e sono le vocali liquide delle praticanti, ed è lo splendore dell'incenso, ed è il levarsi delle preghiere, ed è la consapevolezza di verità difficili da afferrare, la consapevolezza di ciò che non si vede, uno degli obiettivi che lo yogin deve raggiungere. E, una volta che lo yogin avrà afferrato queste verità difficili da afferrare, allora potrà premere la sua bocca contro la bocca della sua istruttrice di yoga.

Un tempo, lei faceva l'assistente sociale. È ciò che gli ha detto. Un tempo, faceva la ballerina di danze esotiche; e forse è proprio per questo che ora ha l'aria di non volersi ritrarre dall'urto violento delle epidermidi, da questa fusione di volti. Ha un guru indiano. Ha imparato a suonare l'armonium. E si sta concedendo la possibilità di essere baciata da Thaddeus Griffin, stella del cinema e praticante di yoga, e per un po' lo restituisce persino, questo bacio, e si tratta della posizione nota come Unione Adulterina, una posizione in cui i due soggetti coinvolti, i quali, ovunque si trovino, fanno parte della grande famiglia dell'amore, uniscono le proprie bocche sul tappetino orientale dell'Ashram.

"Vedi, non riesco davvero a fare a meno di dirti ciò che sto per dirti, e così te lo dirò. E poi, perché mai ci si deve tenere tutto dentro? Sei incredibilmente bella, lo sai?" Lo yogin pronuncia queste parole come se si trattasse di un canto liturgico. Non c'è alcuna ipocrisia nelle sue parole. Le ipocrisie non sono nobili verità. Lei è bella, sebbene sia anche vero che per lo yogin tutte, virtualmente, sono belle. Almeno due terzi delle praticanti di yoga che lui incrocia per strada sono affascinanti. Anche se loro non ne sono consapevoli, poiché il rapimento è un arcano. Per esempio, il modo in cui questa donna porta gli occhiali, occhiali minuscoli ben premuti sul naso, come se fossero una barriera che ha il compito di proteggere il maschio dal colore indimenticabile dei suoi occhi. Probabilmente è una che lavora per il fisco. E ha questo modo di sculettare spostando il proprio peso da una gamba all'altra; e ha il più bel culo che lui abbia mai visto, un culo che rappresenta un passo avanti nel processo evolutivo, un passo avanti fatto perché gli uomini possano vedere il culo di questa impiegata del fisco e perché si mettano in ginocchio pur di stare con lei, e perché lei possa preservare i suoi *raja*, le sue eiaculazioni, suggendo i *bindu*, e assicurando così una riproduzione fruttifera, e dando vita a sua volta alla riproduzione cromosomica del culo perfetto e, di conseguenza, a una stirpe ininterrotta di valorose impiegate del fisco.

Tuttavia, mentre guarda questa donna che avanza in direzione dell'Ashram del Finto Guru, le fantasticherie dello yogin a proposito del suo culo vengono interrotte, dato che accanto a lei, diretta dalla parte opposta, passa un'altra praticante di yoga, vestita in modo austero e con in testa una bombetta che dà decisamente nell'occhio. È di una tale bellezza, con quel cappello, che è praticamente impossibile non chiedere la sua mano all'istante. E il fatto che abbia un neo su un lato del naso è del tutto irrilevante per lo yogin al culmine dell'ispirazione; lei deve indossare quella bombetta, non deve mai smettere di indossarla, e senz'altro lui sarebbe ancora lì a pensare a lei se non fosse che, in quel momento, supera una donna dai polpacci muscolosi, inevitabile conseguenza dell'aver portato tacchi troppo alti, o forse solo dell'aver seguito corsi avanzati di *uttankoormasana* che le hanno scolpito i muscoli; mentre cammina, la praticante di yoga sorride, e il sorriso di una praticante di yoga, filosoficamente parlando, è irresistibile, e si irradia dal centro del terzo occhio; è come se la praticante di yoga sapesse che l'universo risiede nel suo corpo; è come se bevesse l'acqua dalla scatola cranica dello yogin; se tutte loro sorridessero, mentre camminano, allora gli yogin sarebbero storditi dalla moltitudine sorridente delle praticanti di yoga; ma lui, nel frattempo, sta ancora pensando a quei polpacci, a quel sorriso, domandandosi se sia il caso che le corra dietro per arrivare a conoscerla nell'intimo, nei suoi *raja*, chiunque lei sia; e, tutto ciò, mentre entra nell'Ashram e si registra per la lezione, per poi trovare soltanto, ancora una volta, accanto agli espositori con le calzamaglie e ai CD di tamburi tribali, accanto alla fontana che si riversa nella sua vasca di contenimento, la sopraccitata Nora Richards.

"Comunque sia, quanto costa una lezione privata?"

E così, eccoci arrivati a questo momento. Nora cerca scrupolosamente di attenersi entro i limiti della lezione privata, esercitando una pressione contro il bacino di lui, mentre tenta di fargli eseguire la seconda posizione del guerriero con le mani congiunte, rammentandogli di contrarre gli addominali in modo da effettuare il *mula bandha*. Serrando l'ano e spingendo verso l'alto l'energia escretiva. Lei si sta allungando sotto di lui, e non può non sapere quanto sia illuminante per lui averla sotto di sé. Lui sta davvero sperimentando l'illuminazione e la libertà che segue la rinascita. Ed è a questo punto, in uno stato di rapimento in cui non c'è più posto per la coscienza individuale, che Thaddeus le suggerisce di legargli i polsi con il nastro adesivo protettivo, allo scopo di assicurarsi che la fase della posizione che consiste nel congiungere le mani venga eseguita in accordo con la tradizione.

"Cosa?" chiede Nora.

Lui è in equilibrio nel *sushumna*, tra l'inspirazione e l'espirazione, tra il mascolino e il femminino. Pensa che in fondo non sia stata una buona idea, questa lezione privata, in quanto non rispetta l'astinenza dagli otto tipi dell'azione erotica, e cioè: pensarlo, osannarlo, scherzarci sopra, guardarlo con concupiscenza, discorrerne in privato, decidere di farlo, tentare di farlo, farlo. Eppure, allo stesso tempo, gli sembra che sia stata un'idea meravigliosa, in quanto l'autodisciplina divide la personalità in due, per dirla come i maestri, e senza l'autodisciplina si assaporano i fluidi della luna.

"Con quello." Cerca fra gli effetti personali del Finto Guru. Il tipico nastro adesivo protettivo americano, emblema di un ufficio ben fornito.

"Non ti farà male?"

"Servirà a farmi eseguire la posizione in maniera corretta, che è esattamente ciò a cui aspiro. Sto compiendo ogni sforzo in mio potere per riuscire a raggiungere la posizione corretta. Sono qui per questo." È in posizione e si sente davvero come un guerriero, poiché lui è un guerriero dell'Unione Adulterina, un guerriero delle decisioni opportunistiche e delle seduzioni poco opportune, ed è in posizione, nella posizione del guerriero, e questa è la rappresentazione del *lingam*, il gesto del *lingam*, in cui il pensiero fisso del desiderio assume la forma di una freccia sfavillante come mille soli, ed è una cosa meravigliosa, dato che, per raggiungere la corretta rappresentazione del *lingam*, di tanto in tanto lui deve ricorrere alle pozioni magiche della medicina occidentale, e così sposta un braccio sotto di sé e l'altro attorno al fianco e dice: "Legami."

"Ma cosa succederà dopo, quando lo toglieremo? Ti brucerà."

Lui freme per l'impazienza. Dal momento che si tratta del gesto del *lingam*. Nora solleva l'estremità del nastro, lo avvolge due volte attorno ai polsi di lui, dopodiché, visto che lui insiste, torna ad avvolgerlo una terza volta. Questa è la posizione dell'Allievo Umiliato. Dopo che l'ha raggiunta, comincia a strisciare veloce verso di lei, come un crostaceo, per affondarle tra le mani la ricrescita della barba che si è fatto quella mattina, con lei che si mette a ridacchiare e lui che le bacia la coscia. La sua coscia ha la perfezione delle galassie lontane.

"Togli il freno a mano." Intende dire che hanno pochissimo tempo a disposizione. E così lei, con l'abilità tipica di un'istruttrice di yoga, rimuove perfettamente gli impedimenti, una gamba alla volta, come un fenicottero rosa di arrendevolezza yogica. E, data la sua esperienza nel campo dell'assistenza sociale, ha eliminato dal proprio corpo ogni traccia di volgare peluria, fatta eccezione per una pista d'atterraggio alla brasiliana; e ride quando lui allunga il collo, e quando si spinge in avanti per atterrare nei meandri di lei, e tuttavia non può fare a meno di dire: "Schiena dritta, giù le spalle, per piacere. Giù le spalle." A quel punto segue un leggero rivolo di vento proveniente dall'oceano, una pausa di silenzio, poiché lui ora ha messo la lingua dove desiderava metterla, la sua lingua sottile di fiamma di candela. Deve fare un certo sforzo, visto che ha le mani legate e non le può usare. E gira voce che gli esercizi di meditazione illustrati sul *mandala* appeso alla parete dell'ufficio del Finto Guru siano in grado di alleviare le sofferenze. Il *mandala* sulla tappezzeria, la rappresentazione di Shiva il distruttore, il quale però finisce con il distrarlo dal *lingam*, che pertanto registra un fallimento. Non c'è altra spiegazione, se non quella dell'inutilità dell'esercizio di meditazione illustrato sul *mandala*. Perché finisce sempre così? Con lui che si perde nello *shambhavi mudra* quando invece dovrebbe concentrarsi sul *tantra* e sulla sua istruttrice di yoga? Perché mai succede?

Collassa sul pavimento. "Posizione dell'arco. Possiamo farla?"

L'istruttrice si mostra titubante davanti all'eventualità di arrecare dolore allo yogin nel tentativo di fargli assumere la posizione dell'arco, peraltro più indicata ad allievi esperti. Eppure, tutto il canale di alimentazione trarrà vigore da questa pratica, la pratica del *dhanurasana*, così come le ghiandole surrenali e la tiroide.

"Avvolgimi il nastro anche attorno alle caviglie, quando io..." dopodiché si gira rotolando sullo stomaco, nella posizione dell'arco, con un braccio immobilizzato sotto di sé fissato dalla fasciatura, "e poi siediti sopra di me correggendomi la postura. Sopra di me."

L'istruttrice deve per forza conoscere la forma dell'entità cosmica. La forma dell'entità cosmica è la forma della stella dei film d'azione, stella di luce lontana, stella di universi eterni, e l'istruttrice è colei che beve la luce della stella cosmica dei film d'azione. E s'inginocchia sopra di lui, e allunga una mano dentro i suoi calzoncini, e gli massaggia le natiche, come se lui fosse l'argilla e lei il vasaio, e a quel punto gli afferra le caviglie avvicinandole l'una all'altra e inizia ad avvolgerle con il tipico nastro protettivo adesivo americano. Due, tre volte. Poi, a forza di tirare, gli toglie i calzoncini, senza nemmeno domandarglielo, ed eccolo lì, l'essere cosmico, nell'ufficio del Finto Guru, con gli arti legati e i calzoncini all'altezza delle caviglie, ed è un essere cosmico con un *lingam* bene in carne, e ha bisogno di qualcosa di più, qualcosa che lo aiuti a compiere il gesto del *lingam*. Per riuscire a farlo, però, deve provare un vero dolore, qualcosa che aumenti il wattaggio del *prana*. Ed ecco ciò che dice a Nora: "Non è che mi metteresti un paio di dita dentro? Potresti per cortesia mettermi solo un paio di dita dentro?"

Il che, come abbiamo già spiegato sopra, consiste nell'esplorazione del *mula bandha* per mezzo delle dita; consiste nella contrazione della radice, capace di sconfiggere la vecchiaia e la morte. Chiaramente, sarebbe meglio non dover spiegare queste cose. Quando si trattiene il respiro, il *prana* è immobile, motivo per cui lo yogin trattiene il respiro, e così il *prana* è immobile; a quel punto inizia la perlustrazione del *mula bandha* per mezzo delle dita, il che rientra nell'esplorazione tantrica, e cioè nel movimento del *lingam*, facendo però in modo che il seme non fluisca. Ed ecco, allora, la bocca dello yogin posarsi nuovamente sulla *yoni* dell'istruttrice, un gesto che preannuncia l'inizio dell'adorazione della *yoni*, con un migliaio di petali che affollano la mente dello yogin e con le divinità che dimorano nei chakra dello spirito, e che cosa c'è di meglio, per il *lingam*, che desiderare di eseguire ancora una volta quel gesto? E ora lo yogin pensa a tutte le rappresentazioni dell'umiltà che gli si affollano attorno, sopra il tappetino del Finto Guru e sotto la tappezzeria con sopra il mandala; la rappresentazione dell'umiltà nella quale, forse, lui potrebbe apparire sulla scrivania del Finto Guru con la bocca sulla *yoni* dell'istruttrice; e poi, ancora, ecco il fluido purificatore espulso dalla *yoni*, il *bahishkrita-dhauti*, il quale, forse, potrebbe penetrare dentro lo yogin, dato che lui è convinto che la sua pratica dello yoga potrebbe trarre un vantaggio notevole dalla presenza di questo meraviglioso dono dell'istruttrice, poiché la forza della vita consiste nel conoscere questo genere di cose, nel fare queste cose con il corpo dell'istruttrice, cose che lui non ha ancora fatto, almeno non di recente. E che dire della pratica del *gajakarani*, detta anche tecnica dell'elefante? Forse lei potrebbe insegnargli questa pratica di purificazione rituale, dal momento che, se non altro, lo yogin ha bisogno di purificarsi, di purificarsi dalle tossine, dal muco, dal gas e dall'acidità; non c'è mai abbastanza pulizia, e lui preme la bocca contro di lei, e respira con il diaframma. Lo yogin si sta esercitando nella respirazione col diaframma, e poi, forse, l'istruttrice eseguirà la respirazione dell'ape nera, la cui origine è da ricercare indietro nei secoli, prima della nascita di Buddha, quella respirazione che è indice dell'ascensione tantrica, ed ecco il momento in cui lo yogin le chiede dell'*amorali*, ricordandole che non si deve pensare a esso come a qualcosa di sporco, come a scorie solide, poiché la pratica dell'*amorali*, ritiene lo yogin, riguarda piuttosto l'immortalità, salvo che lui usa un linguaggio più volgare nel porle la domanda, e gliela pone, poiché bere l'urina interesserà il flusso intermedio, visto che tale flusso non contiene bile ma piuttosto ormoni, enzimi e altri derivati che rappresentano un eccesso, un sovrappiù rispetto a ciò che il corpo produce, e pertanto sarà...

"Cos'hai detto?" chiede lei.

Lo yogin ripete la domanda.

"Mi stai forse chiedendo ciò che penso tu mi stia chiedendo?"

"Non combinerò un casino," assicura lui. "Starò attento."

"Mi prendi in giro? Con chi credi..."

Succede in un battibaleno! Il modo in cui l'istruttrice esegue la posizione nota con il nome di tecnica del ceffone. Dopodiché guadagna velocemente l'uscita. Si rimette addosso gli abiti da lavoro come se stesse per chiudere le saracinesche del suo negozio di biancheria intima. La lezione stava andando così bene, e lo yogin stava facendo progressi così importanti, ed era davvero quasi riuscito a eseguire una spaccata e a compiere tutti questi progressi così importanti, ed era davvero disposto a pagare all'istruttrice tutto l'oro del mondo; per poi invece vederla mettere in atto la tecnica del ceffone mentre lui era nel bel mezzo di un'impegnativa *asana*. Be', tutto ciò è inspiegabile, ed è triste, e, per di più, ora il *lingam* gli si è afflosciato sul tappeto del pavimento dell'ufficio del Finto Guru, e lui ha gli arti immobilizzati col nastro, legati, e non ha addosso i calzoncini. Che sono scivolati giù, all'altezza delle caviglie. Ha una T-shirt che gli sta larga, e la stanza puzza come se dei lottatori professionisti ci avessero sudato dentro, e sta facendo una gran fatica per mettersi sulle ginocchia, e ci sono penne e matite che lui prima, in preda all'entusiasmo, aveva fatto cadere dalla scrivania e che adesso sono finite sul pavimento: ha combinato un vero casino, come sempre. Deve agguantare un paio di forbici. Striscia goffamente sul pavimento, facendo forza coi piedi in modo da voltarsi e da allungare le mani legate. Per issarsi, fa leva con la testa sulla poltrona. Dimena diverse volte le gambe e si avvicina alla scrivania. Si augura vivamente di trovare sulla scrivania del Finto Guru un paio di forbici con cui tagliare il nastro e poi andarsene.

Questa è quella che viene chiamata la solitudine del dopo-Unione Adulterina. È stata la solitudine a far sì che lui si accingesse a eseguire questa difficile posizione, ed è la solitudine che ora lo guiderà per strada. È solo, debilitato, non come un vero yogin, non come una vera stella del firmamento. Non è come quei mendicanti erranti della pratica yogica in grado di sopportare la solitudine per duemila anni. Non è un uomo che medita dentro a una caverna di solitudine. Per quale motivo un attore di film da matinée con una bella moglie non riesce a tollerare la solitudine nemmeno per un giorno, nemmeno per dodici ore?

Una volta che si è liberato, strappandosi una miriade di peli dai polsi e dalle caviglie, oltrepassa in volata l'ufficio informazioni dell'Ashram, oltrepassa il pool di avvenenti impiegate alla console, addette all'accoglienza clienti, e, rosso in viso, si incammina a piedi in direzione est, verso l'East Village, allontanando da sé un tizio con le stampelle, un vero mendicante, uno che riconosce in lui l'interprete di *Meglio una sola pallottola* o di qualche altro film d'azione tratto dalle sue *oeuvres complets*. Thaddeus, indifferente, saluta il mendicante e alcuni turisti asiatici a St. Mark's Place: "Ehi! Grazie per il sostegno!" Finché non si ritrova sotto la finestra di una certa Annabel Duffy, ed è l'ora del crepuscolo, ed è novembre, e lui sta lanciando delle grida verso la finestra di Annabel Duffy: "Vieni giù! Ehi! Fammi entrare! Fammi entrare! Sono io! Fammi entrare! Sono almeno sette ore che non fumo! Non fumerò nel tuo appartamento, e tratterò bene il tuo gatto, e comprerò... qualcosa! Verrò a casa con te per le vacanze! Te lo giuro!"

Ma non c'è nessuna risposta, non c'è nessuna porta aperta, come se la solitudine del dopo-Unione Adulterina di cui parlavamo un attimo fa fosse uno degli effetti della pratica scorretta dell'*hatha yoga*, effetto che non fa che peggiorare per via della presenza nel mondo di lavanderie a gettoni, di negozi che riparano televisori con le serrande abbassate, di centri commerciali mezzi abbandonati, di gatti randagi. Dalla finestra, una vicina gli grida di farle il piacere di chiudere quella dannata bocca: "E poi i tuoi film *non* sono nemmeno belli." Riesce a scorgere il braccio della donna, la sagoma del braccio, nel momento in cui si ritrae tirando le tende. Il baluginare di un braccialetto.

Mentre sta tornando indietro verso Avenue B gli squilla il cellulare. È il suo agente. Abbiamo un'occasione *d'oro*, gli sta dicendo il suo agente, un'occasione veramente *fantastica*, un film che sta per essere girato in un grande studio, intitolato *Assassini*. Un film a budget elevato. Ambientato in Medio Oriente. Avrà la possibilità di cavalcare dei cammelli e di dormire nel deserto, sotto le stelle, e di vedere una parte del mondo politicamente instabile, e la regia del film sarà affidata a quel regista di film d'azione culto, Waldo Schmeltz, quello che ha girato il film sulle prostitute di Amsterdam durante l'occupazione nazista, prostitute che in realtà sono delle informatrici.

"In questo momento non posso parlare," gli dice Thaddeus. In realtà non ha voglia di parlare.

"Ehi, amico, mi dispiace per quella cosa sul giornale."

"Quale roba sul giornale?"

"Non sai di... quella *cosa*?"

"Di quale giornale stai parlando? E quale *cosa*? Cosa intendi con *cosa*?"

"Senti... devo rispondere sull'altra linea. Ti richiamo. Ci metteremo una pezza. Ehi, intanto rifletti su *Assassini*. Fammi sapere cosa ne pensi nei prossimi giorni. Potrebbe sbancare. Potrebbe entrare in top ten. Più la possibilità di ottenere dei premi."

"Hai appena parlato di una *cosa*. Di che si tratta? E anch'io ti devo fare una domanda. Su *I rabdomanti*. Hai sentito parlare..."

Ma il collegamento s'interrompe. E ora è troppo difficile, in termini logistici, infilarsi in un bagno per uomini in modo da potersi sciacquare questa conversazione di dosso. Normalmente, un sapone con una forte azione antibatterica eliminerebbe i residui oleosi che un agente cinematografico lascia dietro di sé. In questo momento si trova su un taxi. Il taxista è veloce, ma per quale cavolo di motivo Thaddeus vive nell'Upper West Side? Lui odia l'Upper West Side, con il suo socialismo all'acqua di rose, e Zabar's, e la gente che se ne va in giro con dei tritarifiuti nuovi di zecca, e i formaggi supersosfisticati, e i denti sbiancati con il laser. Carrozzine per neonati che ostruiscono i marciapiedi, megajeep parcheggiate in doppia fila, e tutto perché i conducenti devono scegliere i formaggi da servire la sera, nella loro casa degli Hamptons, agli amici esperti di diritto societario aziendale. Mangeranno patatine vegetariane nelle loro megajeep imbottigliate sulla Long Island Expressway, in direzione degli Hamptons, dove finalmente serviranno i loro formaggi. Thaddeus vorrebbe vivere a Tribeca, all'ombra di Wall Street, dove vivono solo pittori con problemi di alcol che rovesciano la vernice sulle tele direttamente dai tubetti, prima di andarsi a vedere un film d'azione made in Hong Kong. Pittori con ferite da arma da fuoco, che hanno perso la memoria a breve termine e che tracannano un bicchiere dopo l'altro da Fanelli's, dato che sono disposti a morire per ciò che fanno. Ecco quanta passione mettono nel proprio mestiere. Thaddeus è disposto a morire *in* ciò che fa, ma solo se ha una controfigura.

Vive nell'Upper West Side perché il padre di sua moglie aveva regalato loro un appartamento su due piani. In quel periodo non facevano che bisticciare. I maggiori produttori mondiali di tabacco avevano opzionato il padre di lei, l'avvocato, pagandogli un anticipo sull'onorario. E ora Thaddeus è bloccato qui con la moglie, la quale attualmente si trova a San Diego per girare uno spot pubblicitario. Di che pubblicità si tratta? Neanche se lo ricorda; forse si tratta di prodotti femminili. Sta girando uno spot pubblicitario per dei prodotti femminili, e lui presto girerà un film nel deserto, dove comincerà a cavalcare cammelli e a mangiare hummus fino a scoppiare, e sua moglie sarà impegnata in uno spot pubblicitario per dei prodotti femminili, e loro due non si rivedranno più, salvo che nelle sale d'attesa degli aeroporti. Thaddeus supera a grandi falcate il portiere, rivolgendogli un saluto e un largo sorriso sbilenco, come per dirgli: "So che devo sentirmi fortunato."

Nel suo appartamento Thaddeus Griffin non è nessuno. Nel salotto, nella dispensa, nella sala da pranzo, nella stanza degli ospiti che non hanno mai usato. Ma è soprattutto in camera da letto che lui non è nessuno, e questo suo non essere nessuno nel suo appartamento bilancia la mancanza di privacy che è costretto a sopportare in qualsiasi altro luogo. Ha paura di uscire e non vede l'ora di uscire. Per strada, Thaddeus è qualcuno, e non può attraversare neanche un isolato senza essere Thaddeus Griffin, ma qui, nel suo appartamento, non è che un disperato qualunque con l'ennesimo problema di solitudine da dopo-Unione Adulterina. Nel suo appartamento guarda la televisione, gioca a blackjack sul computer, si esercita a freccette. È davvero bravo con le freccette. Nel suo appartamento è tra i più bravi giocatori di freccette al mondo.

Le luci sono spente.

E lui non è solo.

Poiché, seduta nell'oscurità, nel salotto arredato da Marcus Atkins, c'è la donna a cui ha giurato fedeltà eterna. La sua sposa. Seduta su una di quelle grandi poltrone imbottite, piegata in due, come stretta da una molletta, il viso tra le mani concave come il guscio di una tartaruga. Sta singhiozzando. Da quanto tempo è lì, si chiede lui, quando invece la credeva occupata a reclamizzare prodotti femminili per uno spot televisivo che, in realtà, sarebbe servito soltanto a vendere dei sottoprodotti e via dicendo? Da quanto tempo lo sta aspettando per esibirsi in questi singhiozzi? Si tratta forse di uno spettacolo promosso dal sindacato attori?

"Tesoro, non..."

Lei è talmente bella che la gente, quando la vede per strada, si paralizza. Come se incarnasse quello che nei manuali di fisica viene definito "elettromagnetismo". Capelli scuri, ora leggermente schiariti dai colpi di sole, che le scendono lungo il viso, occhi blu, un blu da effetto speciale, sorriso smagliante e lentiggini che ai truccatori, per chissà quale motivo, piace coprire, specialmente quelle all'attaccatura del naso, lievemente tozzo ma adorabile; ha spesso addosso dei maglioni ingombranti che le coprono le sporgenze dei seni, assolutamente perfetti; e questa sera, quando lui accende la luce, si accorge che indossa un vecchio paio di jeans che una volta appartenevano a lui e che su di lei, per una ragione o per l'altra, stanno benissimo, dato che è abbastanza alta da potersi permettere di non dover fare il risvolto. Sì, sua moglie implica una domanda eterna, una domanda che lo ha tormentato nel corso dei sette anni della loro unione. Come può una persona così bella avere una vita interiore? E, se ce l'ha, perché lui non ne ha mai, in nessun modo, fatto parte?

"Hai visto per caso questa roba?" gli chiede lei. Un giornale arrotolato sulla poltrona accanto alla sua. Quando butta il giornale per aria, i fogli si sparpagliano disordinatamente in più direzioni. "Hai visto per caso la tua foto sul giornale di oggi?"

"Non so di che cosa..."

"Non dire stronzate."

Quella mattina non aveva letto i giornali. Dal momento che non era andato al lavoro. Si era preso la mattinata libera, visto che in ufficio non c'era niente da fare e che le sceneggiature sulla sua scrivania gli erano parse noiose. Aveva pensato di impegnare la giornata presentandosi a un paio di audizioni. Gli piacerebbe interpretare il ruolo del protagonista in un film romantico anziché fare la parte dell'eroe in un film d'azione, e se ciò comporta presentarsi a un'audizione, be', okay. Anche se poi non si era presentato a nessuna audizione; si era limitato a chiamare il suo broker e a giocare a solitario al computer. Si era cucinato un'omelette con del brie che era in frigo già da una settimana. E quando nel pomeriggio era stato in ufficio, era tutto tranquillo, essendo lunedì. Vanessa se n'era già andata. Non aveva parlato con lei e nemmeno con le altre. C'era forse un *motivo* dietro al silenzio delle ragazze quel pomeriggio? C'era forse un motivo dietro al fatto che Madison non era uscita dall'ufficio quando lui era passato di lì? C'era un motivo dietro al fatto che Jeanine fingeva di essere impegnata con un nuovo stagista? E perché Annabel era fredda e indaffarata come una donna in carriera? Perché non aveva detto nulla a proposito della sceneggiatura? Aveva forse in sé un qualche significato simbolico il momento in cui Annabel gli era passata accanto diretta verso il raffreddatore dell'acqua potabile? Doveva forse interpretarlo come un giudizio? Un rimprovero di carattere morale? Lui e Annabel avrebbero dovuto discutere di come abbozzare la miniserie, dovevano farlo insieme, doveva essere il loro progetto, ma lei non aveva detto nulla in proposito, neanche una parola. Gli era passata accanto diretta verso il raffreddatore dell'acqua potabile e aveva riempito una bottiglia di plastica, dopodiché aveva rapidamente girato i tacchi dei suoi stivali e lui non ci aveva più pensato, perlomeno non al momento.

Sua moglie si alza, attraversa la stanza e trova la pagina in questione fra quelle disseminate sul tappeto. La fotografia di lui. Si tratta senza ombra di dubbio di un'immagine che lo ritrae mentre esce dall'appartamento di Annabel durante il weekend. Thaddeus riconosce la voluminosa donna ispanica seduta sulla piccola veranda dietro di lui. È una fotografia piuttosto brutta. Sembra che lui abbia il doppio mento. E, sotto, c'è un articolo che parla del momento in cui sta lasciando l'appartamento, inclusa l'ora esatta in cui se n'è andato, prossima al tramonto. Svegliarsi in un letto che non è il suo gli provoca imbarazzo. È sempre stato un problema per lui. Il trafiletto prosegue facendo riferimento al fatto che ha messo su un bel po' di chili.

"Non dire niente, okay? Credo che dovresti concedermi almeno quattro o cinque minuti per parlare. E la prima cosa che voglio dirti è che sei una persona incredibilmente *stupida*, Thad. Hai idea di chi sia questa ragazza dell'ufficio? Te la intendi forse con una dell'ufficio? Hai idea almeno di chi sia? Ha a che fare con un tizio che... ha commesso un *crimine*, cioè, che ha colpito una donna per strada con un mattone; non è forse questo che insinuano sul giornale? Non ti è saltato in mente che la sorella del tizio che ha colpito la ragazza in testa ha una certa probabilità di scatenare l'interesse dei giornali? Non ti ha sfiorato il cervello? Mentre ti dimenavi con questa ragazza? Non ti è passato per la mente che avresti potuto cercare di non apparire sui giornali, almeno *per me*, per esempio?"

"Be', a dire il vero, suo fratello non ha combinato quel pasticcio con... quello che è. Non ha fatto niente."

"E come lo sai, Thaddeus? I giornali non lo sanno, e per il momento nemmeno gli interessa. Gli importa solo dei pettegolezzi piccanti. Qui la questione..." Un respiro strozzato e qualche altra lacrima. "La questione non è se questo tizio ha davvero colpito la donna con un mattone, Thad. La questione è se *tu* hai un briciolo di rispetto. Per il tuo matrimonio. Per qualcuno. La questione è se io debba fare qualcosa in merito a tutto questo, e cioè in merito al fatto che tu non hai alcun rispetto nei miei confronti, o in merito al fatto che ti sei alzato in piedi di fronte ai nostri genitori e ai nostri amici giurando solennemente una serie di cose, con parole altisonanti, e che abbiamo liberato e fatto volare delle colombe, e che cinque anni fa hai persino ballato con me in una fontana italiana, e che ora sputi in faccia a..."

"Certo che ho rispetto per il mio..."

"E allora neghi..."

"Io..."

Lui tenta di trovare una posizione. Tenta di trovare la posizione giusta per affrontare questa discussione, ma si rende conto che una posizione del genere non esiste. Vaga per la stanza accendendo le luci, tutto preso dalla frenesia di accendere qualsiasi cosa gli capiti a tiro. Realizza di avere ancora sulle spalle lo zaino con dentro la tuta da ginnastica, se l'è tenuto addosso tutto il tempo, e così ora lo posa sul pavimento. La tuta da ginnastica sembra provenire da un'epoca completamente diversa, l'epoca che precede questo momento. Il tempo è spaccato in due, c'è un biforcarsi degli eventi, e il tempo prima di quello presente è propositivo e gioviale, come un vivace tabellone pubblicitario che reclamizza nuovissime tecniche per farsi la barba.

"Non lo neghi?"

"Credevo fossi in California per quello spot pubblicitario."

"C'è stato un imprevisto."

"Be', pensavo ti stessi dando da fare con, come si chiama, con il regista. Quello con la coda di cavallo."

"Cos'è che pensavi?"

Ha l'impressione che si tratti di una questione atavica; ha l'impressione che qualsiasi cosa esca dalla sua bocca sia di natura atavica. Si sente come un giocatore della squadra avversaria nel campetto della scuola, uno che ha colpito il bambino ciccione e che un attimo dopo trema nelle mani delle autorità competenti. E se anche fosse stato in grado di prevederlo, questo momento, il momento in cui la truffa viene smascherata, sarebbe comunque riuscito a negare la sua venuta. In realtà, il momento in questione sembra racchiudere in sé due momenti distinti: uno in cui lui ama la verità, e l'altro in cui ama mentire a se stesso a proposito del suo amore per la verità. Ama la verità in cui esiste il sollievo della finzione circa sua moglie e il regista di spot pubblicitari. È stata la grande, felice vampata nel camino della sua coscienza, talmente tonificante da sembrare meglio della verità, che è desolante.

"Cosa stai dicendo di Derrick?"

"Sto dicendo che stavi diventando intima di Derrick. E odio il modo in cui pronunci il suo nome. Ma come fa uno a chiamarsi Derrick? Mi fa venire in mente un giocatore di lacrosse o una roba del genere. Scommetto che fa una marea di addominali."

La discussione evapora davanti a lui. Sembrava andare così bene prima, quando era riuscito a sostenere alcune tesi, ma poi la cosa aveva preso la piega di una di quelle arringhe da avvocato della difesa. Vostro onore! Le otturazioni del mio cliente ricevono segnali radio!

"Derrick è felicemente sposato, che tu ci creda o no. Alcuni uomini *sono* davvero felicemente sposati, Thaddeus. Alcuni uomini amano davvero le proprie mogli e i propri figli; li adorano, addirittura. E forse, e solo forse, questi uomini che sono felici con le proprie mogli e con i propri figli apprezzano il lavoro di certe attrici e non vedono l'ora di lavorare con loro. Non ti è mai passato per la testa che a Derrick piaccia lavorare con me solo perché me la cavo bene? Forse io non sono importante quanto te per gli adolescenti che frequentano i centri commerciali in ogni parte del paese. Forse io non sono così importante per te. Ma sono un'*attrice* che fa il proprio lavoro, di qualsiasi lavoro si tratti, e faccio del mio meglio, e se questo significa andare a lavorare a quasi cinquemila chilometri di distanza da qui e doverti lasciare da solo, e dormire in un albergo pretenzioso coi fiori freschi in bagno, e guardare i giovani rampanti che se stanno al bar mentre io attraverso la hall dell'albergo per andare a dormire da sola, sapendo perfettamente che un istante dopo la mia partenza tu uscirai e starai fuori tutta la notte, a proposito della qual cosa non so cosa pensare; magari, chissà come, rimarrai ferito, perderai la vita in un fossato, sarai investito da un taxi, oppure finirai nell'Hudson completamente sbronzo, visto che non hai abbastanza buonsenso da portare rispetto a te stesso, o anche a me, e se devo vivere così, be', lo faccio solo perché voglio cercare di fare il mio lavoro. Non hai nemmeno il buonsenso di capire che ciò che mi spinge a lavorare è il rispetto che ho di me stessa. E perché ti amo abbastanza da lasciarti solo. E allora è questo quello che tu fai per me. Finisci sul giornale, in una foto che ti ritrae mentre esci dall'appartamento di una ragazza di colore il cui fratello è ritenuto responsabile di un'aggressione, e non so cosa mi devo aspettare, quale sarà il prossimo problema, di che cosa dovrò preoccuparmi d'ora in poi: del fatto che bevi, o delle donne che frequenti, o di quale bisca ti metterai a frequentare, o di qualunque altra cosa si tratti. Non so cosa pensare. Salvo che dovrei aver la possibilità di lavorare, proprio come ce l'hai tu. Il mio lavoro non dovrebbe aver niente a che fare con il nostro matrimonio, e tu non lo dovresti vivere come una mancanza di rispetto nei tuoi riguardi, e neanche come un affronto che io faccio a te. Può darsi che io non sia la miglior attrice sulla faccia della terra, oppure può anche darsi che io sia molto brava, ma nemmeno io lo so più, dal momento che finisco sempre per sentirmi malissimo *per colpa tua*. Perché cerco di fingere che non m'importi niente di come vanno le cose con te, ma invece m'importa, m'importa di come tutto tra di noi sembri sempre essere sull'orlo del collasso, e io non ho intenzione di vivere così. Capito?"

Cosa c'è da capire? Con una smorfia patetica sul viso, Thaddeus va ad abbracciarla, poiché si sente davvero colpito dall'attaccamento che lei sembra avere nei suoi confronti, dal suo senso di onestà, e l'ammira per questo. Se lì ci fosse uno dei suoi fan, allora potrebbe mettersi accanto a Thaddeus, il fallito della stanza, per ammirare sua moglie, e così lui cerca di abbracciarla, sebbene lei gli lasci intendere di non apprezzare questa sua mossa. Di fatto, lo respinge.

"Non credi che potremmo sistemare tutto quanto?" domanda lui.

"Non se, mentre cerchiamo di metterci una pezza, tu non fai che combinare altri casini fingendo che non ci sia nessun problema e fingendo di non avere la più pallida idea dei danni che hai causato."

Squilla il telefono, dopodiché la voce registrata della moglie fuoriesce dalla segreteria telefonica all'ingresso. La segreteria biascica qualcosa col tono di uno che parla a voce bassissima.

"Vuoi dirmi che cos'hai fatto?" dice lei. "Vuoi cominciare col dirmi che cos'hai fatto? Perché, se mi racconti qualcosa, forse riusciremo a fare un po' di luce sull'intera faccenda. Ecco come la vedo io, Thaddeus: tu mi hai barattato con tutta quella gente che riempie i cinema. La gente nei cinema di Sandusky e di Pittsburgh. Mi hai barattato con quello che loro sanno di te, o, meglio, con quello che sanno del tizio che appare nei film impugnando armi da fuoco. Ti conosco da otto anni, e a quanto pare non so niente di te. E allora, perché non inizi col raccontarmi che cos'hai fatto? Dimmi solo una delle cose che hai fatto, in modo che io possa conoscerti, che possa conoscere quella parte di te che esiste nella vita reale e non di fronte a uno schermo con degli effetti speciali."

Era importante che l'appartamento assomigliasse a quelli che si vedevano sulle riviste. Nel periodo in cui Marcus Atkins lo aveva arredato. Di modo che ora, mentre loro se ne stanno seduti lì, è impossibile starsene seduti lì come se la stanza volesse essere abitata, come se intendesse risultare comoda e accogliente. L'inospitalità della stanza gli impedisce di muovere la lingua, impedisce a questo momento di essere ciò che dovrebbe essere.

"Non credo che tu voglia davvero che io faccia quello che mi stai chiedendo."

"Perché?" gli chiede Sabrina. "Forse perché è una cosa *tremenda*?"

"Più o meno," borbotta Thaddeus, la stella dei film d'azione sempre schierata dalla parte del bene e della giustizia, colui che persegue la corruzione, colui che sgomina un covo internazionale di terroristi. Di solito, quando deve piangere sul set di un film, ha bisogno della glicerina, oltre che di direttive precise.

"Forse non si tratta di un caso isolato."

"Lo so bene."

"Cosa vuoi che dica?"

"Be'," dice lei, mentre sembra rifletterci su. "Credo di volere delle scuse che durino giorni, e le voglio sui giornali. Voglio che le tue scuse siano pubbliche quanto la cazzata che hai combinato."

"Ma come?"

"Per esempio, potresti affacciarti alla finestra e metterti a urlare chiedendomi scusa. Oppure potresti chiamare i giornali. Potresti chiamare i giornali fingendoti un anonimo. Oppure potresti telefonare al tuo addetto stampa o al tuo agente, convincendoli a rilasciare una dichiarazione pubblica. Oppure potresti scrivere un comunicato stampa in cui prima elenchi tutti i film che hai fatto e poi vai avanti dicendo che razza di fottuto donnaiolo sei, e come sei arrivato alla sorprendente conclusione circa il valore spirituale di dir la verità allo scopo di cambiare, pur essendo un donnaiolo. Ma, qualunque cosa tu decida di fare, dovrai farla da solo, perché ora io vado dall'altra parte della città, vado a stare dai miei. Non voglio dovermi sentire come quella che ti sta addosso perché tu faccia questa cosa. Non voglio essere quel tipo di persona. E così andrò dai miei, e in questo modo tu potrai dare inizio alla campagna pubblicitaria per la salvaguardia del tuo matrimonio, e dopo potrai andare al centro di recupero per maniaci sessuali o in qualunque altro posto ti venga consigliato dalla tua équipe di psichiatri, e potremo incontrarci presso un consulente matrimoniale e discuterne insieme, ed è esattamente così che andranno le cose fra di noi nei prossimi mesi. Puoi fare come ti dico io; cioè, a meno che tu non preferisca che il mio avvocato si metta in contatto con il tuo."

Ora lei è in piedi, le mani sui fianchi.

Una volta che se n'è andata, è come se non fosse mai stata lì, è come se la loro conversazione non fosse mai avvenuta. E, di nuovo, c'è solo il silenzio, di nuovo l'arredamento inumano, la solitudine del dopo-Unione Adulterina, e lui è libero di far ciò che vuole.

Può giocare al computer, o fare un saluto al sole, oppure navigare su Internet in cerca di strafiche. Può chiamare Annabel. Oppure può provare questo ardente desiderio. L'ardente desiderio che gli dice di recitare, anche se non ne ha voglia. Nel comportamento umano esistono delle mosse riparatrici, e queste potrebbero essere le prime. Lui potrebbe cambiare le lenzuola. Nella camera da letto padronale. C'è una donna che viene una volta alla settimana per far le pulizie, ma la sensazione che lui ha è che, se le lenzuola verranno cambiate all'istante, allora poi si dormirà benissimo. Cambiare le lenzuola lo aiuterà ad attenuare l'ardente desiderio. Sono passati anni dall'ultima volta in cui ha cambiato le lenzuola. E la cosa lo aiuterà a sentirsi meglio, lo aiuterà a entrare nel ripostiglio dove Sabrina, sua moglie, ha impilato le lenzuola. E così prende un lenzuolo di sopra e un lenzuolo di sotto, azzurri, grandi, e un paio di federe confezionate con una stoffa di ottima qualità, o almeno è questo quello che gli ha detto Sabrina. Si dirige nella camera da letto padronale e toglie le lenzuola dal letto, dopodiché le ammucchia sul pavimento e ci sprofonda sopra, a faccia in giù. Quando si alzerà, comincerà a far qualcosa. Forse si metterà a scrivere la miniserie. Sì, scriverà.

19

Il consulente della Poseidon Management Systems, illuminato in controluce, si trova sul palco della sala conferenze, un tabernacolo senza finestre. La Casa Grande, un esclusivo centro congressi della West Coast, a San Diego. Polo, pantaloni sportivi con la riga, e una tintarella indubbiamente dovuta a un autoabbronzante, il consulente indica la proiezione sopra di sé; e a quel punto attacca con una litania che consiste nell'elenco dei punti chiave evidenziati.

La società è la Universal Beverages Corporation. Il prodotto è la qualità. Il tema della conferenza è il Miglioramento della Qualità. Attraverso diverse linee di prodotti, la Universal Beverages produce e vende qualità a una fetta significativa di consumatori sia in questo paese che nel mondo. E i prodotti in questione sono: bevande alcoliche, snack, programmi televisivi, produzione e marketing cinematografici e, per finire, il business più recente, e cioè i Servizi di Onoranze Funebri Interstatali.

L'obiettivo del convegno di tre giorni incentrato sulla gestione aziendale, convegno che si tiene fuori sede, qui, presso La Casa Grande, è quello di creare delle sinergie tra le diverse divisioni, in modo che la Universal Beverages Corporation riesca ad aumentare la propria quota di mercato e a ottenere un Miglioramento della Qualità. Miglioramento della Qualità che verrà senz'altro raggiunto, dal momento che la qualità assomiglia a piccoli cactus in vaso, cactus che verranno regalati a tutti coloro che parteciperanno al convegno perché li portino con sé nei rispettivi uffici, là dove il Miglioramento della Qualità sarà rappresentato simbolicamente da questi robusti e resistenti cactus. Il Miglioramento della Qualità non è un obiettivo facile da raggiungere. Dipende da alcuni fattori imprescindibili: una piantina sana, molta luce, acqua, fertilizzante e abilità. La squadra della Poseidon Management Systems sarà qui, durante il convegno fuori sede, per aiutare i dipendenti della Universal Beverages a trovare delle analogie con la luce del sole, l'acqua, il fertilizzante e l'abilità nell'ambito dei difficili e caotici mondi dello spettacolo, dei commestibili e della mortalità. Strategie quali il rafforzamento dello spirito di gruppo, l'innovazione creativa, la massimizzazione delle vendite, verranno approfondite nel corso di questi tre giorni all'insegna del Miglioramento della Qualità. Garanzia di qualità, controllo della qualità, incremento della qualità, qualità in termini di sinergia e di opportunità di un marketing trasversale, qualità delle risorse umane. Queste sono le parole d'ordine del convegno.

Tutto ciò non fa che confermare a Jeffrey Maiser, direttore del palinsesto della UBC, che le azioni della società sono colate a picco. Come se già non lo sapesse. Come se non sapesse in quali condizioni versano le sue personali quotazioni. Come se non sapesse del trend negativo dell'11% seguito all'impennata di marzo. Come se non sapesse che i vertici della Universal Beverages non sono affatto contenti degli studi, con il loro recente fiasco alla notte degli Oscar, né della televisione affiliata e dei penosi risultati ottenuti nella corsa agli indici d'ascolto. Come se tutte le settimane non lo chiamassero più volte per minacciarlo. Proprio ora che aveva cominciato a sollecitare i reparti dello sport e dell'informazione pretendendo che realizzassero i loro obiettivi trimestrali o che, in caso contrario, contattassero dei cacciatori di teste.

Il moderatore presenta Ibn Al-Hassad per la conferenza del mattino. Al-Hassad ha mosso i primi passi all'interno del Movimento per le Potenzialità Umane. Veterano dei seminari di Alan Watts, è un esperto dell'arte del tiro con l'arco. È il pupillo di Abraham Maslow, di Fritz Perls eccetera eccetera. Al-Hassad ha dato una dimostrazione pubblica della propria capacità di camminare sui carboni ardenti, oltre a essere un ammiratore degli sciamani che piegano cucchiai con la sola forza del pensiero, dei sostenitori dell'ipnosi regressiva, dei medium, dei rabdomanti e di vari altri stregoni. Il titolo del suo libro, presentato di recente al notiziario mattutino della UBC, è *La rivelazione della finanza*. Al-Hassad, stando ai punti chiave evidenziati con PowerPoint sopra la testa del moderatore, parlerà prima di finanza e spiritualità e poi dell'arte delle vendite, dopodiché toccherà il tema del Miglioramento della Qualità. Osservando l'immagine sullo schermo della sua postazione, dal quale fuoriesce una musica pomposa e vagamente militaresca, Maiser si accorge che Al-Hassad è decisamente telegenico. Il suo volto è una lavagna del tutto priva d'espressione, fatta eccezione per alcune tracce di inoffensività e di fiducia in se stesso. Nemmeno un residuo di profondità in grado di stimolare i dirigenti della UBC.

Comunque sia, Maiser non riserva tutta la propria attenzione al volto magnetico di Ibn Al-Hassad per il semplice motivo che, nel corso della cena inaugurale che si era tenuta la sera prima, l'amministratore delegato della Universal Beverages Corporation, Naz Korngold, aveva annunciato che, durante il convegno, sarebbero accadute diverse cose: "C'è solo una cosa che mi preme dirvi qui, da questo palco... e cioè che stasera qualcuno berrà un paio di bicchieri di troppo dei nostri stessi prodotti," aveva esordito, suscitando costernazione e sgomento, "e stanotte qualcuno dormirà con la moglie o il marito di qualcun altro, e stanotte qualcuno dimostrerà di non avere le capacità adatte per realizzare l'obiettivo che ci siamo proposti di realizzare in questa sede, e cioè migliorare la qualità. Qualcuno accamperà scuse e pretesti per non portare a termine la nostra encomiabile missione. È così che vanno i convegni. In situazioni come questa, il grano si separa dal loglio, o, per usare una metafora presa in prestito dalla nostra ultima affiliata, c'è la cassa in legno di pino e c'è quella deluxe, foderata di seta, tempestata di diamanti e coi cuscini in piume di edredone. Se fate parte della larga maggioranza di stacanovisti della Universal Beverages, allora non avete alcun motivo di preoccuparvi. Siete qui per rendere la nostra attività *universale*, come recita il nostro logo, per conferire ai nostri prodotti la supremazia sulla scena della competizione globale. Ciascuno di voi dovrebbe adoperarsi per realizzare questo obiettivo, accertandosi di non essere colui che non è in grado di apportare innovazione, assicurandosi di non essere colui che non è in grado di accelerare il miglioramento della qualità. Familiarizzate con il dirigente che siede alla vostra destra e con quello che siede alla vostra sinistra. Entro la fine dell'anno, uno di voi tre verrà silurato. E adesso finite il vostro drink e dateci dentro!" Un silenzio attonito seguito da un applauso anemico.

A riprova di questa follia generale è arrivato, tanto per fare un esempio, l'ordine, rivolto a tutti i capidivisione, di sottoporsi ai test della personalità Myers-Briggs e MMPI-2 e di scrivere un breve saggio autobiografico, così come illustrato nelle cartelline distribuite ai banchi di registrazione. I capidivisione dovranno poi restituire il materiale in questione all'assistente di Korngold entro la fine del primo giorno, dopodiché dovranno pretendere che i loro sottoposti facciano lo stesso. E così via, a ritroso lungo la linea gerarchica.

Alla cena di sabato, Maiser è seduto accanto a Lorna Quinson, l'amazzone dal piglio battagliero e dalla chioma d'avorio a capo dei Servizi di Onoranze Funebri Interstatali. Il *red snapper* è stato cucinato a regola d'arte, il gruppo ambulante dei mariachi continua a suonare con insistenza e, dopo aver giocherellato un po' con le posate, Maiser comincia a porsi delle domande sul conto della Quinson. Sul conto del vestito blu a balze che le arriva a metà polpaccio, delle dita prive di anelli, dei sogni e degli incubi che aveva da bambina. Lorna sembra una di quelle grandiose attrici comiche delle sitcom anni Settanta. Un'amazzone dal cuore d'oro. Come ha fatto una donna di stile come lei a diventare un faro nella notte nell'ambito del business delle onoranze funebri, iniziato con la vendita di una serie di dissestati obitori a conduzione famigliare a una delle maggiori società del paese? E quale impegno ha rinviato per essere qui stasera, tra i nomi che contano della televisione e dello spettacolo? Durante i più o meno quindici minuti della loro conversazione, Maiser cerca, titubante, di indagare. E un attimo prima che entrambi si voltino nella direzione opposta, in ossequio ai dettami del galateo da dinner party, le chiede: "L'ha già scritto il saggio?"

Lorna Quinson, con un sorriso sbilenco, scuote la testa.

Questa conversazione gli dà la possibilità di fissarla. Nel modo in cui è capace di fissarti un dirigente televisivo. I capelli della Quinson sono raccolti ordinatamente in una crocchia, e così lui riesce a scorgere una piccola zona scoperta sul retro del collo di lei; la nuca, dritta e aggraziata. Mentre ascolta un tirapiedi seduto alla sua destra, impegnato in una monotona tiritera circa i suoi programmi televisivi preferiti, in realtà Maiser sta pensando al collo della Quinson. Tutti sanno che i telefilm polizieschi hanno a che fare con il controllo della società, continua il tirapiedi andando per le lunghe. Il collo della Quinson. *I lupi mannari di Fairfield County*, il migliore e più brillante esempio dell'utilizzo della tecnica di narrazione seriale degli ultimi anni. Il collo della Quinson. Al momento del dessert, la Quinson non mette le mani sul cheesecake alla zucca, bensì sul BlackBerry che custodisce in una pochette di vernice. Tuffa lo sguardo tra i suoi segreti impenetrabili. Poi si passa sulle labbra il rossetto, di un colore noto come Cherries in the Snow, ripiega il tovagliolo e si scusa prima di alzarsi da tavola.

Anche Maiser si avvia in direzione della toilette, e da lì chiama immediatamente in ufficio per dire alla sua assistente di procurarsi *seduta stante* l'indirizzo e-mail della Quinson. Ignora l'inserviente della toilette il quale, mentre Maiser si risciacqua le mani, dichiara di far parte dei Ministeri Universali – con ogni probabilità una nuova divisione della UBC istituita a partire dal prossimo trimestre. E perché no? I Ministeri potrebbero offrire consulenze preconfezionate alle famiglie in lutto che si avvalgono dei Servizi di Onoranze Funebri Interstatali; potrebbero procacciare trame apocalittiche secondarie a *I lupi mannari di Fairfield County* e, per finire, potrebbero fornire dei commentatori iperagitati ai nuovi talk show conservatori sfornati uno dopo l'altro come in una catena di montaggio. Forse Maiser dovrebbe far trapelare la notizia dell'acquisizione fra alcuni dei maggiori azionisti, stando poi a vedere cosa succede.

Una volta tornato al tavolo, una cassa di costosi vini bianchi francesi, vuota, si rovescia sulla tovaglia. Come se un certo malcontento ne avesse strattonato l'orlo. In questo momento, al centro della sala da ballo Naz Korngold fa presente, con un cenno della mano, che sta per andare a dormire. Gli alti dirigenti al suo seguito fanno altrettanto, inclusa Lorna Quinson. Se n'è andata, la regina delle onoranze funebri.

E allora anche Maiser, alla chetichella, se ne va, cercando di scansare i tizi in fibrillazione del reparto informazione, reparto che di lì a poco Maiser sarà costretto a smantellare. Fuori, una notte di Luce Industriale e di Magia, con una miriade di stelle cadenti e di satelliti in orbita; e Maiser si domanda se quella notte non l'abbia ordinata Naz Korngold espressamente per questo weekend. Mentre percorre la strada in direzione del suo bungalow, Maiser maledice il golf e coloro che l'hanno inventato. In testa, gli frullano i test MMPI e Myers-Briggs: *Credo che quasi chiunque mentirebbe per tenersi fuori dai guai*; fate un segno sulla *V* per "vero o generalmente vero" oppure sulla *F* per "falso o generalmente falso". *I cavalli che si rifiutano di muoversi dovrebbero essere frustati*, vero o falso? *Spesso sento un groppo in gola*, vero o falso? *Riesco facilmente a intimorire gli altri, e ogni tanto lo faccio apposta*, vero o falso?

Chi è Jeffrey Maiser? Ecco la domanda che dà il titolo al saggio, stampata lì, sul bordo superiore di un foglio bianco. Si trova nella cartellina che ha ritirato al banco di registrazione, da compilare e da rendere a Naz Korngold. Sotto, Jeff scrive: "Chi è che lo chiede?" Poi ci passa sopra il bianchetto, in modo da non lasciare alcuna traccia di questa prima risposta. *Lavoro meglio quando ho una scadenza precisa*, vero o falso?

E così eccolo qui, di domenica, dopo che ha cancellato quattro o più false partenze per il suo saggio, e mentre non presta la minima attenzione al discorso di Al-Hassad. "La qualità era presente al momento del Big Bang," attacca Al-Hassad. "La qualità è nata dodici miliardi di anni fa, è vecchia quanto la *prima causa*, quanto le molecole di carbonio che compongono ognuno di voi. Voi tutti *siete* qualità. Potete esserne certi." Maiser trangugia bibite dietetiche, e intanto scarta possibili risposte alla domanda del saggio. Per esempio: il suo coinvolgimento nell'occupazione dell'ufficio del rettore della Columbia. Allora era solo un ragazzo. E non è che condividesse le posizioni politiche dei dimostranti. Subiva unicamente il fascino del vivere accampati. Tutti quei pannelli di legno, e i set di penne e matite placcate in oro. Quei ragazzi con le teste imbottite di Whitman, e di Hendrix, e di Eldridge Cleaver. E lui era quello che intuiva sempre le potenzialità di una buona storia, persino allora. Era questo per caso il Jeffrey Maiser della domanda del saggio?

Un saggio che dica la verità su Jeffrey Maiser dovrebbe però parlare anche del suo matrimonio, finito l'anno scorso, e dei suoi difficili rapporti con la figlia, che studia cinema alla New York University. Dovrebbe parlare della sua inettitudine in campo amoroso. Ah sì, e poi c'è un'altra cosa che lo preoccupa e che potrebbe saltar fuori dal test MMPI-2, una cosa che, da un punto di vista statistico, potrebbe farlo slittare nella categoria numero due, la categoria degli instabili.

E che dire di Jeffrey Maiser il burlone? Durante gli anni dell'università era stato incaricato dal preside di un dipartimento di fare da assistente e da guida a un *visiting professor*, un importante professore di Legge dello Stato dell'Ohio. Invece di portare il suddetto professore, cattolico e conservatore, a far visita ai membri del corpo accademico, come da programma, Maiser lo aveva accompagnato in un bordello situato da qualche parte in fondo alla Upper Broadway. Si ricorda ancora dell'espressione stampata sul volto del professore di Legge facilmente impressionabile, alla vista di una schiera di prostitute africane e latine a disposizione sua e del suo godimento! Il fumo delle canne era una tenda che oscurava ogni cosa! Che risate! Per giunta, questo tipo aveva finito col diventare un giudice della Corte Suprema! Anni dopo, nel corso della sua carriera, Maiser aveva sostituito tutte le auto posteggiate negli spazi riservati del parcheggio dello studio con le cadillac rosa della Mary Kay Cosmetics, così che, quando un pomeriggio i pezzi grossi dello studio erano usciti, erano stati costretti a tornare a casa con delle automobili rosa. Poi, c'era stata quella volta in cui aveva mostrato a uno stagista un ripostiglio per le scope situato all'interno dell'edificio, dicendogli che da allora in poi quello sarebbe stato il suo ufficio. Aveva lasciato lo stagista chiuso là dentro per nove giorni. Maiser si era persino inventato il nome di un critico televisivo, Don Stankey, a nome del quale per due anni aveva firmato gli articoli che scriveva per uno dei settimanali più venduti del paese, allo scopo di far circolare il maggior numero possibile di notizie riguardanti il palinsesto della UBC. Le prime lodi sperticate de *I lupi mannari di Fairfield County* erano apparse negli articoli di Stankey; poi, però, Stankey era rimasto vittima di un terribile incidente automobilistico sulla Saw Mill lasciando una moglie e tre figli, uno dei quali affetto da paralisi cerebrale. Se solo la UBC, a quei tempi, avesse avuto un qualche rapporto con i Servizi di Onoranze Funebri Interstatali, Maiser avrebbe potuto organizzare una funzione religiosa in memoria di Stankey. In occasione della quale ci sarebbero state musica barocca e una lettura commossa dei racconti di Jack London.

Molte persone peccano di comportamenti sessuali perversi, generalmente vero o falso? Se i dirigenti presenti in questa stanza venissero messi sotto esame – uno qualsiasi dei tizi seduti accanto a lui, uno di quelli che in questo preciso istante stanno scarabocchiando con una certa foga alcune righe sui loro quadernetti di ordinanza – risulterebbe che tutti hanno delle ossessioni, dei segreti nascosti. Nessuno di loro sta parlando. Alla fine degli anni Settanta Edward Jones, il direttore dello studio, aveva realizzato il filmino di un'orgia alla quale aveva partecipato con un gruppo di modelli. Le foto della festa possono essere scaricate dal web. E il direttore della divisione bevande, Stew Ledbetter, ogni volta si prende delle ciucche così colossali da non essere mai in grado di presentarsi a una riunione prima di mezzogiorno, orario in cui ha già tra le mani una lattina di Coca-Cola piena di vodka. Lo sanno tutti. E Priscilla Rankin, del settore finanziario, ha perso centinaia di migliaia di dollari scommettendo sulle partite di pallacanestro del campionato universitario. Ci sono uomini con l'ossessione del culo, uomini con l'ossessione delle tette, ci sono uomini con l'ossessione della giovinezza, uomini che guidano nel deserto e piangono, ci sono uomini che si automutilano. Tutti quanti professionisti ambiziosi e di successo.

L'origine della sua personale fissazione risale a un periodo ben preciso, o almeno questo è quello che lui racconta; risale al periodo in cui faceva il produttore, nei primi anni Ottanta, il periodo durante il quale stava lavorando a un film che parlava di una ragazza con un tumore alla spina dorsale. Era arrivata al punto di dover indossare *l'aureola di metallo*, questa ragazza. Non so se avete presente: quell'aggeggio che va fissato intorno al collo per permettere alla testa di rimanere dritta nei momenti di maggiore difficoltà. Comunque sia, lui non l'aveva nemmeno notata quest'attrice, Celine qualcosa, Celine Thorpe, quando era stata selezionata per la parte. Non era che l'ennesima attrice con gli scaldamuscoli che cercava di fare una buona impressione sul regista, un tizio privo di talento che girava spot per la televisione e che si era fatto un nome grazie alle pubblicità degli antiacidi. L'unico obiettivo che Maiser si era prefissato consisteva nell'essere presente sul set il primo giorno delle riprese.

Nel frattempo, i costumisti avevano dotato Celine Thorpe di un'aureola di metallo. Sulle prime, durante le riprese delle scene iniziali, lei era parsa spaventata. Quell'abbigliamento non le donava un granché. Nessun vestito firmato da sgraffignare alla fine delle riprese. Poi, però, era stata la volta dell'aureola di metallo. Quel giorno Maiser non avrebbe dovuto vedere Celine Thorpe, non avrebbe dovuto; avrebbe dovuto accontentarsi dei punti morti e delle recriminazioni che contraddistinguono un matrimonio duraturo. Ecco cos'avrebbe dovuto fare. E invece eccolo là, al parco, seduto su una sedia di tela, ed ecco Celine Thorpe che esce dalla roulotte. Era l'ora magica, un'ora in cui la luce era proprio così, e le palme erano proprio così, e le ragazze sul campo da softball erano proprio così (ecco la palla da softball che si stacca dalla mazza di alluminio), e il sole luccicava scintillante attraverso l'aureola. La scena ruotava attorno alla protagonista, questa ragazza affetta da una sfibrante malattia alla spina dorsale, con lei che, per l'ultima volta nel corso della sua breve vita, riesce a raggiungere il parco, e durante questa visita che non si sarebbe mai più ripetuta si accorge della straordinarietà di tutto ciò che vede nel parco: le giocatrici di softball, le persone che portano a spasso i cani, le farfalle che calano in picchiata e che bombardano i petali delle bouganville. Le macchine impiegate per la simulazione della nebbia stavano sprigionando una bruma rarefatta. E Celine indossava il busto ortopedico, e la sua andatura malferma, mentre camminava sull'erba umida del parco, faceva solo parte di una bella e disciplinata interpretazione del suo ruolo. Maiser aveva percepito la presenza, allo stesso tempo, della giovinezza e dell'intelaiatura di metallo, ed era stato come se, nella luce sprigionata dall'aureola di metallo, ci fosse stato il suo stesso riflesso, e lui si era reso conto che, proprio a partire da quel momento e per via di quel feticcio, un frammento del suo cuore aveva cominciato ad aprirsi.

Dunque, non era vero ciò che si diceva degli angeli, e cioè che si trattava di emissari celesti simili a uccelli che avevano il compito di sorvegliare la nostra vita di ogni giorno, allo scopo di garantirci il miglior posteggio possibile. No, gli angeli non erano così. Gli angeli erano manifestazioni dell'orrore. Le loro annunciazioni erano fardelli impossibili da sopportare, e la loro venuta era accolta con terrore. L'angelo che compariva in tutti i dipinti dell'Annunciazione non era affatto soave. Quell'angelo aveva spaventato la Vergine Maria, la quale, senza ombra di dubbio, non avrebbe voluto essere ingravidata da un'astrazione. E la stessa identica cosa era capitata con Celine e con la sua aureola di metallo: Celine non era che una cupa sterminatrice piombata nella vita di Jeffrey Maiser.

Naturalmente, lui si era buttato anima e corpo nel lavoro. Aveva cercato di allontanare da sé qualsiasi tipo di emozione. Tuttavia, quando alcune associazioni di disabili avevano cominciato a mandare lettere in cui dicevano che il film era davvero straordinario e che, caspita, Celine Thorpe era proprio incredibile, dato che era riuscita a conferire la giusta dignità e bellezza al ruolo di quella ragazza affetta da una grave malattia alla spina dorsale, be', in quel momento lui aveva realizzato che qualcosa era cambiato. Nelle settimane successive, sistemare Celine Thorpe per la notte in una suite dello Chateau Marmont era stato il meno. Lei era disposta a indossare il tutore senza la minima esitazione, o almeno era questa l'impressione che dava.

E quel tutore aveva la capacità, non si sa come, di far sembrare qualsiasi difetto, persino un chilo di troppo, *bellissimo* su Celine. A lui non importava che lei fosse perfetta. Al contrario. Erano le sue imperfezioni a renderla così dolce. Comunque sia, quando aveva iniziato a vederla senza gli abiti di scena, con indosso un abito lungo e attillato a una cerimonia di premiazione o durante un'intervista da *Oprah*, be', aveva avuto come la sensazione che in lei non ci fosse niente che funzionava.

A quel punto, di sua spontanea volontà, Maiser si era offerto come inviato in occasione di una raccolta di fondi per disabili a Santa Barbara. Al suo posto avrebbero dovuto intervenire gli agenti pubblicitari dello studio. E lui aveva già accettato l'invito al party che uno dei conduttori del notiziario aveva organizzato per annunciare la futura nascita di suo figlio. Ciononostante, era andato alla raccolta di fondi, e lì aveva visto una mezza dozzina di donne con indosso busti ortopedici, aureole di metallo, e persino con dei collari di sostegno per soggetti che hanno riportato lesioni alla base del collo. E, vedendole, si era riempito di tenerezza. Ma com'era possibile? Lui era un uomo forte, un dirigente di fama nazionale, e tuttavia ora era lì, intento a seguire una donna con il collare mentre questa usciva dal suo albergo a Santa Barbara. Ne osservava l'andatura incerta e sentiva che sarebbe stato disposto a implorarla pur di ottenere da lei una carezza.

Sua figlia, quel maschiaccio di Allison, aveva portato a casa Firth, la sua amica. Di quale periodo si trattava? Doveva esser stato durante la Guerra del Golfo. Firth era una ragazza asiatica, e lui era rimasto un po' stranito da quel nome. Una di quelle cose da adolescenti, forse. Lei si chiamava Yo Yo o una cosa simile, ma si era cambiata il nome in Firth, dato che, quando si hanno tredici anni, capita di fare cose come questa. A ogni modo, Firth era affetta da scoliosi, e Maiser, dal canto suo, era diventato abbastanza esperto da riconoscere che si trattava di scoliosi verticale e non laterale. Gli era bastato guardare Firth una volta soltanto per capire che avrebbe cominciato a stare in ufficio fino a tardi, che la cosa infastidisse sua moglie Lois o meno, per evitare di sbavare addosso a Firth, la quale, per tutta la durata delle vacanze estive, avrebbe dovuto indossare ininterrottamente il busto. Sarebbe impazzito dalla gioia se solo avesse potuto massaggiare in profondità il retro della gamba di lei, nel punto in cui il tendine del ginocchio si congiungeva con l'estremità del femore.

Ti imbatti in uno di questi gruppi di ragazze, di adolescenti, un gruppo che è come uno sciame, e in un batter d'occhio queste ragazzine si moltiplicano. Tutte quante con qualcosa che non funziona, tutte quante che si sostengono l'un l'altra, ognuna che va in aiuto dell'altra, ognuna al tempo stesso infermiera e paziente. C'è la ragazza affetta da leucoma alla cornea, la ragazza con quel difetto di pronuncia delle *r* e delle *s*, la ragazza con il piede equino, la ragazza con il labbro leporino, e la ragazza con la protesi al braccio che spesso se ne va in giro senza. Tutte queste adolescenti in casa sua, attorno alla sua piscina, oggi e domani e dopodomani, come se sua figlia, sebbene esteriormente non avesse nulla che non andava, intendesse collezionare questo genere di ragazze. Sua figlia prediligeva le ragazze che avevano dei difetti, in quanto le riteneva superiori alle bionde con le tette rifatte e le Lexus decappottabili.

Durante il periodo in questione, Maiser aveva cercato di stare in ufficio il più possibile, aveva cercato di perdersi nelle relazioni dei pubblicitari sul preventivo di uno spot di trenta secondi da mandare in onda nel corso di un programma al quale stavano lavorando, *I lupi mannari di Fairfield County*. Poi, però, capitavano dei giorni in cui si sentiva debole – sarebbero potuti capitare a chiunque – e in giorni come quelli le ragazze deformi pensavano che lui fosse il padre più straordinario del pianeta, dal momento che arrivava con piatti pieni di sorbetti e con vassoi carichi di cracker e di formaggio dicendo: "Ho pensato che magari avevate voglia di uno spuntino", la pelle delle gote irritata come se avesse appena fatto l'agopuntura. Si ricorda della volta in cui aveva aiutato una ragazza senza gambe a salire sul canotto in piscina. Un'altra persona, probabilmente, si ricorderebbe di un viaggio all'estero con la famiglia, penserebbe al mare dei Caraibi e a una spiaggia assolata, alla baia silenziosa dove ha bevuto un daiquiri in compagnia di sua moglie. Invece Jeffrey si ricorda del giorno in cui ha aiutato una ragazza senza gambe a salire sul canotto in piscina. L'odore dell'acqua, e il modo in cui la luce le danzava attorno. Grazie a tutti quegli spostamenti sulla sedia a rotelle, lei era davvero in perfetta forma, e chi avrebbe potuto dire che quella non fosse la ragazza più bella sulla faccia della terra, la donna capace di far calare in mare le navi greche? Aveva un sorriso schivo, questo è vero, imbarazzato, ma che nascondeva anche un lato osceno. "Ho dei segreti," diceva con quel suo modo di parlare, "che tu non conoscerai mai. Ho dei segreti che possono essere svelati solo con molta prudenza." Si ricorda del modo in cui aveva traballato issandosi sulla scaletta della piscina, come se non fosse altro che l'ennesimo pedofilo messo in ginocchio.

Poi era stata la volta di quella ragazza comparsa poco prima della partenza di Allison per l'università. L'ultima primavera delle ragazze deformi. Era più giovane di tutte le altre. Non aveva niente di speciale. Una ragazza qualsiasi con un'ernia al disco. Era arrivata lì con un deambulatore. C'era un non so che di struggente in una dodicenne con il deambulatore, una ragazzina cui stavano iniziando a spuntare i seni, che stava diventando una donna, e che era lì con il suo deambulatore. Cosa la rendeva così speciale, questa ragazza dell'Illinois? Allison odiava la ragazza col deambulatore, come se si fosse resa conto che l'epoca delle ragazze deformi era giunta al termine. Come se fosse già lontana, all'università, a est del Mississippi, in un posto in cui non si sarebbe registrato un continuo rifornimento di persone deformi. Al contrario, ci sarebbero stati un sacco di WASP muniti di pass, in fila davanti alla stazione sciistica del posto. Allison la chiamava Nonnina, un nomignolo che esprimeva il suo essere decrepita, ma la ragazza sembrava capace di tener testa a tutto ciò; e ora si stava muovendo lenta verso un mobile del patio, come se quello fosse l'unico posto sicuro nel raggio di chilometri. Non appena si era distesa sulla chaise longue – Maiser rammenta che aveva osservato la scena da una finestra al piano di sopra – Allison si era alzata, allontanandosi a grandi falcate e lasciando lì la Nonnina con accanto il suo deambulatore, come se si fosse trattato di un amico fidato. La luce stava calando, ma la cucina della dépendance era illuminata, come in fiamme. Norm, la governante, stava cucinando dei *ramen noodle*. Jeff aveva visto la Nonnina seduta lì vicino, dapprima con aria tranquilla, poi sempre meno; infine aveva cercato di alzarsi con l'aiuto del deambulatore, ma aveva finito col cadere e aveva cominciato a piangere. Finché lui non era uscito ad aiutarla.

Lei aveva detto di chiamarsi Lacey.

Lui l'aveva sollevata dalla chaise longue, l'aveva aiutata a sedersi in macchina e l'aveva riportata a casa, dopodiché aveva rimproverato sua figlia e aveva spedito a Lacey una cartolina mentre lei si stava preparando per l'intervento chirurgico della fusione spinale, e poi si era arreso completamente, e arrendersi era stato delizioso. Le aveva fatto visita in ospedale, l'aveva nutrita con della gelatina alla frutta e aveva chiamato le infermiere col cicalino perché le portassero dell'altro Vicodin, e, sul suo letto d'ospedale, le aveva fatto mille promesse. Era un uomo di mezza età che pronunciava assurdi giuramenti di fedeltà, e tutto questo era avvenuto addirittura prima che le stampasse un bacio sulla fronte, per non parlare di prima che le stampasse un bacio sulle labbra. L'aveva implorata di non cedere alle sue richieste, e poi aveva pianto di gioia quando lei aveva ceduto, e l'aveva deflorata dicendole che non l'avrebbe mai fatto a meno che lei non fosse stata sicura di volerlo, e le aveva pagato le lezioni di danza e di canto, dato che lei gli aveva detto che era quello che desiderava. Da ragazza affetta da problemi alla schiena e da un'incipiente osteoporosi, desiderava trasformarsi in una famosa cantante con un nome solo, l'unica a non avere un cognome ebreo. E così lui si era occupato della sua carriera, e le aveva procacciato il suo primo contratto discografico, e aveva letto al posto suo i documenti scritti a caratteri microscopici, e si era reso conto che ciò che l'aveva resa bella quando bella non era era sparito, e così la dichiarazione di fedeltà eterna era diventata una dichiarazione di fedeltà temporanea, e la dichiarazione di vero amore era diventata un tradimento del vero amore, poiché, quando si ha a che fare con delle ragazze deformi (come Dante con Beatrice, se ci pensate), l'amore viene meno non appena si consuma. A Jeff Maiser toccava ricevere continue telefonate in cui lei si lagnava dell'appartamento che lui le aveva procurato, telefonate da parte di Tammy Gleick, meglio nota come Lacey, la quale si lamentava del fatto che le cose non erano più come una volta, persino per lei, e persino lei si era resa conto che tutto ciò che lui le aveva dato era corrotto. Fino a quando tutto quello che era rimasto di lei nella vita di lui non erano stati altro che articoli sulle riviste di gossip. Lacey, la superstar internazionale con un nome solo, con le protesi mammarie assicurate al Lloyd's di Londra, Lacey, con il suo stuolo di fidanzati ispanici dediti al body-building che allenano lei e le parti bioniche del suo corpo.

Solo un dirigente televisivo può comprendere tutte queste cose, e cioè che è solo l'immagine che conta, e che l'immagine è il segreto, e che il segreto è che le ragazze deformi sono entità mitologiche, entità alle quali votarsi, e che la devozione deve manifestarsi in segreto, dal momento che solo le cose che si fanno in segreto durano, poiché, quando la ragazza deforme se ne va e si mette con una serie di soggetti da nightclub, serie che potrebbe anche includere un tale che va a finire con la macchina dentro la vetrina di un negozio di diamanti, allora voi saprete di avere ancora il vostro segreto, e lo custodirete gelosamente, il vostro segreto, la vostra umiliazione, mentre il vostro corpo si sciuperà e la vostra carriera volgerà al declino, e vostra moglie vi lascerà dando inizio a una folle successione di interventi di chirurgia plastica, e solo un dirigente televisivo può comprendere tutte queste cose, tutti questi dolori.

Sarebbe saltato fuori dal test MMPI. *Sono ossessionato dal sesso*, generalmente vero? *Spesso sfoglio riviste stampate su carta patinata in cerca di donne con lesioni alla schiena*, generalmente vero o falso? Le donne con le lesioni alla schiena salteranno fuori dal test, e non ci sarà niente da fare. Correggerà di nascosto i risultati del test relativi alla parafilia. Un giorno intero di presentazioni sul Miglioramento della Qualità passa grazie a fantasticherie come questa. Prima che Maiser se ne renda conto, è già ora di cena, e così si avvicina al tavolo a cui siederà Lorna Quinson e scambia il proprio segnaposto con quello del tizio seduto alla destra di lei, confinando il tizio in questione a un altro tavolo, tra il direttore del palinsesto dei programmi per bambini e uno del reparto creativo.

"Ma che sorpresa," borbotta la Quinson.

"Non proprio," dice Maiser. "Cioè, io..."

"E a cosa devo di nuovo questo piacere?"

"Un senso di disperazione?" dice Maiser. "Non posso più accettare altre proposte di sfruttamento sessuale da parte di giovani produttori. Finirà per sporcare la mia immagine immacolata."

"Sono certa che non è quello che *ho* sentito," risponde la Quinson senza guardarlo negli occhi. Fa scorrere una forcina fra le dita e non aggiunge altro.

"Le sue idee a proposito dei programmi televisivi," dice lui, ora con il rubinetto del fascino completamente aperto. "Sono qui perché ho bisogno di sentire le sue idee a proposito dei programmi televisivi. Sa, i miei non stanno lavorando come dovrebbero, e così a me tocca sondare l'umore dell'intera comunità dei telespettatori. Ovunque possa trovarli. E stanotte è il suo momento. Stanotte è il momento giusto per passare un po' di tempo insieme, qui a cena, mentre lei mi racconta quello che guarda in televisione e il motivo per cui lo guarda, e che cosa significa per lei la televisione, e che cosa la fa ridere e che cosa la fa piangere. Dopodiché, io mi metterò a lavorare a programmi che riflettano le sue intuizioni."

Finalmente si può dire che lei stia abbozzando un sorriso. Ma, prima che lui possa godere della certezza di quel sorriso appena accennato, una mano gli si posa sulla spalla. È l'ossequiosa segretaria di Naz Korngold, Georgia, una ragazza del Sud con una chioma ossigenata e pettinata con perfezione militaresca. Korngold allude a lei chiamandola Georgia lo Schianto.

"Jeffy," gli dice, "Naz ti vuole al suo tavolo. Una trovata dell'ultimo minuto. Psicanalisti."

No! Non vede nessun appiglio a cui aggrapparsi per evitare la cena che lo attende, se non un uso frequente del termine *sinergie*, sempre al plurale, e un abuso di alcol incontrollato, alla maniera degli agenti di vendita. Strategie che persegue con grande determinazione, tanto che il resto della serata cala su di lui come il sipario dopo il bagno di sangue del quinto atto...

Di soprassalto, si sveglia per il giorno numero tre, e per il programma di formazione di una squadra di lavoro, e per il Miglioramento della Qualità in un Contesto di Collaborazione. E naturalmente ha quel genere di mal di testa che un tempo avrebbe spinto l'uomo primitivo a pensare di esser posseduto da spiriti maligni. Maiser si trascina fuori dall'enorme letto e si infila dei vestiti da jogging. Scopre che La Casa Grande si trova fuori San Diego, in un paesino deserto e sperduto, sebbene lì al centro congressi nessuno sarebbe disposto ad ammetterlo. Quando Maiser chiama la reception per sapere quanto dista la città, spiegando che intende percorrere quella distanza prima di colazione, lo esortano a pensarci bene. Perché, invece, non concedersi una sauna? O un massaggio? Ma Jeffrey ne sa qualcosa di spiriti maligni, e sa anche quanto tempo ci vuole per liberarsi dai loro incantesimi. Una passeggiata a ritmo sostenuto. E così, esce da quell'ambiente climatizzato e si tuffa su una strada a due corsie con il limite di velocità a settantacinque chilometri orari. Senza marciapiedi. Il deserto della California del Sud non è mai sembrato così simile al Sahara. Come estremi baluardi, alcune palme spuntano dalle distese di sabbia bianca bruciate dal sole. Su un manifesto sul ciglio della strada si legge un'offerta per l'acquisto di quattrocento acri a un prezzo stracciato. Più avanti, in lontananza, vuoi per gli effetti di un miraggio o per i postumi della sbornia, un fast-food il cui personale è composto interamente da figure indistinte di adolescenti imbronciati. A ogni modo, lì per lì Maiser decide che forse farebbe meglio a tornare indietro, se non che, mentre se ne sta andando, gli si materializza davanti un'altra visione, una rivelazione della peggior sorta. Un battaglione di operai, per la maggior parte messicani, intenti a edificare un muro di compensato.

Mentre osserva la scena, Maiser allontana da sé con un calcio alcuni frammenti di mattoni. Si asciuga la fronte dal sudore oleoso, la cui gradazione alcolica si aggira attorno al 50%. Non ci può essere che un motivo per cui un muro è stato costruito qui fuori, in mezzo al nulla. E non ci può essere che un motivo per cui questo muro è stato costruito proprio il giorno in cui il programma prevede gli esercizi per la formazione di un gruppo di lavoro. È il Percorso a Ostacoli.

Saluta i poveri disgraziati messicani, che lavorano sodo per cercare di non essere rispediti al di là del confine.

"Muchachos? Hola!" Un tizio con un berretto dei San Diego Padres messo al contrario e il pizzetto si scuote la polvere dalle mani venendo avanti lentamente, come se fosse impegnato in un tranquillo lavoretto domestico.

"Tutto okay, signore. Parliamo inglese."

"Mi dispiace disturbarvi, ragazzi. Sapete per caso perché state costruendo questo muro? Idee?"

"Ci è stato detto di costruire un muro con delle caratteristiche precise. Costruiamo un muro." Fa un gesto in direzione del muro, come se si trattasse di una bella cosa.

"Quel muro ha l'aria di poter sopportare senza problemi il peso di uomini e donne belli grossi," dice Maiser senza aspettarsi alcuna risposta. Chiunque può cogliere le sue allusioni. Senza accomiatarsi dagli operai, riprende faticosamente la strada verso il suo bungalow. Nel frattempo, naturalmente, i dirigenti più ambiziosi stanno arrivando dal green a bordo delle loro belle golf cart, abbronzati e con un'aria riposata, soddisfatta.

Jeffrey Maiser dovrebbe essere felice di aver ragione. Riguardo al muro, riguardo alla terribile piega che sta prendendo il congresso fuori sede, riguardo alla natura umana in generale. Eppure non lo è, essendo l'intuito e la contentezza situati ai due estremi opposti della sovrastruttura della vita. Nel giro di un'ora lui si ritroverà lì, senza aver fatto colazione, stravaccato di fronte al muro, a ricevere istruzioni da parte di un consulente idiota che si occupa di strategie aziendali. Come al solito, Maiser non gli presterà alcuna attenzione, e questo proprio in virtù del fatto che gli accadimenti della vita quotidiana hanno la sconvolgente tendenza a esser facilmente prevedibili, e lui non ha ancora scritto il saggio richiesto da Naz Korngold, e non ha nemmeno portato a termine il test MMPI. *Un tempo mi piaceva giocare a mondo e saltare alla corda*, falso o generalmente falso?

Ora c'è una corda che pende dal muro e che ondeggia leggera. E Jeffrey Maiser è lì, in piedi di fronte al muro, accanto ad alcuni degli esponenti di spicco della famiglia della Universal Beverages Corporation. Stew Ledbetter, capo della divisione bevande, il cui odore e aspetto lasciano supporre che abbia da poco rigurgitato i contenuti del suo stomaco; Leslie Aaronson, direttrice trentunenne dello studio cinematografico della UBC, la quale con ogni probabilità rimarrà disoccupata in meno di un anno, proprio come gli ultimi tre direttori dello studio; lui, Jeffrey Maiser, una delle menti più esperte, rispettate e astute della televisione; e Len Wilkinson, genio delle parole.

Dio, quanto odia Len Wilkinson! Se Ibn Al-Hassad avesse dedicato una parte del suo discorso di ieri, uno solo dei punti chiave evidenziati, un elaborato grafico su supporto elettronico, al più grande nemico del Miglioramento della Qualità, Maiser se lo sarebbe sicuramente perso, ma, anche così, sa che il più grande nemico del Miglioramento della Qualità è il "dissidio tra i ranghi". Naz Korngold, se non si ricorda male, ne aveva parlato a cena la sera precedente, prima che lui perdesse la capacità di connettere. Naz aveva fatto notare che, durante i "periodi di crisi", c'era una naturale propensione, da parte della gente, a cominciare a "prendersela con gli altri". Era naturale che si verificasse un inasprimento improvviso del "dissidio tra i ranghi". Eppure, era proprio questo il momento in cui si dovevano "unire gli sforzi", stando a Naz, il momento in cui non si dovevano mai "staccare gli occhi dalla ricompensa". E ciò, probabilmente, implica che Maiser in persona sia uno dei problemi, uno che non si fida di nessuno, uno che tiene segreti i propri piani, spietato e asociale, come un lupo.

Esiste un buon motivo per cui non ci si deve mai fidare di nessuno, e questo motivo risponde al nome di Len Wilkinson.

Grazie a dei contatti che aveva in azienda, Wilkinson era arrivato lì subito dopo essere uscito da una scuola statale, l'Università dell'Ohio, forse, dove scriveva articoli sullo sport. Sognava di intraprendere una carriera giornalistica. E l'avrebbe anche intrapresa, se non fosse stato per un momento di incredibile creatività, quel genere di momento sbalorditivo che ha davvero la capacità di dare inizio a una carriera. Quel momento era coinciso con la creazione dell'espressione "ispirato a una storia vera". Certo, doveva pur esserci stato qualcuno che aveva coniato e promosso questa espressione, e quel qualcuno era stato proprio Len Wilkinson, il quale aveva mosso i primi passi nell'ufficio postale della UBC Films. E non era trascorso molto tempo dal suo arrivo che lo studio aveva cominciato a risentire di un influsso negativo. Non c'era nessuna attività che riuscisse a ottenere i risultati sperati. La UBC aveva sfruttato il mercato dei sequel per cinque o sei anni buoni, ma, nonostante tutto, il pubblico mostrava meno entusiasmo nei confronti di questi film che non in quelli di prodotti originali di qualità. A Wilkinson era stato affidato il compito di scrivere un comunicato stampa per un film poco conosciuto, realizzato dallo studio e venduto contemporaneamente alla televisione, basato sulla carriera in tempo di guerra di uno degli ultimi presidenti degli Stati Uniti; e, a metà del comunicato, lui aveva descritto il film come "ispirato a una storia vera", con tutte le sfumature religiose annesse e connesse. Naturalmente, nel corso delle riunioni Wilkinson aveva continuato a sostenere che la missione della televisione non consisteva nel documentare, bensì nell'"ispirare". E, ovviamente, il comunicato stampa era stato riutilizzato in una dozzina di più autorevoli recensioni del film, tanto che "ispirato a una storia vera" era diventato un principio comune a qualsiasi settore dell'industria, se non addirittura un principio globalmente riconosciuto.

Ma lui non si era fermato lì. Successivamente, Wilkinson aveva ripetuto infatti la sua teoria circa la televisione in vari uffici, ed era riuscito a far crollare il direttore della produzione televisiva, del quale Maiser non si ricorda nemmeno il nome, asserendo che la televisione era innanzitutto un mezzo dalle ambizioni modeste. La gente che guardava la televisione conosceva e accettava le origini della formula, e cioè i varietà e la radio vecchio stile. A questa gente non interessavano i telegiornali e la loro attendibilità, non gli interessava l'attualità. E, in ogni caso, i telegiornali erano qualitativamente inferiori rispetto ad altre fonti di notizie reperibili altrove. La chiave della televisione consisteva perciò nello sviluppare delle *mitologie*, che avessero un pizzico del fascino dei notiziari senza però il retrogusto amaro della cronaca basata esclusivamente sui fatti. Jeffrey Maiser sarebbe rimasto colpito dalla sua sincera ambizione se solo non avesse odiato molte delle caratteristiche di Wilkinson, il quale amava guardare il golf in televisione, non beveva, si faceva il riporto e indossava i cardigan in ufficio.

Va da sé che, quando la formula dell'"ispirato a una storia vera" aveva cominciato a perdere mordente e forza comunicativa, cosa che era inevitabile accadesse, Wilkinson aveva iniziato a sostenere l'esatto contrario, tentando di ingraziarsi nuovamente lo staff di Korngold. La coniazione successiva di Wilkinson, la frase del nuovo millennio, la frase dell'ethos della televisione postmoderna, la frase che aveva determinato alcuni eventi imperdibili quali le udienze di conferma di un giudice della Corte Suprema, il processo a un giocatore di football indagato per omicidio, la contestata elezione della settimana in corso e così via, era stata "realtà potenziata".

Anche le altre emittenti televisive stavano sviluppando la stessa idea, simili a scrofe che corrono strepitanti verso una mangiatoia colma di bucce di ortaggi putrefatti. Quei programmi incentrati sul voler diventare milionari, su un'isola in cui la fedeltà delle coppie viene messa alla prova, sui machiavellisti della giungla e via dicendo. Avrebbe dovuto chiamarsi "programmazione dell'avidità potenziata". Ma invece no. Wilkinson aveva scritto il primo comunicato stampa nel quale la "realtà potenziata" veniva spiegata nei seguenti termini. Era un modo di vedere come si comportavano veramente gli americani. Era esagerato! Era potenziato! E, nonostante avesse dato il nulla osta alle prime dodici puntate di *American Spy*, il programma con situazioni reali potenziate in cui i partecipanti gareggiavano per diventare i migliori agenti segreti sulla piazza, spiando i propri vicini di casa e i propri colleghi, e le cui interpretazioni venivano analizzate da un esperto del servizio segreto militare a riposo di nome Norm "Star" Spangler, Maiser aveva intuito che la formula della programmazione della "realtà potenziata" aveva davvero a che fare con l'eliminazione della programmazione televisiva. Il suo obiettivo a lungo termine consisteva infatti nell'eliminazione delle *mitologie* che Wilkinson aveva in precedenza decantato, nell'eliminazione di quei piantagrane del sindacato degli attori, quegli attori che si pavoneggiavano sul piccolo schermo nel tentativo di simulare la vita vera.

Wilkinson voleva il posto di Maiser, e considerati i recenti problemi famigliari di quest'ultimo, più o meno risaputi, aveva buone probabilità di farcela. Lo voleva l'anno prima, lo voleva adesso, e lo vuole ancor più ardentemente là fuori, davanti al muro sul retro della Casa Grande. L'unica cosa positiva che Maiser può dire di Wilkinson è che ha un pollice rattrappito. Maiser non conosce le cause di questa deformazione, non sa quale sia la stranezza genetica che ha causato la formazione di questo pollice, simile alla protuberanza appena accennata del pene di un neonato. Wilkinson vi darà sempre le pacche sulle spalle con la mano sinistra, in modo che voi possiate lanciare uno sguardo ravvicinato al bitorzolo, sul quale il suo viso si poserà con un'angosciata espressione di imbarazzo. In momenti come questi, è difficile non provare compassione nei confronti di Len Wilkinson.

Ah sì, il quinto membro dei quattro cavalieri dell'Apocalisse, qui davanti al muro, è nientemeno che Lorna Quinson, con indosso un vestito grazioso benché castigato scelto dal catalogo di Lands' End. Bruscamente, tira Maiser per la camicia. "Credo di essermi agghindata in modo orrendo, Jeffrey," dice lei indicando il proprio completo, con le scarpe intonate al blu intenso del vestito.

L'esperto in consulenze sulle strategie aziendali interrompe di malavoglia la sua lunga tirata. "Aprite bene le orecchie, signore e signori. Dovrete stare più attenti, se stamattina avete intenzione di perseguire concretamente il vostro scopo, raggiungendo la perfezione. Siete stati cronometrati, e i vostri tempi verranno confrontati con quelli dei vostri dipendenti. Tutti oggi sono stati cronometrati, e ci saranno fantastici premi, per non parlare della soddisfazione di guadagnare dei punti, qualsiasi sia la squadra che riuscirà a raggiungere il traguardo nel minor tempo possibile."

"Potremmo prendere spunto per un programma da inserire nel palinsesto di mezza stagione. Che ne dici, Jeff?" gongola Wilkinson. "*Gli atleti olimpionici dell'azienda* o qualcosa del genere. Dove gli amministratori delegati e i loro sottoposti competono per avere il comando delle rispettive aziende. Martedì sera, magari, dopo il notiziario degli eventi mondani."

Eppure è evidente che Wilkinson è un filo nervoso. Continua a dondolarsi di qua e di là come se avesse una qualche infezione alla prostata, mentre con la mano fa tintinnare le monete che ha in tasca.

Stew Ledbetter si sta asciugando il viso con un fazzoletto dai colori sgargianti. E Leslie Aaronson si sta di nuovo dando il rossetto.

"Formazione di un gruppo di lavoro," continua il consulente di strategie aziendali, "lavorare all'unisono, lavorare insieme, trovare cose in comune, sinergie. Dovrete decidere chi sarà il primo a scavalcare il muro e chi aiuterà gli altri da su, e dovrete decidere chi aspetterà in cima mentre la corda verrà usata dalla parte opposta, dato che il muro è alto cinque metri e mezzo e c'è una corda sola."

All'improvviso sembra che il consulente stia fissando proprio la deformazione di Wilkinson, il pollice. È come se Naz Korngold avesse radunato appositamente questa truppa di disadattati allo scopo di praticare un'iniezione di coraggio a Jeff Maiser. E Maiser, il classico tipo che va in palestra tre volte alla settimana, si rende conto di come stanno andando le cose. Si rende conto di trovarsi all'aperto, a una temperatura di trentadue gradi, insieme a un alcolizzato, a una di quelle tizie coi tacchi alti e i pantaloni di pelle affette da shopping compulsivo, a un'imbalsamatrice e a uno con un pollice che non funziona.

"Okay," dice il consulente. "Avete cinque minuti per prepararvi."

Una pausa di riflessione cala sui partecipanti. Si guardano con un odio allo stato puro. Per come la vede Maiser, ognuno di loro, uomo o donna che sia, è convinto di essere circondato da rami secchi che vanno eliminati. Ognuno si dà da fare per raggiungere una posizione di vantaggio. Ognuno valuta il momento in cui entrare in azione. Ognuno pensa: devo accontentarmi di *questo*? Si tratta davvero della migliore squadra dirigenziale presso la migliore industria di intrattenimento a livello multinazionale e presso il miglior fornitore di casse da morto? Si tratta di questo?

"Stew," azzarda Jeff. "Come va? Te la senti di salire per primo?"

"Mai sentito meglio, Jeff," replica Stew. "Non ho niente che non possa essere curato con una bella dormita o con un paio di quelle pastiglie per il mal di testa. Ma sono pronto; sono pronto a dare il mio contributo. A dire il vero, *voglio* dare il mio contributo."

"Come te la cavavi con le barre per le trazioni? Riuscivi a sollevarti da terra cinque o dieci volte, da ragazzo?"

"Sono stato esentato dal servizio militare, Jeff, se è questo che intendi. Studiavo alla facoltà di Economia e Commercio. E non posso certo dire di aver fatto molte trazioni da allora. Ma sono disposto a provarci."

Leslie s'intromette. "Sentite, io credo di potermici arrampicare in poco tempo, dato che sono in grado di farlo in modo rapido, e la cosa ci porterà a tanto così dalla vittoria. Mio marito è un istruttore di ginnastica."

"Leslie," dice Jeff, "potresti toglierti i tacchi già da ora, e forse anche i pantaloni di pelle. Non credi che quei pantaloni siano un po' troppo stretti per questo esercizio? Non devi ballare la lap-dance, devi scalare un muro. Personalmente, sarò felice di guardare da un'altra parte."

"Ci scommetto, Jeffrey."

"Fai pure come ti pare, bellezza."

Lorna si tiene fuori dal corpo a corpo tra i due. Con fare dimesso si toglie le scarpe col tacco basso e le calze blu scuro, e con fare dimesso le ripone, all'ombra di una yucca, assieme al maglione e a un paio di braccialetti. Quarantacinque secondi, trenta secondi, quindici secondi. Lorna mostra la propria umiltà nei confronti delle esigenze del muro, un'umiltà quasi filosofica. Deve avere a che fare con l'attività nel campo delle pompe funebri. Deve avere a che fare con il modo in cui si è guadagnata da vivere. Ha un po' di quella calma efficienza tipica dell'impresario di pompe funebri. E un istante dopo, di colpo, Jeffrey Maiser capisce chi gli ricorda Lorna. E la cosa non avviene in maniera banale, bensì in modo tale da inebetirlo. È stato un gesto come un altro, un movimento estemporaneo della mano fatto per sistemare un capello fuori posto. Lorna gli ricorda ciò che ha perso, la persona che aveva irrimediabilmente perso nel momento in cui era impazzito per Lacey. Aveva perso la grazia delle donne della sua stessa età, il modo in cui sopravvivono. Erano stati i soli anni tranquilli della sua vita, gli anni in cui il suo matrimonio aveva funzionato. Erano stati gli anni dei pensieri che non gli torturavano il cervello, e ora quegli anni se n'erano andati, ed era solo colpa sua. Ecco a cosa sta pensando Maiser quando il consulente aziendale li avverte che il tempo è scaduto: sta pensando che gli manca sua moglie.

La mano di Lorna sul suo polso evoca in lui sentimenti del passato, ora che Len Wilkinson ha scansato Leslie con una violenza tale da farla cadere a terra accanto alla corda, con la caviglia slogata. Loro due, Lorna e Jeffrey, stanno a guardare in uno stato di rapimento quasi estatico mentre Wilkinson, con l'unica mano utile, tenta di sollevarsi oltre il muro in un modo che non esclude il possibile rischio di una grave lesione alla schiena.

"Jeffrey," dice Lorna, "ho ripensato a quello che hai detto ieri sera. E so che questo non è davvero il momento giusto per tirare in ballo l'argomento. Ma ho creduto di dovertelo far sapere. Riguardo al palinsesto. Non sono la persona con meno problemi ad addormentarsi sulla faccia della terra, e così ieri sera, invece di scrivere il mio saggio, ho buttato giù un elenco dei programmi che ho più amato nel corso degli anni..."

Wilkinson sta mugolando per la fatica, e Stew Ledbetter gli sta reggendo il sedere nel tentativo di aiutarlo, ma in una maniera incerta, come se desiderasse che tutto finisse al più presto.

"Sei un gran figlio di puttana, Len! Credi che ti farò lavorare con me per il lancio della *Lanterna verde* quest'estate? Col cazzo!" dice Leslie massaggiandosi la caviglia. Poi, rivolgendosi al consulente con altrettanta veemenza: "Spero quantomeno che lei stia prendendo nota."

"Le miniserie, Jeff. Accidenti! Lo so, sono in assoluto le cose più sorpassate che ci si possa immaginare al giorno d'oggi. Quella roba è stata praticamente bandita dalla televisione via cavo e non c'è nessuno che la guardi; o almeno è ciò che tutti pensano. Eppure, quello che a me piace è una grande saga multigenerazionale, Jeff, con tanti personaggi, e mi piacciono i grandi temi – amore, morte, guerra, adulterio – e mi piace la sensazione che ci sia un ordine nell'universo, il fatto che non ci troviamo qui a sgomitare per salire in alto senza alcuna ragione. Ecco come la penso. Ogni giorno guardavo Richard Chamberlain in *Uccelli di rovo*, e quella ragazza che poi diventa sua moglie era assolutamente adorabile. E poi, che panorami!"

Maiser dice: "Sai, è davvero strano sentirtelo dire, visto che l'altro giorno, in albergo, ho ricevuto questa telefonata..."

Ma non c'è tempo. Potrebbe stare delle ore a parlare con Lorna, ma non c'è tempo. Qualcuno deve fermare Wilkinson, che in questo istante è appeso alla corda con una mano, a circa un metro e venti da terra, e grida invocando aiuto. Senza rendersene conto, Maiser si mette a correre, e si accorge che sta correndo, e si accorge che quella è una decisione che è stata presa nei suoi quadricipiti e nei suoi deltoidi, e non è una decisione di matrice aziendale, ma di riflesso, come se lui stesso fosse un personaggio di una miniserie, e prima che voi abbiate il tempo di dire *flusso di reddito accresciuto*, lui è lì che sorregge Wilkinson per la vita facendolo scendere verso la piattaforma di atterraggio del deserto, dopodiché, con una destrezza che non credeva di possedere più, trascina il proprio corpo gonfio di alcol su, fino a metà del muro, e con una mano agguanta la sommità, dove si scortica due strati di pelle. L'ombra è tutta dall'altra parte del muro. Se solo l'avessero saputo, che lì c'era l'ombra, e che tutto quello che avrebbero dovuto fare per godersi l'ombra era scavalcare il muro dall'altra parte, dove ad attenderli c'era una borsa termica piena di bottiglie d'acqua...

"Lesile," grida lui dopo aver piazzato una gamba in cima al muro per sedersi. "Muovi le chiappe e vieni quassù. E non pensare a nessun avvocato, per il momento. Domani ti occuperai della causa per la slogatura alla caviglia. Ma oggi muovi le chiappe e sali quassù. Andiamo, dolcezza, vieni su. Adesso."

E la cosa sorprendente è che Leslie si *è* tolta i pantaloni di pelle. Certo, addosso ha una lunga camicia di seta, ma, comunque sia, ha fatto ciò che andava fatto, e a lui non resta che ammetterlo, ammettere che il suo è un corpo in grado di paralizzare il traffico. E non dite che le giovani donne che passano tutto il loro tempo in palestra non sono *forti*, perché invece lo sono, e in maniera incredibile, dal momento che Leslie è già salita fino a metà del muro, e l'ha fatto nel tempo necessario per una sosta alla stazione di servizio e senza mai smettere di parlare: "Vuoi che mi fermi in cima per aiutare Stew a salire? Oppure vuoi che salti dall'altra parte? Dimmi solo che cos'hai in mente!"

"Salta dall'altra parte," le dice lui, e non fa in tempo a finire la frase che lei è già arrivata, e ora sta gettando la corda dall'altra parte, come se si trattasse di un trucco che ha imparato al liceo quando faceva la ragazza pon-pon, le volte in cui non era impegnata a tirare di coca e a copiare il compito in classe dai suoi compagni. Lui lancia una breve occhiata al suo sedere, notando che quella cosa che s'intravede *non* è di certo un perizoma, dopodiché Leslie passa dall'altra parte. Si dondola facendo forza contro la parte opposta del muro, fino a metà discesa; poi molla la presa e piomba a terra come un ginnasta romano, e a quel punto si mette a urlare "Figlio di puttana!" pensando alla caviglia.

"Stew!" grida Jeff.

Ledbetter è in basso, davanti alla corda che ondeggia avanti e indietro come un pendolo. "Jeff, non so. Forse prima ho peccato un po' di presunzione!"

"Stew," gli dice, "non abbiamo davvero tempo, amico; non abbiamo davvero tempo. Vuoi che la tua divisione venga smantellata?"

È quello che ci voleva, visto che ora Stew Ledbetter ha cominciato a salire, ansimando e sbuffando, e adesso è vicino alla cima.

"Jeff, ho paura di vomitare. Non me la cavo benissimo con le altezze."

Di fatto, però, Stew sta salendo, facendo un sacco di smorfie, e poco dopo agguanta la cima con una mano floscia.

"Leslie, preparati lì sotto. Sta venendo giù."

Maiser lancia la corda. E Stew si catapulta oltre la vetta come se stesse precipitando nella propria tomba. Si avverte un tonfo inquietante. Jeff però non guarda, dato che si è accorto che ora, ai piedi del muro, c'è Len Wilkinson, in attesa del proprio turno. Sente Leslie gridare che Stew è lì con lei e che in effetti sta vomitando; ma non c'è tempo, non c'è tempo.

"Len, accidenti, togliti di mezzo; la prossima è Lorna."

"Ma Jeff, io posso aiutare Lorna a salire."

"Potresti farlo, Len, ma non lo farai. Togliti di mezzo."

Tuttavia Wilkinson non sembra avere alcuna intenzione di levarsi dai piedi, almeno fino a quando Lorna non gli assesta un bel calcio nello stinco. Con il piede nudo. È una mossa grintosa. Wilkinson si accuccia, chino sul suo ematoma. E ora arriva la parte difficile, che inizia quando Jeffrey si piega per tirarla su, dal momento che Lorna non deve aver fatto molte arrampicate con la fune di recente. Anche se, con grande stupore da parte di Jeffrey, sembra disporre di personali tecniche coreografiche nell'utilizzo della corda, come se alle spalle avesse un passato di arrampicate con la fune o qualcosa del genere, o forse di nuoto sincronizzato, una di quelle discipline artistiche piene di grazia che le ragazze praticano in gioventù.

"Lorna, hai bisogno di..."

"*Ero* una ginnasta da bambina. Finché non sono caduta."

"Sei caduta? Ti sei procurata un infortunio alla schiena?"

"Ce la fai ad allungarmi una mano quando arrivo in cima, per piacere?"

Tiene la corda fra i piedi nudi, con le unghie smaltate in bella vista, e si contorce, come un bruco su un filo d'erba, e ogni volta che si contorce si spinge verso l'alto, fino a quando la sua mano non agguanta quella di lui, e le loro mani si uniscono, e lui la tira su. Lui nota la bretella del reggiseno. Una bella bretella. E i suoi capelli ora sono sciolti. Dei bei capelli. E il fatto di avere alle spalle un passato da ginnasta specializzata in esercizi alla sbarra è bello. Guance rosse. Seno prosperoso. Occhi verdi che luccicano per lo sforzo. E ora loro due sono in cima al muro e osservano. Da una parte Leslie e Stew che, all'ombra, bevono acqua dalle bottiglie. E dall'altra, immerso nella luce accecante del sole del deserto, Len Wilkinson.

"Immagino che lo statuto dell'Associazione Americana Disabili non la copra questa, Len," dice Jeff. Lorna non dà segno di volersi muovere per scendere lungo il lato opposto, e il suo vestito ondeggia dall'altra parte del muro.

"Hai intenzione di sfottermi per il mio handicap, Jeffrey? Non mi sembra che c'entri molto con la formazione di una squadra di lavoro."

"Non me ne frega un cazzo del tuo handicap. Ho cose più importanti del tuo pisellino a cui pensare. Len, ascolta, non posso fare a meno di notare la vista che si gode da quassù. Ed è una vista sensazionale. Giornata limpida, sole splendente. La vista è davvero straordinaria."

"Cosa intendi dire?" dice strattonando l'estremità della corda, come se, anche questa volta, stesse cercando di salire da solo.

"Ciò che intendo dire, Len, è che mi sembra di intravedere la possibilità di concludere un affare. Ecco quello che vedo da quassù, Len. Vedo davanti a me un assetto aziendale. O forse non è proprio così, Len; forse non mi riferisco all'assetto aziendale. Forse ciò che vedo è un'idea di etica aziendale, un modo in cui le cose hanno la possibilità di funzionare, e probabilmente è proprio questa l'idea attorno alla quale ruota il concetto di formazione di una squadra di lavoro, e cioè lo spingere tutti insieme nella stessa direzione, da un punto di vista etico. Sei d'accordo, Len? Quassù mi si sono aperti gli occhi, e improvvisamente mi sento ottimista..."

"Signori," s'intromette di colpo il consulente di strategie aziendali, "vi ricordo che vi stiamo cronometrando, e che le conversazioni tirate per le lunghe finiranno per rubarvi parecchio tempo."

"Fanculo, amico. Allora, Len, ecco l'affare che ti sto per proporre. Mi piace il mio lavoro e mi piace il genere di mansioni che svolgo, e penso di cavarmela piuttosto bene, e mi piacciono le persone che lavorano nella mia divisione, persone con cui ho lavorato nel corso degli ultimi venti o, in alcuni casi, venticinque anni, e non voglio che alla mia divisione capiti nulla. In altre parole, sono disposto ad accogliere dei cambiamenti per stare al passo con le mode del momento, ma non sono disposto a vedere una tradizione cinquantennale di programmi di informazione gestita e controllata da un paio di punk con troppo gel sui capelli; e, in generale, ciò che mi aspetto sono delle garanzie sul fatto che la mia divisione sopravvivrà al prossimo scossone, e questo è il punto per il quale credo tu possa essermi utile."

"Gesù, Jeff, stiamo..."

"Nel giro delle prossime due settimane annunceremo l'arrivo di alcuni nuovi programmi, Len, e l'unico principio a cui essi non si atterranno sarà il modello della realtà potenziata. E ciò che io voglio da te è che tu riesca a trovare delle idee che ci aiutino a lanciare questi nuovi programmi. Userai tutti i tuoi numeri, organizzerai una fottutissima promozione per questi meravigliosi programmi e metterai in gioco la tua reputazione."

"Ma Jeff, di che cosa stai parlando?"

"Ho una sola parola, Len, una sola parola per te. E questa parola è *miniserie*."

"Jeff, facciamola finita con questa storia."

Al che Jeffrey Maiser si rivolge alla sua compagna di squadra, l'imbalsamatrice, e le dice di reggergli i piedi. Perché sta scendendo.

20

Eduardo Alcott ha sequestrato Tyrone nel seminterrato, dove i due ora sono accovacciati su un divano con un rivestimento protettivo in vinile. C'è un sacco di materiale elettrico lì attorno. E prolunghe. E c'è odore di segatura. La desolazione dei seminterrati non è una novità. Alcott si è accertato che il fratello di Tyrone, noto anche come Grande Speranza Bianca, non ricopra più il ruolo di tutore del fratello. Le mansioni relative alla tutela e all'indottrinamento vanno esercitate entro i confini di una zona libera da interferenze. Si tratta di un processo che ha bisogno di tempo e di spazio, come nel caso della rieducazione cinese. O, comunque sia, è così che Tyrone cerca di spiegare a se stesso la presente situazione.

La lezione di oggi, stando a Eduardo, verte sulla perforazione del cranio. Il tema della lezione di oggi è la comunicazione tra ciò che il cranio contiene e la zona circostante. Il tema della lezione di oggi è il bisogno urgente di queste due regioni di comunicare più liberamente. Il tema della lezione di oggi sono le percentuali di sangue che arrivano al cervello e la fluidità del sangue. Il tema della lezione di oggi è la chirurgia mistica conosciuta come trapanazione, perforazione, raschiatura, foratura o incisione del cranio, effettuata mediante l'utilizzo di strumenti sui quali è stata svolta una serie di ricerche a partire dall'età neolitica e fino al giorno d'oggi: la sega a corona cilindrica, il trapano Woodhall e la sega cilindrica a forma di cono munita di perno centrale.

Eduardo, l'ideologo messicano, uomo dal temperamento focoso e passionale, si vanta di appartenere a un lontano ramo della stirpe del padre dell'esperimento collettivista locale nell'ambito del pensiero utopico. Nei seguenti termini: il primo Alcott, l'Alcott utopista, a dispetto di tutte le sue competenze teoretiche, aveva messo incinta una giovane donna delle Indie che era alle sue dipendenze, donna che, indesiderata, era stata mandata in esilio nelle latitudini tropicali della sua adolescenza; e lì, dopo un lungo e snervante travaglio, aveva partorito un bambino che aveva chiamato Alcott, come il padre, e il piccolo Alcott era cresciuto in mezzo al disprezzo e all'odio. Essere un bastardo non è facile. Ciononostante il giovane Alcott, che di nome faceva Neville, era forte e orgoglioso. Aveva letto con avidità gli scritti del padre e dei suoi amici, come ad esempio quelli di un tale di Walden Pond esperto in campeggi. E così, Neville aveva appreso una quantità di nozioni sull'immensità della natura, sulla perfezione della natura e sulla contaminazione dell'uomo. Era venuto altresì a conoscenza, essendo cresciuto ai Tropici, delle diverse pratiche mistiche e religiose messe in atto dalle cosiddette culture selvagge, quali il cannibalismo, l'incesto, il sacrificio, l'amputazione rituale, la rabdomanzia e via dicendo. Neville Alcott si era ritirato a vivere in una spelonca su un'isola defilata del mar dei Caraibi portando con sé soltanto la moglie, una donna scura, una donna nera, una ex schiava o figlia di schiavi, e insieme a lei aveva dato vita a una grandiosa stirpe di Alcott, una stirpe dalla pelle color caffè, e questi Alcott erano cresciuti nelle isole caraibiche. Erano tutt'uno con gli schiavi affrancati, gli schiavi abbandonati. Erano tutt'uno con gli uomini che lavoravano nelle piantagioni di canna da zucchero, che facevano fermentare il rum sotto il sole cocente, che vivevano dentro capanne fatte di fronde di palme anche quando imperversavano gli uragani; e una volta diventati forti quanto un esercito, gli Alcott avevano preso parte a qualsiasi sommossa organizzata allo scopo di sconfiggere l'oppressore europeo in questo emisfero. Gli Alcott erano entrati all'Havana sui carri armati insieme a Fidel, diceva Eduardo. In realtà lo stesso Eduardo era entrato a Managua con Daniel Ortega e i sandinisti, oltre ad aver steso degli statuti per gli zapatisti e ad aver rapito gli abitanti dei villaggi con Sendero Luminoso. In ogni luogo in cui gli Alcott avevano la possibilità di contrastare il potere dei bianchi e dei loro lacchè, essi davano prova del loro valore, finché, grazie alla magia della contronarrativa e dei sistemi storici alternativi, come ci hanno spiegato Gramsci e Fanon, questi Alcott avevano fatto ritorno al luogo in cui il primo Alcott, l'utopista, aveva un tempo vissuto: Concord, Massachusetts, là dove era iniziata la Rivoluzione del vostro pestilenziale paese. Ed è qui che lui intende avviare il processo inteso ad abbattere il diabolico potere americano mettendolo in ginocchio, in modo che l'America finalmente capisca quanto gli esseri umani di tutto il mondo siano succubi dei suoi orridi programmi televisivi, dei suoi film disgustosi e decadenti, della sua politica estera fascista e, per finire, delle sue scadenti produzioni massificate di merci a buon mercato: caffè e birra imbevibili e automobili che sono divenute lo zimbello di tutto il pianeta.

La lezione di oggi verte sull'operazione volta a "rimuovere gli impedimenti", la cui storia era stata formulata per la prima volta da un tale Paul Broca, un signore francese che aveva ricevuto un cranio in dono da un americano, un promotore della riforma del sistema carcerario di nome Squier, al quale il cranio era stato a sua volta regalato da una donna peruviana. Il cranio senza identità aveva fatto il giro del mondo, e per un certo periodo era stato oggetto di attenta analisi da parte di un frenologo dalle orecchie singolarmente grandi di nome Horsly. Perché questo cranio era così prezioso? Ogni periodo storico dispone di un abbondante numero di crani. I khmer rossi, ad esempio, usavano i crani per pavimentare le strade. In Ruanda, i crani superano il numero delle ciotole. E il cranio in questione aveva suscitato tutto questo interesse per via di un perfetto parallelogramma che era stato inciso e poi staccato dalla sua superficie a opera dei peruviani precolombiani, peruviani che erano vissuti prima della corruzione portata da Colombo e da Cortés e dalle loro orde rapaci. Da quel cranio era stato ricavato un parallelogramma, dopodiché, a quanto pare, per un certo periodo il suo proprietario era sopravvissuto. Infatti, se intendiamo dar credito a quanto si legge negli appunti di Paul Broca, sul cranio in questione sono rintracciabili delle tracce di *ricrescita* all'osso.

"Sono stati rivenuti migliaia di crani come questo in Perù," dice Alcott continuando a parlottare ininterrottamente, leccandosi le labbra, passandosi le mani tra i ricci grigi e risistemandosi gli occhiali da aviatore sul naso. "Il Perù è la capitale di questa storica pratica chirurgica nota con il nome di trapanazione. Il Perù e le aree circostanti, ed è ciò che ci auguriamo che tu capisca, compagno. È da qui che l'operazione è stata poi esportata in tutto il mondo. Fin dall'era neolitica, dai tempi che hanno preceduto la scrittura e la storia, si sa di peruviani che scavavano buchi nel cranio. E subito dopo, nelle isole del Pacifico, c'era gente che praticava lo stesso tipo di operazione, avendola con ogni probabilità imparata dai peruviani, e questo noi lo sappiamo grazie ai rivoluzionari della Nuova Caledonia, dove le trapanazioni erano comuni quanto l'estrazione dei denti. E la stessa cosa avveniva persino nella Nuova Irlanda, dove spesso le donne incidevano i crani dei loro figli per assicurarsi che diventassero alti. Ovviamente, esiste la possibilità che la gente viaggiasse in canoa, dalle coste dell'America Latina fino alle isole, grazie ai venti favorevoli. La stessa parola *kumara*, ad esempio, che indica un tipo di patata dolce, stando a quanto dicono i linguisti è arrivata fin qui dalla parte opposta del Pacifico, proprio come l'operazione per la rimozione degli impedimenti."

"Molte volte," e qui Eduardo fa una pausa per accrescere il senso di mistero, "molte volte queste operazioni erano dettate da motivazioni legittime, come nel caso di fratture craniche depresse, sai, quando un pezzo di osso si conficca nei tessuti cerebrali e l'intervento chirurgico serve a rimuovere tali frammenti e a far defluire il pus. Come ben sai, fratello rivoluzionario, esiste però anche un tipo di operazione che ha a che fare con gli umori, la quale è volta a far fuoriuscire l'aria cattiva, l'aria cattiva prodotta dagli umori. In questo caso, il trapano veniva utilizzato per far fuoriuscire l'aria cattiva dalla scatola cranica; e a quel punto aveva inizio la guarigione, poiché, quando il cervello subisce una pressione o quando il sangue inizia a coagularsi all'interno del cervello, allora sopraggiungono la malattia e la morte, stando a teorie mediche comprovate e dotate di fondamento storico.

Tuttavia, in molti altri casi le operazioni venivano effettuate al fine di far fuoriuscire i demoni che tormentavano i pazienti. Oppure erano dettate da motivazioni religiose. Per esempio nell'Europa orientale, l'ultimo posto in cui questo tipo di chirurgia si è diffuso, trattandosi del luogo più arretrato sulla faccia della terra, c'erano i russi dell'Età del Bronzo, gruppi tribali assolutamente isolati l'uno dall'altro, i quali vivevano sparsi nella regione del bacino di Minussinsk o del fiume Dnepr. Eppure, con l'aiuto di arnesi per la raschiatura, anche loro erano in grado di praticare la trapanazione, in seguito alla quale indossavano i frammenti di cranio prelevati come se fossero amuleti. Talvolta, sai, abbiamo persino letto qualcosa sui resti di alcuni membri di queste tribù, seppelliti nelle paludi con accanto dei sacchi contenenti frammenti di diversi crani, ognuno dei quali era stato asportato da una persona in vita. Bisogna perciò supporre, amico rivoluzionario, che, se il pezzetto di cranio apparteneva a una persona in vita, il suo potere magico aumentava.

Il lobo parietale sinistro era quasi sempre la zona adatta per effettuare la trapanazione al tempo dell'Età del Bronzo; in Italia, Austria e Portogallo, per esempio. Là, i crani venivano smussati."

Il seminterrato è umido e freddo. L'impianto di riscaldamento ad aria sta vibrando come in preda alla disperazione, a pochi passi soltanto dal punto in cui Tyrone è seduto. Uno dei tirapiedi di Eduardo, un liceale di nome Hal, è uscito per procurarsi altro cibo, ed è poi ritornato con humus e taboulé dentro grossi contenitori comprati in un negozio di cibi macrobiotici della zona. Eduardo è un vero fanatico del negozio di cibi macrobiotici. Eduardo è un fanatico di molte cose, a meno che tutto ciò non faccia semplicemente parte del processo di indottrinamento.

È andata così: Tyrone e la Grande Speranza Bianca si erano inerpicati su per la strada, col favore delle tenebre, in fuga dall'abitazione dei genitori adottivi di Tyrone. Sembra una vita fa. Erano scappati. E, nell'aria autunnale, c'era stato un breve momento in cui la libertà di Tyrone era sembrata immensa, come quella di una colomba rimessa in libertà. In seguito c'era stato qualche attimo di attesa, qualche brivido, sotto una quercia, tra le ombre, fino a quando non era comparso sulla scena uno scalcinato furgone Econoline, un camioncino col motore sfasato, presagio di futuri guai alla marmitta; e prima di avere il tempo di pensarci su due volte, Tyrone era stato afferrato, avvolto in un panno di lana grezza e spinto nella parte posteriore dell'Econoline, il quale sfortunatamente non era dotato di uno di quei materassini multiuso di Sears; dopodiché Tyrone, il quale non aveva opposto resistenza, era stato bendato. Gli era stato detto di non fare domande. Gli era stato detto che, se avesse collaborato, non gli avrebbero usato violenza.

A quanto pareva, la Grande Speranza Bianca era appena tornata da una qualche attività del doposcuola, dall'allenamento di pallacanestro o di qualsiasi altra cosa si trattasse, non so, forse dalle lezioni di oboe. La Grande Speranza Bianca, a dispetto degli esagerati arabeschi che aveva sul corpo, sembrava aver espletato in maniera soddisfacente la sua routine di ragazzo bianco borghese. Ma le apparenze ingannano. Dal momento che la Grande Speranza Bianca stava tentando di scrollarsi di dosso le catene della sua origine elitaria; stava tentando di avvicinarsi alla gente, di mettersi a fianco dei suoi compagni, questi rivoluzionari che appoggiavano la retorica delle seghe a motore per incidere il cranio. La sega veniva tenuta ferma con la fronte mentre il dispositivo perforatore veniva spinto dentro la testa della vittima, la quale sanguinava come un maiale trafitto.

All'inizio, Tyrone aveva creduto che la Grande Speranza Bianca l'avesse consegnato alle autorità. Pur non essendo assolutamente riuscito a capire come mai avesse avuto bisogno di bendarlo per estradarlo nello Stato di New York. In quel momento, lo spirito rivoluzionario di Tyrone si era incupito. Aveva provato un senso di tristezza e aveva creduto che alla Grande Speranza Bianca tornasse utile rapirlo, forse allo scopo di rivendicare una qualche ricompensa, oppure allo scopo di far comparire la propria foto su periodici rivolti a un pubblico di massa, o, semplicemente, allo scopo di dimostrare la propria superiorità nei confronti del fratello adottivo più scuro. Tyrone aveva provato una sensazione di afflizione, anche se l'afflizione è una cosa da femminucce. Negli anni passati, Tyrone aveva cercato di istruire la Grande Speranza Bianca. In realtà, si trattava di un argomento che gli suscitava una certa nostalgia. Tyrone aveva voluto assicurarsi che la Grande Speranza Bianca ricevesse un'istruzione migliore rispetto alla classica istruzione da bambino ricco che abita in periferia. Forse il rapimento di Tyrone, in un furgone che puzzava di latte rancido, era una dimostrazione sufficiente del fatto che la Grande Speranza Bianca fosse riuscita a dare una buona prova di sé. C'era il silenzio del camioncino, e poi c'era l'aroma di incenso bruciato, al sandalo, usato per coprire l'odore di marijuana e di latte avariato. Tyrone aveva cominciato a rilassarsi e si era reso conto che una condizione di costante fuga era paradossalmente quello che ci voleva per il suo stato legale. Il fatto di non avere alcuna idea di dove stava andando difficilmente avrebbe potuto rivelarsi uno svantaggio per lui.

Tre o quattro persone lo avevano spinto in una capanna situata, a quanto pare, nelle periferie nordorientali. Lo avevano condotto in uno squallido soggiorno rivestito con dei pannelli a buon mercato che tradivano lo stato vegetativo permanente di un tifoso della National Football League. Se n'era accorto non appena la Grande Speranza Bianca gli aveva tolto la benda dagli occhi.

"Scusami, fratello. Spero che questa storia non ti abbia dato troppa noia."

Tyrone non aveva detto niente. Non dire niente fino a quel momento aveva dato i suoi risultati. I rivoluzionari lo avevano fissato con gli occhi sbarrati, come se in qualche modo lui li avesse sbalorditi. Aveva notato che sul tavolo c'era una quantità enorme di posaceneri in ceramica, sul genere di quelli che fanno i bambini alle prime armi delle scuole elementari. Chiunque fosse il capo, ed era divenuto subito chiaro che si trattava del tizio messicano dai capelli arruffati e dallo sguardo infuocato e imperturbabile, si guadagnava da vivere guidando uno scuolabus carico di alunni di sesta. Una prova ulteriore della cosa erano le presine per le pentole lavorate a maglia in cucina, dove i rivoluzionari mangiavano tutti insieme. Uno dei quattro adolescenti lì presenti aveva offerto a Tyrone una cosa da bere: Gatorade, la famosa bibita per gli sportivi, ricca di elettroliti. Non c'erano telefoni da nessuna parte; solo una televisione con una gruccia come antenna. Per un po' erano rimasti tutti zitti. Poi, più tardi, i compagni si erano messi a giocare a carte in silenzio.

Dopo alcune ore era venuto fuori che la Grande Speranza Bianca doveva tornare a casa. E loro dovevano inventarsi una storia che lui potesse propinare ai suoi genitori. Eduardo aveva messo fine alle discussioni e aveva fatto segno a Tyrone di alzarsi in piedi, dopodiché lo aveva condotto giù, nel seminterrato, dove, col suo inglese sobrio e accademico, aveva dato inizio alla prima delle sessioni di studio sulla teoria e la pratica dell'organizzazione nota con il nome di I Palingenetici. Tyrone aveva pronunciato queste sillabe più e più volte, come se ripeterle potesse far emergere un significato nascosto. I Palingenetici. La prima lezione era incentrata sulla fasulla storia degli Alcott, così come descritta sopra; e alla fine della lezione una ragazza muta aveva steso sul pavimento del seminterrato un sacco a pelo per Tyrone. I Palingenetici l'avrebbero fatto dormire lì dentro.

Ma cos'era che volevano? Il secondo giorno, Eduardo si era posto questa domanda in modo retorico. Naturalmente, loro avevano pronte molte risposte. Quello che volevano era liberare questo continente dagli oppressori. Volevano liberarlo dagli oppressori che si erano ingiustamente impadroniti delle terre americane e che avevano sterminato i nativi compiendo un genocidio, che avevano quasi completamente fatto estinguere il grande bisonte, che avevano diffuso fra gli indigeni malattie orribili quali il vaiolo e l'alcolismo. Una volta completata la loro missione, si sarebbero spostati in altri continenti nel seguente ordine: Europa, Asia, Africa, Australia, Sudamerica.

Quali erano le loro origini? Le loro origini – e qui Eduardo sperava che Tyrone, in qualità di ministro dell'Informazione appena insediato, fosse in grado di abbozzare una relazione dei fatti meglio imbastita – affondavano nel movimento ambientalista. All'inizio erano una cellula autonoma facente parte di un'organizzazione decentralizzata priva di un capo, di stampo non rivoluzionario e il cui obiettivo consisteva soltanto in duri attacchi alla proprietà privata. Va detto che I Palingenetici non avevano smesso di appoggiare la struttura cellulare di questa organizzazione ambientalista; avevano semplicemente avuto bisogno di allargare il raggio della controversia politica al fine di abbracciare altri metodi legittimi di istruzione e di resistenza, quali lo scambio di prigionieri, la propaganda, il finanziamento del mercato nero, la falsificazione, il cyberterrorismo e così via.

"Siamo al corrente di alcuni problemi di natura legale che ti riguardano," gli aveva fatto notare Eduardo sabato, nel corso dell'indottrinamento, "e vogliamo che tu sappia che apprezziamo moltissimo gli incredibili sforzi cha hai fatto nella città di New York."

"Se mi state chiedendo notizie della, sì, della donna asiatica," aveva detto Tyrone, "non ho avuto niente a che fare con lei. È una mia amica."

"Ci rendiamo conto che è importante semplificare al massimo l'operazione, in modo che poi possa essere ripetuta senza errori. Apprezziamo il rigore della tua preparazione."

"Non ho avuto niente a che fare con quella storia, signore. Ho già abbastanza problemi."

"Per il momento sei in custodia presso la nostra organizzazione, e ti vorremmo dare alcune informazioni circa il valore e la belligeranza dei nostri sforzi, in modo tale che tu possa effettivamente diventare il nostro ministro dell'Informazione."

Era come rifare daccapo la scuola di specializzazione, ecco com'era. Alla scuola di specializzazione la pomposità e il linguaggio artefatto erano delle costanti. Ed Eduardo aveva un aspetto in comune con gli studenti della scuola di specializzazione che Tyrone conosceva, e cioè un volto privo di espressione. Era la stessa tecnica impiegata dagli schizofrenici, soprattutto quando facevano riferimento al significato palese e latente dei sistemi simbolici. Tyrone lo sapeva, dal momento che lui stesso aveva sofferto di tanto in tanto di qualche allucinazione.

A ogni sessione seguiva il catechismo. Qual è il nostro nome? Il nostro nome è I Palingenetici. Qual è la nostra origine? La nostra origine è nella lotta contro la pestilenza dell'umanità. Abbiamo cominciato la nostra lotta nel 1944. Qual è la natura delle nostre azioni? La natura delle nostre azioni è casuale e discontinua; ciononostante, miriamo alla distruzione della proprietà dell'oppressore. Chi è l'oppressore? L'oppressore è la vasta società multinazionale con i suoi alleati. Quando verrà portata a termine la nostra missione? La nostra missione non verrà portata a termine mai. Per quanto tempo presteremo servizio? Presteremo servizio fino alla morte.

Di lunedì, dopo alcuni nuovi sproloqui che hanno avuto luogo mentre i ragazzi sono a scuola, c'è una pausa di due ore in cui Eduardo Alcott svolge altre attività. Di quali attività potrebbe trattarsi? Qualcosa che ha a che fare con dei programmi informatici, qualcosa che gli serve per finanziare se stesso e il suo gruppo di rivoltosi e che gli permette di accedere a un server che sorveglia la presenza in rete dei Palingenetici. Quando Eduardo si tuffa fuori, nell'atmosfera velenosa del mondo, lascia dietro di sé delle sentinelle. Per sorvegliare Tyrone. Hal, il tizio coi capelli sporchi, e Nina, la bionda musona che porta le maniche dei maglioni talmente lunghe che, per quanto riguarda Tyrone, è come se non avesse le mani. Più un bestione enorme, con un taglio di capelli corto davanti e lungo dietro e una canottiera attillata dei Korn, che si chiama Glenn. Forse la conversazione che segue fa interamente parte di un copione. Impossibile saperlo.

"I nostri genitori sono assolutamente gentili, eccetera eccetera, e non ci hanno mai maltrattato," dice Hal.

"Sì," dice Nina. "I nostri genitori sono assolutamente gentili."

"Siamo arrivati a convincerci di certe cose, sai cosa intendo dire? Abbiamo l'impressone che, se si va fuori, si vedono delle cose, sai, brutte cose. Come si fa a non accorgersi che le cose attorno a noi stanno peggiorando? Un tempo la vita aveva un non so che di misterioso, non come adesso. Adesso ci si alza la mattina e ci si sottopone al test standardizzato, in modo da esser certi di accedere a una buona università, capisci? Così poi puoi andare a lavorare per la Bechtel Corporation o il Carlyle Group. E, cioè, tutta questa pressione riguardo all'università che senso ha?"

"Certo," afferma Nina. "Università."

"Io so pulire la mia camera e forzare la serratura della vetrinetta dei liquori. Tutto qui."

Glenn, intento ad affilare coltelli in mezzo alla stanza, aggiunge le proprie sensazioni personali in merito alla situazione rivoluzionaria. "Sul serio ho dovuto scardinare lo sportello a casa di mia mamma. Segregava tutto in questa vetrinetta chiusa con un grosso lucchetto. Sul serio ho dovuto scardinare lo sportello."

"Siamo dei ragazzi normali. Non siamo delle statistiche. Ma siamo arrivati a un punto in cui ci sentiamo come se dovessimo fingere, mi capisci? E questo è il motivo per cui faremo quello che dobbiamo fare. Perché è esattamente così che funziona un movimento rivoluzionario: finge, appunto."

Tyrone osserva attentamente i particolari della scena. La televisione, con il volume azzerato, come al solito viene del tutto ignorata, per quanto al momento sembri trasmettere *I lupi mannari di Fairfield County*. Una vecchia puntata che gli è già capitato di vedere. In questa puntata, il tempo procede a ritroso invece che in avanti. Sembra che i lupi mannari siano i soli a sapere come comportarsi.

"Ci abbiamo pensato, sai, e abbiamo, come dire, delle considerazioni da fare. Ci riflettiamo su," dice Nina. "Quale dovrebbe essere la prima azione diretta? Cioè, quale sarà la cosa capace di attirare la giusta attenzione su di noi, quella che ci consentirà di continuare a richiamare nuovi soldati, o qualsiasi altra cosa, e di promuovere ciò in cui crediamo?"

A poco a poco, come se ci fosse un sipario che viene alzato da un nano dietro le quinte, il piano in questione comincia a emergere. Il piano, come molti altri piani, include l'elemento del fuoco, il quale, nella fantasia eccitata e profondamente isolata di Tyrone, rappresenta il fattore più inquietante. Il piano è stato imbastito da un comitato di adolescenti, e ha a che fare con una bomba incendiaria realizzata in casa che dovrebbe essere usata per colpire il punto vendita locale di una grande catena, il quale non ha alcun legame con questo luogo così prezioso, un luogo dove regnano la natura e la vita selvaggia, e cioè Concord, Massachusetts.

"Voglio dire, cosa fa pensare a quella gente di poter portare un franchising come quello in un paese come questo?" chiede Hal. "Cosa gli fa pensare di poterlo fare? Le persone che vivono qui non hanno forse alcuna voce in capitolo in questo genere di faccende? Non hanno alcuna voce in capitolo solo perché si tratta di questioni decise chissà dove da una testa di cazzo di agente immobiliare e..."

"Da qualche idiota," aggiunge Glenn mentre arrota un altro coltello.

"Da un tizio che probabilmente ha dei figli che in un modo o nell'altro deve mandare a scuola, e non riesce assolutamente a immaginarsi nessun'altra via di uscita per riuscire a mandarli a scuola se non questa, dato che, innanzitutto, non avrebbe dovuto mettere incinta sua moglie, avrebbero dovuto usare qualche metodo contraccettivo, oppure non erano potuti ricorrere all'aborto per via delle leggi dello Stato in cui vivevano o quel che era, e così lui non ha altra scelta se non quella di trovare un lavoro in questo posto ignobile, dopodiché o fa carriera oppure viene licenziato dalla megasocietà per cui lavora, e così ora lui sta tentando la scalata a forza di sgomitate, come dire, fino a quando non otterrà quel lavoro che ogni giorno sarà causa di oppressione per altre persone, e questo lavoro ha a che fare col capire i possibili sviluppi delle attività in franchising."

"A me neanche piacciono i *donut*," dice Nina. "Cioè, forse mi piacevano da bambina, ma ora credo che li mangino solo quelli che non vedono più in là del loro naso. Come dire, il *donut* mira decisamente a rincoglionirti. Per esempio, guarda le persone, mangiano i *donut* e non riescono più a connettere, e hanno bisogno di schiacciare un pisolino, sai, e poi non sono capaci di individuare le forze che agiscono contro di loro, e non sanno nemmeno se un *donut* è nutriente o cosa, perché come fai a capirlo? Il *donut* è un simbolo del fatto che le persone non hanno alcun potere, e pertanto va abolito."

"Abbiamo cercato di escogitare degli slogan rivoluzionari in segno di protesta," spiega Hal. "Sai, del tipo, NOI NON LO CHIAMIAMO *DONUT*, NOI LO CHIAMIAMO *DÌ-NO*!"

I tre ragazzini ridono, e il loro riso è schietto e invitante, come se provenisse da un luogo innocente. Tyrone sente il fervore, sente la giovinezza, e sente quanto sia deliziosa e fragile la giovinezza, quanto sia ben disposta ad accogliere sempre e comunque le idee sbagliate, e con quanta facilità venga convinta a intraprendere cammini lunghi e ingannevoli; e tutte queste cose possono coesistere, la fragilità e la disponibilità della giovinezza, la sua brutalità, ed è così che ti ritrovi davanti due dodicenni cambogiani che fumano oppio cercando di convincere un esercito di adulti del fatto che Dio parla attraverso di loro.

"E così avete intenzione di colpire Krispy Kreme con delle bombe incendiarie?"

"Di ridurlo in cenere," risponde Hal.

"Lasciando soltanto un cumulo nero e fumoso di macerie," dice Nina.

"E quando dovrebbe succedere?" chiede Tyrone.

"Non possiamo dirtelo," risponde Nina andando ad appoggiare le mani sulle spalle di Hal. "Eduardo conosce tutti i particolari, mentre noi li impariamo un po' alla volta, perché, vedi, non siamo ancora abbastanza grandi. Comunque, veniamo tenuti informati di tutte le fasi del piano e dei ragionamenti e di tutto il resto."

"E vi aspettate forse che io me ne stia qui a guardarvi mentre fate esplodere un negozio di *donut*?"

Glenn dispone i coltelli in fila sul bancone. "Eduardo dice che sei un rivoluzionario."

"Faccio il corriere in bicicletta," replica Tyrone, dopodiché dice più di quanto non abbia detto nel corso di parecchio tempo. "Ehi, lo vuoi sapere chi sono? Sono un corriere in bicicletta. Un tempo, però, mi sono fatto anch'io diverse idee sul mondo." Si infervora andando avanti: "Mi ero fatto tutte queste idee sul fatto di poter cambiare il mondo, quel tipo di idee che avete anche voi. Mi ero convinto che sarei riuscito a ricoprire un ruolo importante. Mi ero convinto di poter aiutare la gente del mio stesso colore, visto che sono stato abbastanza fortunato da aver ricevuto una buona istruzione, cosa che invece la maggior parte della mia gente non ha ricevuto. Mentre io, senza un motivo particolare, ci sono riuscito. La fortuna si è semplicemente girata dalla mia parte. E così sono potuto tornare indietro per insegnare a questa gente come vivere meglio, come trarre più vantaggi dal mondo. E il mezzo attraverso il quale avevo pensato di compiere questa mia missione erano le parole, e così mi sono messo a lavorare con le parole, sapete, alla scuola di specializzazione, ma quando le parole non sono andate dove avevo sempre pensato che sarebbero andate, quando una mattina mi sono svegliato e mi sono accorto che tutte le frasi stavano prendendo delle direzioni che io non avrei mai immaginato, allora ho mollato il colpo."

"È esattamente quello che noi..."

"E così ho pensato che forse avrei potuto cambiare il mondo realizzando opere d'arte, e allora ci ho dato dentro. Prendevo un libro e cancellavo tutte le parole, salvo quelle due o tre che rappresentavano un codice segreto, un codice in grado di garantire il funzionamento di alcuni sistemi, grandi sistemi impenetrabili. Dopodiché svelavo tali codici al lettore, e lo facevo in modo ossessivo, talvolta tutta la notte. Facevo questo genere di cose, usavo violenza ai libri, e li sventravo, sapete, per far sì che le persone vedessero veramente cosa c'era scritto dentro, ma quando non sono riuscito a cambiare il mondo neppure così, be', credo sia stato allora che ho cominciato a sentirmi leggermente disperato, e ho iniziato a fare dei collage, e poi dei video dei collage, e abbinamenti inconsueti di parole, di libri e di fotografie, di tutte le seduzioni del mondo; stavo sveglio per molte notti di fila, senza uscire, e credevo di aver realizzato delle testimonianze artistiche importanti, ma dato che non ero riuscito a guadagnare nemmeno un soldo con quell'attività, sebbene avessi sempre pensato che ci sarei riuscito, ho preso un appartamento più piccolo, sempre con la convinzione, però, di poter cambiare il mondo, malgrado fossi costretto a risparmiare. E poi ho preso un altro appartamento ancor più piccolo, e in questo modo potevo sempre continuare ad avere lo studio per archiviare le mie opere d'arte, ma a quel punto sono finiti anche i soldi per pagare lo studio, e così mi sono visto costretto a lavorare come corriere in bicicletta. Ed è stato un vero colpo per me. All'inizio mi dicevo che non sarei andato avanti così a lungo, ma poi sono passati due anni e io non ero più giovane come prima, e facevo questo lavoro che mi permetteva di scorrazzare libero per la città, da un indirizzo all'altro, in mezzo a tutte queste società o agenzie o studi legali, qualsiasi cosa, e quel girovagare ha cominciato col sembrarmi la vera arte, una cosa che, non so neppure io come, era in grado di cambiare il mondo. Correndo di qua e di là tracciavo degli schemi, proprio come se stessi cercando di scrivere o di dipingere qualcosa; mi dirigevo dove gli indirizzi mi dicevano di andare e in qualche modo facevo parte anch'io degli elementi; e ho iniziato ad andare allo studio molto meno di prima, e non stavo affatto cambiando il mondo. A poco a poco è stato come se il mondo stesse diventando un posto in cui non c'erano quasi più tracce di me. Io ero il corriere; ero la persona che dava un senso alle cose. Una parola, o una registrazione su cassetta, o un compact disc contenente alcune informazioni non hanno mai avuto alcun significato di per sé, a meno di non passare da una persona all'altra. Non sono mai stati degli elementi completi fino a quando non sono stati trasmessi da me, e così io rappresentavo l'anello mancante. Ero il completamento di quel circuito, un mezzo per riempire le cose di senso, anche se in questo modo io avevo finito col perdere ogni briciola di significato ed esistevo solo nel brevissimo lasso di tempo che intercorreva tra il momento in cui una lettera veniva scritta e il momento in cui veniva letta. Rappresentavo il lasso di tempo fra i significati, un tempo che si accorcia sempre più a mano a mano che la tua vita si allunga, finché arriva un momento in cui ti sembra che vada a ritroso, e tutto ciò significava che io non avevo cambiato il mondo, e che avevo fatto qualcosa di buono senza aver voluto cambiare il mondo; anzi, avendo deciso di lasciarlo così com'era."

Al termine della sua disquisizione si avverte dello stupore nella cucina fatiscente, stupore tra i rivoluzionari. Un lupo mannaro, sullo schermo della televisione dall'altro lato della stanza, ulula verso qualcosa.

"Ma tuo fratello ha detto..."

"Lascia perdere quello che ha detto mio fratello."

"Ma allora che cosa ci dici della donna di New York?"

"Che interesse avrei avuto a colpire con un mattone una donna su un marciapiede? Che interesse avrei avuto, secondo voi, a farlo? Avete mai colpito qualcuno in testa? Avete idea di che cosa significhi una ferita alla testa?"

Glenn si alza dallo sgabello, interrompendo l'affilatura dei coltelli, e si avvicina alla scomoda sedia pieghevole sulla quale è seduto Tyrone.

"Noi siamo disposti a fare tutto ciò che è necessario."

"Sapete cosa vi succederà se sarete dichiarati colpevoli di incendio doloso?"

"Non ci prenderanno," replica Hal.

"Prima di andarmene via di qui, cosa che probabilmente farò tra pochissimo tempo, vi metterò al corrente di un piccolo segreto, e cioè che, per essere sinceri, io ero al telefono con, sì, con Samantha Lee, la donna, la vittima, nel momento in cui lei è stata colpita. Lei era al telefono, ed ero io che le stavo parlando dallo studio nell'istante in cui è stata..."

Prima di questo crepuscolo, nel covo in cui è stato portato, in un luogo imprecisato nelle periferie del Massachusetts, non si era mai reso conto del significato profondo di ciò che era successo. Era fuggito dalla città di New York perché, da corriere qual era, il movimento rappresentava la sua specialità, era ciò che faceva. Se l'era svignata dal luogo dell'incidente e si era preparato al peggio, che poi è il destino dell'uomo di colore, e così il peggio era arrivato, e anch'esso, probabilmente, era il destino dell'uomo di colore, seguito da ulteriori manifestazioni del peggio. Tutte le manifestazioni possibili e immaginabili. Eppure, ora sembra esserci per lui una piccola dose di redenzione, e questa redenzione lui se l'è guadagnata grazie al fatto che intendeva dire qualcosa di carino a quella donna, Samantha Lee, poiché era esattamente questo il motivo per cui lui le aveva telefonato, per dire qualcosa di carino a questa persona, la quale credeva in ciò che un tempo Tyrone, in quanto artista, aveva realizzato, ed ecco quindi che cosa aveva intenzione di dirle: "Stasera sono in studio", e lo devo a te, lo devo a te, lo devo a te, ma la linea si era interrotta, e ora, di fronte a un gruppo di adolescenti, lui comprende l'indubbia importanza di quel momento.

E a quel punto Eduardo ritorna.

Eduardo spegne la televisione. Getta le chiavi di casa sul tavolo della cucina.

Nella stanza regna il silenzio.

"Stanotte è lunedì, ed è la notte che ho scelto per sottoporvi a nuovi test di fedeltà," attacca Eduardo. "Come sapete, per ciascuno di voi ho predisposto dei test di fedeltà allo scopo di accertarmi che siate all'altezza delle azioni rivoluzionarie che ci attendono. Sono appena tornato, nella fattispecie, dopo essermi accertato che l'altro nostro compagno, Max, attualmente operativo come doppiogiochista, si stesse muovendo bene, e che la sua copertura non fosse stata compromessa nel corso della prima fase dei test di fedeltà, durante la quale lui ha consegnato suo fratello al movimento. Sembra tutto a posto, se non fosse che sua madre dice che dovrà stare tappato in casa a studiare per il resto del semestre.

Posso anche dire con assoluta certezza al nostro ministro dell'Informazione che la notizia del suo caso è trapelata fino alla Massachusetts Bay Colony. I suoi genitori sono al corrente della situazione e hanno contattato la polizia di un altro Stato.

Dunque, il nostro programma di stasera consiste nella fase successiva dei test di fedeltà. Fratelli e sorelle rivoluzionari, devo aggiornare il ministro dell'Informazione, e pertanto, vi prego di scusarmi, sarò costretto a ritornare su argomenti già affrontati. Abbiamo parlato di nuovo dell'antica pratica chirurgica della trapanazione e del suo utilizzo terapeutico per contrastare le malattie della mente. Mi sembra che abbiamo già parlato anche del suo utilizzo al fine di curare le fratture craniche depresse, fratture che perlopiù la gente si procurava nel corso di battaglie in cui i colpi di fionda e il lancio di massi erano ordinaria amministrazione; e abbiamo parlato del suo utilizzo nei casi in cui veniva diagnosticata la possessione demoniaca, attacco apoplettico ed epilessia inclusi, ma abbiamo parlato del suo impiego per la cura dell'emicrania? Sì, l'antico intervento chirurgico veniva impiegato per curare l'emicrania, dal momento che le emicranie erano considerate una sorta di possessione demoniaca. E quali erano i risultati? I risultati erano una sensazione di benessere e di pace maggiori, di migliore lucidità e di desiderio sessuale più intenso. Questa è la verità circa l'antica pratica chirurgica in questione, la quale ha una funzione molto moderna, intesa ad accrescere la sensazione di benessere.

Ho qualche remora a darvene una prova, fratelli e sorelle rivoluzionari, poiché immagino siate convinti che non si tratti di un'operazione così semplice, quando invece è proprio così, ed è qui che entra in gioco la fedeltà, fratelli. E adesso, perché non fate un passo in avanti per tastare questa zona del mio cranio?"

Non si registra alcun tentativo volto a sottrarsi all'ossessività frenologica di Eduardo, e Tyrone osserva i ragazzini che si avvicinano al punto in cui è seduto l'uomo adulto, vicino al forno tenuto al massimo nel tentativo di ovviare ai problemi del riscaldamento. Eduardo china il capo davanti a loro perché riescano a vedere la sua calotta cranica.

"Fate attenzione a non darmi colpetti troppo forti, fratelli, visto che la ferita non si è ancora rimarginata del tutto; e se la pelle venisse perforata, be', rischierei una contusione al tessuto. E non sarebbe un bene per il movimento."

Dato che la zona in questione è ricoperta di capelli, è difficile dire dove si trovi esattamente o in che cosa consista la prova. Glenn è il primo a massaggiare la parte superiore della testa di Eduardo.

"Non sento nulla," dice Glenn. "È il punto giusto?"

Eduardo gli prende la mano e comincia a esplorarsi il cranio con un'insolita delicatezza, accarezzando la dolce curva sulla sommità con la mano destra di Glenn.

"Oh," dice Glenn, "la sento. È lì, vero?"

Eduardo molla improvvisamente la mano di Glenn, come se ora fosse diventata sospetta, e indica Hal col dito. Hal si pulisce la mano sui jeans sudici e si fa avanti. Eduardo gli afferra la mano e la muove sulla propria testa, dapprima come in una carezza ma poi, come se la mano fosse un uccello in picchiata, la posa sul cranio, e la fronte di Hal, tesa per la concentrazione, sembra a poco a poco distendersi.

"Mi vuoi far sentire questa sporgenza?"

"E che altro, secondo te?" salta su Eduardo.

"Come te la sei fatta?" chiede Hal.

Naturalmente, fa notare Eduardo, non si è trattato di un'autotrapanazione, ed è abbastanza certo che non esistano casi di autopenetrazione nella letteratura di quest'antica pratica chirurgica, soprattutto per via del fatto che sarebbe impossibile chiudere le palpebre e contemporaneamente portare a termine la procedura. A ogni modo, Eduardo osserva che nel suo paese l'industria medica non è controllata rigidamente come in questa nazione, dove l'ostacolo principale è costituito dai produttori di medicinali e dalle grandi aziende che stipulano assicurazioni contro le malattie e che gestiscono l'attività dei medici in virtù della loro idea di ciò che il corpo umano è e deve essere. Nel suo paese, invece, è possibile procurarsi una trapanazione anche in cattive condizioni finanziarie e con una spesa modesta. E fa notare come i peruviani, nel periodo precolombiano, inanellassero molti più successi rispetto ai dottori europei, dal momento che effettuavano le operazioni all'aperto, quando invece i dottori occidentali eseguivano gli interventi nelle sale operatorie, dove il rischio d'infezione faceva sì che il tasso di sopravvivenza non superasse il dieci per cento o giù di lì, e tutto ciò nei rari casi in cui un dottore acconsentiva a effettuare l'intervento.

"Naturalmente," dice Eduardo, e ora sembra rivolgere il suo discorsetto a Tyrone, "qui con noi abbiamo una persona che soffre di emicrania. E, come test di fedeltà, questa persona oggi è felice di accogliere i frutti del nostro lavoro."

È possibile? Nina ha accettato?

"Vista la situazione in cui ci troviamo, dovremo arrangiarci con gli attrezzi che abbiamo a disposizione. Ho fatto in modo di procurarmi una punta per il trapano che non perforasse il cranio fin dentro i tessuti cerebrali. Avremo anche bisogno di un piccolo aspirapolvere portatile per rimuovere i frammenti prodotti dal buco. In tali condizioni, credo che la tecnica della perforazione darà la migliore dimostrazione di sé. In accordo con questo metodo, sul cranio verranno praticati diversi piccolissimi fori, andando a formare un cerchio, dopodiché si scaveranno dei piccoli solchi che uniscano i vari fori, e questo finché il pezzo di cranio circolare non potrà essere rimosso. Una volta portata a termine l'operazione, vorremmo offrire a Nina, la nostra sorella rivoluzionaria, questo frammento di cranio, così che lei possa usarlo come amuleto. E vorremmo inoltre rassicurarla sul fatto che abbiamo acquistato, dietro ricetta medica, sufficienti scorte di analgesici per assicurarci che l'intervento risulti virtualmente indolore. Dunque, quando la sorella sarà pronta, daremo il via all'operazione."

Nina, nell'angolo dov'è seduta, inizia a piagnucolare, e il suo pianto è così ignobile, una tale violazione del codice rivoluzionario, da generare fermento tra I Palingenetici, i quali cominciano a raggrupparsi attorno a lei. In un modo o nell'altro, Tyrone deve riuscire a scappare dal rifugio di Eduardo. Immediatamente.

"Per caso la nostra sorella rivoluzionaria preferisce prendere l'analgesico subito?"

"Ascolta, fratello," dice alla fine Tyrone accostandosi alla porta d'ingresso, "credo ci siano dei modi migliori per mettere alla prova la sua fedeltà che non farle rischiare la vita per curarle l'emicrania."

"Che cosa propone il ministro? A meno che, naturalmente, non proponga di chiamare le autorità, le quali sicuramente si appassionerebbero moltissimo al suo caso."

"Datemi le medicine," dice Nina. "Datemi le medicine."

"Be', potreste fare in modo che trovi un posto al franchising di Krispy Kreme. In maniera tale che possa carpire delle informazioni, che so, tipo l'orario di chiusura. Oppure a quali parti del negozio si può dar fuoco più facilmente. Una pianta dell'edificio, insomma, o qualsiasi altra cosa possa essere utile."

"Il ministro non sta prendendo in considerazione il fatto che l'antica chirurgia è in grado di creare sensazioni di benessere e di appagamento. E, in più, c'è anche la questione della fedeltà."

Tyrone potrebbe rivoltare la punta del trapano contro Eduardo e perforargli la spalla sinistra o il polso o la caviglia, in modo da fargli provare un dolore intenso. Oppure potrebbe premere sulla ferita del cranio di Eduardo e farlo sprofondare in un sonno profondo. Oppure potrebbe immobilizzarlo a terra somministrandogli una mezza dozzina dei Percodans o dei Percocets nascosti da qualche parte. Potrebbe convincere i ragazzi a insorgere contro Eduardo, impartendo loro grandiose lezioni circa l'enorme valore di alcuni aspetti della vita contemporanea, persino in questi tempi bui. Per esempio, guardate le vette delle montagne; sono dappertutto. Ce ne sono anche nello Stato del Massachusetts; in qualsiasi momento, voi potreste decidere di salire in cima a una montagna, su, lungo il sentiero. Tyrone non è affatto un eroe, ma potrebbe fare una di queste cose, oppure potrebbe fare quello che fanno i corrieri. Spiccare il volo.

Non c'è nessuno lì in grado di fermarlo; non ci sono pistole in questo cambio di scena, sebbene Eduardo urli "Prendete la pistola!" nell'attimo in cui Tyrone apre la porta. Non c'è nessun vero fucile a canne mozze con il manico di madreperla, nessuna perforazione da proiettile, nessun inseguimento ad alta velocità, o almeno è quello che spera Tyrone quando decide di chiamare i poliziotti, succeda quello che succeda, non appena si rende conto di dove si trova, in questa landa desolata in periferia, con un paio di stazioni di servizio e di officine meccaniche, e con la porta a battente del covo di Eduardo che ruota alle sue spalle, e con lui che si gira per vedere la stanza illuminata, e corre e grida: "Chiamate la polizia! Chiamate la polizia!", e corre e grida come se non avesse mai usato la voce in questo modo, come se non avesse mai parlato per anni. I quattro lo fissano, col dito puntato. Mentre taglia la corda risalendo lungo la strada. Un negozio di autoricambi usati e un gruppetto di clienti che ciondolano davanti a un edificio composto da depositi di piccole dimensioni non gli sono mai sembrati così meravigliosi e pieni di pace.

21

Sta succedendo qualcosa di veramente strano in ufficio, scarabocchia Madison McDowell, la diarista, con una calligrafia dai caratteri eccessivamente rotondi, una calligrafia in cui le *i* svettano su tutte le altre lettere. È a letto, un attimo prima di mettersi a dormire, circondata da una muraglia di cuscini e di peluche. *Cioè, per dire, ma che razza di roba aveva addosso Annabel quando è arrivata in ufficio? Un completo che probabilmente ha trovato da Ann Taylor, un gessato grigio con una gonna di seta scadente, per niente bella, décolleté col cinturino alla caviglia e, sentite questa – collant bianchi, un look davvero azzardato per una ragazza di colore. Così faccio qualche domanda in giro e Jeanine mi dice che Annabel deve andare dall'avvocato. Sempre per qualcosa che c'entra col fratello. Da quando ho saputo dell'intera faccenda ho tenuto Annabel decisamente alla larga, dato che non le posso dire che conosco bene Samantha Lee, cioè, non è che la conosco bene, però l'ho incrociata a delle feste. Capita spesso di vedere in giro delle ragazze del mondo dell'arte, ma poi non è che hai voglia di passare per una che se ne frega se una tizia è stata ferita. Può darsi che abbia delle cicatrici allucinanti. Ovviamente, Annabel dice che non è stato suo fratello, ed è quello che dicono tutti. Ma la verità è che io non mi sono mai fidata un granché di lei. Non ho problemi a lavorare più o meno con nessuno, che poi è una delle qualità che sicuramente andrebbe specificata se a qualcuno capitasse di scrivermi una lettera di raccomandazione o una roba del genere, oppure se facessi un colloquio, cioè, non ho problemi a lavorare con nessuno.*

Che poi mi fa venire in mente che stavamo cercando un altro stagista, e visto che Annabel doveva andare dall'avvocato con addosso il suo bel completino di Ann Taylor, non rimanevamo che io e Jeanine per fa-

re i colloqui, e c'erano tutti questi ragazzi, quelli che sanno tutto loro, come uno che viene dentro e che mi vuole dire che gli horror degli anni Cinquanta sono, tipo, dei testi rivoluzionari o una cosa simile, e poi tocca agli psicanalisti cechi, e poi a I mostri delle rocce atomiche *e al* Demone sotto la pelle, *cioè, tutte cose che avrebbero dovuto impressionarmi, ma che di fatto non mi hanno impressionato per niente. Il punto è che tutti gli stagisti vogliono diventare dei registi, quando invece sarebbero molto più interessanti se volessero fare i produttori o diventare esperti di marketing. Tanto più che finiranno col mandare in giro delle videocassette e col fare lavori d'archivio, o qualsiasi altra cosa, come recensire le sceneggiature che la zia di chissà chi ha fatto recapitare in ufficio. Non me ne frega un cazzo se* I mostri delle rocce atomiche *vuole essere un'allegoria, cioè, non m'interessa.*

La mamma di Vanessa sta seguendo un programma di recupero per alcolisti in un ospedale di Brooklyn, e così negli ultimi tempi Vanessa è addirittura più andata del solito. Francamente, non so dove pensi che possa andare a finire la società di questo passo, e non so neanche se lei sia ancora in grado di tenere le cose sotto controllo e di mandare avanti la baracca. Neanche a dirlo, mia madre è in salotto a bere vini da dessert e a guardare dei servizi sui politici che discutono della cosa in Florida, e quando penso che potrebbe capitare anche a me di avere mia madre in un centro di recupero di Brooklyn in compagnia di tossici che si fanno di crack, be', non mi posso certo lamentare.

Comunque, nel pomeriggio è arrivata la telefonata delle ragazze della Vanderbilt, che alla fine ce l'hanno fatta ad alzarsi dal letto. Hanno detto che ci sarà una megafesta per la presentazione della nuova linea di abbigliamento di Mercurio, che si chiamerà Servi della Gleba, e c'è già un logo che verrà messo dappertutto, e sarà il logo più fico di tutti i tempi, hanno detto le ragazze, e hanno provato a spiegarmi com'è fatto. Ma per favore! Ma come si fa a essere così stupide? Come si fa a descrivere un logo al telefono? I loghi li devi vedere, mica li devi digitare. E disegnare il logo prima di disegnare i vestiti è come fare il manifesto di un film prima di fare il film, anche se mi sa che ci sono un sacco di film che vengono fatti in questo modo. In effetti, anch'io avevo buttato giù degli schizzi per il manifesto de I rabdomanti *da mettere sugli autobus, dato che credevo che alla fine la cosa ci sarebbe tornata utile. Okay, la mia idea è che l'inizio del programma, la prima puntata, debba cominciare con questo grande esercito che invade una grande pianura. La Mongo-*

lia, tanto per intenderci, un posto lì da quelle parti, un paese di cui nessuno ha mai sentito parlare, cioè, com'è che si chiamano quei paesi? Tipo Uzbekistan o giù di lì. Va be', insomma, c'è l'esercito che a poco a poco occupa questa pianura, voglio vedere se da quelle parti non c'è un bel deserto come si deve, tanto a nessuno verrà un'idea migliore di questa, e comunque si dà il caso che si tratti degli unni, e così gli unni si riversano sulla pianura, fanno razzie e violentano delle ragazze innocenti, insomma, fanno qualsiasi cosa che ha senso che facciano questi eserciti, e la telecamera li riprende dall'alto, tipo da un elicottero, riprende tutti questi uomini, una marea di uomini, un sacco davvero, tutti sudati e con addosso il farsetto, d'accordo? Chi se ne frega se gli unni non portavano il farsetto? Non è che questa è una ricostruzione filologica, l'importante è che sia sexy, e molti degli uomini hanno delle ferite o dei tagli che sanguinano sui bicipiti e magari pure in faccia, cioè, solo qualche goccia di sangue, e, insomma, là sotto succedono tutte queste cose, e c'è un casino allucinante, e tutte le cose e tutte le persone vengono fatte a pezzi. Ci sono degli uomini a cavallo, ma, se guardate in alto, verso la cima della collina, vedrete un generale, cioè, ce li avevano i generali, no? Be', i loro capi, non so come si chiamano, ma uno di loro sta scendendo giù dietro i predoni mentre un altro sta andando dalla parte opposta, e c'è una luce intensa sopra di lui, e lui solleva questo bastone, che a prima vista potrebbe sembrare una stampella che il tizio usa per via di una vecchia ferita di guerra, ma poi si capisce che è una bacchetta da rabdomante, e lui la sta tenendo in alto, come per dire che esiste un altro modo di fare le cose, e il tizio in questione, questo strafico con la bacchetta da rabdomante, la solleva più in alto di tutto il resto, come per dire che la bacchetta da rabdomante è la via che porta alla pace o una roba del genere. E questa è la mia idea per il manifesto del film. Farà un figurone sugli autobus. Nel senso, gli autobus hanno degli spazi così enormi per le pubblicità. I rabdomanti: una nuova miniserie della UBC direttamente sui vostri schermi. *E poi uno slogan:* amore, carestia, guerra, sete, uomini mezzi nudi, pulizia etnica, la fondazione di Las Vegas. Prodotto da Mezzi di Produzione in collaborazione con la UBC. *Una roba di questo tipo.*

Ah, ecco la cosa davvero strana che ho dimenticato di dire. Oggi Lois non si è vista. Nessuna telefonata, niente di niente.

Okay, diciamo soltanto che ho avuto l'idea più da paura di tutti i tempi per la società, davvero una cannonata, scrive Madison con il diario rivestito di vinile rosa in grembo, gli ultimi anelli di fumo che si levano da uno spinello appena spento sul comodino coperto di pile di sceneggiature ancora da leggere. *L'idea è talmente grandiosa che forse alla fine mi faranno lasciare le impronte di fronte a quel cinema di Hollywood, davanti a quel sudicione di Brad Pitt. Comunque, ecco la mia idea, un'idea che ha a che fare con il problema degli stagisti. Arrivano tutti questi ragazzi con le loro idee idiote, del tipo, c'è quello che si presenta con tutto il diario di lavorazione della sequenza della stazione ferroviaria de* Gli intoccabili, *come se la cosa dovesse lasciarmi di stucco, visto che la nostra società è composta quasi esclusivamente da donne, fatta eccezione per un porco con la fissa delle donne al quale non rivolgerei la parola neanche per dirgli che ora è e per un indiano fanatico della televisione. Ci serve una stagista femmina! E così mi invitano a un ciclo di film realizzati dagli studenti della NYU, cosa che odio, per il semplice fatto che tutti questi film ruotano attorno alla stessa domanda: una tizia francese ha influenzato o no il concetto di pulsione verso la morte di Freud o quel che è? Gesù, ma andatevi a fare una pedicure o qualcosa del genere. Comunque, in quell'occasione mi è capitato di notare che la sceneggiatrice di uno di quei film era una studentessa che si chiamava Allison Maiser. E voi starete pensando che chiunque a New York avrebbe avuto la mia stessa intuizione, e cioè che questa Maiser è imparentata con quel Maiser, sapete a chi mi riferisco, il direttore del palinsesto della UBC – tra l'altro credo che Vanessa, questo weekend, gli abbia attaccato una pezza delle sue al telefono. Così faccio un paio di ricerche, qualche telefonatina di nascosto, o forse ho chiesto a Jeanine di fare lei delle ricerche, e alle fine salta fuori che è sua, be', non importa, l'unico problema è come riuscire a scovarla. Allora chiamo a rapporto le ragazze della Vanderbilt, le becco al telefono, e queste riattaccano con la storia dei Servi della Gleba, Servi della Gleba qui, Servi della Gleba là, e allora gli dico di piantarla con 'sti Servi della Gleba, dato che io di Servi della Gleba non ne ho neanche mezzo, e poi devo capire come scovare questa ragazza, questa Maiser, e loro mi mettono in attesa, e mi sembra che passino solo cinque minuti, perché nel frattempo mi sono messa a leggere una sceneggiatura e non m'importa se mi fanno aspettare, dato che adoro quel genere di storia a cui ti puoi abbandonare completamente, come se fosse il miglior fidanzato che tu abbia mai avuto, e questa sce-*

neggiatura era esattamente così, e sembrano passati solo cinque minuti quando quelle due riprendono la linea e mi dicono che lo sanno loro come scovarla e che hanno il suo numero, ma che però mi devono dire qualcosa di veramente importante. E cioè? faccio io. Si interrompono a vicenda. Sei sicura di volerlo sapere? Certo che lo voglio sapere. Be', non è il genere di ragazza che piace a te. Chi non lo è? La Maiser. Mi sa che ha il piercing al labbro di sotto o da qualche altra parte, alla lingua forse. È come Dennis Rodman, però donna. E chi se ne frega! faccio io. Dennis Rodman è così anni Novanta! Chi se ne frega se Allison Maiser è senza gambe e senza braccia! Perché, anche se così fosse, la metteremo a leccare francobolli, per quanto non li usiamo nemmeno più quei francobolli. E poi, un attimo dopo che sarà entrata dalla porta, chiameremo suo padre e gli diremo che sua figlia è la stagista più brava che si sia mai vista! Che sua figlia fa sembrare tutti gli altri stagisti delle, non so, delle mezzeseghe! Le Vanderbilt sono scettiche, dato che sono quasi certe che Allison non sia nemmeno bionda, e neanche tinta. È probabile che abbia i capelli blu o di un altro di quei colori. Mi stanno mettendo in guardia. Chi se ne frega, non sono mica tenuta ad ascoltarle ogni volta che aprono bocca.

Così, più tardi, faccio uno squillo alla Maiser sfoderando la mia voce da ufficio delle grandi occasioni, e pronuncio le paroline magiche che funzionano con qualsiasi studente universitario, e cioè, dico che sto chiamando da Mezzi di Produzione, e che stiamo lavorando a un biopic su Michel Foucault, e che abbiamo assolutamente bisogno di una mano in ufficio, e si dà il caso che abbiamo sentito parlar bene del suo cortometraggio, e non è che questa si metta immediatamente a fare i salti di gioia, il che è comprensibile se si pensa che suo padre è l'uomo più potente del pianeta, ma comunque accetta di passare di lì la mattina dopo verso le dieci, dando per scontato che a quell'ora io sia già in ufficio. Dico ad Annabel che sarà lei la prima a fare il colloquio a questa ragazza, però non le dico di chi si tratta. In realtà non lo dico a nessuno, visto che mi va di gustarmi la mia idea ancora per un po'. E ne vale la pena, perché si tratta dell'idea più intelligente di tutti i tempi.

Ah già, altre notizie. Sono su tutti i giornali! Non capisco come mai le riviste di gossip debbano pubblicarle sempre per prime, ma uno deve essere un vero idiota per non leggere le riviste di gossip. In questo articolo si dice che Samantha Lee stava parlando al cellulare al momento della botta in testa. Cioè, forse è stata colpita perché stava sbraitando al cellulare a proposito del fatto che stava ingrassando o qualcosa del genere. Anche a me una volta è capitato di aver voglia di uccidere due che si erano messi a parlare di cose così durante un film. Ero lì che mi guardavo uno di quei film francesi, con uno dei personaggi che era una pazza ninfomane, quando all'improvviso, proprio durante la scena cruciale in cui questa moriva, c'è una tizia che risponde al cellulare. Risponde e promette di richiamare, ma dice che adesso non può parlare perché è al cinema, e allora quello dall'altra parte del telefono le chiede che cinema è, e lei glielo dice, e poi gli dice che il film è bellissimo e che c'è un'attrice che fa la parte della pazza ninfomane, e poi, insomma, quand'è che si possono vedere?

L'articolo sostiene che esiste un cellulare, e che il cellulare in questione proverà che il fratello di Annabel, uno degli indiziati, stava davvero chiamando Samantha al momento del fatto, per cui non poteva essere lui il responsabile dell'aggressione, visto che stava chiamando da un fisso, e adesso ci sono un sacco di poliziotti che si stanno precipitando sul luogo del delitto, anche se non c'è nessuno che lo riesca a trovare, questo cellulare, perché è schizzato chissà dove, dato che il mattone con il quale quel malato di mente l'ha colpita le ha praticamente maciullato metà della testa. E la cosa strana è che Annabel non sembra particolarmente sorpresa da questa notizia. Comunque, se è stata lei a far arrivare la storia ai giornali, allora sono abbastanza orgogliosa di lei, visto che non è niente male avere a disposizione gente così dotata, sapete? Io sono sempre lì che cerco di piazzare delle notizie sui giornali, e se avessi dei contatti migliori ne piazzerei anche di più, tipo la notizia che Mercurio avrà sicuramente una parte ne I rabdomanti *e che io sono destinata a dirigere lo studio più importante del mondo.*

Non sono uscita stasera. Sono arrivata a casa e mi sono fatta una maschera. Poi sono andata in giro per la casa a terrorizzare i cani. Loro non sanno che sono io, perché la maschera che mi sono messa in faccia è viola.

P.S. Di Lois ancora nulla.

Il custode del condominio è andato all'appartamento di Lois per vedere se era morta, annota Madison mercoledì, dopo la megafesta per I Servi della Gleba, la linea di abbigliamento sportivo di Mercurio. Essendo un po' ubriaca, sta scrivendo con addosso soltanto mutandine e reggiseno, e si sente grassa come una focena distesa su un materasso costoso. *Per ora, tutto ciò che sappiamo è che Lois non risponde al campanello, e secondo me dovremmo denunciarne la scomparsa, anche se Vanessa non è d'accordo, dato che è una cosa che spetterebbe alla famiglia di Lois. Per quanto mi riguarda, la domanda è se Lois abbia davvero una famiglia, perché scommetto che è stata messa al mondo da un computer o da una calcolatrice, o da una cosa tipo un regolo calcolatore. Non ho fatto in tempo a metter piede in ufficio che Vanessa era già su tutte le furie, e per prima cosa ha riattaccato con quella solfa che,* cazzo, *dovevamo andar via da quel* cazzo *di ufficio, che era un posto del* cazzo *che le faceva venire una* cazzo *di depressione cosmica, e insomma, avevo trovato o no un altro ufficio o qualcos'altro? Allora le ho chiesto dove si voleva trasferire, e lei ovviamente ha risposto a Downtown, dato che tutti vogliono andare a Downtown, ma io personalmente preferisco avere l'ufficio qui, visto che ci metto un attimo ad arrivare da casa mia. E se avessi il tempo di pattinare, ora andrei alla pista, e mi metterei una sciarpa di cachemire, e pattinerei all'indietro sotto il grande albero, e berrei una cioccolata calda, e direi a uno che passa di lì che è un gran fico.*

Faccio entrare questa ragazzina, non so nemmeno se sia una femmina o un maschio, diciamo solo che è un esemplare giovane, e questa si accomoda sulla sedia pieghevole accanto alla porta d'ingresso, vicino alla scrivania di Jeanine, e ha addosso un affare nero e sbrindellato, uno scarto pescato nel cassonetto dell'immondizia di un club heavy metal, cioè, può anche darsi che si tratti di un vestito, ma vai a saperlo, quell'affare di rete è talmente pieno di buchi che non ci si riuscirebbe a pescare nemmeno un'orca, e poi ci sono così tanti aggeggi di metallo che le sporgono dalla faccia che ci si potrebbero pure apprendere dei fili d'argento con un angelo in cima, come a un albero di Natale, e la quantità di trucco che ha sugli occhi, non fatemi neanche cominciare, ha gli occhi completamente chiusi, al punto che ha tutta l'aria di essersi addormentata sulla sedia, così guardo Jeanine, e lei guarda la ragazzina, e dato che sta dormendo nessuno ha intenzione di svegliarla. È pazzesco che stia dormendo, perché Vanessa sta sbraitando come una matta, ma non ci sono dubbi, dorme di brutto, e Vanessa, che, se non ne ha voglia, non presta la benché minima attenzione alle cose, non presta la benché minima attenzione neanche a lei, e io entro in ufficio e Annabel mi si fionda dietro, con l'aria preoccupata e con addosso an-

cora quel completo di Ann Taylor, anche se mi sembra che si sia cambiata la camicetta, e le chiedo se va tutto bene, perché adesso sui giornali è saltato fuori che c'è una specie di connessione tra il tizio che si è schiantato con la macchina contro il negozio nel Diamond District e l'aggressione ai danni di Samantha Lee e le chiese sconsacrate di Long Island e uno sceicco cieco da un occhio che sta sull'Atlantic Avenue, e ci sono dei titoloni che parlano di Ondate di odio, *e naturalmente dev'essere qualcosa che ha a che fare con l'Islam, come si era già pensato quella volta in cui un tizio aveva fatto esplodere quell'edificio a Oklahoma City, e poi invece era venuto fuori che erano stati i razzisti bianchi del Sud. Comunque, Annabel è preoccupata, visto che i poliziotti stanno ancora addosso a suo fratello. Lei lo credeva a casa dei genitori, ma poi lui se n'è andato via, e a quanto pare adesso è in giro e si sta spostando col treno o con Dio solo sa cosa.*

La buona notizia di oggi è che Vanessa crede che la UBC stia seriamente prendendo in considerazione I rabdomanti. *Nessuno può dire come arrivino a questo tipo di decisioni, ma m'immagino che parlino con gli agenti pubblicitari e che dicano al cartellonista di inventarsi una locandina. Ovviamente le ho detto che avevo un'idea davvero magnifica per il manifesto, ma lei mi ha liquidato con un gesto della mano. La cattiva notizia è che sembra che ci siano tipo tre persone diverse che sostengono di rappresentare il progetto, e Vanessa ha telefonato a Vic Freese della Michael Cohen Agency con tanto di urla che arrivavano fin dentro il mio ufficio. Più tardi viene da me e mi dice che Vic rappresenta l'autrice del libro originale, che si chiama Melody o una cosa simile, e che poi in giro c'è un'altra versione la cui regia è stata assegnata a Leonard Nimoy, ed è la versione di Shelley Ralston Havemeyer o come diavolo si chiama quella, e infine c'è la nostra, di versione, completamente diversa. Pare che nelle schede di lettura della sceneggiatura di Nimoy che abbiamo noi non si parli di mongoli. Ma come fanno a non esserci i mongoli? Tutta la storia ruota attorno al fatto che all'inizio ci sono gli unni! Io voglio che gli unni ci siano, e tra l'altro sono particolarmente soddisfatta del manifesto che ho abbozzato. E come facciamo, se poi quelli cambiano tutto e la storia finisce per parlare di una famiglia disastrata che vive in periferia, con un bambino disadattato che a detta di tutti arriverà primo al ballo studentesco di fine anno? Sarebbe davvero una rottura di palle. Mah, forse i rabdomanti sono tutti uguali, e comunicano tutti con una sorta di potere magico, e noi dovremmo prendere ciò che capita, e se ciò significa che io e Vanessa compariamo come produttori esecutivi nei titoli di coda, be', okay, allora diamoci una mossa.*

Ho chiamato le Vanderbilt per informarle che in giro ci sono tre diverse versioni della nostra storia, anche se non è possibile che le cose vadano a finire come con La donna esplosiva*, ve lo ricordate, no, quando c'era quell'altro film di fantascienza che era uscito in contemporanea, ah sì,* Virus letale *o come cavolo si chiamava, un film con una quantità allucinante di epidemie; quello che voglio dire è che non è possibile che circolino più versioni di una miniserie sui rabdomanti, non se noi abbiamo qualcosa da dire al riguardo e se continuiamo a insistere con tutta quella storia di Ranjeet, lo conoscete no, l'indiano dell'ufficio, quello che è venuto alla festa per I Servi della Gleba, e credo che si sia pure tolto il turbante, perché alla festa per I Servi della Gleba aveva un vestito di Prada ed è riuscito a entrare nell'area vip, non so come abbia fatto, ma a dire il vero era parecchio fico. Si era rasato la barba e si era lasciato solo una mosca sotto il labbro inferiore, e si era lisciato i capelli all'indietro, e aveva addosso questo completo di Prada, e credo che stesse cercando di darsi da fare con tutte le ragazze della festa, anche se con le ragazze non ci parlava, chiacchierava solo con gli imprenditori, e quando sono passata di lì mi ha dato un bacio volante e mi ha detto che si era messo a discutere di un film inglese tratto da un libro di Jane Austen che non ho mai letto, e ha aggiunto che quello era un ottimo esempio di ciò che* I rabdomanti *avrebbero potuto significare, e ho notato che era un po' nervoso e che aveva una piccola traccia di sudore sul labbro superiore, e in un attimo di follia ho pensato che forse avrei dovuto baciarlo, ecco la cosa che mi ha veramente scioccato, quella e il fatto che le Vanderbilt mi abbiano chiesto chi fosse quell'indiano strafico, al che io ho risposto che non era indiano ma che era un sikh, e che i sikh hanno alle spalle una tradizione di pace e di spiritualità, e le Vanderbilt mi hanno guardato come per dire di che cosa diavolo stai parlando, e nemmeno io sapevo di che cosa stessi parlando. Il punto è che Ranjeet prima faceva l'autista privato, mentre adesso è venuto fuori che è più intelligente e stacanovista di qualunque altra persona in ufficio, che poi è il motivo per cui non lo si è visto in giro per un paio di giorni, perché, a sentire Vanessa, sta vedendo diversi agenti, sta discutendo di vari progetti e sta cercando qualcuno che appoggi la miniserie.*

Dev'essere l'una quando Annabel entra nel mio ufficio ridendo.

Omioddio, dice, ho appena capito chi è quella ragazza. Quale ragazza? faccio io, e lei dice quella ragazza che dorme là fuori accanto alla scrivania di Jeanine. Oh mio Dio, le faccio io, perché, è una ragazza quella lì? Visto che non ero del tutto sicura che fosse una ragazza, e pensavo che potesse pure trattarsi di un qualche animaletto, ma Annabel dice che non è così, che è una ragazza che vuole fare lo stage da noi! Oh mio Dio! faccio io, non c'è nessuna ragazza che vuole fare lo stage da noi, e quella è la figlia di Jeffrey Maiser! Non quel Jeffrey Maiser! Eccome, mia cara! dico io, e spetta a te farle il colloquio per prima, e ricordati di essere gentile e di dire di sì a qualsiasi sua richiesta, dato che dobbiamo tenercela buona per un po', almeno fino a quando non avremo messo insieme i vari pezzi della faccenda della miniserie, e siamo lì che ce la ridiamo, io e lei, e io mi chiedo come mai mi dimentico sempre che alla fine Annabel mi piace da morire, perché quando ride, in un modo o nell'altro, fa sembrare bello il mondo, ed è proprio in quel momento che Thaddeus passa di lì, ma è come un fantasma che cammina sopra la nostra tomba, dato che nessuna di noi due ha intenzione di dire più nemmeno una parola in sua presenza. Non ci vorrà ancora molto prima che se ne vada, penso, dal momento che Vanessa non vuole più lavorare con lui, e la sua foto non manca mai sulle riviste di gossip, e sembra che gli sia passato sopra un camion, cosa che senz'altro si meriterebbe.

Attraverso la strada ed entro in quel negozio dove vendono degli ottimi panini e dove fanno anche il pesto, compro un pompelmo e una Diet Coke, non il pesto, e quando rientro in ufficio Annabel è nella sala riunioni con Allison Maiser, e la vedo che cammina avanti e indietro, mentre mi sa che la ragazza sta ancora dormendo. Il tempo di mangiare metà pompelmo e di buttare via il resto e arriva il mio turno con Allison. Annabel sospira e mi tiene aperta la porta.

Okay, dico entrando, allora eccoci qui, e così hai conosciuto Annabel, che sarà il tuo capo, e Jeanine, che all'occorrenza ti darà delle cose da fare. Cos'altro vuoi sapere del nostro lavoro?

Allison si sta togliendo le pellicine dalle unghie. Penso che nessuno dei vostri film sia così grandioso, fa lei. Nemmeno io penso che siano tutti film grandiosi, tuttavia il mio lavoro consiste nel fare in modo che Vanessa riesca a produrre il genere di film che vuole produrre, dopodiché, una volta che avrò imparato tutto ciò che c'è da sapere, farò i miei film, e se tutto va bene saranno dei film grandiosi. Voi qui avete bisogno di qualcuno che vi dia una grossa mano con l'editing delle sceneg-

giature, dice lei. A dire il vero, quello di cui abbiamo bisogno noi è una stagista che svolga delle mansioni da stagista e che abbia voglia di imparare, replico io. Frequenterai le case delle star internazionali, del tipo, che so, Marcia Firestone, con la quale abbiamo lavorato al nostro ultimo progetto, e avrai la possibilità di andare a casa sua e di aiutarla a prepararsi per le riprese. Proprio come ha fatto il nostro ultimo stagista, che andava da lei a prepararle il caffè e che si assicurava che arrivasse sul set in tempo. Non è che ultimamente sia stata poi così capace di scegliersi dei ruoli validi, dice Allison. Be', senti, faccio io, perché non mi dici in che modo pensi di poterci essere utile? Al che questa si lancia in un discorso pazzesco, del tipo, ora vi dirò che genere di donna sono, e posso senz'altro dire che da qualche parte c'era una "y" nella parola "womyn",[14] *perché è proprio questo il tipo di cose che dice lei, come per esempio: sono quel genere di donna che non riesce a leggere per molto tempo, dato che non riesco a concentrarmi a lungo, per cui non ho intenzione di starmene seduta a leggere, e divento molto nervosa quando sono sotto pressione, e non sopporto quando le persone mi urlano dietro, per cui non voglio che mi si urli dietro, e non m'importa chi è che sta urlando, perché se solo sento che qualcuno mi urla dietro io me ne vado e basta. Ho lo stomaco a pezzi, e può darsi che sia affetta dal morbo di Crohn o da una roba simile, e devo essere sicura di poter disporre di un bagno e che nessuno dica nulla sul fatto che vado in bagno spesso. E voglio lavorare solo a progetti sperimentali, non m'interessano le altre cose che state facendo, e non voglio avere niente a che fare con i film hollywoodiani, e non voglio parlare con nessuno dei grandi studi perché sono tutti degli idioti. Quello che vi metto a disposizione è il mio futuro, e il mio futuro sarà grandioso, e voi potrete farne parte oppure no, ma so che chiunque mi farà lavorare si avvarrà di uno dei talenti più promettenti della mia generazione, ecco ciò che penso, e al mattino non voglio iniziare prima delle undici, e mi prendo tutti i giorni liberi che voglio.*

Okay, le dico, il posto è tuo. Benvenuta a Mezzi di Produzione.

[14] "Womyn" è una delle tante varianti ortografiche appoggiate da alcune femministe nel tentativo di eliminare la percezione di pregiudizio sessuale insita nella parola inglese "woman", e cioè "donna" (*N.d.T.*).

Stasera sono uscita un'altra volta con Zimri Enderby, scrive Madison con addosso il pigiama di seta, data l'ora tarda, *ma prima di affrontare questo discorso dovrei dire che oggi Vanessa non si è fatta vedere in ufficio, e francamente non mi ricordo l'ultima volta che era successo. Immagino che c'entri sua mamma. In più, a fine giornata mi sono ritrovata sulla scrivania un suo biglietto, forse di ieri. Nel biglietto parlava di Lois DiNunzio e diceva di essere piuttosto certa che Lois non fosse stata assassinata, dato che, dopo aver spulciato la contabilità, aveva scoperto che c'erano diversi ammanchi riferiti agli ultimi mesi, e crede che sia stata Lois ad aver preso quei soldi, e da una prima stima pensa che si tratti più o meno di cinquantamila dollari. Forse anche di più. Chissà cosa finiremmo per scoprire se cominciassimo a ficcare il naso nei conti dei debitori e in tutte le note spese. E visto che domani è venerdì, che tanto per intenderci è il giorno di paga, dobbiamo accertarci che ci siano abbastanza soldi per pagare tutti. Mi chiede di tenere la bocca chiusa e dice che forse, se sarà necessario, ne parleremo con Thaddeus.*

È piuttosto inquietante, perché cosa faremo quando bisognerà pagare l'affitto? Bisogna che si muova qualcosa, come il progetto su Otis Redding o la miniserie, altrimenti saremo costretti a lasciare a casa qualcuno. Perlomeno adesso possiamo fregarcene dello stipendio di Lois, ma è anche vero che non abbiamo nessuno che stia dietro alla contabilità. Probabilmente Jeanine sarà la prima a cui daremo il benservito, anche se Jeanine è abbastanza in gamba da poter gestire i conti almeno per un po'. Finché non riusciremo a ingranare con qualche progetto. L'ufficio era come una prigione sotterranea, dove tutti noi aspettavamo di sentire se qualcuno chiamava a proposito della UBC. Ho persino telefonato alle Vanderbilt dicendogli che dovevano mettere in giro delle voci maligne sul conto di Vic Freese e della Michael Cohen Agency, sennò c'era il rischio che quelli riuscissero a vendere la loro assurda versione de I rabdomanti, *e ognuno di noi sarebbe finito a fare lavoretti part-time. Io potrei fare un'audizione per lo show natalizio del Radio City, dove c'è sempre qualche violinista da rimpiazzare.*

A proposito, più tardi ha telefonato Vanessa dicendo che c'era la possibilità che sua madre avesse lasciato l'ospedale, o almeno era quello che si era sentita dire da un'infermiera, ma che però la madre non rispondeva al telefono di casa. So che dovrei cercare di dare una mano in questi casi, ma cosa puoi fare con Vanessa? Di certo non puoi cercare di abbracciarla o cose del genere, dato che non è esattamente il tipo di ragaz-

za che ti viene l'istinto di abbracciare. Tanto per cominciare, non sono sicura che riuscirei ad abbracciarla, e poi lei mi odia. Non servirebbe davvero a nulla.

A ogni modo, tutta questa storia mi ha fatto venire in mente di invitare Zimri Enderby fuori a cena. Era ovvio che le Vanderbilt fossero ancora molto prese da lui, visto che la sua fotografia a delle cose umanitarie continuava ad apparire sul giornale. Del tipo che c'era una sua foto con la signora Astor in biblioteca, oppure da qualche altra parte il suo nome era scritto in grassetto. Nell'articolo si diceva che era un venture capitalist e che si stava specializzando in iniziative imprenditoriali connesse a Internet, e si diceva anche che era stato uno dei primi ad aver investito in un affare chiamato Servizi di Onoranze Funebri Interstatali, un nome che fa un filo accapponare la pelle, ma immagino che i morti debbano pur andare da qualche parte.

Io e Zimri ci siamo incontrati in questo delizioso nuovo ristorante di Tribeca che si chiama Slab. Lo chef prima lavorava da Lyons e questo è tipo il suo terzo ristorante, e io ho dovuto darmi un gran daffare per ottenere il tavolo, e praticamente ho dovuto promettere che avremmo girato qualche ripresa dentro il ristorante oppure che Slab avrebbe organizzato il servizio di catering per un intero film, cosa che non so se riusciremo mai a fare, dato che esistono anche i vegetariani a questo mondo e Slab non fa davvero al caso loro, nel senso che da Slab ti scegli il taglio di carne che vuoi, il tipo di cottura che preferisci e le varie salse e così via. A detta di Zimri, è il miglior ristorante della città, visto che lui è originario dello Utah dove, a quanto pare, c'è un sacco di carne. Mi stavo guardando intorno per vedere se c'era qualcuno che conoscevo, e sono abbastanza sicura di aver visto cosa, quell'attrice che faceva dei film negli anni Settanta e Ottanta, Pia Zadora.

Stavo spiegando a Zimri tutto quello che c'è da sapere su Harold Robbins, di come quando leggi Harold Robbins ti metti a scorrere velocemente i vari capitoli per cercare di arrivare alle parti spinte. Per quanto mi riguarda, le parti spinte non sono mai abbastanza, e ci sono parecchie cose che ho imparato dai suoi libri. Harold Robbins usa sempre dei brutti eufemismi per le parti del corpo. Zimri dice che da ragazzo non gli era permesso leggere libri come questi, perché i genitori erano molto rigidi. Leggeva soprattutto western in cui abbondavano le descrizioni edificanti della vita nella prateria e delle battaglie con gli indiani, anche se persino quelle erano considerate delle letture a rischio. Continuo a pensare che in fondo tutti credano nelle stesse cose, ma probabilmente non ne ho idea. Poi Zimri mi dice che sono molto carina, e che è fortunato a essere in compagnia di una donna così bella, per quanto io mi senta una quindicenne, dato che vivo ancora coi miei, e mi chiedo quando finirà questa sensazione transitoria da adolescente. Comunque, gli dico di essere rimasta colpita dalle sue parole.

Poco dopo gli chiedo come mai, visto che è un uomo molto attraente e che la gente del suo paese si sposa giovane e mette su famiglia, non è sposato, e gli chiedo cosa ci fa a New York, più o meno l'ultimo posto in cui gli abitanti dello Utah vorrebbero andare. Zimri si fa serio in volto e mi dice che per darmi una risposta compiuta ha bisogno di spiegarmi meglio l'idea di missione, e cioè l'idea per cui, quando raggiungi una certa età, devi affrontare il mondo e devi cercare di fare proseliti per la tua Chiesa. (So già tutto quanto ma lo lascio parlare lo stesso.) Alcune persone vanno lontano. Vanno in Zimbabwe o in Congo o in Malesia o in qualche altro posto simile, e sanno che la loro fede è con loro, anche se talvolta non è così. Sono più o meno certa che è quello che Zimri stava cercando di dirmi. È la prima volta che queste persone sono lontane da casa, e non hanno mai bevuto alcolici, e non hanno mai provato la caffeina, e sono là fuori, nel mondo, in Zimbabwe o giù di lì. Ed è un mondo grande, aggiunge Zimri, e lo dice in un modo così tenero che è come se volesse proteggere persino me dai pericoli di questo mondo.

In sostanza, Zimri è arrivato a New York per compiere la sua missione, e per un po' di tempo ha lavorato al distaccamento di una biblioteca genealogica situata qui, vicino al Lincoln Center, dove sbrigava lavori d'archivio per pagarsi l'affitto e dove archiviava microfiches, nonostante i genitori gli avessero dato dei soldi, e ogni tanto scendeva in piazza e cercava di parlare alla gente che viveva per strada, e il più delle volte nessuno aveva niente a che fare con lui, mi ha detto, e non crede di aver convertito più di una o due persone durante il periodo in cui ha vissuto a New York, e non si era nemmeno cacciato in guai seri, anche se, e qui mi dice cha sarà assolutamente sincero con me, gli era capitato di vedere delle belle donne ogni giorno, ovunque andasse, vedeva delle donne di una tale bellezza. E poi andava all'opera, e a sentire concerti jazz, e a poco a poco si era accorto che la musica nera era straordinaria, e che ovunque a New York c'erano questa bellezza e questa disperazione, e che le due cose convivevano l'una accanto all'altra.

Dovevamo aver prenotato un po' tardi, dato che Slab si stava via via svuotando, e noi eravamo lì da un bel po', e Zimri mi aveva raccontato di come avesse provato a convertire alcuni tizi vicino alla Bowery, perché c'erano ancora un sacco di senzatetto laggiù, ed erano come dei personaggi storici, uomini che ancora si ricordavano della vecchia Bowery, e uno di questi gli aveva allungato la fiaschetta dicendogli, forza, assaggia, e, come per dar forza al suo racconto, Zimri ha preso il mio bicchiere di vino, dato che lui non ce l'aveva, e l'ha sollevato annusandone il profumo a lungo, e per un attimo i suoi occhi quasi si sono incrociati, e lui ha detto che era davvero uno sballo. Ed è stato allora che ho pensato che, be', quest'uomo mi piaceva da morire.

Direi una bugia se dicessi di non aver pensato a quanto Zimri fosse un bene per me, un bene per Mezzi di Produzione e forse persino per I rabdomanti, *e non voglio cominciare a raccontare delle bugie nel mio diario, e così non dirò di non aver pensato a tutte queste cose. E questo è stato il motivo che mi ha spinta a uscire con lui all'inizio. Ma d'un tratto non mi è sembrata più questa la ragione per cui ero lì, d'un tratto ho pensato che quest'uomo mi piaceva, e che forse mi stava venendo voglia di baciarlo, e che forse mi stava venendo voglia di fare qualche altra cosa di cui ancora non mi sento di scrivere.*

A lume di candela tutti sembrano belli, e Zimri a lume di candela era meraviglioso. Uno non crederebbe mai che un posto che si chiama Slab possa avere un arredamento così carino, tutto color mattone e blu scuro e via dicendo. Il posto perfetto per gli operatori di borsa che masticano sigari e per i loro compari. Ma Zimri era attraente. Forse era perché non ero tenuta a baciarlo che mi sembrava così sexy. Forse era che non sapevo cosa sarebbe successo dopo. Forse era che non bisognava pensare certe cose di un uomo che credeva in Dio, ed erano esattamente questi alcuni dei miei pensieri. Le Vanderbilt non fanno altro che chiedermi perché non esco con nessuno. E con chi dovrei uscire? Forse con un musicista con la biancheria intima in bella mostra e magari anche con una malattia? Dopo la storia con Thaddeus mi sono detta che non ci sarei più passata una seconda volta, specialmente se si trattava di un attore idiota senza un briciolo di cervello in testa e con niente al posto del cuore, e allora ho fatto del mio lavoro la mia unica passione, ed è ancora così, è la verità. Comunque, è stato bello per me riuscire a chiedere a un uomo se potevo baciarlo, proprio così, cioè, è stato un bel passo avanti dirgli che volevo baciarlo.

Lui ha detto di sì.

Be', la sua camera in albergo era grande quanto l'appartamento dei miei genitori, cioè, grande per una stanza d'albergo, ed era all'ultimo piano, e l'albergo si trovava a Downtown, era il Soho Grand, e lui mi ha accompagnata fuori dal bar con il suo braccio attorcigliato al mio. Di sera il bar è affollato di ragazze esili con pochi vestiti addosso, che adesso stavano ballando lì attorno, ragazze che non pagano nemmeno quelle mise ma che vengono pagate per indossarle, e Zimri mi stava dicendo che ci saremmo soltanto baciati, e che quella era l'unica cosa che avremmo fatto, e io ho immediatamente pensato che lui era sempre il ragazzo in missione, il ragazzo in missione con il bicchiere del vino di New York sollevato all'altezza del naso. E subito dopo eccoci che attraversiamo l'atrio dell'albergo, e subito dopo eccoci in ascensore, e subito dopo eccoci nella sua stanza, e subito dopo eccoci sul suo letto, e nessun indumento veniva sfilato, e non so nemmeno se ho voglia di raccontare quello che è successo dopo, dato che forse alcune cose devono rimanere solo nella tua memoria, e neanche nel tuo diario, perché non voglio ritrovarmi tra qualche anno a rileggere queste righe e a dirmi che non avrei dovuto fare quello che ho fatto con questo poverino che non sapeva quello in cui si stava cacciando, perché ho sentito un uomo gridare forte il mio nome, e mi è piaciuto sentire il mio nome, mi è piaciuto, e non dirò che non mi è piaciuto, e quando abbiamo finito lui mi ha preso il viso tra le mani e mi ha detto che mi era grato, e mi ha tenuta stretta in segno della sua gratitudine e del suo desiderio di essermi presto nuovamente grato.

Ha anche detto che aveva intenzione di lavorare con noi.

22

Si sente un trambusto sotto lo studio del reverendo Duffy, al primo piano. Tuttavia il reverendo non è ancora pronto a prendere in mano la situazione. Si dedica invece allo studio dell'omiletica, disciplina che gli è stata tramandata dai suoi maestri e nella quale si è esercitato per trentacinque anni, la maggior parte dei quali qui, nella parrocchia di Newton, Massachusetts. Aveva coltivato la propria vocazione più per un'incapacità di pensare a cos'altro avrebbe potuto fare che in virtù di un'ostinata perseveranza. È il suo appannaggio, è il suo premio. È rimasto in questa parrocchia, e questa parrocchia è piena di storie. Be', un tempo il direttore del coro se la faceva con uno dei parrocchiani. E la storia avrebbe avuto a malapena il peso di un pettegolezzo se non fosse stato per il fatto che, al tempo, il direttore del coro, Brian, e il suo innamorato, Archie, erano entrambi sposati con due donne. Una storia niente male, che aveva chiamato in causa tutte le sue doti di buon pastore. Le mogli avevano dichiarato che le loro vite sessuali erano state più che soddisfacenti.

Le storie della vita parrocchiale gli risollevavano il morale ogniqualvolta in lui veniva meno la certezza che quel lavoro fosse in grado di offrirgli qualcosa di nuovo, dopo i cinquanta o settantacinque matrimoni officiati e gli altrettanti funerali, più un numero imprecisato di battesimi e di cresime. Spesso il calendario ecclesiastico gli sembrava simile alle montagne russe per bambini, con le sue dolci, prevedibili salite e discese, e poi quasi più niente. E ora eccolo qui, di nuovo alla fine dell'anno ecclesiastico e con alle porte l'Avvento, quel momento di riflessione in cui il simbolismo diventa un tale conforto: l'Onnipotente mascherato da bambino povero e indifeso.

Comunque sia, ancora non ci siamo. Prima di tutto, la fine dell'anno ecclesiastico. Tempo di fantasie escatologiche, come nella lettura settimanale tratta dagli Ebrei: "È una cosa terribile cadere nelle mani del Dio vivente." Non è ancora arrivato il momento dell'Avvento del bambino, con la sua aureola arzigogolata, non è ancora arrivato il momento della colomba che volteggia sopra il bambino. Non ancora. E invece eccoci qui, in un luogo in cui le metafore non sono di alcun conforto. Così, forse, ci sta anche che sua moglie, al piano di sotto, stia urlando dietro al figlio naturale, il che, va detto, non è una pratica usuale in casa del reverendo. Le urla sono sparite quasi del tutto da quando il figlio adottivo maggiore se n'è andato. Tuttavia, qualche strillo non significa che lo si debba subito tirare in ballo. Quando William Duffy, il figlio maggiore, era più giovane, da quelle parti serpeggiavano proteste e malumori in gran quantità. Non c'era nulla che riuscisse a sanare la ferita aperta dell'adozione di William, per non parlare dell'imperdonabile fatto che William appartenesse a una razza diversa. Se solo negli anni Settanta fossero stati al corrente delle questioni connesse al concetto di identità così come lo sono ora a *fin de siècle*.

Attualmente, William versa in una difficile situazione legale, ed è tale situazione che determina l'attacco dell'omelia che il reverendo pronuncerà domenica prossima, il cui canovaccio verrà poi arricchito di particolari a seconda dell'estro del momento, com'è suo costume. Iniziare di domenica, lavorare senza fretta durante la settimana, evitare l'oppressione delle scadenze. Il reverendo digita le parole sulla vecchia Smith-Corona, con la sua musica calda, percussiva:

> Vi potrebbe sorprendere venire a conoscenza del fatto che è da vent'anni soltanto che avverto l'esistenza dell'Onnipotente come qualcosa di certo...

Che sollievo scrivere questa frase, e quante volte in passato gli era venuto in mente di metterla per iscritto, anche se poi aveva sempre pensato che fosse sbagliato, e che queste parole avrebbero scioccato la parrocchia, forse anche più della storia tra Brian e Archie. Il suo maestro di omiletica gli aveva sempre raccomandato di annotare per prima cosa le associazioni mentali, ovunque esse emergessero. E così prenderà nota di tutti i pensieri e, insieme, di tutte le incertezze che lo assalgono ora, alla fine dell'anno giubilare. È incerto a proposito di diverse questioni. E le sue incertezze sono una "cosa terribile", come sottolinea l'epistola agli Ebrei. Dove sono i santi che dovrebbero essere là fuori e dai quali dovremmo trarre sollievo? Il reverendo Duffy non sa dove si trovino, questi santi, e non sa nemmeno se ritorneranno al fine di eludere tutti i dubbi che li riguardano. I santi non torneranno in un giorno preciso, con indosso una veste precisa e con un programma preciso, e il motivo è che hanno fatto il loro tempo:

> Vi potrebbe sorprendere venire a conoscenza del fatto che, quando prego, mi accade spesso di non sapere cosa dire, e che in risposta ricevo solo silenzio...

Sente la moglie che, piagnucolando, vuole sapere dov'è stato Maximillian, il figlio minore. Dove ha trascorso le ultime notti? Con quali dei suoi amici dice di esser stato? E i genitori di questi amici confermeranno la sua versione dei fatti? Tutti sanno che William, il figlio maggiore, venerdì ha fatto una breve capatina qui da loro, limitandosi ad accennare al suo bisogno di prendersi una piccola pausa dal lavoro, per quanto tutta la sua vita abbia l'aria di esser stata una pausa. Tutti sanno che William è un'enorme fonte di preoccupazioni, dal momento che, un attimo dopo che se n'era andato, il reverendo Duffy e la moglie avevano iniziato a ricevere delle telefonate a proposito del guaio in cui si era cacciato William, guaio che aveva avuto luogo a New York. La prima di questa sequela di rivelazioni inquietanti era stata la telefonata della figlia, Annabel, la figlia di mezzo, la preferita del reverendo, anche se un padre non dovrebbe amare un figlio più degli altri. La figlia aveva spiegato loro la faccenda della giovane donna asiatica, al che la moglie del reverendo, Debby, si era messa a piangere seduta al tavolo della cucina e aveva chiesto come mai tutto questo stesse accadendo *proprio ora*, alludendo ad altri brutti periodi che avevano funestato il loro matrimonio e la loro famiglia. Il reverendo l'aveva stretta in un brusco abbraccio, nonostante non se la cavasse bene con gli abbracci. Se la cavava meglio quando doveva prendere delle decisioni rigorose, ed era forse grazie a questa sua qualità che era diventato abile nell'officiare i matrimoni e i funerali dei congregazionalisti di Newton,

Massachusetts, luogo in cui il rigore aveva una tradizione di tutto rispetto.

La figlia aveva chiamato, e a quel punto sua moglie era andata di sopra a fare un giro di ricognizione. I suoi due figli erano usciti dalla finestra e si erano calati giù da un albero, come dei teppistelli, e la finestra era aperta, e loro se n'erano andati. Se questa non era una storia piena di metafore quanto quella del bambino povero e indifeso, be', allora voleva dire che il reverendo Duffy non ci capiva niente di storie bibliche.

La lettura per l'ultima domenica del calendario ecclesiastico era tratta dal Vangelo secondo Marco, e l'omelia avrebbe fatto meglio a occuparsene. L'unico problema, vedendo il modo in cui il reverendo sta catalogando le proprie incertezze mentre la moglie interroga il figlio al piano di sotto (lei non si farà prendere per i fondelli, eccetera), è che il reverendo crede che non sia stato Marco a scrivere il passaggio che qui gli si attribuisce. La prosa di Marco è forse una delle sue incertezze, così come lo stile generosamente infiorettato di Gesù, specie in passaggi quali questi, in cui si intuisce che vescovi potenti o capi ecclesiastici stanno retroattivamente tentando di presagire dei martìri che con ogni probabilità avevano già avuto luogo nel momento in cui loro, in un secondo tempo, li avevano messi per iscritto, in modo che il mendicante Gesù di Nazareth risultasse un bravo pronosticatore.

> 9 Ma voi badate a voi stessi! Vi consegneranno ai sinedri, sarete percossi nelle sinagoghe, comparirete davanti a governi e re a causa mia, per render testimonianza davanti a loro. 10 Ma prima è necessario che il vangelo sia proclamato a tutte le genti. 11 E quando vi condurranno via per consegnarvi, non preoccupatevi di ciò che dovrete dire, ma dite ciò che in quell'ora vi sarà dato: poiché non siete voi a parlare, ma lo Spirito Santo. 12 Il fratello consegnerà a morte il fratello, il padre il figlio, e i figli insorgeranno contro i genitori e li metteranno a morte. 13 Voi sarete odiati da tutti a causa del mio nome, ma chi avrà perseverato sino alla fine sarà salvato.

Questo è un perfetto esempio di idiozia da fine del mondo; idiozie come questa sono il pilastro su cui poggia un'intera industria di telepredicatori fraudolenti, i quali hanno imparato il proprio mestiere, pensa il reverendo, non dai teologi, bensì dai produttori di deodoranti per le ascelle. Il reverendo Duffy si sente nauseato da tutto ciò, da questo brano della Bibbia, si sente depresso, benché tutto ciò, alla fine dell'anno ecclesiastico, sia inevitabile. Coloro che condividono questo genere di fesserie, o il Libro dell'Apocalisse, sono persone affette da disturbi borderline di personalità oppure persone dotate di una dose smisurata di narcisismo delirante. Gente che necessita di trattamenti clinici. Suo figlio William, per esempio, è sempre andato matto per il Libro dell'Apocalisse, proprio in virtù di tutti questi effetti speciali. E, nella lettura di oggi, ce ne sono un sacco:

> Le letture non m'interessano e metto in dubbio la loro importanza. C'e sempre traccia di una fine, se la cerchiamo; e, tuttavia, dove c'è una fine c'è anche sempre traccia di un inizio. E io vi dico di cercare l'inizio. Di cercare il dischiudersi di un bocciolo. I primi segni della primavera.

Lui e la moglie erano su due diverse linee telefoniche quando avevano appreso la notizia. Il reverendo Duffy aveva chiesto ad Annabel se era possibile mettersi in contatto con la famiglia di Samantha Lee, la ragazza ferita, cosa che non aveva smesso di domandare durante le prime ventiquattro ore. È possibile contattare la famiglia di questa povera ragazza? Aveva insistito a tal punto che la moglie gli aveva chiesto se non gli importasse di suo figlio. Il reverendo, colpito da quest'appunto, si era fatto scuro in volto, precisando infine che pensava fosse possibile che William avesse compiuto l'aggressione. In verità, questo pensiero non gli creava alcun problema, anche se non l'avrebbe mai detto a nessuno, neppure a sua moglie. Per di più, pur pensando che suo figlio avesse commesso l'aggressione, non aveva alcun problema a continuare ad amare il suo perfetto, incosciente, impossibile figlio, che se ne intendeva di fisica e di linguistica e di ingegneria e di un migliaio di altre cose molto più del reverendo Duffy, ma che, nonostante ciò, sembrava incapace di svolgere con continuità qualsiasi lavoro più complesso di quello come corriere.

Al piano di sotto la moglie, ancora una volta, mentre sbatte chissà quale arnese da cucina sulla superficie di un bancone, pretende di sapere da Max in che modo si aspetta che ciò che ha fatto – aver aiutato il fratello a sfuggire alle autorità – si possa ripercuotere sull'attività del reverendo Duffy, e il figlio, con una voce misurata che, comunque sia, arriva distintamente alle orecchie del reverendo attraverso le assi di legno del pavimento, risponde che è il sacerdozio del padre ad avergli *permesso* di fare ciò che ha fatto. Dice che lo farebbe ancora. Be', replica la madre, adesso la finestra ha dei serramenti nuovi, ed è tuo dovere rispettare la mia volontà e quella di tuo padre, e puoi salire lassù e guardare per un po' fuori dalla finestra e immaginarti le cose che vedi in lontananza, dato che non andrai dall'altra parte di quel vetro finché non sbocceranno le giunchiglie.

> La fine, stando alle parole di Marco – un tempo e un luogo in cui alcune persone verranno premiate per la perfezione, mentre altre verranno affidate al lago del fuoco – costituisce un vantaggio per coloro che non sono in grado di assumersi le responsabilità del presente...

Spegne la macchina da scrivere con dentro ancora un foglio. Si chiude la porta dell'ufficio alle spalle. Giù in cucina trova sua moglie, esperta di psicologia giovanile, circondata da libri di testo sparsi ovunque. Il ragazzo si è ritirato nella sua stanza. Sono una coppia di lavoratori, loro due, e se anche non hanno l'abitudine di intavolare discussioni profonde, hanno comunque la sensazione di aver lavorato di concerto, di essersi dati da fare, ed è in questo stato d'animo che il reverendo sente la gratitudine scorrergli dentro, e mette una mano sulla schiena della moglie guardando il libro oltre la sua spalla, col suo linguaggio scientifico.

"Non so nemmeno se sia stato al doposcuola come dice," osserva la moglie. "Con lui non so dove inizi e dove finisca la verità, e odio sentirmi così. Era un bambino talmente dolce."

Il reverendo borbotta in segno di assenso. Andranno a letto presto, come hanno sempre fatto, e non hanno l'abitudine di mangiare nulla prima di mettersi a dormire, perché a lui non farebbe bene, anche se brama ardentemente un biscotto. Sua moglie non sopporterebbe le briciole nel letto.

"Si sistemerà tutto," dice lui meccanicamente. "E se così non sarà, saremo forti. Lo siamo sempre stati."

Dopodiché si trascina faticosamente su per le scale di servizio.

Una volta, quindici o vent'anni prima, era stato invitato a una festa in città. Il reverendo era stato invitato a una festa, il che non era di per sé un fatto insolito, dato che spesso veniva invitato a delle feste. Di quando in quando veniva invitato a giocare a golf o a tennis, e ogni tanto veniva invitato a tenere una conferenza presso il liceo, oppure a coordinare un dibattito in classe su un qualche argomento etico. Lui era un pastore della Chiesa Congregazionalista, e nel Massachusetts i congregazionalisti venivano prima di qualsiasi altra cosa, fatta eccezione per i Pequots. Predicava in un'anonima chiesa del centro che dava su uno spiazzo erboso, la Prima Chiesa Congregazionalista, e abitava in una casetta a due isolati di distanza, dato che aveva bisogno di spazio per i suoi figli. Era un pilastro della comunità.

E così era capitato a questa festa, e lì aveva incontrato una ragazza, avrà avuto quattordici o quindici anni, e subito si era reso conto di averla già vista centinaia di altre volte nel corso degli anni, insieme ai suoi amici e durante le vacanze. Era uno di quei casi in cui si era reso conto di esser stato in quella chiesa abbastanza a lungo da aver visto i bambini passare dal battesimo all'età adulta. E in effetti aveva battezzato questa bambina, e le aveva fatto la croce con l'acqua santa sulla fronte in presenza dei suoi genitori, i quali avevano assistito alla funzione orgogliosi e raggianti di gioia. Li conosceva piuttosto bene, John e Barbara.

L'aveva incrociata durante gli anni delle lezioni di danza, durante gli anni delle arrampicate sugli alberi; l'aveva osservata durante i suoi anni peggiori, quelli dell'apparecchio per i denti e delle gambe scheletriche, e poi l'aveva osservata durante gli anni in cui faceva la ragazza pon-pon, e ora la vedeva nel pieno della sua maturità, qui a questa festa. La stava osservando, dato che quella sera suo padre John l'aveva incaricata di servire da bere ai suoi amici, gli altri pilastri della comunità. Di certo, si era sviluppata in un modo che il reverendo Duffy non si sarebbe mai aspettato. Non si sarebbe mai aspettato che una ragazza che da neonata aveva battezzato potesse trasformarsi in una delle più grandi bellezze della sua generazione. Non si è mai in grado di prevedere questo genere di cose, ma ora lei era esattamente così: al bar, con davanti una dozzina di bottiglie e una caraffa d'acqua con cui allungare il whiskey, come se anche questa volta si trattasse di acqua battesimale.

Non sarebbe dovuto passare tutto quel tempo. Non con lui che aveva fatto quel poco che aveva fatto, che aveva attraversato il tempo come se si fosse trattato di una successione di calendari ecclesiastici, senza imparare, senza crescere. La ragazza era un simbolo di tutto ciò, di quanto nella sua vita il tempo fosse stato avaro. Il tempo l'aveva reso abile in una cosa sola e inetto in tutto il resto, così che le benedizioni del mondo erano sempre finite da un'altra parte, e mai dalla sua. Tutte le conversazioni che aveva avuto quella sera, le aveva affrontate con la stessa identica eleganza di sempre. La gente di Newton gli aveva detto ciò che gli doveva dire, con la testa leggermente inclinata, gesticolando nervosamente e dicendogli quanto fosse orgogliosa e spaventata, e lui li aveva ascoltati con attenzione, o almeno è così che gli pare di ricordare ora, che li aveva ascoltati con attenzione, e aveva trascorso la serata lanciando occhiatine alla ragazza al bar, una dea del vino, così sicura, così statuaria.

La festa si era trasformata in quel genere di gioiosa confusione che di solito caratterizza questi eventi. Le persone che rimanevano erano le persone che avevi desiderato se ne andassero. Anche sua moglie se n'era andata, dato che Max era ancora in fasce allora. E William stava attraversando un brutto momento al liceo, o forse all'università. Non si ricorda bene di quale delle due si trattasse. E lo stesso reverendo era diventato uno di quegli ospiti che speri se ne vadano, spostandosi fuori, nel patio. Le costellazioni normalmente riconoscibili si intuivano a malapena attraverso l'inquinamento luminoso e lo strato di nuvole. Alberi spogli ondeggiavano nella brezza. Aveva visto la ragazza raccattare bicchieri e sottobicchieri e bere di nascosto dai drink. Beveva e portava i bicchieri in cucina, e lui l'aveva seguita dentro casa, guardandola mentre adempiva scrupolosamente ai propri compiti, dopodiché l'aveva osservata mentre saliva le scale, indubbiamente già alticcia. Il suo corpo l'aveva trascinato dietro di lei, come se anche lui fosse ubriaco, dietro la sua ombra. Poco dopo l'aveva colta di sorpresa in camera sua.

La domenica sera, a letto, mentre non riesce a prendere sonno, ci ripensa, come gli è accaduto spesso. Eccolo lì, di nuovo, nella speranza di ricordare il linguaggio di quel momento, poiché, se solo ci riuscisse, potrebbe comprenderlo. Il modo in cui lui l'aveva colta di sorpresa, il modo in cui lei si stava infilando una felpa sulla polo. Lei gli aveva fatto notare che lui l'aveva colta di sorpresa; e lui aveva risposto che sperava non fosse così. Sulle prime uno scambio semplice, piuttosto innocente, per il momento.

Poi, lui si era seduto di sua iniziativa sulla sponda del letto. Lei era in piedi di fronte a lui, dato che sperava se ne andasse, e lui si era visto con gli occhi di lei. Non era così stupido da pensare che lei lo avrebbe voluto, dal momento che, dopotutto, lui era quello che l'aveva battezzata, e per giunta era calvo, con la peggiore calvizie possibile, non una normale stempiatura ma una cosa a chiazze, quando poi, invece, i peli gli spuntavano in qualsiasi altra zona del corpo, nelle orecchie, nelle narici, sulle spalle e sulla schiena, e le sopracciglia crescevano l'una attaccata all'altra, e aveva una barba orrenda che gli arrivava fino agli occhi, ed era grassoccio e molliccio, e non si era mai cimentato in una corsa, e non si era mai allenato abbastanza da frenare la tendenza a imbolsirsi, e aveva un appetito enorme, insaziabile, e la cosa non faceva che aggravarsi costantemente, e come se non bastasse era anche strabico, e aveva occhiali spessi e imbarazzanti, e le ginocchia vare; avrebbe potuto andare avanti con la litania di tutte le cose che lei poteva vedere in lui, ma, comunque sia, la prima e l'ultima voce dell'elenco riguardavano il fatto che lui era vecchio, vecchio abbastanza da poter essere suo padre. Se un tempo era stato giovane e rivoluzionario, adesso era vecchio. Era invecchiato in chiesa. E la chiesa, la cosa lo aveva preso alla sprovvista, era esattamente come questa ragazza che aveva davanti, una cosa fuori dalla sua portata, un bagliore in lontananza che lui non riusciva mai davvero a raggiungere, poiché, per quanto lontano si potesse spingere, gli sembrava sempre di essere fermo nel punto da cui era partito. Quando l'annunciazione divina sarebbe stata la sua annunciazione? Quando dal clamore dei cieli eterei si sarebbe sentito soltanto un debole sussurro? Una pacca sulla spalla, in segno d'incoraggiamento?

Riusciva a vedersi con gli occhi di lei, e questo avrebbe dovuto fermarlo.

Cosa pensava di volere? Ricoprirla di elogi per la sua bellezza che tanto lei non avrebbe capito o che forse avrebbe considerato *sfigati*, tanto per usare il linguaggio dei giovani? Aveva sedici anni, o forse diciassette, e nonostante sembrasse più grande, con un seno da donna e un sorriso annoiato, viziato, i capelli biondo rame e gli occhi verdi, era ancora una bambina. Forse avrebbe varato delle navi, oppure avrebbe lanciato delle riviste o delle linee d'abbigliamento, e in tutto ciò non c'era posto per tipi come lui. Si ricorda di quello che lei aveva detto subito dopo, visto che aveva parlato con una certa gentilezza, pur non avendone bisogno. Avrebbe potuto gridare, chiamare il padre. Avrebbe potuto gridare, ma non l'aveva fatto. Aveva detto: "Reverendo Duffy, non è che ha alzato un po' il gomito?"

E chi non l'aveva fatto? Tutti avevano alzato il gomito. Sua moglie non aveva alzato il gomito perché era irreprensibilmente seria, lei, dotata di riserve di serietà che lo umiliavano. Aveva sempre ancora un po' di energia per cucinare un altro dolce che i bambini non avrebbero degnato nemmeno di uno sguardo. Sua moglie non aveva alzato il gomito, ma tutti gli altri sì, tutti quelli che erano rimasti alla festa troppo a lungo. Se solo alzare il gomito avesse potuto chiarirgli come stavano le cose, se solo la bottiglia di gin avesse potuto dargli dei consigli sui comportamenti avventati. Sfortunatamente, aveva bevuto quel tanto che adesso gli permetteva di ricordare e di distinguere. Sebbene la formulazione esatta delle parole fosse andata perduta, quindici anni dopo il tema della sua richiesta non lo era. Aveva chiesto a questa sedicenne se se la sentisse di abbracciarlo.

Quando ora rievoca la scena, la rievoca come se lui stesso fosse stato la colomba che volteggiava sopra le loro teste, il delatore celeste lassù, in un angolo del soffitto, vicino a una fonte nascosta di luce. Da dove osserva il reverendo Duffy mentre chiede alla ragazza di abbracciarlo. Riesce a vedere il momento in cui, senza aspettare né un sì né un no, il reverendo si getta tra le braccia di lei. Che scena allucinante, con la musica a tutto volume e il frastuono che arrivano da un punto indistinto della casa. La musica è un vecchio rock anni Settanta, qualcosa tipo gli Association o i Lovin' Spoonful, o forse la colonna sonora di *Hair*. Scoppi di risa giungono fin lì dal patio, e il reverendo Duffy si è gettato tra le braccia della dea del vino. La ragazza non sa ancora di essere bella, ma ne sa abbastanza per capire che non dovrebbe avere addosso un uomo di mezz'età che l'avvinghia. E sa anche che quest'uomo di mezz'età non va eccitato.

Si dice che il bere aumenti il desiderio e diminuisca la lucidità, ma non aveva fatto nulla per frenare l'eccitazione provocata dalla ragazza. Il reverendo si sentiva sudato e voglioso, con un'intensità che da parecchio tempo non provava nei confronti di sua moglie, nonostante i loro incontri appassionati e intensi nel bel mezzo della notte. Questa era tutta un'altra cosa; era lussuria intesa alla conquista, intesa al possesso e alla sottomissione, intesa a piegare la filosofia e la storia al proprio volere, e che, se necessario, avrebbe contrastato la volontà della propria preda. Era una lussuria che non ammetteva resistenza. Cosa poteva fare la ragazza per schivare la prima parte dell'umiliazione? Era arretrata andandosi a rannicchiare sul letto, con lui che le si avventava addosso come un appassionato di rugby. Lui era tra le braccia di lei o, meglio, tra una parte delle braccia di lei, il minimo indispensabile perché lei riuscisse a farla franca, e lui aveva cercato di avvilupparla tra le sue braccia. Nella rievocazione dei fatti, questo è il momento giusto per esaminare i particolari della stanza, la sua pulizia, il gagliardetto della squadra di football, la custodia della chitarra nell'angolo, i peluche impilati sul corredo da sposa, le tende di pizzo, il copriletto azzurro polvere, la porta scorrevole dell'armadio, aperta quanto basta per intuire alcuni dei suoi vestiti da ragazzina.

Lei aveva cominciato a divincolarsi nel tentativo di fuggire. Aveva pronunciato con enfasi la sua alta carica, "Reverendo, reverendo", proprio ciò che lui era stato un tempo e che adesso non è più, degno di reverenza, come se dicendolo potesse riuscire, in un modo o nell'altro, a calmarlo, e lui stava togliendo le catene al suo cuore completamente ebbro, alle perplessità che un tempo aveva e che ancora adesso ha, le perplessità che qualsiasi persona di sostanza avrebbe, circa il fatto che la sua professione si fondava su storielle di fantasia, quelle storielle che si raccontano ai bambini impressionabili per farli dormire; le aveva detto che noi tutti, su questa terra, viviamo nel vuoto e nella desolazione, sentendoci tuttavia isolati nell'infinità dello spazio, piccole asteroidi di roccia ghiacciata nel nulla della creazione che si espande all'infinito; aveva cercato di recitare i versi di una poesia in un linguaggio che la ragazza potesse capire, dopodiché, e ora arriva la parte peggiore, aveva tentato di sfiorarle il seno. Si ricorda questa parte particolarmente bene. Si ricorda che aveva cercato di toccarle il seno. Si ricorda che le aveva messo una mano sul seno, come se fosse stato in grado di sentirne la pienezza, come se fosse stato in grado di capire dove sonnecchiava il suo capezzolo, là dove lei era uguale a come era stata la Madonna un tempo, una nutritrice di potenziale umano, e forse lui aveva persino sperato di succhiare il capezzolo della ragazza, ma lei, che ancora non aveva smesso di dire: "Reverendo, per favore, reverendo, per favore", supplicandolo, aveva tirato fuori un rigurgito di forza e se l'era levato di dosso spingendolo di lato, e a quel punto era corsa in fretta e furia nel bagno lì accanto, da dove lui aveva sentito provenire il *ping* della serratura a pulsante con cui lei si era chiusa dentro.

Aveva i vestiti in disordine. Doveva infilarsi la camicia nei pantaloni.

Si era avviato verso la porta del bagno. Probabilmente lei lo aveva sentito. Lo aveva sentito appoggiarsi leggermente contro la porta del bagno, come un gatto contro un polpaccio. Quasi sicuramente, lei aveva capito che lui aveva sentito che lei lo stava sentendo, ed era allora che lo aveva sentito arrendersi, aveva sentito la dolorosa presa di coscienza da parte sua mentre scendeva le scale stringendosi la cravatta. Forse lo aveva sentito parlare con il padre, mentre diceva a John e a Barbara che era stata una festa davvero magnifica e che sperava di rivederli presto, e poi forse lo aveva sentito, laggiù in strada, mentre accendeva la Volvo che aveva da dieci anni. Posto che lei avesse sentito tutto quanto, non aveva provato alcuna compassione, dato che non se la meritava, la compassione.

Ecco a cosa sta pensando lui nel bel mezzo della notte. Dopo tutti questi anni, è ancora lì in attesa delle ripercussioni.

Lunedì, dopo un sonno agitato, si rimette a lavorare al sermone per qualche ora, prima di raggiungere la chiesa a piedi per vedere se ha chiamato qualcuno. Una volta là, s'imbatterà nelle vedove anziane che lavorano per lui vendendo sul prato cartoline illustrate della splendida chiesa antica e aiutando a organizzare cene alla buona e corsi sulla Bibbia.

Sua moglie, la donna del perdono e dell'oblio, gli urla che farebbe meglio a scendere per la colazione, e naturalmente ha ragione, e infatti lui scende. È sveglio dall'alba, nel suo ufficio. Mentre scende le scale, chiede sbraitando se c'è qualche nuovo messaggio in segreteria. La moglie gli risponde di no. Domanda se Annabel ha richiamato. Lei gli risponde di no. Lui dice che ha dormito male, e anche lei ha dormito male, eppure la cosa non aveva avuto alcuna importanza quando si erano avvicinati l'uno all'altra sul vecchio, grande materasso bitorzoluto. Lei gli chiede che cosa ha intenzione di fare oggi, nonostante lo sappia già. E lui sa che cosa farà lei: lavorerà al suo libro di testo e poi si recherà in ufficio, dove l'aspettano due ore di libera professione durante le quali lui acconsente a tornare a casa per rispondere al telefono e per badare a Max.

"Di che cosa parla il sermone?" chiede lei.

"È una cosa terribile cadere nelle mani del Dio vivente," risponde lui. "Oh, e poi c'è un'altra sezione: 'Avete provato pietà per i carcerati e avete accettato con gioia la confisca dei vostri immobili perché sapete di possedere beni migliori e più duraturi.' "

Prende un pezzo di pane abbrustolito dal tostapane e lo imburra senza convinzione. "Buone notizie, sempre che siano vere."

"E se dicessimo a Max che i suoi beni verranno confiscati?"

"Cambierebbe idea," dice il reverendo.

Non si siede nemmeno a tavola. Rimane in piedi. Il pane tostato è una delusione.

"Non ho nessun punto di vista," dichiara lui. "La mia personale opinione a riguardo è che scrivo questo sermone in un momento buio della storia dell'umanità, e sono un uomo mediocre, e anche i tempi in cui viviamo sono mediocri. Nessuna delle farraginose promesse apocalittiche riuscirà a occultare tutto questo, e cioè l'orrore quotidiano della gente che versa nelle peggiori condizioni possibili e che è viziata da un egoismo dilagante. Oltre a ciò, non so proprio cosa dire."

La moglie accenna a un'espressione di disappunto, espressione che comporta il corrugamento delle sopracciglia e uno pseudosorriso in cui un angolo della bocca sembra sorridere mentre l'altro s'increspa. È il suo commento al sermone propostole. Lui manda giù il pane tostato in silenzio, prima di confinare le croste nel secchio dell'immondizia. Quindi, risciacqua il piatto e lo sistema sullo scolapiatti.

"Ti auguro un sacco d'ispirazione," gli dice lei, e poi toglie il disturbo. Il suo ufficio è in quella che una volta era la camera da letto di Annabel. Ci sono ancora i poster di alcuni film attaccati alle pareti, e un soffitto talmente in pendenza da rendere la stanza inagibile agli uomini della famiglia. La voce della moglie scompare dentro il salotto rammentandogli diverse incombenze, e dal piano di sopra, in lontananza, se ne sentono gli strascichi. Non appena si è sistemato alla scrivania, il telefono squilla; è la polizia di New York. Che vuole di nuovo sapere se William ha preso contatto con i Duffy. Il reverendo ha la macchina da scrivere accesa. Ha appena scritto queste righe:

Se credete alle voci che sono state messe in giro, Martin Luther King Jr., nel momento in cui stava scrivendo la sua dissertazione, non è stato molto preciso nel citare le fonti. Se credete alle voci che sono state messe in giro, il presidente Kennedy teneva delle schede riguardanti i suoi avversari e alla Casa Bianca se la spassava con l'aiuto di sostanze chimiche.

Quando tocca a lui parlare, riferisce alla polizia ciò che sa, e cioè che il figlio era comparso venerdì sera per poi sparire quasi subito, e che da allora non avevano più avuto sue notizie. Dice che suo figlio non ha commesso il crimine di cui è accusato, e aggiunge che è una cosa evidente. E mentre parla con la polizia, cancella col bianchetto alcune righe del suo testo omiletico. C'è uno scambio serrato con l'investigatore all'altro capo del telefono circa il momento esatto in cui William si era fatto vivo venerdì, il momento in cui se n'era andato e così via. Cosa indossava? "Era ben vestito," risponde il reverendo, e la polizia gli chiede se per cortesia li può avvertire nel caso in cui William cerchi di contattarli, al che il reverendo dice: "Naturalmente." Subito dopo chiama Annabel, la quale si dice disponibile a stare lì da loro finché la questione non si sarà risolta e chiede come fa il reverendo a lavorare, e il reverendo risponde ad Annabel di non venire. Lei ha il suo lavoro, le sue sceneggiature, e dovrebbe dedicare il proprio tempo a queste cose. La moglie, che si è già inserita nella conversazione dall'altro telefono, dice di essere d'accordo.

"Dov'è Max?" domanda Annabel.

"In camera sua," risponde la moglie. "Dove, per il momento, sembra risiedere."

"Tua madre ti ha..." chiede il reverendo.

"Me lo ha detto," risponde Annabel. "Ho la sensazione che lui stia per..."

"Arrivederci, tesoro, dacci dentro," dice il reverendo lasciando perdere le due donne.

Ha già accennato, nel sermone, al fatto che ognuno deve fare delle offerte? Sì, questo è il periodo dell'anno in cui tutti i sermoni ospitano centinaia di appelli volti a elemosinare contanti. È il momento adatto per ricordare ai benestanti che la Prima Chiesa Congregazionalista di Newton è un simbolo di orgoglio civico e che la sua manutenzione non è a buon mercato, visto che l'edificio è stato costruito nel 1721, dopo che una chiesa più antica era diventata troppo piccola. Da allora è sempre stata attiva. In tutti questi anni non ha avuto che venti parroci, in parte a causa di due tizi che nel diciannovesimo secolo avevano dato prova di una particolare resistenza. Vale la pena rammentare alla congregazione questa illustre storia, oltre al fatto che il reverendo Duffy si trova, ora come ora, al quarto posto nella classifica storica in termini di durata del servizio. Scarabocchia sul foglio degli appunti: *Ricordati di sollecitare le offerte.*

A metà pomeriggio il reverendo fa una cosa che non fa mai, una cosa che, da pastore e moralista quale è, detesta fare. Va a vedere la televisione in soggiorno. Max è lì, con indosso un paio di jeans sgualciti, una T-shirt e un vecchio cardigan di mohair. Il padre si mette a sedere accanto al figlio, sul divano, e per un po' nessuno dei due dice nulla, perlopiù a causa del fatto che lo spazio della conversazione al momento è occupato da un talk show a cui partecipano donne di taglia forte. La domanda è se le donne di taglia forte sono sexy quanto quelle di taglia normale. Ciò di cui è convinto il reverendo, mentre ascolta le chiacchiere indignate di queste donne di taglia forte, è che Max sappia dove si trovi suo fratello.

"Sai dove si trova? Perché credo che tu sappia dove si trova. E credo che anche tua sorella lo sappia, e vorrei che me lo dicessi, in modo tale da poterci assicurare che stia bene e che la situazione in cui versa non peggiori. Non è una questione personale. È una questione famigliare."

Max fa finta di guardare le donne di taglia forte.

"Non mi ha detto dove stava andando."

"La tua storia fa acqua da tutte le parti. Tanto, alla fine scopriremo tutto, e non voglio che dopo tu ti senta peggio per via di ciò che hai fatto. Ti sto dando la possibilità di dirmi quello che sai per evitare che poi tu ti debba vergognare. Se me lo dici, ti toglierai un bel peso dal cuore."

Max si alza senza tanti complimenti e va di sopra. Sbatte la porta. Il reverendo Duffy rimane solo con le donne di taglia forte; resta seduto a guardare un'infinità di intervalli pubblicitari che alla fine tornano sempre al talk show, dopodiché cade in una specie di torpore che gli piomba addosso come un attacco di febbre. C'è una malata che fa parte della congregazione, la signora Milliken, ma lui se ne dimentica. C'è una famiglia in lutto, gli Erickson, il cui figlio è appena morto di linfoma. L'intontimento cancella il ricordo degli Erickson. L'oblio della televisione pomeridiana incombe su di lui, e ora sta dormendo, e i motivetti musicali degli spot pubblicitari gli risuonano nelle orecchie, e gli raccontano di medicinali formidabili a proposito dei quali dovrebbe chiedere informazioni al suo dottore, il Lipitor e il Nexium e l'Elysium, e gli raccontano di prodotti femminili, e gli raccontano di varie cose che lo aiuteranno con il bucato dell'intera famiglia, e gli raccontano di altri programmi che potrebbero piacergli, e tutte queste cose echeggiano più forti della responsabilità dell'ultima domenica del calendario ecclesiastico e dei molteplici segni della fine dei tempi, e lui sente parlare di Lipitor e di Nexium, e persino di stelle che cadono dal cielo e di corpi celesti che tremano. Mai la Fine del Mondo è stata più evidente di ora, nel sovrapporsi del farneticare delle donne di taglia forte e del pisolino traumatico dell'insonne reverendo Duffy, e quando lui si sveglia, mezz'ora dopo, con la televisione inspiegabilmente spenta, ha la chiara percezione di un risveglio tragico. Si sente nauseato e disgustato, e odia il mondo, e odia se stesso per aver guardato le donne di taglia forte quando invece avrebbe dovuto passare dagli Erickson; ma invece di fargli visita va di sopra, e si dirige verso l'ufficio e verso la macchina da scrivere che ancora vibra e ronza alla maniera delle macchine da scrivere:

> 1 Mentre stava lasciando il tempio, uno dei suoi discepoli disse: "Guarda, Maestro! Che pietre enormi! Che magnifiche costruzioni!" 2 "Vedi tutte queste cose?" risponde Gesù. "In verità vi dico, non resterà qui pietra su pietra che non venga diroccata."

> E così ne consegue che quegli edifici cadranno, così come tutti noi siamo uomini e donne che sono caduti, così come lo sono io, che ho dato a questa parrocchia cose che non ho, quali la carità e l'amore. La vostra fede mi dà fede oggi, nel momento in cui la mia famiglia ne ha più bisogno.

È già l'imbrunire! I giorni si stanno tremendamente accorciando e la fine dell'anno è prossima, e con questa tutto l'orrore dell'inverno. Sua moglie torna a casa e lui non la chiama nemmeno. Sua moglie è andata e venuta e lui non si è accorto di niente. La tensione sembra chiedere qualcosa, ma cos'è questo qualcosa? Sono anni che non si fa una bella bevuta, ma forse stasera è la volta buona. Non sa come fare a star seduto tranquillo, e non sa che pesci pigliare. Per tutto il giorno non ha adempiuto a nessuno dei suoi legittimi doveri sacerdotali, e non ha parlato con nessuno salvo che con la polizia, con sua moglie e con suo figlio.

Quando entra in cucina, sua moglie sta facendo cuocere un po' di pasta, cosa che potrebbe benissimo fare anche lui, dato che è un esperto nella cottura della pasta. Sono lì, in cucina, quando sentono bussare alla porta. Tutti e due s'incamminano in direzione dell'ingresso, lui con in mano lo strofinaccio per i piatti, visto che ha appena assaggiato la pasta dichiarando che non è ancora pronta; e quando aprono la porta, la porta si apre sulla parabola della prodigalità, sulla parabola del figlio che spreca i propri talenti e le proprie risorse solo per poi tornare a casa ed essere amato, per essere amato, poiché ora il figliol prodigo è sulla soglia, immerso nella luce, eccolo qui, e il figliol prodigo è amato! Ha l'aria di uno che non è mai stato sfiorato da uno sguardo, di uno che ha stabilito il record mondiale di capelli arruffati, ed è senza scarpe, e ha la camicia fuori dai pantaloni, e ha le mani che si agitano in maniera incontrollata, come se ora le sue mani si fossero liberate, e sta piangendo un pianto sommesso, selvaggio, il pianto della pazzia recidiva; oppure, il figlio ha l'aria di uno che è arrivato fin lì da una regione selvaggia, sebbene non ci sia nulla di selvaggio a Newton; il reverendo sa che la topografia del luogo lo esclude, eppure le lacrime stanno rigando il volto del figlio adottivo, e i suoi genitori sono lì, sulla soglia, e lo prendono tra le braccia, e loro tre sono lì, sulla soglia illuminata, e con ogni probabilità i vicini li stanno osservando, ma che cosa importa, in fondo, e al diavolo i vicini, che cos'è Dio per il reverendo e per il figlio se non un particolare ininfluente, a meno che la grazia non entri in azione nel momento in cui il figlio ritorna a casa, il figlio sulla soglia, senza scarpe, con i piedi e le mani pieni di tagli, che può o non può aver commesso qualsiasi cosa di cui è accusato ma che ora è qui, a casa, e i suoi genitori sono con lui, poiché non c'è nessun altro posto dove lui possa andare, e suo padre è l'emissario del perdono, e questo emissario del perdono lo sta accompagnando dentro casa, e tutte le cose che ci dividono non dovrebbero dividerci, poiché quelle cose non sono nulla, quelle cose non sono altro che esitazioni, e la moglie del reverendo, la madre del figlio, sta dicendo: "Misericordia, misericordia", e sta sollevando la cornetta, ma il telefono non le sarà d'aiuto, dato che ora il comportamento disdicevole del figlio è stato commutato, di qualsiasi cosa si tratti o si trattasse, poiché ora il reverendo sta tenendo il figlio stretto a sé, il figlio gigante; il figlio è in pericolo, e il padre non ha ancora fatto tutto ciò che era nelle sue possibilità, e non ha neanche mostrato di crederci con tutto se stesso, ma ora lo farà, e ora il padre ama di nuovo il figlio, poiché le Sacre Scritture dicono il vero:

È una cosa terribile cadere nelle mani del Dio vivente.

23

Pensavate che di notte il reparto pullulasse di gente, che i pazienti del centro di recupero dessero il meglio di sé nelle ore notturne, nella penombra, destandosi dalla loro apnea. Pensavate di vedere gli spettri svegli ed erranti che borbottano qualcosa mentre camminano. E invece avevate torto. Soltanto Rosa è sveglia, e sta sbirciando fuori dalla finestra il neon della libreria di una grande catena, nell'isolato dall'altra parte della strada. Forse, se ascolterà con attenzione i suoni della notte, le automobili che arrancano lungo la Settima, le sirene, i jet nel cielo, allora sentirà veramente quello che sta accadendo, e non quello che non sta accadendo. E non importa quanto li ha costretti a tenere alto il volume della televisione nella sala della ricreazione.

Ci sono eventi che stanno accadendo quasi sicuramente, e poi ci sono eventi incerti. Le conversazioni che ha sentito oggi, quelle ragazze che lavorano nella pubblicità o di qualunque altro lavoro si tratti. Stavano chiacchierando con la tizia che si occupa dello sviluppo progetti nella società di sua figlia, stavano chiacchierando a proposito di una nuova stagista. "È da non credere quanto sia pigra; ha stabilito un record di pigrizia. È talmente pigra che non ce la farebbe nemmeno a *rifiutare* di far qualcosa, dato che farlo le richiederebbe troppe energie. È talmente pigra che è allucinante che riesca anche solo ad arrivare fin qui; se ne sta lì seduta come un sacco di patate, e non è che si faccia le unghie o qualcosa del genere, dato che non le ha neanche, le unghie. Si mangiucchia le unghie, con tutto lo smalto nero che si stacca, ma lei va avanti a mangiarsele lo stesso." "E non ti fa venire la nausea? E poi, scusa, uno non dovrebbe evitare di mangiarsi lo smalto?" "Assolutamente. Non bisogna mangiarlo. Immagino che qualcuno dovrebbe progettare uno smalto commestibile; forse lo possiamo dire a Mercurio." "Mi fa venire in mente... le *mutandine commestibili* di cui parlava quella ragazza, chi era, ti ricordi?" "Aspetta, come mai ti fa venire in mente quelle... fa lo stesso, che schifo!" A quel punto, una volta che ha intercettato la conversazione nella sua testa in via di disintossicazione, Rosa non riesce più a smettere di pronunciare le parole *mutandine commestibili*, come se le parole in questione rappresentassero in un modo o nell'altro una chiave, come se avessero un ruolo rilevante nella comprensione del presente, *mutandine commestibili*, e nel corso della cena non riesce a smettere di ripeterle. Quando si siede a tavola con la ragazza, quella che soffre di emorragie, non fa che dire "mutandine commestibili", e la ragazza continua a chiederle perché. Ma Rosa, che trova l'idea di queste mutande decisamente inquietante e indecente, non riesce a capire il motivo per il quale continui a ripeterle, le dice e basta.

Si tratta di una conversazione tra persone che le piacciono. Visto che le tocca intercettare telefonate sul cellulare, preferirebbe quantomeno captare le conversazioni delle persone che le piacciono di più. Potrebbe dare a queste voci dei consigli. "È vero che hai un problema con..." Di qualsiasi cosa si tratti. Sfortunatamente, però, il suo disturbo non ha a che fare soltanto con le conversazioni delle persone di sua conoscenza. Adesso, se si accosta alla finestra, riesce a intercettare i bisbigli sussurrati al telefono nell'intera area che si estende lì sotto. Sono là fuori, nell'universo; conversazioni che si accumulano sopra di lei come uno strato di smog prodotto dai cellulari. "Tesoro, non c'è nessuno che mi arrapi più di te; sei la cosa più arrapante che io abbia mai visto in vita mia. Sei da sola?" "Certo." "E che cos'hai addosso, baby?" "Ora non attaccare di nuovo con questa storia. L'ultima volta che è successo, poi non mi hai più parlato per tre settimane e mi hai fatto sentire una sporcacciona." Lei non sa con certezza matematica di che cosa stiano parlando queste persone, anche se un'idea ce l'ha. Nessuno dovrebbe intercettare conversazioni come questa, non sono altro che una coltre di inquinamento.

Si incammina verso il telefono a gettoni, quello in corridoio che usano tutti. Nella guardiola c'è un'infermiera del turno di notte che dorme sulla poltrona, il mento affondato nel petto, la bocca aperta. Una scarica di ronfi le esce dalla bocca. Rosa se ne disinteressa completamente e la supera in direzione del telefono a muro. Preme lo zero sulla tastiera e aspetta. Una serie di bip. Poi, però, parte la voce di un attore, la voce di Darth Vader. Ma prima che Rosa abbia il tempo di esaminare i particolari della voce di Vader, si sente un sibilo seguito da un'altra voce. E questa voce le chiede di che cosa ha bisogno. "Be', vede, sono in un... sono nel... sono indisposta... e mi trovo in questa strana situazione..." Attende che l'operatore le venga in aiuto con qualche parola; ma non ne arriva nessuna. "La situazione è che... be'; la situazione è che ci sono certe telefonate che... che sono..." Rosa cerca di formulare il motivo della propria lamentela a voce bassa, in modo da non disturbare l'infermiera del turno di notte. L'operatore risponde: "Le serve un numero? Perché è di questo che noi dovremmo..." "No no," dice Rosa, strascicando avanti e indietro le pantofole. "Non mi serve nessun numero, li ho tutti i..." "Si sta lamentando delle persone che parlano a voce troppo alta al cellulare? Mi dispiace, ma non può prendersela con la compagnia telefonica se le persone parlano a voce troppo alta al cellulare; dovrebbe invece sottoporre la questione al..." "Non è questo che..." dice Rosa, "Sto dicendo che... sto dicendo... che riesco a *sentire* le conversazioni..." "Ma dove le sente queste conversazioni?" "*Ovunque*, ovunque vada, le sento nella mia testa... sento le persone che stanno... e le sento parlare, anche se... sono persone che non conosco. Mi aspetto di... sentire il mio ex marito... con le sue sgualdrine, non ho... lui non ha... probabilmente sono passati vent'anni, ma mia figlia... potrebbe voler... perché è suo padre, e se io riuscissi a sentire quella conversazione, forse, ma invece... oppure sento un manager che sta per concludere un affare in... dei conoscenti... oppure..." "Mi scusi, signora, ma noi non possiamo..." "Lei dovrebbe riuscire a parlare con quel... con suo padre... Non me ne frega un accidente di parlarci io, con lui, ma davvero non è giusto, e voglio che lei parli con chiunque ci sia lì che..." "Signora?" "Col suo capo... Sono una che ha delle aderenze... ero... conoscevo diverse persone in grado di sistemare le cose, e forse adesso sono... forse, data la condizione in cui mi trovo... non c'è nessuna ragione per cui la vostra compagnia debba prendersela con una vecchia," e cerca di calmarsi, di parlare a voce bassa, ma non ci riesce, perché sono semplicemente uno scandalo, queste compagnie telefoniche, davvero irresponsabili. "Non potete riempirmi la testa di tutte queste telefonate... non ci si spiega come mai una donna come me debba sentire... e le assicuro che... non sarebbe contento neanche lei di trovarsi in una situazione come questa..."

Si sente un segnale prolungato, quando l'infermiera del turno di notte arriva e le toglie la cornetta dalle mani per poi rimetterla al suo posto.

"Non puoi essere ancora in piedi a fare questo genere di cose."

"Stavo..."

"Non m'interessa se ti cade il culo per terra; non puoi stare qui al telefono a quest'ora. Fila nella tua stanza, adesso." L'infermiera la cinge con un braccio e l'accompagna lungo il corridoio. Per un secondo, è come se non esistesse niente all'infuori di questo momento nel corridoio. Come se l'unica cosa della quale lei avesse bisogno per far cessare le voci fosse il braccio di un'altra persona attorno a sé. Se la gentilezza umana fosse una cosa su cui si può fare affidamento, allora Rosa potrebbe lasciarsi alle spalle queste mura fortificate e ritornare sull'Undicesima, dove si era ritirata, per ammucchiare nuove scorte di riviste e di giornali del giorno prima dimenticandosi di mangiare. Ma il fatto è che la gentilezza umana ha una scadenza, e questa scadenza arriva proprio davanti alla porta della stanza che lei condivide con la donna obesa che non fa che dormire. Là dentro, il buio più assoluto e agghiacciante che lei abbia mai conosciuto. L'infermiera non dice nulla, indica un punto con un dito, al che Rosa segue l'estremità del suo braccio, il dito curvo puntato, e procede esitante nella stanza mentre l'infermiera chiude perentoriamente la porta dietro di sé. Di colpo Rosa sente la voce di un politico, il sindaco della città, e il sindaco sta telefonando a qualcuno, al consigliere comunale, o forse al capo della polizia. Dev'essere così. Il sindaco sta parlando con questo personaggio del suo nuovo programma per prevenire il diffondersi di una minaccia che lei, sulle prime, non riesce a identificare. "Senti, dobbiamo prendere dei provvedimenti per far fronte a questo problema; dobbiamo dimostrare che abbiamo *tolleranza zero*, perché, sai, in qualsiasi momento della giornata potrebbe esserci uno di loro che cammina per strada," dopodiché, a poco a poco, si chiarisce il motivo della telefonata, "e permettere che gli *escrementi* si spargano nel quartiere, poi arriva qualcun altro, sai, potrebbe... potrebbe davvero verificarsi uno spargimento di escrementi; e non possiamo proprio permettercelo." "Ma," osserva l'altro, "sei sicuro di voler predisporre delle risorse per questa cosa? Dopotutto, persino con i... e pensiamo davvero che sia una questione urgente, quando invece..." "Stammi a sentire, il tuo compito consiste nell'eseguire, e la cosa che io credo possa funzionare è una piccola forza di pronto intervento in tutte le aree più battute, tipo attorno ai parchi, e poi potremmo emettere dei mandati di comparizione per le persone che non adempiono ai propri doveri, e la ragione per cui dobbiamo farlo è che se qualcuno vede un... mucchio di escrementi, allora capirà che non si tratta di una situazione critica, e a dire il vero fa piuttosto freddo qui a metà novembre, e forse a questo punto converrebbe che i Rover..."[15]

Quando intuisce l'argomento della conversazione, Rosa si lascia scappare un sospiro, e a letto sussurra le parole "progetto per la raccolta degli escrementi dei cani", nella speranza che vengano cancellate e che la notte possa inghiottirla nel fiume dell'oblio. Ma, proprio mentre si sta immaginando di poter dormire, nonostante le voci, la donna obesa, il cui corpo assopito non ha emesso neanche una parola dalla prima volta in cui è stato sistemato nel letto, dice ad alta voce: "Puoi dirmelo."

"Dirti *cosa*?" chiede Rosa.

"Quello che ti agita."

"Non ho bisogno di... Di sicuro non è... Il fatto di stare inchiodata qui dentro senza libertà... di movimento... e le medicine mi stanno... mi provocano delle contrazioni ai piedi."

"Diglielo."

"A chi?"

La donna obesa si gira sul fianco in modo da rivolgere la propria enorme massa corporea verso il letto di Rosa, la quale è quasi certa di riuscire a intuire la spia luminosa dei suoi minuscoli occhi.

"Sei qui da una settimana. E non ti possono trattenere, a meno che tu non rappresenti un pericolo per te stessa. Perciò, digli che non soffri di alcun disturbo. Così saranno costretti a dimetterti, dal momento che non rappresenti un pericolo per te stessa."

"E come la mettiamo con..."

"Poi, c'è anche la questione dell'assicurazione. L'assicurazione non intende coprire le spese per la riabilitazione. I centri per il reinserimento nella società di persone con problemi psichiatrici, lo sanno tutti. E nemmeno i dottori hanno la benché minima fiducia in questo genere di cose. Davvero, vogliono solo rispedirti a casa."

[15] Rover è un acronimo per "Ride on Vehicle Excrement Rover", utilizzato per gli operatori ecologici che si occupano della pulizia dei parchi (*N.d.T.*).

"Sono sana come..."
"Se gli dici che senti delle voci o che vedi degli strani insetti, allora ti tratterranno qui."
"Non vedo nessun..."
Rosa lancia un'occhiata all'orologio sul tavolo che separa i due letti. Le tre passate, e non ha più sonno di quanto ne avesse due ore fa. Non sa perché sta raccontando alla donna obesa delle telefonate, dato che crede che farebbe meglio a tenergliele nascoste, ma poi gliene parla lo stesso.
"Di che telefonate si tratta?"
"Riesco a sentirle."
"Ci sono delle persone che ti parlano?"
"Nessuno dice niente di me... sono solo una vecchia. Comunque sia, riesco a captarle."
"Mi stai dicendo che senti queste conversazioni ma che non ce n'è neanche una che ti riguarda?"
"Aspetta," le fa Rosa...
"È la cosa più incredibile che io abbia mai sentito," le dice la donna obesa. Questa donna è rimasta a letto per una settimana; è stata sollevata di peso e sistemata sul letto, e di tanto in tanto è stata girata su un fianco da una squadra di quattro uomini; la donna obesa ha sviluppato una dipendenza nei confronti di alcuni oppiacei incredibilmente potenti che usa per alleviare i dolori che ha alle ginocchia e a un piede fratturato; la settimana successiva l'avevano piazzata di fronte alla televisione, e lì lei aveva atteso con ansia un'altra puntata di *American Spy* o quel che era, trangugiando pillole nel chiaroscuro della narcosi mentre cercava di capire se il cicalino era o meno un dispositivo utile da tenere in soggiorno.
"Aspetta," dice Rosa. Le interferenze incalzano. Il suono gracchiante del cellulare, come se le telefonate fossero disturbate, come se il servizio fosse funestato da una serie di interruzioni. È impossibile riuscire a decifrare la terza sillaba di ogni parola, con le voci che cominciano a dirle tutte queste cose che lei non dovrebbe esser tenuta a sentire. Questa arriva da Washington, e Rosa non sa se ce la farà a stare ad ascoltare una miriade di persone che discutono di Washington. "Dobbiamo portare i nostri uomini laggiù, dobbiamo organizzare un trasporto di massa; abbiamo bisogno di uomini; abbiamo bisogno di cartelloni, e dovremo iniziare a pagarli perché facciano ciò di cui noi

abbiamo bisogno *ora*, e ciò di cui noi abbiamo bisogno è che loro stiano là, sul posto, perché abbiamo bisogno di sborsare dei soldi, di far lavorare i giovani nella campagna elettorale, e dobbiamo cominciare a pagarli perché prendano l'aereo immediatamente. Accidenti, dobbiamo prenotare i posti, e dobbiamo farli arrivare lì e far sì che stiano con gli occhi bene aperti, dobbiamo averli sul posto, ovunque abbiano luogo i conteggi dei voti. Visto che non possiamo fargli rifare quello che è già stato fatto, e allora dobbiamo cominciare a sborsare dei soldi." Era come se la voce non fosse rivolta a un'altra persona, era come se stesse solo provando una conversazione che avrebbe avuto luogo in futuro. Dentro la sua testa le parole s'infittiscono a tal punto da risultare più forti di qualsiasi altro suono. Ogni tanto è come se fossero persino più forti delle cose che vede, e lei vorrebbe schiacciarle, come delle mosche. Non è nemmeno sicura di riuscire a vedere tutto, con il volume delle telefonate così alto. Dovrebbe esserci un regolatore del volume.

"Cosa sta succedendo?" chiede la donna obesa.

"Qualcuno sta parlando delle elezioni."

"Tutti ne parlano."

"Cosa intendi dire?"

Come ha potuto non prendere in considerazione questa possibilità prima d'ora? Di colpo, le sembra possibile che anche la donna obesa abbia qualcosa a che fare con le telefonate. Forse è lei che smista le telefonate o che le inoltra, è una specie di direttore del personale di quelli che parlano. "C'entri forse qualcosa?"

"Non voto da venticinque anni."

"E allora cos'hai detto?"

"Cosa?"

"Delle elezioni?"

"Sto soltanto facendo conversazione."

Tutto ciò che sta accadendo avviene al di sotto della soglia del visibile. E la stessa cosa sta capitando fuori di lì. La gente che ha votato non conta, poiché tutto sta accadendo al di sotto della superficie. Tutto ciò che lei vede, la città fuori dalle finestre, le automobili, i parchi, i grattacieli. Da qualche parte, ancora più giù, sotto i piani più bassi della rete metropolitana, c'è un altro strato, ed è lì che vengono prese le decisioni. Sono tipo duecento persone, e i loro figli e le loro figlie vanno alle feste insieme, e s'incontrano il venerdì sera nel bunker, e giocano a carte, e decidono chi metterà le mani su quale paese. Questo impianterà una centrale nucleare nel bel mezzo del Kazakistan. Ecco cosa si dicono i giocatori di carte del venerdì sera, e si spartiscono le vincite, e si spartiscono gli affari, e si danno una pacca sulle spalle. Alcune persone finiscono per vedere questo genere di cose, alcune persone hanno qualcosa di speciale e riescono a vedere sotto tutti questi strati, persone dotate di un talento particolare.

"Credo che ti dovresti curare," dice la donna obesa.

"Mi sto curando."

La donna obesa non andrà avanti a discutere. Aveva cominciato a parlare all'improvviso, e all'improvviso ha smesso. La conversazione è stata una breve eruzione nello spazio del silenzio. E mentre è lì che riflette sul silenzio e sulla conversazione, Rosa sente che c'è qualcuno che bussa alla porta e che la informa che, se non si alzerà dal letto, poi non potrà più fare colazione. In silenzio, supera la mole imponente della donna obesa, s'infila la vestaglia e le ciabatte e scivola nella luce, con i piedi che strascicano e gli occhi socchiusi.

Altri corpi avanzano barcollando davanti a lei. Diretti in sala da pranzo. La luce è un disinfettante composto di particelle spruzzate in abbondanza allo scopo di coprire il tanfo velenoso dell'oscurità. A colazione c'è lo stesso cibo deprimente di ogni mattina, e lei nemmeno lo tocca. Il vassoio arriva e riparte. Dopodiché il medico le si avvicina ciondolando e le chiede se le può parlare. Rosa annuisce.

"Bene, perfetto. Be', noi ci... stiamo chiedendo se la notte scorsa lei non abbia forse notato qualcosa di strano, nella, sì, nella sua compagna di stanza."

"Di strano?" Comincia ad avvertire un ronzio nelle orecchie; i suoi occhi lanciano un'occhiata attraverso la stanza, come se i suoni intermittenti potessero arrivare da qualsiasi parte, e lei cerca di capire da dove potrebbero venire, come se, una volta messa a fuoco la causa, potesse riuscire a rilassarsi un po' nella singolarità della situazione in cui si trova.

Rosa tenta di urlare: "Non ho sentito niente!"

"Niente di niente? Perché noi abbiamo, sì... be', il problema è che lei è..."

Non sa in quali termini metterla, la questione che di lì a poco diventerà un problema per l'intero reparto. Ma lei ci arriva da sola. La donna obesa è spirata; se n'è andata. È vero. C'è una troika di inservienti, e sono riusciti a sollevarla e ad adagiarla su una barella con le rotelle, e ora la stanno portando fuori così come l'avevano portata dentro, e i degenti del centro di recupero sono lì che guardano, stretti l'uno all'altro in un capannello che si è formato davanti alla guardiola degli infermieri. La sagoma ingombrante esce con il lenzuolo tirato fin sulla testa. La donna obesa non ha mai avuto neanche un nome. Nessuno era mai andato a trovarla, nessuno aveva mai telefonato, e adesso viene allontanata per il ricomponimento della salma.

"Tra qualche minuto faremo una riunione per discutere della questione, in modo da dare a chiunque la possibilità di esprimere le proprie opinioni in merito. In momenti come questi è importante rimanere uniti. Sarà disponibile un servizio di consulenza per elaborare il lutto. Nel caso qualcuno di voi ne avesse bisogno."

"Le dirò io di che cosa ho bisogno," dice Rosa Meandro al dottore. "Di uscire da... non voglio uscire di qui come ha fatto lei... Ho scontato la mia settimana qui dentro; e ora è giunto il momento che io esca. Non costituisco un pericolo per nessuno."

"Possiamo parlarne dopo."

"Io vorrei discuterne ora."

Tecnicamente, la questione è che lei deve essere affidata a qualcuno, le dice il dottore a malincuore, e questo qualcuno dovrà incontrare l'assistente sociale, occuparsi del processo di reintegrazione nella società e così via. Ma Rosa non vuole essere affidata a sua figlia. Vanessa non sarà d'accordo sul fatto che lei venga dimessa, e Rosa non ha intenzione di essere segregata nel suo appartamento, conversazioni telefoniche o meno, poiché la segregazione non può che peggiorare le cose. Non sarà costretta a ingoiare il rospo anche questa volta; si sente più forte, e se non la dimetteranno, allora se la comprerà, la sua dimissione, uscirà a prendersi una barretta di cioccolato e a quel punto pagherà l'addetto all'ascensore, e prima che qualcuno se ne accorga, lei sarà già arrivata a pianoterra. Se ne sarà andata. Ma, proprio mentre ci sta pensando, proprio mentre dovrebbe spiegare al dottore quanto sia importante per lei venire dimessa, comincia ad ascoltare di nascosto una conversazione telefonica intermittente. "Non capisci, il punto è che lui era al telefono con lei al momento dell'aggressione, e lui le stava effettivamente parlando dal suo studio, è il più bel..." Immediatamente si abbandona a una conversazione a proposito di una qualche organizzazione strategica che ha che fare con dei grossi quantitativi di *donut*, conversazione interrotta da Vanessa che chiama da chissà dove per indagare sulla miniserie, tormentando prima un uomo e poi un altro, sempre per via della miniserie: "La faremo, faremo in modo di *farla*, e faremo in modo di *farla* perché non c'è nessun altro che stia facendo niente di simile, e voglio che consideriate queste mie parole come un via libera a procedere, e voglio che scegliate una versione qualsiasi della storia, quella che vi sembra meglio delle altre, e voglio che completiate i preventivi, e voglio che me li portiate qui in modo che domattina, come prima cosa, io li possa vedere, e questa è l'ultima volta che voglio sentirne parlare", e, a seguire, le previsioni di un inverno lungo e con abbondanti precipitazioni, e una conversazione sul percorso più veloce per andare da Albany a Providence: "Non devi far altro che proseguire sulla I-Ottantaquattro", e, nel bel mezzo di tutto questo, il dottore le chiede qualcosa che però lei davvero non capisce, salvo che all'improvviso *le viene* una curiosità. Come mai lei non è citata in nessuna di queste conversazioni? La donna obesa non avrebbe dovuto sollevare la questione! Neanche le conversazioni della figlia la tirano mai in ballo! Le conversazioni riguardano la quota di mercato, o il capitale di rischio, o il fatto che la campagna elettorale debba proteggere i propri investimenti mandando degli osservatori laggiù in Florida, e che debba far sì che le iniziative promosse dagli uffici stampa vadano a suo vantaggio; ma nessuna di queste conversazioni accenna a Rosa, come se lei nemmeno esistesse.

Rosa dice: "Chiami mia figlia; può affidarmi a mia figlia. Faccia in modo che... qualcuno chiami mia... può affidarmi a mia figlia." Tuttavia, il dottore arretra verso la sala della ricreazione. E nell'istante in cui Rosa afferra il senso delle sue parole, il dottore è già arrivato sotto il mobile della televisione sfregandosi nervosamente le mani, con Rosa che ora si sta trascinando in direzione della sala della ricreazione. Sta ascoltando il calorifero e si chiede se stia veramente facendo il rumore che le sembra di sentire, il mugolio di qualcuno che sta soffocando. Tutti in reparto parlano animatamente di quanto fosse meravigliosa la donna obesa, benché nessuno abbia mai interagito con lei, dal momento che non era uscita dalla stanza neppure una volta.

Nel pomeriggio la figlia dovrebbe venire lì a prenderla. Rosa ha addosso i vestiti che aveva quando era entrata, ed è fragile, ma nonostante ciò trasuda grandi speranze. Ha raggiunto uno scopo. È sopravvissuta a questa catastrofe ed è in buone condizioni, più o meno, e il tramonto sull'area occidentale di Brooklyn, fuori dalle finestre dell'ospedale, è magnifico, e la bellezza del tramonto di giovedì è una metafora del suo spirito indomito, e non importa se dovrà tornare in ambulatorio per un day hospital affinché i dottori possano monitorare la concentrazione di farmaci che ha nel sangue e che le secca la bocca al punto da renderle quasi impossibile separare le labbra per lamentarsi. Lei, a modo suo, è una persona speciale, poiché è stata prescelta per ascoltare le conversazioni, e se avrà il compito di ascoltare le conversazioni anche fuori di lì, allora sarà speciale anche fuori di lì, poiché sa cose che nessun altro sa e questo la rende una persona rispettabile e importante. I meccanismi segreti della politica, della cultura e della cospirazione sono svelati a lei e a lei sola.

Alle 16,30 Rosa, in piedi accanto alla porta con la scritta "Uscita" e con addosso i suoi vestiti da tutti i giorni (più una borsa da viaggio ai suoi piedi), chiede all'infermiera se può scendere in atrio un attimo solo per prendersi una bella barretta di cioccolato, qualcosa da mangiare. L'infermiera ha due chiamate in attesa, e per di più ha davanti a sé un uomo in mutande coi denti sporgenti che richiede cure particolari parlando in cantonese, e non può davvero dar retta anche a Rosa e alla barretta di cioccolato. Forse, se solo le prestasse attenzione, quest'infermiera si chiederebbe come mai Rosa ha bisogno della valigia per andare al distributore di merendine giù in atrio; tuttavia questo pensiero non le sfiora neanche l'anticamera del cervello, e nel momento in cui gliela sfiora, Rosa è già in ascensore. E nel momento in cui ispezionano l'ascensore, Rosa è già per strada. E nel momento in cui ispezionano l'atrio dell'ospedale, lei ha già superato la libreria della grande catena in direzione del negozio di liquori.

È importante scegliere un negozio di liquori diverso dall'ultimo in cui sei entrata. Si chiama libertà di scelta. Quand'è stata l'ultima volta in cui sei entrata in un negozio di liquori? E qual era il negozio di liquori in cui sei entrata? Com'erano esposte le bottiglie in quel negozio di liquori? Eri uscita da due giorni soltanto dal reparto del centro di recupero in cui ti avevano rinchiusa? Allora devi senz'altro cambiare negozio di liquori, poiché il fatto che tu non frequenti sempre lo stesso negozio garantisce la competizione tra i negozi di liquori della tua zona, oltre a garantire a te che non diventerai mai intima di nessuno dei proprietari dei negozi in questione. Dunque, non c'è altra scelta se non quella di spostarsi più in là, sulla Sesta, dove Rosa spera di trovare un negozio in cui non è entrata di recente. Ed è quello che, in uno stato d'inquietudine, fa.

È l'ora di punta, e il freddo le sembra più pungente di quando era stata reclusa, e forse sarebbe il caso che lei si preoccupasse di sua figlia, la quale, da un momento all'altro, potrebbe arrivare in ospedale e chiedersi come mai sua madre non sia lì, e il personale dell'ospedale setaccerà imbarazzato ogni angolo, ma ora Rosa non può mettersi a pensare a queste cose, dato che ha una missione, e la prima parte di questa missione ha a che fare con il negozio di liquori, e quando lo raggiunge – le solite superfici deformate dei pavimenti di linoleum e l'odore acre di detergente industriale appena cosparso – si riempie di un senso di ottimismo. Il negozio di liquori è di proprietà di persone che parlano spagnolo e che tra l'altro lo gestiscono anche, il negozio. Sceglie una bottiglia di whiskey di segale a buon mercato e chiede al padrone nonché gestore del negozio se può toglierle la polvere dalla bottiglia, con lui che, quando finalmente capisce, obbedisce, usando un piumino per la polvere che tiene a portata di mano sotto la cassa.

Rosa, con la bottiglia stretta tra le mani, esce per strada, dove tutti si stanno affrettando verso casa, e apre la bottiglia nascosta nel sacchetto di carta. Quando il whiskey raggiunge il palato, Rosa sente la gola che le si chiude a causa di uno struggente godimento, e sente le fitte lancinanti dell'ansia che a poco a poco diminuiscono, e sente le conversazioni telefoniche che si ritirano in qualche lontana cavità del suo cervello, da dove solo di tanto in tanto emergeranno dalla foschia una parola o una frase, "marinata", "melograno", "monte di Venere", ed è esattamente lì che lei si vuole trovare, sul campo della propria battaglia contro l'allucinazione e la malattia mentale, poiché è questo che le permetterà di affrontare la fase successiva della sua missione.

Sono passati mesi dall'ultima volta in cui è stata in metropolitana, ed è trascorso ancor più tempo da quando è entrata in metropolitana all'ora di punta, ma forse il suo aspetto, quello di una donna che ha avuto un contenzioso con le sostanze chimiche basiche dell'identità umana e che, allo stesso tempo, ha avuto accesso all'intera rete globale delle telefonate via cellulare, tra le quali ha potuto scegliere il meglio in modo da portare avanti la propria analisi circa le abitudini contemporanee, è tale da indurre la gente a girarle alla larga. Raggiunge l'ultima carrozza del treno, si procura uno di quei posti che bisogna lasciare liberi per i disabili e si mette seduta, e beve dalla bottiglia mentre si gode un piacevole viaggio all'interno di Manhattan fino alla Quarantaduesima, la sua fermata. Ora Rosa Elisabetta percorre il lungo e fetido tunnel che la porta a destinazione, il capolinea dei sogni deliranti, e lì si affretta in direzione della biglietteria, dove la luce rosa al neon inquadra il viso sconsolato di un impiegato triste della compagnia degli autobus. Estrae dal portafogli qualche banconota sgualcita, tra gli ultimi soldi che le sono rimasti, spinge il denaro dentro la fessura dell'abitacolo, verso il bigliettaio immusonito, e gli dice che, sì, è diretta in Florida, dove metterà fine a tutta questa follia delle elezioni.

24

Il franchising di Krispy Kreme in fiamme.

È impossibile comprendere le ragioni per cui qualcuno possa voler venire qui, a Concord, una sonnacchiosa cittadina di provincia, terra di avvocati e di investitori di capitale di rischio, passare in macchina accanto alla tomba di Emerson e attaccare con delle bombe incendiarie il Krispy Kreme del posto, il primo dello Stato. Dove se li sono procurati i dispositivi incendiari, questi mostri? Dove hanno trovato la voglia e i mezzi per attaccare con delle bombe incendiarie Krispy Kreme? Ed era vero, stando alle voci che giravano, che Concord era diventata il rifugio di una piccola cellula terroristica mobile? Ovviamente Krispy Kreme si trovava su Main Street, e ora ogni cittadino poteva camminare accanto a ciò che ne era rimasto. Sentire l'odore del lievito bruciato, della plastica carbonizzata e dei pannelli elettrici. La vetrina panoramica sulla facciata del negozio era stata ridotta in frantumi dal corpo dei vigili del fuoco, composto di soli volontari, nel tentativo di contenere l'incendio, missione che era andata a buon fine. L'unico danno connesso a tale operazione era stato riportato dall'appartamento sopra il negozio di *donut*. Be', poi c'era stato anche del fumo che era penetrato nel negozio di fiori lì accanto. Nessuno era rimasto ferito.

Il grande incendio era divampato alle undici o immediatamente dopo, stando alle notizie riportate dai giornali. Un uomo che "stava comprando una confezione da sei di birra" nel negozio aperto tutta la notte in fondo all'isolato aveva visto delle figure svoltare l'angolo. Si era chiesto perché queste figure stessero correndo. Un tizio dal sonno leggero il cui appartamento si affaccia su Main Street aveva sentito tutto quanto. Era in grado di confermare l'ora. Alcune persone dentro un'automobile che passava di lì all'ora presunta avevano visto un paio di elementi sospetti con indosso soprabiti marrone chiaro di fronte a Krispy Kreme.

Nessun dubbio: si era trattato di un non meglio identificato gruppo terroristico, stando a quanto dicevano gli editoriali. Una non meglio identificata cellula terroristica era venuta fin qui, a Concord, o nell'area di Boston, portando con sé il sospetto e la paura che accompagnano questo genere di cose. Esistevano gruppi terroristici in altri posti, in Israele e in Palestina, in Cecenia, in Indonesia, ma non a Concord. Fino a ora. Anche nell'ipotesi che si trattasse di una cellula ambientalista radicale con opinioni "umanitarie" circa la distruzione della proprietà, si trattava comunque di un gruppo terroristico. Lo scopo dei gruppi terroristici era di creare angoscia in relazione al futuro, cosa che in effetti questo gruppo terroristico aveva creato "in abbondanza", stando a un editoriale scritto in merito. Ed è esattamente questo che sta dicendo la madre di Max Duffy venerdì pomeriggio, pensando ad alta voce mentre rallenta nella strettoia dove prima sorgeva il franchising di Krispy Kreme, convinta, in accordo con le proprie teorie in materia di psicologia giovanile, che se Maximillian Duffy deve capire ciò che c'è di sbagliato nel proprio modo di comportarsi, gli sarà utile vedere i danni che i princìpi rivoluzionari hanno provocato in una cittadina del New England.

"Il conducente dell'autobus viveva laggiù," osserva lei, indicando le finestre annerite sopra il negozio di Krispy Kreme. Si era accertata che suo figlio vedesse gli articoli sulla stampa locale. Si era accertata che capisse che l'FBI aveva garantito il proprio coinvolgimento nelle indagini. La vecchia Volvo del reverendo e della signora Duffy si ferma, così come le automobili che la precedono, e la madre e il figlio si sporgono per dare un'occhiata allo scheletro annerito del negozio di *donut*. Vetri in frantumi, mobili in stato di abbandono, transenne schierate dalla polizia, coni arancioni, attrezzature industriali carbonizzate trascinate sul marciapiede. Nei pressi di un cassonetto dell'immondizia, operai di enti locali dall'aria minacciosa sollevano macerie.

Naturalmente, hanno già arrestato Eduardo Alcott. Ed è questa la parte che Max non riesce a capire. A quanto pare, erano andati a cercarlo in seguito alla telefonata di Tyrone alla polizia. Ma se ora gli altri Palingenetici erano stati affidati alla custodia dei loro genitori o a quella dei tutori, in attesa di possibili accuse di connivenza nel caso di Eduardo, allora chi era stato a compiere l'attacco con le bombe incendiarie? Dal momento che il piano dell'attacco incendiario a Krispy Kreme non era mai stato messo per iscritto, dato che niente era mai stato messo per iscritto nel covo di Eduardo, non esisteva alcuna prova delle loro intenzioni. Che cosa c'era dietro questa aperta minaccia nei confronti del sorgere incontrollato di società multinazionali in franchising? Si trattava davvero di un gruppo terroristico? O era solo una banda di adolescenti che avevano fumato troppa erba e che si erano semplicemente appassionati all'aspetto pirotecnico della cosa? Erano dei combattenti per la libertà? Erano dei criminali comuni? Erano dipendenti piantagrane che non riuscivano a sbarcare il lunario con il minimo salariale e che stavano facendo una dichiarazione in merito alla tariffa sindacale? Era qualcuno che voleva dei *donut* originali glassati appena sfornati e che si era dispiaciuto del fatto di non averne potuto comprare neanche uno?

I patriarchi della città hanno le proprie teorie. I patriarchi della città sono stati tutti fotografati di fronte alle macerie, intenti a condannare lo spirito del paese, permissivo e compiacente, che aveva condotto a questa tragedia così assurda. Nessuno di loro ne sa più di quanto ne sappia lo stesso Max, forse anche qualcosa di meno, non avendo mai prestato ascolto ai ragazzini che se ne stavano a fumare là fuori, nel parcheggio di Krispy Kreme. Il negozio di *donut* era praticamente nuovo; rientrava nel processo di colonizzazione dei franchising di Krispy Kreme qui, nel Nordest; e adesso è sparito, e con lui quasi una dozzina di posti di lavoro sicuri e un luogo che i ragazzini potevano frequentare durante il weekend.

Chiede alla madre il permesso di poter almeno uscire a fare una passeggiata per schiarirsi le idee. Negli ultimi giorni lo hanno segregato in casa. E da quando Tyrone è tornato, Max non è nemmeno più andato a scuola e sta rischiando di impazzire, come il fratello. Impossibile uscire dalla macchina, impossibile sottrarsi allo sguardo della madre, impossibile godersi un momento in mezzo alla natura.

"Potresti solo portarmi là..."

"Oh, là..."

Se si tratta di *quei* boschi, difficilmente lei potrà rifiutarsi, dato che *quei* boschi hanno un passato letterario, e ogni volta che Max sembra vivere dentro il sogno di una buona educazione partorito dai suoi genitori, allora non c'è nessun problema. E così lei imbocca la strada della contea, intasata dal controesodo serale dei pendolari, e in breve arriva all'altezza del celebre laghetto. Deborah parcheggia la macchina. E Max scende, dicendole che sarà di ritorno nel giro di dieci minuti.

Aveva assistito a delle lezioni scolastiche in questi boschi, aveva assistito a delle lezioni sulla classificazione delle piante. Conosce le diverse varietà di felci, la felce natalizia e l'asplenio adianto nero, e buona parte delle betulle e degli abeti e degli aceri. Sa riconoscere i picchi muratori e gli scriccioli, e gli uccelli canori e le cince bigie e i merli dalle ali rosse; e, conformemente all'indottrinamento che ha ricevuto, riconosce parte della visione utopica di Eduardo Alcott, il cui scopo consiste nel riscatto di Gaia, o Madre Terra, dall'unica vera specie contagiosa, l'*Homo sapiens sapiens*.

Naturalmente, nelle teorie di Alcott c'è molto di più rispetto alle cose che Max ha detto a sua madre. In questa storia c'è molto di più rispetto alla questione dei diritti della foresta, il diritto che la Madre Terra ha di liberarsi delle intromissioni dell'animale umano. Tanto per fare un esempio, in ognuno dei Palingenetici Eduardo aveva cercato di inculcare una particolare competenza ecologica. A Nina Eduardo aveva insegnato a sparare con i fucili e con le doppiette, in modo che lei potesse usarli per sfoltire la popolazione dei cacciatori e degli sportivi; e a Glenn Eduardo aveva insegnato a tendere delle trappole. (In effetti, alla fine dell'addestramento Glenn era diventato un grande esperto di tecniche di sopravvivenza, cosa che con ogni probabilità gli tornerà utile nel corso del lavoro estivo presso l'asilo nido locale, durante il quale dovrà sollevare sacchi pieni di cortecce di pino per poi riporli nei bauli delle jeep).

L'insegnamento che Eduardo aveva impartito a Max, invece, riguardava l'arte della rabdomanzia. La qual cosa poteva essere letta come una dimostrazione di stima nei confronti di Max, dal momento che la rabdomanzia, a detta di Eduardo, era la più oscura fra le discipline praticate dai Palingenetici. Perché le lezioni avessero luogo, era necessaria una totale fiducia, era necessaria un'assenza di distrazioni terrene, erano necessarie attenzione e umiltà. Eduardo portava Max nei boschi della zona, boschi che andavano via via riducendosi a causa della deforestazione. Talvolta avevano guidato per un'ora o più prima di trovare un luogo adatto. Erano stati nel vecchio New England, quel New England che stava scomparendo, il New England dei racconti gotici e degli scontri con gli indiani. A quel punto, quando la foresta era sufficientemente folta, Eduardo si metteva a illustrare i misteri della rabdomanzia.

La prima cosa da imparare era che non esisteva alcuna spiegazione di ciò che stava per accadere. Non esisteva alcuna spiegazione empirica del perché la cosa funzionasse, almeno non più di quanto fosse possibile spiegare perché funzionava il cattolicesimo. Se ci credevi, allora funzionava. Forse la rabdomanzia aveva qualcosa a che fare con la geologia e con la storia geologica impressa in ogni corpo umano; o forse aveva a che fare con il magnetismo, con le minuscole particelle che trasmettevano la forza universale conosciuta come elettromagnetismo; o forse aveva a che fare con la saggezza druidica, la magia bianca dei druidi che i romani non erano riusciti a sopprimere; o forse aveva a che fare con le auree o con il Chi o con la saggezza orfica delle librerie New Age, come quella due numeri civici più in giù rispetto al negozio di Krispy Kreme a Concord. Qualunque fosse la causa, a ogni modo, la rabdomanzia funzionava. Questa era stata la prima lezione: utilizzare, non analizzare.

Erano saliti dalle parti del monte Monadnock, il più scalato degli Stati Uniti. "La scienza è la serva del capitalismo," diceva Eduardo. "La scienza è al servizio di quei maiali. Non ha alcuna vena creativa, non ha nulla fuorché questa tendenza a fare ciò che ci si aspetta da lei, e cioè accettare la logica del *prodotto* e del merchandising che rappresenta la sua linfa vitale. I vassalli del capitalismo eseguono ciò che gli viene chiesto. E i vassalli del capitalismo sono i lacchè della ricerca e dello sviluppo. Pertanto, non pensare che la disciplina che ti sto insegnando abbia qualcosa a che fare con la scienza."

Queste erano le lezioni dei gruppi di sopravvivenza, dei guerriglieri maoisti del Rio delle Amazzoni. E allo scopo di provare l'inganno della scienza, Eduardo aveva afferrato la bacchetta a Y, il tradizionale bastoncino biforcato del rabdomante – un ramo di amamelide levigato – tenendo le due estremità della bacchetta tra l'anulare e il mignolo, con le mani sollevate per aria e i pollici sulle estremità, come aveva spiegato a Max, e con la punta della bacchetta rivolta verso l'alto. Dopodiché aveva ruotato su se stesso in senso orario, gli occhi chiusi, in modo da allentare un po' la tensione e il nervosismo sul suo volto striato di vene. Aveva continuato a ruotare finché non era accaduta una cosa incredibile, una cosa alla quale persino Max aveva potuto far da testimone, per quanto incredulo. Sulle prime era sembrato che la bacchetta tremasse in maniera violenta, ma poi, a dispetto di tutta la forza che Eduardo aveva esercitato sul bastoncino, la bacchetta aveva cominciato a spingere ostinatamente verso il basso fino a scendere oltre la metà del corpo di Eduardo, all'altezza della cintola. E ora stava decisamente puntando a terra. Eduardo si era fermato, aveva aperto gli occhi, e con una smorfia aveva pronunciato i risultati dell'esperimento: "Adesso sono rivolto a nord."

Aveva spiegato che, in quanto oggetto, la bacchetta biforcata era interessante soprattutto come pezzo d'antiquariato. Nessuno la usava più, sul serio. Al suo posto si utilizzavano delle bacchette di metallo a forma di L, come questa:

⅃L

bacchette di metallo che venivano sistemate dentro custodie di plastica, solitamente le impugnature dei manubri delle biciclette. Le bacchette a L potevano essere facilmente ricavate da comuni grucce in metallo, di quelle che si trovano in una normale lavanderia. Le infilavi nei manubri delle biciclette, aveva detto Eduardo. E poi te ne andavi in giro in mezzo alla natura, aspettando di vedere che cosa queste bacchette di metallo ti avrebbero rivelato. Se le bacchette si aprivano a V, allora era un "sì", e se le loro estremità si incrociavano, anche questo era un "sì", in risposta a qualsiasi domanda tu stessi facendo, tipo se in un determinato posto c'era dell'acqua o se c'era un filone d'argento. Solo nel caso in cui non si fosse verificata alcuna reazione da parte delle bacchette, allora la risposta era negativa.

"Per oggi," aveva detto Eduardo, "ci accontenteremo di trovare dell'acqua potabile, dal momento che si tratta di un assaggio di arte magica che ti potrà senz'altro tornare utile. Per prima cosa svuotiamo le borracce, in modo da avvertire la stessa sensazione di sete dei nostri fratelli rivoluzionari nel deserto messicano. Dopodiché staremo a vedere ciò che accade."

Aveva preso le bacchette a L dallo zainetto che si era portato con sé, una vecchia sacca da corriere con il nome di un giornale locale che stava sbiadendo sul bordo. E aveva consegnato a Max le bacchette a L e le impugnature col suo solito fare brusco.

"Provaci tu."

Mentre Max prendeva confidenza con le impugnature, Eduardo aveva attaccato con la seconda lezione. La seconda lezione era la seguente: non è nel materiale della bacchetta che risiede la divinazione, bensì nel rabdomante. Non era importante che cosa usavi, aveva detto Eduardo, e l'eccessiva attenzione che alcune persone prestavano alla bacchetta a Y e al fatto che fosse perfettamente verniciata denotava un comportamento feticistico contrario allo spirito della rabdomanzia. Alcune persone usavano piombi applicati a lenze da pesca, tenendo sollevata questa specie di piccolo pendolo in attesa che si mettesse a oscillare. Alcune persone, aveva detto Eduardo, usavano soltanto le mani. Andavano nei boschi con le mani rivolte verso l'alto e con i sensi desti, e aspettavano fino a quando non sentivano i palmi delle mani che si inumidivano o i peli che gli si rizzavano sulle braccia, e a quel punto sapevano di essere in presenza di argento o di oro o di altri misteri eterni.

"Vai avanti," gli aveva detto. "Chiediglielo."

"Che cosa?"

"Cosa vuoi sapere?"

"C'è l'acqua?"

"Sii più specifico."

E così, quel freddo giorno di aprile Max aveva chiesto se lì nei paraggi c'era una sorgente d'acqua dove poter riempire le borracce. E immediatamente le bacchette a L si erano aperte, mettendosi in quella che Eduardo aveva descritto come la posizione del "sì", la posizione a V; e Max si era domandato, per quanto tutto questo stesse realmente accadendo, se fosse davvero lui la causa di ciò che stava accadendo, simile in questo ai ragazzini impazienti che, ogni volta che si riuniranno attorno a un tavolino da seduta spiritica, inizieranno sempre coll'evocare il bambino morto che una volta abitava in fondo all'isolato. Non poteva darsi che Max stesse piegando le bacchette verso il basso perché voleva passare l'esame, affinché Eduardo la smettesse di guardarlo con quegli occhi? Comunque sia, le bacchette a L avevano dato la risposta che lui cercava. C'*era* una sorgente d'acqua. Eduardo gli aveva messo una mano guantata sulla spalla.

"Adesso chiedi in quale direzione."

E così aveva chiesto alle bacchette a L in quale direzione si trovava l'acqua, la qual cosa gli era parsa piuttosto stupida, dato che era come parlare coi suoi scarponi da trekking o giù di lì. Di colpo le bacchette a L si erano incrociate, e lui si era accorto che la direzione da seguire non era dritto davanti a sé, e nemmeno alla propria sinistra, bensì esattamente a nord, la direzione che Eduardo aveva indicato prima. Max si era incamminato con fare circospetto ed Eduardo l'aveva seguito, e la foresta li aveva avvolti, come se le bacchette da rabdomante fossero in collusione con la saggezza della foresta primigenia. Quando le bacchette gli avevano trasmesso un messaggio ambiguo su come procedere, lui si era fermato e si era voltato lentamente, fino a quando non aveva avvertito uno strattone, come se avesse catturato un pesce all'altro capo delle bacchette, e allora aveva ricominciato ad avanzare velocemente. Poco dopo avevano sentito delle voci, dopodiché avevano visto altri escursionisti, con indosso le loro giubbe dai colori sgargianti, riempire delle bottiglie da un tubo che sporgeva da una roccia ignea. Avevano bevuto.

Eduardo si era congratulato con lui, e a quel punto i due si erano incamminati verso il furgoncino in fila indiana, così come erano arrivati. Durante il tragitto Eduardo gli aveva detto che le aureole dei santi in verità erano auree, una cosa risaputa, e che le bacchette da rabdomante avevano il potere di misurare le auree di chiunque, e che, prima che tornassero a Newton, Eduardo doveva assicurarsi, conformemente alla propria fede nella santità della rivoluzione, che le intenzioni di Max fossero oneste mediante la misurazione e la calibratura della sua aura. E così, aveva domandato Eduardo, poteva Max per cortesia fermarsi lì dove si trovava? Poteva per cortesia stare completamente immobile?

Per un istante Max aveva creduto di essere sul punto di venire giustiziato, dato che si trovava nella classica posizione delle esecuzioni, come nei film sulla seconda guerra mondiale in cui le vittime si girano di spalle e incrociano le mani legate dietro la testa. Con Eduardo, era difficile sapere se si fidasse di te o se invece stesse per ficcarti una pallottola chissà dove. Tuttavia, forse l'unica cosa in cui Max aveva fede era la fede, anche se forse non si trattava dello stesso genere di fede che suo padre, il reverendo Duffy, professava. Sentiva di voler avere fede in qualcosa, in qualche grande sistema, e sentiva che le possibilità di trovare una fede di questo tipo erano poche, dal momento che l'unica cosa in cui potevi aver fede di questi tempi era una crema per l'acne che contenesse agenti abbastanza potenti da prosciugarti i brufoli prima del ballo di fine anno. O forse potevi aver fede nel fatto che, andando avanti e facendoti il culo su un test standardizzato, e non limitandoti semplicemente a riempire i cerchietti delle risposte, c'era la possibilità che tu entrassi in una scuola in grado di assicurarti una buona preparazione nel campo dell'amministrazione aziendale, in modo che, negli anni a venire, lavorando per una società molto grande, avresti potuto pronunciare impassibile le parole "L'interesse pubblico non è mai stato messo a repentaglio."

Max aveva fede nel fatto che Eduardo avesse fede in qualcosa; pertanto, sperava non gli sparasse. Così, nella quiete della foresta, quando Eduardo aveva detto: "Dimmi, quest'uomo ha il vero coraggio di un rivoluzionario?", Max aveva pensato che probabilmente le cose si sarebbero messe bene, e che lui avrebbe superato il test. E quando Eduardo lo aveva invitato a girarsi per affrontare la bacchetta a Y e la considerazione che essa aveva del suo carattere, era stato contento di vederla rivolta verso il basso. Era nella posizione del "sì" – perché lui aveva davvero il coraggio di un fedele.

Era accaduto sul monte Monadnock? Oppure la prima volta che erano venuti lì, al laghetto? E avevano utilizzato la bacchetta a Y, oppure Eduardo aveva eseguito il test con le proprie mani, come se stesse concedendo una benedizione andina? Max non ne era sicuro, poiché la cosa era accaduta in primavera, il periodo in cui si era rimpinzato dell'ortodossia dei Palingenetici, un periodo molto confuso, percorso da una miriade di ideologie. E adesso, mentre cammina attraverso i boschi e attorno al laghetto, con i pendolari che gli sfrecciano accanto diretti a casa per bersi un aperitivo, riflette sul fatto che il prezzo dell'illuminazione intellettuale aveva comportato per lui la necessità di tenere nascoste parecchie cose ai suoi genitori.

La terza lezione di Eduardo riguardava i confini sovrannaturali o confini dell'energia, i quali "venivano dettati dall'alto", diceva Eduardo, sebbene non avesse mai approfondito la natura di questo "alto". Forse si riferiva al cosmo, o forse alla religione. Comunque sia, potevi individuare questi confini dell'energia con la tua bacchetta da rabdomante. Proprio come avresti potuto individuare una sorgente d'acqua. E così facendo avresti scoperto che i luoghi sacri, i luoghi dedicati al culto o ad altri sistemi alternativi di conoscenza e di indottrinamento, sorgevano immancabilmente lungo questi confini dell'energia. Così come avresti potuto scoprire che uno sciamano abitava da quelle parti, oppure che un tempo su uno di questi confini dell'energia era sorta una chiesa; il che aveva fatto venir voglia a Max di sondare con la bacchetta da rabdomante la Prima Chiesa Congregazionalista, allo scopo di verificare se la chiesa in cui suo padre professava fosse davvero un luogo sacro. Allo stesso tempo, però, non aveva voluto correre il rischio di scoprire che in realtà suo padre era una sorta di imbonitore.

La terza lezione aveva avuto luogo proprio qui, vicino al laghetto, dal momento che Eduardo aveva perlustrato questi boschi da cima a fondo in cerca del luogo in cui, con ogni probabilità, un certo ecologista e rivoluzionario al quale lui si riferiva sempre come al "disubbidiente civile" aveva un tempo vissuto. Qui, vicino al laghetto. Eduardo sosteneva che il "disubbidiente civile" aveva vissuto lungo un confine sovrannaturale, ed era anche in grado di provarlo. Prendendo una mappa dei boschi circostanti e facendoci dondolare un pendolo sopra, era infatti possibile tracciare un confine, aveva detto Eduardo, che partiva dal luogo esatto in cui il "disubbidiente civile" aveva un tempo vissuto. Il "disubbidiente civile", H.D. Thoreau, aveva puntualizzato Eduardo, sapeva che la civiltà americana era basata sulla corruzione. Sapeva che le leggi della civiltà americana erano corrotte; ed era venuto qui perché era questo il luogo dal quale l'energia era scaturita. Eduardo, con la bacchetta a Y che sprofondava davanti a sé, l'aveva conficcata con violenza nel terreno, nel punto in cui il "disubbidiente civile" aveva avuto la sua visione, la visione del rabdomante, aveva rimarcato Eduardo. Il "disubbidiente civile" era arrivato qui senza niente, con due soldi in tasca e dei miseri beni, ed era arrivato qui per entrare in armonia con l'energia del posto. E le cose erano andate decisamente bene, se si considera il fatto che il "disubbidiente civile" non aveva mai più scritto nulla di così perfetto come ciò che aveva scritto qui. Non aveva scritto nulla di così perfetto sui boschi del Maine, e a quanto pare aveva percorso in lungo e in largo il monte Merrimack senza imbattersi neanche in un confine dell'energia.

Anche se ora, mentre Max si sta aprendo un varco in mezzo a piante che emanano un odore disgustoso, il laghetto non sembra così meraviglioso. Sta calando la notte e sta cominciando a piovigginare. E sua madre lo sta chiamando: "Tesoro! Dove sei? Non allontanarti troppo, okay?" Eppure c'è sempre una ragione per cui ci si addentra nei boschi. Questi alberi finiranno per essere tagliati e al loro posto impianteranno una serie di condomini, proprietà con vista lago, è già tutto deciso, con un punto di attracco per gli appassionati di moto d'acqua. E proprio nel momento in cui sta pensando ai tizi delle moto d'acqua, Max avverte qualcosa di strano. Si ricorda di una cosa che gli aveva detto Eduardo. Forse era stata la quarta lezione, e forse la quarta lezione si era svolta un giorno in cui Eduardo aveva biascicato in modo sbrigativo alcune parole accanto al laghetto, e la quarta lezione diceva: "Se mai dovessero catturarmi, guarda qui, lascerò un messaggio."

Allora Max non gli aveva dato molto credito. Non aveva mai dato molto credito alle osservazioni più apocalittiche di Eduardo. Tuttavia, ora sta facendo ciò che pensava non avrebbe mai fatto; sta strappando un ramo da un alberello d'acero, rimuovendo qua e là dei pezzi di corteccia in modo da scoprire parte della polpa verde sottostante. E perché lo fa? Perché pensa di provarci ancora. Fabbricherà un'accettabile bacchetta da rabdomante a forcella. Non vuole che sua madre veda ciò che sta combinando, anche se non sa perché. La ricerca della magia è un po' come la masturbazione o come il sentimentalismo; meglio praticarli in solitudine. Dopo aver costruito alla bell'e meglio la bacchetta a Y, Max fa ciò che gli è stato insegnato. Con l'anulare e il mignolo afferra la bacchetta dalla parte della biforcatura, le mani rivolte verso l'alto e l'estremità dell'asticella in su, e rivolge alla bacchetta a Y la domanda del giorno, e cioè: "Eduardo ha lasciato un messaggio me?"

L'importante è svuotarsi la mente. Le distrazioni sono le incursioni dei pendolari, l'idea dei tizi delle moto d'acqua con indosso le loro mise bagnate a righe color pastello, le distrazioni di casa. Sua madre, suo padre, suo fratello. Bisogna che non pensi alla situazione legale del fratello; c'è sua sorella che sta arrivando da New York. E poi, certo, in quale università andrà? "Il contatto con la verità costituisce il fondamento dell'arte della rabdomanzia," gli aveva detto Eduardo, e la verità è ciò che stai cercando. E allora Max aspetta che la bacchetta a Y che ha origine nella notte dei tempi si pieghi verso il basso. Aspetta che lotti contro di lui. Aspetta che gli conceda l'onore della replica. Aspetta che faccia più di quanto non abbia fatto lui, il ragazzino che è stato chiuso in casa per punizione e che ora ha il compito di portar fuori l'immondizia e di fare il bucato per tutta la famiglia, stando attento a non dimenticarsi di togliere gli indumenti delicati prima di mettere i panni nell'asciugatrice. Aspetta. E la bacchetta a Y non lo delude.

La bacchetta a Y dice "sì". La bacchetta a Y affonda la sua prua nella terra fertile. Con misteriosa autonomia. Lui le chiede se il messaggio si trova da qualche parte lì davanti, e la bacchetta a Y continua a dir di "sì". E lui segue quel "sì" inoltrandosi ancor di più nei meandri del bosco, "sì" oltre la piccola foresta di betulle bianche, "sì" oltre il tizio che ha tolto il guinzaglio al suo springer spaniel, "sì" oltre le tracce di una festa dello scorso weekend, un fuoco e due confezioni da sei di birra vuote, "sì" ancor più in là, nella foresta, "sì" fino a quando la punta della bacchetta a Y inspiegabilmente non si risolleva.

"È questo il posto in cui Eduardo mi ha lasciato il messaggio?"

La bacchetta a Y fa segno di "sì". Come se volesse sottrarsi al suo controllo.

Lascia cadere la bacchetta e si piega sotto il piovischio, con le mani e le ginocchia a terra, fino a quando le ginocchia non gli si ricoprono di fango, e scosta le foglie e fa forza contro grossi rami e sassi là sotto, in cerca di chissà che cosa. Finché, alla fine, non lo trova, quando ormai è ricoperto dal terriccio prodotto dal manto della foresta, quando ormai la sua giacca a vento vintage è cosparsa di foglioline putrefatte, quando ormai ha i jeans completamente fradici. Solo allora trova il tronco dell'albero, sul confine sovrannaturale del "disubbidiente civile" dove Eduardo aveva lasciato un biglietto per lui. Piegati a metà, questi fogli di carta bianca giacevano in una fenditura del tronco. Si siede per terra accanto alla bacchetta a Y, e a questo punto si bagna anche il culo. Con la luce che via via sta scomparendo, tenta di interpretare le frasi sbavate di inchiostro scritte su quelle pagine.

Caro Maximillian,
se stai leggendo queste righe, allora significa che con ogni probabilità sono in stato di arresto, oppure che ho lasciato la città. Se è così, mi voglio scusare per averti abbandonato in questo modo. Pur non essendo l'unica cosa di cui mi devo scusare con te, tuttavia inizierò da lì. E mi dispiace averti condotto fin qui, in mezzo alla foresta, solo per dirti ciò che forse sai già, e cioè che me ne sono andato.

Credo di doverti dire che il mio nome non è Eduardo Alcott, anche se forse lo avevi già capito. Il mio vero nome è Sy Molina. Nonostante sia cresciuto a Rhode Island, mia madre è guatemalteca; pertanto da parte di madre sono centroamericano. Ho studiato all'Università di Rhode Island per diventare assistente sociale, e ho trascorso gran parte della mia vita lavorando nei servizi di assistenza ai minori del Massachusetts.

Per alcuni anni ho creduto di svolgere un lavoro onesto, per quanto difficile. Era ciò per cui avevo studiato. Tuttavia, dopo un po' ho cominciato ad avere come l'impressione che il mio posto di lavoro fosse l'unico posto in cui non avrei dovuto stare se davvero m'importava dei ragazzi. Dato che vedevo tutti questi ragazzi che mi spezzavano il cuore. Vedevo tutti questi ragazzi abbandonati fuori, al freddo, dal sistema, ragazzi che venivano trasferiti di casa in casa, perlopiù in luoghi in cui gli adulti venivano pagati per dar loro un tetto, adulti ai quali non importava un bel niente di loro.

Avevo centinaia di casi da esaminare, e mi era difficile ricordarmi di tutti i loro nomi o dei particolari della maggior parte delle loro storie. Ho cominciato a pensare che non potevo farci nulla, che non potevo contribuire a cambiare le cose. In effetti, quando c'era un problema, talvolta si aveva la sensazione che risolverlo non fosse altro che una seccatura. Sentivo questo peso, non so se mi spiego, sapevo che avrei dovuto sbrigare tutte queste faccende burocratiche e far causa ai genitori adottivi, e i ragazzi erano già stati picchiati, oppure i loro genitori li avevano abbandonati o erano dei tossici o chissà cos'altro. Non potevo vivere sapendo che avevo recato loro più guai invece che diminuirglieli. Avevo provato ad aiutarli, ma il più delle volte li avevo piazzati in case dove stavano persino peggio di prima.

Questo è stato il mio lavoro per vent'anni. Di notte leggevo i rapporti relativi ai singoli casi. Non riuscivo a capire quale dei ragazzi fosse Evan o Juanita o Lance. Avevo portato via questo ragazzino da South Boston, da Dorchester o da Worchester? Non lo sapevo, però l'avevo affidato a una coppia che aveva già quattro figli adottivi ma che al momento aveva un po' più di spazio, dopo che l'ultimo dei ragazzi era finito in riformatorio in seguito a un tentativo di aggressione ai danni dell'insegnante di scienze.

Tutti scoppiano, prima o poi. Un giorno ho preso la mia capa e le ho fatto una bella ramanzina, dicendole che era lei la responsabile di tutti i guai che i ragazzi stavano passando. Gli stavamo peggiorando la vita, le ho detto, e gliel'ho fatto presente davanti a un gruppo di altri assistenti sociali. Le ho detto che il lavoro che stavamo facendo era inutile, e dopo essermene andato, quella sera, non ho più messo piede fuori dal letto per quasi sei mesi. Poi, alla fine di quel periodo, mi sono ritrovato a vivere nella casa e nella situazione in cui tu mi hai conosciuto.

Avevo incontrato questo ragazzino heavy metal al centro commerciale vicino all'interstatale, e lì, nell'area riservata ai ristoranti, ci eravamo messi a parlare di quali fossero le sue band preferite, cose così... Ricordo che stavo leggendo un libro sui Black Panthers acquistato di seconda mano. Glenn sembrava molto colpito da qualsiasi cosa avesse a che fare con i Black Panthers, e devo ammettere che il suo supporto morale mi ha fatto sentire bene. Quello è stato il momento esatto in cui è nato Eduardo, dal nulla. Un grande sollievo per Sy Molina. Dato che Sy Molina aveva vissuto per il suo lavoro ma aveva anche fallito nel suo lavoro, e le relazioni che aveva intrattenuto non erano finite poi così bene, e ora stava cercando in qualche modo di far fronte alla situazione, vivendo in una casa in affitto nella zona industriale della città e riducendosi a parlare coi ragazzini al centro commerciale. Nessun altro gli parlava.

Glenn non era come gli altri. Glenn credeva che Eduardo fosse una persona da guardare con ammirazione. E questa era la prima volta, dopo tutti quegli anni passati a occuparmi di ragazzini, in cui sentivo che stavo davvero interagendo con loro, che stavo davvero avendo un impatto su di loro. Nel periodo in cui avevo lavorato come assistente sociale, sarei andato da un ragazzino e gli avrei chiesto: Non è che fai uso di droghe, vero? Perché non dovresti assolutamente farlo. Dopodiché me ne sarei tornato a casa a farmi un paio di canne, come avevo sempre fatto dagli anni Settanta in poi, e nel frattempo quel ragazzo stava probabilmente sniffando della colla senza nemmeno ricordarsi di quello che gli avevo detto. E perché mai avrebbe dovuto? Glenn non pensava che io fossi una testa di cazzo, e quando io ero Eduardo, con lui, sentivo un bisogno improvviso di insegnargli delle cose e di imparare io stesso quel genere di cose che potevo trasmettere a Glenn, dimostrandogli così che era un ragazzo incredibilmente speciale, davvero brillante e pieno di energie. Non aveva alcuna importanza che lui facesse uso di droghe. Stando a come la vedeva Eduardo, se Glenn faceva uso di droghe, allora forse stava imparando qualcosa su se stesso e sulla propria identità.

Quando Glenn ha portato con sé Nina, per me è stata una gran bella gratificazione, poiché significava che il numero complessivo dei casi da esaminare era cresciuto. Cominciavo a meritarmi quel tipo di responsabilità che avevo avuto quando lavoravo per lo Stato. Nina era sensibile. Potevo davvero fare delle nuove scoperte, scoperte veramente pazzesche, come individuare delle filosofie alternative, e potevo parlarne con Nina, e lei mi stava ad ascoltare a occhi aperti. Tutto ciò che nel mondo sembrava impossibile, come i veri cambiamenti, tu ne parlavi con Nina e lei lo divorava. Forse mi sono anche un pochino innamorato di Nina, ma non ne sono sicuro. Però, so di non averla mai sfiorata neppure con un dito, non l'ho nemmeno mai abbracciata, anche se so che volevo far colpo su di lei.

Quali insegnamenti poteva mai trarre un gruppo di adolescenti dalle lezioni che i maestri tenevano a scuola, dove il programma di studi comprendeva sempre le solite stronzate insegnate sempre nel solito modo, con l'unica preoccupazione di fornire alla società persone fatte con lo stampino? Questo non avrebbe funzionato con voi, ragazzi, perché eravate speciali, e io volevo per voi ciò che nessun altro ha mai voluto per voi. Io amavo tutto le vostre idee strampalate, i vostri ideali, e penso di aver creato per voi degli ideali che amerete persino di più. Il fatto che voi voleste venire da me e passare con me del tempo mi spingeva ogni volta a fare qualcosa di meglio, ad andare avanti, con ciascuno di voi. Cioè, era come se io fossi il genitore che vi amava veramente per ciò che eravate, invece di volere che voi foste un determinato genere di persona facile da amare.

A partire da questo presupposto, ho studiato per ciascuno di voi un diverso tipo di preparazione. Ho studiato degli esercizi che vi aiutassero a essere voi stessi. Ho studiato degli esercizi che si basassero sulla vostra fiducia in voi stessi, che vi facessero sentire meglio quando uscivate da casa mia. In modo che poi poteste andare a scuola e, se necessario, mettervi a fare a botte con un giocatore della squadra di football. Avreste potuto andarvene in giro a testa alta. Ognuno di voi aveva dei segreti, ed erano dei bei segreti. Frammenti di saggezza.

Tuttavia, più vivevo fino in fondo le bugie di Eduardo, più le cose peggioravano. Ho cominciato ad avere delle paranoie, ovunque andassi. Camminavo per strada e m'immaginavo che la gente mi avrebbe scoperto. Pensavo mi avrebbero chiamato Sy. Quando ero in giro con uno di voi, temevo di imbattermi in qualche assistente sociale. Ho iniziato a portare gli occhiali, mi sono fatto crescere la barba e così via, proprio per non farmi riconoscere; e così facendo, forse avrei seppellito Sy Molina una volta per tutte.

Probabilmente avrai intuito che non so nulla della rabdomanzia. Credo sia una cosa molto interessante, anche se non ne so nulla. Quella volta in cui siamo andati nel bosco, be', sapevo dove si trovava il Nord anche prima di usare la bacchetta, dato che mi ero portato una bussola. E la ragione per cui tu hai trovato la sorgente si spiega con il fatto che ti avevo appoggiato una mano sulla spalla. Stavo cercando di guidarti nella direzione giusta.

Le cose sono cambiate quando ho capito chi eri, Max. Innanzitutto sei un ragazzo dotato, e mi aspetto che tu vada ad Harvard a studiare teologia della liberazione o qualsiasi altra cosa insegnino lì adesso, e mi aspetto che tu lasci il segno su questo mondo, e se ultimamente i tuoi genitori sono stati troppo occupati per ricordarti quanto sei dotato, allora accetta questa lettera per il messaggio che essa contiene. Hai una vita straordinaria davanti a te. Me ne sono reso conto un attimo dopo che Nina ti ha condotto dentro casa mia. Mi sono reso conto che eri uno che non si sarebbe fatto ingannare a lungo. Non scorderò mai quando tuo fratello è entrato nel furgoncino. Mi sono cagato addosso dalla paura al pensiero di quale pericolo avrebbe rappresentato per noi una volta tornato a New York, avevo paura che avrebbe condotto la polizia sulle nostre tracce. Allo stesso tempo, però, cercavo di essere credibile, in modo che tuo fratello non dicesse a nessuno di voi che non ero la persona che dicevo di essere. Dai suoi occhi, intuivo che era un ragazzo con dei problemi, ma intuivo anche che non si sarebbe fatto coinvolgere. Intuivo tutte queste cose.

Non avrei mai voluto far del male a Nina. Lo sai. Voglio dire, non so se riesci a capirlo adesso, ma non avrei mai voluto farle del male. Mi stavo facendo prendere dal panico, e così mi è venuto in mente che forse sarei riuscito a far sì che tuo fratello si allontanasse, che se ne andasse via, in qualunque posto avesse intenzione di andare, alla prigione della contea o quel che era. È stato un comportamento un po' egoista da parte mia, considerando l'affetto e il rispetto che ho sempre avuto nei tuoi confronti.

Tutto ciò che ho fatto è nato dal mio amore per i ragazzi, ed è così che mi voglio congedare, dicendovi che vi amavo, ragazzi, dato che non ho mai avuto dei figli miei e a quanto pare mai li avrò. Ho scelto il la-

voro che ho scelto perché volevo migliorare il mondo, e non ho mai creduto di averlo fatto finché non ho conosciuto voi, e a quel punto ho creduto, almeno per un po', di aver realizzato qualcosa. La gente come me vuole donare qualcosa al mondo, dopodiché, quando si presenta l'occasione, va tutto storto. Non è così che volevo che andasse, perché vi amo, ragazzi, e non ho mai voluto farvi del male. Volevo solo dimostrarvi che il mondo è bello, e che voi potete lasciare un segno su questo mondo. Vedete, basta che andiate là fuori con un bastoncino biforcato e troverete tutte le cose belle che ci sono nel mondo.

Viva la revolution,

Eduardo

Max sente dal fruscio delle foglie che sua madre si sta avvicinando, e così accartoccia i fogli e se li ficca nella tasca della giacca. La madre, senza fiato, si appoggia a una quercia imponente.

"E allora, cosa stai facendo qui?"

Lui le mostra la sua bacchetta da rabdomante. Il suo ramoscello rinsecchito. Come se fosse una spiegazione.

"Sto cercando l'acqua."

25

Venerdì, metà mattina. Vanessa prende un block notes dal cassetto della sua scrivania, stracolmo di penne e di graffette buttate lì alla rinfusa, e comincia a stilare l'elenco delle disgrazie: sua madre che viene ricoverata nel centro di disintossicazione, con tutto ciò che ne consegue; sua madre che scappa dal centro di disintossicazione per ragioni sconosciute; il fratello di Annabel, che non si sa se abbia colpito o meno una donna alla testa con un mattone; Lois DiNunzio, all'inizio data per dispersa e poi creduta morta; i cinquantamila dollari che Lois ha fatto sparire; come pagare l'affitto del prossimo mese a causa della storia di Lois; la miniserie, con le sei diverse versioni che circolano là fuori e le otto diverse donne che, a quanto pare, hanno scritto il romanzo o la pièce o quel che è, da cui, sempre a quanto pare, la miniserie è stata tratta; tutti i produttori e gli agenti che pretendono di aver concepito l'idea o di averla assemblata, un'idea che adesso sembra aver generato una serie di *pettegolezzi*; e questo non è che l'inizio dell'elenco delle disgrazie, almeno fino a quando Annabel non bussa alla porta e lei le fa cenno di entrare.

"Hai un secondo?"

"Non è che tu e Madison avete fatto qualche passo avanti a proposito dell'autore?"

"Nessun problema."

"Vuoi dire che avete trovate qualcuno? Ci serve un autore, questo è il punto. E non uno che bazzichi il mondo del cinema. Dev'essere uno completamente privo di interessi artistici. Una donna, per esempio. Una donna senza scrupoli. Qualcuno che vive e mangia e respira il piccolo schermo, il darwinismo sociale del piccolo schermo, il sentimentalismo del piccolo schermo. Un calcolatore nato, spietato fino al midollo e assetato di sangue."

"Uno *in particolare* ancora non ce l'abbiamo, ma abbiamo dei nomi e ci stiamo lavorando su. Siamo in anticipo rispetto alla tabella di marcia, e dovremmo, sì, arrivare a una conclusione molto presto."

"Fammi sapere qualcosa non appena..."

"Be', veramente il motivo per cui io..."

"Cosa? Stai per *dare le dimissioni*?"

"Be', veramente..."

Ecco una ferita acuta, profonda, che si va ad aggiungere alle altre. Una punzonatrice che affonda dentro Vanessa. Come se lei fosse una cintura in finta pelle prodotta da un laboratorio che sfrutta il lavoro minorile in Malesia. Appoggia la penna sul foglio e si appresta a scrivere *Annabel si licenzia* prima ancora che la cosa accada.

"Un permesso, è di questo che vorrei parlarti."

Al che Annabel si lancia in questa spiegazione di ciò che è capitato al fratello. Gli è successo qualcosa, una sorta di tracollo. Suo fratello è stato rapito, dice lei. Sta utilizzando tutti quei termini che si sentono nei telefilm polizieschi: rapimento, deprogrammazione, cellule terroristiche segrete. Vanessa non riesce a mettere a fuoco i particolari della storia. Come abbiamo già detto prima, Tyrone, a quanto pare, aveva colpito una donna con un mattone, anche se forse non aveva colpito nessuna donna con nessun mattone, dopodiché si era dato alla fuga, e dopo ancora, sostiene Annabel, era incappato in una non meglio identificata organizzazione di ecoterroristi. Ma non erano dei ragazzini di Ithaca o di Santa Cruz che fumavano erba e che non si lavavano? Una cosa del genere, più o meno. Niente a che vedere con le Brigate Rosse o con la Baader-Meinhof. Si era forse costruito una casa su un albero rifiutandosi di scendere? Aveva cominciato a manifestare a favore dell'hascisc? No, si trattava di una pericolosa organizzazione a livello nazionale, nell'ambito della quale alcune cellule separate operavano senza contatti reciproci e senza alcun organismo organizzativo centrale. Organizzazione che, con ogni probabilità, aveva praticato il lavaggio del cervello a Tyrone. Oltre che all'altro suo fratello, il più piccolo. L'unica cosa certa è che Annabel deve tornare in Massachusetts per stare con la sua famiglia durante il processo di guarigione. Processo che potrebbe richiedere un paio di settimane. Annabel sfoggia la propria risoluzione sul suo bel faccino, come se raramente fosse stata tanto sicura di qualcosa. È già immersa nel viaggio di guarigione, e la sua risoluzione fa sì che per Vanessa sia impossibile lamentarsi dei tempi o del fatto che l'ufficio sia già a corto di personale per colpa di Lois DiNunzio. Come farà Vanessa a trovare qualcuno che prenda il posto di Annabel? L'accordo era che ognuno si dovesse sempre trovare un sostituto, ma essendoci di mezzo il viaggio di guarigione, Vanessa non può fare alcun riferimento alla cosa, limitandosi a sudare per l'ansia che tutta questa storia le sta procurando; ed è allora che le viene in mente un'altra cosa che si è dimenticata di includere nell'elenco. Le mestruazioni. Odia avere le mestruazioni.

"So che per te è un momento davvero incasinato," continua Annabel, "e so che sei seriamente preoccupata per tua... Del resto, anche la mia è una situazione critica, altrimenti non te l'avrei nemmeno chiesto, e ho davvero la necessità di tornare a Newton per vedere più da vicino che cosa sta succedendo."

Vanessa vorrebbe sottolineare il fatto che lei, Vanessa, è al lavoro, nonostante sua madre sia scappata dal centro di disintossicazione, e che lei è lì, alla sua scrivania, mentre sua madre si sta nascondendo chissà dove con Emilia Commito, matriarca dell'impero di ravioli di Park Slope. Sua madre sta essenzialmente tentando di punire Vanessa per averla mandata a disintossicarsi in quel centro, ed è per questo motivo che la madre di Vanessa è andata da Emilia, dove se ne starà sdraiata sul divano a guardare i talk show e a lamentarsi della campagna elettorale di Mark Green, candidato alla poltrona di sindaco, con Vanessa che si sente distrutta e straziata e che sta facendo chiamare da Jeanine la polizia e gli ospedali ogni due o tre ore.

"Cosa ti metterai a fare una volta là? Non sarà un po' *noioso*?"

Annabel sgrana gli occhi da cerbiatta, come se Vanessa avesse detto qualcosa di veramente orribile, ed è allora che Vanessa ha l'illuminazione. Vanessa si dimentica sempre che, ormai da tempo, l'intero ufficio è sincronizzato sulla stessa lunghezza d'onda, la lunghezza d'onda delle mestruazioni. Ciononostante Annabel non piange; sventola, metaforicamente parlando, la bandiera della propria risoluzione, per poi andarsi a riposare orgogliosamente là. Nel luogo della guarigione.

"Non si tratta tanto di ciò di cui *io* ho bisogno," dice Annabel. "Si tratta solo di pensare a, come dire, a quale sia la cosa migliore per Tyrone. E la cosa migliore è che io vada là a dare una mano."

"Non credo proprio che questa sia una mossa molto azzeccata per la tua carriera. Cioè, credo che, se speri di avere una lunga carriera nel mondo dei film indipendenti, be', allora devi anteporre questa struttura a qualsiasi altra cosa. Come Adam Weinstein, che ha mollato il suo appartamento per andare a dormire sul pavimento della sala di montaggio. Questo fa sì che tra te e il progetto non si frapponga nessuno. Questo si chiama controllo creativo. Oppure come Hope Oliver, che avendo sforato il limite della sua carta di credito, ha convinto la madre e il patrigno ad accendere un'altra ipoteca, sai. E poi ha venduto i diritti delle trasmissioni che ha prodotto per milioni di dollari. La gente fa quello che si deve fare. E si dà il caso che questo sia il modo giusto per concludere affari."

"Noi due non la pensiamo sempre allo stesso modo," dice Annabel. È in piedi accanto alla porta. Non deve provare lo stesso dolore che di solito prova Vanessa quando i crampi cominciano ad assalirla. Forse la guarigione e le dimissioni sono persino più efficaci dell'ambizione, del sentimentalismo e dei crampi, e in fondo chi è Vanessa per criticare le sue dimissioni, per quanto detesti il fatto che possa esistere qualcosa di più importante di Mezzi di Produzione? Annabel le dice di aver cura di sé e poi scompare. E Vanessa pensa che esistano parecchie probabilità che lei non torni mai più.

Aggiunge il nome di Annabel all'elenco.

Entra la stagista. La stagista ha in mano un sacchetto di *donut*. La stagista muta, con l'aria di una che si sta accingendo a interpretare la parte della vittima nel corso di una lezione di autodifesa femminile, con le calze a rete strappate, la minigonna, e una T-shirt nera a maniche lunghe comprata al concerto di un gruppo rock. La stagista ha portato i *donut* originali glassati dell'impero di Krispy Kreme. La stagista li appoggia sulla scrivania di Vanessa, dopodiché rimane lì, intenta a strapparsi una pellicina mentre Vanessa affonda una mano nel sacchetto di *donut* selezionandone uno. Dato il particolare stress del momento, non potrebbe esserci niente di meglio.

Erano già alcuni giorni che la stagista si aggirava nell'ufficio di Mezzi di Produzione; ma nonostante ciò Vanessa non aveva mai pensato di chiederle se avesse un nome, o degli interessi, o a che cosa stesse lavorando. Tuttavia, all'improvviso le viene voglia di rivolgerle queste domande, sia perché le ha portato i *donut* (come dire, la canna da zucchero scioglie la lingua), sia perché è assolutamente certa che la stagista non sia stata lì abbastanza a lungo da avere le mestruazioni già sincronizzate con quelle delle altre. Pertanto lei è l'unica, lì, a non essere afflitta da dolori addominali.

"Ehi, come ti chiami?"

La stagista le dice come si chiama.

"Hai un cognome, Allison?"

"Maiser."

Vanessa mastica il suo *donut* in silenzio, fingendo di non aver sentito nulla di eccezionale. Anche se in effetti lo *ha sentito*; ha sentito sillabe che potrebbero cambiare il suo intero futuro, che potrebbero cambiare il destino di Mezzi di Produzione in questa difficile fase organizzativa. Le immagini di un nuovo ufficio in un posto fico a Downtown ricominciano a danzare nella testa di Vanessa, così come i discorsi di ringraziamento pronunciati alle cerimonie di consegna dei premi, una casa in campagna, un personal trainer e i migliori formaggi del mondo.

"Vuoi un *donut*, Allison Maiser?"

"Ne ho già mangiati due."

"E, cambiando discorso, da dove vieni?"

"Da Santa Monica."

"Ce l'avete Krispy Kreme, lì?"

La stagista fa una smorfia sprezzante che Vanessa interpreta come un rifiuto, da parte di Allison, di perdere tempo coi *donut*. Comunque sia, Vanessa non ammette che nessuno, nessun componente del suo staff, stagisti inclusi, sminuisca la dignità del *donut*. Non in frangenti in cui imperversa la cattiva sorte. Non ora. La cattiva sorte dilaga ovunque, la congiuntura è sfavorevole, e il minimo che la stagista possa fare è onorare la dignità del *donut*. Tuttavia, essendo Allison Maiser la persona che è, Vanessa non dice nulla. La stagista è tornata a mordicchiarsi la pellicina quando Thaddeus Griffin infila la testa nel vano della porta.

"Hai un secondo?"

Griffin non si era fatto vedere un granché negli ultimi giorni, e le volte in cui si era presentato in ufficio aveva tenuto un atteggiamento più che distaccato. Giusto un altro esempio di quel genere di complotti che avvenivano in corridoio al di fuori del controllo di Vanessa.

"C'è qualcosa di cui ti vorrei parlare."

Rivolge lo sguardo alla stagista e poi alla palma ornamentale nell'angolo, come se ai suoi occhi tra le due non ci fosse alcuna differenza.

“Non far caso a lei. Vi siete già conosciuti?”

Allison Maiser non si sposterà di lì, a meno che non le venga ordinato di farlo. Vanessa indica la sedia libera. Thaddeus, passandosi nervosamente le dita fra i capelli tinti con effetti speciali degni di un divo del cinema, sgattaiola dall’altro lato della stanza schiarendosi la gola diverse volte. Si accomoda sulla sedia libera accanto alla stagista. Allunga una mano per prendere un *donut*.

“Non dovrei mangiare questa roba.”

“Non c’è nessuno a Hollywood che si possa permettere di snobbare i *donut*.”

“Ma c’è qualcuno a Hollywood che è troppo magro.”

“Se Atkins gli dicesse che devono mangiare i *donut*, allora quelli ne mangerebbero a palate.”

Si gira di nuovo verso la stagista, sperando che si ricordi di un altro dei compiti che le sono stati assegnati. “Il punto è che ho ricevuto un’offerta per un film importante, *La tempesta del Sahara*.”

“Hai ricevuto cosa?”

“Un’offerta. *La tempesta del Sahara*, un grande film in costume.”

“Non può essere quello il titolo.”

“Prima si chiamava *Assassini*, ma poi hanno cambiato il titolo in *La tempesta del Sahara*.”

“È davvero strano, perché...”

“Le riprese sono in Marocco. Cominciano a gennaio. Marocco. Quando mai ti capita di andare in Marocco? Sì, e ci vuole venire anche mia moglie. E così, in dicembre partiremo alla volta di Parigi per le prove, e da lì andremo in Marocco. Dove fumeremo un sacco di hascisc. Mi sa che staremo via per quattro o cinque mesi.”

“Pensavo di...” La sensazione di malessere che la assale è solo una sensazione di malessere o forse si tratta di qualcosa di più grave? Non c’è alcun dubbio: oggi sono in arrivo crampi violenti. Talvolta le capita di avere dei crampi così violenti da farle desiderare di accasciarsi in attesa di morire. Non è che nel cassetto della scrivania, sparpagliate qua e là assieme alle graffette e alle scatolette semivuote di antidepressivi, ci sono anche delle pasticche di ibuprofen?

“È un’ottima sceneggiatura. Credo che nell’ultima mezz’ora non ci siano più di tre battute, e si tratta di monosillabi. Un sacco di ventenni mezze nude. E il budget per le munizioni supera il PIL di alcuni degli Stati africani dove girerà la seconda unità.”

"Stai..."

"Non credo di essere nella posizione di poter scegliere in questo momento. Non è che il mio agente mi abbia proposto molte altre cose."

"E cosa mi dici della miniserie?" chiede Vanessa.

Ma qual è il problema con gli attori? Le volte in cui gli capita di provare una sincera emozione, eventualità decisamente rara, è come se gli scoppiasse il mal di denti. Ecco qual è l'impressione che dà Thaddeus: è come se il suo dentista fosse sul punto di spedirlo da uno specialista. Avrà bisogno di impianti, e gli si sta gonfiando la faccia. Ma non appena sente la parola "miniserie" si riprende, e il malumore che gli aleggiava attorno si dissolve. Si riassesta sulla sedia e comincia a sciorinare le diverse possibilità.

Le emittenti televisive non potranno *fare a meno* di accaparrarsi i diritti, dice. Forse una delle società affiliate della televisione via cavo. Ultimamente le emittenti via cavo si stanno interessando a molte trasmissioni di questo genere. E Thaddeus dice di avere anche un paio di idee in merito alla questione degli autori, autori eccezionali. E poi ci sono degli intrecci secondari che lei dovrebbe davvero prendere in considerazione. S'infervora al punto da assestare una pacca sulla spalla alla stagista; quindi pesca un altro *donut* dal sacchetto.

"L'esodo dei mormoni. Prova a rifletterci. Cioè, questi hanno attraversato il deserto fino a Salt Lake City con delle bande di assassini alle calcagna. A quei tempi, all'interno della Chiesa si consumavano un sacco di scissioni. E il tema della poligamia potrebbe riscuotere un grosso successo sullo schermo. Potresti assegnare la parte di Brigham Young a un grande attore protagonista. De Niro. Starebbe veramente bene con la barba, una bella barba importante, e poi avrebbe tutte queste mogli, e sarebbe più o meno come Charlton Heston che non riesce a raggiungere la Terra Promessa, giusto? Brigham Young, con le sue mogli e con gli assassini alle calcagna, che valica le Montagne Rocciose. Gli assassini accerchiano i carri ed estraggono i fucili. Quanti capifamiglia mormoni verranno ammazzati? E non ci sarà qualcuno che, una volta ammazzato, verrà fatto a pezzi e dato in pasto ai lupi? Quante delle loro donne verranno uccise perché gli oppressori cristiani non ammetteranno il fatto che i mormoni poligami siano il popolo eletto? E non c'è mai acqua. E così arriva il giorno in cui Brigham Young ne ha abbastanza, e si convince del fatto che Joseph Smith si sia inventato tutta la storia del profeta Moroni. Non sa che cosa fare; la sua fede vacilla. Convoca un rabdomante del suo seguito! Brigham Young, un uomo che ha sempre dato per scontato il fatto di avere attorno a sé tutte queste donne, tutte queste mogli, cugine di altre mogli, e che le ha sempre date per scontate, senza mai rendersi conto delle loro qualità; quest'uomo si ritira nella sua tenda a pregare Dio, chiedendogli se sia questa la cosa giusta da fare. E a quel punto salta fuori che il rabdomante è la moglie di Brigham, Honora, interpretata da Susan Sarandon o da un'altra bella attrice un po' in là con gli anni! Ma gli indiani, ritenuti i più importanti alleati dei mormoni, li lasceranno attraversare liberamente le pianure? È una storia straordinaria, capisci, e in questo modo potremmo anche assicurarci che il nuovo fidanzato di Madison..."

"Il suo chi?"

"Ma sì, dai. Lui vuole..."

"Ah, sì. Quello dei Servizi di Onoranze Funebri Interstatali."

"Ne ho sentito parlare in corridoio."

Vanessa gli chiede quando pensa di andarsene, al che lui le risponde che verrà in ufficio la settima prossima per prendere delle cose, dopodiché se ne andrà. Ora è in piedi accanto alla sedia e sta tamburellando le dita sullo schienale. Thaddeus Griffin, quello di *Meglio una sola pallottola*. Uno che non è tagliato per gli addii, uno che non è tagliato per niente se non per impugnare un'arma da fuoco carica di cartucce a salve. Vanessa annota sul suo block notes: *Thaddeus va in Marocco*. Lui fa il giro della scrivania per abbracciarla.

"Sono ancora dei vostri," dice lui. "E se ti serve aiuto per qualsiasi cosa, sai chi chiamare."

Lancia uno sguardo diffidente alla stagista e si avvia in direzione della porta.

È la parte sentimentale che lei non sopporta. Insieme alle mestruazioni. La chioccia che nutre i pulcini nel documentario in televisione. Era successo un po' di tempo prima: stava facendo zapping da un canale all'altro, come se l'unica cosa che avesse mai fatto in vita sua fosse fare zapping da un canale all'altro, quando, vuoi per caso o vuoi che l'avesse scelto di proposito, era capitata su questo canale, e c'era una chioccia che nutriva i suoi pulcini con un verme rigurgitato o con un insetto o con non so che cosa, e i pulcini erano davvero affamati, e ognuno di loro si proiettava in avanti per essere il primo a divorare i rigurgiti. Cosa poteva mai esserci di più tenero al mondo di quei pulcini e di quell'orribile musica New Age? Si era trattato di un episodio talmente irritante che Vanessa aveva preso il telecomando e lo aveva nascosto nel ripostiglio, insieme alle scope e alla sabbia per il gatto, e per una settimana non era più riuscita a trovarlo.

Forse Thaddeus lo farebbe; se solo lei glielo chiedesse nel modo giusto, forse la metterebbe incinta, in conformità con i princìpi della politica del non intervento. Certo, lei dovrebbe imparare l'ABC del romanticismo. E dovrebbe chiedergli se la sua giornata è cominciata bene e come sta sua moglie, e dovrebbe chiedergli se ha bisogno di una mano con le parole crociate. Tutte quelle cose che di solito la gente fa. Si è scopato chiunque lì in ufficio. Non c'è bisogno che nessuno glielo dica, non è scema. E lei è davvero tanto più brutta delle altre? È una alla moda, lei, e, per quanto non abbia mai mostrato un grande interesse nei confronti degli uomini, non è che non le *piacciano*...

"Ha intenzione di pranzare?" la interrompe la stagista.

"Eh?"

"Pensavo di chiederle se avesse intenzione di pranzare, dato che sto uscendo a comprare qualcosa."

"Cosa compri?"

"Tortino di tofu alle verdure. E un bicchierino di succo di erba di grano."

"Ma hai appena mangiato tre *donut*."

"Be', se ce li ho qui davanti..."

"Prendimi qualche involtino al ristorante cinese."

La stagista si alza in piedi e allunga la mano. Per i soldi.

"Nessuno ti ha ancora spiegato la lezione?"

Vanessa se la inventa lì, su due piedi. La lezione riguarda la tecnica da utilizzare per scroccare un pasto al ristorante cinese, sostenendo di far parte di una troupe cinematografica impegnata in alcune riprese d'esterni lì in zona. Tu entri al ristorante cinese e dici che stai girando un film con la star più famosa che ti viene in mente. Dici che stai girando un film con Julia Roberts, o un film con Tom Cruise, o un film con Brad Pitt, o un film con Nicole Kidman, uno a caso. Fai il nome della star più famosa che ti viene in mente e dici che l'ordinazione dev'essere consegnata al più presto. Il problema sta nel fatto che i tizi che lavorano lì parlano un inglese davvero stentato e sono cresciuti in un edificio di calcestruzzo senza riscaldamento in una città tipo Shanghai, e per tutta la loro vita sono stati tormentati da mafiosi che praticano lo strozzinaggio, e molto probabilmente devono restituire ventimila dollari a uno schiavista sdentato che li ha fatti uscire dalla Cina, e non gliene frega un cazzo della signora Kidman o della signora Roberts o del signor Cruise. Pertanto dovrai cominciare a piangere, dovrai farti venire le lacrime lì, nel ristorante cinese, e dovrai dire che stai rischiando di perdere il lavoro. Se non porterai immediatamente questi involtini sul set, allora rischierai di perdere il lavoro. Dovrai dire che questa per te è davvero una pessima giornata, e dovrai dire che hai le mestruazioni, e che stai per essere licenziata, e che ti sei dimenticata di prendere i soldi in ufficio, e che è solo per questa volta, e non è che te li possono dare, e gli porterai i soldi domani, e gli porterai anche l'autografo di una delle star più famose del mondo. E poi potresti accennare al fatto che il film è stato finanziato da una multinazionale del campo dello spettacolo, che so, prova con la Universal Beverages, e vedi se riesci ad attirare l'attenzione del maître d'hotel dal cuore tenero, prova a ripetere "Steve Case" più e più volte e vedi se così riesci a ottenere la loro attenzione, dal momento che quelli, se fai i nomi di Steve Case e di Bill Gates e di Naz Korngold, capiscono. Digli che Naz Korngold sta finanziando il film o che Bill Gates ti darà i soldi domani, e che avrai la firma di Bill Gates o di Naz Korngold, il quale ovviamente sta producendo un film con Thaddeus Griffin, e vedi se così funziona. Insomma, il tuo obiettivo consiste nel portare qui il pranzo senza pagare nulla e nel farcela *velocemente*.

Una volta terminate queste osservazioni, Vanessa si sente meglio, e c'è un fascio di luce intensa che si muove entro i confini del suo ufficio illuminando i granelli di polvere. Luce che penetra attraverso le pile di fogli accatastati, luce che scivola via. E a quel punto squilla il telefono.

Questa settimana Vic Freese ha avuto una promozione, ecco cosa si dice in giro. Ora è il condirettore del dipartimento televisivo e ostenta una gran fiducia in se stesso, la qual cosa ha dell'inaccettabile. Nella settimana in cui si sono parlati, Vanessa ha avuto la sensazione che lui stesse facendo di tutto per estrometterla da *I rabdomanti*.

Lui dice: "Lacey alla fine ha firmato il contratto per il ruolo di Nurit nella parte che gireranno in Ungheria, e abbiamo anche parlato della possibilità di farle fare un altro personaggio negli episodi successivi. Che so, forse una vecchia nella... sì, nella puntata sui mormoni."

"Quale puntata sui mormoni? Thaddeus è appena stato qui e mi ha raccontato una marea di stronzate sui mormoni; pensavo si trattasse solo di..."

"Vanessina," le risponde, "devi tenerti aggiornata. La parte sui mormoni era una delle condizioni poste dai Servizi di Onoranze Funebri Interstatali per assumersi parte delle spese."

"Servizi di Onoranze Funebri Interstatali?"

"Un'affiliata della UBC."

"So chi sono."

"Vogliono dire la loro sui contenuti. I contenuti sono il futuro. Per i Servizi di Onoranze Funebri Interstatali e per i loro soci. Se un utente prende confidenza con il marchio dei Servizi Intestatali, ci sono un bel po' di probabilità che prima o poi, quando si troverà ad affrontare una disgrazia, finisca per rivolgersi a loro."

"Una disgrazia? Stammi a sentire, io mi voglio solo accertare che noi siamo... che Mezzi di Produzione, ora come ora, sia il braccio produttivo della miniserie, visto che tutti i componenti del mio staff ci stanno lavorando. Abbiamo due autori papabili, e vedrò chi riuscirà a tirar fuori la sceneggiatura migliore per la prima puntata, dopodiché ci occuperemo del resto."

"Non avete ancora un autore? Cristo. Ci eravamo detti che avremmo cominciato a girare non più tardi di settembre."

"Abbiamo dei *nomi.*"

"Senti, non so per quanto tempo riuscirò a garantirti l'incarico. Ci sono altre società interessate alla cosa. Nomi grossi, nomi che non sono autorizzato a rivelare. Gente convinta che qui ci siano tutti i presupposti per dar vita a un parco di divertimenti a tema. Non conosco nessuno a cui non piaccia farsi un bel giro sugli scivoli. E le bacchette da rabdomante offrono opportunità di marketing incrociato. Sono già state contattate delle ditte di giocattoli. E ti ho parlato per caso del finanziamento che abbiamo ottenuto grazie a un incredibile *product placement*?"

"Uh, non dirmelo... *donut*?"

"Proprio così!"

"Sono stati i miei collaboratori a *ottenere* il finanziamento di Krispy Kreme."

"Vanessa, non pigliarmi per il culo. La mia assistente, qui, è in stretto contatto con il direttore di Krispy Kreme... Resta in linea. Gretchen? Gretchen? Quante telefonate abbiamo fatto ai tizi di Krispy Kreme a proposito di quella cosa? Sì, *quella cosa lì*! Resta in linea. Vanessa, hai sentito? Hai sentito che cosa mi ha appena detto? Dice che, solo nel corso di questa settimana, abbiamo fatto almeno venti telefonate ai tizi di Krispy Kreme. Nelle ultime due settimane. La loro partecipazione è stata uno dei requisiti fondamentali per le trattative con la UBC."

"Non ci hai parlato tu con la UBC, Vic. Ci ho parlato io. Ho sentito Maiser subito dopo aver parlato con te... che giorno era? Sabato? Gli ho parlato subito dopo. E lui non mi ha detto di aver parlato con te. È partito tutto da me. Sono stata io a fargli una gran tirata al telefono per cercare di ingraziarmelo. E lo sento ancora. Non intrometterti nei miei contatti."

"Per quanto tempo riuscirò a garantirti l'incarico? Credi che possa garantirtelo a tempo indeterminato? Vanessa, non posso. Vorrei, ma non posso. E questo è quanto. Fai mente locale. Dimmi chi sono gli attori; se sono clienti della mia agenzia, allora lavoreremo insieme. Penso di poterti assegnare il ruolo di responsabile della produzione nel corso delle riprese, nel caso t'interessi."

"Responsabile della produzione? Col cazzo! Quanti giorni ho?"

"Hai qualche giorno."

"Perché non hai idea di..."

"Non m'interessa che cosa è successo."

"Okay. Okay. Judy Davis per la parte della moglie di Brigham Young..."

"Sei fuori? Sai che cos'è quella? È *australiana*."

"Non è australiana."

"È australiana come le vomitate di birra sul pavimento."

"Non ci credo."

"Devo andare!"

La stagista fa il suo ingresso con gli involtini. Avvicina la sedia alla scrivania di Vanessa e dispone i vassoi di plastica sul tavolo. Sistema le ciotoline delle zuppe. Ed esegue tutte queste operazioni con una conversazione ridotta al minimo. In una mano ha le bacchette e nell'altra una forchetta di plastica. Vanessa vorrebbe la forchetta di plastica ma prende i bastoncini.

La stagista dice: “Gli ho detto che stavamo progettando un reality show che si chiama *Take-away*. Su chi riesce a fare le consegne più veloci, una cosa così. Sapevano tutto dei reality. Continuavano a ripetere il nome di Regis Philbin come se fosse una domanda.”

La stagista ha una sola espressione, un'espressione annoiata. E la domanda è: perché tutta questa noia in un periodo di benessere senza precedenti e di eccedenza di budget? La stagista mangia un involtino. Dopodiché, con l'aria di chi sta rimuginando su qualcosa, esprime quanto segue: “Mio padre è pronto a darle l'okay, ma lei gli deve dire che io sono qui. E gli deve dire che mi occuperò della scelta delle location. È questa la prima cosa che voglio fare. La traiettoria della mia carriera andrà ben oltre l'ambito della produzione. E, stando così le cose, voglio potermene andare in giro per il Sudest per qualche settimana in cerca delle location adatte.”

Mai una volta che un barlume di interesse sfiori il suo volto dal pallore vampiresco.

“Come fai a sapere che è pronto a darci l'okay?”

“È in difficoltà a causa della mamma. A causa degli accordi di divorzio. A causa della sua stupida fidanzata. Sta cercando uno spazio vitale in cui gli sia possibile prendere una posizione. Ed è in difficoltà per via del reparto informazione della sua divisione. Gli toccherà fare dei tagli, e dovrà incrementare i programmi di basso livello, i rotocalchi scandalistici, ma non lo vuole fare, dato che quelli del reparto informazione sono gli unici che gli piacciono davvero. Preferirebbe fare qualsiasi altra cosa piuttosto che incrementare i reality, ma non ha scelta. E quando è costretto a fare cose di questo tipo, cerca sempre delle alternative. E cosa potrebbe fare di totalmente diverso rispetto a quello che stanno facendo gli altri? Una miniserie. E qual è il motivo per cui la vuole fare? Perché è una cosa stupida. Una miniserie è decisamente una pessima idea. Chi è che guarda questo genere di programmi, alla fine? Nessuno.”

“Cosa intendi dire?”

“Un film sulla guerra civile con Robert Duvall in parrucchino? Non lo guarda nessuno, a parte i tuoi nonni e i nostalgici della guerra civile. Ubriacati e ingozzati di pollo fritto direttamente dalla vaschetta, poi fingi di far fuoco col moschetto sul tuo vicino di casa, il tizio che ripara le marmitte. Dopodiché fai finta che il personaggio di Walt Whitman ti abbia tagliato una gamba. Ed ecco a voi lo spettatore tipo delle miniserie. Nessuno vuole farle, ed è proprio questo il motivo per cui mio padre invece le vuole fare. Vuole dare l'impressione di essere un uomo di sani principi."

"Pensi che dovrei chiamarlo?" chiede Vanessa, pulendosi nervosamente le labbra con un tovagliolino del take-away per la quinta volta.

"La chiamerà lui. Ma lei gli dovrà dare l'impressione che sia tutto a posto. Se ancora non avrà un autore, finga di averlo. Se ancora non avrà trovato dei registi, finga di averli. E quando lui le dirà di prendere un aereo per raggiungerlo, non fissi nessun appuntamento con quelli della rete televisiva in cui lui non sia presente. A proposito, il mio biglietto aereo per la ricerca delle location dev'essere in business class."

A quel punto si ributtano sugli involtini. E, a seguire, su un altro paio di *donut*. La stagista illustra a Vanessa i propri gusti cinematografici. Alla stagista piace Antonioni, alla stagista piace Tarkovsky, alla stagista piace Fassbinder, alla stagista piace Sirk, alla stagista piace Kurosawa, alla stagista piace Ozu, alla stagista piace Wenders, alla stagista piace Herzog, specie i film con Kinski. E Vanessa fa un elenco dei film che la stagista dovrebbe vedere e che non ha ancora visto, e lo fa con grande eccitazione, sebbene all'improvviso avverta che c'è qualcosa all'interno del suo stomaco che è lì lì per guadagnarsi una via d'uscita. Quando finalmente la stagista ritorna alla propria scrivania a mordicchiarsi ancora un po' la pellicina, Ranjeet e Jeanine fanno capolino nell'ufficio, come se stessero aspettando da un pezzo.

"Hai un secondo?"

Vanessa cerca la penna e l'elenco dei problemi.

Jeanine sfoggia un'espressione di finta allegria. Ranjeet ha addosso un abito costoso, una cravatta in tinta e un fazzoletto da taschino; si è tolto il turbante e si è rasato. Ranjeet è raggiante. Vanessa sa che negli ultimi tempi sta vivendo in ufficio, e lo sa perché il cucinotto è diventato un gran casino. C'è puzza di spezie indiane là dentro. Vanessa dovrebbe essere preoccupata della cosa. È sicura di averlo sentito parlare di una famiglia, una volta. Forse questa settimana non ha avuto dei contatti serrati con i propri famigliari. Ma le piace il fatto che uno dei suoi dipendenti rimanga in ufficio a oltranza, anche dopo che lei è tornata a casa a dormire; uno che quando lei arriva di mattina è già lì. E se ha bisogno di farsi la barba nel cucinotto, be', non c'è problema. Ranjeet se ne va in giro a prendere appuntamenti coi nomi che contano, e a discutere coi direttori del casting a proposito della miniserie, e a rivedere la sceneggiatura nei minimi dettagli, frase dopo frase. Ranjeet è una riviviscenza del postcolonialismo.

"Sono qui," dice lui, "per fare una proposta. Proposta per la quale la mia assistente, Jeanine, mi è stata di grande aiuto."

Ciò che fa è allargare le braccia, come se stesse per esibirsi in una particolare danza sikh o in qualcosa del genere, e dice che il prologo della miniserie deve cominciare con i quattro elementi: vale a dire la terra, l'aria, il fuoco e l'acqua. Non dimentichiamoci, dice, che gli unni, mentre attraversavano le pianure, hanno portato con sé il fuoco. Non dimentichiamoci che l'alba della civiltà è un momento in cui il fuoco svolge un ruolo importantissimo. I cacciatori e i contadini, dice Ranjeet, tremano nel buio delle pianure, finché non si ricordano che il fuoco può essere *alimentato*. Il fuoco può essere alimentato con bastoncini e rami, e così facendo continuerà a riscaldarli. Dedicatevi al fuoco! Ed è questo che succede con gli unni, mentre attraversano le pianure mettendo a ferro e fuoco le civiltà decadenti dei romani e dei sassoni e dei galli. E così anche la miniserie, dice Ranjeet, comincerà con il fuoco, e la prima immagine sarà un'immagine di fuoco, con l'obiettivo della telecamera che scivola sulla foresta nel momento in cui tre diversi incendi stanno per convergere in un quarto: un momento di pura immolazione, l'incubo peggiore di qualunque pompiere. E, va da sé, il fuoco in questione potrebbe divampare ovunque, il fuoco in questione potrebbe divampare nelle foreste degli Stati Uniti o in Siberia; ma all'inizio il pubblico non lo sa, osserva Ranjeet. Sappiamo solo che si tratta di fuoco. E che cos'è che alimenta il fuoco? Ciò che alimenta il fuoco è il vento. E così, in mezzo al divampare di questi incendi sentiamo il vento che soffia, sentiamo gli alberi in fiamme sbattuti dal vento impetuoso, e a quel punto inseriamo una ripresa fatta dall'alto, da un elicottero, una carrellata sulle cime degli alberi che prendono fuoco e che generano una combustione spettacolare, come se l'incendio stesse divorando gli alberi, un ettaro dopo l'altro. E adesso ci avviciniamo al confine della foresta, e la macchina da presa fa una carrellata all'indietro, su per la collina, una collina carbonizzata sulla quale non sono rimasti che ceppi anneriti, mentre un drappello di cavalieri unni scappa dalla foresta prima che i tre incendi si congiungano, da nord, da est e da ovest, prima che l'incendio venga alimentato dal vento, dice Ranjeet. Corrono lungo il fianco della collina, e ora la macchina da presa compie un giro su se stessa, e in quel momento passano di lì i cavalieri unni, e la macchina da presa galoppa insieme a loro ancor più giù, in avanti, dove scorgiamo un villaggio di agricoltori e di commercianti, e vediamo che gli unni sono decisi a fare irruzione nel villaggio, e quando i predoni sfrecciano accanto alla macchina da presa, allora vediamo due unni che sono rimasti indietro, un uomo con una stampella insieme al suo compagno, un saraceno. Zolle di terra vengono sollevate dagli zoccoli dei cavalli, dice Ranjeet, e finiscono sugli obiettivi della macchina da presa, e l'uomo con la stampella affonda in questo pendio di cenere e di fango, e cade sulle ginocchia e poi su un fianco. Quando si risolleva, lentamente, si guarda le mani imbrattate di terra. Il fuoco è dietro di lui e attorno a lui. Il vento ha cambiato direzione, violentemente, e ora il fuoco sta divampando ai margini del paese degli agricoltori e dei commercianti della Via della Seta, e l'uomo lo sa, l'uomo con la stampella lo sa, e rivolge uno sguardo al suo compagno, il saraceno. Nessuno scambio di parole fra questi due amici fedeli, ma i loro sentimenti sono evidenti.

Solo i puri di cuore, solo gli umili, sembra dire quello sguardo, solo i fedeli, solo i credenti, riescono a risollevarsi davanti a una situazione tanto irta di percoli. E così l'uomo, dice Ranjeet, solleva la sua stampella, e ciò che vede la macchina da presa, prosegue Ranjeet, è la stampella che si staglia contro il cielo venato di fiamme, ed ecco le fiamme, ecco le nubi nere e le fiamme, così arroventate che preferisti farti trafiggere da lance con la punta avvelenata pur di sfuggire a queste fiamme, fiamme che li circondano, e le assicuro che questa parte può essere realizzata con riproduzioni in miniatura e con riprese già esistenti di incendi americani, ma contro tutto questo c'è la stampella, e all'improvviso troviamo il nostro eroe, perché è questo che lui è, un eroe, che impugna la sua stampella all'altezza della biforcatura a V, sulla quale ha appoggiato il braccio nel corso di tutti gli anni in cui ha zoppicato, ed è come se, in questo momento di pericolo, lui fosse guarito, guarito dalla necessità di fare ciò che va fatto, e solleva la stampella verso l'alto mentre dice queste parole, con tutto il tormento e la magnificenza di un uomo che sta salvando un'intera civiltà da se stessa: "Gli innocenti di questo villaggio non periranno per la mancanza d'acqua!"

Il saraceno si solleva il mantello sulla testa per ripararsi da un'altra raffica del vento che sta dirigendo gli eventi di questa giornata leggendaria, e sopra di lui noi vediamo le grandi nubi nere che si sono addensate, le nubi che prima non siamo riusciti a individuare per via del fumo che si levava dalle foreste ma che ora invece vediamo, dato che ora la macchina da presa si trova all'altezza delle nubi che solcano il cielo; sì, grandi nubi nere gravide di pioggia, gravide di una possibile pioggia. Ed è qui che arriva il momento, il momento della dichiarazione del nostro eroe, quando la pioggia ha inizio. Scatenando una tempesta. Anche qui, osserva Ranjeet, tutto può essere realizzato con l'aiuto di riproduzioni in miniatura e di effetti speciali prodotti al computer. A dire il vero, non ci sarà alcun bisogno di riprendere queste tempeste.

"Le dico tutte queste cose," conclude Ranjeet, "perché voglio che lei sappia che sono io la persona che deve occuparsi della regia della miniserie. Quantomeno devo dirigere la prima puntata, e anche quella sulla fondazione di Las Vegas. Sono la persona giusta perché ho la visione giusta. La regia dev'essere mia."

26

Ed ecco a voi un ritratto di famiglia dell'anno 2000, immortalato dalla videocamera digitale dell'aspirante regista Annabel Duffy. La famiglia riunita in salotto. L'abitazione dei Duffy, Newton, Massachusetts. Il primo a destra è il reverendo Russell Hunt Duffy, in abbigliamento casual, con un paio di jeans comodi ordinati dal catalogo di L.L. Bean, un maglione a collo alto marrone e un cardigan a trecce. Ai piedi ha le pantofole, anche se queste non compaiono nell'inquadratura. La videocamera cattura l'imbarazzo del reverendo Duffy. Il sorriso assente, come se fosse tutt'uno con la barba sale e pepe, è indice del fatto che il reverendo Duffy non sa cosa pensare. Guarda di traverso. La sua espressione non tradisce alcuno stato d'animo. Il reverendo Duffy, descritto come un uomo dalle abitudini discordanti. Un uomo che si è preso la briga di mettere in ordine rigorosamente alfabetico i libri usati nello scaffale dietro di lui, per quanto ce ne siano molti che aspettano di essere letti ormai da decenni.

Sul divano, accanto a lui, c'è la moglie, Deborah Weller, laureata con tanto di specializzazione, con il braccio attorno alle spalle del reverendo, il quale non le restituisce l'abbraccio. È l'unica che sta ridendo per via della situazione, per via della lenta panoramica, per via dell'idea in base alla quale Annabel dovrebbe filmare loro cinque nel momento in cui sono tutti lì riuniti, dato che è questo che Annabel sa fare, dato che è questo il suo talento. Annabel promette che non ci farà niente, col filmino, non se loro non si dichiareranno soddisfatti del risultato. È un dono, quello che lei gli sta facendo, un ritratto di loro intenti a fare la sola cosa che possono fare, e cioè, dice lei, amarsi. Sua madre trabocca d'amore. Sua madre sul divano, sua madre che ride, come se il fatto di essere lì riuniti tutti e cinque fosse il più bel fuori programma degli ultimi anni, nonostante questa riunione di famiglia parta da una premessa poco incoraggiante: Tyrone. Ma nel corso della lenta panoramica che da destra scorre verso sinistra, lei se l'è dimenticata. Sua madre indossa dei pantaloni blu scuro di velluto a coste e una camicia di renna macchiata di vernice, color crema, con i lunghi capelli grigio-castani che le scendono ispidi sulle spalle e un'espressione in volto che è sia di stanchezza che di allegria. Se dovesse andare sulla luna per loro, be', lo farebbe. Eppure non c'è dell'altro in lei, *oltre* a tutto questo altruismo, oltre a tutto questo amore? Dov'è l'altra donna, la libertina, l'amante segreta della sensualità, quella che di tanto in tanto alza il gomito? E come mai non viene mai inquadrata? Come mai è sempre sorridente, altruista e sprizzante di gioia?

Accanto a lei, il fratello maggiore. Negli ultimi giorni suo fratello è rimasto a letto fino al primo pomeriggio. A mezzogiorno scende quatto quatto in cucina per leggere il giornale, con gli occhiali e con indosso un abito da cerimonia, uno qualsiasi tra quelli che ha trovato in casa e che ormai non gli vanno più: un paio di pantaloni kaki che si era messo per la cresima diversi anni prima e una camicia button-down di cotone portata fuori dai pantaloni. Ancora adesso, suo fratello è il ragazzo più brillante che Annabel abbia mai conosciuto. Se solo non avesse tutti quei momenti bui, quelle settimane in cui non dorme e in cui la chiama a tutte le ore del giorno e della notte per esporle le sue idee sull'interconnessione dei servizi bancari, sui racket della droga e sui discendenti delle famiglie del *Mayflower*. Seguite da mesi di mutismo e di chiusura. Se solo. Qui, sul divano, lo si può vedere mentre sperimenta tre modi diversi di non fissare l'obiettivo, anche se poi finisce col fissarlo lo stesso. Fissa l'obiettivo come se si trattasse di una foto segnaletica che potrebbero avergli scattato al commissariato di polizia.

Persino mentre è intenta a osservare il volto del fratello nel monitor della videocamera, Annabel riesce a vedere che c'è qualcosa che sta accadendo, sulle prime lentamente: la mano del fratello maggiore si allunga verso la mano libera della madre, le dita scure della mano del fratello scivolano sul divano in direzione della mano bianca della madre; e nel corso di questo microevento la regista sta eseguendo uno stacco cinematografico a regola d'arte: le dita scure del figlio che si intrecciano a quelle bianche della madre. Nessuno parla; è un momento che merita semplicemente di essere analizzato. Il viso del fratello è uguale a prima, e il viso della madre è uguale a prima, e la videocamera ci si sofferma per un po', dopodiché riprende il suo giro.

Il fratello minore indossa ciò che ritiene vada indossato in giorni come questo, dal momento che sta ancora attraversando quella fase in cui crede di dover sfoggiare un abbigliamento che esprima a chiare lettere il suo dissenso. C'è sempre una protesta sottintesa. Ha addosso dei jeans sformati, una canottiera di cotone bianco a coste e dei gioielli, gioielli che bucheranno lo schermo durante il movimento da destra a sinistra della videocamera intenta a illustrare la famiglia Duffy. Il fratello minore. Ci ha messo un attimo ad assumere l'aria del Duffy che ha il compito di invocare su di loro il giudizio della polizia rivoluzionaria; il fratello minore, con i piercing in faccia e tutti quei tatuaggi. Suo fratello, che non dirà nemmeno una parola sul gruppo di teppisti da strapazzo con cui faceva comunella, che non dirà nemmeno una parola sul loro eventuale coinvolgimento nell'incendio doloso del franchising a Concord. Ciononostante, adesso si butta addosso al fratello maggiore, sebbene ci sia quasi un metro di spazio libero sul divano; piomba addosso al fratello maggiore, come se quest'ultimo fosse in grado di risolvere i problemi del mondo. Sembra che il fratello minore stia per appoggiare la testa sulla spalla del fratello maggiore, e ora la videocamera allarga la visuale fino a inquadrare tutti, e a quel punto anche la regista fa un balzo in avanti, oltre il tavolino, e oltre la pila dei libri d'arte, e oltre la felce ornamentale appoggiata su un altro tavolino. Fuoricampo, si avverte il rumore della lavastoviglie in cucina mentre passa da un ciclo di lavaggio a un altro.

La regista finisce di peso nell'inquadratura, catapultandosi accanto al fratello minore e allungando la mano più che può, finché non riesce ad abbracciare tre di loro: il fratello minore, il fratello maggiore e la madre. Eccola, la famiglia. Che cosa sa di loro la videocamera? La videocamera sa che la famiglia americana è composta quantomeno da un adultero, che la famiglia americana è composta da una madre con i sintomi di una depressione della quale ancora non ha parlato con gli altri protagonisti inquadrati; e la famiglia americana è composta quantomeno da due razze; e la famiglia americana è composta quantomeno da un giovane uomo affetto da gravi disturbi mentali; e la famiglia americana è composta quantomeno da una giovane donna che in più di un'occasione è finita a letto con persone del suo stesso sesso, convinta che si trattasse di una cosa piuttosto eccitante; e la famiglia americana è composta quantomeno da una sceneggiatrice e da un dottore in Teologia; e la famiglia americana è composta da un adolescente completamente emarginato all'interno della sua stessa scuola. Eccola, la famiglia, ricercata dalla polizia della grande metropoli, incapace di regolarsi in materia di sessualità e di psicofarmaci, con posizioni politiche poco chiare, polemica, strafottente, salvo quando ama, brillante, disgregata, triste, e che sta per fare una cosa. Tutti insieme, tutti uniti. E la cosa che la famiglia sta per fare *non* è sedersi a discutere dei suoi numerosi problemi in modo tranquillo e affettuoso. No, la famiglia americana, non appena la videocamera digitale si spegnerà, si dedicherà all'unica attività alla quale si dedica con regolarità. Guarderà la televisione.

E che cos'è che guarderanno?

I lupi mannari di Fairfield County! Perché è domenica. E sono le otto di sera. E c'è la puntata del Giorno del Ringraziamento trasmessa dalla UBC, il canale della famiglia americana. La UBC ha fatto una pubblicità insistente alla puntata del Giorno del Ringraziamento de *I lupi mannari di Fairfield County*. Perché la UBC sa riconoscere un successo, quando se lo trova davanti. Per un motivo o per l'altro, in questo momento tutti stanno guardando *I lupi mannari di Fairfield County*. Il cast era comparso due settimane prima sulla copertina di uno dei settimanali più importanti del paese. Di solito è la puntata di Halloween la più attesa del palinsesto autunnale; tuttavia negli ultimi tempi l'ideatrice del programma, Christine Katz, aveva rilasciato alcune interviste in cui parlava della necessità, nella quarta stagione, di escogitare nuove trovate che funzionassero da stimolo sia per lei che per il suo staff di autori. E quest'anno è la volta della strareclamizzata puntata del Giorno del Ringraziamento.

Per coloro che, per qualsivoglia motivo, si fossero persi le prime tre stagioni del programma, è necessario fare un riepilogo generale dei temi trattati da *I lupi mannari di Fairfield County*. Naturalmente, è importante sottolineare che i licantropi che compaiono all'interno del programma non soffrono di una malattia, di un disturbo o di un contagio causati dal morso di un altro lupo mannaro. No, questa non è la licantropia dei soliti film di Lon Chaney Jr., quelli del periodo d'oro dei film horror. E non ha nemmeno niente in comune con *I Was a Teenage Werewolf*, la declinazione anni Cinquanta del tema della licantropia. No, la licantropia de *I lupi mannari di Fairfield County*, la licantropia del nuovo millennio, è genetica, ed è parte di una naturale mutazione evolutiva. A Fairfield County, roccaforte di ricchi e di potenti qui, nella megalopoli del Nordest, la specie umana ha manifestato una naturale crisi genetica. A Fairfield County la specie umana ha subito una mutazione, la quale ha fatto sì che i campioni di tennis e gli arroganti esperti del fisco arrivassero a includere nelle proprie file soggetti a cui crescono i peli sulle nocche delle dita e che ululano per il desiderio di sangue ogni notte di luna piena.

I lupi mannari si sono organizzati in un branco. La seconda stagione, in particolar modo, era stata impostata su questo principio. Il branco protegge i singoli dal rischio di venire decimati dalla polizia e dai cacciatori privi di scrupoli della zona. Il branco trattiene i propri membri dall'uccidere esseri umani senza motivo. E così, nella seconda stagione i lupi mannari avevano cominciato a esibire una rettitudine morale assolutamente rigorosa. Tanto per fare un esempio, nella seconda puntata i lupi mannari si erano imbattuti nel sindaco di Waterbury, il quale aveva sottratto dei fondi dal budget stanziato per la scuola, e lo avevano divorato, un pezzo dopo l'altro, in una sequenza considerata eccessivamente violenta per la fascia oraria in cui era stata mandata in onda.

I lupi più anziani hanno il compito di badare ai lupi più giovani. I lupi bianchi di Fairfield County, più numerosi degli altri, proteggono i lupi asiatici e i lupi afroamericani, per quanto, nel momento in cui subiscono l'influsso della luna piena, sia impossibile distinguere le loro differenti origini razziali. I lupi ricchi, che sono numerosi, proteggono quelli poveri. I forti proteggono i deboli. È vero: i rapporti sociali all'interno del branco hanno l'aria di essere migliori rispetto a quelli generati dalla "civiltà umana". La qual cosa, per esempio, si era manifestata in maniera palese nel corso della terza stagione, il cui tema di fondo riguardava gli effetti contrastanti della ricchezza. Ezra Montgomery Scott, uno dei leader del branco, era stato processato per insider trading da un pubblico ministero molto scrupoloso, mentre contemporaneamente si stava prendendo cura a casa sua di un adolescente, un nuovo membro del branco. Ovviamente, il giovane era intimorito dalle prime manifestazioni della mutazione, che non era preparato ad affrontare. Faceva il caddie presso il Round Hill Club ed era orfano, ed Ezra Scott, mentre stava giocando un'ultima partita a golf con i suoi avvocati, si era accorto che nel ragazzo c'era qualcosa di strano. E così se l'era portato a casa per scambiarci quattro chiacchiere.

La luna era quasi piena. Scott si era chiuso insieme al ragazzo nel seminterrato, com'era sua consuetudine fare durante i tre giorni di luna piena. E nei rari momenti in cui i due non erano impegnati a latrare mestamente, in un modo che faceva impazzire i due levrieri di Scott, questi aveva cercato di persuadere il ragazzo che, sebbene la sua nuova identità fosse una croce pesante da portare, c'erano anche degli aspetti positivi nel fatto di essere un lupo mannaro. Ad esempio, c'era la consapevolezza di appartenere a un gruppo. La certezza di avere sempre altre persone che ti avrebbero capito, persino nelle circostanze più complicate. Era stato questo quello che Ezra Scott aveva spiegato alla giovane recluta, anche se, così facendo, era mancato ad alcune riunioni e ai processi relativi al suo caso giudiziario. Quando il ragazzo aveva manifestato dei propositi suicidi, Scott gli era stato vicino, e quando di notte il ragazzo aveva cercato di aggredire Scott, lui era riuscito a evitare che il ragazzo si facesse male. Tutto ciò mentre Scott, in teoria, avrebbe dovuto ripassare gli argomenti salienti della propria difesa con i suoi avvocati. Come ricompensa per la sua gentilezza, Ezra Scott era stato condannato per aggiotaggio e messo in carcere, da dove però era fuggito la prima notte di luna piena.

Persino tra i fan, la prima stagione verrà ricordata soprattutto per via dei cliché tipici del genere horror. La prima stagione aveva riguardato principalmente gli adolescenti. Ma se il programma aveva mirato a scandagliare la vita degli adolescenti borghesi e le loro manie passeggere nei confronti della violazione del copyright e dei jeans a vita bassa, tuttavia aveva incontrato anche i gusti della maggior parte degli utenti della UBC. Comunque sia, quando nella stagione successiva aveva fatto la sua comparsa il personaggio dell'impiegato brizzolato delle ferrovie di Stamford, Mike Woodweel, era stato chiaro che in televisione stava accadendo qualcosa di nuovo. Gli indici di ascolto avevano cominciato a registrare dei progressi. Addetto alla manutenzione notturna dei binari della MetroNorth, Woodwell aveva perso la moglie, morta di lupus all'inizio della seconda stagione. Mai l'ululato di un lupo mannaro in una strada di città spazzata dal vento era suonato così straziante e così appropriato. Il corteggiamento successivo di una barista di colore di Port Chester, Felicia Adams, e l'affetto dimostrato da Woodwell nei confronti dei due figli della donna, uno dei quali disabile, aveva rappresentato uno dei più bei preamboli all'amore interrazziale della storia della televisione. Come avevano fatto notare i critici, c'era chimica tra i due. Ed era stato più o meno in questo periodo che Deborah Weller, laureata con tanto di specializzazione, madre di Annabel Duffy, aveva cominciato ad abboccare alle lusinghe del programma. La primavera successiva, quando erano stati messi in commercio i DVD della prima stagione, corredati di materiale extra, era riuscita a coinvolgere anche la figlia.

A giudicare dai trailer, l'episodio del Giorno del Ringraziamento della quarta stagione avrà a che fare anche con Felicia Adams. La Adams ha rotto da un pezzo con Woodwell, che tuttavia continua a struggersi da lontano. (Woodwell sembra destinato a diventare uno di quei personaggi televisivi che non riescono mai a dare un senso alla propria vita.) Ora Felicia è innamorata di un forte e carismatico personaggio afroamericano, Edwin Watson, impiegato presso lo stabilimento dolciario della Life Savers di Port Chester, il quale attualmente corre il rischio che il suo oscuro passato come trafficante di droga di basso livello venga reso noto da una donna che vuole avere una storia con lui. Di fatto, alla fine della nona puntata Edwin si licenzia dalla Life Savers senza dirlo a Felicia, sebbene ogni giorno continui a portare ai due figli della Adams un pacchetto di caramelle.

Felicia non è una madre perfetta, e nemmeno una barista perfetta, dato che ha la tendenza a non presentarsi al lavoro diversi giorni al mese. Di tanto in tanto aveva fatto dei lavoretti che le erano stati procurati da altri membri del branco, ma nonostante ciò al momento è disoccupata, se non si tiene conto di una sostituzione volante all'Irish Bar il Giorno del Ringraziamento. Da dove salterà fuori il tacchino per la festa? E il ripieno? E la salsa di mirtilli? E le torte? E chi si occuperà di infornarle, le torte? La situazione, già difficile, peggiora ulteriormente a causa dell'intenzione del figlio maggiore di Felicia, Bennett, studente con borsa di studio presso l'esclusiva Fairfield Academy, di recarsi a una grande festa che si terrà quella sera stessa a casa della famiglia Burns. Non so se mi spiego: la famiglia Burns. Due fratelli gemelli incredibilmente belli e una sorella che sta già cavalcando le passerelle delle sfilate di moda sulla Sesta Avenue. Naturalmente, Bennett è consapevole dell'ironia insita nel mangiare un piatto surgelato e riscaldato al microonde per poi andare a una festa con la figlia dei Burns, la modella di alta moda, la quale molto verosimilmente ha una cotta per lui, così come lui ce l'ha per lei.

Va da sé che la trama di ogni puntata implica un momento critico che può essere affrontato solo ed esclusivamente dal branco al gran completo. Nella puntata del Giorno del Ringraziamento, la crisi di cui sopra riguarda il fatto che gli onnipresenti cervi di Fairfield County stanno cominciando a soffrire di una strana e inspiegabile malattia degenerativa, tanto che il governatore dello Stato, un indipendente nella tradizione di Lowell Weicker, ha dichiarato aperta la stagione per i cacciatori di cervi del Nutmeg State, anche se con pesanti limitazioni. A nessuno sarà consentito *mangiare* carne di cervo fino a quando gli addetti ai controlli non avranno la certezza assoluta che il pericolo sia stato scongiurato. Comunque sia, se vuoi sparare a un cervo, be', non c'è nessun problema. Il branco di lupi, che questo weekend si riunirà per la notte di luna piena, è in grave pericolo, non solo perché rischia di venire decimato dalle raffiche di spari destinate ai cervi e alle cerve, ma anche perché rischia di morire di fame; oltretutto, i lupi si disperano all'idea di non potersi cibare dei cervi, nonostante la malattia degenerativa.

Ed è a questo punto che ha inizio l'episodio. In un parco statale nei pressi di Bedford, dove all'imbrunire due cacciatori con l'arco si stanno dividendo una fiaschetta cercando di non fare troppo baccano. D'un tratto, nel bosco si avverte un trambusto. Un cervo maschio passa di lì con passo altero, seguito a ruota da un branco di cani randagi. Che momento di straordinaria bellezza! Deve trattarsi di un cervo con le corna a otto punte, e incrociare il suo sguardo terrorizzato è una cosa meravigliosa. I balestrieri sollevano le loro armi medievali – le aste delle frecce in carbonio, un sistema di riduzione delle vibrazioni, mirini a pendolo e silenziatori elettronici per le corde – con l'intenzione di colpire questo esemplare dalla coda bianca. Sognano bistecche di carne di cervo dentro i loro congelatori per tutto l'inverno. Ma all'improvviso spuntano questi cani che, sì, insomma, sono davvero enormi, cani che i cacciatori non hanno mai visto prima. Il branco di cani randagi sembra aumentare e crescere in modo tale che a un certo punto gli uomini cominciano a spaventarsi. Saranno trenta o anche di più! Gli uomini arretrano andando a finire sotto le fronde di un pino, la qual cosa per un istante li rincuora, almeno fino a quando il branco non li avvista. Un gruppo di più o meno quindici cuccioli, bramosi di uccidere e di dar sfogo a una furia delirante, fa dietrofront e si dirige verso i cacciatori.

E ora, ecco la tanto celebrata sequenza con il sorgere della luna su Darien e New Canaan. Il sorgere della luna sull'allenamento di calcio a Wilton High. Dopodiché seguono brevi inquadrature degli attori mentre si trasformano in lupi, con in sottofondo il triste lamento della chitarra slide e dell'armonica. *I lupi mannari di Fairfield County*, direttamente nelle vostre case grazie alla United Broadcasting Company. A Newton, Massachusetts, durante la pausa pubblicitaria Annabel Duffy si accorge che suo fratello Tyrone, invece di guardare il programma, ha un libro appoggiato sulle ginocchia. E in mano ha un pennarello nero. Il che può significare una cosa sola! Suo fratello sta realizzando una delle sue opere! Libri cancellati! Sua madre porta dei popcorn dalla cucina e li appoggia sul tavolo, con il reverendo Duffy che ne prende qualcuno, dimenticandosi di ringraziare la moglie, e si riempie la bocca.

Jeffrey Maiser è solo, a Santa Monica, in un'enorme soggiorno per le riunioni di famiglia in cui però non c'è nessuna famiglia. Tre pareti sono occupate dai libri, la maggior parte dei quali ancora da leggere. Di fronte ha un gigantesco impianto TV e stereo completo di tutti gli optional possibili e immaginabili, arricchito da un paio di trofei di tennis degli anni ribelli della sua gioventù. La televisione ha uno schermo al plasma, e in soggiorno ci sono tante di quelle casse acustiche che lui non riesce più nemmeno a ricordarsi dove siano tutte. In mano ha uno scotch con ghiaccio; è seduto sul lettino in pelle nera, e ha spento tutti i telefoni della sua immensa casa vuota, e ha messo il cellulare sotto un cuscino del divano, ed è pronto a ricevere l'unica sacrosanta dose di belle notizie provenienti dal suo programma settimanale. Non si ricorda esattamente cos'era successo nell'ultima puntata, e non si ricorda neanche che cosa succederà nelle puntate successive, ma si ricorda a quanto sono arrivate le tariffe pubblicitarie del programma. Gli addetti alla programmazione televisiva hanno davvero di che essere soddisfatti, per quanto, una volta terminato il ciclo del 2001, dovranno sborsare alcuni milioni di dollari a puntata per dare una rinfrescata al programma. Ma è questo il bello di un programma televisivo in cui a qualsiasi personaggio può capitare di essere ucciso in qualsiasi momento. Puoi sempre rinnovare il cast.

Dunque, dove eravamo rimasti? Un branco di cuccioli sta puntando due cacciatori con l'arco, i quali, a dispetto del loro machismo, del loro vistoso equipaggiamento sportivo e della loro retorica da cacciatori provetti, ora non hanno alcuna via di scampo. Mostrando un'esitazione che non dura più di un attimo, come cani da caccia che mirano dritti alla preda, i cuccioli avanzano a scatti in direzione delle due figure rannicchiate. Uno dei due uomini, paralizzato dalla paura, si è lasciato cadere la sua arma dalle mani, mentre l'altro, in qualche modo, riesce a far partire una freccia mimetica dalla corda tesa al massimo del suo arco. Dal momento che un programma trasmesso da un'emittente televisiva non dispone di un budget sufficiente per effettuare una di quelle riprese realizzate con la telecamera-fissata-sulla-freccia-mentre-saetta-lungo-la-foresta-e-penetra-nella-carne-del-nemico, ciò che arriva alle nostre orecchie non è che il sibilo della freccia nella luce del crepuscolo, interrotto dall'urlo straziante di uno dei lupi mannari. È stato colpito qualcuno! Ma naturalmente i lupi non si arrendono. Al contrario, si sentono ringalluzziti, e nel giro di qualche secondo dei due cacciatori non resta che un mucchietto di abiti sanguinolenti. Il resto del branco, più o meno per caso, abbatte i due splendidi cervi maschi.

Allo spuntare del giorno i lupi, ormai sazi, si dispongono in cerchio attorno ai cervi vivisezionati. I lupi, di nuovo umani, coi loro vestiti a brandelli. C'è Devon Porter, figlia di uno dei fondatori della CIA nonché una delle migliori arredatrici di Greenwich, con la bocca incorniciata dal sangue rappreso. Accanto a lei c'è Laney Carrington, un'altra ereditiera, che a quanto pare durante il festino della scorsa notte ha distrutto una mise da sera piuttosto costosa. Di fianco alle due c'è la governante di Laney, una ragazza irlandese che si chiama Siobhan McCallister, la quale sta facendo dello spirito sul fatto che la carne di cervo non va mangiata come se si trattasse di sushi. Le tre donne si fanno una grassa risata. Un imprenditore di Norwalk, Bob Gallace, con un'espressione molto preoccupata dipinta in volto, sta aiutando Clay Goldberg, l'internista di Scarsdale, a rimettersi in sesto. Bob dice a Clay che farebbe meglio a pulirsi intorno alla bocca e gli porge un fazzoletto. Clay dice: "Se solo il

Giorno del Ringraziamento si mangiasse carne di cervo, ne porterei un po' a mia moglie."

"Buona questa," dice Bob, dopodiché urla rivolto agli altri: "Ehi, non c'è nessuno di voi che vuole un paio di bistecche per il Giorno del Ringraziamento? Posso portare il pickup e la sega." Si sentono un paio di risate. "O magari una testa da appendere alla parete della biblioteca?" Avrebbero fatto meglio ad ammazzare qualche tacchino selvatico. È qui che sta l'ironia. La città brulica di tacchini selvatici.

Tuttavia, ci sono alcuni dei componenti del branco ai quali non importa un bel niente dei tacchini selvatici. Sono scioccati da quello che ora la telecamera sta mostrando. La scorsa notte ci sono stati dei disordini. Gli adulti si raccolgono accanto ai corpi dei due cacciatori abbattuti, dove i cuccioli guardano sbalorditi ciò che hanno combinato. Tutti concordano nel ritenere che qualcuno dovrà occuparsi di scavare delle fosse per i due uomini. Ma, lì vicino, i gemiti di una donna dirottano la loro attenzione su un altro fatto altrettanto oscuro. Liz Carter, la giovanissima insegnante d'inglese entrata recentemente a far parte dell'organico della Fairfield Academy, è stata colpita dalla freccia che uno dei due cacciatori era riuscito a scagliare prima di morire. È immobilizzata contro un acero, trafitta alla spalla e ancora sanguinante.

È Bob a gridare: "Oh mio Dio, Liz!"

Mentre mangiano una pizza Cajun, Vanessa dice alla stagista che è lì a casa con lei a guardare il programma: "È fantastico che vogliano far combattere le donne con la stessa identica aggressività degli uomini. Anche se dovrebbero avere, che so, dei lividi sulle guance, e poi dovrebbero ignorare le ferite che hanno riportato per rigettarsi nella mischia. Cioè, guardala. È un disastro." Che, tradotto, significa: guarda Liz Carter, pallida, indebolita dalla perdita di sangue ma comunque piena di energia. Sta per presentarsi alla sua lezione d'inglese, dove le toccherà spiegare il motivo per cui ha una ferita molto profonda sulla spalla sinistra. E tutto questo dopo essere andata all'ospedale con una freccia a solo pochi centimetri dal cuore che le verrà rimossa dai migliori chirurghi della regione. Quando Clay, Bob e Mike Woodwell tentano di trasportarla in direzione della strada, quasi immediatamente Liz perde i sensi.

L'azione s'interrompe, per poi riprendere con Felicia Adams che, arrivata a casa con i jeans e il maglione a brandelli, trova il suo amante, Edwin, che l'aspetta sulla porta. Edwin scuote la testa e la guarda con l'espressione stanca di chi ha capito tutto.

"Sono forse *ancora* tenuto a credere alla storia di te che fai un imprecisato lavoro di notte tre volte al mese? Un lavoro che ha questo effetto sui tuoi vestiti? È questo che sono tenuto a credere?"

Felicia dice: "Credi pure a ciò che vuoi. Ti ricordi quando ti ho detto che ero una donna con delle esigenze? Ecco, una delle mie esigenze è il lavoro. E uno dei miei lavori non è poi così esaltante."

"Se ti stai scopando un altro, Felicia, allora sappi che tra di noi non potrà più esserci niente."

"Non *mi sto scopando nessuno*, se è in questi termini che la metti, te l'ho già detto. E se lo facessi non mi vestirei certo in questo modo! Non ho tempo per andare in giro a scopare, non ho tempo per amare nessuno se non te e i bambini. Che è esattamente ciò che intendo fare, anche se fatico a stare dietro a tutto. Dai, Eddie, è il Giorno del Ringraziamento, e non abbiamo niente di quello che dovremmo avere per una cena del Ringraziamento come si deve! Niente tacchino e niente salsa di mirtilli. E niente da dare ai bambini!"

Il figlio disabile di Felicia, Vern (interpretato da un attore realmente affetto da paralisi cerebrale), entra in scena con il suo tipico incedere rumoroso. Come sempre, capisce più di quanto non dica. Non dice praticamente nulla. Con l'aiuto delle stampelle si trascina sulle gambe rattrappite. Felicia ed Edwin smettono di litigare non appena vedono il ragazzino che spunta con la sua calma soprannaturale.

A Brooklyn, sull'Undicesima, Allison Maiser sostiene che quella, come dice lei, è una scena ibseniana, una scena da *Casa di bambola*. Il che significa che si tratta di una scena ricca di ironia e di drammaticità. Edwin è convinto che Felicia Adams sia una dolce casalinga che lavora duramente in un bar, quando in verità lei sta tentando di nascondergli di essere appena tornata dalla foresta, dove ha divorato carne di cervo insieme a un branco di lupi. Ogni personaggio, continua Allison, sa qualcosa che nessun altro sa. È la legge del branco, che poi è il segreto del programma: il non poter tradire i segreti del gruppo. Coloro che hanno tradito il branco sono misteriosamente spariti, oppure sono andati incontro a un destino infausto. Felicia non può parlarne a Edwin, e non può nemmeno dirgli che cos'è che la preoccupa da mesi...

"I bambini," dice Vanessa.

La stagista dice: "Shhhhh."

Ecco che cos'è che preoccupa tutti gli adulti del branco. Il fatto che i loro adorati bambini, gli adolescenti di Fairfield County dai capelli stopposi dediti allo snowboard e allo sci d'acqua, cresciuti in mezzo agli agi e ai vantaggi della ricchezza, possano diventare degli animali assetati di sangue. Potrebbe accadere che un pomeriggio, verso l'ora del tramonto, si ritrovino a giocare una partita di football Pop Warner,[16] oppure che, il pomeriggio successivo, stiano prendendo una lezione di scuola guida quando, con loro raccapriccio, si vedranno spuntare in faccia un'orribile peluria ispida. Divoreranno tre procioni e il gatto preferito di non so chi e si metteranno a ululare. E il branco vive nel terrore che eventi come questi colpiscano le loro famiglie. Pur facendosi i fatti propri, il branco vorrebbe che il gene della mutazione fosse recessivo. Il branco vorrebbe che i suoi ranghi non crescessero a dismisura. E nel frattempo i membri del branco si preoccupano.

E Felicia non rappresenta un'eccezione. Il suo figlio più piccolo, Vern, ha solo dodici anni, e se mai dovesse diventare un lupo mannaro verrebbe sbranato dagli altri già la prima notte. E poi c'è il suo figlio più grande, Bennett. Felicia è davvero contenta che Bennett abbia già quindici anni, dato che, a quell'età, è piuttosto improbabile che si manifesti il gene lupesco.

Ma torniamo alla scena in corso! Edwin, il fidanzato, s'imbufalisce quando sente le scuse ridicole che sta accampando Felicia, o almeno è ciò che sembra, e così annuncia che andrà *via*, dove non lo sappiamo. A un telefono a gettoni in città vediamo Edwin che, con fare circospetto, compone quello che indubbiamente è un numero di telefono foriero di cattive notizie.

"Ehi, fratello. Sì, sono io, E. Watson. Certo, certo. Dovevo sbrigare un paio faccende. Alcuni impegni. Dovevo far calmare le acque. Ma ora E. Watson è tornato, e in ballo c'è un affare coi fiocchi. Senti, è chiaro, ti darò ciò che ti devo, fratello, hai capito quello che sto dicendo, vero? Quasi certamente. Ma, vedi: riusciresti a darmi una mano?

[16] La Pop Warner Little Scholars è un'organizzazione no-profit che propone corsi di football americano per ragazzi e corsi per aspiranti ragazze pon-pon in quarantuno Stati americani e in diversi paesi del mondo (*N.d.T.*).

Oggi, fratello, è il Giorno del Ringraziamento; e devo portare qualcosa a casa per la mia ragazza, altrimenti è meglio che non mi presenti neppure. Abbi compassione di un fratello. Riceverai la prima parte del guadagno, stanne certo, e la seconda servirà per pagare il tacchino, e poi lavorerò gratis per te finché il debito non si sarà estinto."

Non è che Edwin ha ripreso a spacciare? E proprio oggi! È un tale disastro come spacciatore! E non ci sono dubbi che accadrà qualcosa di orribile nel momento stesso in cui arriverà a casa di quel malefico trafficante di droga, Alfonse Tilden, che abita in una delle case popolari accanto alla stazione ferroviaria. (Mike Woodwell, l'addetto alla manutenzione dei binari, aveva passato un bel po' di guai a causa di Alfonse nel corso di una delle due puntate della stagione precedente in cui nemmeno una persona si era tramutata in lupo mannaro.)

Ora c'è uno stacco pubblicitario.

Vanessa e la stagista non riescono a reggere la tensione, non riescono a reggere l'attesa, non riescono a reggere il fatto di *non* sapere che cosa accadrà dopo, non riescono a reggere le pause tra una puntata e l'altra, non riescono a reggere le pause tra una stagione e l'altra, non riescono a reggere le pause durante gli stacchi pubblicitari. Nonostante le loro competenze in materia, sono completamente in balia della trama e fremono per il desiderio di sapere che cosa accadrà dopo. E questa tensione fa sì che si siedano sullo stesso divano. Fino a pochi minuti prima, Vanessa era sul divano a mangiare dei triangoli di pizza quasi freddi, mentre la stagista era sul pavimento, intenta ad asportare le olive nere da una fetta di pizza lasciando lì il resto, ma ora anche la stagista si è seduta sul divano, come se la triste verità che Edwin subirà una punizione in pieno stile malavitoso, proprio nel Giorno del Ringraziamento, fosse troppo per loro. La distanza tra i due corpi comincia sensibilmente a diminuire, come se fossero due ghiacciai che lentamente convergono l'uno verso l'altro in un immenso mare artico. *Alla prossima puntata...*

27

Ranjeet esclama: "Questo è il momento più importante dell'intera stagione, il momento in cui i protagonisti devono sedersi a tavola per il pranzo del Ringraziamento! Siamo nel New England, e loro non hanno niente per il pranzo del Ringraziamento, solo tacchino freddo a fette, di quello che si può trovare in una qualsiasi rosticceria! Puoi trovarlo ovunque, ed è sempre di qualità scadente! Sono fette di tacchino, niente di più! E loro non hanno altro! Questa dovrebbe essere la festa che dimostra come l'America sia la terra dell'abbondanza, una terra che può sopravvivere tutto l'inverno grazie a un abbondante raccolto, e invece questa gente non dispone che di fette di tacchino freddo, e sta tentando di cucinare del purè in scatola, e ha della gelatina preconfezionata in cui galleggiano pezzi di frutta, e questa sarebbe la grande abbondanza americana! E non è neanche vero cibo. È roba chimica. E non hanno altro perché sono stati privati dei propri diritti per via del colore della loro pelle e per via di un sistema politico ingiusto."

Jeanine gli dice: "Dacci un taglio", dato che il momento è critico e lui sta disturbando l'ascolto del programma, mentre lei vuole sentire che cosa dicono i ragazzi. I ragazzi sono riuniti attorno al personaggio di Felicia Adams in cucina, una cucina angusta, con nient'altro che un paio di credenze che non si chiudono perché sono state ridipinte troppe volte; e all'interno delle credenze c'è la meravigliosa collezione di piatti spaiati di Felicia, quasi tutti comprati alle aste di beneficenza. E tuttavia, a dispetto della desolazione di questo Giorno del Ringraziamento, i ragazzi sono raccolti attorno a mamma Adams. Capiscono, anche se lei non lo dice, che ce la sta mettendo tutta. E la cosa ha il suo peso, il Giorno del Ringraziamento. Persino Bennett, il maggiore, sta tentando di mostrarsi magnanimo. Ciononostante, il piccolo Vern chiede: "Mamma, è tutto qui quello che mangeremo?"

"Per il momento sì," risponde sua madre. "Credi che i Padri Pellegrini avessero la gelatina? Non avevano nessuna gelatina. Non avevano neanche un pezzo di frutta. Vedi le fette d'arancia nella gelatina? Molto probabilmente queste arance arrivano dalla Florida. E a quei tempi la Florida era un'immensa palude. I Padri avevano tutti lo scorbuto. Gli cascavano i denti e non si passavano mai il filo interdentale."

Bennett dice: "È perché siamo poveri."

"Noi *non* siamo poveri," dice Felicia. "Siamo molto impegnati. E a volte siamo così impegnati che non ce la facciamo a stare dietro a tutto. Al giorno d'oggi la gente impegnata è penalizzata, perlomeno nella nostra fascia di reddito. Ci sono un sacco di persone che sono molto più povere di noi."

Suona il campanello.

Nell'ufficio di Mezzi di Produzione, nella sala riunioni con il minuscolo televisore da ufficio sul tavolo per le riunioni nuovo di zecca, Jeanine cambia posizione tra le braccia del suo amante sikh, pensando non a quanto siano commoventi gli sforzi di Felicia per preparare il pranzo per la sua famiglia, né al fatto che le famiglie alla fine riescano sempre a superare i momenti critici. No, Jeanine sta pensando alla moglie e al figlio del suo amante e al Giorno del Ringraziamento che li aspetta. Il che le causa un senso di vuoto alla bocca dello stomaco. Jeanine immagina che questo senso di vuoto non sia molto diverso da quello che sta provando il personaggio di Felicia Adams, impegnata in una corsa contro il tempo per preparare il pranzo del Ringraziamento entro le due e mezzo, in modo da riuscire poi a lavare i piatti, pentole comprese, prima del sorgere della luna. Dato che, non appena la luna sorgerà all'orizzonte, Felicia non sarà più in vena di faccende domestiche. Jeanine ritiene che la sua situazione sia simile a quella di Felicia, dal momento che entrambe nascondono dei segreti. Ed è proprio così che *I lupi mannari di Fairfield County* raggiunge il proprio scopo: non grazie alle finezze della sceneggiatura, né all'abilità nella recitazione, bensì in virtù della semplice tendenza umana a proiettare la propria vulnerabilità sugli altri e a riempirsi, in casi come questi, di compassione per la fragilità tanto degli esseri umani quanto dei lupi mannari.

Al suono del campanello Felicia si dirige verso la porta, e lì, incorniciato dalla porta, c'è Edwin. Lungo il corridoio, Felicia vede i vicini che fanno capolino dai propri appartamenti. Fissano con tanto d'occhi Edwin, dato che Edwin ha tra le mani un tacchino enorme, il tacchino più mastodontico che Felicia abbia mai visto, collocato in una splendida teglia nuova di zecca. Sembra uscito da un racconto di Dickens.

Felicia dice: "Dove hai preso questo tacchino?"

Mentre Felicia, raggiante, fa per prendergli la teglia dalle mani, Edwin si accascia. Sanguinante. Sì, Edwin sta perdendo sangue da una ferita d'arma da fuoco alla spalla sinistra. Hanno sparato a Edwin.

Felicia Adams si mette a urlare. Perché ci mancava solo questa. Perché non ha proprio tempo. Perché il pranzo non è pronto, e se il pranzo non è pronto adesso, possiamo tranquillamente supporre che non sarà mai pronto in tempo, e se il pranzo non sarà pronto in tempo Felicia si trasformerà in un lupo mannaro prima di aver finito di prepararlo. E quindi proprio non ha tempo per un'altra catastrofe. Che, comunque sia, è arrivata. Adesso Bennett e Felicia (la quale nel frattempo ha appoggiato la teglia col tacchino in corridoio) si fanno scivolare le braccia di Edwin attorno alle spalle e lo trascinano all'interno dell'appartamento. Geme dal dolore, ed è una specie di lamento belluino. Madre e figlio trascinano il ferito per il corridoio fino in camera da letto, dove lo issano alla meno peggio sul letto. Felicia corre in cucina a preparare una compressa di garza. Ha l'aria di aver subodorato subito quello che sta succedendo.

"Chiamo un dottore?" chiede con discrezione glaciale.

"Niente dottori," risponde Edwin, fedele alla propria parte.

Poi, in una scena tanto magistrale da sembrare persino fuori luogo in un contesto televisivo, il pubblico si rende conto che l'enorme tacchino, nella sua enorme teglia da tacchino Williams-Sonoma, è ancora in corridoio. La telecamera indugia su questo prodotto gastronomico. Una meravigliosa luce ambrata risplende sul tacchino. La telecamera ne intesse il panegirico. Sentiamo Edwin e Felicia in camera da letto, con Felicia che bisbiglia: "In quale guaio ti sei cacciato? Ti sei cacciato in quello che penso io? Cosa ci facevi laggiù? C'è qualcosa che mi vuoi dire?"

"Mi dispiace, mi dispiace davvero. Volevo solo portare a casa qualcosa, te lo giuro. Volevo solo portare a casa qualcosa. Per te e per i ragazzi. Per il pranzo. Volevo solo essere un uomo che porta a casa qualcosa."

La telecamera non ha distolto lo sguardo dal tacchino in corridoio neppure per un istante, e pian piano ci accorgiamo di una specie di scricchiolio, giusto dietro la telecamera, e solo lentamente ci rendiamo conto che si tratta di un rumore di stampelle, stampelle al margine della scena. Dopodiché Vern occupa un angolo dell'inquadratura, trascinandosi attraverso il corridoio come un cucciolo di foca sulla terraferma. Non è altro che Vern che tenta di abbassarsi all'altezza del tacchino, il che implica da parte sua l'abbandono delle stampelle. Adesso tenta di sollevare la teglia. Ci prova in vari modi, ma non ce la fa. Di lì a poco ruzzola debolmente di lato e va a finire sul pavimento di fianco al tacchino.

Felicia dice a Edwin: "Cosa devo fare con te?"

"Mi ha trapassato la spalla," risponde Edwin. "Lasciami stare qui solo per qualche giorno. Andrà tutto bene."

"Non posso badare a te tutto il giorno, Edwin."

"Non ti devi preoccupare di questo. Per il momento non devi preoccuparti dei soldi, né dell'affitto o di nessun'altra cosa."

"Non voglio vederti tornare qui per dirmi che non mi devo preoccupare dei soldi con la spalla che perde sangue per via di una ferita da arma da fuoco!"

Vern, che ha desistito dal tentativo di sollevare la teglia, afferra una coscia del tacchino e la stacca dal resto del corpo. Sulle prime, alla vista della sua buona sorte, si blocca, come se l'istinto gli dicesse di temporeggiare. E questo accade nel momento in cui sentiamo per la prima volta la voce di Bennett che proviene dall'altra stanza e che dice: "Mamma, morirà?" Non appena vengono pronunciate queste parole, la telecamera si allontana lentamente da Vern e ritorna in cucina. Poi, con suspense hitchcockiana entra in camera da letto, dove, nella luce del pomeriggio, si palesa un tableau degno del Rinascimento nordico. Ci sono tutti i presupposti per la scomparsa di un altro padre, così come è accaduto con tutti i padri scomparsi dalla vita del giovane Bennett Adams, che un tempo ha avuto un padre vero, ma che in seguito ha trovato un sostituto in Mike Woodwell, solo per poi tornare a soffrire quando sua madre non ce l'ha più fatta a vivere con lui, per via della tristezza paralizzante di Mike; e ora ecco qui Edwin, che giace ferito sul letto, con Bennett che non può sopportare il pensiero di perdere un altro padre. Felicia dice: "No, non morirà; vivrà, in modo che io possa continuare a strapazzarlo", e a questo punto si affaccia in corridoio e grida: "Vern, rimettilo immediatamente nella teglia! Accidenti! *Non* saremo noi a mangiare quel tacchino. Lo porteremo in chiesa per darlo a della gente che ha veramente bisogno di qualcosa da mettere sotto ai denti."

"Oh, andiamo," dice Edwin.

"Non mangerò quel tacchino, non se te lo sei procurato in modo disonesto!" E poi, affacciandosi di nuovo in corridoio: "Vern!"

Con Edwin che dice: "Guarda nella giacca, guarda almeno nella giacca. Me le ha date un vicino di casa, te lo giuro. Guarda nella mia giacca."

La telecamera stringe su Bennett, il più vicino al bomber macchiato di sangue buttato su una sedia. Infila la mano nella tasca e ne estrae... tre rape.

Edwin dice: "Nessun Giorno del Ringraziamento è perfetto senza rape."

E che dire di queste radici commestibili, nella prospettiva di Jeanine Stampfel? Jeanine sa perfettamente che queste storie non sono storie ben narrate, se paragonate a un'opera di Čechov o di O'Neill, ma in passato ha pianto per pubblicità di antidepressivi e per trasmissioni che parlavano di medicina con bambini deformi come ospiti, pur sapendo che non ne valeva la pena. E dunque che senso ha giudicarla ora, mentre piange per via delle rape e per via di Vern, che senza le sue stampelle non ce la fa ad alzarsi, e che è sdraiato su un fianco accanto al tacchino, ma che, anche così, si sta astenendo ubbidientemente dal rubacchiare? Verrebbe da pensare che anche Ranjeet vorrebbe piangere, ma a dire il vero Ranjeet non sta piangendo; sta dicendo: "Radici commestibili! Radici commestibili! Ma certo! La radice commestibile è il simbolo di ciò che cresce in questa famiglia, che è una famiglia provvisoria ma che è pur sempre meglio di molte famiglie biologiche! Devono mangiare radici per mettere radici! Ciò che nasce dalla terra! Il tubero!"

Un motel poco fuori dall'interstatale, nel grande Stato incerto dell'Ohio, l'interstatale che va da una costa popolosa all'altra; ed è questo il posto in cui i due malversatori, Lois DiNunzio e Arnie Lovitz, sono rimasti rintanati durante gli ultimi cinque giorni, immaginando che, se solo avessero mantenuto un basso profilo e pagato tutto in contanti, nessuno sarebbe riuscito a seguire le loro tracce fino a questo motel. Immaginano che ogni giorno passato a questo modo rappresenti un miglioramento rispetto al giorno in cui sono scappati con i soldi. Si insinua in tutte le loro transazioni con il mondo, il denaro, e non in quanto garanzia di benessere, bensì di castigo finale. D'accordo, hanno questo denaro, ma prima o poi verranno scoperti. E ce la faranno ad amarsi con i soldi rubati sospesi su di loro come una spada di Damocle? Ce la faranno ad amarsi in una serie di motel con nomi come Defiance Motor Court? E la risposta a queste domande è che sì, non sembrano avere alcun problema ad amarsi, almeno per il momento. Mettono il timore per il denaro in uno scompartimento e mettono l'amore in un altro scompartimento, più spazioso. Tentando di mantenerli il più possibile separati. E così si amano e si preoccupano, e questa sera si stanno amando e si stanno preoccupando davanti a *I lupi mannari di Fairfield County*; solo che, fino a questo momento, Arnie ha manifestato una certa delusione per la puntata, dato che, dice, quando non c'è abbastanza roba sui lupi mannari il programma gli piace meno del solito. Ha preso il controllo del telecomando. Preme i tasti, inesorabile. Tirando una boccata da una Gitane, la terza consecutiva. "Piantala, voglio vedere la fine," dice Lois.

"Controllo solo i risultati." Arnie espira profondamente. "E poi, scusa, come fai a guardare un programma che dovrebbe parlare di lupi mannari e dove invece non ce n'è neanche uno?"

"Se solo tu avessi un po' di pazienza, probabilmente verresti accontentato."

Dopo la pubblicità, il programma ricomincia con una di quelle scene di transizione che servono soprattutto a stimolare curiosità per le puntate successive, e cioè una scena in cui Bob Gallace e Clay Goldberg parlano al telefono mentre la luce si affievolisce. Bob ha chiamato Clay perché è preoccupato. È nella sua casetta a Norwalk, e i suoi figli sono fuori in giardino che si lanciano una palla da rugby, mentre lui ha sintonizzato il televisore sulla partita e sta parlando a bassa voce.

"Clay," dice, "oggi mi sento davvero spossato. Mi sento come... be', non so come mi sento. Mi sento come se riuscissi a malapena a stare in piedi senza... senza svenire o qualcosa del genere. Tu stai bene?"

"Io sto benissimo, socio, non ti preoccupare. Posso venire a darti un'occhiata prima del sorgere della luna, se la cosa ti può essere d'aiuto. Hai la febbre?"

"Proprio così, Clay. Niente di grave, ma, comunque sia, sempre febbre è. E ho una sete incredibile, capisci? Non riesco a smettere di bere. Non è che mi sono beccato quella malattia degenerativa o una roba simile? Voglio dire, non è come..."

"Il morbo di Creutzfeldt-Jacob? Mi sembra che tu stia davvero esagerando, Bob. Credo che le nostre... le nostre particolari differenze genetiche siano in grado di proteggerci da cose di questo tipo; e in ogni caso il periodo d'incubazione dell'encefalopatia spongiforme nell'uomo è di dieci anni. Ne riparliamo quando vai in pensione, okay? Nel frattempo, mantieniti idratato."

Bob spegne l'auricolare. Sta camminando nervosamente avanti e indietro in soggiorno, ed è proprio mentre sta camminando che viene colto dalle convulsioni. Attraverso la finestra si vedono i ragazzi che si lanciano la palla da rugby, con la palla che, nell'inquadratura, gira al rallentatore su se stessa, mentre in un angolo uno stinco di mammifero ricoperto di pelo trema, e un lungo, disperato ululato raggela ogni cosa.

"Fantastico!" dice Arnie.

Thaddeus Griffin, attore cinematografico, si sintonizza sul programma a metà puntata, giusto in tempo per vedere Bob Gallace sopraffatto di punto in bianco dalla metamorfosi sovrannaturale, e la cannabis che ha appena fumato è talmente potente, talmente più forte di quando, una vita fa, era solo un aspirante tossicomane adolescente, che dubita di riuscire a guardare questo programma senza andare in paranoia. È una pessima idea guardare questo genere di programmi senza qualcuno vicino. Soprattutto se, per esempio, hai fumato un sacco di erba. E se tua moglie è appena tornata a vivere con i suoi genitori, e se tu hai mollato un lavoro come produttore e stai aspettando di girare un film di merda in Marocco, be', in questo caso è una pessima idea comprare dell'erba per strada, dove un paparazzo potrebbe fotografarti mentre sei impegnato nell'acquisto. Nell'immagine del pelo del lupo c'è qualcosa di così *inquietante*, e Thaddeus comincia a sentirsi come... com'è che si sente? Si sente semplicemente troppo fatto, e quindi cambia rapidamente canale; deve ricordarsi di non guardare questo cazzo di programma, fa troppa, cazzo, troppa paura, e comunque non lo deve assolutamente guardare quando è... e così passa a un reality; ci sono queste persone che sono, dov'è che sono? Sono su un'isola, e sembra che abbiano tutti un gran bisogno di... hanno un'aria talmente zozza, come se avessero un disperato bisogno di fare un bagno, e gli uomini hanno queste barbe lunghe e tutto il resto, è come, sì, in effetti gli uomini sembrano quasi dei lupi mannari, a essere sinceri, e tutto d'un tratto Thaddeus comincia a temere che uno di loro *sia* un lupo mannaro, magari quel tizio, magari è... Rimette su *I lupi mannari* ma non riesce a resistere neanche un minuto, non riesce a tollerare quella roba, ma se poi non la guarda, allora incomincia a pensarci, che è persino peggio che guardarla, in un certo senso, e adesso c'è un, sì, un ragazzino di colore che va... che va a una festa di classe o a qualcosa del genere, niente di strano, è solo una festa, vedi? È solo una festa, niente per cui andare in paranoia. Ma nel giro di un minuto Thaddeus comincia ad avere come la sensazione che al ragazzino di colore stia per succedere qualcosa di davvero orribile, e tra poco attaccherà quella musica, hai presente, accordi dissonanti e roba del genere, e, credimi, lui non ce la potrebbe mai fare a sopportarlo, e pensa che tutta la faccenda sia davvero troppo inquietante, e spegne il televisore perché ora ha il respiro affannoso, è tutta questione di iperventilazione, e se solo riuscisse a respirare con calma, allora la smetterebbe di pensare che anche lui è, ehm, non vuole neanche pensarci, ma ora si sta osservando le braccia, e le sue braccia sono incredibilmente pelose, le sue braccia sono coperte di peli, non ci aveva mai fatto caso prima, e se non fosse per i riccioli di un biondo perfetto che gli ha fatto il parrucchiere, aspetta un attimo, sembra che siano diventati più scuri, è convinto che stiano diventando più scuri, i peli delle sue braccia, e cerca di darsi una calmata, e pensa che forse dovrebbe chiamare qualcuno, forse potrebbe chiamare sua moglie e dirglielo, e lo stomaco gli fa male, e magari è quello il primo sintomo, magari i dolori allo stomaco sono il primo sintomo, e potrebbe chiamare Annabel, dovrebbe chiamare qualcuno, andiamo, non essere ridicolo, si renderebbe soltanto ridicolo, e invece no, non è affatto ridicolo, è una cosa terribilmente seria. Non c'è mai stato niente di più serio. Comincia a spogliarsi, e togliersi qualche vestito lo fa sentire meglio, la sua pelle ha solo bisogno di respirare un po', ecco, la sua pelle ha bisogno di respirare, è come se tutto lo stesse soffocando, e così si toglie la felpa, è una felpa da circa trecento dollari, però se la toglie, e la lascia cadere sul pavimento, e poi si toglie la maglietta, e così va molto meglio, si sente decisamente meglio senza maglietta, e poi si toglie i jeans, e così va meglio, almeno per un attimo così va meglio, prima che venga colto dal *panico*, mentre si guarda, nei recessi segreti del mondo dello spettacolo di quest'appartamento troppo – o troppo poco – spoglio, e non c'è altra conclusione possibile, non c'è altro modo di considerare la cosa. Sì, è ancor più peloso di quanto non fosse solo pochi minuti fa, ne è quasi certo, e c'è questo dolore allo stomaco, si sente quasi piegato in due da questo dolore allo stomaco, e si toglie le calze, dato che un uomo non dovrebbe apparire mai, neppure nell'intimità della propria casa, in mutande e calze scure. Ma ora è arrivato il momento di porre la domanda, non è più possibile evitare di porre la domanda: *Il mio corpo è il corpo di un lupo mannaro?* Thaddeus è passato dalla condizione di protagonista di film d'azione, film d'azione molto considerati, a quella di lupo mannaro? È la giusta fine, il karma che si merita un attore di film d'azione incline al tradimento, come quel cantante fedifrago, quello la cui moglie aveva atteso che fosse a mollo nella vasca da bagno per poi rovesciargli una pentola d'acqua bollente in testa? Improvvisamente Thaddeus si strappa di dosso gli slip, e adesso è l'immagine stessa della natura in tutta la sua gloria, è l'animale insito in ogni essere umano. Cinquecento canali via cavo e più di cento stazioni radiofoniche, oltre alla connessione Internet, ai joystick e ai videogiochi, e lui non riesce a scacciare il pensiero che una specie di lupo si stia impadronendo di lui, dal momento che è pieno di peli dappertutto, è lupesco, ha peli su tutta la schiena, peli sui capezzoli, e la peluria che lo ricopre è più spessa che mai, e avrà bisogno di quello di cui ha bisogno un lupo, avrà bisogno di carne di manzo cruda, avrà bisogno di carne di donna, e domani dovrà uscire di casa per farsi togliere con la ceretta questa peluria da lupo che ha su tutto il corpo, perché, sai com'è, non può presentarsi sul set di un film in Marocco con l'aspetto di un lupo, altrimenti non riuscirà mai più a lavorare in questo ambiente. Forse una doccia potrebbe aiutarlo a darsi una calmata. Non è un lupo. Deve solo farsi una doccia e metter su qualcosa di Yanni, una delle stazioni radio via cavo trasmetteranno senz'altro Yanni, sempre e solo Yanni, e forse danno anche quel video in cui Yanni suona e che riesce sempre a calmarlo quando è da solo, può mettere su Yanni e aspettare che l'effetto della cannabis svanisca, Yanni sortirà il risultato sperato. Le ripetizioni del tema sempre più forti suonate con il flauto dolce gli entreranno nelle ossa e la licantropia svanirà. Domani mattina, al sorgere del sole, tutto questo non sarà che un brutto ricordo.

Felicia ha proibito a quel testardo di suo figlio Bennett di andare alla festa alla villa dei Burns. Per via della faccenda di Edwin. Anche se non si tratta del genere di proibizione capace di impedire a un qualsiasi adolescente di fare ciò che è assolutamente deciso a fare. Felicia deve uscire "per andare al lavoro", o almeno così dice a Edwin e ai ragazzi, e ad attenderla c'è un furgone accostato al marciapiede, al volante del quale c'è Rose Liggett, lupo mannaro anche lei, che conduce Felicia nei boschi dove incontrerà gli altri trentacinque membri del branco. Lascia ai ragazzi il compito di finire di lavare i piatti, mentre Edwin si contorce nel letto di Felicia gemendo di dolore. Vern, che forse ha un inizio di disturbo ossessivo-compulsivo, sta mettendo in ordine le posate sul piano di lavoro della cucina, i coltelli con i coltelli, i cucchiai con i cucchiai. Quando il fratello esce, lui non se ne accorge neanche.

Bennett chiama un taxi dal telefono all'angolo e ci sale sopra, spendendo i soldi che ha guadagnato col lavoro part-time al negozio di articoli sportivi del centro commerciale di New Rochelle. Fa fermare il taxi sulla strada, a un isolato dalla villa dei Burns. Varcherà la soglia a piedi, come se stesse arrivando da una regione selvaggia, o come se fosse il protagonista di un racconto di Maupassant, cosa per certi versi vera. Arriva da New York, non dal Connecticut, arriva dai quartieri degradati di Westchester County, ma è in grado di travestirsi molto bene, proprio come sta facendo ora, dopo che si è agghindato nel guardaroba dei ragazzi della Fairfield Academy con abiti di J. Crew e Banana Republic. Passa attraverso le colonne anteguerra della villa dei Burns, dopodiché varca la soglia maestosa. All'interno i ragazzi fanno tappezzeria accanto ai mobili, mentre la musica, quel genere di musica che si sente solo alle feste dei telefilm che passano in televisione, fa tremare le pareti.

Nel frattempo, tornando ai telespettatori, nell'appartamento di Park Avenue dei genitori di Madison McDowell, che, come i Burns, questa sera sono usciti, Madison dice a Zimri Enderby che non capisce proprio il motivo per cui in televisione riescano a cogliere tanti aspetti che nei film non si riescono più a cogliere, cose come il disagio e l'imbarazzo tra le persone, il prolungato, lento sviluppo dei personaggi e gli alti e bassi dei rapporti a lungo termine, ma che non riescano mai ad azzeccare la musica. Zimri non ne sa molto di queste cose, dato che da ragazzino non gli permettevano mai di partecipare alle feste, tranne a quelle in cui davano da bere ginger ale, in cui si giocava a bingo e in cui si cantavano canzoni in coro. Motivo per cui non sa come dovrebbe essere la musica. Zimri è seduto sul pavimento, così da essere più vicino al televisore, e Madison è commossa dal fatto che si sia seduto sul pavimento senza togliersi i mocassini lucidati in modo impeccabile. Il cellulare di Madison squilla, e quando lei vede il numero si accorge che la chiamata arriva dalle Vanderbilt. Telefonano sempre durante *I lupi mannari di Fairfield County*. La questione è che alle Vanderbilt dà fastidio che questa roba stia funzionando, che ci sia questo programma, come dire, che è così, cioè, davvero popolare, e che loro non abbiano niente a che fare con questa popolarità, ma soprattutto gli dà fastidio perché la produttrice è, cioè, una grande stronza. Le Vanderbilt potrebbero darle qualche idea davvero *mitica* sugli ospiti d'onore delle varie puntate, che so, delle modelle o dei cantanti che dovrebbero assolutamente comparire in qualche episodio, ma Madison non risponde al cellulare; si limita a lanciarlo dall'altra parte della stanza e a immergersi di nuovo nella storia.

Bennett Adams vede Merry Burns che scende le scale! In questo momento è racchiusa la promessa di un miracolo, poiché Merry lo vede, e lui la vede, e il contagio del desiderio rimbalza tra di loro come in un diagramma a circuito chiuso. Tutti vedono che loro due si vedono, e anche noi vediamo che loro due si vedono. Tutti sanno che è meglio evitare di frapporsi a quest'intreccio di sguardi. C'è qualcosa di straordinariamente intenso nella scena, nel modo in cui due magnifici adolescenti sono attratti l'uno dall'altra. E poi ci sono degli scambi di battute, come quando Bennett si dice particolarmente grato del fatto che quest'anno i genitori di Merry siano andati a un cocktail, e

Merry si dice grata del fatto che abbiano imprudentemente "lasciato aperto il mobile bar, wow, come è potuto accadere?" Lei gli racconta anche che la signora Carter, la professoressa che avrebbe dovuto fare da chaperon alla festa, ha chiamato dicendo che un'emergenza sanitaria le avrebbe impedito di assolvere al suo impegno. Dopo questo scambio di battute, i due ballano un lento, l'una con la testa sulla spalla dell'altro, ed è una scena adorabile, e Madison McDowell e Zimri Enderby, così come tanti altri telespettatori, sono quasi certi che la puntata sia destinata ad avere un lieto fine. Sembra quasi che Bennett Adams non dovrà tormentarsi per il resto di queste infauste vacanze scolastiche. Forse potrà dimenticarsi del cartello della droga che ha lasciato Edwin all'angolo di una strada dandolo per morto, e dell'eredità dell'assenza di suo padre, e dei problemi economici che la madre deve affrontare, e di altre forze troppo oscure perché lui sia in grado di comprenderle. Merry Burns lo prende per mano, e insieme cominciano a salire le scale.

Madison scivola sul pavimento nei suoi pantaloni di seta, e striscia verso il punto in cui è seduto Zimri, e gli dice che è sexy per essere un ragazzo dello Utah, e durante l'ennesimo stacco pubblicitario i due si abbandonano a loro volta a un abbraccio proibito. E prima ancora che lo stacco finisca, lui l'ha sollevata dal pavimento, in modo che non si impolveri ulteriormente i pantaloni, per portarla lungo il corridoio fino in camera da letto.

Se la madre di Annabel, la psicologa, dovesse esprimere un giudizio sulla sessualità così come viene dipinta in televisione, direbbe che l'eccessiva sdolcinatezza di questa sessualità è destinata a generare grandi aspettative, e non solo tra i giovani, per i quali è quasi una questione di principio immaginare che, quando finalmente si spoglieranno con i loro fidanzati, la terra tremerà, avranno nelle orecchie il rumore di razzi che decollano, oppure proveranno un amore travolgente e inebriante, un amore che dà più dipendenza dell'eroina, e che questo sentimento d'amore suscitato dal mescolarsi dei fluidi corporei non li lascerà mai, finché la morte non verrà a ghermirli. I personaggi maschili che compaiono in televisione, va da sé, spiccano per la loro tendenza ad abbandonare i personaggi femminili. Questa è una delle certezze della televisione del giorno d'oggi. Il maschio è spesso un mascalzone. Al contrario, è assolutamente inconcepibile che la protagonista femminile sia una libertina, ed è altresì impossibile che una ragazza giochi con i sentimenti del maschio, secondo la psicologa, e ciò in virtù di una qualche maldestra misura per contrastare la discriminazione delle donne, anche se forse non è nemmeno questa la cosa peggiore. Persino gli adulti, stando alla psicologa, corrono infatti dei rischi quando assistono a simili duelli amorosi. È infatti possibile che provino una fitta di gelosia, dopo lunghi decenni di sessualità adulta in genere dai toni più smorzati e pacati. Ciò di cui la televisione ha bisogno, secondo Deborah, la psicologa, è *più* sesso, non meno sesso. Sesso a palate, ma di una sessualità che risplenda in tutte le sue sfumature e che non si limiti a questo ragazzo che insegue una ragazza su per le scale, che si infila a letto e che tira su le coperte per poi darci dentro nella posizione del missionario. Ciò di cui la televisione ha bisogno è sesso insoddisfacente, ha bisogno di eiaculazioni precoci e di donne che perdonano i loro uomini per le eiaculazioni precoci, e ha bisogno d'impotenza, d'impotenza a palate, ha bisogno di vagine che non si bagnano, ha bisogno di lubrificanti, ha bisogno di Viagra, ha bisogno della pornografia come supporto matrimoniale, e ha bisogno di altri esaltatori delle prestazioni, di vibratori, e forse anche di dildo. Interi episodi dedicati a queste cose. Quante volte un dildo viene menzionato in televisione? Credete davvero che la Convenzione Battista del Sud non sarebbe disposta a chiudere un occhio, di fronte alla Commissione Federale per le Comunicazioni, per un dildo o due? Nessuno può farsi male con un dildo, a meno che non si tratti di ragazzini che li adoperano su se stessi senza un'adeguata preparazione, o di gruppi di ragazze che usano questi aggeggi con due diverse terminazioni non sapendo come vanno usati.

"Stai zitta, mamma," dice Maximillian alla madre.

La telecamera inquadra un paio di gatti all'interno della villa dei Burns. E il caso vuole che questi gatti si trovino nella stanza in cui si sono appartati i due giovani amanti e che stiano facendo la lotta, come di solito fanno i gatti, colpendosi a vicenda sulla testa con le zampe. Per un attimo i gatti si bloccano, poi schizzano fuori dall'inquadratura e poi rientrano. Sentiamo le concitate esortazioni di Merry Burns nel letto, e poi sentiamo qualcos'altro. Sentiamo qualcosa di profondamente diverso; sentiamo qualcosa di *quasi belluino*...

"Lo *sapevo*," dice Annabel. "È perché è nero. Tutti gli altri riescono a far sesso in questo programma, ma lui non riesce a far sesso solo perché è nero. Non c'è mai una scena con personaggi neri in un negozio o da qualche altra parte, oppure mentre discutono di politica. Sono sempre e solo dei mutanti."

"Annabel!" dice Max, che, sebbene aspramente critico nei confronti della cultura televisiva e delle sue lusinghe, è quello che sta prestando maggiore attenzione al programma. Il reverendo Duffy, noto per aver tratto spunto da *I lupi mannari di Fairfield County* per i suoi sermoni, sta dormendo profondamente. E Tyrone, che non ha detto nemmeno una parola su quanto sta accadendo, è concentrato sul libro che ha in mano. "Almeno c'è Edwin, che è nero ma non è un lupo mannaro."

Non ancora, almeno.

La metamorfosi, una delle cose che inizialmente distingueva *I lupi mannari di Fairfield County* dagli altri programmi, è diventata ormai talmente prevedibile che è difficile arricchirla di un tocco di novità. La metamorfosi dell'uomo in lupo, in questa quarta stagione, non è altro che un'assurdità digitale. Il solito makeup che si trasforma gradualmente attraverso le solite, scontate, fasi. Ciononostante Christine Katz, produttrice de *I lupi mannari di Fairfield County*, ha fatto in modo di tenere in serbo per ogni nuova stagione un piccolo perfezionamento della metamorfosi. I fanatici del programma sanno che il grande momento della metamorfosi perfezionata sta per arrivare. Ed è di domenica, nel corso della puntata del Giorno del Ringraziamento, che la novità verrà fuori. Dunque: Bennett Adams, proprio come sua madre Felicia, *è* un lupo mannaro, ed è stato l'attimo dell'orgasmo a provocare in lui la trasformazione. Forse l'ignaro telespettatore non avrà la certezza assoluta che si tratti di un orgasmo, anche se in realtà è proprio di questo che si tratta. La scena è di grande impatto, quasi maestosa: il modo in cui Bennett inarca la schiena staccandosi dal corpo adagiato, gemente di piacere di Merry Burns, e il modo in cui distende le braccia, perché è anche della propria verginità che lui si sta sbarazzando, e della propria innocenza; e naturalmente l'ironia insita in ogni deflorazione consiste nel fatto che il corpo sa sempre ciò che sta facendo, il corpo conosce e ama il momento di questa sua nuova consapevolezza, come se lo conoscesse da sempre; il corpo ama l'esibizione della propria animalità, e questo è particolarmente vero nel caso del povero Bennett Adams, il quale non solo conosce e ama l'aspetto animale dello zampillo del proprio seme, ma, nell'esatto istante in cui sta venendo, si accorge del pelo ispido che sembra spuntargli sul volto *istantaneamente*: non poco per volta, come nei classici telefilm sui lupi mannari degli anni Cinquanta e Sessanta, ma in un colpo solo. Ed è questo il nuovo, grandioso effetto speciale della puntata. Bennett urla simultaneamente con la propria voce e con quella del lupo. Ciascuna è un riflesso dell'altra, e poi, sempre tutto d'un tratto, la sua maglietta, la sua polo così da bravo ragazzo, quella che aveva ancora indosso all'inizio della scena d'amore, la polo che sua madre gli ha stirato, si lacera in pezzettini piccoli come coriandoli, con alcuni brandelli di tessuto che gli restano attaccati al corpo mentre gli altri volano per la stanza. Il suo vecchio corpo è come una piñata da cui fuoriesce un corpo nuovo. E Bennett si rende conto che è accaduto qualcosa di terribile, e che lui non è solo un ragazzo che ha conosciuto i recessi segreti di una ragazza; e si rende conto, di colpo, di essere una *cosa*, non un ragazzo, ma una *cosa*, e in quanto cosa deve fuggire, e il posto adatto a tutti gli animali è la natura, la natura selvaggia, e non una qualsiasi villa poco distante dalla strada in cui abitava Martha Moxley.[17] Non ha neppure i pantaloni addosso, ovviamente, non ha niente addosso, ma è un lupo, e la nudità non è qualcosa di cui un lupo mannaro debba vergognarsi, e così scende dal letto e dalle scale trotterellando fino al centro della festa, che a quest'ora più o meno tarda ha ceduto il passo a un ebbro languore. Non è il vorticoso carnevale che vediamo solitamente rappresentato in televisione, quanto piuttosto una cosa pigra, goffa e inerte, nella quale i ragazzi, troppo ubriachi per offrire una prestazione dignitosa, fanno proposte indecenti a ragazze troppo ubriache per rifiutare, e il lupo mannaro trotterella in mezzo a loro, e i pochi ancora svegli o abbastanza vigili da rendersi conto di avere appena visto qualcosa di sovrannaturale si stropicciano gli occhi con un'aria, tutto sommato, niente affatto sorpresa.

La moglie di Vic Freese, Lisa, durante lo stacco pubblicitario dice: "Sai, non sopporto che tu, di punto in bianco, abbia cominciato a prendere appunti per tutta la durata del programma. Non potremmo

[17] Martha Moxley era una liceale che, nel 1975, venne assassinata a Greenwich, in Connecticut. (*N.d.T.*).

starcene semplicemente seduti qui a guardare la trasmissione? Una volta la guardavi perché era divertente, mentre adesso te ne stai lì seduto a prendere appunti, come se per te la televisione non fosse altro che un'occasione per lavorare. Se non riusciamo a starcene seduti vicini e a passare una serata tranquilla insieme, come un tempo, allora che senso ha? Ora non fai che parlare dell'agenzia, dell'agenzia di qua e dell'agenzia di là, e di come tutti siano invidiosi del tuo successo e di come ti vogliano rubare quella puttanella adolescente della tua cliente. E cosa mi dici, invece, dei bambini? E cosa mi dici di me? Ti preferivo quando eri un fallito, se devo essere sincera. Ti preferivo quando dicevi che il lavoro che facevi era una cosa da nevrotici, e che tutti quelli che lavoravano nella tua agenzia erano dei nevrotici che non si divertivano mai e che sarebbero morti giovani. Morirai giovane anche tu? Adesso che sei Mister condirettore del dipartimento televisivo? O vuoi restartene lì seduto a prendere appunti senza neanche ascoltarmi mentre ti parlo? Non me ne frega niente se sveglio i bambini. Voglio l'uomo con cui uscivo da ragazza, l'uomo che ho sposato. Era dolce e gentile e giocava a minigolf, e credo che anche i bambini vogliano quell'uomo, e non uno che non torna mai a casa o che arriva dopo che loro sono già andati a letto, e che poi, quando finalmente è ritornato, non fa altro che accendere la televisione, cominciare a prendere appunti e parlare concitatamente nel dittafono. È questo che vuoi? È questo che vuoi veramente? Essere così? Scordatelo, non me ne frega niente di quello che succede, non me ne frega niente se il lupo mannaro si prende la ragazza, e non me frega niente di quello che succederà alla tua miniserie. Io vado a letto."

La regista del documentario sulla famiglia Duffy fa di nuovo una panoramica sui presenti, mentre gli ultimi quattro minuti della puntata hanno inizio. Ora lei è una dei protagonisti del proprio melodramma. Sebbene la cosa non sia stata ancora resa pubblica. Ha anche lei il suo segreto multigenerazionale, un segreto che non ha ancora rivelato alla famiglia americana, un segreto che aleggia intorno a lei all'interno del tableau della famiglia americana. È un segreto malinconico, a dire il vero, un segreto indesiderato, e tuttavia, forse, è anche un segreto pieno di speranza, questo segreto del concepimento. Persino in un momento così critico, un momento in cui il futuro del fratello è incerto, l'esito delle elezioni è incerto e la sua situazione professionale è piuttosto incerta, gli spermatozoi addetti al trasporto dei cromosomi, in presenza delle condizioni adatte e nonostante la frequente impotenza del padre, porteranno nondimeno a termine la propria prova di resistenza natatoria e sfonderanno le pareti della cellula uovo, per quanto tutti continuino a dire che la pillola anticoncezionale sia efficace al novantanove per cento. La riempie di malinconia il fatto che Thaddeus non risponda al cellulare, il fatto che se la sia evidentemente svignata in California, perché è questo che si vocifera, prima di filarsela in Marocco a girare la sua epopea di cappa e spada, e il fatto di non sapere neanche come dirgli dello spermatozoo e della sua missione compiuta. Ma, dato che non gliel'ha detto, dato che non ha ancora confidato a nessuno l'idea che potrebbe anche tenersi il piccolo feto con una star di film d'azione come papà, questa non le sembra altro che una buona notizia, come se in qualche modo dovesse rivelarsi gradita a tutte le generazioni della famiglia; in qualche modo hanno bisogno l'uno dell'altra, anche se non si sopportano, e il piccolo feto ha bisogno che tutti lo o la lascino in pace, e che gli o le diano un po' di tempo affinché possa trasformarsi dalla mera possibilità di una personalità in una persona reale. Per il momento, la migliore espressione dell'amore è l'eventualità che nasca un bebè di sangue misto, pensa Annabel davanti alle sagome dei membri semicoscienti della sua famiglia, mentre in soggiorno lei officia il proprio rito con la videocamera.

Sarà un documentario fantastico, con ogni probabilità decisamente migliore della sceneggiatura sulla moglie del Marchese de Sade, e la caratteristica di questo documentario che rivoluzionerà il modo di fare cinema sta nel ritmo. Invece di un sacco di cose che succedono in continuazione, la regista da poco incinta ha scelto un approccio statico, come nei film d'avanguardia. Ci saranno lunghi spezzoni in cui non accadrà praticamente nulla. Il documentario avrà ambizioni mimetiche. Tenterà di ricreare i ritmi di una vera vita famigliare, quei lunghi periodi tra una rivelazione e l'altra nei quali non troverà spazio la struttura manipolativa e semifascista delle trame di Hollywood e dei serial televisivi contemporanei. È questo particolare genere di opere fasciste che provoca il disturbo da mancanza di attenzione nel pubblico, e che probabilmente ha provocato anche quel picco nel tasso di autismo del quale tutti parlano. Ed è per questo motivo che la regista da poco incinta indugia sulla sagoma assopita del reverendo Duffy, dal quale ci si può aspettare che se la dorma nel corso di qualsivoglia programma televisivo postprandiale. Esprime sempre giudizi inappellabili a proposito di quello che guardano: *no* alle commedie, *no* ai film per adolescenti, *sì* alla Provenza, alla Toscana e a qualunque altra cosa dotata di una sigla musicale classicheggiante. Ma una volta manifestato il proprio interesse per il contenuto, il reverendo non riesce a rimanere sveglio per più di un quarto d'ora, e spesso il volume deve essere alzato in modo che gli altri riescano a sentire qualcosa oltre al suo russare.

Gli altri parlano liberamente, a dispetto dell'uomo di Dio sonnecchiante, ma prima che la regista da poco incinta possa catturare il tenore della loro conversazione, il programma ricomincia, con lo sfarfallio del monitor che gioca con i volti dei suoi famigliari.

Ciò che vedono è Felicia Adams di mattina. La mattina dopo il Giorno del Ringraziamento, in cucina, all'alba, mentre tenta di riordinare la casa prima che gli altri si sveglino. Improvvisamente, sente la porta di casa aprirsi. E lì trova il figlio maggiore che si regge i brandelli di un asciugamano intorno alla vita in modo da nasconderle la sua nudità edenica. Il primo piano sul volto di Felicia cattura il lento susseguirsi di ipotesi circa le possibili cause delle condizioni del figlio. Dev'essersi cacciato in qualche guaio insieme ai suoi amici. Dev'essersi messo nei pasticci con una ragazza. O dev'essere... Ciò che salta all'occhio è il tempo che Felicia impiega per capire, se si tiene conto del fatto che il pensiero deve esserle sempre ronzato per la testa. Ma il peggior sordo è colui che non vuol sentire. E, a quanto pare, lei si era sforzata di pensare a qualunque altra cosa fuorché alla possibilità che suo figlio avesse in sé il gene lupesco, così come farebbe ogni madre.

"Mami," dice Bennett, "stanotte mi è successa una cosa terribile. Non so neanche... Non so neanche come dirtelo. Sono troppo spaventato, e non so che fare."

E ora assistiamo alla classica scena Madonna-col-Bambino, scena che ha luogo nel corridoio dell'appartamento, nel punto in cui di recente Vern si era disteso per corteggiare la carcassa di un tacchino. Entrambi si lasciano scivolare sul pavimento, e il ragazzo singhiozza come se fosse ancora un bambino imprigionato nel corpo in crescita di un adolescente. Ha le mani e le braccia piene di sangue, una quantità di sangue che nessuno dovrebbe esser costretto a vedere, e men che meno un ragazzo giovane come Bennett. La madre lo lascia piangere ancora un po', mentre lui tenta di descrivere l'indescrivibile: "È successo qualcosa al mio corpo. Ero a casa di Merry e di colpo ha cominciato a succedere qualcosa al mio corpo, e io ero... ero coperto di *pelo*, e poi ricordo soltanto che me ne sono andato dalla festa a... *a quattro zampe*." Dopodiché scoppia in un pianto ristoratore.

Quando si accorge che il silenzio della madre dura da talmente tanto tempo da rasentare l'indifferenza, Bennett Adams alza lo sguardo verso di lei e il sospetto comincia a insinuarsi sul suo volto. Lo sguardo della madre incrocia il suo, freddo e determinato.

"Dobbiamo lavar via tutto questo sangue prima che tuo fratello si svegli," dice. "Andiamo in cucina."

E i due, complici, entrano quatti quatti in cucina, dove lei apre il rubinetto del grande lavandino e immerge le mani del figlio sotto il getto dell'acqua. Con una generosa dose di sapone lava le mani di lui con le proprie, e l'acqua scende a cascata sulle nocche insanguinate, e quest'acqua lascia presagire futuri sviluppi nella puntata della prossima settimana, la puntata sull'idrofobia, in merito alla quale sono state avanzate corpose congetture nella chat dedicata al programma.

"Mamma?" fa lui, e l'essenzialità dell'interrogativo la dice lunga sulle sofferenze dei lupi mannari, dalle loro origini nell'Europa centrale fino al tormento postmoderno, nell'ambito del quadro genetico in evoluzione del nuovo millennio.

"Sì," risponde Felicia.

"Anche tu?" chiede lui.

"Sì," dice lei. Lei sa di che cosa si tratta. L'ha provato anche lei. Anche lei ha sofferto. "Ma adesso non una parola di più sull'argomento. Non una parola di più." E insapona ancora una volta le mani di lui, le lava e le asciuga con lo strofinaccio per i piatti. Ora Felicia accompagna il ragazzo nella sua camera da letto sul retro, nella quale il letto occupa quasi tutto lo spazio disponibile, lo adagia sul materasso e gli rimbocca le coperte.

"Sembra una specie di maledizione," gli spiega. "Sembra una maledizione che si manifesta ogni mese, quando la luna è piena. Ma ci sono dei momenti in cui sembra una benedizione, come se in qualche modo fossi migliore. Conosci il gusto del sangue ancora caldo e pulsante, e questa è una cosa che la maggior parte della gente non conoscerà mai. Adesso sei speciale, perché hai sbranato un animale vivo e l'hai visto morire dissanguato, e perché non devi più prestare attenzione ai confini delle proprietà private, ai politici, alla morale, alle chiese e a tutte queste cose. *Tu* sei la legge della natura. Ma dopo un po' anche questa diventa una maledizione, e allora impari qual è l'unica benedizione di tutta questa storia, e cioè la legge del branco. Adesso il branco è l'unico posto in cui vieni capito. È nel branco che i tuoi errori e i tuoi insuccessi diventano i tuoi pregi. È nel branco che ti puoi togliere da tutti i guai in cui ti sei cacciato. Se non riesci a trovar lavoro, vai dagli uomini e dalle donne del branco. Sono ovunque, anche se non li hai mai visti. Il postino potrebbe essere un membro del branco, e anche la tua insegnante potrebbe farne parte, e anche il tuo dottore, e persino tua madre, anche se fino a questo momento l'hai sempre ignorato." Gli sorride. "Bene, ora è meglio che tu dorma un po', perché stanotte sarai costretto a cacciarti di nuovo nei guai."

Lui è già addormentato. O quasi.

Felicia si alza dalla sponda del letto, si chiude alle spalle la porta della camera e, in fondo al corridoio, si accascia contro il muro, soffocando i singhiozzi e chiedendosi come farà a sopportare anche questo, oltre a tutto il resto. Quanto dev'essere forte una donna?

Titoli di coda. L'annunciatrice ci invita a non cambiar canale.

Al che gli assembramenti di appassionati dentro milioni di salotti, i salotti di una fetta consistente di Occidente, sospirano e cominciano ad allontanarsi dal televisore. Non c'è niente che valga la pena di essere guardato dopo, e in un salotto di Newton, Mass., la regista da poco incinta di un formidabile e innovativo documentario sulla vita famigliare abbassa lo sguardo sul libro che il fratello maggiore non ha mai smesso di sottolineare nel corso di tutta la puntata de *I lupi mannari di Fairfield County*, e ciò che vede è questo:

[redacted] una tale [redacted] sete [redacted]

28

Ci sono giorni in cui l'unica domanda nella sala d'attesa dell'ospedale riguarda il suo stato di coscienza. E tuttavia la vittima non ha alcuna coscienza delle proprie abitudini e opinioni, ha coscienza soltanto del mattone. Il mattone, da parte sua, non ha alcuna coscienza, o così si è spesso portati a credere. E tuttavia ecco qui il mattone che riflette sui suoi effetti. O forse la coscienza del mattone e la coscienza della vittima hanno finito per condividere le proprie percezioni. Per la vittima, la coscienza dell'impatto è perduta. Non così per il mattone. La coscienza del momento dell'impatto, quando la vittima sta parlando al cellulare mentre procede spedita fuori dalla biblioteca o verso di essa, a seconda delle testimonianze, è ancora viva nel mattone, che entrando in collisione con lei, fracassando la parte laterale del suo cranio, è diventato uno strumento di morte; lei è riversa sul marciapiede, il cellulare è schizzato via, e il sangue sgorga copioso dal suo cranio, mentre il mattone cade di lato tornando al precedente stato d'inerzia. Perso per la storia, perso per la vittima, se non che lei sente il mattone che la chiama.

Naturalmente la vittima non sa di essere entrata in collisione con un mattone. Sa solo di trovarsi in una quieta oscurità di durata e proporzioni indefinite. In cui si avvertono dei mormorii, e questi mormorii sono incoerenti e impenetrabili, e appaiono tra segmenti di oscurità ai quali non è associato assolutamente nulla, nessuna variazione, nessuna densità, nessun volume. Ammesso che vengano captate delle parole, dei mormorii, questi vengono uditi da una distanza tale da sembrare più che altro il brusio di un nugolo d'insetti.

Il mattone arriva da un forno di un luogo imprecisato, da una fornace, da un posto in cui abbonda la manodopera necessaria a produrre un mattone, una regione che offre un costo del lavoro di gran lunga più vantaggioso rispetto allo standard di quest'area metropolitana. Il mattone viene dalla Romania, o dallo Yucatán, o da una fabbrica della West Virginia, dove presto le aziende produttrici di mattoni chiuderanno i battenti una volta per tutte. Uomini e donne hanno fabbricato mattoni per quarantacinque anni, ma presto dovranno cercare lavoro nel terziario. Il mattone è fatto d'argilla, e il mattone è stato cotto a temperature elevate, ed è stato sottoposto a un procedimento grazie al quale l'argilla si è compattata e si è pigmentata in una qualche gigantesca vasca di convezione in cui la mistura è stata amalgamata, e in seguito il mattone è stato plasmato e cotto. Il mattone non è altro che terra. Non ha una storia se non nel ricordo, in quanto agente di morte. In questo istante della vita della vittima successivo alla collisione con il mattone, il primo istante che la vittima riconosca in quanto tale, ciò di cui ha coscienza è il mattone.

L'eruzione di colore è terrificante. L'eruzione è dolorosa, e il dolore è associato a questa percezione del mattone e della sua storia. E c'è una parola scritta sul fianco del mattone, dev'esserci una parola scritta lì, questo le viene in mente, una parola che identifichi la fabbrica in cui il mattone è stato prodotto; lei è consapevole del suo desiderio di leggere questa parola, sebbene parole e lettere per lei siano impenetrabili, sebbene non sia sicura di che cosa sia un alfabeto, né se potrà mai leggerne di nuovo uno. Tuttavia, questo nome sul mattone racchiuderà una specie di lezione per lei.

La vittima non ha un nome, e negli intervalli in cui non sente nulla, non prova nulla e non vede nulla, questa anonimia non ha alcuna importanza. Anzi, è una benedizione. Senza un nome, non esiste la consapevolezza che il non sentire, il non vedere e il non provare nulla della vittima siano qualcosa di diverso dall'aspetto particolare di un sistema che non perde mai energia, che non diminuisce mai d'intensità. In un sistema del genere non c'è alcun bisogno di un nome, e quindi la vittima non sa di non avere un nome, né si sente una vittima, se non delle eruzioni di luce e di colore. La luce, associandosi a un'acuta sofferenza localizzata all'interno del cranio, implica il fatto che lei *abbia* un cranio e che non sia semplicemente un mattone con un nome scritto sopra, ad esempio la parola *Utica*. Utica è una parola talmente aggraziata e armoniosa che deve per forza essere il nome di qualcosa. Il nome deve essere qualcosa di diverso dal mattone; deve essere il riconoscimento di un altro sistema di cose, un sistema del quale fanno parte la luce e il suono, e del quale fa parte la processione di insetti, sentita di sfuggita, che bofonchia parole come Utica, che è o deve essere un luogo in cui vengono prodotti i mattoni, e che potrebbe essere o non essere il luogo in cui *questo* mattone è stato prodotto.

Lei non ha che un attimo per notare e valutare la storia del mattone, che è una storia della terra in un luogo chiamato Utica, comunque, dal momento che qui regna l'oscurità, e l'oscurità è priva di durata e di qualità, e quando lei è avviluppata in essa, allora lei *coincide* con essa, solo che non è così, perché il brusio le ricorda sempre di più certe cose, certe parole, sebbene lei non sappia da quale passato provengano queste cose, perché, se lei è un mattone, com'è possibile che si ricordi qualcosa, a parte, ad esempio, la terra? E tuttavia ricorda queste parole, o le sembra di captarle, e queste parole alludono a qualcosa che ha a che fare con un mattone e che ha a che fare con una donna.

Un giorno, da un luogo abbandonato, fa un numero che non si ricorda di aver mai fatto prima. Tutto d'un tratto, per un istante, *vede*, e questo è un evento capitale per la vittima, dato che, quando è un dispositivo vedente, pensa che potrebbe anche non essere un mattone, quanto piuttosto una donna, o quantomeno un'entità unita al corpo di una donna. E ci sono altre cose che sa, nell'istante prima che il sistema si spenga di nuovo. Crede, ad esempio, di sapere cosa sono le coperte.

C'è una cosa che si chiama coperta, e la coperta è blu, perché è questo il suo colore. Il luogo in cui lei si trova, quest'apparato pensante e vedente (il quale potrebbe essere o non essere un mattone o una donna), è *a letto*, e sta guardando una coperta, ed è in questo che la coperta consiste: una cosa stesa su un corpo per evitare che si raffreddi, e chiunque sia colui che stende la coperta sul corpo, ammesso che sia una persona a farlo, è un'entità *gentile*. Qui ci sono anche delle lenzuola, un'altra parola che lei ricorda, e le lenzuola danno una certa sensazione, a seconda di che genere di lenzuola sono, leggere o pesanti. Le lenzuola danno una determinata sensazione quando sono inamidate, rigide, oppure stese sul corpo. Tuttavia la donna ha pensato abbastanza, e così torna a dormire, e questo sonno dura un giorno o forse più, e il sonno comprende forse un frammento di consapevolezza che è forse in parte di veglia e in parte di sonno, e questi frammenti di consapevolezza comprendono forse brandelli di frasi che vengono dette alla vittima, o forse no, o che vengono dette in presenza della vittima da un dottore secondo il quale è giusto parlarle o toccarla, dato che questo potrebbe aiutarla.

Il che implica che nella stanza ci sia qualcun altro. Ci sono delle altre persone nella stanza. La lesione cerebrale provocata dal mattone rende difficile riconoscere queste altre persone o saperne qualcosa, e così lei si addormenta col pensiero delle altre persone, forse dimenticandosene per un giorno intero, così che adesso è lunedì, o addirittura martedì, e lei ha completamente dimenticato che ci sono delle altre persone nella stanza. Ma diventa inevitabile concludere che lei è una mente che si esercita, e nei giorni in cui è addormentata o incosciente comincia ad avere dei compiti da svolgere; uno di questi è inventariare i colori, dal momento che vede spesso dei colori: senape, arancione, ruggine, fulvo, fango, nero.

A cosa serve un mattone? Un mattone serve a costruire. E che cos'è che viene costruito con il mattone? Alcuni tipi di costruzioni. E dove vengono costruite queste costruzioni? In un paese o in una città, di solito. Sono cose elementari, e anche un cervello gravemente leso e sul quale sono stati compiuti diversi interventi chirurgici ha immagazzinato informazioni sufficienti, da qualche parte, per sapere queste cose. I mattoni servono a costruire costruzioni in città e paesi. E chi costruisce le costruzioni? Di solito, le costruzioni vengono costruite dagli uomini. Ci sono uomini con carriole che trasportano i mattoni da un punto all'altro. E ci sono uomini con carrelli elevatori sui quali vengono trasportati da un punto all'altro molti mattoni tutti in una volta, in modo che gli edifici possano essere costruiti con questi mattoni.

Questi mattoni vengono da Utica, e Utica è in Asia. Lei dà per scontato che Utica sia in Asia, e da ciò consegue che molti uomini asiatici abbiano contribuito alla produzione di questi mattoni, e che questi mattoni vengano dall'Asia perché in Asia costano meno, o, meglio, perché laggiù la fabbricazione di mattoni è poco costosa, ed è per questo che i mattoni devono aver fatto molta strada, in quanto lei ritiene che New York, dove immagina di essere, sia molto lontana dall'Asia. Ritiene di essere una donna che si trova a New York, e anche i mattoni si trovano a New York dopo essere arrivati dall'Asia via nave.

Che rapporto c'è tra il concetto di donna e i mattoni? Quando vede di nuovo qualcosa, è in un luogo bianco e verde pallido, e c'è un televisore fissato alla parete, e ci sono queste persone, e queste persone la stanno guardando, e lei è in grado di vedere e di sentire. Le persone la stanno guardando con gli occhi sbarrati, e in queste persone c'è qualcosa di insolito, che tutto subito non riesce a capire. Hanno un'aria insolita, diversa dalle persone che si sarebbe aspettata di vedere nella stanza. La fissano con gli occhi sbarrati. Fissare con gli occhi sbarrati è forse un modo di comunicare? Lei tende le braccia verso l'alto, e loro non riescono, a quanto pare, a credere ai propri occhi. Cominciano a dire qualcosa, e quello che cominciano a dire probabilmente è il suo nome. O almeno lei ritiene che possa essere il suo nome, dal momento che continuano a ripeterlo. Samantha, Samantha, Samantha. Lei non sa nulla di questa parola, e ciò dovrebbe implicare il fatto che si tratti di un nome, dato che un nome è una parola priva di altre associazioni utili. Un nome è una parola che non serve a niente. "Samantha, riesci a sentirci? Samantha?" È possibile che questi siano i suoi genitori? Queste persone piccole e scarmigliate? Che cos'hanno agli occhi? Hanno degli occhi strani. Le viene in mente, dopo un po', che questo dev'essere l'aspetto della gente che viene dall'Asia, ma forse lo pensa soltanto a causa del mattone. Il mattone viene dall'Asia, dopotutto, e quindi adesso qualunque cosa viene dall'Asia. È probabile che anche l'infermiera venga dall'Asia. Tutti vengono dall'Asia.

"Potrei avere un bicchiere d'acqua?"

Pandemonio. L'uomo che forse viene dall'Asia si precipita in corridoio chiamando un'infermiera, e la donna che è rimasta nella stanza corre avanti e indietro ringraziando Dio. Adesso molte cose stanno diventando chiare alla vittima. Ad esempio, c'è una ragione per cui continua a pensare a Utica e alla fabbrica in cui vengono prodotti i mattoni. Ma molte altre cose non le sono ancora chiare, come per esempio se lei sia veramente Samantha e chi sono queste persone. Arriva un'infermiera, poi è la volta di un dottore e infine di un poliziotto, perché proprio un poliziotto non lo sa, e sono tutti nella stanza, e stanno tutti ridendo, e le persone che stavano aspettando, le persone asiatiche, la stanno abbracciando, e la cosa va avanti per qualche istante, finché non si ristabilisce la calma, e allora il dottore le chiede il permesso di visitarla. Non riuscendo a trovare un'altra risposta, lei accetta.

Lui tira fuori una specie di piccola pila agganciata alla sua camicia, e le dice che le punterà la pila negli occhi, e così fa, e la luce è talmente intensa che sembra che illumini persino i punti più oscuri del suo corpo. Lei chiude gli occhi. Lui le chiede di aprire gli occhi e lei li apre, e lui le punta la pila contro, e lei richiude gli occhi. Lui dice va bene andiamo avanti. Le chiede di stendere le braccia. Lei stende le braccia. Le chiede di chiudere gli occhi e di toccarsi, per favore, il naso. Lei non sa cosa intenda dire, davvero, e tuttavia tenta di toccarsi il naso, ma sfortunatamente le sue mani vanno a vuoto, le sue mani sembrano prive di una forza capace di guidarle, di una volontà. Dopo il suo tentativo di fare ciò che le hanno detto di fare, sulla stanza cala il silenzio, e lei capisce di non aver superato questo test. Il dottore le chiede di voltarsi sul fianco, in modo da poter vedere i suoi piedi, e le chiede di chiudere di nuovo gli occhi. Le chiede se riesce a sentire questo e quello, e lei si domanda cosa stia facendo, perché riesce a sentire qualcosa ma non è sicura di cosa, e non è nemmeno sicura del punto sulla superficie del proprio corpo che dovrebbe essere interessato.

Il dottore si presenta e le dice il proprio nome, al che lei risponde: "Lieta di fare la sua conoscenza."

"Può dirmi perché si trova qui?"

"Dove mi trovo?"

"In ospedale."

"Perché sono in ospedale?"

"Ha avuto un incidente," risponde il dottore. "E, per il momento, vorrei sapere se ricorda qualcosa di prima dell'incidente. Ho ragione a pensare che non si ricorda molto di quel periodo?"

Le domande le sembrano difficili. Devono essere domande trabocchetto. Lei pensa che ci siano risposte corrette e risposte errate, e anche risposte corrette ed errate allo stesso tempo, e risposte che hanno a che fare con Utica, con l'Asia, con i mattoni e con le donne, ma è terrorizzata all'idea di poter dare una risposta sbagliata e all'idea che queste persone possano capire quanto sia grande la sua incertezza nei confronti delle domande, e così si mette a piangere. Le lacrime sono involontarie e lei non fa nulla per nasconderle, e vedendo le lacrime il dottore le dice che dovrebbe riposarsi. E il riposo non è un dolce intervallo nella giornata, un sonnellino tranquillo e rilassante, ma è come una malattia, cosa che evidentemente è, perché, senza neppure avere il tempo di accorgersene, eccola di nuovo in un luogo che non è un luogo, indeterminato e caratterizzato dall'oscurità; in questo luogo adesso ci sono delle emozioni, e le emozioni si avvicendano caoticamente dentro di lei: frustrazione, noia, tristezza, apprensione. Vale la pena notare che non prova mai emozioni piacevoli.

Perché non può essere semplicemente felice di avere una coscienza e del fatto che la sua coscienza sia separata, come adesso si rende conto, dalla coscienza del mattone? Perché non è contenta di non essere un mattone? Mercoledì potrebbe essere il giorno in cui sentirsi contenta di questa cosa, ma mercoledì è anche il giorno in cui cominciano a dare per scontato che lei resti sveglia con una certa regolarità, e dato che è sveglia, adesso pensano che dovrebbe fare qualcos'altro oltre a dormire, mangiare e guardare quell'orribile televisione sul muro. Non sa cosa ne pensasse prima, ammesso che ci sia stato un prima, ma sa di odiare quell'aggeggio, dal momento che in televisione tutto assomiglia all'esplosione di luci nella sua testa, e quell'esplosione è stata così violenta che spera di non dover provare mai più una cosa simile; meglio dormire. Tuttavia ogni giorno, ogni minuto, la televisione è come un'esplosione di luce, e alla fine di ciascuna di queste esplosioni sembra che qualcuno venga riempito di botte, di proiettili o di bastonate, a meno che non venga arrestato dalle autorità.

Nel frattempo, la tortura prevista per oggi è la tortura che chiamano fisioterapia. Hanno intenzione di portarla al piano in cui si fa esercizio fisico per vedere quel che riesce a fare. E questo perché lei ha tentato di raggiungere da sola il bagno della sua stanza semiprivata. Dunque, arrivano un paio di infermiere e la raddrizzano, e lei le cinge con il braccio, e loro la aiutano ad alzarsi dal letto e a infilarsi una vestaglia, e adesso i suoi piedi toccano terra, e una delle infermiere dice che cammineranno fino alla porta, e lei deve solo mettere un piede davanti all'altro, per il momento questo è il suo unico compito. Sembra così facile quando viene detto in quel modo.

Una delle infermiere dice: "Sei il nostro piccolo miracolo, lo sai?"

La vittima dice: "Cosa?"

"Siamo così felici che tu possa alzarti e camminare, Samantha. Sei il miracolo dell'ottavo piano."

"Grazie," risponde lei. "Credo di sì." E pensa che dovrebbe abituarsi al fatto che il suo nome è Samantha. Nessuno sembra chiamarla in altro modo.

Camminare è più difficile di quanto non le avessero detto. Il fenomeno dell'equilibrio sembra una specie di magia. È qualcosa che le persone imparano o è una capacità innata? Perché, quando le infermiere allentano la presa su di lei, nei tredici passi fino alla porta, dove sembra che ad attenderla ci sia una sedia a rotelle, lei scivola di lato, crolla e viene colta da un tremendo capogiro. Le vertigini la sopraffanno, le sue gambe non fanno quello che dovrebbero, e lei comincia a tremare davanti alla difficoltà del compito. Dove sono quelle persone, quelle persone che devono essere i suoi genitori? Sono sempre qui, ma non oggi. Perché non assistono ai suoi sforzi?

Nonostante ciò, ci sono delle cose in corridoio. E si vedono delle persone. Ad esempio, c'è un poliziotto che sembra sorvegliare la sua stanza e solo quella, anche se lei non sa perché, e sebbene stia probabilmente pensando ad altro, le sorride sempre. Le sorride quando lei riesce a uscire dalla stanza e ad affacciarsi in corridoio, e le dice: "Sei in gran forma." E c'è qualcosa nell'agente che inizialmente dimentica, ma che poi ricorda. L'agente è un agente afroamericano. Anche alcune delle infermiere sono afroamericane. Come ha potuto dimenticare una cosa simile?

Tutti sembrano contenti di vederla sulla sedia a rotelle. Lei è il genere di persona che la gente è felice di vedere fuori in corridoio. In effetti la gente la fissa, cosa che le fa venire in mente che dovrebbe sapere che aspetto ha. Deve apparire molto bella o orribile, se tutti la stanno indicando. Ma non ha davvero tempo per pensarci. Non fa neppure in tempo ad accorgersene che già si è addormentata. Proprio lì, sulla sedia a rotelle.

Durante la notte, nella totale oscurità, ha tempo per pensare, e capisce che nel fatto di essere afroamericani c'è qualcosa di importante. Si deve ricordare di guardarsi quando ne avrà l'occasione, perché continua a dimenticarsene.

La volta successiva in cui si rende conto di che giorno è, è durante il weekend, e davanti a lei c'è il vassoio della colazione. Com'è possibile che sia sveglia da ore e non se ne sia accorta? Ha mangiato metà della colazione, e forse ha persino fatto quattro chiacchiere prima di rendersene conto. Come fa a mangiare questo cibo disgustoso? Sente dolore dappertutto, e deve esserle accaduto qualcosa di terribile, perché non è sempre stata così. C'è stato un altro tempo, prima di questo tempo, e c'è stato un altro sé, prima di questo sé, e c'è stata una Samantha che non era questa Samantha, e di conseguenza adesso chiede alla donna che è spesso accanto al suo letto: "Raccontami cosa mi è successo. Voglio sapere cos'è successo."

La donna guarda il marito, ed è così che la vittima capisce che questa donna deve essere sua madre, dato che, pensa, una madre è una persona che non vuole dare una brutta notizia a una persona che ama, ed è evidente che la vittima è la persona che questa donna ama, e quindi questa donna deve essere sua madre, dal momento che la madre sembra talmente affranta all'idea di dover raccontare alla vittima quanto le è accaduto che cede la responsabilità al padre, il quale mette da parte il giornale, essendo un uomo che dedica molto tempo alla lettura del giornale, e quindi l'uomo deve essere il marito della madre. Un padre è una persona che dà le brutte notizie.

"Stavi camminando per strada e qualcuno ti ha aggredita," dice. "Sei stata colpita alla testa."

"Come sono stata colpita alla testa?"

"Sei stata colpita con un mattone o forse con un blocco di calcestruzzo," dice il padre. Sembra che dirlo lo rattristi.

"Dove stavo andando?"

"Stavi andando in biblioteca."

"Perché stavo andando in biblioteca?" chiede lei, poiché adesso ha un sacco di domande da fare. Ogni domanda pare incalzarla a precipitarsi in svariate direzioni, e ciascuna di queste domande genera ulteriori domande.

"Stavi andando a leggere," dice lui, "o stavi andando a fare delle ricerche. Non sappiamo esattamente perché tu stessi andando in biblioteca. Pensiamo che stessi andando a fare delle ricerche per un progetto a cui stavi lavorando."

"Andavi sempre in biblioteca," aggiunge la madre. Le due persone asiatiche adesso si sono alzate dalle loro sedie, come se il sollevarsi dalle rispettive sedie fosse una specie di balletto sincronizzato preparato in vista di questo momento. La madre prende la mano della vittima.

"E poi che cos'è successo?" chiede la vittima, perché è questo quello che vuole sapere. Come fa qualcosa a provocare un altro avvenimento? Come fa un evento a trasformarsi in un altro evento, come quando un mattone diventa una specie di nemesi? O è solo un disturbo della sua mente, il credere che una cosa conduca sempre a un'altra cosa? Certi giorni si sposta dalla sua stanza al corridoio, e dal corridoio all'ascensore, e dall'ascensore a un altro piano, dove deve tentare di camminare e di muovere le proprie membra in modo coordinato, e la complessità di tutto ciò non fa che suscitare la sua meraviglia. Perché ci sono così tante persone che si aggirano frettolosamente per l'ospedale, e per queste persone, come per le persone che in ospedale si stanno ristabilendo, esistono tutte queste cause ed effetti. Cose che provocano altre cose.

"Dopo il mattone," dice lei.

"Eri gravemente ferita, e naturalmente qualcuno ha chiamato un'ambulanza."

"Voglio vederla," dice lei.

"Che cos'è che vuoi vedere?" le chiede la madre.

"Voglio vedere che aspetto ha la mia testa," dice lei, dato che adesso ha capito che le è stata tenuta nascosta. Hanno atteso il momento in cui sarebbe stata abbastanza forte per vederla. È da molto tempo che loro sono a conoscenza della vicenda, della vicenda del mattone, e hanno dosato con parsimonia i frammenti della vicenda, e ne hanno discusso quando credevano che lei non fosse cosciente o fosse addormentata. Per un certo periodo non è stata in grado di venire a conoscenza della vicenda che le era capitata, quando quelle due persone che sono i suoi genitori ne erano i depositari, e tenevano nascoste certe cose perché c'erano molte cose che lei avrebbe potuto sapere ma che non era pronta a sapere. Ora è pronta.

"Non voglio che me la teniate nascosta. Voglio sapere che aspetto ha."

La madre lancia al padre un altro di quegli sguardi affranti, e poi comincia a rovistare in una borsa appoggiata accanto alla sua sedia. La parola viene in mente a Samantha ancor prima che la madre tiri fuori l'oggetto in questione, e la parola è *specchio*.

La vittima dice: "So tutto del mattone. Sono venuta a saperlo. Il mattone viene da Utica, che si trova in Asia."

La madre e il padre si scambiano un'occhiata, e poi il padre si avvia verso la porta, ma la vittima scuote la testa, perché non vuole che venga il dottore e non vuole che sia posta alcuna limitazione al copioso flusso di questo catechismo. Vuole un libero scambio di informazioni perché sa che presto si riaddormenterà, e fintanto che è sveglia, durante questa fugace giornata, ne vuole conoscere la tragicità. Il padre resta ai piedi del letto mentre la madre estrae dalla borsa l'oggetto noto come "specchio", e adesso è accanto a Samantha, e Samantha afferra lo specchio, e lo muove da una parte all'altra nel tentativo di metterlo in una posizione che le consenta di vedere la propria testa, ma lo specchio continua a essere rivolto in direzioni sbagliate. Vede il muro alle proprie spalle, vede la tenda che la separa dalla compagna di stanza in attesa di un intervento chirurgico. Non riesce a tener fermo lo specchio, lo specchio è volubile, e lei prova un'emozione, un'emozione nota come rabbia, e ordina alla madre di tenerle fermo lo specchio. Ha bisogno che qualcuno lo tenga in modo che lei possa vedersi, dato che le sue mani non funzionano, non come dovrebbero, e nel suo corpo nulla funziona come dovrebbe. È un'attrezzatura inservibile, questo corpo, è un *casino*, come dice alla madre. "Ora tieni fermo lo specchio in modo che io possa vedere e non dire una parola", e la madre deve allungare la mano dietro di lei, dall'altra parte della sua testa, perché la cosa è sul lato destro della sua testa, perché il mattone ha colpito il lato destro della sua testa, perché chiunque si sia servito del mattone era alle sue spalle, e lei è stata spinta a terra, e il suo cervello è schizzato fuori dal lato destro; naturalmente il suo cellulare è stato scaraventato lontano, e adesso lei, il mattone e la rabbia sono una cosa sola, e lei riesce a vedere, riesce a vedere che le hanno rasato i capelli a zero, e riesce a vedere che è tutta una cicatrice e un punto, e la cicatrice le corre lungo tutto il cranio, dalla fronte verso la nuca e di fianco, fino all'orecchio, e la forma della sua testa è irregolare intorno alla cicatrice, e qua e là ci sono delle protuberanze, e non è né una testa tonda né una testa liscia, e la sua testa non ha la forma di una testa, ha la forma di un casino. La sua testa sembra uscita da una macelleria.

Nota anche che i suoi occhi sono strani. Che è asiatica.

"Di che genere di nazionalità sono?"

"Sei cinoamericana. I tuoi nonni venivano dalla Cina."

"Chi è stato a farmi questo?"

È la domanda a cui queste persone non sono pronte a rispondere. La domanda su chi sia stato a farle questo. Come la domanda sul perché non sia morta. Adesso sa che queste sono le domande a cui loro non sanno dare una risposta e delle quali non vogliono parlare. Forse è una caratteristica tipica dei cinesi, il non voler discutere di cose delle quali è doloroso discutere. Forse prima anche lei era una persona che tollerava una simile reticenza. Non ricorda. Ma ora non la tollererà. Sa quali domande porre perché si sente male quando le pone. Si sente come se la stanza stessa volesse urlare.

Ancora una volta tocca al padre rispondere. "Non sappiamo chi sia stato a farti questo. Credevano di sapere chi è stato a farti questo, ma adesso non ne sono più tanto sicuri."

Questo accade di lunedì, o almeno così crede lei. Domani si sveglierà e farà altre domande, e loro non vorranno o non potranno rispondere.

Dovrà subire altri interventi chirurgici? Non lo sanno. Cosa c'è che non va nel suo cervello? Ha avuto vari ictus. Quando sarà di nuovo in grado di camminare? Non lo sanno, ma deve continuare a provarci. Che cosa c'è che non va nelle sue braccia? Ha una sindrome da tunnel carpale dovuta al digitare sulla tastiera. Cosa faceva prima? Lavorava in una galleria d'arte. Potete spiegarmi che cos'è l'arte? Be', l'arte è una categoria del comportamento umano priva di qualsiasi scopo. L'arte è ciò che la gente fa per descrivere le aspirazioni umane. Perché mi interessavo all'arte? Tua madre e io non sappiamo perché tu ti interessassi all'arte, dato che noi non ne capiamo un granché. Tuo nonno lavorava in una lavanderia, e io ho lavorato come contabile per far sì che tu potessi andare all'università. E quando sei andata all'università, allora hai cominciato a interessarti all'arte. Tu ci hai insegnato molto sull'arte, continua il padre, ma fino a quando non sei diventata grande noi non ne sapevamo niente. Era qualcosa che appendevi sopra il divano, se avevi la fortuna di avere un divano. Ci portavi a vedere i quadri, dice suo padre, e ci portavi a vedere le fotografie, ed erano così difficili e potenti che non sapevamo a cosa paragonarli. Che genere di arte mi piaceva? Non sappiamo come descrivere l'arte che ti piaceva. Ti piacevano cose molto moderne. Invece a noi piacevano cose molto antiche, cose che ci ricordavano la Cina. La gente con cui lavoravi può spiegarti tutto sull'arte. Come posso mettermi in contatto con loro? Potresti telefonargli. Chi erano i miei amici? I tuoi amici erano gente che hai conosciuto alla galleria e ai tempi dell'università. Noi non abbiamo conosciuto molti tuoi amici. Perché no? Perché preferivi non portarli a casa per farceli conoscere. Ero innamorata? Non crediamo che tu fossi innamorata. Siete sicuri? Non crediamo che tu fossi innamorata. Per un po' hai avuto un fidanzato, ma poi questa storia è finita, come spesso accade quando si è giovani. Perché dici così? Perché i giovani non capiscono l'amore.

Sua madre dice: "Non dirle queste cose. È malata."

E suo padre dice: "Perché non dovrei dirle queste cose? Non ho intenzione di addolcirle la pillola mentre impara quello che deve imparare, altrimenti si farà delle idee sbagliate."

Samantha ha altre domande. Era una persona felice? Di solito era una persona felice. Ed era felice da bambina, ovunque sia cresciuta? È cresciuta nei sobborghi a est di Filadelfia e, sì, era una bambina felice, anche se un po' timida. Chi è stato il suo ultimo fidanzato? Perché riesce quasi a ricordare, riesce a ricordare qualcosa di lui, o almeno riesce a ricordare qualcosa che ha a che fare con lo stare accanto al suo corpo, con un corpo accanto al proprio, e riesce a ricordare qualcosa della gioia di stare accanto a un altro corpo, e qui in ospedale non c'è niente di simile, perché, anche se è pieno di persone e di famiglie, è un luogo solitario. Il suo ultimo fidanzato, le viene detto, era un imballatore e un corriere che trasportava opere d'arte. E cioè, come suo padre sembra voler dire malgrado la diplomazia della madre, guidava un camion. Quando si sono conosciuti i suoi genitori? I suoi genitori si sono conosciuti molto tempo fa. Perché non ha fratelli? Perché non sono riusciti a concepire altri figli. E i suoi genitori si amano ancora? Ma certo. E perché in ospedale, ovunque lei vada, tutti la fissano? Perché i giornali hanno parlato molto di lei. E perché i giornali hanno parlato di lei? Per la natura del reato. E i giornali parlano ancora di lei? Ogni tanto. E chi è la persona che la polizia credeva avesse commesso il reato? Questa persona si chiama Duffy. È questo il suo cognome? Sì, il suo nome è William Duffy, ma lui preferisce farsi chiamare Tyrone. La polizia ritiene che lei conoscesse questa persona, forse da tempo.

Al suono di questo nome, in lei accade qualcosa. È come se una seconda finestra di coscienza si fosse spalancata. È la finestra che dà sull'ornamento, su tutte le cose che in apparenza sono inessenziali, e tuttavia, quando questa finestra si riapre, lei si chiede come abbia fatto a vivere senza, dato che è qui che sono depositati i ricordi senza nome, come percorrere la FDR in taxi, in una notte di primavera, con i finestrini abbassati. Com'è bello questo ricordo, e come sono belle le luci, e com'è formidabile la FDR Drive. E altrettanto bello è il ricordo delle foglie che mutano colore d'autunno nelle periferie, e il ricordo delle lezioni di danza da bambina, e la sensazione di allacciarsi le scarpette da ballo, e anche il ricordo del gusto del gelato, soprattutto del gelato alla menta con le schegge di cioccolato, che quando era bambina aveva un gusto simile allo sciroppo per la tosse, però meglio, e l'odore dei cestini col pranzo dei suoi compagni alle elementari, e la sensazione di doversi arrampicare sulle corde in palestra, che aveva sempre odiato, e come da bambina le era sempre piaciuto guardare le schede sul retro dei libri della biblioteca, e il gradevole suono della prima videocassetta inserita nel videoregistratore. Queste immagini erompono al suono del nome Tyrone, e lei non riesce ad attribuirgli alcun significato, se non che appartengono a lei, tutti questi ricordi appartengono a lei, e non sa perché li abbia dimenticati, né perché adesso le stiano tornando in mente, sa solo che sono seguiti da colori e da luci, e l'unica idea che riesce a farsene, adesso che ci pensa, è che siano dei quadri, e ci sono migliaia di immagini di frammenti di ceramiche infrante e di manoscritti illuminati, e poi ci sono le immagini religiose appiattite della pittura medievale, e poi ci sono le Madonne, tutte le Madonne con i loro bambini, e poi ci sono tutte le pale d'altare della Deposizione, e poi ci sono i dipinti di corte dell'illuminismo, e poi ci sono le scene della vita rurale, e poi ci sono le prime fotografie, e poi ci sono i quadri del periodo impressionista, li vede tutti, e i dipinti *fauve*, e le provocazioni dadaiste e surrealiste. Le torna tutto in mente, che un tempo era una storica dell'arte, che è per questo che è andata a lavorare alla galleria, che ama tutti questi quadri, compresa l'arte contemporanea, che ama l'anarchia dell'arte contemporanea, di quadri che non sono nient'altro che colori sospesi davanti a lei, come finestre sulla natura primordiale dei colori, sgocciolii, graffi e linee e nient'altro, solo colore, quadri basati su lattine di minestra, quadri basati su strisce di fumetti; e qui, da qualche parte, si rende conto che i quadri che sta vedendo sono di Tyrone, come se l'intera storia dell'arte che sta ricordando mentre i suoi genitori restano seduti a guardarla conducesse ai quadri di Tyrone Duffy e ai suoi libri martoriati, dato che gran parte del suo lavoro è proprio questo, testi martoriati, parole strappate dal proprio contesto alle quali viene così donata una nuova vita. Prova un'improvvisa eccitazione per aver dischiuso la porta dietro a cui erano riposte tutte queste cose, questa porta rimasta sprangata per tanto tempo, e magari prima non le sapeva neppure, tutte queste cose, forse queste sono cose che puoi sapere soltanto quando torni da un luogo assolutamente vuoto, o almeno questa è la sensazione che lei prova adesso, di avere avuto una specie di illuminazione a causa della lesione al cervello, e per nessun'altra ragione. Non riesce a leggere, riesce a malapena a ricordare qualcosa del proprio passato, sa a stento chi siano i suoi genitori, e sa il proprio nome soltanto perché continuano a ripeterglielo, ma è sicura che Tyrone non l'abbia colpita con il mattone; è impossibile che sia stato Tyrone a colpirla col mattone. Dice ai suoi genitori: "Non è stato Tyrone; è ridicolo. Avevo preso una cotta per Tyrone... e... e... credo anzi che stessi parlando al telefono con lui quando sono stata colpita, credo che stessi... credo che stessi tentando di convincerlo a uscire con me."

29

Lui è Randall Tork, il più grande scrittore di vini della storia. Autore di innumerevoli articoli e di libri sul vino, nonché padre dell'eponimo franchising di guide annuali al collezionismo di vini, la *Guida di Randall Tork per collezionisti e intenditori*. È lui che ha reso popolari termini quali *aia* e *palestra* nella descrizione dei vini. È lui l'uomo che ha fatto diventare il vigneto Battenkill ciò che è ora. È stato lui e solo lui a creargli una reputazione, sebbene siano in molti a rivendicarne la scoperta. È stato lui a distruggere il celebre sommelier di un ristorante francese, spargendo la voce che questo sedicente professionista fosse privo di olfatto. L'ha fatto a cuor leggero. Non gli importa nulla dei propri interlocutori, i mercanti di vino, né dei loro sentimenti o dei loro investimenti multimilionari. Loro sono i nemici della creazione pura.

Ecco le cose che disprezza: le illusioni degli intenditori di vini, il fatto che siano davvero convinti di poter percepire tutti quei retrogusti, tabacco e cioccolato e mandorle tostate, il fatto che si mostrino deferenti nei confronti del vino più costoso, di qualunque cosa si tratti, il vino prediletto dagli ereditieri e dalle ereditiere che non hanno trascorso un solo pomeriggio da sobri nel corso degli ultimi quarantacinque anni. Lo sguardo negli occhi dei collezionisti di vini al suono della parola *Bordeaux* fa venir voglia a Randall di conficcargli una forchetta negli occhi, e quando incontra questa gente alle degustazioni sceglie sempre il vino "migliore" a caso, pontificando sulla perfezione di quell'annata e sostenendo che i vini del resto della regione hanno un retrogusto di formaldeide, per poi attenersi irremovibilmente a tale conclusione.

È lui l'autore dell'articolo del quale ancora si mormora tra i collezionisti bene informati, articolo in cui paragonava l'intera produzione degli chardonnay californiani del 1997 all'attrice Elke Murnaugh. Come dimenticarlo?

Questi vini sono flaccidi come la cellulite che trabocca dai cuscinetti ben piazzati sul suo sedere da nullipara, fruttati come i dessert preferiti dai bambini indigenti che la Murnaugh e il suo partner che-è-proibito-nominare invitano a casa loro, in modo che lei possa essere fotografata mentre ammicca all'obiettivo, come una degustatrice di vini, per le copertine delle riviste di gossip, circondata dalla sua nidiata. Questi chardonnay hanno il sapore di vagine trascurate che implorano con sguardo supplice di venir ripescate dall'oblio della pensione, vagine ammuffite, maleodoranti e sentimentali. Hanno il retrogusto del disinfettante spruzzato in quantità industriali nei bagni decorati con fantasie animalier di celebrità lascive, altrimenti indulgenti nei confronti dei germi, e sono appariscenti come orrende produzioni hollywoodiane, con i cast zeppi di attori drammatici denutriti che farebbero qualunque cosa pur di ricevere una spintarella da parte di questa flatulenta leggenda del cinema. E mi sono forse dimenticato di menzionare le logore cinture da danza dei ballerini di Broadway, ossificate da secoli di sudore e antifunghi? Ecco, questi vini hanno in sé tracce di tali squisiti sapori. E i cosiddetti buongustai che prediligono gli chardonnay in questione sono, come la stessa Murnaugh, ammiratori foruncolosi della grande tradizione vinicola che non riuscirebbero mai a mettere da parte una bottiglia, e che si berrebbero un bel bicchierone di profumo da quattro soldi, chiamandolo vino francese, se solo degli scribacchini da circolo di cucito online gli dicessero di farlo. Lasciamo che a bere questi campioni delle urine della Murnaugh siano i sopramenzionati imbecilli e che siano poi le star a lodarli. La gente che usa termini quali *brioso*, *vivace* e *divertente* dovrebbe venir messa al muro e fucilata, e forse, lasciando i loro resti a marcire, si otterrebbe un processo di fermentazione più adatto alla creazione di un vino di quello che troviamo in queste uve repellenti.

Il fatto che una volta a Randall fosse toccato di sedere nella fila dietro a quella di Elke in una certa rappresentazione di un certo spettacolo di Broadway non era stato ovviamente menzionato nella sopraccitata recensione; e chi mai si sarebbe azzardato a farlo? Randall Tork è il più grande scrittore di vini della storia, e il suo disprezzo nei confronti dell'establishment dei consumatori di vino è dovuto al suo amore per la verità. In effetti, avendo quarantanove anni e un aspetto fisico assolutamente ripugnante, i basettoni e gli occhi troppo vicini, ed essendo piuttosto pieno di cicatrici da acne e costretto a indossare un basco per occultare il diradarsi dei capelli, be', non gli resta che il vino.

I genitori, separatisi negli anni della sua primissima infanzia, trovavano Randall insopportabile, e la sua femminea leziosità e cura nell'agghindarsi degne del massimo disprezzo, motivo per cui l'avevano sottoposto a maltrattamenti di ogni sorta senza alcuna pietà, e che possano marcire all'inferno. Da bambino Randall non aveva amici, e quando qualcuno era mosso a pietà da tale situazione, lui gli sputava addosso e lo sbeffeggiava, traendone in seguito una profonda soddisfazione.

L'augusta missione odierna di Randall consiste nel lavorare all'inserimento del termine "foruncolo purulento" nella recensione di un Moselle e nel paragonare i proprietari di un ristorante di Marin County, che una volta non avevano prestato i dovuti onori a una sua prenotazione, ai collaborazionisti di Vichy, dopodiché tornerà a uno dei suoi leitmotiv preferiti, la "tenera pigiatura del frutto". Il vino ha avuto origine nel piede che pigiava l'uva nella tinozza, e dunque in una dimensione intima, umana. E ciò che l'enologia ha perduto, e accade sempre che qualcosa vada perduto, è proprio tale umanità, lo schiavo nella tinozza che pigia l'uva per ordine del suo crudele padrone. Dovrebbero esserci degli schiavi, naturalmente, e dovrebbero esserci dei padroni, e dovrebbe esserci un atteggiamento calmo e sereno nei confronti del processo di fermentazione: mantenete la stanza fresca, esigete una pulizia assoluta e assicuratevi che l'addetto al monitoraggio della temperatura sappia che la deve controllare ogni ora. E non dimenticate l'*elevage*, l'intervallo di tempo che deve intercorrere tra la fermentazione e l'imbottigliamento; è un'arte tramandata dalla tradizione orale. Randall sa discettare di questo genere di cose. Sa discettare di *triage* e di acido malico e del corretto utilizzo dei tappi, così come del ruolo attualmente svolto dalle grandi famiglie francesi, del modo in cui *père et fils* hanno contribuito, generazione dopo generazione, a perfezionare quest'arte, e di come ciò non sia avvenuto nei disgustosi Stati Uniti dei Beoni Battisti. Perché, che cos'abbiamo qui? In questo paese? Abbiamo una tradizione in cui un servile scrittore di vino ventitreenne viene a far visita al tuo vigneto pur non essendo in grado di riconoscere le diverse categorie di tannino; uno che non farebbe una piega se il suo bicchiere da vino fosse pieno di antigelo.

A questo punto, Randall comincia a scrivere:

> È questo che vuoi per il tuo vigneto? Vuoi offrire un costoso pranzo a un ventitreenne con l'herpes genitale, di modo che, quando tenterai di portartelo a letto per assicurare una buona recensione al tuo prodotto pestilenziale, ti infetti con le sue piaghe purulente? È questo ciò che vuoi? Forse, se solo gli staccassi quelle sue escrescenze carnose e le aggiungessi al tuo beverone, riusciresti a migliorarlo.

Il linguaggio si sta avvicinando al risultato che desidera ottenere. La verità è una condizione del linguaggio, e quando lo sdegno è sincero, allora la recensione è accurata.

E che dire del pezzo che ha composto interamente con delle similitudini? Recensendo i vini del Paraguay? Magnifico, davvero.

> A cosa assomigliano questi vini? Sono come le vittime designate dei sacrifici aztechi, nell'istante in cui le vittime in questione se la facevano addosso; come le bucce di banana affumicate delle repubbliche delle banane; come l'odore abbrustolito delle basi di coca nelle raffinerie dei cartelli colombiani; come le pagine imbevute di acido dei tomi dei Realisti Magici; come i rivoluzionari sporchi e denutriti; come i desaparecidos dopo sei mesi buoni trascorsi nelle fosse comuni; come gli ani trafitti dei ferventi chierichetti cattolici diretti nel confessionale per un altro round con il Buon Pastore; come il cielo pieno di fumo sopra la foresta pluviale ridotta in cenere; come l'acqua piovana che scorre nei canali di scolo di un villaggio indio privo di

attrezzature igienico-sanitarie; come i seni tremolanti dei travestiti in tanga, maturati al sole degli umidi bassifondi; come la peluria di scarto delle cerette brasiliane di un intero continente; come il cannibalismo delle tribù dell'interno; come i ritmi stantii dell'ennesimo cofanetto di contorti LP tropicalia; come il nettare dei manghi infestati dai vermi; come il grido assordante del tucano e come le sue piume, appariscenti e troppo colorate, e come il suo becco di affilatissima fattura; come i rifugi antiatomici dei nazisti in America Latina; come gli organi ancora pulsanti delle loro vittime; e come i luridi parei delle vittime del cannibalismo nel momento della fine.

Sì, è lui il più grande, e nessuno può strappargli la corona. E tuttavia gli manca qualcosa, e cioè una vita privata di qualsiasi tipo. C'erano stati un paio di uomini sposati, sul finire della sua adolescenza, quel genere di uomini a cui piacciono molto i ragazzi più giovani, a prescindere dal loro aspetto fisico. Era stato con alcuni di questi uomini e li aveva amati, e aveva imparato molto da loro, comprese alcune cose sul vino. Ma da allora erano passati diversi anni senza che accadesse nulla, se non delle occasionali, volgari scappatelle con vignaioli o sommelier. Le quali non si erano mai rivelate particolarmente soddisfacenti, soprattutto quando lui aveva tentato di convincerli a legarlo come si deve.

Sulla scia di questa presa di coscienza, non gli era rimasta davvero altra scelta che quella di andare a cercare l'amore là fuori, nel mondo. Ed era stato così che lui, Randall Tork, il più grande scrittore di vini della storia, aveva finito col condurre degustazioni di vini all'interno dei reparti per malati cronici e terminali della Bay Area. Essere Randall Tork, spogliato della propria reputazione e del proprio franchising in un reparto d'ospedale, con un paio di bottiglie di brodaglia e una scatola di digestivi in mano, intento a riempire bicchieri di plastica a uomini e donne che si erano sbarazzati di tutto se non degli ultimi, pochi chili di peso corporeo, si era rivelata per lui un'esperienza piuttosto toccante. Aveva avuto il benestare da parte de *les médicines*: un bicchiere o due non avrebbero inciso in maniera significativa sul cocktail tripartito di sostanze chimiche regolarmente prescritto ai suoi *étudiants*. Randall aveva cominciato a tirar fuori le sue storie sull'eccellenza dei vini, su come il miracolo di un buon vino non richiedesse soltanto un vitigno e una buona esposizione al sole, ma anche cinquecento anni di affinamento della tecnica e il favore degli dei, e aveva parlato del genere di stabilità politica (garantita sommamente dalla monarchia) che aveva reso possibile un simile affinamento, e aveva parlato dei linguaggi segreti che andavano tramandati, e nel raccontare queste storie aveva scoperto tutto d'un tratto di avere uno scopo superiore. Aveva scoperto di riuscire a provare una grande compassione per i malati di AIDS, persino quando questi esprimevano giudizi barbari sui vini. Non vedeva l'ora di uscire di casa.

Ed era stato in tale contesto che Randall aveva incontrato un affascinante gentiluomo. Raoul non era esattamente la persona che Randall si era immaginato quando aveva deciso di andare a parlare nelle corsie dei dannati. Molti degli uomini presenti all'interno dei reparti per malati terminali, infatti, si rendevano almeno vagamente conto dell'importanza del vino, se non altro in quanto parte delle loro abitudini alimentari. Alcuni di loro avevano saldissime opinioni in merito. Talvolta erano persino in disaccordo con lui, e ne nascevano energici botta e risposta. Ma Raoul non era uno di questi, e Randall era del parere che non avesse mai assaggiato del vino prima di quello che aveva bevuto dal bicchiere di plastica lì, nel reparto. Era talmente inesperto in materia di vini da non rendersi conto che la roba che la domenica mettevano nel calice in chiesa fosse la stessa bevanda che Randall Tork stava distribuendo. Raoul, a quanto pareva, era più che altro interessato al baseball professionale, il cui gergo pronunciava con un affascinante accento ispanico.

Magro come un levriero da corsa, con corti capelli ricci, Raoul esibiva con orgoglio un occhio marrone e uno che virava sui toni del verde, una combinazione talmente adorabile che Randall aveva avvertito l'urgenza di scrivere un paio di frasi sull'argomento. E, naturalmente, queste frasi avevano trovato accoglienza in una recensione su un bianco della Nuova Zelanda che, a detta di tutti, era vivace e *corposo come una prostituta di Oakland, con il sapore fruttato del suo irrigatore vaginale e il retrogusto di un cinghiale di Sumatra cotto allo spiedo. E tuttavia questo vino mi ricorda gli occhi policromi di un bell'uomo che una volta mi ha invitato a vedere le leggende del baseball locale sgambettare sul loro campo.* Era tutto un Barry Bonds di qui, Barry Bonds di là, Barry Bonds è un dio greco, il suo nome vivrà in eterno. Questo era il tormentone di Raoul, insieme al fatto che il suo cognome, così diceva, provasse la sua parentela con un certo A-Rod.[18] Raoul era pieno di convinzioni incrollabili sul baseball, proprio come si conviene a un giovane uomo, e aveva l'aria di partecipare alle degustazioni con un secondo fine: quello di mettersi a parlare del principale passatempo americano.

Raoul diceva di essere etero, che poi è quello che dicono tutti, specie gli uomini degli Stati cattolici del Sud, per quanto ciascuno di loro abbia fatto le proprie esperienze, giurando eterno amore agli amici d'infanzia prima di andare a ingravidare una qualche megera, dato che sono troppo maschi per usare il profilattico. Alla prima degustazione Raoul aveva detto a Randall: "Io non sono un vino da femminucce come questi qua", dopodiché si era sbellicato dalle risate, come se non avesse mai detto niente di tanto divertente in tutta la sua vita, il che poteva anche essere vero. Forse era etero, perché chi può dire qualcosa di sicuro in questo campo? La libido è un mistero, così come la terra, la luce, le precipitazioni e la vite.

Un fatto era comunque incontestabile, e cioè che Raoul aveva assunto droghe per via endovenosa per molti anni. Alcuni di questi anni li aveva vissuti per strada. Ed era probabile che Raoul fosse stato un marchettaro, forse nel Tenderloin, il quartiere più malfamato della città. Ma questo lato oscuro del passato di Raoul appariva, agli occhi di Randall Tork, particolarmente eccitante.

Di conseguenza, Randall faceva visita al suo reparto più spesso che agli altri. Mentre altri ricoveri avevano cominciato a registrare conferenze sempre più sporadiche e attenzioni sempre meno insistenti. E poi, di punto in bianco, Randall aveva iniziato a far visita a Raoul per motivi non professionali, dal momento che Raoul era molto malato e molto magro, era afflitto da una polmonite cronica, e certi giorni riusciva ad alzarsi dal letto mentre altri no. Nella sua spettrale consunzione, Raoul non era mai meno che incantevole, e si mostrava sempre galante in presenza di Randall. E la domanda era: perché? Perché un ex marchettaro che faceva uso di droghe per via endovenosa e che sosteneva di essere etero, e il cui principale interesse era Barry Bonds, si entusiasmava per le attenzioni di uno scrittore di

[18] Alexander "Alex" Emanuel Rodriguez, detto A-Rod, e Barry Bonds sono due tra i più celebri giocatori di baseball statunitensi degli ultimi decenni *(N.d.T.)*.

vini tarchiato e di mezza età, con le basette e con il basco, che trascorreva le proprie giornate seduto a ponderare se fosse il caso di ridipingere il salotto, mentre controllava le quotazioni in borsa dei titoli che aveva acquistato?

Non c'era ragione al mondo per cui Raoul dovesse gradire le attenzioni di Randall Tork, e dunque le sue dovevano essere ragioni astratte e perfette; e naturalmente Randall Tork, il più grande scrittore di vini della storia, aveva tentato in qualche modo di indovinare la natura di tali astrazioni mentre era intento a riflettere sulla forza e sul significato del Castello di Ostuni, un Chianti Classico del 1999 (cinquantacinque dollari a bottiglia):

> E perché mai questo dovrebbe essere in assoluto il miglior Chianti di Ostuni, zona non certo nota per i vini? Perché questa tenuta, di proprietà della famiglia dal 1580, si è messa improvvisamente a produrre un vino che adoro, dopo un'annata della peggiore, più imbevibile brodaglia da tavola nella quale io mi sia mai imbattuto nel corso della mia considerevole esperienza professionale? Per rispondere a tali domande, caro lettore, non mi resta altra scelta se non quella di parlare della dolcezza dell'amore in generale. Quando sei innamorato, non vedi forse la profondità dove un tempo la profondità non era affatto evidente? E quando sei innamorato, non vedi forse l'eleganza dove un tempo l'eleganza non aveva l'ardire di manifestarsi? E quando sei innamorato, non vedi forse la complessità dove in precedenza tutto pareva semplice? E una condizione di disponibilità e di apertura nei confronti delle novità non è forse la più succulenta delle trance? L'amore non opera forse le proprie magie persino su ciò che è indegno di riceverle? Sì, la complessità è la più alta mira dell'amore; e nel caso di un vino, l'indice di tale complessità è da ricercare nella corposità dell'annata, e per corposità intendo il caleidoscopio liminale che si manifesta in un unico calice odoroso. Sollevalo verso la luce, solleva l'adorabile vino verso la luce e osserva il sangue del tuo amore che decanta, rosso come la storia. Ora assapora il profumo, il profumo di questo dolce Chianti, il suo profumo di muschio e di gigli e di seme caldo, e ora sei pronto a comprendere il fragile equilibrio del gusto del tuo amore, un gusto di agrume, miele e

betulla; e ora, e solo ora, sei pronto a sorseggiarlo, oh sì; ecco il fiero tannino, che richiede il tuo coraggio e che ti chiama, rammentandoti la responsabilità di questo dolce istante; e ora lascia che l'eco di questo sapore risuoni, portando con sé una dolce attesa. Spetta a te deliziarti dell'amore, e ricordati che l'amore e il vino esigono la medesima venerazione, esigono che tu li assapori, che tu ti delizi in essi e che li ricordi, che li descriva e che li istruisca, e che soccomba alla dolce lotta, all'ardente brama di ciò che presto svanirà, perché una bottiglia di vino deve finire, così come la più grande storia d'amore mai raccontata.

Aveva gettato al vento ogni cautela e letto ad alta voce l'articolo a Raoul. E benché Randall non fosse affatto certo che Raoul l'avrebbe compreso fino in fondo, il critico aveva comunque recitato la sua poesia d'amore, declamando i propri eccessi degni di Keats con sibili ed esclamazioni stilizzate. Sebbene Randall Tork non riuscisse a rispondere all'interrogativo sul perché Raoul lo degnasse delle proprie attenzioni, forse la cosa non aveva più alcuna importanza, dal momento che l'articolo dimostrava che Raoul sapeva tirar fuori il meglio di lui. Aveva addirittura portato Raoul in un ristorante messicano nel quartiere della Missione, e aveva bevuto nientemeno che *birra* insieme a Raoul, cosa che in passato non si sarebbe mai lasciato sorprendere a fare con nessun altro, e aveva riso smodatamente alle storie sulla vita di strada di Raoul, sul cameratismo della vita di strada. Non gli importava che i bulli dell'autentico ristorante messicano in cui si trovavano usassero quell'orribile parola gergale spagnola per descriverli. Poi aveva riportato Raoul al ricovero per malati terminali dando al taxista indicazioni estremamente precise, corredate da un diluvio di improperi quando queste non venivano seguite alla lettera, dato che adesso ciò che gli stava a cuore era l'annata di Raoul, e sebbene avesse preso tale decisione in maniera affrettata, voleva sapere se Raoul sarebbe venuto a vivere a Marin County, nella sua modesta palafitta.

Ovviamente Randall era consapevole della possibilità che Raoul gli mentisse su svariati argomenti. Randall era consapevole di accogliere sotto il proprio tetto un malvivente con un passato pieno d'ombre, ma nonostante questo era deciso a fare ciò che andava fatto, e cioè somministrare il cocktail tripartito quando andava somministrato, cucinare zuppe salutari con le sue stesse mani, ridere quando c'era da ridere, fornire costanti aggiornamenti sui punteggi delle partite di baseball, guardare le partite di baseball in televisione, se necessario, aiutare il malato a vestirsi, concedere baci al malato. E quando Raoul aveva cominciato a mostrare alcuni segni di miglioramento, quando era sembrato che si fosse rimesso al punto tale da accennare alla possibilità di trovarsi un lavoro, magari in un negozio di liquori all'ingrosso, allora Randall aveva capito che, oltre a essere il più grande scrittore di vini della storia, lui era anche una persona il cui amore era fonte di guarigione. Ma come spiegarlo a Raoul? Come spiegargli che in passato lui non era mai stato quel genere di persona e che il suo principale stimolo era stata la smania di distruggere? Mentre adesso gli unici che avrebbe voluto distruggere erano i proprietari dei vigneti di Sonoma e della Napa Valley, e nessun altro. La gente per la strada non gli era mai parsa più amabile.

C'era solo un piccolo problema: Raoul non voleva mai fare l'amore con lui. Non voleva, per nulla al mondo, avere un orgasmo con lui. Raoul diceva che la sua sborra, questo il termine che usava, era tossica, e che non era giusto esporre Randall Tork a un tale rischio, quando in realtà era proprio il fatto che gli uomini rana di Raoul fossero così velenosi a renderli un nettare ancor più celestiale. Randall sarebbe impazzito di gioia all'idea di assaporarli, come tributo ai propri sacrifici, dato che non c'era alcun rapporto evidente tra questa pratica e la trasmissione virale. Ma, anche così, niente da fare: ogni volta che si arrivava al dunque, Randall doveva implorare il suo amante ispanico, il che dimostrava che c'erano sempre nuovi abissi di umiltà che Randall doveva conoscere, se voleva conoscere l'amore.

Le somme di denaro che avevano cominciato a sparire erano quasi sempre irrilevanti, dato che Randall Tork non lasciava molti soldi in giro. Anzi, Randall odiava i soldi, e si affidava quasi esclusivamente a carte di addebito e di accredito. Era un accanito risparmiatore, e gran parte della sua fortuna, non certo immensa, se si consideravano la tiratura annuale dei suoi tascabili e l'indice di gradimento del suo sito web, era vincolata a fondi comuni che, come quelli di chiunque altro, all'inizio dell'anno erano colati a picco. Tuttavia era una persona frugale e parsimoniosa. Quando dal suo portafogli erano spariti duecento dollari subito dopo che li aveva ritirati da uno sportello automatico, Randall non aveva potuto fare a meno di accorgersene. Ma, ciononostante, aveva deciso di non affrontare subito Raoul. Era curioso di vedere quello che sarebbe successo. I duecento dollari sarebbero stati convertiti immediatamente in speedball, o come diavolo si chiamava quella roba? Sei settimane più tardi si era verificata un'altra repentina sparizione di denaro. Randall si era interrogato sulla reazione che avrebbe avuto un santo. Un santo avrebbe forse ringraziato il Cielo per il fatto che Raoul si sentisse abbastanza vispo da uscire in cerca di droghe? I santi avrebbero perdonato e dimenticato?

Un pomeriggio, dopo il tramonto, all'inizio di ottobre, dopotutto un momento perfetto per una rivelazione scioccante, Raoul, in lacrime, aveva appoggiato la mano sul ginocchio del suo benefattore e gli aveva confessato che aveva ricominciato a bucarsi. Non era stata sua intenzione farlo, aveva detto, scivolando in quel suo divino accento ispanico: "La roba mi chiama, e io non posso non andare."

Randall aveva ascoltato le spirali dei ragionamenti di Raoul e, più che per le manifeste menzogne che costellavano la sua confessione, aveva provato disgusto per se stesso. Perché non aveva ancora fatto abbastanza sacrifici, e la cosa era sotto gli occhi di tutti. Con la testa emaciata del suo amante in grembo, aveva detto: "Come posso aiutarti?"

"Devo smettere. Non voglio far del male a nessuno."

Randall aveva detto: "Potrei darti il denaro di cui hai bisogno, in maniera tale da assicurarmi che, se hai intenzione di fare uso di sostanze stupefacenti, perlomeno tu ti serva degli spacciatori più rispettabili, che compri le droghe più sicure e che usi sempre le siringhe più pulite, così da correre il minor numero possibile di rischi. Perché, se il denaro ti permette di sentirti più tranquillo, allora io ti devo aiutare, dal momento che sono l'uomo che ti ama."

Dopo una pausa di riflessione, Randall aveva aggiunto: "Possiamo affrontare questa cosa insieme."

Raoul aveva pianto per un po', e quand'era tornato a incrociare lo sguardo di Randall, lo aveva fatto con una gratitudine che Randall non era abituato a vedere, neppure nei rappresentanti di vini che avevano schivato il fuoco d'artiglieria del suo astio. Randall aveva capito che Raoul era strafatto anche nel momento della confessione, dato che lo conosceva, quello sguardo. Lo sguardo di una persona abile nel raggiro che finge di conoscersi fin troppo bene. Sapeva che

Raoul era strafatto e sospettava che le cose sarebbero andate sempre peggio, e che ad attenderli non ci fosse altro che una brutta fine. Brutta fine che avrebbe anche potuto includere un'aggressione alla sua persona e una rapina. Tuttavia Randall era arrivato fino a questo punto, e per il momento non c'era altra via d'uscita se non continuare a fidarsi tentando di condurre Raoul sul sentiero della nobilitazione, soprattutto in virtù del fatto che tale sentiero era indicato nella tradizione della produzione vinicola. Aveva invitato Raoul a partecipare alle degustazioni insieme a lui, e qualche volta Raoul lo aveva accontentato. Ma, a fronte di quelle rare performance che vedevano la partecipazione straordinaria di Raoul, c'erano giorni in cui il ragazzo spariva, e per quanto ne sapeva Randall, avrebbe anche potuto essere in strada, a recitare il ruolo della *putain* per venti o trenta verdoni extra. Randall Tork cercava di fare in modo che il ragazzo non uscisse mai senza soldi, e infilava di nascosto una mezza dozzina di profilattici nella tasca dei jeans di Raoul tutte le volte che li tirava fuori dalla lavatrice.

Più o meno nel periodo di Halloween, a Randall Tork aveva cominciato a ronzare per la testa un'idea ancor più radicale. Gli sarebbe piaciuto *sposare* Raoul. Sposarlo? Non poteva sposarlo per una miriade di ragioni, la prima delle quali era che Raoul Martinez era cattolico, e per la Chiesa Cattolica Romana l'amore tra uomini semplicemente non esisteva. La sola idea sarebbe bastata a far coagulare il sangue di Cristo. E poi c'era anche la legge terrena, la disgustosa Legge per la Difesa del Matrimonio, la quale proibiva a due uomini di convolare a giuste nozze e di celebrare il proprio amore. Ostacoli insormontabili. Ciononostante Randall Tork, il più grande scrittore di vini della storia, non tollerava che qualcuno gli dicesse che cosa doveva fare. Avrebbe sposato Raoul, e insieme avrebbero sceso i gradini di una chiesa circondati da occhi lucidi di commozione. Randall avrebbe pronunciato la propria solenne promessa al ragazzo e avrebbe conosciuto la gioia che le solenni promesse arrecano a chi le pronuncia.

Era un'idea delirante? Conosceva Raoul da tre mesi. Tre deliziosi mesi durante i quali non era mai indietreggiato di fronte alla necessità di reggere la testa del ragazzo quando questo vomitava, né di dare una pulita dopo i suoi attacchi di diarrea. Serbava nel cuore ogni battuta e ogni attimo di tenerezza; e amava qualunque paesaggio di cui facesse parte Raoul. Di tanto in tanto gli veniva in mente che Raoul non sarebbe vissuto ancora a lungo. Ad esempio, Randall Tork avrebbe dovuto finire un lungo articolo destinato a un'importante rivista patinata sui vigneti afgani, i quali stavano spuntando come funghi al posto dei campi di papaveri da oppio che un tempo la facevano da padrone. Ma non riusciva a finire l'articolo perché era troppo impegnato a pensare a sposarsi. Dove avrebbero potuto organizzare la cerimonia? Avrebbero forse dovuto recarsi in qualche lontano paese che riconosceva il loro tipo d'unione? E Raoul ce l'avrebbe fatta ad affrontare il viaggio senza bucarsi neanche una volta? E quale stilista avrebbero dovuto scegliere per i loro abiti nuziali? E, cosa ancora più importante, quale vino? Nelle ultime settimane Randall Tork aveva tentennato tra due diverse scelte: il Mouton Rotschild del 1945, con il suo leggero retrogusto ambrato, e il Lafite Rotschild del 1959, memorabile, se solo avesse avuto l'ardire di dirlo, per le sfumature di tartufo nero. Randall si era scoperto curiosamente irresoluto, come se la prospettiva del matrimonio avesse in qualche modo cominciato a compromettere le sue credenziali professionali in merito a tale scelta. Che scandalo!

In quell'interessante periodo, quasi caduta dal cielo, era piombata nella sua vita una star del cinema. Randall aveva conosciuto la star del cinema a una degustazione in un vigneto di Sonoma, Lonely Lake, di proprietà di un produttore cinematografico. Randall Tork aveva la sensazione che i vini Lonely Lake non meritassero neppure il suo disprezzo, come quasi tutti i vini americani, ma aveva fatto un'eccezione, degnando della propria presenza questa degustazione, per la semplice ragione che la Lonely Lake aveva le migliori *etichette* che lui avesse mai visto. Allo sguardo di Randall Tork non era sfuggito che i vigneti californiani avevano riservato al design delle etichette la perizia e la raffinatezza che mancava invece ai loro vini. L'eleganza dell'inchiostrazione e la calligrafia quasi vittoriana dell'etichetta Lonely Lake incontravano il gusto di Randall, così come l'evocazione della più romantica delle emozioni, contenuta nel nome Lonely Lake.[19] E che cosa conosceva, Randall, meglio del vino? Una cosa soltanto. La solitudine. L'idea che un produttore di brodaglia popolare come il proprietario del vigneto in questione

[19] Lonely Lake, in italiano "Lago Solitario" (*N.d.T.*).

volesse evocare la più perfetta tra le parole, *solitudine*, alla ricerca di un'imitazione bevibile di un Malbec, be', era riuscita ad allontanarlo da Raoul e da casa.

Randall Tork si ricorda che era intento a parlare con un'autrice di gialli completamente idiota, il cui viso pareva reduce da un lifting eseguito da un restauratore ubriaco, con questa che affermava che il suo prossimo romanzo avrebbe avuto come protagonista uno scrittore di vini, quando improvvisamente l'agitazione si era impadronita della stanza e la star del cinema aveva fatto il suo ingresso insieme alla moglie. Inutile sottolineare che Randall Tork non è tipo da farsi impressionare dai divi del cinema. Li ha visti andare e venire. Ha visto grandi chef messi ko dalla pedofilia e dalla vanità, e ha visto vigneti sulla cresta dell'onda per un'annata non produrre che detersivo nel decennio successivo. Ha visto di tutto. Tuttavia, Randall Tork sa ammirare un'entrata in scena come si deve. E quando la star del cinema e sua moglie avevano fatto il loro ingresso alla festa, lo stupore generale manifestato dai degustatori di vini aveva destato la sua attenzione. I degustatori avevano messo da parte i pettegolezzi sul produttore cinematografico e sui suoi vini abbastanza a lungo da far caso al miniabito bianco che indossava la moglie e all'abbigliamento sfoggiato dalla star del cinema: jeans strappati, T-shirt di seta, blazer di Armani e stivali da cowboy.

Randall Tork era stato presentato alla star del cinema come il più grande scrittore di vini vivente, e né lui né la star del cinema avevano messo in discussione tale definizione. Adesso nella stanza c'erano due giganti, e questo era uno di quei momenti in cui coloro che sono destinati alla grandezza si devono annusare per decidere se sia il caso o meno di partire all'attacco.

Ciò che aveva colpito immediatamente Randall era stato che, per il resto del pomeriggio, la star del cinema aveva ignorato tutti gli altri per dedicarsi esclusivamente a Tork. Il che denotava, da parte della star del cinema, un palato fine. Randall si era convinto del fatto che la star del cinema fosse molto promettente. E la star del cinema, a differenza di molti eterosessuali di chiara fama, non era affatto a disagio in presenza di un uomo con le inclinazioni di Randall. Al contrario, sembrava che alla star del cinema facesse piacere parlare con uno scrittore di vini, a prescindere da *qu'il fait la drague*. Ed era stato solo dopo aver chiacchierato per un quarto d'ora o una ventina di minuti che la star del cinema aveva ammesso che, in realtà, anche lui collezionava qualcosa sotto la guida di suo suocero, che di queste cose se ne intendeva, e il caso aveva voluto che in tale contesto, nel contesto cioè del collezionismo di vini, la star del cinema avesse effettivamente letto alcune delle recensioni di Randall.

"Tu sei un folle, e io non mi stanco mai di rileggerle. Non m'interessano i vini. Mi interessa solo il modo in cui la lingua sgorga tumultuosa."

"È naturale."

"Sei come Proust."

"È Proust che è come *me*. Io non cambierei mai il nome di un ragazzo in quello di una fanciulla."

"Lui...?"

"Da bambino non sono stato viziato. Ho capito quale fosse la mia strada in un sogno febbricitante. Non era una meta irraggiungibile. E ora Randall Tork detta legge."

Naturalmente la star del cinema aveva molte domande da porgli. Ma alla fine il proprietario del vigneto, quella neoplasia inacidita, si era intromesso e aveva sottratto a forza la star del cinema al colloquio con Randall, e Randall, pur trovandola seccante, aveva riconosciuto l'inevitabilità della cosa. Tuttavia, prima che la star del cinema venisse costretta a perdere il proprio tempo con gli anziani di Sonoma County, gente tanto priva d'interesse quanto imbottita di pannolini, si era accostata a Randall e gli aveva detto: "Dammi il tuo biglietto da visita, dobbiamo vederci."

E il biglietto da visita di Randall è piuttosto speciale. Viene da Smythson, Bond Street, sede di Londra, è realizzato su misura in un cartoncino dai margini dorati ed è stampato in caratteri edoardiani tramite una lastra in rame incisa a mano: RANDALL TORK. INTENDITORE DI VINI PREGIATI. Indirizzo e-mail in basso. Durante gli eventi sopradescritti, Randall aveva allungato il proprio biglietto da visita con un tedio che stava a suggerire, e a ragione, come la star del cinema non avesse mai avuto una simile fortuna. E infatti la star del cinema, prima di scomparire nella ressa, aveva sorriso.

Questo personaggio, del quale in seguito Randall aveva intessuto le lodi al proprio consorte, Raoul, si chiamava Thaddeus Griffin.

"*Meglio una sola pallottola*?"

"Proprio lui."

"Un bell'uomo?"

"Estremamente bello, di una bellezza localizzata soprattutto negli effetti speciali della sua criniera. È un uomo dai capelli perfetti, capelli il cui disordine è una delle ostentazioni di bellezza più calcolate che io abbia visto da molti anni a questa parte."

"Gli farai posto nel tuo letto?" aveva chiesto maliziosamente Raoul.

"Sciocchino," aveva detto Randall. "Sono il tuo promesso sposo. Tu sei il mio onere e il mio onore. Oltre al fatto che quest'uomo ama sua moglie. Sono cose che intuisco al primo sguardo."

Evidentemente la star del cinema era riuscita nell'impresa di materializzare dal nulla il numero di telefono di Randall Tork, numero che non figurava sull'elenco telefonico e che veniva gelosamente tenuto segreto, dal momento che a un tratto, nel bel mezzo della crisi dovuta alla ricaduta di Raoul nel tunnel della droga e non molto dopo le sfiancanti elezioni presidenziali, la star del cinema lo aveva chiamato. Dicendo di aver qualcosa di cui voleva discutere con Randall Tork, e aggiungendo che sarebbe potuto venire a Sonoma il giorno successivo al Giorno del Ringraziamento per incontrarlo. Non era seguito alcun accenno all'argomento della discussione. E tuttavia Randall Tork, il più grande scrittore di vini della storia, non era stato immune da una leggera eccitazione adolescenziale. Un'eccitazione che aveva preferito non lasciar trasparire, in modo da non scatenare uno degli inspiegabili accessi di furore latino di Raoul.

Oggi è il gran giorno. Dopo aver finito un articolo di sei colonne di scarso interesse ed essersi crucciato fugacemente all'idea che il suo talento sia in declino, Randall Tork si è strofinato dietro le orecchie, si è lavato di nuovo i denti, ha poggiato uno Château Lafite dell'anno prima della sua nascita su un piatto d'argento, accanto a due calici di Tiffany's, è andato in soggiorno, dove Raoul singhiozza davanti a un talk show incentrato su una donna che non riesce ad accettare il piercing all'ombelico della figlia, ha abbracciato questo caro ragazzo e ha chiesto a Raoul di evitare di fare alla star del cinema domande sui suoi film o sui suoi progetti futuri, dato che a questa gente, ha spiegato a Raoul, non piace dover parlare della propria vita. La cosa migliore sarebbe stata continuare a guardare il programma in attesa del segnale segreto di Randall, e solo allora cominciare a parlare.

"Stai cercando di tenermi nascosto al tuo fidanzato famoso!"

"Raoul! Non è assolutamente vero!"

"Stai dicendo che non sono alla sua altezza?" Esattamente ciò che temeva. L'indignazione acquista slancio, come una reazione a catena, iniziando con un'ironia stizzita per poi passare a un amaro risentimento, e cedendo infine il passo a un vero e proprio tracollo nervoso.

"Non sto dicendo questo! Sto dicendo che non sappiamo ancora cosa *voglia* questa star del cinema, e in mancanza di informazioni dovremo aspettare di capire cosa vuole, il che richiede la tattica furtiva di un felino..."

"Mi stai dando del..."

"Non ti sto dando che del caro dolce ragazzo che ha reso la mia vita sopportabile. Ti sto solo spiegando..."

"Posso andare per strada e aspettarti lì, se è questo che vuoi. Ho accettato di venire a casa tua e tu devi mostrarmi *rispetto*. Perché ho altre cose da fare. Posso anche andarmene!"

"Raoul! Ti prego, non fare così! Non adesso. Sono il tuo tifoso numero uno e la tua agenzia federale. Ti amerò sempre e comunque. Ti prego, cerca di capirmi..."

In effetti, negli ultimi giorni le condizioni e l'atteggiamento di Raoul hanno preso una brutta piega. Non ha più l'aspetto roseo di un tempo, anche se Randall continua a controllare che prenda quello che deve prendere, e ha smesso di manifestare la gioia che manifestava in passato. Raoul passa gran parte del proprio tempo stravaccato sul divano a lamentarsi di un programma intitolato *American Spy*, che lo irrita perché i protagonisti gli sembrano antipatici. Forse resterà in questo stato fino agli allenamenti primaverili, quando il suo passatempo preferito tornerà ad allietarlo. Ma, qualunque sia il motivo di questo cambiamento, Randall non ha tempo di rifletterci, dal momento che il campanello sta suonando – essendo le dodici in punto del mattino del lunedì dopo il Giorno del Ringraziamento, la data e l'ora convenute – e che la star del cinema ora si trova davanti alla porta della palafitta.

La star del cinema si inchina e varca la soglia con eleganza e umiltà. La star del cinema appoggia la sciarpa e il giubbotto di pelle, sorride e fa a Randall i complimenti per la casa, per l'eliminazione del mobilio superfluo, per l'occultamento dei libri e per la luce calda che soffonde i locali di raffinata cordialità. Ammesso che la star del cinema abbia notato la sagoma sul divano, non ne fa parola, e lo stesso dicasi di Randall. Al tavolo della cucina, quando il vino è stato versato dal decantatore e la star del cinema l'ha fatto turbinare e l'ha annusato, come si conviene a un neofita, la conversazione ha finalmente inizio.

"Dimmi cosa ne pensi," dice Randall. "Succo d'uva. Una sciocchezza. Ho un paio di altre cose da farti assaggiare."

"Eccellente."

La star del cinema si sofferma sul vino, come evidentemente è convinta di dover fare, prima di affrontare l'argomento che è venuto a discutere col cuore in mano.

"Senti, Randall – va bene se ti chiamo Randall, no? In realtà non sono venuto qui a parlare di vini, anche se senza dubbio la cosa può sembrarti strana, date le circostanze. Visto che è questo quello per cui sei famoso. Nutro una sincera ammirazione nei confronti di ciò che scrivi, ed è questo il motivo per cui sono qui. Proprio come ti dicevo l'ultima volta che ci siamo visti. Credo di aver detto di non pensare che tu sia semplicemente uno scrittore di *vini*, non più di quanto Hemingway fosse uno scrittore di corride. Penso che tu sia uno dei maggiori scrittori viventi, lo penso sul serio, e che tu ci creda o no, io adoro leggere. Quando cominci a fare quello che faccio io, resti intrappolato in un ruolo che in un certo senso si trasforma in una prigione. Ci sono molti lati positivi, certo, ma c'è anche un prezzo da pagare. Ad esempio, nessuno crede al fatto che io abbia ricevuto una buona istruzione e che abbia frequentato una buona università. Nessuno crede alla mia passione per la lettura e all'ammirazione che nutro nei confronti dei grandi narratori, capisci? Ma è la verità. E scrivo anche qualcosa.

A essere sincero, non direi che ciò che faccio sia, in senso stretto, scrivere; assomiglia più a un'imbastitura di parti della storia. Non so se mi spiego. Cerco di sviluppare sceneggiature e cose del genere. È quello che ho cercato di fare negli ultimi anni a New York. E poco fa ho avuto una buona notizia. A dire il vero, è per questo che sono qui. Finalmente ho in cantiere qualcosa, o sto per averlo, qualcosa che ha tutte le potenzialità per diventare un progetto davvero importante, capisci, il genere di progetto che vedrebbe il coinvolgimento degli studi cinematografici più importanti, l'investimento dei grandi studi. Un kolossal."

"Si tratta di un..."

"Non è un film, in realtà. È una... be', una specie di cosa per la televisione. È una... miniserie."

"Una cosa?"

"Stammi a sentire per un minuto. Non mi capita tutti i giorni di avere una conversazione del genere, Randall. Lascia che ti spieghi ciò che sta succedendo. Lascia che ti illustri un po' la situazione. Negli ultimi tempi il mio nome è apparso sui giornali, e non sotto una luce favorevole. Esattamente quel genere di pubblicità che uno vorrebbe evitare a tutti i costi. E questo genere di pubblicità non ha esattamente facilitato i rapporti con la mia famiglia, se capisci cosa intendo. Sto per andare a girare un film nel deserto, Randall, un film intitolato *La tempesta del Sahara*, che credo abbia una delle sceneggiature più idiote che io abbia mai letto. E quando finirò di girare lì, tra tre mesi, e tornerò al relitto del mio matrimonio, non so esattamente cosa troverò. La società di produzione che ho contribuito a fondare è a un passo dalla fine, problemi di soldi, malversazioni; mi sono capitate tutte le sfortune possibili e immaginabili.

Tuttavia, circa un mese fa mi è venuta questa idea di una miniserie. Sui rabdomanti. I rabdomanti, Randall, sai, quei tipi con le..."

"Bacchette biforcate."

"E questo mi ha spinto a documentarmi sulle zone aride del mondo, Randall. È cominciato come uno scherzo. Tutta questa storia è nata come uno scherzo. Credo di poter vuotare il sacco con te, Randall, perché mi sembri il tipo che può, che è stato... Sento che capirai, e il fatto è che la storia è iniziata davvero come uno scherzo per far colpo su una persona, Randall. È stata buttata giù su un tovagliolino di carta in un bar. Ma poi ho cominciato a leggere dei deserti, del West americano, e della lotta per l'acqua che, come sai, è una lotta vecchia quanto l'uomo. Sono sempre esistiti questi maghi, Randall, e sono un po', come dire, la classe sacerdotale del deserto: indossano gli abiti migliori e sono coloro che sanno dove si trova l'acqua. Allora ho cominciato a notare che nel deserto accadeva sempre qualcosa di magico: avevano sempre luogo delle terribili carestie e degli atti di barbara ferocia, ma, d'altro canto, si manifestavano sempre anche questi piccoli istanti di grazia, di generazione in generazione, quando entravano in scena i rabdomanti; ed è così che mi è venuta l'idea della miniserie. Una volta che ho cominciato a scrivere, poi non sono più riuscito a fermarmi. Le parole sgorgavano spontanee, Randall, e prima d'ora non mi era mai capitato nulla del genere, io non... Probabilmente non sono un vero artista. Non sono uno che passa la notte sveglio con frammenti d'ispirazione che gli attraversano la mente. Ma non appena mi è venuta l'idea di scrivere questa storia, Randall, non sono più riuscito a pensare ad altro. Era come se fossi nel deserto, come se io stesso fossi il paesaggio riarso, la pioggia, e la tempesta infuriava sopra di me per la semplice ragione che ero in crisi e mi veniva data questa occasione di tirarne fuori qualcosa."

La sincerità della star del cinema è così irresistibile che Randall Tork riesce a malapena a distogliere lo sguardo. Riempie di nuovo i calici. La star del cinema tracanna il suo come se davvero si trattasse di succo d'uva. Randall, che di solito assaggia e sputa, si sente in qualche modo obbligato a stargli dietro, mentre la star del cinema comincia a tirare per le lunghe il riassunto della trama. Diciamoci la verità: che cosa c'è di più noioso al mondo di un film o di un libro assimilato da un protoplasma che, tanto per cominciare, non l'ha guardato o letto con attenzione? Randall preferirebbe morire piuttosto che stare a sentire il riassunto di una trama. Ma questo accadeva prima che la trama gli venisse esposta da una star del cinema. Adesso, mentre la star del cinema gli racconta che la storia comincia all'alba dei tempi e che attraversa l'alto Medioevo, fino alle Crociate, ne è totalmente affascinato. La star del cinema potrebbe fornirgli un riassunto della trama del nuovo elenco telefonico post-deregulation, e a Randall sembrerebbe incantevole. Il colloquio prosegue su questo tono, fino a quando non accade qualcosa di molto speciale.

E che cos'è che accade? Accade che la star del cinema comincia a raccontare a Randall Tork della scoperta di Las Vegas. Cos'era Las Vegas prima? Las Vegas non era niente; non esisteva. Non esisteva nulla per gli spagnoli, sulla via per Los Angeles, se non una dozzina di giorni o forse più sotto il sole, e senza altra acqua che quella che i viandanti riuscivano a portare con sé lungo il cammino. Molti si perdevano, a sentire la star del cinema, molti si perdevano, per non parlare degli assalti degli indigeni, i quali uscivano da una sconfinata immensità dove nessuno avrebbe dovuto vivere per circondare i gruppi di spagnoli, rapendo le donne e scotennando gli uomini. In un momento imprecisato all'inizio del diciannovesimo secolo, un giovane avventuriero spagnolo, Rafael Rivera, nel corso di un viaggio in questo deserto aveva capito che gli indigeni dovevano pur arrivare da qualche parte, da qualche zona verdeggiante in quella terra desolata. Doveva esserci l'acqua; dovevano esserci prati che ondeggiavano al vento. Non c'era altra spiegazione. E Rafael Rivera era partito alla volta del deserto con altri compagni coraggiosi. Nessuno si aspettava niente da lui, se non di trovarne in seguito lo scheletro spolpato che scintillava sotto il sole. E invece che cos'era riuscito a trovare Rafael Rivera? Aveva trovato un'oasi, e le aveva dato il nome dei prati ondeggianti, Las Vegas. Così, aveva dimezzato il viaggio fino a Los Angeles, dal momento che ora non c'era più bisogno di fare il *giro*.

Una bella storiella, non c'è dubbio. E in quanto parte della narrazione più ampia, dovrà per forza annoverare un rabdomante tra i compagni coraggiosi. Ma ciò che cattura l'interesse di Randall Tork, naturalmente, è il ruolo di Rafael. Tutto sommato, il resto della storia è un po' una sciocchezza. Ma che importa se c'erano altri, più vecchi esploratori che erano rimasti lì a guardare mentre lui si prendeva il merito dell'impresa? Chi interpreterà il ruolo di Rafael Rivera in questa miniserie? A lui sembra del tutto ovvio che Raoul, il suo fidanzato, il suo promesso sposo, sarebbe perfetto per la parte, dato che ispanico lo è già di suo, è bello da vedere, e la gravità della sua malattia sarebbe assolutamente appropriata in mezzo alla durezza del deserto. L'idea di provare a far avere la parte a Raoul è talmente entusiasmante che lì per lì Randall non presta attenzione a quanto segue.

"Il fatto è, Randall, e tu lo sai quanto me, che il mondo odia un uomo con due ambizioni. Il mondo vuole che io faccia una cosa sola, e cioè sparare a salve con un'arma automatica. Soprattutto dopo i guai in cui mi sono cacciato ultimamente. Di recente, dovunque io vada, c'è un tipo col panzone e il teleobiettivo che non aspetta altro che mi metta le dita nel naso. Ho dovuto cambiare auto due volte e infilarmi in un bagno degli uomini solo per arrivare qui senza che mi seguissero. Perciò, non è proprio il caso che io figuri come l'autore della sceneggiatura, anche se sono davvero orgoglioso di ciò che sono riuscito a inventarmi. Non ho voglia di imbarcarmi nell'impresa di cercare uno pseudonimo e altre idiozie del genere. Voglio che qualcuno rimpolpi la storia al posto mio, Randall; voglio qualcuno che la scriva al posto mio. Voglio qualcuno che abbia realmente del talento, qualcuno che abbia l'ispirazione che forse io ho avuto questa settimana ma che con ogni probabilità non avrò mai più. Voglio qualcuno che abbia la giusta intuizione per scriverla al posto mio, qualcuno che compaia con il proprio nome sul manifesto de *I rabdomanti*. Se ti va, potresti lavorare alla sceneggiatura insieme a me, Randall, dipende solo da te. Ti spetterebbe una fetta dell'intera operazione e un titolo di testa che, se vorrai, potrai sfruttare in seguito. Hai un nome e una reputazione, un'ottima reputazione tra gente che potrebbe davvero contribuire a finanziare un progetto come questo, e sei la persona giusta al momento giusto; quindi, che motivo avresti per non scrivere la sceneggiatura?"

In effetti, perché no? Lui non è forse Randall Tork, il più grande scrittore di vini della storia? E non ha sempre saputo, in un recesso recondito della propria mente, che un giorno o l'altro avrebbe convogliato le proprie capacità in un progetto in grado di fungere da piattaforma per il dominio del mondo? Il suo editor, ad esempio, gli ha detto spesso che in lui ci sono tutte le potenzialità per scrivere un romanzo; e se non proprio un romanzo, perché non una miniserie in tredici episodi, più una puntata pilota di tre ore, che va dall'alba dei tempi fino a Las Vegas? Randall è davvero la persona giusta al momento giusto. Fermo restando che possa negoziare su un punto. E questo punto è Raoul.

"Be'," dice Randall. "Mi cogli di sorpresa. Mi cogli veramente di sorpresa. Ma devo ammettere, Thaddeus – se posso chiamarti Thaddeus – che sono commosso e onorato. Sul serio. Perché devono esserci davvero un sacco di scrittori, esperti in altri campi, che devi aver preso in considerazione – sebbene io sia molto più qualificato di tutti loro. Tuttavia sono onorato. Commosso e onorato. Naturalmente ho bisogno di qualche giorno per rifletterci, e se possibile vorrei dare un'occhiata a qualche pagina della tua sceneggiatura. Credo sia il modo giusto di procedere, solo per vedere ciò su cui dovrei apporre la mia firma, non trovi? La tua è una proposta decisamente stimolante e io le dedicherò la massima attenzione."

Dopodiché Randall aggiunge: "Oh, a proposito, vorrei farti conoscere una persona."

Se il suo promesso sposo, Raoul, dovrà assicurarsi il ruolo di Rafael, prima sarebbe meglio che la star del cinema lo conoscesse. Ovviamente, spera che Raoul riesca a tenere a freno la lingua e a non dire una di quelle cose terribilmente impulsive che ogni tanto gli capita di dire, perché eccola qua, la proposta della star del cinema, presentata in un intenso tête-a-tête di tre quarti d'ora davanti a uno Château Lafite, e che cosa ci può essere di più meraviglioso e inatteso di una simile proposta? Niente. Randall vuole solo che Raoul condivida con lui questo sfacciato colpo di fortuna, e forse dopo le riprese potranno sposarsi con una grande cerimonia a Sonoma, che non è poi così distante da Las Vegas, e forse potranno sposarsi in quella spettacolare cappella sulle rocce progettata da Frank Lloyd Wright, e forse la star del cinema accetterà di far da testimone a entrambi. Randall sciacqua i calici di cristallo e indica il soggiorno. Thaddeus indugia sulla soglia. Lo schermo del televisore borbotta instancabile.

"Raoul, tesoro?" dice Randall. Sebbene non ricorra mai a parole sdolcinate. "Raoul, tesoro? Sei sveglio?"

30

L'impresa disperata di arrivare a Las Vegas sull'Interstatale Quindici. Non ci vanno in aereo, loro. Gli aeroporti sono per i ciarlatani. E Mercurio, l'impresario hip-hop? È in città, impegnato in un poker con poste decisamente alte al Venetian. Quando va in città, Mercurio viaggia con il jet della compagnia discografica. E Lacey? Gira voce che sia in città; è appena ritornata dall'Europa. Dice che l'Europa è una noia. Lacey passa il proprio tempo a bere ai bar del Bellagio. Insieme a governatori e a membri del Congresso, a giudici e ad amministratori delegati di grandi società, a sceicchi e a boss della criminalità organizzata. E usano tutti l'aeroporto. Ma i disperati, quelli che pagano i mattoni dell'impero, quelli non prendono l'aereo per venire a Las Vegas. Loro attraversano il deserto.

Oltretutto, Ranjeet e Jeanine vogliono veder sorgere la città dalla falda freatica prosciugata, vogliono vedere i miraggi luccicanti di Las Vegas, o almeno è quello che dice Ranjeet. Jeanine non ne è più tanto sicura. Sta cominciando a pensare che aver messo il proprio futuro nelle mani di uno straniero che fino a qualche settimana fa faceva l'autista privato a Brooklyn è stato forse un gesto un filo avventato, tanto più se si tiene conto del fatto che Ranjeet continua a essere convinto che sarà lui a girare sia il lungo episodio d'apertura della durata di tre ore de *I rabdomanti* sia la spettacolare puntata su Las Vegas, altrimenti nota come tredicesimo episodio.

Ranjeet ha imparato in fretta gli usi e costumi locali. Non sottopone più i propri piani a Vanessa o a Madison né a nessun altro. Non gliene frega un bel niente di Mezzi di Produzione né delle sue direttive. Dà in continuazione ordini a Jeanine, lasciando intendere che lei non conosca la propria cultura. E le dice che, se ritiene ancora che il Liberace Museum[20] non sia una delle priorità assolute del loro viaggio, be', allora avrebbe anche potuto fare a meno di accompagnarlo. Più di tutto, è ansioso di vedere i mantelli. E così Jeanine è diventata la donna che sta dietro al megalomane. È in grado di organizzare un bel po' di cose secondo le sue istruzioni. È in grado di prenotare voli, come quello per Salt Lake, dove sono andati a dare un'occhiata al tempio della Chiesa di Gesù Cristo dei Santi degli Ultimi Giorni. È in grado di insistere per ottenere una macchina più spaziosa, nella fattispecie la polverosa Mustang cabriolet a bordo della quale si stanno dirigendo verso Las Vegas. È in grado di prenotare stanze d'albergo. Ed è in grado di stare ad ascoltare le sue *strofe*, come le chiama lui, quando queste lo sopraffanno: i suoi canti sulla profusione di carne essiccata nelle tavole calde sull'interstatale e sulla tossicità del caffè americano in queste lande desolate. L'oscenità del caffè di Elko è forse un test per gli immigrati che arrivano in questo Nuovo Mondo? E che dire delle donne dipinte sui parafanghi dei tir che incrociano? Ranjeet canta di tutte queste cose.

In un modo o nell'altro, grazie a un tizio della UBC che conosce, è riuscito a truffare l'autonoleggio. Lei non vuole neanche sapere come. Adesso è sempre al cellulare, e le conversazioni che Jeanine sente di sfuggita sono più di quelle che ha con lui direttamente. Forse sta dettando le sue strofe a una qualche segreteria telefonica. Sembra convinto del fatto che ostentare un uso incessante del cellulare sia una componente imprescindibile del suo lavoro. "Qui non c'è una vera e propria città, non c'è un vero e proprio luogo e non ci sono contenuti di alcun genere, ed è esattamente per questa ragione che Las Vegas era il posto ideale per Benjamin Siegel, altrimenti noto come Bugsy.[21] Perché, se un posto non è fatto che di miraggi, allora è possibile costruirci qualunque tipo di fantasia, e l'economia di una città come questa è basata sulla natura effimera delle fantasie e sulla manipolazione di tali

[20] Il Liberace Museum di Las Vegas, fondato nel 1979 dallo showman di origine italoamericana Walter Valentino Liberace, custodisce tutti gli oggetti di scena, i pianoforti, i costumi e i memorabilia dello stesso Liberace. È uno dei simboli della cultura kitsch di Las Vegas (*N.d.T.*).

[21] Benjamin "Bugsy" Siegel faceva parte del gruppo di gangster che, negli anni Quaranta, contribuì allo sviluppo di Las Vegas (*N.d.T.*).

fantasie in vista di una possibile gratificazione. E *fate il vostro gioco* è un'espressione decisamente appropriata, dal momento che implica la totale eliminazione di un atteggiamento serio." Sfrecciano accanto a un altro cartellone: ragazze in topless! Cento miglia!

"Devo dirti una cosa," grida Jeanine, mentre lui sbraita al cellulare.

"Preferirei sentire ciò che hai da dirmi dopo aver finito questa telefonata."

Stanno cercando la Pista Spagnola. Stanno cercando la via lungo la quale potrebbe esser passata la carovana del mercante messicano Antonio Armijo nel 1829. Un ottimo posto per una qualsiasi scena ambientata nel deserto. Girarla nel punto esatto in cui storicamente era passata la carovana darebbe al progetto quella legittimità di cui ha assolutamente bisogno, soprattutto se si considera il fatto che Antonio Armijo sarà uno dei protagonisti del tredicesimo episodio. Possono sempre ingaggiare i tecnici, gli elettricisti e i macchinisti, gli assistenti alla regia e la seconda unità nella zona di Las Vegas, che ora come ora vanta intere troupe di professionisti e un dipartimento municipale preposto ai progetti cinematografici, come qualunque altro fiorente centro metropolitano. Ci sarà una carovana di professionisti che percorrerà il tragitto in senso inverso, diretta in questo luogo desolato lungo la Pista Spagnola, che tra l'altro sarebbe anche il posto ideale per un documentario sul dietro le quinte de *I rabdomanti*.

Hanno attraversato cittadine chiamate Death e Devil's Paintbrush, e hanno visto ampie distese di montagne scoscese e di vallate solitarie, tutte simili le une alle altre; sembrano tele non ancora imbrattate dai pastelli computerizzati dei montatori. E tuttavia, a un certo punto dell'interstatale, un punto che potrebbe essere ovunque, Ranjeet grida: "Dobbiamo fermarci!" Abbandona il tracciato dell'autostrada, borbottando qualcosa a proposito del rilevamento geologico dell'Ufficio per la Gestione del Territorio. Dovrebbe essere un suo diritto, dice, andare con il suo veicolo a noleggio ovunque decida di andare, tra i cactus e i mesquite. È questo il grande principio della democrazia. Il cabriolet extralusso che hanno preso a noleggio, che evidentemente non è stato progettato per questo genere di maltrattamenti, solleva tempeste di sabbia mentre loro sfrecciano sull'onda della follia di Ranjeet. Escono dal campo di ricezione del cellulare, lontano dai comfort dell'autostrada, e Jeanine si sente cullata dal vuoto di questo luogo. Ranjeet continua a procedere, seguendo le orme di un fuoristrada, fino a quando non riescono più a vedere l'interstatale, il cui ronzio sembra un segnale proveniente dallo spazio interstellare. Alla fine Ranjeet dice: "Qui." Ancor prima che lei si sia accorta che hanno parcheggiato, lui è già sceso dall'auto. Ranjeet si mette a correre nel deserto per poi gettarsi in ginocchio.

"Sono passati di qui," dice Ranjeet. "Sono venuti qui credendo di partecipare alla storica corsa alle pepite d'oro." Raccoglie un pezzo di quarzo rosa e lo osserva attentamente, come se si trattasse del primo esemplare mai rinvenuto. "Mi sembra che ci siano delle tracce d'oro. Corri a vedere."

"La febbre dell'oro è stata dopo."

"L'oro degli sciocchi va bene lo stesso. L'importante è che io riesca a ricreare il viaggio angoscioso di Antonio Armijo e della sua brigata di sessanta persone: uomini attirati dalla promessa di quell'Oceano Pacifico di cui tanto avevano sentito parlare. Hanno sentito parlare di palme, di noci di cocco e di donne lascive, hanno sentito parlare del vasto oceano occidentale, ma qui, nel deserto, neppure un'ombra di tutto ciò. Riescono a trovare soltanto questi minerali luccicanti. E nella forma delle rocce leggono il proprio destino."

"Non hai paura dei serpenti?"

"L'acqua," dice Ranjeet, "è sotto la superficie del deserto. Ed è a questo punto della storia che entra in scena la figura di Rafael Rivera. È lui il rabdomante dei fiumi, un membro di assoluto rilievo all'interno della brigata di Antonio Armijo. Proviene da un'antica famiglia di rabdomanti che affonda le proprie radici nella notte dei tempi. Rafael è il più abile esploratore della storia dei territori spagnoli, ma nonostante ciò nessuno crede seriamente che sarà in grado di trovare l'acqua in queste regioni riarse. Nessuno sa con esattezza come faccia, dato che Antonio non ha mai permesso a nessuno di vederlo nell'esercizio della sua arte."

Va avanti così, solo con maggior dovizia di particolari. Jeanine ammira la dedizione di Ranjeet e il suo restare in ginocchio nella sabbia. Ed eccola lì in piedi accanto all'auto, come le donne dei film, quelle che se ne stanno sempre col sedere appoggiato alla portiera del passeggero, i capelli impeccabili che ondeggiano al vento del deserto; e ognuna di queste donne si domanda se stia ricevendo un indennizzo sufficiente a compensare le inevitabili delusioni della vita. In qualunque film on the road, stai pure certo che l'attrice preferirebbe risalire in auto piuttosto che restare in piedi all'aperto. Chiunque preferirebbe risalire in auto, lasciandosi alle spalle i motel e le cittadine fatte solo di un distributore di benzina, di uno spaccio e di un paio di pickup arrugginiti.

"*Potresti* darmi un bacio," dice lei, allontanandosi di un passo dall'auto a otto cilindri e dai consumi piuttosto elevati. "È uno dei motivi per cui sono venuta."

Ranjeet solleva lo sguardo dal suo pezzo di quarzo. "Sono un sikh. Secondo la mia fede, la figlia di un altro uomo è come una figlia per me, e la moglie di un altro uomo è come una madre. E il coito è riservato esclusivamente a mia moglie. Tuttavia prenderemo una stanza in albergo, essendo un nostro diritto in quanto collaboratori esterni di una grande emittente televisiva. E in un momento di trasporto ci abbracceremo, anche se io sono un uomo sposato."

"Devi proprio ricordarmelo in continuazione?"

Quando aveva baciato Ranjeet vicino alla stazione della metropolitana dopo quella cena in cui si era sentita così a disagio, quella cena durante la quale si era commossa per via della bellezza e dell'innocenza di suo figlio, non era evidente già allora che aveva commesso un grave errore? Non aveva commesso un grave errore chiedendogli di togliersi il turbante? Non aveva commesso un grave errore quando aveva raccontato alla sua coinquilina di aver incontrato un galantuomo che probabilmente si faceva il bucato da solo e che era capace di cucinare favolosi piatti indiani? Non aveva commesso un grave errore dimenticandosi dell'ottimo principio in base al quale la vita professionale e quella personale non andrebbero mai mischiate? Naturalmente, il vero errore consisteva nel lasciarsi andare anche solo per cinque minuti al desiderio, dal momento che, non appena desideri una cosa, siete entrambe perdute.

Ranjeet, sfregandosi le mani per liberarsi dalla polvere, si alza, le si avvicina e le apre la portiera.

Il deserto finisce, quasi come se esistesse un confine tratteggiato oltre il quale comincia la spoliazione. C'è il deserto, e un attimo dopo ci sono i ranch fatti con lo stampino della più vasta area metropolitana, con i tabelloni che reclamizzano le attrazioni locali: un paio di maghi con delle tigri bianche, ballerine in topless e il tasso d'interesse più basso di tutti i banchi di pegno della città. Lei riesce a distinguere fin da qui le esagerazioni fumettistiche dei casinò. Il sole ha intinto la punta delle dita nella piscina per bambini che si vede in lontananza, e il gelo del deserto al principio dell'inverno comincia a sopraffarla. Sente che Ranjeet è già stato sedotto dalla gigantesca truffa di questo luogo. Le strofe riattaccano.

"Quello che Benjamin Siegel aveva intuito," dice Ranjeet, "era l'immenso potenziale energetico. Quello che Benjamin Siegel aveva capito era che ogni abitante di questa città era parte dello spettacolo oppure parte del pubblico. Ci sono due categorie di persone: gli intrattenitori e gli intrattenuti. E secondo Benjamin Siegel, il suo cartello del crimine organizzato avrebbe dovuto controllare lo spettacolo. E infatti è così che funziona: lo spettacolo deve espandersi dallo spazio scenico fino ad abbracciare la città che lo circonda! Dev'esserci una Strada dei Casinò! E Benjamin Siegel è arrivato in questo posto dopo che era stato garantito il diritto al gioco d'azzardo, diritto che naturalmente viene custodito come una reliquia dalla vostra legislazione. E ha capito che doveva esserci lo spettacolo. Ha fatto tutto ciò che andava fatto per trovare i capitali necessari alla realizzazione del suo sogno, anche se nel farlo si è perso, ha perso la propria immaginazione per colpa delle donne e dei liquori che traboccavano dai recipienti stessi che li contenevano." A quel punto aggiunge qualcosa a proposito dei gangster e di Del Webb, l'ex proprietario dei New York Yankees, uno che aveva imparato tutto quello che c'era bisogno di sapere dal tumulto e dal vigore del gioco del baseball.

Alloggiano al Luxor, dal momento che il Luxor, con la sua piramide e la sua sfinge, è stato progettato per evocare la banconota da un dollaro a corso legale degli Stati Uniti d'America. L'hotel è abbastanza grande da ospitare un esercito ed è al completo, e la gente passeggia ovunque con la soggezione incantata dei clienti di un casinò. È impossibile sentirsi a proprio agio in un posto come questo, un gigantesco water che ha il compito di risucchiare il buonsenso dei consumatori. In questa città, in qualsiasi posto tu vada, passi accanto a una trappola; sei costretto a sentire il rumore delle slot machine, quell'ipnotico rollio che ti promette l'impossibile e ti risucchia nello scarico.

La donna alla reception ha un volto che è il sogno di ogni giocatore d'azzardo. Jeanine scorre con lo sguardo il lungo banco dell'accettazione e vede dieci o dodici donne simili, tutte foriere di promesse erotiche o di promesse finanziarie, almeno fino a quando non riceveranno una promozione che consentirà loro di raggiungere il gradino successivo sulla scala del potere e dell'intrattenimento globale.

"Siamo ospiti della Universal Beverages Corporation e in particolare di Jeffrey Maiser, direttore del palinsesto della UBC. Credo che la Universal Beverages Corporation possegga una quota di questo albergo, e di conseguenza è imperativo che la suite di lusso ci venga concessa gratuitamente e che ci vengano concesse gratuitamente le fiches per puntare, e siamo estremamente grati di accettare questo onore."

La modella/attrice non batte ciglio, dato che ha già sentito tutto, ha già sentito tutti questi pretesti, tutte queste storielle. Ha dato il benvenuto a gente in miseria, così come a commercianti d'armi e a signori della guerra sahariani. Si scusa e va a parlare con una delle direttrici, la quale è in piedi lì vicino con addosso un abito provocante. Le due indugiano un istante, appoggiate a una console, dopodiché la modella o attrice torna da loro. Porta brutte notizie. "Siamo *molto* spiacenti per il malinteso, ma non abbiamo ricevuto alcuna comunicazione da parte del signor Maiser né da parte di nessun altro rappresentante della Universal Beverages Corporation sul fatto che sareste stati loro ospiti. Comunque sia, per scusarci, è nostra intenzione mettervi a disposizione una stanza, oltre che delle fiches in omaggio, in modo da far fronte alle vostre necessità immediate mentre tenteremo di chiarire la situazione. Nel frattempo, per fermare la stanza, abbiamo soltanto bisogno di una carta di credito. Naturalmente gli addebiti sul vostro conto verranno effettuati solo una volta che la questione del pagamento sarà stata risolta."

Ranjeet freme per l'indignazione.

"Ma un membro dello staff del signor Maiser ha detto che avremmo potuto..."

"Sono certa che le cose stanno così, ma abbiamo bisogno di una carta di credito, almeno per il momento."

Ranjeet guarda Jeanine come per implorarla: *Ti prego, non distruggere le mie illusioni*. Ma Jeanine finge di non capire la sua richiesta, tanto per chiarire di non essere una preda così facile. Dopodiché estrae dalla borsetta la carta di credito aziendale di Mezzi di Produzione. Ranjeet gliela strappa di mano e la porge all'impiegata dell'hotel. Aggirato l'ostacolo, si dirigono verso gli ascensori.

"È stato molto carino da parte loro offrirci queste fiches in omaggio," dice Ranjeet una volta salito in ascensore. "Ti ho mai detto che sono un abile giocatore d'azzardo?"

"No."

"I tuoi abbracci faranno sorgere in me il desiderio di giocare d'azzardo. Ordinerò dello champagne e qualcosa da mangiare, e poi tu farai il bagno, e io ti guarderò mentre tu farai il bagno, e ci sarà un abbraccio dolce e spirituale, e queste cose mi faranno venir voglia di giocare d'azzardo."

"Che genere di gioco d'azzardo?"

"Prova a indovinare. Se ci riesci, riceverai un diluvio d'abbracci."

"Io dico blackjack."

"Risposta esatta."

L'ascensore li deposita al loro piano, dove percorrono un corridoio infinito alla ricerca del numero giusto. Questo è il rifugio dei disperati, e quando avranno aperto la porta della loro stanza sarà come se avessero firmato un contratto. La loro ultima occasione per resistere allo spettacolo sarà svanita.

La stanza è carina e tranquilla, e non c'è traccia della follia che dilaga di sotto, tranne forse nell'aria ricca di ossigeno. Jeanine si sente un po' meglio, anche se ogni minuto passato da sola con Ranjeet nella stanza rafforza la sua sensazione che lui stia evitando di fare l'amore con lei. Perché, per quanto lei non sia del tutto convinta che un uomo sposato *debba* per forza fare l'amore con lei, tuttavia vicino alla stazione della metropolitana lui l'aveva abbracciata, e quella sera in cui lei era rimasta in ufficio fino a tardi a guardare la televisione insieme a lui aveva intuito che lui era eccitato, che lei l'aveva attizzato e che continuava ad attizzarlo; e dunque perché a questa domanda non era ancora stata data una risposta? Ci sono volte in cui sembra che lui voglia fare l'amore, mentre ci sono altre volte in cui sembra che non voglia, ed è sempre la stessa storia, anche adesso, quando lui fa scorrere l'acqua per lei e versa un po' di bagnoschiuma sotto il rubinetto aperto. Dice che va a telefonare per lo champagne e la chiude in bagno.

Dopo essersi tolta quasi tutti gli indumenti che aveva addosso, Jeanine decide che ricorrerà alla lingerie per attizzare Ranjeet, e questa è forse un'ulteriore prova del delirio altamente ossigenato di questo posto. Jeanine è una donna coperta di ustioni, con indosso soltanto mutandine e reggiseno, ipnotizzata dalla sensazione che questo sia il momento in cui verrà conosciuta nella sua complessità di donna fedele e di donna coperta di ustioni, di donna leggermente eccitata, di donna che almeno una volta ogni tanto vorrebbe fare l'amore tra le braccia di un uomo appassionato e premuroso, tra le braccia di un uomo che ricambi il suo desiderio, e che, desiderandola, la contagi con il suo stesso istinto, l'istinto del desiderio; un uomo che lei credeva fosse Ranjeet, quella prima volta in cui lui aveva fatto la sua comparsa in ufficio, quella prima volta in cui aveva snocciolato le sue strofe come se fossero state scritte su rotoli di pergamena. Il momento è arrivato, e Ranjeet può farne ciò che vuole, e ciò che farà sarà una spia della situazione, e l'acqua si precipita con fragore nella vasca, e l'acqua la eccita un po', qualche volta l'ha usata per soddisfarsi da sola, e si guarda allo specchio, e stabilisce che non è grassa e che è davvero attraente, se non proprio bellissima, e che qualunque uomo sarebbe fortunato ad averla, e stabilisce che sì, uscirà dal bagno e lo sedurrà, perché è così che si fa in posti come questo.

La porta del bagno si chiude alle sue spalle, e lo scorrere impetuoso dell'acqua della vasca si allontana. Jeanine scopre che il suo amante indiano è seduto sul bordo del letto con indosso nient'altro che i calzini, e che sta tentando di toccarsi in modo impuro, e questo potrebbe anche essere un buon segno, potrebbe essere un effetto del vizio contagioso di Las Vegas, se non fosse che c'è un problema. Se fosse eccitato, Ranjeet dovrebbe toccarsi con gioia e abbandono, e lei potrebbe anche non trovarci niente di male, neppure nelle calze, dato che lui potrebbe anche avere intenzione di entrare furtivamente in bagno o qualcosa del genere per poi farla piegare all'indietro sul lavandino, e invece eccolo qui, e il problema sembra aggravarsi, dal momento che non solo non sta entrando furtivamente in bagno ma non riesce neppure a eccitarsi, e come se non bastasse sta piangendo; Ranjeet sta tentando di masturbarsi con indosso nient'altro che i calzini neri, la qual cosa, in fatto di stile, è il peggior passo falso della storia, e sta dicendo qualcosa a proposito del pregare Dio e della necessità che un vero sikh "viva rettamente di un lavoro onesto", e sta dicendo che "tutto il cibo e l'acqua sono, in linea di principio, puri, perché queste sostanze necessarie alla vita sono offerte da Lui", e sta dicendo che l'amore è una condizione dello spirito in cui "due anime diventano una", e che una donna dovrebbe "nutrire nei confronti del marito una deferente sollecitudine e considerarlo il signore e il padrone del suo amore". E una volta pronunciate queste frasi aggiunge: "Ti prego, dimmi cosa ci facciamo qui."

Jeanine si inginocchia ai piedi del letto, si appoggia alla gamba di lui e solleva lo sguardo. E ciò che accade è che lui vede le cicatrici, le cicatrici delle quali sembra essersi dimenticato, come chiunque altro, a causa delle maniche lunghe; le afferra bruscamente il braccio e guarda le cicatrici. "Tu sei una donna ferita. E a casa ho un'altra donna ferita, e quella donna si è consacrata a me, e per quella donna io ho compiuto le circumambulazioni nuziali, e non ho onorato il matrimonio che avevo promesso di onorare. E adesso cosa ne sarà di me?" Ma invece di respingerla o di dirle di rivestirsi, comincia a baciare le sue cicatrici e dice: "Devo baciare queste cicatrici, perché baciando le cicatrici ripagherò ciò che ho rubato." E comincia a baciare le cicatrici, e lei gli lascia baciare le cicatrici per qualche minuto, e non c'è niente di male, sebbene talvolta la gente che bacia le cicatrici le ricordi il reparto dei grandi ustionati.

Alla lunga non nascerà nulla dai baci sulle cicatrici. Dovrebbe baciarla in qualche punto in mezzo alle cicatrici. Spinge Ranjeet sul letto, gli sfila i calzini dai piedi, e il suo sguardo si posa su quelli che si rivelano essere dei piedi incredibilmente graziosi. La maggior parte degli uomini ha frammenti di lanugine dei calzini annidati tra le dita, e la maggior parte dei ragazzi non si taglia abbastanza le unghie oppure ha le unghie chiazzate dai funghi. Ma i piedi di Ranjeet danno come l'impressione che lui abbia camminato per tutta la vita sui cuscini. Come gli è venuto in mente di nascondere dei piedi così meravigliosi sotto i calzini?

"Io voglio... lascia che..."

Ranjeet dice no, no, no, ma poi resta sdraiato sulla schiena, e lei si mette quell'affarino raggrinzito tra le labbra come se fosse un bastoncino di liquirizia, e tenta di far sì che accada qualcosa, e i minuti passano, e lei ci mette tutta la determinazione possibile, ma forse non è brava in questo genere di cose, o forse lui sta pensando a sua moglie. Ha sentito dire che l'adulterio dovrebbe essere elettrizzante, ma in realtà non si rivela altro che smorto e banale, come la vita all'interno di un casinò, e così lei si limita a dargli un bacio sulla coscia per poi alzarsi e andarsi a chiudere in bagno.

Le bolle di sapone sono arrivate ormai a metà strada tra il pavimento e il soffitto. È una vasca molto grande, quella, e non si è ancora riempita. Tutto questo fallimento amoroso non è che il giusto castigo per la sua stupidità. La stupidità che l'ha spinta ad arrivare quaggiù, dopo otto ore di viaggio attraverso il deserto, convinta di trovare qualcosa di autentico, come tutti coloro che attraversano il deserto. Gente che viene qui per arricchire Meyer Lanski e Lucky Luciano o i loro eredi. Gente che viene qui perché un fenicottero porta fortuna, o perché Frank Sinatra si era esibito qui e aveva fatto il duro con un croupier che aveva nascosto delle carte da gioco in un sabot del blackjack. E lei è ancor più stupida di loro, dato che non è così sciocca da condividere le loro illusioni.

Si sdraia nella vasca da bagno, aggrappandosi al bordo con una mano, e allunga i piedi contro il muro cercando di non inghiottire le bolle di sapone, fino a quando l'acqua del rubinetto non sgorga direttamente sopra di lei e lei non si ritrova in una specie di grotta dell'umidità e del disinganno, che è il posto che si merita per esser stata tanto stupida, e se verrà non farà che sentirsi ancora peggio, anche se in realtà non si merita niente di più. Quando la porta si apre, lei non si volta neppure, e lascia che il getto dell'acqua faccia il suo dovere, e lascia che le sue dita la titillino, e così adesso sono lì in due, con le loro speranze infrante, in un casinò in mezzo al nulla, a tentare di inventarsi una storia da poter vendere ai dirigenti televisivi di Los Angeles, e non riescono neanche a cingersi con un braccio in modo che la cosa abbia un senso, pensa lei sentendosi tremare le gambe, anche se non dovrebbe assolutamente pensarci, dovrebbe concentrarsi sul non pensare a niente, dovrebbe concentrarsi sul rumore dell'acqua, e se pensa a lui non farà che distrarsi, e così tiene duro, e pensa che non c'è davvero nulla da attendere con ansia, e che tutta questa storia è fondata su menzogne e mistificazioni. La miniserie, l'ufficio a New York e le sue amicizie laggiù. Sono tre mesi che non prende una decisione giusta. Pensava di essere una ragazza prudente e invece è venuto fuori che non è stata prudente nemmeno una volta. Si stava già preparando a fare ciò che sta facendo adesso, ossia mandare tutto a catafascio in modo spettacolare, ed è a questo punto che sente Ranjeet vicino al lavandino che pronuncia il suo nome, e la benedice mille volte e le promette ogni genere di follia, e le dice che lei è l'Eterno Essere, e le promette di darle mezza dozzina di figli e di gettarsi nel fuoco per lei, e quello che le dice scatena una specie di reazione a catena nella sua mente, e quando questa finisce, lei torna a sdraiarsi nella vasca piena di bolle in modo che i piedi fungano da periscopi e che il resto di lei resti sommerso.

Dopo cena, Ranjeet e Jeanine si dirigono verso la trappola del gioco d'azzardo.

Stando a Ranjeet, c'è tutto un metodo per selezionare il tavolo giusto al quale giocare a blackjack, e questo metodo include la divinazione. Il primo requisito è che al tavolo non ci siano altri giocatori. Dato che sono a Las Vegas di mercoledì sera, e dato che sono arrivati nella trappola senza molto da dirsi, vanno in cerca di un tavolo senza altri giocatori, un tavolo su cui le carte si aprano davanti al croupier come la coda di un pavone. Comunque sia, Ranjeet non riesce a trovare un croupier che gli vada a genio. Non vuole avere a che fare con un croupier *bianco* perché, come osserva in una strofa piena di livore, i croupier bianchi disprezzano gli immigrati. "Nel mondo ci sono un miliardo di indiani come me," dice, "e un miliardo di cinesi. Questi impiegati salariati non sanno che un giorno verremo qui e invaderemo questa terra? Stiamo *venendo* a invaderla, e la rifaremo a nostra immagine e somiglianza, con le nostre credenze, con la nostra etica. Perché pensi che ci siano tutti questi giapponesi qui nel casinò? E tutti questi cinesi? Qui nel casinò? Perché stiamo venendo a conquistare il vostro paese. Vi spodesteremo solo perché ci va di farlo." E ha ragione; il resto dell'America, quelli che non stanno in una suite insieme a Mercurio e a Lacey, assomigliano al resto del globo. Ranjeet cammina nervosamente intorno ai tavoli riservati al blackjack finché non trova l'unico croupier afroamericano, il croupier che il resto dei giocatori evita, il croupier con il cranio lucente reso perfetto da una specie di cera, e a quel punto Ranjeet si siede sul quinto sgabello e posa sul tavolo le fiches omaggio senza offrirne neanche una a Jeanine. Aspettano che il croupier compia il rito del mescolamento delle carte.

Jeanine dice: "È giunto il momento di dirti ciò che ti volevo dire."

Un ventaglio di carte viene spazzato via davanti al sikh.

"È successo in Arizona, quand'ero una ragazzina. Che tu ci creda o no, ero una ragazza veramente ribelle, e i miei genitori non riuscivano in nessun modo a tenermi chiusa in casa. Non ero come adesso. Uscivo con i miei amici e sfrecciavo sulle auto dei loro genitori. Andavamo nel deserto. Andavamo a est. Meno civiltà. A nord e a est non c'erano che riserve. Pensavamo di avere più cose in comune con gli indiani che non con i nostri genitori. Passavamo la notte là fuori. Chiudevamo le portiere dell'auto e reclinavamo i sedili. Cosa che naturalmente faceva andare su tutte le furie i miei, che poi mi chiudevano in casa per un mese. Ma non appena uscivo, io lo rifacevo. Mi piacevano le riserve, soprattutto quella dei Navajo. Dalla strada, fino a dove arrivava lo sguardo, sembrava vuota."

Il croupier chiede a Ranjeet di tagliare il mazzo. Sono pronti a giocare. Ranjeet punta il minimo, e cioè quindici dollari.

Il banco fa ventuno alla prima mano.

"Non è una buona idea restare là fuori alla fine dell'estate, perché, sai, se resti là fuori molto a lungo, poi finisci col friggere. Raccontano di gente che d'estate lascia il figlio in auto, entra nel negozio di alimentari, esce, e il bambino è diventato un pezzo di frutta secca. O il cane. Si dimenticano di lasciare aperto uno spiraglio del finestrino per il cane e cinque minuti dopo il cane sembra un pomodoro secco. Tutti cercano di evitare di accendere un fuoco. Lo senti anche alla radio. 'Oggi lo stato d'allerta è codice rosso.'"

Ranjeet fa quindici, prende un jack dal croupier e sballa. Se va avanti così, durerà ancora sette o otto mani. Guarda Jeanine implorante, come se implorandola potesse trattenerla dal raccontare la sua storia. Lei aspetta, poi prosegue.

"Uscivo con un ragazzo, Philip. Philip non era un buon fidanzato. I miei genitori non volevano che uscissi con lui e non gli piaceva che mi vestissi come lui, e non gli piaceva neanche come mi comportavo a scuola quando stavo insieme a lui; insomma, non gli piaceva niente di lui. Philip aveva organizzato questa festa per il sabato sera, e saremmo andati a nord, nella Skull Valley. Lassù, vicino ai Bradshaw. Praterie a perdita d'occhio e nient'altro. Non aride come gli altipiani, ma con un pericolo d'incendi altrettanto elevato. Su in montagna trovi un sacco di pini gialli e di pigne, degli ottimi combustibili. Ma la cosa non era riuscita a fermarci. Attraversi una zona piena di allevamenti di cavalli, dopodiché ti lasci alle spalle tutti i cavalli e arrivi nella Skull Valley. Avevamo trovato un posto fuori mano e Philip, il suo amico Ryan e la ragazza di Ryan, Skye, erano scesi dall'auto e avevano piantato un paio di tende."

Delle tre mani seguenti, Ranjeet ne vince due. Poi fa un *double down* con due sette e ne vince un'altra. Improvvisamente comincia a sentirsi fiducioso. Alla mano successiva scommette quarantacinque dollari, perde, e in men che non si dica ha già dato fondo a metà delle sue fiches.

"Chi ha voglia di cucinare? Avevamo qualche stuzzichino, un sacco di birra, parecchia erba e un po' di humus portato da Skye. Lavorava in un negozio di alimenti biologici in città che, a parte noi, non aveva praticamente clienti. Se ne stava sempre lì a leggere libri sui poteri magici dei cristalli. E così Skye aveva portato le uniche cose che avevamo da mangiare, il che significa che probabilmente non ne avevamo abbastanza. Per prima cosa abbiamo cominciato a bere birra e a fumare. Philip e Ryan si erano messi a parlare di quanto gli sarebbe piaciuto che io e Skye iniziassimo a baciarci, dato che avrebbero voluto guardarci. A dir la verità, non avevo mai parlato molto con lei, perché Skye era una che quasi non parlava. Gli avevo detto di lasciarla in pace, ma loro non la lasciavano in pace. Probabilmente avevano già organizzato tutto in anticipo; ecco cosa mi viene da pensare adesso. Facciamo ubriacare le ragazze. Si erano fatti certe idee da adolescenti, convinti di riuscire a mettere in piedi un'orgia durante questa escursione in tenda, ma evidentemente non ci conoscevano bene."

"Potresti per cortesia," dice Ranjeet.

"Voglio finire."

Scommette altri quarantacinque dollari e si ritrova con un tredici, il numero che fa venire un mezzo infarto a tutti i dilettanti di blackjack. Prende una carta, poi un'altra, e riesce a risalire fino a venti, dopodiché Jeanine guarda il pacato e professionale croupier afroamericano aggiungere un sei al quindici, arrivando a ventuno.

Ranjeet dice: "Mi servono altri fondi."

"Sei libero di usare tutti i fondi a tua disposizione," risponde Jeanine.

"Non ho fondi a mia disposizione."

"Chiama i tuoi contatti alla UBC."

Ranjeet dice: "Lasciami usare la tua carta di credito."

"Perché dovrei darti la mia carta di credito? Stai giocando come mia nonna."

"Mi dispiace davvero. Ti prego, finisci la tua storia."

Scommette il resto delle fiches. Un tipo magro come un cane da corsa, con il naso rubizzo e un martini in mano, si avvicina al tavolo, ma Ranjeet gli fa cenno di andarsene.

"Immaginavo di dover trovare un modo per fuggire con Skye. E così abbiamo detto ai ragazzi che saremmo andate nella boscaglia per metterci a nostro agio e che loro avrebbero dovuto raggiungerci dopo qualche minuto, magari un quarto d'ora, dato che lì saremmo state più a nostro agio; nella boscaglia saremmo diventate selvagge. E poi siamo scappate. Era buio, capisci, e sentivamo l'odore del falò vicino alle tende anche mentre correvamo nei campi, e stavamo correndo il più lontano possibile, laggiù nella prateria, e ricordo di essermi un po' preoccupata per il falò, visti gli allarmi di quell'estate. Anche se prima di allora gli allarmi per gli incendi non erano mai riusciti a fermarci. Eravamo ubriache e fumate, e ricordo di aver visto Skye sganasciarsi dalle risate per la prima volta. Eravamo convinte di poter tornare sulla strada facendo un cerchio e non la smettevamo mai di ridere. Eravamo convinte di sapere in quale direzione fosse la strada, ma per quanto andassimo avanti non vedevamo traccia della strada né di nessuna auto di passaggio. Avevamo pensato di farci dare uno strappo, dato che di notte nessuno lascia due ragazze sole sul ciglio della strada. Ma non riuscivamo a trovare la strada."

Ranjeet stende la mano per farsi dare la carta di credito.

"La storia è finita, giusto?"

"Sbagliato. Vai ad accendere un'altra ipoteca sulla casa. Così avrai un po' di liquidi."

Ranjeet si allontana dal tavolo, borbottando al croupier che sarà di ritorno nel giro di un quarto d'ora. Jeanine prende un drink dalla prima cameriera discinta che passa di lì e le dà una mancia generosa, impietosita dall'ora e dalla sua tenuta. Ranjeet ritorna furioso, un biglietto da cento dollari stretto in pugno. Dice: "Sei contenta adesso? Non volevo usare questi cento dollari, perché un sikh non stabilisce rapporti equivoci e non si dedica al gioco d'azzardo, e perché questi sono gli ultimi cento dollari che ho sul conto e li stavo risparmiando per le spese relative a mio figlio. Anche se sono qui e ho disonorato il mio matrimonio con te, ciò non significa che io non ami mio figlio, che ritengo diventerà un gentiluomo."

Posa la banconota da cento dollari sul feltro verde, e il croupier chiama il suo supervisore perché si occupi del cambio della banconota in fiches. Ranjeet punta immediatamente cento dollari.

"Siamo lì, nel bel mezzo di una prateria che dovrebbe appartenere a qualcuno. Ma non c'è anima viva, e neanche una fattoria. Stando alle orme, doveva esserci qualche asino selvatico là fuori, e io stavo cominciando a pensare agli asini selvatici, e stavo cominciando a pensare ad altri animali di montagna, sai, linci rosse e pecari. Non si sa mai; ero un po' preoccupata. Si stava facendo tardi. Allora abbiamo cominciato a chiamare i ragazzi, ma non sentivamo niente. Non arrivava nessuna risposta. Credo che Skye fosse davvero terrorizzata. Mi ha detto che la sua famiglia non viveva in Arizona, e che lei era venuta all'Ovest per studiare, ma che poi aveva mollato l'università per cominciare a lavorare nel negozio di alimenti biologici e che viveva dietro al distributore di benzina. Abbiamo continuato a gridare per un po', ma nessuno rispondeva ai nostri richiami."

Lui vince la prima mano, poi la seconda.

"Immaginavamo che avremmo dovuto rimanere lì per tutta la notte, in modo che la mattina dopo saremmo riuscite a trovare la strada e a ritrovare la via per la città. Pensavamo di dover accendere un fuoco per tener lontani gli animali. Sai, era molto probabile che ci fossero dei serpenti là fuori. Skye fumava, e quindi aveva un accendino con sé. Inoltre, se avessimo acceso un falò, la gente avrebbe potuto vederci. Se qualcuno avesse visto un fuoco ardere nella notte, i vigili del fuoco ne sarebbero stati informati e si sarebbero precipitati lì a spegnerlo. Così abbiamo tentato di tracciare un piccolo cerchio per il fuoco e siamo andate a cercare dei rami e dei legnetti, e abbiamo continuato a chiamarci per non finire col perderci."

Mille dollari! Un miracolo! Un dono del cielo! Una cosa che spiana la strada al lavoro di domani, che tra l'altro consiste nello scattare delle fotografie delle location che useranno per la puntata su Las Vegas!

"Non ho finito," dice Jeanine. "Ti stavo raccontando di come abbiamo tracciato questo piccolo cerchio per il falò, e poi, dopo aver acceso questo piccolo falò, ci siamo stese vicino al fuoco e abbiamo cominciato a raccontarci delle storie, come sto facendo adesso io con te, e pensavamo di poterci tenere sveglie a vicenda raccontandoci delle storie, in modo da esser sicure di riuscire a tenere d'occhio il fuoco, nel caso in cui i ragazzi l'avessero visto. O forse qualcun altro l'avrebbe notato e avrebbe chiamato i vigili del fuoco."

Ranjeet sventaglia cinquecento dollari sul tavolo. Al che il croupier si dà un asso e una figura. Con calma studiata il croupier osserva: "Che sfortuna, signore."

A questo fanno seguito altre due puntate altissime, la mossa della disperazione. Con i restanti cinquecento dollari Ranjeet decide di accontentarsi di puntate di cento dollari ciascuna. Ne perde tre, ne vince una e ne perde altre tre.

"Sai il finale? Sai già come va a finire, quindi ti racconterò il finale, e cioè che mi sono svegliata a causa delle urla di Skye. Si era alzato il vento, requisito essenziale per un incendio indomabile, e Skye stava urlando. Io avevo addosso una giacca a vento di nylon e sotto un top senza maniche, e non ricordo esattamente cosa indossasse Skye, dato che, nell'istante in cui mi sono svegliata, Skye era già nei guai fino al collo, dal momento che il fuoco era uscito dal cerchio. Gli abiti di Skye erano in fiamme e io sono corsa ad aiutarla. Ricordo di aver pensato che non avevamo niente per spegnere un incendio. Non avevamo acqua. Eravamo solo due sciocche che non avevano niente e che speravano che i loro ragazzi si sarebbero rivelati migliori di quanto non sembrassero. Non avevamo dell'acqua, né un badile, e vedevo Skye che tentava di spegnersi le fiamme sulle braccia e sulla schiena con le mani, e io mi sono precipitata su di lei, e mentre cercavo di spegnere le fiamme che l'avevano avvolta sentivo che non stavo veramente prendendo fuoco, ma che qualcosa faceva ardere le fiamme più luminosamente, e forse era la mia giacca a vento che aveva preso fuoco, ma non ho avuto il tempo di farci caso, perché, quando ho sollevato lo sguardo, ho visto che su un lato del bosco le fiamme avevano riempito la notte, come se la notte stessa si fosse incendiata. Ancor prima di potermi occupare di Skye ho detto: 'Dobbiamo scappare, dobbiamo scappare', e stavamo già correndo entrambe, e io cercavo di spegnermi il fuoco sulle braccia, e ricordo che cercavo di togliermi la giacca a vento e che cercavo di capire se sarei riuscita a togliermela, ma non riuscivo a togliere la giacca a vento perché si era già fusa. L'unico elemento positivo di tutta questa storia era che in lontananza sentivamo le sirene. Sentivamo dov'era la strada, perché era da quella direzione che arrivava il suono delle sirene, e correvamo verso le sirene, e Skye gemeva, e io correvo il più veloce possibile, e alla fine siamo arrivate sulla strada, ed è stato lì che sono svenuta o che sono entrata in stato di shock. E vorrei solo dirti, in caso tu ti sia chiesto del trauma, che non ho dimenticato come sono arrivata in ospedale, né i primi trapianti di pelle, e non ho mai dimenticato l'incendio. Ancora adesso mi sveglio un paio di volte al mese con la sensazione di star scappando dal fuoco. Quell'incendio è durato quattro giorni. Il mio nome è apparso sui giornali, e tutti sapevano cos'avevamo fatto Skye e io e che cos'avevano fatto i nostri ragazzi, e cioè che, non si sa come, avevamo appiccato l'incendio della Skull Valley, dopodiché ho smesso di uscire e di andare alle feste. E non appena ho finito la scuola sono venuta a est, a New York, per lasciarmi alle spalle l'incendio della Skull Valley e i cavalli che sono morti per colpa mia nelle loro stalle, per colpa della mia stupida adolescenza. Andando a est, forse nessuno avrebbe saputo ciò che provavo per quel che avevo fatto."

Quando Ranjeet ha perso tutto il proprio denaro, si alzano dal tavolo e si congedano dal nuovo croupier, un asiatico privo del raffinato stile del suo predecessore, che adesso si è preso una pausa. Ed è solo quando passano accanto al dedalo di slot machine che Jeanine tira fuori dalla borsetta un quarto di dollaro, lo fa scivolare dentro un bandito con un braccio solo, tira la leva e aspetta, mentre l'allarme scatta e comincia a suonare all'impazzata, segnalando una vincita favolosa. Nella vaschetta sottostante si riversano delle monete, e poi ancora monete e altre monete e ancora monete, fino a quando la vaschetta non riesce più a contenere l'entità della vincita. Migliaia! Più di migliaia! Ranjeet si guarda in giro sbalordito, in attesa dell'impiegato in divisa. Jeanine dice che non riesce a crederci, anche se in un modo o nell'altro ci riesce. A volte va così. Può aspettarla lì un attimo? Deve assolutamente andare in bagno. Tu aspetta, devi solo aspettare. E mentre lui aspetta i soldi, lei si dirige verso l'ascensore, verso la stanza, verso le chiavi dell'auto. Ci vorranno solo cinque o sei ore per arrivare a Phoenix.

31

Artemisia tridentata, creosoto, ocotillo, distese d'erba riarsa a perdita d'occhio. I rari ginepri come macchie che intaccano la perfezione del vuoto. Persino gli ammassi di sterpaglia non risultano artificiosi, non sembrano buttati lì per far colpo; ed è da questi particolari che Vanessa intuisce di essere nel posto giusto, un posto in cui il vento ulula davvero sulle rotaie, in cui i vagoni merci sferragliano tutto il giorno senza sosta attraverso i passaggi a livello, in cui il miglior bar della città non si può nemmeno permettere un'insegna al neon, e in cui l'unico sgangherato supermercato ha un'intera corsia dedicata alle tortillas. Un mulinello di polvere ti avvolge, come se la prateria in persona ce l'avesse con te perché hai occupato i suoi spazi vuoti. Se ti vai a fare una passeggiata, spaventi un'antilope o un cervo, anche se sarebbe meglio evitare, perché nessuno lo fa.

Alpine, Texas. È arrivata fin qui per scoprire che si tratta di uno degli ultimi posti non ancora sfruttati dall'industria cinematografica, sfruttamento al quale ora lei ha intenzione di sottoporlo in maniera massiccia. Ha intenzione di schierare un esercito di roulotte, più lunghe del più lungo dei treni merci, e ha intenzione di radunare un esercito di iscritti al sindacato che caleranno a dozzine sui bar locali, e ha intenzione di invadere questi pascoli immensi con comparse in costumi mongoli; mongoli che si prenderanno a bastonate l'un l'altro, con il capocoreografo che strillerà al limite esterno dell'inquadratura. Ci saranno elicotteri che volteggeranno sulla scena, attrezzati con telecamere e poderosi teleobiettivi.

Ecco l'itinerario che ha seguito: prima di tutto, il Gila National Monument. Da lì si era poi spostata a sud e a est. A Vanessa piaceva di più Truth or Consequences, in New Mexico, e c'era un motivo ben preciso per cui quel posto le piaceva. Il Low Rider. Be', c'era anche la prospettiva di Alamogordo. Sì, Vanessa adorava l'idea che un contatore Geiger potesse captare gli echi di passate esplosioni. Ma Alamogordo era uguale a tutti gli altri posti. Il secondo giorno si erano dirette a sud, verso Carlsbad. Perché mai in queste grotte ci dev'essere sempre una guida che punta la pila su una stalagmite paragonandola a un elefante? Neanche per sogno. Avevano cassato l'ipotesi di Carlsbad preferendo dirigersi a est, verso il Big Bend. Era stato un lungo viaggio, e sulla strada si erano concesse una sosta in tutti i luoghi pittoreschi che le avevano incuriosite.

Poi, all'alba, mentre procedevano verso est su una Pontiac Grand Am turchese, Vanessa aveva finito con l'incappare in questo posto a malapena indicato dalle cartine, e soltanto per via dell'università statale. Alpine, Texas. Non aveva motivo di sapere che da tempo vagheggiava un posto del genere, un posto così lento, arretrato e abbandonato a se stesso. Forse l'intero mese di novembre non era servito ad altro che ad avvicinarla ad Alpine. Tutte le brutte notizie delle settimane precedenti l'avevano portata un passo più vicina ad Alpine. Fanculo Dallas e la sua tradizione petrolifera; fanculo Houston e i suoi musei. Quaggiù c'era un altopiano grande quanto Rhode Island con solo settemila residenti, più qualche manzo denutrito dalle lunghe corna, un po' di cavalli e delle antilopi. Cittadine col cuore infranto piene di ammassi di sterpaglia e di pickup esageratamente grandi con i finestrini di vetro diatermico.

La sua stanza al Javalina Motor Court puzza di piscina, e l'acqua calda non è affatto calda, e il taco che ha mangiato in paese le ha fatto venire i crampi allo stomaco, e sulla sua posta vocale ci sono una mezza dozzina di messaggi allarmanti, nessuno dei quali di sua madre, da cui Vanessa si aspetta ancora una telefonata. Ci sono diversi messaggi lasciati dal dipartimento Persone Scomparse. Madison, nel frattempo, sostiene di aver trovato un fantastico ufficio in affitto all'interno o vicino al World Trade Center. Mezzi di Produzione sarà più vicina a Robert De Niro e agli altri indirizzi superchic di Tribeca. Comunque sia. Qui ad Alpine il cellulare non prende, e non ha senso richiamare adesso alla spropositata tariffa del motel. Se vai sulle montagne, le ha detto Jack della Brewster County Properties, potresti riuscire a collegarti tramite un satellite.

E, sempre per restare in tema di bufale spaziali, Alpine è nota per gli oggetti volanti non identificati. Ed è così che Vanessa tenta di dare una scossa ad Allison Maiser, stagista e addetta alle location. Batteranno le colline alla ricerca degli UFO. Jack conosce uno che sa dove andare. È un grosso business da queste parti. Vanessa ha visto la vetrina di un negozio che pubblicizzava escursioni per osservazioni ravvicinate. E la cosa potrebbe anche essere inserita nella sceneggiatura. Forse la rabdomanzia, la tecnica tramandata di generazione in generazione ne *I rabdomanti*, in origine era stata impartita da viaggiatori interstellari. Forse dovrebbero esserci gli UFO o gli alieni nel finale della storia.

La porta della camera di Allison è beige e scrostata; il numero della stanza si è staccato e penzola a testa in giù, lasciando intravedere sul retro uno strato di vernice ad acqua, reliquia di un periodo in cui l'amministrazione del motel doveva esser stata più attenta alle spese e in cui i colori vivaci l'avevano fatta da padrone.

"Svegliati!" Vanessa bussa alla porta. "Ho un'idea."

Allison infila il naso e gli occhiali senza pretese nella stretta fessura tra la porta e l'intelaiatura. In mano, un tascabile pieno di orecchie che ha comprato ad Albuquerque, *Louis L'Amour*.

"Oggetti volanti non identificati! Quando credi che ti capiterà un'altra occasione simile?"

"Stavo leggendo..."

"La rabdomanzia è una specie di mutazione genetica, e forse all'inizio e alla fine della storia ci sono gli UFO, e i rabdomanti vengono esposti alle luci emanate dagli UFO, ed è così che sviluppano la loro tecnica, e la mutazione verrà trasmessa ai loro discendenti. È il caso di chiamare Ranjeet? Nel finale, l'ultimo rabdomante viene arruolato dalla NASA."

Vanessa le racconta della pubblicità delle escursioni che ha visto nella vetrina del negozio e della dritta di Jack, l'agente immobiliare. Naturalmente Allison Maiser, essendo Allison Maiser, potrebbe pure rifiutarsi di venire, ma alla fine s'infila una giacca, anche se ha ancora addosso i pantaloni del pigiama. Sono di nuovo sulla Grand Am. Poco dopo incontrano la guida, Bo Fontaine, un ex militare che ha tutta l'aria di aver trascorso gli ultimi vent'anni a bere, periodo durante il quale non è tuttavia riuscito a perfezionare l'arte di radersi senza uno specchio. Per cinquanta dollari, dice Bo, andranno a farsi un giro e si sorbiranno la sua tiritera, incentrata su una donna di nome Brenda Mae Millerton che, proprio da queste parti, poco più a nord della città di Alpine, era stata prelevata da un disco luminoso, esaminata e rilasciata, e che durante quest'avventura era venuta a sapere che gli alieni avevano scelto la parte sudoccidentale degli Stati Uniti per effettuare le loro visite per la semplice ragione che quaggiù il territorio era adatto all'atterraggio dei loro velivoli. Si trattava degli stessi alieni che avevano visitato la riserva di Nunavut, che poi è il motivo per cui gli esquimesi fanno quegli strani disegni.

Gli alieni comprendono l'amore e ne sono attratti, prosegue Bo sul suo quattro per quattro, e di conseguenza: "È piuttosto probabile che abbiano un'idea di Cristo. All'inizio c'è stata la creazione, e con questo intendo *tutta* la creazione; non intendo solo la creazione quaggiù, ma la creazione in lungo e in largo, la creazione disseminata nei cieli notturni, la creazione nelle galassie che si vedono col telescopio... com'è che si chiama... telescopio di Hubble. Creazione significa creazione delle galassie; significa che quelle sono immagini autentiche che arrivano da galassie autentiche, buchi neri, eccetera, il che significa che Lui era lì quando sono stati creati gli alieni, dato che Lui è sempre stato lì. E Lui sarà lì anche quando viaggeremo fino alle stelle. In altre parole: gli alieni sono aspetti della creazione. Gli alieni sono fatti a Sua immagine e somiglianza, proprio come noi.

Non bisogna aver paura degli oggetti volanti non identificati, perché, anche se hanno tre teste o gli occhi sul palmo delle mani o chissà cos'altro, i piloti di quei velivoli conoscono l'amore. Mi seguite?" Bo continua senza alcun imbarazzo. Le sue chiacchiere servono a colmare il vuoto nel tragitto dalle luci di Alpine all'oscurità della strada di campagna che conduce a est. Spesso, in questi giorni passati a guidare, di notte a Vanessa è capitato di ritrovarsi in un paesaggio che conteneva più *nulla* di qualunque altro posto in cui fosse mai stata. E ora eccolo lì, di nuovo, a suscitarle al tempo stesso una sensazione di calma e di inquietudine. L'impressionante nulla di queste strade di campagna, le lepri che fuggono saltellando sull'asfalto davanti ai fari. Laggiù, nell'oscurità davanti a loro o alle loro spalle, potrebbero esserci delle montagne; potrebbe esserci un'imponente successione di creste. Potrebbe esserci il nulla.

Loro due non sanno niente di Bo. Non sanno se è uno stupratore in erba o un serial killer di fama mondiale. Devono esserci un bel po' di serial killer nel grande Stato del Texas, dato che ne giustiziano così tanti. Vanessa sa come assestare un calcio nelle palle a un uomo, e sa come colpirgli il pomo d'Adamo con un secco jab in modo da soffocarlo e da immobilizzarlo. E sarebbe disposta a fare entrambe le cose prima di permettere a un bifolco del Sud che puzza di sudore di disonorare lei e la sua stagista.

E così, caso mai dovesse essercene bisogno, decide che sarà pronta a infliggere molteplici lesioni corporali a Bo, dopodiché confesserà ad Allison il proprio desiderio di baciarla. Perché, da quella sera in cui avevano guardato *I lupi mannari di Fairfield County* insieme, la sera in cui Vanessa si era ritrovata a letto con Allison la stagista, la quale si era rivelata una tigre del materasso, tra loro non c'era più stata alcuna intimità. Quando una donna ama un'altra donna, la tendenza maschile all'insensibilità, la tendenza a ritrarsi dai discorsi profondi e dalla condivisione dei propri sentimenti, in teoria non dovrebbe mai manifestarsi. In teoria, le donne non dovrebbero mai abbassarsi a una scopata e via. Tuttavia Allison, dopo che l'aveva stretta tra le sue braccia, dopo che l'aveva penetrata con certe cosette, dopo che l'aveva lavorata con la lingua e dopo che le aveva detto che adesso era di sua proprietà, al punto che Vanessa si era messa a ridere, tanto buffa e nuova era questa situazione per lei, e aveva continuato a ridere fino a quando poi non si era messa a piangere, insomma, dopo che aveva fatto tutte queste cose, in ufficio era stato come se Allison si fosse imbarcata in una campagna volta a ignorare Vanessa. Se non fosse stato per l'incarico in qualità di addetta alle location, incarico che Vanessa aveva offerto ad Allison nella speranza di poter condividere con lei una stanza d'albergo, probabilmente ora Allison si troverebbe il più lontano possibile da lei. C'era stata un po' di tensione. Ciononostante, Vanessa dirà ad Allison che qualcosa l'ha sopraffatta, che un certo sentimento ha sopraffatto Vanessa quaggiù, nel deserto, nella notte infinita. Dirà ad Allison che è convinta che questa vita sia fatta per qualcosa di più del lavoro, della pizza e della televisione. Vuole che Allison capisca che potrebbero affrontare questi dilemmi filosofici insieme. E questa conversazione richiederebbe una discreta quantità di baci. E non solo.

"C'è un motivo particolare per cui dobbiamo allontanarci tanto dalla città?" chiede Allison a Bo dal sedile posteriore.

"Dobbiamo allontanarci tanto dalla città," urla Bo, al quale sembra che piaccia gridare, "perché è proprio da queste parti che Brenda

Mae Millerton è stata rapita dall'oggetto a forma di disco di cui vi parlavo. È stato proprio lungo questa strada che i *visitatori*, perché è così che ci piace chiamarli, che i *visitatori* si sono manifestati a Brenda Mae."

"E com'è che le si sono manifestati?" si informa Vanessa.

"Ci stavo arrivando," dice Bo. "Brenda era partita dal ranch di famiglia e stava andando in città, stava andando a prenotare un tavolo al ristorante, e si trovava su questa strada quando ha sollevato lo sguardo e ha visto una cosa che luccicava nel cielo notturno. E quel che ha visto era un oggetto a forma di disco che eseguiva una manovra a Z alla velocità della luce..."

"Cos'è una..."

"Questa è una zona militare. Sappiamo quali sono le manovre che normalmente eseguono i moderni velivoli del nostro arsenale. E sappiamo che in quell'occasione non si trattava di un caccia o di una cosa del genere. Nessun aereo invisibile al radar potrebbe eseguire il tipo di manovra di cui vi sto parlando. Brenda Mae aveva visto questa manovra a Z eseguita alla velocità della luce ed era contenta di averla vista, ne era orgogliosa, dal momento che era consapevole di vivere in una zona nella quale gli oggetti volanti non identificati fanno parte della vita di tutti i giorni. Immagino che forse voi, signore, non avreste reagito allo stesso modo. Immagino che voi pensiate che questa storia dei *visitatori* che preferiscono atterrare dalle nostre parti sia tutta una baggianata. Pensate di aver pagato i vostri cinquanta dollari per farvi quattro risate. E in cambio uno del posto vi racconta una storiella senza capo né coda. Non ho forse ragione?"

Vanessa dice: "Siamo impegnate in una missione estremamente importante."

Da quant'è che sono in macchina? Quaranta minuti, e non è ancora successo niente. Meno di niente. Nessuna città all'orizzonte. Nessuna traccia dell'inquinamento luminoso di una città a venti miglia di distanza. Nulla che separi o che divida l'immensità della notte da se stessa. In un posto come questo potrebbe accadere qualunque cosa. Cose impossibili da spiegare, cose che potrebbero coprire di ridicolo la United Broadcasting Company e la sua società madre, inclusi tutti i suoi dipendenti.

"Brenda credeva di trovarsi a una distanza di sicurezza dal velivolo che stava eseguendo quella manovra a Z alla velocità della luce. Ha pensato: 'Be', deve trattarsi di un volo di ricognizione dei confini' e ha continuato a guidare, cantando una canzone texana di quelle che trasmette la nostra emittente locale, finché a un certo punto, e senza nessun'altra ragione se non una certa inquietudine, non ha guardato nello specchietto retrovisore. E ciò che ha visto è stata una luce che si librava proprio dietro di lei, che si librava sopra la strada dietro alla sua auto."

Ovviamente Allison si volta, dal momento che è seduta sul sedile posteriore dell'auto, e Vanessa si volta verso Allison, mangiandosela con gli occhi, ma fuori dal parabrezza posteriore non c'è assolutamente nulla.

"Quant'era grande?" chiede Allison.

"Quant'era grande? Me l'hanno chiesto in molti, naturalmente," dice Bo. "E la risposta è che le domande sulle dimensioni sono domande terrene, perché, stando a Brenda Mae, l'entità delle luci dei visitatori varia a seconda del ruolo che uno ha nella vicenda. E in quell'istante, quando le luci si sono librate proprio dietro la sua auto, queste luci erano grandi come quelle di un normale trattore agricolo. Ma prima che voi pensiate che queste luci fossero semplicemente i fari del veicolo che la seguiva, dovreste sapere che queste luci si sono librate in aria, e mentre lei le guardava nello specchietto retrovisore, le luci si stavano sollevando sopra il retro della sua auto, sopra il bagagliaio, e quando lei si è voltata, le luci erano sopra la sua auto, e lei si è spaventata."

"Che genere di rumore faceva quell'affare?"

"Questa è un'ottima domanda, una domanda che alla maggior parte della gente non verrebbe mai in mente di fare. La maggior parte della gente vuole solo sapere che forma aveva il velivolo non identificato, oltre alle dimensioni e alla statura dei visitatori. La maggior parte della gente va dritta a questo genere di domande, domande che indicano come questa gente non abbia riflettuto sulle questioni relative alla propulsione, al carburante, all'aerodinamica, al plasma e a cose simili. La domanda su che genere di rumore facesse il velivolo non identificato è una domanda interessante, naturalmente, soprattutto perché il velivolo non faceva alcun rumore."

"Oh, andiamo," dice Vanessa. "Come faceva Brenda a sapere che non faceva alcun rumore?"

Bo aziona i freni come se stesse testando il quattro per quattro per il suo produttore, come se si trovasse all'interno di una di quelle pubblicità invariabilmente girate in paesaggi come questo e volesse mettere in evidenza il sistema di antibloccaggio delle ruote. Il quattro per quattro, guidato nel corso degli ultimi minuti a una velocità decisamente superiore a quella consentita dalla legge, slitta sul ciglio fangoso della strada sbandando leggermente. Bo spegne il motore.

"La risposta a questa domanda, signora, è che Brenda sapeva che il velivolo non identificato non faceva alcun rumore perché aveva accostato, proprio come ho fatto io ora, e aveva spento il motore, e, sapete, tutto ciò accadeva all'inizio di settembre, un periodo dell'anno in cui ti capita di tenere i finestrini abbassati, dal momento che un po' di brezza non ti dà certo fastidio. E così Brenda Mae aveva i finestrini abbassati, e aveva accostato perché si era spaventata, e aveva spento il motore, ma anche così non sentiva nulla. Nelle vaste pianure del grande Stato del Texas, qui, non sentiva nulla, neppure i grilli, come se tutto si fosse fermato, come se la notte si fosse fermata, e riusciva a sentire la luce splendere dall'alto su di lei, dato che quella luce emanava tepore, calore, addirittura, e lei sapeva che lassù c'era qualcosa, non aveva dubbi, ma non riusciva a sentire che il proprio respiro, il proprio fiato corto, ed è stato allora che la luce, visto che lei percepiva il velivolo come una specie di luce, è entrata nell'auto insieme a lei, sul sedile posteriore, proprio come se la luce fosse un tuo amico che è seduto lì dietro. Com'è che ti chiami? Quello che vi sto dicendo è che il velivolo, il velivolo non identificato, sembrava espandersi o contrarsi a seconda di una serie di fattori soggettivi, e in quel momento era tanto piccolo da riuscire a guizzare come un apparato di luci in movimento sul sedile posteriore dell'auto di Brenda."

Per fare un po' di scena, Bo spalanca improvvisamente la portiera sul lato del guidatore del suo quattro per quattro e balza sull'asfalto. Si avvertono delle note acute – il motore che si raffredda dopo la galoppata – ma, a parte questo, intorno a loro non c'è che la notte. Vanessa e Allison scendono a loro volta dall'auto e si bloccano di colpo davanti allo spettacolo del cielo notturno. Un cielo notturno impossibile da vedere laggiù, a Est, dove le scorie industriali esaltano i tramonti ma impediscono di scorgere il luccichio delle stelle senza che nulla lo offuschi. Qui, in basso, riescono a vedere i pianeti all'orizzonte, di fronte a loro, e, più in alto, l'incessante ribollire della Via Lattea e dei suoi elementi costitutivi.

“Il suo blackout ha avuto inizio proprio in quel momento...”

“Il suo...”

“La sua amnesia,” dice Bo. “Potrebbe esser stata un’amnesia di natura traumatica, naturalmente. Dal momento che stava vedendo cose che nessun altro aveva mai visto prima, cose che non ti aspetti di vedere in questa vita. O magari ha solo sbattuto la testa da qualche parte e ha subito una commozione cerebrale. Ma il fatto è che Brenda Mae era nella sua auto, e ricorda di aver accostato, e ricorda di aver visto quella luce accecante dietro l’auto, e ricorda di aver guardato fuori dal finestrino e di averlo visto, di aver visto qualcosa là fuori e di essersi chiesta: *Che cos’è quest’affare?*, dopodiché non si ricorda più niente. Non si ricorda di essersi allontanata a piedi dall’auto, anche se sicuramente si è allontanata a piedi dall’auto, dato che poi è stata ritrovata mentre vagabondava, completamente nuda, a quaranta miglia di distanza, e non credo di avervi ancora detto che si trovava a quaranta miglia di distanza, in mezzo alla prateria. A quaranta miglia di distanza in linea d’aria, in mezzo alla prateria. Volendoci arrivare con la macchina, ci vorrebbero ore, e poi bisognerebbe anche fare un pezzo a piedi. Forse, starete pensando, ha usato un fuoristrada, un tipo di fuoristrada che non lascia tracce. O forse si è lanciata col paracadute. Io non sono nella posizione di giudicare, ma quella prateria, il prato in cui è stata ritrovata, è proprio questo prato, ecco quello che voglio dirvi, proprio il prato che si trova alle spalle di questa strada. Se guardate in quella direzione, vedrete il campo in cui Brenda Mae è stata ritrovata trentasei ore dopo, mentre vagava completamente nuda, scombussolata, e con un tasso di radioattività che ha mandato in tilt il contatore Geiger con cui è stata misurata. Raccontava di esser stata scaraventata giù dal velivolo, dall’oggetto volante non identificato, ma non serbava alcun ricordo dell’aspetto dei visitatori.”

Per fortuna hanno pagato in anticipo, dato che una delle domande che Vanessa si sta ponendo ora è se questa storia valga davvero cinquanta dollari. Lungo l’intero viaggio di ritorno, mentre Bo pontifica di altri avvistamenti, lei non riesce a smettere di pensare a Brenda Mae, che a quanto pare lavora come cameriera in un albergo della città vicina. Questa storia vale cinquanta dollari? Brenda Mae Millerton era andata dallo psichiatra dopo quell’avventura? Si era rivolta alla Chiesa a cui aveva accordato le proprie preferenze? E la Chiesa evangelica le era stata d’aiuto nel superare l’esperienza del rapimento e dell'esame subito da parte dei visitatori? E gli Avventisti del Settimo Giorno e i Testimoni di Geova avrebbero accolto una simile parrocchiana?

Bo dice: "Tutta questa gente di cui vi parlo è stata sottoposta al test della macchina della verità dallo sceriffo di Alpine, il quale si considera un esperto in materia di incontri ravvicinati con gli alieni. E Brenda Mae ha superato brillantemente il test della macchina della verità, e ha affermato di essere certa che gli eventi hanno avuto luogo esattamente come ve li ho descritti io ora. Poi è stata anche ipnotizzata da un'indovina di Midland, e anche l'indovina crede alla sua storia. In effetti, questa veggente ha addirittura accennato ad alcuni degli esperimenti cui Brenda Mae potrebbe esser stata sottoposta, esami tesi a sondare la dimensione cellulare del tessuto umano, cose di questo tipo. L'ultima cosa che vi dirò prima di concludere, almeno per stasera, è che Brenda Mae riferisce di esser stata invasa, nelle settimane successive al rapimento, da un sentimento di affetto nei confronti dell'umanità, da un sentimento d'amore. È convinta che la lezione impartitale dai visitatori sia stata una lezione d'amore. È convinta di esser stata esaminata affinché i visitatori riuscissero a capire perché qui sulla terra c'è tutto questo odio. Adesso Brenda Mae vorrebbe poter risalire su quel velivolo per ritrovare quel dolce sentimento di armonia."

Tornata nella sua stanza d'albergo, la voce della madre chiama Vanessa dalla complessità dei silenzi; la voce spettrale di sua madre che arriva da lontano, dalla segreteria di Vanessa a Brooklyn: "Non devi preoccuparti... in *Florida*, tesoro... non devi... adesso, voglio che tu mi prometta che... tutto... un importante... licenziati da un importante... niente di cui... gente che prende decisioni... in stretto contatto... mi chiama e... di fronte al Palazzo di Giustizia... perché c'è proprio... aspetta, solo un, devo... chi l'avrebbe mai detto... vecchia madre... il tempo è... solo un paio di settimane... giovani in giacca e cravatta... la gente deve opporsi... orgogliosamente... momenti come questi... in caso te ne sia dimenticata... appena io... non troppo lucida... bisognerebbe davvero pensarci di più... con piscina... lungo viaggio in autobus... oggi è venuto un uomo davvero gentile... i giudici sono... l'ordine è... la donna è... il mio stomaco è... non devi preoccuparti di... di ritorno prima che tu... sul prossimo autobus e..."

A fare accapponare la pelle a Vanessa non è tanto il farfugliamento sconnesso del messaggio, la sua scarsa chiarezza, quanto il fatto che la telefonata sembra far parte dello spettacolo che ha avuto luogo stasera. La telefonata dovrebbe tranquillizzarla, dato che, perlomeno, sua madre è ancora sua madre, e continua a fare le cose che sua madre fa di solito, ma Vanessa non ha un numero a cui richiamarla, e non riesce a scacciare la sensazione che sua madre sia un *visitatore*.

Vanessa vuole andare nella camera di Allison. Vuole bussare alla porta di Allison, e vuole essere accolta nella stanza di Allison, e vuole stringere Allison tra le sue braccia, e vuole raccontare ad Allison quello che sta succedendo. Vuole avere una di quelle conversazioni col cuore in mano che le altre persone pare riescano ad avere, soprattutto dopo che hanno dormito insieme.

Tuttavia, la mattina dopo Vanessa non pensa ad altro che al lavoro. Se la vita è amore e lavoro, e se nel dispositivo dell'amore è saltato un fusibile essenziale, be', quantomeno ti resta il lavoro. E così questa mattina Vanessa non riesce a parlare d'altro che del confine, della necessità di avvicinarsi ancora di più al confine. Le Chisos Mountains, ad esempio, quelle segnalate sulla cartina, e il Rio Grande, e le migliaia di specie di cactus, e gli strati geologici. Allison riesce a malapena a finire il suo caffè e gli *huevos rancheros* prima che si dirigano di nuovo verso sud, in un paesaggio talmente piatto che non è difficile capire perché i visitatori di Bo Fontaine volessero atterrare proprio qui. In lontananza si stagliano le montagne, segate in due dalle nuvole e dai miraggi dovuti alla calura. Vanessa guida la Pontiac a noleggio a quasi cento miglia all'ora, non essendoci altre auto sulla strada, finché la Grand Am non comincia a vibrare, come se stesse per separarsi dalla forza di gravità del fanatismo di Vanessa.

Ovviamente si lasciano alle spalle l'entrata del parco nazionale, dato che, durante le vacanze del Ringraziamento, il parco sarà sicuramente invaso dagli universitari. Non c'è niente in grado di rovinare il senso dell'avventura più dei ragazzini che sfoggiano i derivati della canapa. Vanessa svolta a destra, poco più in là rispetto all'entrata del parco. E la prossima città sulla strada che ombreggia il fiume è:

"La Città fantasma di Terlingua," dice Allison, leggendo ad alta voce. "Bla bla bla, la società mineraria, che un tempo aveva alle proprie dipendenze oltre mille lavoratori, è scomparsa con la stessa rapidità con la quale era comparsa. Attualmente abitata da *esponenti della controcultura*, bla bla."

"Cosa potrebbe esserci di meglio?"

"Dall'altra parte della città c'è il nuovo parco statale. Aperto solo ai quattro ruote."

Si fermano a far benzina a Terlingua, e il primo residente che hanno modo di vedere è un ultracinquantenne con la coda di cavallo che gli solletica la regione lombare, in sella a una bicicletta e con un chihuahua nel cestino anteriore. Ha l'aria di uno che è venuto a cercare della benzina per un macinino rimasto a secco in un punto imprecisato di una strada fuori città. O forse deve rimettere in moto il suo trattore, in modo da poter mietere un onesto raccolto, biologico al cento per cento. Scompaiono nella pianura, là dove la strada si snoda in mezzo alle miniere abbandonate, quelle miniere di mercurio che un tempo erano state la gloria di Terlingua.

Al di là delle miniere, la strada è costellata di solchi e di buche, tanto che la Grand Am è costretta a procedere a passo d'uomo. Alla loro destra, il parco statale si erge solitario. Mentre alla loro sinistra c'è il fiume e, di conseguenza, il confine. In mezzo, lo sterrato sul quale stanno avanzando. Un uccello cinguetta da qualche parte, poi tace. Una brezza mormora.

Scendono dall'auto.

Le due donne sollevano il filo spinato della recinzione e si introducono abusivamente nella proprietà statale, dal momento che Vanessa ha intenzione di salire in cima a una collina che si trova a circa un miglio di distanza da lì, ha intenzione di avere la visuale libera sul panorama al di là del fiume fangoso. Vanessa non vuol sentire neanche una parola a proposito dei serpenti. Si fa strada tra i peri e tra le agavi aguzze e avanza in direzione della collina. Questo è quello che aveva visto John Ford, e questo è quello che aveva visto Edna Ferber quando avevano guardato dall'altra parte. Il confine oltre il quale tutto è incertezza, fazioni radicali, rapimenti, persecuzioni di indigeni, esecuzioni perpetrate dalla polizia, sparizioni, rabdomanti, stregoni, visionari, penitenti; ed è questo quello che loro avevano visto guardando da qui.

È Allison a rompere il silenzio.

"Insomma, di chi è stata l'idea?"

Vanessa sta già sudando terribilmente. Continua ad asciugarsi la fronte con la manica della felpa. "Avremmo dovuto portarci dell'acqua."

"Voglio dire, di chi è stata l'idea della miniserie? Se tutti hanno una versione diversa della storia..."

"Era solo la scheda di lettura di una sceneggiatura che aveva tra le mani Annabel. Non so. Un romanzo."

"Sai, ho continuato a cercare il manoscritto originale, ma tutte le volte che ho trovato il manoscritto che avrebbe dovuto essere *il* manoscritto, è venuto fuori che non aveva niente a che vedere con la sceneggiatura originale e che la storia era completamente diversa."

"Non è di Melody Forvath? O come diavolo si chiama?"

"Non credo che Melody Forvath abbia mai scritto qualcosa sui rabdomanti. Sai, è un'amica di mia madre."

"Tua madre è una sua amica? Avremmo potuto risparmiare un sacco di soldi! Avresti potuto dirle che era un progetto per la scuola di cinema o qualcosa del genere!"

Il fiume e le lastre di pietra sul suo letto cominciano a entrare nella visuale, snodandosi come un lazo. Oltre il fiume, i vicini del sud.

"Non credo che ci sia un libro," dichiara Allison.

"Se non c'è un libro," dice Vanessa, "allora che cosa c'è?"

"Non lo so. Ma un vero e proprio libro non c'è," ribatte Allison. Si ferma. "Mi stanno venendo le vesciche."

Non molto più lontano. Sempre un po' più lontano. Sempre un po' più in là. Più sali, più in là vorresti andare. Una volta arrivato in cima a questa collina, vorresti solo raggiungere la cima della collina successiva. Vorresti vedere il Solitario, il cratere del vulcano inattivo, e poi vorresti vedere l'altura dietro il vulcano.

"Non ha alcún senso."

"A meno che Annabel.."

"L'abbia scritta lei."

"Ma perché avrebbe dovuto..."

"Be', aveva questa orrenda sceneggiatura sulla moglie del Marchese de Sade. Manette e dildo d'avorio e roba del genere. Continuo a rimandare il momento in cui la dovrò esaminare."

"A me è sembrata buona."

"L'hai letta?"

Il crinale della collina, altri cinquanta passi ancora. Ma solo dopo essersi trascinate per altri cinquanta passi, con il pensiero rivolto a una storia che a quanto pare è venuta alla luce senza un autore, solo dopo aver contemplato solennemente il territorio a sud, oltre il confine, soltanto allora vedono che cosa c'è sul lato settentrionale della collina, rannicchiata all'ombra di una formazione rocciosa. Una famiglia di messicani. Non esattamente una famiglia di messicani, o comunque non sicuramente. Al gruppo di messicani manca un patriarca. La famiglia di messicani è composta da donne e da bambini; per la precisione, da una donna che sembra abbia poco più di trent'anni, piuttosto corpulenta, segnata dalle preoccupazioni e con indosso una tuta di nylon; da un'adolescente in jeans e top senza maniche; da un ragazzino di circa quindici anni con un lieve accenno di baffi; e da due bambini, di circa sei e otto anni.

Ciò che Vanessa nota immediatamente è che sono tutti *bagnati*, che le gambe dei loro pantaloni sono fradice. Devono essersi immersi da qualche parte, probabilmente in un punto in cui è possibile guadare il grande torrente fangoso.

"Omioddio, mi hanno fatto cagare addosso dalla paura," sbotta Allison.

È l'adolescente, il ragazzino, ad avere l'aria di poter far del male alle due donne. Gli altri sono terrorizzati. E impolverati. E bagnati.

Vanessa dice: "Ehm, salve. Ci dispiace davvero di avervi disturbati. Stavamo solo facendo una... camminata."

L'assurdità delle sue preoccupazioni terrene, i discorsi sulla miniserie, su chi abbia scritto la miniserie, su a chi sia venuta l'idea dei rabdomanti, quando, a pochi passi di distanza da lei, sta avendo luogo tutto ciò: il dramma di donne e bambini alla ricerca di quello che può offrire questo posto, questo paese.

"Parlate un po' d'inglese? *Ingles*?"

La donna scuote la testa. Il ragazzino annuisce, poi cambia idea.

"Allison, tu sai un po' di spagnolo?"

"So ordinare la cena al ristorante italiano."

"Dove state andando? Riuscite a rispondere a questa domanda?" Vanessa si sforza di comunicare con la famiglia. "Sapete dirmi dove state andando? In quale città? Terlingua?"

La donna in tuta, che Vanessa ritiene sia la madre, scuote energicamente il capo. Ma, anche se la famiglia fosse in grado di rispondere, non lo farebbe, dal momento che starà andando a El Paso, a Las Cruces o ad Albuquerque, dove ci sarà un cugino o un vicino di casa che li aiuterà a inserirsi furtivamente nell'economia americana.

"Avete dell'*agua*?" chiede Vanessa, e fa il gesto di bere da una fiaschetta o da una borraccia. I messicani la fissano, come se si trattasse di una domanda sconveniente, e poi, quasi come se si fossero messi preventivamente d'accordo per disperdersi davanti agli anglos, e soprattutto davanti a questa produttrice cinematografica *yanqui* che ha indosso troppo nero e che se ne sta lì in mezzo al deserto, senza acqua né crema solare, i messicani cominciano a scendere lungo la collina e si dirigono a nord, verso una radura che gli ci vorrà tutta la mattinata per attraversare.

"Aspettate," dice Vanessa. "Aspettate."

Allison chiede: "Cosa stai facendo?"

"Non possono," risponde Vanessa. "Là fuori è pieno di orsi e roba del genere. Non possono dormire là fuori."

Si concentra sul ragazzino, tentando di mimare il proprio pensiero. "Non andate, non andate."

Ma la madre si accinge ad allontanarsi di nuovo, subito imitata dai ragazzi, ed è solo quando cominciano a camminare che Vanessa vede che il ragazzino ha una buona ragione per mostrarsi così feroce, per mostrarsi così minaccioso, dal momento che zoppica malamente. È solo dopo aver osservato i messicani che tentano di scendere a valle che Vanessa sente nascere dentro di sé un crescente senso di responsabilità. Indubbiamente, si tratta di una sfumatura emotiva della quale ha letto, ma che non ha mai davvero provato in prima persona. È scettica nei confronti del ragazzino messicano. È scettica nei confronti di ciò che dovrebbe fare. È scettica nei confronti di quei film americani in cui il sentimentalismo dilaga. È scettica nei confronti dell'epifania, nei confronti dell'origine greca della parola, dell'atto del manifestarsi. L'ingenuità la nausea.

Ma, nell'attimo dell'indecisione intellettuale, la sua fisionomia assume una risolutezza inflessibile. In lontananza, da qualche parte, c'è la pattuglia della polizia di confine, e la pattuglia verrà anche qui. E c'è il pericolo dell'assideramento, e il pericolo dell'ipotermia, o della morte per disidratazione, che è evidentemente un modo orribile di morire. Non sa quello che prova; prova un'emozione nella gamma del cremisi, un'emozione ultravioletta, ma sa che farà qualcosa per la famiglia messicana e non le importa di ciò che, così facendo, andrà perduto.

"Devi aiutarmi," dice ad Allison, mentre comincia a scendere di corsa la collina dietro ai *pollos* con la stagista che la segue, e nello spazio illusionistico del deserto i *pollos* la precedono di un centinaio di metri, anche se sembrano molto più vicini, e lei gli corre dietro senza riuscire mai ad accorciare la distanza che li separa e senza mai smettere di chiamare a gran voce il ragazzino. In lontananza vede la madre, che adesso si è caricata sulla schiena uno dei figli più piccoli, come se fosse un bambino indiano. Il piccolo strofina il musino contro di lei, con i risvolti dei jeans tirati su, tanto che Vanessa riesce a vedere che le sue calze sono verde acido.

"Aspettate," grida Vanessa, "*aspettate.*"

E, come se avesse capito, il ragazzino si volta e si ferma, col volto sudato per lo sforzo.

"Avete bisogno di soldi? *Dinero*? Possiamo darvi del *dinero.*" Infila la mano nel portafogli, estrae dei biglietti da venti e comincia a metterli tra le mani del ragazzino. "Prendi questi. Prendili e basta." Dopodiché si indica la caviglia. "Non vuoi che ti dia un'occhiata alla caviglia?" Vanessa si toglie lo scarpone da trekking, saltellando su e giù su una gamba sola, e mostra la propria caviglia al ragazzino. Non si era mai accorta di avere una caviglia perfetta. Ma è così che le sembra ora. La caviglia perfetta dei privilegiati. Ha offerto alla vista del ragazzino la propria caviglia solo per poter alludere a quella di lui. "Fammi vedere. Fammi vedere se sei ferito."

La madre ha ormai fatto dietrofront, e lei e la figlia adolescente, sempre che sia questo ciò che la donna più giovane è, ripetono la parola *no* al ragazzino, all'infinito, e lo ammoniscono in spagnolo: *No es tiempo de haraganear, de todos modos sería demasiado peligroso quedarnos por acá, y aquellas son unas locas, a lo mejor estan drogadas, así que deben alejarse de ellas*, ma il ragazzino ha preso i biglietti da venti dollari e sta per esibire la propria caviglia con una certa spavalderia, e si siede sul fianco polveroso della collina, si toglie la scarpa da ginnastica fradicia e il calzino inzaccherato e sorride coraggiosamente, mentre Vanessa vede che la sua caviglia si sta già gonfiando.

"Quando te lo sei fatto? Ti sei fatto male nel fiume? Cercando di attraversarlo? Lo sai che peggiorerà, vero? Peggiorerà per quarantotto ore. È quello che capita con le storte. È una storta, no? Non ti ha punto uno scorpione o qualcosa del genere, giusto?"

Quando lo tocca, lo fa come se sapesse quello che sta facendo, come se improvvisamente avesse fatto sua la professionalità di un'infermiera o di un medico generico, anche se non è altro che un'ipocondriaca con un'enciclopedia medica a casa, niente di più. "Dovreste farvi accompagnare da noi, ovunque dobbiate andare."

Allison interviene. "Abbiamo un'auto, laggiù. Abbiamo un'auto. Pontiac? Abbiamo un'auto e possiamo portarvi ovunque dobbiate andare. Per via della polizia di confine. E possiamo darvi dell'acqua. *Agua*."

La madre risponde con un *no* fermo e inappellabile, e il gruppo resta fermo lì, in mezzo al deserto, i clandestini messicani e le produttrici anglo, senza neppure dieci parole in una lingua comune a unirli. È solo la recitazione che può chiarire le cose, pensa Vanessa, anche se non è nemmeno di recitazione che si tratta, a pensarci bene. Chi ha tempo di pensare ai film in un momento simile? I film sono fatti per i ragazzi delle università private, in modo che non si sentano soli durante il weekend. I film servono a far sì che un giorno lei abbia qualcosa da raccontare ai propri nipoti, a proposito della gente che ha conosciuto. I film esistono perché sono quello che puoi fare qui, in questo posto; puoi fare un film con i tuoi milioni di dollari. Ma i film non sono niente se paragonati al ragazzino con la storta alla caviglia e ai volti dei suoi fratellini, bruniti dal sole, segnati dalle preoccupazioni, disperati.

"Non possiamo lasciarvi andare a piedi in mezzo a un parco statale, dove finirete di sicuro per farvi beccare dalle autorità, dopodiché verrete consegnati all'Ufficio Immigrazione ed espulsi immediatamente. Non possiamo lasciare che vi facciate del male da soli. Se verrete con noi, potrete stare nel nostro albergo, e poi troveremo il modo di portarvi nell'interno, lontano dal confine e dalla polizia di confine, e vi porteremo da chiunque vogliate, in qualunque città vogliate, e allora potrete cominciare a cercare lavoro da qualche parte. Non sto dicendo di avere avuto una qualche esperienza simile, ma sento che *potete* capire qualcosa di quello che vi sto dicendo, e quando dico che non possiamo proprio lasciarvelo fare, sono sincera. Là fuori ci sono i coyote, e potrebbero esserci i puma, ed è pericoloso. Abbiamo un'auto a chilometraggio illimitato della Avis, e pensiamo che dovreste salire in auto con noi, e noi vi porteremo verso una nuova vita, se è questo quello che state cercando. Vi condurremo alla vita da questa parte del confine, anche se in un certo senso pensiamo che questa vita non sia poi un granché. Non vogliamo giudicare come può sembrare a voi, vogliamo solo che otteniate ciò che volete, perché ne abbiamo abbastanza da poterlo dividere con voi. Possiamo darvi l'occasione che cercate, almeno per adesso. Possiamo darvi la promessa racchiusa su questo lato del confine, se è questo ciò di cui pensate di aver bisogno. Vi prego, basta che non andiate a piedi verso il cratere di quel vulcano in mezzo al parco quando non riuscite neanche a camminare, perché non potete davvero sapere quello che succederà laggiù."

La famiglia di messicani, con il suo aspetto rubizzo, non riesce a capire l'intensità umana, l'autenticità di questo momento? L'autenticità della buona fede con cui Vanessa dice "Vi prego"? Devono capirlo. Possono senz'altro riuscire a capire che il ragazzino non può camminare nel deserto con la caviglia in quelle condizioni, e possono senz'altro riuscire a capire la spalla che Allison gli offre mentre cominciano a dirigersi a sud, verso l'auto.

Sulla sommità della collina, spinta da un oscuro presentimento, Allison controlla il cellulare.

Dice al ragazzino: "Mai provato uno di questi?"

"*Sí*," risponde lui.

"Ehi," dice Allison un attimo dopo. "C'è un messaggio di mio padre!"

Epilogo e trailer delle prossime puntate

L'eminente giurista al lavoro, nel tempio della giurisprudenza, distretto di Columbia, il decimo giorno di dicembre. L'eminente giurista, assorto in profonde meditazioni sul proprio posto nella storia. L'eminente giurista, in stato di choc estetico davanti ai busti delle molte, nobili menti giuridiche che hanno lavorato, lottato, inveito e gioito in queste venerabili aule nel corso dei duecento anni del nostro esperimento nazionale, ovverosia della Costituzione degli Stati Uniti d'America. Black, Burger, Hughes, Story, Holmes, et al. L'eminente giurista, in un momento filosofico ed estatico, sa bene che, in quanto figlio di un immigrato, ed essendosi fatto strada attraverso miriadi di ostacoli grazie a virtù fondamentali quali la frugalità, la lealtà, il duro lavoro, il sano individualismo, et cetera, nei primi anni della sua vita non c'era stato nulla che avesse lasciato presagire, ab initio, la sua futura partecipazione a un evento giudiziario di tale portata. Chi, tra i giuristi effigiati in questi busti, è stato chiamato, come sono stati chiamati questo magistrato e questa corte, a emettere una sentenza sulla storia, a plasmare, per così dire, un epilogo alla democrazia?

Ogni periodo storico ha le proprie battaglie legali epocali. L'eminente giurista non ha avuto i propri natali ai tempi di *Gompers contro Buck's Stove and Range Co.*, quando si sarebbe battuto strenuamente, insieme alla maggioranza, a favore del diritto di proprietà. Né era cresciuto in anni in cui avrebbe potuto dire la sua a proposito di *Feiner contro lo Stato di New York*, quando scaraventare un agitatore di quart'ordine in prigione si era rivelata un'azione quantomeno doverosa. E, ovviamente, gli sarebbe piaciuto deliberare in *Stone contro Graham*, dato che l'esito di quel processo lo avvilisce, rappresentando un precedente all'assunto secondo cui i suoi avversari all'interno della magistratura non sanno leggere, non sono in grado di difendere i propri voti e non riescono a riconoscere la verità nemmeno quando ce l'hanno davanti agli occhi. Ahimè, l'eminente giurista non è stato chiamato a giudicare tali casi.

E tuttavia, ora l'eminente giurista è stato convocato in questo luogo; pertanto intende approfittare dell'occasione. Be', a dire il vero, la domenica l'eminente giurista è sempre qui. Sotto questo punto di vista, oggi è un giorno come tutti gli altri. Riceve la Santa Eucaristia, et uxor e insieme a quelli tra i loro nove discendenti che sono venuti a trovarli, dopodiché si dirige qui. Lavora sempre di domenica, a richieste di atti processuali da parte di una corte inferiore, così come a inutili domande giudiziali in forma pauperis e a ordinanze di habeas corpus che, grazie a *Barefoot contro Estelle*, richiedono meno tempo di quanto non ne richiedessero in passato. Lavora a formulazioni di capi d'imputazione e a pareri in contrasto con quelli dei colleghi, operazione che richiede invariabilmente da parte sua una serie di correzioni delle imprecisioni grammaticali dei suoi colleghi, le cui insulse costruzioni retoriche sono deliranti quanto le loro argomentazioni tratte dalla storia.

Comunque sia, questa non è una domenica come le altre. Questa domenica c'è stata una convocazione da parte del presidente della Corte Suprema, l'uomo che indossa una toga confezionata appositamente per lui, il quale intende prendere in esame il caso davanti a loro. I magistrati si sono riuniti; i magistrati si sono trattenuti fino a tardi, compresi quelli tra loro che hanno ormai raggiunto un'età avanzata, hanno comunicato tramite messaggi scritti e telefonici, e infine si sono incontrati nel corso di una breve riunione, durante la quale hanno avuto luogo parecchie discussioni animate riguardo all'opinione preliminare, per curiam, che i segretari stanno redigendo in questo preciso istante. L'atmosfera del palazzo, sebbene l'eminente giurista non se ne preoccupi affatto, è tesa quasi quanto quella che aveva caratterizzato lo svolgimento di *Furman contro lo Stato della Georgia*, quando ogni singolo magistrato aveva prodotto, ciascuno adducendo argomentazioni diverse ed egualmente speciose, un documento relativo alla pena di morte. Naturalmente, non spetta a cittadini vili e dal carattere debole rendere la legge di questa terra diversa da ciò che è sempre stata e sempre sarà, dal momento che la legge di questa terra vuole che un uomo sia impiccato, o fucilato, o giustiziato sulla sedia elettrica, o sottoposto a un'iniezione letale, a prescindere dal fatto che abbia raggiunto o meno l'età per votare. Sarà impiccato su questa terra, dopodiché sarà condannato a un lago di fuoco per l'eternità.

Ed ecco la cosa interessante. Nonostante il corso di tali straordinari eventi, l'eminente giurista ha per questa sera un impegno a cena fissato da tempo, e mentre percorre a grandi passi i corridoi, sta ponderando se il fatto di disdirlo può in qualche modo risultare sconveniente. L'eminente giurista sta guardando i busti dei suoi predecessori, e si sta domandando se i suoi predecessori avrebbero onorato un impegno a cena in un giorno come questo. Quello di stasera non è un invitato qualunque. È il suo amico del cuore dei tempi della facoltà di Giurisprudenza. L'eminente giurista nutre un profondo affetto nei confronti dei suoi compagni della facoltà di Giurisprudenza. Collezionavano palindromi, scommettevano in modo informale sul destino di coloro che rischiavano la pena capitale, tifavano per i New York Yankees o per i Boston Red Sox, anche se mai per entrambi. Restavano svegli tutta la notte, dormivano male, si stiravano le camicie da soli e non uscivano mai senza cravatta. L'eminente giurista non avrebbe mai immaginato, nonostante la magna cum laude, che un giorno avrebbe avuto l'opportunità di prestare servizio in un luogo tanto augusto, e di conseguenza, a quei tempi, era un giovane relativamente spensierato. Poteva trascorrere un pomeriggio intero cercando di inventarsi un palindromo come "Star comedy by Democrats". Oppure poteva trascorrerne un altro a discutere delle questioni sollevate dalla *Repubblica* di Platone, del quale condivideva l'idea secondo cui i poeti dovevano essere banditi dalla città. Erano molto legati, i compagni della facoltà di Giurisprudenza, e questo in particolare era il suo amico del cuore, la sua anima gemella, dato che questo suo compagno sapeva cantare. Quel che facevano quando avevano bisogno di scaricare la tensione era cercare un pianoforte, in un posto qualsiasi all'interno del campus, e una volta che l'avevano trovato, cantavano brani dei musical del periodo o allegre arie operistiche, Gilbert & Sullivan, et cetera, scoprendo che tali melodie li colmavano d'emozione. Erano giovani dai sogni grandiosi e, sebbene non avessero alcuna certezza del fatto che sarebbero arrivati così lontano, sapevano comunque di essere destinati a grandi imprese, e le canzoni che intonavano erano un simbolo della grandiosità dei loro sogni, sogni ai quali non avevano mai rinunciato.

La strada scelta dall'amico lo aveva condotto nel mondo degli affari, dove aveva inizialmente prestato servizio presso Debevoise & Plimpton. In particolare, il suo amico del cuore aveva lavorato a vari patrocini gratuiti che l'eminente giurista aveva considerato indegni di una simile mente giuridica, quali ad esempio *Massiah contro gli Stati Uniti d'America*. Questi lavoretti giovanili avevano aiutato il suo amico del cuore a capire ciò che voleva realmente fare, vale a dire lavorare nel mondo dello spettacolo, ed era stato per questo motivo che il suo amico del cuore si era trasferito nella perigliosa terra al di là delle montagne, la California, dopodiché l'eminente giurista l'aveva visto sempre più di rado.

Da parte sua, l'eminente giurista era stato impegnato per qualche anno nella formazione di studenti di giurisprudenza disorganizzati e sconclusionati. Mentre il suo amico del cuore tentava di aprire un ufficio a D.C. per conto di Debevoise, facendo la conoscenza di personaggi memorabili che avrebbero potuto esistere soltanto nell'atmosfera ovattata degli anni di Kennedy e di Johnson, l'eminente giurista, al contrario, languiva a Cleveland, che, come chiunque sarebbe in grado di spiegarvi, non è il posto adatto per chi voglia dare un durevole contributo alla giurisprudenza nazionale. A un certo punto aveva tentato di trasferirsi in un ambiente più adeguato, un posto come Georgetown o Columbia, ma quando era andato a visitare il campus della Columbia lo aveva trovato invaso da comunisti di dubbia igiene, compreso un giovane particolarmente sgradevole e sfacciato che aveva avuto l'ardire di condurre l'eminente giurista in una casa di malaffare! Avrebbero dovuto recarsi a una qualche soirée della facoltà, e invece questo giovane disgustoso lo aveva condotto in un edificio della Upper Broadway popolato da donne discinte con la pelle di un colore diverso dal suo. Ed era stato solo quando lui aveva detto a chiare lettere di aderire alla dottrina pre-Concilio Vaticano Secondo della Chiesa Romana che il suo rapitore era stato costretto a venire a più mite consiglio.

E così, l'eminente giurista aveva finito con il rimanere per qualche anno a Cleveland. In classe, tuonava sulla riforma dell'illecito civile e sulla necessità di limiti costituzionali ai ricorsi. In classe amava tuonare sul cosiddetto diritto alla privacy, che non è un diritto bensì una debolezza di carattere, dato che non ve n'è traccia alcuna nella Costituzione degli Stati Uniti d'America, né nei Dieci Emendamenti, né altrove, e tuonava a quel modo perché, in realtà, non aveva nessuna voglia di insegnare in quella classe. Il suo desiderio, infatti, era di entrare a far parte del governo, e alla fine gli era stata offerta un'occasione per farlo, quando la giustizia era stata ridistribuita equamente dagli uomini e dalle donne di un'amministrazione benevola. Aveva prestato servizio in questa veste fino a quando un maniacale coltivatore di arachidi della Georgia non era apparso all'orizzonte. Negli anni successivi, prima all'Università di Chicago e poi all'American Enterprise Institute, gli era stata concessa la possibilità di meditare sulle proprie posizioni e di perfezionarle, al punto tale che aveva finito col comprendere che, *non* opponendosi all'usurpazione del potere da parte degli attivisti giudiziari, l'eminente giurista stava in fin dei conti fornendo un appoggio e un aiuto concreto alle forze del male.

La liberazione era giunta una volta per tutte sotto le spoglie di un uomo devoto, un uomo venuto da terre selvagge, un uomo che un tempo si era detto sindacalista ma che adesso era un uomo di fede, e quest'uomo timorato di Dio aveva strappato l'eminente giurista a un centro di ricerca, innalzandolo dal nulla alla Corte d'Appello, e in seguito al sancta sanctorum della giurisprudenza, forte di un voto al Senato di 99 a 0, affinché il giurista potesse redigere i suoi furibondi concorsi di capi d'imputazione, ad esempio in *Webster contro Reproductive Health Services*.

Era stato un segno del destino, dopotutto, che l'eminente giurista fosse stato redento da un veterano del mondo dello spettacolo, da un'ex star del cinema, dal momento che, come dicevamo poco fa, era stata proprio questa la strada intrapresa dal suo amico del cuore della facoltà di Giurisprudenza. Il suo amico del cuore, che un tempo era stato un valente sportivo, nonché uno spavaldo schermitore con le signore, aveva fatto i bagagli e si era stabilito a Los Angeles. L'eminente giurista ne era rimasto contrariato, essendo convinto che si trattasse di un posto infestato da ubriaconi e da molestatori di bambini, nonostante la bellezza di parte della flora. Per giunta, nel caso del suo amico del cuore, in concomitanza con il trasferimento a ovest si erano manifestate una serie di alterazioni nel suo comportamento e nelle sue abitudini che non sembravano consone a un uomo che indossava sempre la cravatta.

In effetti, per un periodo l'eminente giurista e il suo amico del cuore non si erano parlati affatto, circostanza in parte dovuta alla voce che aveva cominciato a circolare tra i compagni di università, voce secondo cui il suo amico del cuore aveva una certa debolezza condannata dall'Antico Testamento e da altre Scritture imperiture, che non cambiano in base all'evoluzione degli standard del decoro. Il loro linguaggio è stabile e perfetto, e il coro degli angeli canta quando si trova in presenza di periodi svolti con tale eccellenza. Ancor più irritante si era rivelata la scelta di alcuni dei suoi più stretti collaboratori, tra i quali figurava anche una persona alla quale si alludeva prima e il cui nome l'eminente giurista non tollera nemmeno di pronunciare, che aveva finito col diventare il delfino del suo amico del cuore all'interno della sua società. Com'era mai possibile?

Comunque sia, gli auguri di Natale erano continuati ad arrivare, e così gli auguri di compleanno; e non si trattava certo di un'impresa da poco da parte del suo amico del cuore, dato che, dopotutto, l'eminente giurista ha un numero considerevole di figli, e nonostante ciò il suo amico del cuore si ricordava dei compleanni di tutti i suoi figli e anche di un paio dei suoi nipoti. Di quando in quando arrivava una telefonata, e l'eminente giurista faceva il possibile per screditare le dicerie; aveva infatti deciso di non dare peso al calo nell'eccellenza grammaticale della prosa del suo amico del cuore, calo che aveva creduto di dover attribuire alla nefasta influenza del mondo del cinema. Il suo amico del cuore si era fatto strada rapidamente e con grande risolutezza nel mondo dello spettacolo, tanto da diventare in un primo tempo direttore di uno studio cinematografico, per poi, da questa roccaforte, salire nei ranghi della società madre proprietaria dello studio cinematografico, società madre che era nel settore dei liquori e dei superalcolici, un settore che, agli occhi dell'eminente giurista, era solo marginalmente più nocivo dello studio cinematografico stesso. E, a tempo debito, il suo amico del cuore era diventato amministratore delegato della società in questione, una società per azioni di dimensioni colossali, tra le prime cinquecento di "Fortune", con partecipazioni azionarie nell'industria delle bevande e in quella dello spettacolo. La società vantava operazioni nazionali e multinazionali, oltre che una miriade di azionisti polemici e supponenti.

L'apoteosi del suo amico del cuore aveva avuto luogo in contemporanea, o in concomitanza, con la decisione relativa al caso che aveva finito per essere chiamato *Maryland contro Craig*, un caso che, come molti ricorderanno, riguardava le presunte molestie sessuali ai danni di una bambina. Durante il procedimento giudiziario, la bambina aveva prestato testimonianza da una stanza separata tramite un collegamento su una televisione a circuito chiuso. La Corte d'Appello aveva capovolto il verdetto, protestando contro questa insolita forma di controinterrogatorio, et cetera. All'eminente giurista, naturalmente, ripugna l'idea dell'abuso ai danni di un minore, crimine che giudica forse meritevole della pena capitale, e naturalmente ritiene che le persone con i problemi che si vocifera abbia il suo amico del cuore, l'amore che non ha il coraggio di dire il proprio nome, siano maggiormente inclini a comportarsi come si comportano i molestatori di bambini, e l'eminente giurista, naturalmente, non prenderebbe le difese di un molestatore di bambini più di quanto non le prenderebbe di un sovietico, e tuttavia, pensando al suo amico del cuore e pensando alla Costituzione degli Stati Uniti, l'eminente giurista, durante le consultazioni su *Maryland contro Craig*, aveva finito per convincersi che nelle persone cadute in questo orribile peccato fossero presenti aspetti di ciò che si potrebbe chiamare *umanità*, e forse l'*umanità* meritava, in questo caso particolare, un giudizio non del tutto sfavorevole alla causa della molestatrice, la cui vicenda si era comunque conclusa nel peggiore dei modi, come l'eminente giurista aveva saputo sin dall'inizio.

La passeggiata conduce adesso l'eminente giurista nella vuota, riverberante caverna della scala a chiocciola della Corte Suprema degli Stati Uniti, un elemento architettonico talmente splendido che spesso l'eminente giurista si ferma a contemplarlo; ed è qui che giunge a una decisione, salomonica nella sua imparzialità: dirà al suo amico del cuore, Naz Korngold, che, se non gli dispiace incontrarlo nel suo ufficio in tribunale, allora forse potranno cenare insieme, seppure in fretta, come da programma, mentre gli assistenti del giurista lavoreranno al concorso dei capi d'imputazione. Forse, a tempo debito, potrà anche accompagnare il suo amico del cuore in un breve tour dello stabile, compresa la sala al primo piano in cui verrà appeso il suo ritratto. E forse potrà condurlo qui, ad ammirare la scala a chiocciola. Quando fa ritorno nel suo ufficio, l'intera proposta viene dettata alla segretaria del giurista, la signora Edith Wilbur, la quale poi effettua la telefonata mentre l'eminente giurista la osserva, in piedi accanto alla sua scrivania, mormorando le parole in modo da assicurarsi che lei trasmetta la sua proposta esattamente come lui gliel'ha dettata. La signora Edith Wilbur è stata addestrata a effettuare queste telefonate in modo da produrre il massimo impatto al momento dell'annuncio dell'autore della chiamata, non mancando mai di menzionare il fatto che la telefonata arriva dalla Corte Suprema degli Stati Uniti. Di conseguenza, la signora Edith Wilbur viene messa immediatamente in comunicazione con l'assistente del suo amico del cuore, l'assistente dell'amministratore delegato nota come Georgia lo Schianto, e Georgia lo Schianto mette la segretaria in comunicazione con il cellulare del suo amico del cuore, e la segretaria presenta la proposta e poi annuisce meditabonda, senza incrociare lo sguardo dell'eminente giurista, che incombe su di lei in modo poco gradito ma indubbiamente efficace. A quel punto la signora Edith Wilbur annuncia, dopo aver riagganciato il telefono, che il suo amico del cuore sarebbe onorato di essere ammesso nel tempio greco-romano della giurisprudenza, soprattutto in virtù del fatto che ha alcune questioni di natura personale da sottoporgli.

È solo dopo aver definito le condizioni della cena e dopo aver eluso l'assistente particolarmente servile che l'eminente giurista rievoca l'ultima volta in cui aveva visto il suo amico del cuore. Era stato forse otto o nove anni fa, in occasione di una spedizione di caccia nel Maryland. Più o meno nel periodo di *Feist Publications, Inc. contro Rural Telephone Service Co.*, e se ne rammenta perché ricorda che aveva spiegato al suo amico del cuore le implicazioni in merito al copyright sollevate da *Feist*, nel quale l'originalità aveva trionfato sull'"industriosa raccolta" a discapito dei futuri compilatori di elenchi telefonici. Ricorda che il suo amico del cuore aveva sorriso in maniera sinistra e gli aveva chiesto se la cosa avrebbe inciso, nel suo campo, sulla moda dei "sequel" ai film, dato che queste pellicole non sembravano tanto i prodotti di una "autorialità" quanto opere che venivano semplicemente compilate col "sudore della fronte", prendendo spunto dalle narrazioni preesistenti. L'eminente giurista ricorda queste cose, e ricorda che si era all'inizio della primavera, e che il tempo era nuvoloso, con una leggera brezza, e che l'odore di zolfo e di cartucce esplose era, come sempre, meraviglioso, e ricorda, naturalmente, che il suo amico del cuore non se la stava cavando troppo bene nell'annientare i piccoli piattelli. Il clamoroso fiasco aveva colmato il suo amico del cuore di un imbarazzo crescente.

Naturalmente, l'eminente giurista non era nato con una passione congenita per le armi da fuoco. Era stata più che altro la sua posizione nei confronti del Secondo Emendamento a rendergliela naturale. Il cammino della vita ci conduce in direzioni che non avremmo mai immaginato. In verità l'eminente giurista, da giovane, raramente si era ritrovato in compagnia di persone cresciute a contatto con le armi da fuoco e con lo sport a esse correlato, e tuttavia, scalando le gerarchie della magistratura nazionale, aveva finito con l'apprendere diverse nozioni relative alle armi da fuoco e agli appassionati di armi da fuoco. Aveva finito con l'apprezzare il rituale del pulire, del preparare, dello sparare e del prendersi cura dell'arma, dell'abbattere la preda, dello spennare la preda, e qui l'eminente giurista deve ammettere che si occupa personalmente di tale operazione, ritenendo che sua moglie non debba farsi carico di simili incombenze. E, sebbene l'eminente giurista non sia nato per stringere in pugno una pistola, così come molti uomini di concetto, tuttavia è piuttosto abile in questo sport, tanto che, nel giorno in questione, stava agilmente sbaragliando il suo amico del cuore, almeno per quanto riguardava il numero di piattelli abbattuti. Persino il giovane che li stava accompagnando nelle paludi del Maryland, il giovane dell'associazione locale per la caccia e la pesca, si era ritrovato a non riuscire a colmare con alcuna parola il silenzio teso che aveva avuto luogo dopo che il suo amico del cuore aveva gridato "Pull" per l'ennesima volta, e dopo che, per l'ennesima volta, il piattello aveva attraversato il cielo indisturbato.

Dal momento che il luogo in cui si era svolta la spedizione di caccia si trovava in una zona rurale dello Stato del Maryland, intorno a loro c'erano alcuni esemplari di quel che restava della fauna selvatica locale, le poche specie che non erano ancora finite completamente sotto il dominio dell'uomo. C'erano alcuni quattrocchi e dei cormorani, così come altri uccelli acquatici e alcune oche. Oche del Canada, perlopiù. In varie occasioni aveva sentito esclamare al suo amico del cuore che si trattava di uccelli pestilenziali, ed egli aveva inoltre usato vari altri epiteti osceni nei confronti delle oche, raccontando che, quand'era bambino, le oche avevano l'abitudine di lasciare un ricordino sul prato della sua casa delle vacanze, sul lato esposto al vento di Cape Cod. Ricordini d'oca, aveva osservato il suo amico del cuore, orribile. Se uscivi di mattina, dovevi metterti gli stivali di gomma per non sprofondare in quelle montagnole. Anche gli uccelli erano ostili, aveva notato il suo amico del cuore, e tentavano sempre di scacciare i bambini dalla tenuta. A quel punto l'eminente giurista si era fermato a riflettere, dato che non aveva potuto fare a meno di notare che il vagheggiamento di un'infanzia a Cape Cod da parte del suo amico del cuore era in contrasto con ciò che lui sapeva del suo curriculum vitae. Durante la sua permanenza a Hollywood, il suo amico del cuore aveva evidentemente ritoccato l'ambientazione della storia, dal momento che al suo amico del cuore, per via della sua religione, era spesso capitato di venir chiamato, in segno di scherno, "signorino", e questa era una cosa di cui il suo amico del cuore aveva messo a parte l'eminente giurista durante le notti più alcoliche ai tempi dell'università, notti in cui si rivolgeva a lui chiamandolo con un nomignolo e in cui diceva che loro due si capivano perché frequentavano la facoltà di Giurisprudenza in un periodo in cui i depositari dell'eredità protestante non accettavano chiunque. Entrambi avevano superato i pregiudizi nazionali, affermava il suo amico del cuore ai tempi dell'università, e tuttavia laggiù, nelle paludi, con il fucile carico, il suo amico del cuore, come se avesse dovuto dimostrare qualcosa riguardo alle voci che l'eminente giurista aveva sentito sul suo conto, aveva provato il bisogno di apparire diverso da quello che era, ossia una persona che aveva trascorso le estati della propria infanzia a Mamaroneck, vicino al Long Island Sound.

Di conseguenza, ciò che era accaduto poi aveva forse rappresentato un naturale sviluppo dell'evento sopraccitato. Aveva forse fatto parte del normale ordine delle cose che il suo amico del cuore gridasse "Pull" e che il piattello si sollevasse in cielo come un minuscolo emblema di Apollo che compie il proprio tragitto quotidiano. E tuttavia, proprio mentre il suo amico del cuore avrebbe potuto fare fuoco contro il piattello, aveva invece puntato la canna del fucile in un'altra direzione. Sia l'eminente giurista che il giovane che manovrava il dispositivo per il lancio dei piattelli si erano scansati, gettandosi a terra, dopodiché erano seguiti una pausa e un patetico, rauco strido, quando il colpo aveva perforato il piumaggio di una delle oche del Canada che indugiavano compostamene accanto a un vicino boschetto. Le altre oche si erano alzate, sbalordite, e l'intero branco aveva preso il volo, fatta eccezione per un'oca, la quale era rimasta momentaneamente indietro, senza dubbio allo scopo di osservare la sua compagna in preda agli spasmi della morte. Ma poi anche questa si era librata a sua volta in volo. Regnava il silenzio, mentre il suo amico del cuore era intento ad assimilare l'accaduto, che consisteva nell'aver finalmente colpito qualcosa. Poi aveva espulso la cartuccia.

"Cinquant'anni d'irritazione riscattati," aveva detto il suo amico del cuore.

La guida dell'associazione di caccia e pesca aveva mormorato qualcosa a proposito del fatto che le oche erano delle scocciatrici e che c'era bisogno di qualcuno che gliela facesse vedere, o almeno così rammenta l'eminente giurista. Il resto della giornata, non più di tre quarti d'ora, era trascorso in un silenzio imbarazzato.

Anche se il giorno dopo, quando l'eminente giurista aveva raggiunto il suo ufficio in tribunale, erano arrivate delle scuse costernate sotto forma di un bigliettino scritto a mano sull'essenza della sportività e su come il suo amico del cuore, come riconosceva lui stesso, avesse fallito il test della sportività (e sarebbe stato grato al giurista se avesse accettato una donazione a suo nome alla Ducks Unlimited per la cifra di, eccetera eccetera), l'eminente giurista aveva trovato l'episodio, l'esecuzione dell'oca, inquietante, ripugnante, e così erano passati diversi anni senza che tra i due amici ci fossero più rapporti frequenti.

In ogni caso, rivalutiamo sempre i vecchi amici nella luce del tramonto, nella luce della corsa impetuosa verso l'aldilà. Veniamo scaraventati in questa vita per badare a noi stessi, e da ogni dove giungono delusioni e cospirazioni che ci possono allontanare dal cammino che ci siamo prefissati. C'è stato concesso solo qualche amico del cuore. Nessun errore di giudizio deve separarci – giacché quale lavagna è priva dei segni del gesso? E – nonostante l'eminente giurista si sia pronunciato nettamente contro l'amore che non osa dire il proprio nome e le richieste di vari gruppi affinché gli vengano riconosciuti diritti speciali – nonostante tutto ciò, all'eminente giurista il suo amico del cuore è sempre piaciuto molto. Sebbene adesso il suo amico del cuore abbia il punto vita più largo, e sebbene i suoi occhi azzurri siano velati, e sebbene si sia indurito e non sia più il libertino di un tempo, l'eminente giurista sente di non aver nessuna intenzione di rinunciare all'amistà di lunghe vite passate insieme. Questa è la fedeltà.

In effetti è proprio a questo che sta pensando mentre attende al riparo sul retro dell'edificio, quando il suo amico del cuore arriva e passa attraverso il metal detector.

"Vecchio mio!" dice Naz Korngold.

"Carissimo!" risponde l'eminente giurista.

I due si abbracciano. L'eminente giurista ispeziona la tenuta dell'amico: i pantaloni con la piega, la camicia di seta, il giubbotto sportivo.

"Sei più in ghingheri del solito," dice al vecchio amico.

"E tu sei in forma, come sempre," risponde il suo amico del cuore. "Mi aspettavo di trovarti con l'aria di chi non dorme da due settimane. E invece sembri pronto alla battaglia." A questo punto il suo amico del cuore dà una vigorosa pacca sulla spalla all'eminente giurista, come avrebbe potuto fare quarant'anni fa. Anche se ora sembra un gesto un tantino forzato.

Poi il suo amico del cuore indugia a rimirare il lungo corridoio in cui si trovano, che, essendo domenica ed essendo il suo amico del cuore entrato dal retro, sembra il corridoio di un qualunque palazzo d'uffici pubblici di un qualunque luogo del distretto di Columbia.

"Hanno speso tutto il budget per la ristrutturazione del piano di sopra," dice in tono conciliante l'eminente giurista, intendendo con questo l'aula della Corte, con i suoi opulenti tendaggi drappeggiati e gli affreschi allegorici.

"Ma è qui che succede tutto," dice Naz Korngold.

L'eminente giurista si gloria del proprio ufficio immacolato. Le pile di esposti e di memorandum sono ordinate e collocate nelle aree a esse destinate, e alla fine di ogni giornata l'eminente giurista insiste affinché la signora Edith Wilbur gli sgomberi completamente la scrivania, dato che non riesce a ragionare bene con la scrivania sommersa dalle carte. E tale è la condizione della sua scrivania quando fa il proprio ingresso in ufficio insieme al suo amico del cuore. La signora Edith Wilbur entra dopo di loro per assicurarsi che abbiano tutto ciò che gli serve. L'eminente giurista la manda via. A quel punto l'assistente particolarmente servile cerca addirittura di trattenersi in ufficio per farsi presentare, avendo senza dubbio riconosciuto il suo amico del cuore dalle fotografie, ma l'eminente giurista si libera anche dell'assistente particolarmente servile, dicendogli che ci sono diverse pratiche urgenti da sbrigare. Infine, l'eminente giurista indica la sedia vuota davanti alla scrivania, dopodiché indica il tavolo dall'altra parte della stanza, dove li attendono due bistecche, due insalate, due baguette e una bottiglia di *vin ordinaire* reperito appositamente per loro.

“Avvicina la sedia,” dice l’eminente giurista. “Sputa il rospo.”

Il suo amico del cuore dice: “Ti sono grato per avermi dedicato il tuo tempo nonostante tutti i tuoi impegni. E naturalmente non mi aspetto che tu voglia compromettere la straordinaria delicatezza del tuo mandato.”

L’eminente giurista stappa la bottiglia di vino con un gesto da virtuoso.

“La situazione è questa.” Il suo amico del cuore beve un sorso dal calice offertogli. “Come forse saprai, le nostre azioni stanno colando a picco. Sono già colate a picco, a dire il vero. Dall’inizio dell’anno. Ci sono dei dissidi all’interno del consiglio d’amministrazione. Alcune persone stanno tentando di infiltrarsi. Gente niente affatto leale. Ho tentato di fare il possibile, tagliando i costi, ridimensionando, diversificando. Forse hai sentito parlare del nostro nuovo...”

“I Servizi di Onoranze...”

“Un prodotto di prima qualità. Come sai, le mie acquisizioni vengono fatte in nome della solidità del ramo principale dei nostri affari. In modo da poter superare la crisi a breve termine. Forse avremo una bella sorpresa nel secondo quarto del prossimo anno, e da lì ripartiremo.”

L’eminente giurista l’aveva chiesta al sangue. E questa non può in nessun modo essere definita al sangue. Questa va definita *non troppo cotta*. Anche in seguito a un’attenta riflessione, nessuno potrebbe definire questa bistecca al sangue. L’eminente giurista è sul punto di chiamare la signora Edith Wilbur.

“Non mi sono mai sentito più indeciso di adesso,” dice il suo amico del cuore. “So da quali affari voglio tirarmi fuori. So ciò che voglio come manager. Ma mi sento indeciso, come se non sapessi da che parte tirerà il vento. Come se stessi perdendo il mio tempo, senza alcun progetto. D’altra parte, ho un piano ancor più radicale, un piano che richiederebbe di far rotolare un bel po’ di teste di capidivisione.”

“Quante teste, esattamente?”

“Una testa in particolare.”

“Il cui nome è...”

“Sono certo che tu non... Senti, qui tu stai svolgendo un lavoro estremamente delicato, mentre io sono là fuori in trincea a produrre alcolici e film con dei numeri dopo il titolo. Devo imbalsamare dei cadaveri e contrabbandarli attraverso i confini di Stato. Le nostre esperienze sono talmente differenti...”

Al che l'eminente giurista dice, come se fosse una specie di indovino, come se non si fosse già formato un'opinione in merito: "Jeffrey Maiser."

"Incredibile. Leggi i giornali."

"I miei collaboratori mi ragguagliano su ciò che mi serve sapere. E ogni tanto mia moglie legge qualche rivista."

"Un piantagrane. Un uomo che è venuto meno a... un uomo che ha avuto il coraggio di... Non so nemmeno come definirlo. Ha addirittura proposto un massiccio finanziamento per... Non voglio nemmeno parlarne. Amico, ho in cantiere questo film favoloso, un film che richiederà tutte le nostre risorse, una pellicola spettacolare intitolata *La tempesta del Sahara*. Battaglie nel deserto durante la seconda guerra mondiale, i beduini e via discorrendo. E questo tizio, sapendo che al mio progetto occorreranno gran parte delle nostre energie promozionali, o marketing sinergico, ha avuto il coraggio di proporre una miniserie praticamente sullo stesso argomento, ed è..."

"Una miniserie?"

"Una miniserie. Ti rendi conto di quanto sia idiota questa idea?"

"E," dice l'eminente giurista, "a meno che le informazioni in mio possesso non siano errate, non se l'è forse spassata con una certa..."

"La tua dimestichezza con l'attualità è, ehm, incredibile."

"Quando sono malato, sfoglio i periodici."

"Ho intenzione di ripartire completamente da zero nella programmazione della rete televisiva. Voglio sospendere tutto ciò che quell'imbecille ha in produzione, voglio annullare tutti i contratti e bloccare quella sua ridicola miniserie, e voglio fare della rete *il* centro da cui scaturirà la concezione della programmazione del ventunesimo secolo. Vedo il futuro, seducente, davanti a me, cose come l'interattività, sinergie tra televisione e Internet, programmi scaricabili, video a richiesta e reality show perfezionati, telecamere accese ventiquattro ore su ventiquattro nelle case degli americani, grazie alle quali potranno vedere ladri e truffatori nel momento in cui vengono arrestati dalla polizia, americani che catturano terroristi, americani e stranieri, americani che estirpano il crimine a sfondo sessuale dai propri quartieri. Naturalmente, mi rendo conto di avere degli obblighi fiduciari nei confronti degli azionisti, proprio come ho degli obblighi fiduciari nei confronti del mezzo d'informazione per cui lavoro. Ne deriva quindi che ho bisogno di un direttore del palinsesto che veda le cose allo stesso modo in cui le vedo io. Voglio assicurarmi che il prossimo direttore non possa neppure *andare di corpo* senza che io lo possa monitorare, ed è così che risaliremo la china. E se tutto ciò implica un nuovo modello di programmazione che richiede meno impiegati e costi più contenuti, che sia. Dico *sì* a programmi economici che rendono te, lo spettatore, l'eroe della serie, dico *sì* all'uomo comune, e dico *sì* alla rappresentazione della vita di tutti i giorni. Voglio far crescere le nostre azioni e voglio fare in modo che quegli analisti di New York se ne accorgano. E così, amico mio, c'è solo una cosa che ho bisogno di sapere..."

L'eminente giurista, mantenendo un'apparenza pensosa e imparziale per tutta la durata dell'appassionato monologo del suo amico del cuore, ha avuto la possibilità di occuparsi della propria bistecca. E la bistecca non si è rivelata affatto male, al contrario di quanto lui aveva temuto.

"Cos'hai bisogno di sapere?"

"Ho bisogno di conoscere il futuro, amico mio."

"Quale futuro hai bisogno di conoscere?"

"Be', l'ideale sarebbe sapere se nei prossimi mesi i mercati si stabilizzeranno. Con la decisione che state per prendere, puoi assicurarmi che i mercati resteranno stabili, domani e dopodomani? Ecco tutto. Una domanda da nulla."

"Mi stai chiedendo..." dice l'eminente giurista.

"No, no, no, non oserei chiederti se..."

"E allora cosa mi stai chiedendo?"

"Senti, sto per imbarcarmi nel più massiccio ridimensionamento della storia di una delle più grandi società mediatiche del paese. Sto per incontrarmi con gli avvocati. Sto per lasciare a casa un personaggio molto noto..."

L'eminente giurista si alza dalla scrivania con in mano il torbido calice di *vin ordinaire*. Si alza, una presenza ingombrante, un uomo temuto, un uomo che crea la verità, che la svela ovunque vada e che non tollera alcun dissenso, un *flagellum Dei*, e comincia a dire: "Caro amico. Questo è un momento in cui non tollereremo alcuna indecisione. Questo è un momento in cui non tollereremo alcuna debolezza. Questo è un momento in cui non sopporteremo alcuna esitazione. Tu vieni a chiedermi delle certezze, e io ti dico, caro amico, che devi guardare nel profondo del tuo cuore, nel sancta sanctorum dei tuoi più ardenti desideri. Devi guardare nel tuo cuore, caro amico, e devi prendere tra le tue mani questa debolezza e stritolarla a morte. Come se la debolezza fosse un roditore che si è insinuato nella tua camera da letto. Non ci sarà spazio per la debolezza nel futuro che comincia oggi, amico mio. La debolezza è una delle vestigia del passato. Ciò che resta per i deboli sono le corti europee. Ciò che resta per i deboli sono le commissioni e i tribunali di un continente privo di fede e di fibra. I diritti umani sono per gli schiavi. Un uomo dovrebbe morire prima di permettere a se stesso di diventare uno schiavo, e se non è ancora morto, dovrebbe sollevarsi oggi stesso per uccidere il suo padrone. Debolezza e indecisione sono per le donne e per i bambini. E la gente che può essere schiacciata dovrebbe essere schiacciata, dato che questo è l'ordine delle cose, ossia la natura, e la natura è ciò che Dio ha creato, e ciò che Dio ha creato è il potere. Sì, caro amico, è questo che sostituiremo alla debolezza. Il potere discende solo dalla legge divina, e ciò che la legge divina dice è che il potere è giusto. Forse ricorderai la Bibbia di re Giacomo," e qui l'eminente giurista cita a memoria, "*hor, vuoi tu non temer della podestà? Fa ciò ch'è bene*. E così rammenta, domani, di non mostrare alcuna indecisione. Perché, che cos'è il bene, amico mio, se non la decisione con cui il potere si instaura? Gli Stati lo sanno perfettamente, gli Stati sanno di poter stabilire una legge entro i propri confini, e che tutto andrà bene entro i confini di questi Stati, e sanno che non saranno soggetti a un rovesciamento da parte di un'élite libertaria di una qualche facoltà di Giurisprudenza corrotta. Questo è ciò che il potere è. Il potere è il popolo nel momento in cui tenta di divinare la giustizia di Dio, lottando insieme alla giustizia di Dio, sapendo che lo Stato è la sferza di Dio su questa terra, e se lo Stato dice che un uomo deve morire per ciò che ha fatto, allora quest'uomo deve morire. Se lo Stato dice che il feto di una donna deve vivere, allora il feto della donna deve vivere, e quindi, qual è l'insegnamento offerto dall'obbedienza? L'insegnamento è che Dio governa tutte le cose, e tu non hai possibilità di ricorso, e dunque obbedisci, affinché tu possa ricevere la vita eterna, amico mio. L'insegnamento impartitoci dall'obbedienza è che non c'è altra via da seguire, poiché ogni altro cammino conduce alla follia e alla morte. Ogni cammino che non sia quello dell'obbedienza è un cammino di morte, *E quali agevolezze o quali avanzi ne la fronte de li altri si mostraro perché dovessi lor passeggiare anzi?* Quali seduzioni del mondo sono più allettanti di ciò che può darti l'obbedienza, amico mio? Il potere è il segno che una potenza sovrannaturale ha visitato un luogo. Se il potere ti viene dato, allora spetta a te esercitare il potere, e, più che una possibilità o una facoltà, l'esercizio del potere è un tuo *dovere*. La vita è l'incessante esercizio del potere, e se il potere consiste nella possibilità di licenziare un balordo che ha smesso di compiere il proprio dovere, allora devi licenziare quel balordo e devi farlo scortare fuori dall'edificio da una guardia armata, e devi requisire il suo personal computer, e copiare tutti i suoi file prima che abbia il tempo di cancellarli. E se il potere consiste nella possibilità di installare una telecamera nell'ufficio del suo successore, affinché tu possa controllare che il suo successore faccia tutto il giorno ciò che tu vuoi che faccia, allora devi esercitare il tuo potere e allontanare ogni indecisione; devi godere del potere, nell'esercizio di esso. Il potere è stato dato ad alcuni uomini affinché dimostrassero che il regno di Dio è giusto, e coloro che si sforzano di preservare la tradizione del diritto non si tireranno indietro frignando davanti alle proprie responsabilità. E così, se vieni da me, amico mio, chiedendomi cosa accadrà domani, non posso dirti cosa accadrà domani, ma posso dirti come devi vivere: devi vivere come facevamo quando eravamo giovani, amico mio. Come vivevamo? Incedevamo come se il mondo fosse nostro. Amavamo i nostri genitori e il nostro prossimo, ma non potevamo aiutarli. Amico mio, siamo arrivati in posti quali questo tempio della giurisprudenza, e adesso ci mancherà il coraggio? No, amico mio, non ci mancherà. Siamo i difensori in prima linea del divino, e placchiamo il quarterback avversario senza temere di rompergli il collo. La compassione è debolezza d'animo; la compassione è una menzogna proclamata da gente che ha paura di esercitare il potere. E cosa erediteranno i miti? Una previdenza sociale che non durerà altri vent'anni."

L'eminente giurista, dopo aver vuotato il suo calice, posa lo sguardo sul suo amico del cuore, il quale tiene sollevata la bottiglia. Si incontrano al centro della stanza ed entrambi i bicchieri vengono riempiti. Il suo amico del cuore ha l'aria di una persona che ha appena assistito a una guarigione taumaturgica, o forse questa è solo l'impressione del giurista, di essere guarito miracolosamente. Non importa se la gente non capisce, un giorno capirà.

"Schiaccia Maiser come un insetto," dice l'eminente giurista. Poi aggiunge: "Lascia che ti accompagni all'uscita."

Nei corridoi del potere, due vecchi amici. Lo scalpiccio dei loro tacchi è l'unico rumore prodotto dal loro incedere, un incedere che a ogni passo li avvicina alla fine di una lunga giornata di fatiche. Quando giungono vicino all'entrata posteriore della Corte Suprema degli Stati Uniti, l'eminente giurista formula la domanda che gli è ronzata in testa per quasi un'ora: "Naz, sai, ho una mezza idea di scrivere anch'io una sceneggiatura. Qualcosa di patriottico. Un giorno, chissà. Che ne pensi?"

"Penso che sia un'ottima idea."

"Ma come concludi una storia su Dio e la nazione? Potrebbe essere un problema."

"Semplice. Una storia su Dio e la nazione si conclude come tutte le belle storie."

Concedendosi una pausa a effetto, il suo amico del cuore oltrepassa la soglia al di là della quale, in lontananza, lo attende una limousine. Dopodiché, la voce del suo amico del cuore recita a voce spiegata mentre scompare nella notte: "Tutte le belle storie finiscono con una palla incandescente nel cielo."

Bompiani ha raccolto l'invito della campagna
"Scrittori per le foreste" promossa da Greenpeace.
Questo libro è stampato su carta certificata FSC,
che unisce fibre riciclate post-consumo a fibre vergini
provenienti da buona gestione forestale e da fonti controllate.
Per maggiori informazioni: http://www.greenpeace.it/scrittori/

I GRANDI Tascabili Bompiani
Periodico quindicinale anno XXIV numero 1323
Registr. Tribunale di Milano n. 133 del 2/4/1976
Direttore responsabile: Elisabetta Sgarbi
Finito di stampare nel mese di settembre 2015 presso
Grafica Veneta S.p.A.- Via Malcanton 2, Trebaseleghe (PD)
Printed in Italy